U0369514

文学与
当代史
丛　书

丛书主编
洪子诚

『新启蒙』知识档案

（第2版）

80年代中国文化研究

贺桂梅　著

北京大学出版社
PEKING UNIVERSITY PRESS

图书在版编目（CIP）数据

"新启蒙"知识档案：80年代中国文化研究 / 贺桂梅著 . — 2版 . —北京：北京大学出版社，2021.3

（文学与当代史丛书）

ISBN 978-7-301-31874-4

Ⅰ . ①新 …　Ⅱ . ①贺 …　Ⅲ . ① 中国文学 – 当代文学 – 文学研究　Ⅳ . ① I206.7

中国版本图书馆 CIP 数据核字（2020）第 237167 号

书　　　名	"新启蒙"知识档案：80 年代中国文化研究（第 2 版）	
	"XIN QIMENG" ZHISHI DANG'AN: 80 NIANDAI ZHONGGUO WENHUA YANJIU（DI–ER BAN）	
著作责任者	贺桂梅 著	
责 任 编 辑	黄敏劼	
标 准 书 号	ISBN 978-7-301-31874-4	
出 版 发 行	北京大学出版社	
地　　　址	北京市海淀区成府路 205 号　 100871	
网　　　址	http://www.pup.cn　新浪微博：@北京大学出版社 @培文图书	
电 子 信 箱	pkupw@qq.com	
电　　　话	邮购部 010–62752015　发行部 010–62750672	
	编辑部 010–62750883	
印 刷 者	天津联城印刷有限公司	
经 销 者	新华书店	
	660 毫米 ×960 毫米　16 开本　31.25 印张　415 千字	
	2010 年 3 月第 1 版	
	2021 年 3 月第 2 版　 2022 年 1 月第 2 次印刷	
定　　　价	80.00 元	

未经许可，不得以任何方式复制或抄袭本书之部分或全部内容。

版权所有，侵权必究

举报电话：010–62752024　电子信箱：fd@pup.pku.edu.cn

图书如有印装质量问题，请与出版部联系，电话：010–62756370

目 录

绪　论　重新定位80年代·中国·文化

一、研究视角与知识社会学

20世纪80年代在当代中国乃至整个20世纪中国，都处在一个特殊的位置。如何理解和评价这段历史中发生的社会与文化变革，不仅涉及如何评价80年代迄今仍在进行中的"改革开放"的历史意义，也涉及如何理解50—70年代革命史与当代中国的现代化进程、当前中国在全球格局中位置变迁之间的历史关联方式。而在这些理解及可能的分歧背后，则与人们如何理解20世纪中国历史直接相关。因此，某种意义上可以说，80年代构成了一个连接当下与历史、"新时期"与50—70年代、当代中国与20世纪的枢纽时段。

但90年代以来，关于80年代的历史意义，知识界一直存在着不同的评判立场和阐释角度，因而有关这段历史意义的建构，始终处在不同描述与评判方式的紧张角力过程中。对80年代评价上的这些分歧，显现出的是20世纪中国现代历史进程中某些反复出现的核心主题，正是当代中国的独特历史语境赋予其别样的变奏样态与特殊的表述方式。

1. 反思 80 年代的"新时期"意识

洪子诚在讨论 20 世纪 50—70 年代的当代文学如何进入文学史写作时曾这样写道："'当代文学'在'20 世纪中国文学'中究竟处在什么样的位置，到今天，也还是为不同立场的文学史家所关切，有时甚至成为他们的主要动机。这反映了'当代文学'（尤其是它的 50—70 年代）地位、价值的极端不稳定性，和文学史评价上歧见的严重"。他并提到，这种激烈的分歧，"其实不是 80 年代以后才有的，在五六十年代，以至'文革'期间的文学论争中，就是一个焦点"[1]。这也就是说，如何评价50—70 年代，尤其是这个时段的文学与文化，涉及的并不仅仅是对某个特定历史时段的判断，而与 20 世纪中国历史中的某些基本原则与理念的冲突直接联系在一起。50—70 年代的分歧与冲突中那些曾经遭到否定与压抑的观点，在 80 年代得到了明确的表达，并成为压倒性的主流理念。这也可见两个历史时期在基本评价尺度上的紧张关系。

在整个 80 年代，主导性的历史意识是把这个时期看作一个"新时期"，并强调其与 50—70 年代的"断裂"。80 年代作为一个告别 50—70年代的"前现代"与"革命"的"现代化"时期，作为一个似乎重新接续了"五四新文化运动"传统的新的启蒙时期，同时也作为一个挣脱了传统中国"闭关锁国"谬见而"走向世界"的开放时期，这种历史意识和时代认知赢得了广泛认同和共鸣。可以说，正是在 80 年代，有关这一时段的历史体认方式，以及一种基于对"文化大革命"及中国革命史的反省而形成的现代化想象，成了知识界的普遍共识。这种高度的共识性也与 50—70 年代作为一个以革命为主导范式的独特时段一直存在着针对歧见的"批判运动"，形成了某种鲜明的对比。

不过，从 90 年代开始，80 年代知识界的这种稳定共识开始发生

---

[1]　洪子诚：《问题与方法——中国当代文学史研究讲稿》，北京：生活·读书·新知三联书店，2002 年，第 55 页。

分裂。首先是有关"学术史"与"学术规范"的讨论，对 80 年代的"空疏"学风以及为"五四"所限的学术范式提出批评；继而是在反省"激进主义"的主题下，对从五四延续至 80 年代的激进革命传统进行批判；而有关"后新时期"的断代讨论，则对 80 年代的启蒙现代性提出了尖锐质疑和否定性评价。这些针对 80 年代的反省和批判，都不言自明地将"五四"和"新时期"视为两个彼此重叠的历史时期，关心的问题始终是如何通过反省五四传统而批判性地反思 80 年代。很少有人反思这样的问题：80 年代因何、如何成为"第二个五四时代"？关键之处或许在于如何评价 50—70 年代的历史与文化。正因为 50—70 年代被判定为"前现代"乃至"封建"时期，80 年代作为"新时期"而接续五四的新文化启蒙传统才成为可能。到 90 年代后期，在被称为"自由派"与"新左派"的知识界论战中，50—70 年代历史的现代性内涵得到了不同程度的关注，并相应地讨论其如何作为"有用"资源或"遗产"在当代中国的意义。80 年代的"新时期"意识也由此得到相对深入的反省。

如果说，上述有关 80 年代的争议尚局限于知识界的理论话题的话，那么，21 世纪以来，随着"全球化"和市场消费成为人们的日常生活内容，尤其是中国在全球政治经济格局中日益重要的国际位置而使"大国崛起"逐渐成为某种自觉意识；随着社会贫富分化作为主要社会问题得到正面讨论，以及"和谐社会"作为一种理想社会形态的口号的提出；尤其是 2008 年奥运会在北京的成功举办，被视为中国"与世界接轨"的某种标志性事件，有关"中国模式""中国道路""中国经验"的讨论，则不仅成为国内外知识界普遍关注的问题，更成为当代中国民族心理和民族自我意识转换的历史契机。其中，如何评价自 80 年代改革开放以来的 40 年历史，进而，如何评价 50—70 年代与"新时期"的历史关系，以及当代中国与传统中国及其文化的关联等，则成为受到关注的重要问题。这也就使得有关 80 年代历史意义的讨论，远不只是知识界的理论话题，更成为某种社会普遍关注的民族议题和文化反思。

正是在这样的现实背景之下，如何重新认识那种强调与 50—70 年代相断裂的 80 年代"新时期"意识，就不能仅仅在某种论战式的理论争辩中得到或肯定或否定的评判，而需要将其置于复杂的历史语境中，在超越意识形态限定的批判性理论视野观照之下，做出新的历史化分析和阐释。

2. 重构"知识社会学"：理论、方法与问题

这里提出的"历史化分析和阐释"，并不简单地是一种历史主义的泛泛之论，而意味着一种知识社会学式的考察方法。

知识社会学理论的主要创始人、德国社会学家卡尔·曼海姆（Karl Mannheim）曾用这样一个"故事"来阐释这一分析思路的基本前提："一个农民的儿子，如果一直在他村庄的狭小的范围内长大成人，并在故土度过其整个一生，那么，那个村庄的思维方式和言谈方式在他看来便是天经地义的。但对一个迁居到城市而且逐渐适应了城市生活的乡村少年来说，乡村的生活和思维方式对于他来说便不再是理所当然的事情了。他已经与那种方式有了距离，而且此时也许能有意识地区分乡村的和都市的思想和观念方式。"[1] 曼海姆认为，正是在这种对乡村和都市的思想与观念方式的有意识区分中，蕴涵着知识社会学"力图详细发展的那种方法的萌芽"。

可以说，知识社会学的基本理论前提，在于"视角的获得"，即"那种被一个特定集团内当作绝对的而加以接受的东西，在外人看来是受该集团的处境限制的，并被认为是片面的"[2]。一种知识或解释，"只能从一个特定社会地位的视角来阐述"[3]。因此，以知识社会学的方法

---

[1]　[德] 卡尔·曼海姆：《意识形态与乌托邦》，黎鸣、李书崇译，北京：商务印书馆，2000 年，第 286—287 页。

[2]　同上书，第 287 页。

[3]　同上书，第 288—289 页。

来展开社会－历史分析时，完成的是这样三个层次的内容：一是曼海姆所称的"关联论"，即考察一种思维现象和知识表述，"是与什么样的社会结构有关系时才产生出来和发挥效用的"。曼海姆再次引用了那个都市化了的农民儿子的故事来阐明这一点，他写道："当那个都市化了的农民的儿子将他在亲朋故友身上发现的某些政治、哲学或社会的见解描述为'乡村的'时，他不再作为同质的参与者讨论这些看法了，即不再直接论述所说的具体内容了。更确切地说，他是在把上述看法与某种解释世界的方式联系起来，而这种方式最终又与构成社会情况的某种社会结构联系在一起"。第二个层次，曼海姆称之为"特殊化"，即"不仅试图确立关系的存在，同时还表示了这种关系的范围和有效程度"。当那个都市化了的农民儿子发现他早期的思想方式是与都市不同的乡村环境相关联时，他已经领会到"不同的视角之所以特殊，不仅在于它们以不同的视野和整个现实的不同部分为前提，还在于不同视角的洞察兴趣和洞察力是受制于它们从中产生并与之相关联的社会状况的"，因而他早年曾认为是天经地义的思维与言谈方式，只是在乡村这个范围内是绝对的和有效的，也是"特殊的"而非"普遍的"。第三个层面，是曼海姆没有详细界定但在讨论过程中事实上已经提出的。对知识与社会环境之间关联性的考察，以及确定某一特定论述所包含的视角的范围与局限，最终并不是为了仅仅停留于相对主义的描述[1]，而是尝试找到一种"介于一方面与确定真理无关，另一方面又完全适合于确定真理之间"的被称为"总体意识形态"的描述方式。因为知识社会学的考察，一方面将所有的知识与解释都视为特定视角的阐述（也就是"相对主义"的），另一方面这仅仅是引导不同的知识与解释进行交流与对话的"第一个准备步骤"，而寻求总体结构中新的综合性视角才是其最终目标。正是在这样的意义上，曼海姆提出，"在一个已经意识到其利

---

[1]　参见 [美] 兰德尔·柯林斯、[美] 迈克尔·马尔卡斯基：《发现社会之旅——西方社会学思想述评》，李霞译，北京：中华书局，2006 年。

益不一致和思想基础是不统一的时代，知识社会学就是争取在更高的层次上达到这种统一"[1]。

这里详细引述曼海姆关于知识社会学的界定与阐述，是因为其中的思考路径，对于重新理解和阐释80年代的历史与文化意识具有特别值得借鉴的启发性。考察80年代，值得关注的重要现象，一是80年代历史与文化意识的高度统一，另一则是90年代以来这种"共识"发生的分裂以及评价上的紧张分歧。因此，值得分析的问题，不仅是怎样的历史情境造就了80年代的特定文化意识，也要去讨论这种文化意识在90年代以来发生分歧的历史条件。正是从这一角度，曼海姆有关知识社会学的阐释在此获得了特殊的针对性。

如果挪用曼海姆那个"都市化了的农民的儿子"的故事，显然，当代中国知识界在80年代与90年代的处境，或许分别对应于故事中的"乡村环境"与"都市环境"。正是在90年代以来的历史情境中，80年代的历史与文化意识与其环境的关联性，及其作为特定视角的知识与解释的特殊性，才得以显现出来。90年代中国知识界对80年代文化所产生的这种距离感，就好比那个农民儿子进入"都市"后获得的新的特殊视角。

曼海姆在阐释知识社会学"视角的获得"何以形成时，曾列出了三种可能性："（a）一名集团的成员脱离他的社会地位（通过上升到更高级的阶级、移民，等等）；（b）整个集团的生存基础与其传统规则和体制的关系发生了变化；（c）在同一个社会内部，两种或两种以上的社会上确定的解释方式发生了冲突，它们在互相批判中使彼此暴露无遗，并确立对对方的看法。"[2]80—90年代的中国社会变迁，大致可以归入后两种情形。一方面是80—90年代之交的社会转型，包括市场社会的成型、大众文化的兴起、中国完全卷入"全球化"格局等，使得90年代社会

---

[1] ［德］卡尔·曼海姆：《意识形态与乌托邦》，黎鸣、李书崇译，第287—291页。

[2] 同上书，第287页。

现实相对于 80 年代发生了剧烈变化；另一方面则是知识界在试图理解与回应现实变化时所产生的分歧与争论，包括"人文精神论争""新左派"／"自由派"论战等，分歧各方的思想基础乃至所归属的利益集团都发生了分化。这或许也正是曼海姆所说的"一个已经意识到其利益不一致和思想基础是不统一的时代"。正是在这样的背景之下，80 年代历史与文化意识作为一个特定时代的历史视角所造就的阐释世界方式的独特性，也开始得到认知。人们不再将 80 年代那种"新时期"意识，那种以西方为规范的启蒙主义普世价值观的追求，那种强烈的现代化冲动和理想化的现代性想象，那种"走向世界""与国际接轨"的全球化诉求，看作天经地义和自然而然的，而将其视为特定时段处于特定地缘政治位置的中国文化空间中的历史意识。也正是在这样的历史条件下，对 80 年代文化进行一种知识社会学的考察，才成为可能。

本书并不打算亦步亦趋地套用曼海姆的知识社会学理论来对 80 年代展开历史－社会学研究。这里之所以特别提出"知识社会学"的理念，是因为它在某种程度上契合于本书的基本立场与研究思路。

契合之处首先在于，知识社会学所分析的是"知识与存在之间的关系"，尤其是对"知识中非理论的制约因素"的探索。这与本书尝试对80 年代文学与文化做一种文化唯物主义的历史考察的初衷相吻合。这种思路将会格外关注一种思想形态、知识表述与阐释方式，与特定的社会情境与历史语境发生关联的方式，而不是在观念史的演绎、内在思想层次的辨析，以及某种观念的社会效用等角度展开一般称为"思想史"式的研究。思想史研究与知识社会学的主要差别在于，前者主要是在一种知识群体的主观视角内展开的知识范畴、思想形态的辨析，后者则更强调知识表述、思想形态与其社会历史语境间的关联性，特别是使一种知识和思想表述得以成立的社会制度与物质性基础。

很大程度上，称其为"文化研究"或许比称之为"知识社会学"更为合适和准确。一方面，正是自雷蒙德·威廉斯（Raymond Williams）的文化唯物主义研究思路延伸出来的文化研究（cultural study），格外强调知识、思想和观念等文化实践的物质性制约；另一方面，在中文语境中，"知识社会学"作为一种研究领域，往往意味着对"知识分子"这一社会群体展开的社会学考察，而较少直接讨论某种知识形态与思维方式。不过，由于本书关注的主要是80年代知识界的文化阐释与知识生产，是知识群体介入社会文化活动时借助怎样的"知识"表述以及这种表述扮演的意识形态功能，因此，仅仅在一般意义上将其描述为"文化研究"，不足以显示这种考察的特殊性，于是便格外突出了从"社会学"的视角对知识实践本身所展开的历史分析。同时，与那种把"知识分子"作为不言自明的思考主体的思想史研究思路不同，本书所理解的"知识社会学"并不是考察思想的观念传统及其历史演变，也不是在现象学或伦理学意义上对知识分子社会功能的强调。它并不把"知识"看作知识分子的"必然的所有物"，而更强调在一种社会结构关系中观察某一社会群体如何通过思想阐释活动和知识生产活动，而将自己塑造为"知识分子"。显然，正是在这一点上，本书力图与诸多有关80年代文化研究的著作或描述方式区分开来。

研究界和主流社会的一般看法总是倾向于将80年代视为精英知识群体的"黄金时代"和"理想主义"文化盛行的启蒙时代，一个更关注精神而非物质、更关注理想而非现实的浪漫时代，同时也是一个知识分子作为"文化英雄"居于社会中心位置的时代。正是在这样的理解中，80年代生产出来的那些价值观、社会信念与文化理想，就一直被视为曼海姆意义上的客观"知识"而非"意识形态"。80年代也因此始终是一个"未完成的时代"，一个超越了自己历史限定而提供着普泛价值的精神时代。但90年代后诸多社会语境相对于80年代发生大变迁之后，思想研究的主要工作，就不再是用80年代的价值观和文化信念来应对和指责现实中的社会与文化问题，这会使人们把讨论的方向转移到对个体的道德拷问，而非对社会现实的批判性分析之上。1993—1995年发生于知识界的"人文精神"论争或许是最典型的表征了。也许首先需要做的，是对那些普泛的价值观、那些本体论式的文化理想，在一种曼海姆所谓"总体意识形态"视角的考察中，显示其"特殊性"和历史性。从这样的角度，应当意识到，80 年代的文化并不是知识分子的创造物，而应当说是 80 年代的诸多文化和知识生产活动，借助特定的历史机制与社会结构关系，创造出了那个叫"知识分子"的社会群体。因此，知识社会学观察的并不是知识分子群体的自我理想和社会形象，而应当是知识 / 权力的具体运作过程。

正是在这样的意义上，本书关于 80 年代六个文学（文化）思潮与核心范畴的知识考察，不同程度地借鉴了法国哲学家米歇尔·福柯（Michel Foucault）的话语理论与路易·阿尔都塞（Louis Althusser）的意识形态理论。就本书关注的问题和阐释角度看来，在一些基本立场与思路上，曼海姆的知识社会学与福柯的知识考古学、谱系学，与阿尔都塞的意识形态批判理论，存在诸多相通之处。

曼海姆曾提到，他所构想的知识社会学的一个重要思想源泉乃是尼采，他认为尼采在现代意识形态论和现代知识社会学理论这两个领域中的具体观察，是同"会使人们想起实用主义的动力理论和知识论"结合起来的 [1]。而这其实也正是福柯在阐发其谱系学的历史考察与权力 / 知识体制、主体理论时，借重尼采思想的关键之处 [2]。

曼海姆特别强调"知识社会学"与"意识形态理论"的区分。在他看来，意识形态的研究是"把揭露人类利益集团（尤其是那些政党）的多少有意识的欺骗和伪装作为己任"；但知识社会学"并不怎么关心有意欺骗所造成的歪曲，而是关心客体在不同的社会背景下，以何种不同方式把自己呈现给主体"，即"社会结构何时、何地开始表现在论断的结构中？在什么意义上，前者具体地决定后者？"也就是说，知识社会学尝试进行的是某种批判性的社会分析，探讨的是特定意识形态所扮演的社会功能。这种研究之所以应当摈弃"意识形态"一词，因为后者

[1]　[德] 卡尔·曼海姆：《意识形态与乌托邦》，黎鸣、李书崇译，第 315 页。

[2]　[法] 米歇尔·福柯：《尼采·谱系学·历史学》，苏力译，收入《尼采的幽灵——西方后现代语境中的尼采》，汪民安、陈永国编，北京：社会科学文献出版社，2001 年。

有关正确与谬误的价值判断有着"道德的含义"[1]。可见，曼海姆对"意识形态"含义的理解，与经典马克思主义理论有颇为一致的地方，即将其视为一种错误的幻觉即"虚假意识"。而值得提及的是，正是在曼海姆摈弃意识形态理论而赋予知识社会学合法性的地方，阿尔都塞通过对"意识形态"的重新阐释，而使意识形态批判理论与知识社会学产生了内在的契合。阿尔都塞改写了经典马克思主义关于"意识形态"一词的理解，将其定义为对"个人与其实在生存条件的想象关系的'表述'"[2]。尽管阿尔都塞已经完全抛弃了知识／存在、思想／社会这样的二元论，而将作为一种"表述"的意识形态与作为一种国家机器的意识形态看作独立的"物质力量"，不过，正是在讨论主体／客体、个人／生存条件的关系上，阿尔都塞的意识形态批判理论与曼海姆的知识社会学并无太大差异。

论及福柯、阿尔都塞的理论与曼海姆知识社会学的关联与契合，并不是要在理论前提的意义上，为本书划定一个方法论的疆界。毋宁说，本书对知识社会学的借用，正如对福柯的知识考古学、谱系学，阿尔都塞的意识形态批判理论的挪用一样，看重的都只是一种研究思路与批判立场的选取。因为它们都在为考察知识与社会、文化与历史语境、思想与社会条件之间的关联性，提供可用的理论资源。而"知识社会学"无疑为这种批判方法描画出了一个较为宽泛的理论轮廓。与其说这是全球"理论旅行"过程中发生的"误读"性接受，毋宁说这是本书作者有意摸索的一种可能的研究方法和思考路径。在这样的意义上，无论是曼海姆，还是福柯、阿尔都塞，都不过是一种被挪用的资源，而非理论范本或指导原则。

---

[1] [德]卡尔·曼海姆：《意识形态与乌托邦》，黎鸣、李书崇译，第270—271页。

[2] [法]路易·阿尔都塞：《意识形态与意识形态国家机器》，收入《哲学与政治：阿尔都塞读本》，陈越编，长春：吉林人民出版社，2003年。

3. 知识视角与"社会学的想象力"

知识社会学为本书考察 80 年代历史与文化意识提供的另一重要启示之处，则在其有关"视角"的论述。

曼海姆写道："关于视觉上可察觉到的客体（它具有事例的性质，只能从观点上进行观察）的争论，并不能通过建立一种无观点的观察（这是不可能的）而得到解决，争论的解决只能通过一个人受自己地位决定的洞察来理解为什么客体对于处于不同地位的人来说会显得不同。"[1] 这也就是说，不存在无视点的知识，任何有关知识之真理性的争论，都只能通过"以己度人"的方式去领会各自的独特视角以及由此带来的知识特性。事实上，这也正是福柯在对尼采的谱系学作为一种"效果史"的历史研究的阐释中，特别突出其作为一种"视角性的知识"的地方，即"尼采所理解的历史感，有它的视角，而且承认历史感并非不偏不倚的体系。它从特定的角度出发观察，带着特有的偏好加以褒贬，去追寻毒药的痕迹，找寻最佳的解药。在观察的东西面前，历史感并不刻意隐藏自己的视角，它也不寻找规律，把所有运动归结为这种规律；这种眼光既知道它从哪里来，也知道它观察的是什么"[2]。两者不同之处在于，福柯强调的，是作为一个批判的历史阐释者应当意识到自身所处的主体位置，以及这一位置的建构性，而曼海姆则从历史－社会学研究如何获取其客观性的角度来展开论述。曼海姆进而论述到"视角"与"思想"的关系："'视角'在这种意义上表示一个人观察事物的方式，他所观察到的东西以及他怎样在思想中建构这种东西，所以，视角不仅仅是思想的外形的决定，它也指思想结构中质的成分，而纯粹的形式逻辑必然忽略这些成分。正是这些因素成了如下事实的原因：两个人即使以同样的方式采用同样的形式逻辑法则（如矛盾规律或演绎推理程式），也

---

[1]　[德] 卡尔·曼海姆：《意识形态与乌托邦》，黎鸣、李书崇译，第 306 页。

[2]　[法] 米歇尔·福柯：《尼采·谱系学·历史学》，苏力译，收入《尼采的幽灵——西方后现代语境中的尼采》，汪民安、陈永国编，第 131 页。

可能对同一事物做出极不相同的判断"[1]。视角不仅决定了思想表述的方式，更重要的是，思想以这种而非那种方式成型，也正由视角所决定。这一特点，仅仅依据思想内容和观念形态本身，是无法考察出来的。按照福柯的表述，这也就是说，决定主体所看到的内容的，正是主体的位置。或许，我们可以将曼海姆这段话与福柯在《词与物——人文科学考古学》一书对《宫中侍女》那幅画所做的分析[2]相提并论。从这样的角度来看，对"视角"的强调也就意味着对主体的空间／社会位置的重视，强调主体位置如何决定了知识的表述形态。

知识社会学所讨论的"主体"，并非一般意义上的个体，而蕴涵着有关个体与群体经验之间关系的独特理解。曼海姆批判那种强调把"个人的理智"与群体分离开来，"企图从发生在主体上的现象来解释含义"[3]的做法，因为在他看来，那些在个体看来是"理所当然"的知识和经验，事实上正是"群体头脑"的反应："当我们看到这些社会背景显露出来，并被承认是构成知识基础的看不见的力量时，我们便意识到，思想和观念并不是伟大天才的孤立灵感的结果。甚至构成天才深刻洞见基础的，也是一个群体的集体的历史经验。"[4]这也就是说，知识社会学关注的是某种群体经验和"集体无意识"，即"在某些历史－社会条件下占主导地位的思维方式和方法"[5]，特别是这种集体意识与个体经验、独特表述形态之间的辩证关系。这也正是曼海姆对"特定意识形态"与"总体意识形态"[6]的区分。

"特定意识形态"基于某种"利益心理学"而发挥作用，总是"以

---

[1]　[德] 卡尔·曼海姆：《意识形态与乌托邦》，黎鸣、李书崇译，第 277 页。

[2]　参见：[法] 米歇尔·福柯：《词与物——人文科学考古学》，第一章"宫中侍女"，莫伟民译，上海：上海三联书店，2002 年。

[3]　[德] 卡尔·曼海姆：《意识形态与乌托邦》，黎鸣、李书崇译，第 29 页。

[4]　同上书，第 274 页。

[5]　同上书，第 20 页。

[6]　商务版将其译为"意识形态的特殊概念"和"意识形态的总体概念"。本书从华夏版译本，采用"特定意识形态"和"总体意识形态"。

个体作为参照点"，并认为"个体就是意识形态的唯一可能的载体"；而"总体意识形态"则意味着从"总体"上把握前者的"结构"，它"不考虑动机，只把自己局限于客观地描述在不同社会背景中起作用的见解的结构差异"。可以说，"特定意识形态"关注的是特定个体基于自身动机、利益与兴趣所能"看见"的特定表述，而"总体意识形态"考察的则是在总体的社会结构关系中这些特定表述的位置。曼海姆以"工人"和"无产阶级"的差别为例来说明两者的不同：如果研究者观察的仅仅是基于工人的个体经验所作的表述的话，这就是在处理"特定意识形态"，而如果观察的是工人如何作为"无产阶级"而获取其历史意识，那么这就是在处理"总体意识形态"了。知识社会学也就是要确立"特定意识形态"与"总体意识形态"之间的关联，这种关联并不是"具体的个体"相加所得的"抽象总和"，而意味着"重建构成单个个体判断基础的系统理论"[1]。

美国批判社会学家 C. 赖特·米尔斯在他 50 年代的著作中，发展了曼海姆的相关论述。他区分了"环境中的个人困扰"（对应于"单个个体判断"）与"社会结构中的公众论题"（对应于"系统理论基础"），并将连接这二者的能力，称为"社会学的想象力"。他写道："它是这样一种能力，涵盖从最不个人化、最间接的社会变迁到人类自我最个人化的方面，并观察二者间的联系。"[2] 如果说曼海姆理论强调的是"特定"与"总体"之间的区分和观察视角的话，那么米尔斯则更突出的是如何建立两者关联性的"能力"或"心智"。这种知识社会学实践在台湾学者赵刚那里，转变成了一种理解个人在社会和历史中的位置，建立起"在地情境和整体社会结构"之间的关联方式，进而实践"全球思考，在地行动"的民主政治的基本步骤[3]。

[1]　[德] 卡尔·曼海姆：《意识形态和乌托邦》，黎鸣、李书崇译，第 56—60 页。

[2]　[美] C. 赖特·米尔斯：《社会学的想象力》，陈强、张永强译，北京：生活·读书·新知三联书店，2001 年，第 5—6 页。

[3]　赵刚：《知识之锚：当代社会理论的重建》，桂林：广西师范大学出版社，2005 年。

可以概括地说，知识社会学作为一种方法论的另一重要特征在于，它强调的是从"总体意识形态"和"整体社会结构"的角度，来理解"特定意识形态"与个体的、经验性的特殊表述，并将考察二者的关联性作为基本诉求。

这种分析角度对于考察 80 年代中国文化，具有特别的适用性。因为在 80 年代这个时段，思想的拓展不是以某些天才的个人创造，而是以社会思潮的方式向前推进的。恐怕在整个 20 世纪中国，没有哪个时段比 80 年代更具有"后浪推前浪""各领风骚三五年"这样的思潮推进的特点了。尽管不能因此就认为 80 年代不存在内在的社会与文化分歧，但这说明了，是那些社会性的思潮与文化共识而非个人的天才性独创，更大地影响着 80 年代的历史进程。因此，知识社会学对于社会集团或群体经验的分析，正可用来讨论 80 年代的文化思潮，及其格外具有共识性和统一性的历史与文化意识。

曼海姆用知识社会学来加以考察的社会主体，乃是民族国家内部的不同社会集团（阶级、阶层、政党等）及其知识类型（如保守主义、自由主义、马克思主义、社会主义、法西斯主义）。但这并不意味着不可以挪用其有关"视角"的讨论，来分析别样的社会集团或群体经验。就 80 年代中国而言，在统一的历史与文化意识背后，真正值得分析的主体，或许乃是知识分子这一社会群体。在讨论 80 年代知识群体的社会活动时需要意识到的是，一方面，这一群体处于整个社会结构的中心位置，为社会变革创造并提供着意识形态合法性表述；但与此同时，这一结构位置又只是"功能"意义上的，也就是说，并不存在阶级界限分明的实体性的社会群体，"知识分子"一词涵盖的是包括文学家、艺术家、文化批评家、官员、大学学者以及不同阶层和职业的文化活动家们。因此，与其说存在着一个阶层意义上的知识分子群体，不如说存在的乃是结构功能意义上的知识分子主体意识。是他们，在创造着 80 年代的文化表述与历史意识。更关键的是，由于这个特殊的群体所创造的文化表述和历史意识，变成了 80 年代中国的普遍社会意识，与大众社会和国家政权之间形成了紧密且良性的互动关联。因此，这个知识群体的知识生产活动表述的，就并不是他们作为一个社会阶层的特定利益，而是一种广泛而普遍的社会共识。

这种由知识群体所建构的历史与文化意识，在 80 年代的社会场域中，具有较为典型的曼海姆所谓的"乌托邦"性质。也就是，作为一种"超越现实的取向"，"当它们转化为行动时，倾向于局部或全部地打破当时占优势的事物的秩序"[1]。这些社会意识力图颠覆 80 年代占主导地位的正统马克思主义话语秩序与权力秩序。不过，经历 90 年代后的社会变迁，尤其是新世纪以来中国内部与外部发生的诸多变化之后，那种在 80 年代可以被称为"乌托邦"的观念与意识，如今已经转变成了"意识形态"，即已演变为特定的社会阶层为维护其既得利益和现存秩序的说辞。正是在这样的意义上，80 年代的历史与文化意识成为需要用知识社会学（即"总体意识形态"）加以考察的"特定意识形态"。

而这种批判性历史考察的前提，在于一种新的、超越 80 年代"新时期"意识的社会－历史想象的提出。这意味着需要从更长的历史时段、从更广阔的空间视野来观察在 80 年代中国发生的社会与文化变革。在这样的意义上，"80 年代中国文化"的三个基本范畴即"80 年代""中国"与"文化"，都需要被重新定位和考察。因为这三个范畴分别指向某种不言自明的历史主体位置及其所蕴涵的基本历史视角，决定了"新时期"意识的基本形态。唯有在一种新的超越性总体视角中，它们的历史形状和特定主体位置才可以得到重新定位，它们作为"特定意识形态"的历史性内涵及其在今天的现实意义，也才可以得到有效的讨论。

如果说 90 年代以来中国社会的变迁使得"新时期"成为特定历史段落的"80 年代"，那么应当说其中最关键的变化，是如何理解"中国"这一主体位置。80 年代文化表述的成功之处，乃是关于"中国"这一现代民族国家单位的特定意识和认同方式。在知识分子的主体意识与"中

---

[1]　[德] 卡尔·曼海姆：《意识形态与乌托邦》，黎鸣、李书崇译，第 196 页。

国"的国族叙事之间，存在着某种对应与一致的关系。中国这一国族身份并不是作为问题，而是作为认同对象和最终诉求被理解的。可以说，正是借助"中国"这一主体位置的想象与叙事，知识分子所创造的文化表述才能得到全社会的广泛接纳。这也就意味着，如果我们尝试借用知识社会学的方法去探询80年代历史与文化的独特性，去分析那个具有决定性的"主体位置"的话，就需要越出单一民族国家视野的局限，在全球国家关系体系中考察"中国"所处的特殊地缘政治位置。因为，既然80年代社会具有高度统一的历史与文化意识，也就意味着决定其视角独特性的主体，并非民族国家内部的某个社会集团，而与民族国家本身相关。这意味着"中国"不再是一个"天经地义""自然而然"的主体单位，而成为一个需要被置于知识社会学视野中加以考察的对象。如同曼海姆所说的那个"都市化了的农民的儿子"进入都市后将其早期生活的乡村指认为是"乡村的"，正是在90年代后的"全球化"处境中，80年代诸多不言自明的文化想象才被指认为是"中国的"。这显然并不是说80年代没有意识到其"中国"身份，而是由于中国在全球格局中的位置于80—90年代之交发生的变化，使得在80年代被指认为中国"内部"的社会现象，到了90年代，却必须同时从中国的"内部"与"外部"加以观察。也可以说，正是作为"外部"的全球化格局在90年代中国的显影，暴露出了80年代历史与文化意识的"内部"性。这并不是说80年代中国不在全球格局中，只不过80年代未意识到其全球性而已。

借助知识社会学的视角理论，对"80年代""中国""文化"这三个基本范畴的重新讨论，构成了本书分析80年代历史与文化的基本出发点。

二、"新时期"意识的由来: 一组意识形态框架

本书采用"80年代"这一较为"中性"的历史概念，而没有采取曾普遍使用的"新时期"这一范畴，来作为所研究历史时段的指称，这本

身就构成问题讨论的起点。

　　尽管"80 年代"与"新时期"两个概念指涉的时间范围大致重合，但"新时期"这一产生于 70 年代后期并在很长时间被作为当代中国通用的时期范畴，携带着特定语境的浓厚历史意识。它将"文革"后开启的历史时段视为一个"崭新"时代，也就意味着一种相当意识形态化的"现代"想象视野中的历史自我认知。因而，这一范畴并非一个可以作为历史分析的单位尺度，毋宁说，它本身就是需要予以分析的历史对象。相对而言，"80 年代"这一较为宽泛地指涉从"文革"结束到 80—90 年代转型这个时段的概念，却为摆脱"新时期"意识，形成一种相对"客观"的分析性历史描述提供了可能性。事实上，随着 90 年代中期对所谓"新时期"与"后新时期"的区分、对 80—90 年代历史转型等问题的讨论，有越来越多的研究者开始使用"80 年代"这一说法。某种程度上可以说，这也是一种历史意识转换的征候性标志。

　　但是，用"80 年代"这一公元纪年取代"新时期"这一特定分期概念，并不就意味着一种中性的、客观的历史段落的自我呈现。如何定义这一时段文化的历史内涵，尤其是"新时期"开端和终结的具体时间，一直是一个有争议的问题，充分地显露出这一曾被视为具有广泛"共识"的历史时段，其统一性其实并非如人们想象的那样不言自明。但值得分析的是，人们关于"新时期"断代的种种分歧，却共同依据一种关于"开端"与"终结"的现代性时间神话，表达着一种对历史的乌托邦想象。那种对于"新的历史时代"的强烈渴望，那种由支配性的历史进化论和目的论逻辑而产生的对时间的敏感，那种要求文学、文化"摆脱"政治而拥有独立性的热烈渴求，恰恰是无论在宣告"新时期"开端还是终结的时刻，人们所共有的。换句话说，不是人们关于"新时期"具体内涵的理解，而是人们对于 80 年代作为一个"新时期"的热望和认同，显示出一种在 80 年代被建构出来，并被人们接纳为"常识"的历史想象、文化意识的内在一致性。可以说，构成 80 年代历史统一性的，正是这种"新时期"意识。

"新时期"这一范畴在一种经典的现代性想象和修辞中，将 80 年代界定为"新的时代"。如同哈贝马斯（J. Habermas）在分析黑格尔的现代概念时所说的那样，"这种概念认为，现代是依赖未来而存在的，并向未来的新的时代敞开"，"'现代'或'新的时代'概念所表达的历史意识，已构成了一种历史哲学的视角：一个人必须从整个历史视界出发对自己的位置作反思性认识"。[1] 新的世界被看作"现代世界"，并处在与"旧日的生活与观念世界的决裂"当中。黑格尔所描述的"一个新时期的降生与过渡的时代"，大约正是人们在 80 年代所体验的时代意识。这种时代意识使得人们需要不断地确认历史的"开端"或"终结"，以便体验那种如同"升起着的太阳犹如闪电般一下照亮了新世界的形象"的置身历史之中的感觉。但是，一旦我们将这种体验历史的方式置于特定的历史语境当中，问题就不再是 80 年代的"新时期"体认是否"现代"，而是为何这个时期需要格外高扬一种处在新与旧、过去与未来之间的历史意识。

继之而来的问题，是去剖析怎样具体的历史内涵被填充在新与旧、过去与未来的二元对立现代性话语框架当中。

首先填充在这一强调历史断代的话语框架之中的，乃是"文革"与"新时期"这两个历史时段。可以说，正是参照有关"文革"的历史叙述，"新时期"才获得了关于自身的时代意识及其合法性表述。

从 70—80 年代转折的角度来看，"新时期"作为一个最初出现在政府工作文件中的断代术语，最终转换为全社会（尤其包括知识界）共享的对于时代的指称，表明的是人们对于这一转折的普遍历史态度。应当说，这种广泛的时代认同并非出于对未来所做的具体规划，而是源于对历史（即由"文化大革命"指称的 60—70 年代社会主义实践）的普遍拒绝。也就是说，尽管人们可能在如何评判现实与未来的立场与诉求上存在诸多差别，但告别并走出"灰色而沉闷的 70 年代"，却是当时普遍的社会情绪

---

[1]　[德] J. 哈贝马斯：《现代性的哲学话语》，曹卫东等译，南京：译林出版社，2004 年，第 5—13 页。

和愿望。以往的历史叙述通常倾向于用是否顺应社会变革的"改革派"或"凡是派（或守旧派）"来描述当时的政治分歧，这种分歧的关键就在如何评价"文革"历史，有关未来的规划正是由此判断延伸出来的。

对"文革"的定性，从 70 年代后期到 80 年代经历过一个变化的过程。1971 年林彪事件发生之后，其"反革命"性质被确定为"修正主义的极右实质"[1]、"新产生出来的资产阶级和资本主义的代表"[2]。这和毛泽东将发动"文化大革命"的动机描述为批判蜕变为特权阶级的官僚阶层与"资产阶级走资派"，是一致的政治判断。1976 年后，关于"四人帮"，"凡是派"延续了对林彪集团的说法，将其定性为"反革命的修正主义路线""极右的路线"[3]。不过有意味的是，这种定性在"改革派"那里开始发生了变化。1978 年的重要文章《实践是检验真理的唯一标准》，称"四人帮""只有蒙昧主义、唯心主义、文化专制主义"，其性质也开始变为"极左路线"。另外的文章开始提出"民主和法制"问题，并把对"四人帮"的定性与"封建主义"联系在一起："我们从'四人帮'身上，就可以清楚地看到封建主义的阴魂"[4]。"文革"十年被视为"专制主义、帝王思想、皇权思想、特权思想、等级观念、宗法思想、蒙昧主义"等"封建主义的遗毒恶性发展，重新泛滥"的时期。[5] 1981 年正式通过的《中国共产党中央委员会关于建国以来党的若干历史问题的决议》，基本延续了上述对"文革"的定性。正是以这种"文革"论述为依据，"思想解放"开始成为一个有力的口号，对"文革"历史的批判和反省也与"反封建"主题有了直接联系。

从"修正主义极右路线"到"封建法西斯主义"的"极左"定性，

---

[1] 《红旗》杂志短评：《广泛深入开展批林批孔的斗争》，《红旗》1974 年第 2 期。

[2] 姚文元：《论林彪反党集团的社会基础》，《红旗》1975 年第 3 期。

[3] 《人民日报》《红旗》杂志、《解放军报》社论：《伟大的历史性胜利》，《人民日报》1976 年 10 月 25 日。

[4] 《人民日报》"特约评论员"：《民主和法制》，《人民日报》1978 年 7 月 13 日。

[5] 《人民日报》"特约评论员"：《封建主义遗毒应该肃清》，《人民日报》1980 年 7 月 18 日。

事实上不仅是对"文革"的历史判断，同时也相应地决定了"文革"结束之后中国社会的发展方向，及其整套意识形态话语。如同韩少功分析到的："这里有一个知识和话语的转换过程。一旦确定了'封建主义'这个核心概念，人们很容易把新时期的改革想象成欧洲 18 世纪以后的启蒙运动，想象成'五四'前后的反封建斗争。与此相关的一整套知识轻车熟路，各就各位，都派上用场了。"[1] 这也就是说，"新时期"的合法性首先源自将"文革"叙述为"封建法西斯专政"，进而将自身确定为"反封建"的且与欧洲启蒙运动和中国五四新文化运动发生关联的现代历史时期。

不过，这一 70—80 年代之交形成的"文革"与"新时期"、"封建"与"民主与科学"、"现代迷信"与"思想解放"乃至"愚昧"与"文明"的对偶式叙述结构，在 80 年代中期又发生了变化。

回顾 80 年代的历史，很少有人能否认从 1983—1984 年到 80 年代后期这段时间之内，形成了一次高潮性的文化段落。这大致指的是当时在整个人文学界形成的"历史反思运动""文化热"（或称"中西比较风"），文学领域的"反思文学"向"寻根文学"的转移，"现代派"小说、先锋小说的出现和"现代主义诗群大展"及号称"pass 北岛"的新生代诗群，及其他艺术领域内的诸如"第五代电影"、85 美术新潮与现代主义建筑等。这次文化热潮的构成因素相当庞杂，但在当时，几乎所有参与者都将这场文化运动与五四新文化运动联系起来，认为这是五四运动在当代的延伸。也正是在这场文化热潮中，一种区别于 50—70 年代经典社会主义语言的新话语形态得到明确表述。

这种新话语首先表现为对"文革"叙述方式的不同，即对"文革"乃至整个革命史与社会主义实践的反思，逐渐从对"封建主义"的批判转移为对中国"传统文化"的反思；而西方文化资源的输入，相应地被描述为"现代"思想的启蒙。在这里，新与旧的时间框架，被"传统"

---

[1] 韩少功、王尧：《韩少功王尧对话录》，苏州：苏州大学出版社，2003 年，第 41—42 页。

与"现代"所切分，并和"中国"与"西方"这一地缘空间的框架同构，而且可以繁衍并置换为诸如"乡村"与"都市"、"农民"与"知识分子"、"革命"与"改良"、"救亡"与"启蒙"等一系列二项对立式。与此同时，以16—19世纪欧洲启蒙话语作为基调的"主体论"，则延续了70—80年代之交的马克思主义人道主义话语，从而形成一种与阶级论相对的关于"人性"的现代性话语形态。于是，五四式的启蒙话语似乎全方位"复归"。这也正是80年代中期的文化热潮被称为"新启蒙主义"的原因。而当90年代的知识界在批判与反省80年代时，笼统地将"80年代"和"五四"互相替代，事实上其所指认的80年代特质也正是这次文化热潮中作为主导思想的新启蒙主义。换句话说，也就是将80年代的历史统一性归结为80年代中期形成的新启蒙话语。

"新时期"与"五四"的历史同构，显然必须视为一种意识形态叙述而非历史分析。甚至可以说，将"新时期"描述为"第二个五四时代"，乃是80年代所构造的最大"神话"之一。正是借助"五四运动"在整个20世纪中国所占有的"现代性起源"的神话地位，"新时期"才为表述自身的合法性找到了有效的语言。它将一个第三世界国家为了摆脱冷战格局中的地缘政治封锁与发展困境，而向资本全球市场开放并改革自身体制的过程，描述为传统的中华帝国从"闭关锁国""夜郎自大"的迷误中惊醒，进而变革传统、开放国门、"出而参与世界"的现代化历程。在这种叙述中，社会主义中国（50—70年代）与晚清中华帝国乃至中世纪神学统治下的西欧，"新时期"与"五四"及欧洲启蒙运动时期，这三者的对位关系，构成了极具意识形态意味的隐喻式历史大叙述。而决定这一隐喻式历史叙述的，乃是"文革"与"新时期"、"传统"与"现代"、"中国"与"西方"这三组核心的话语框架。

代表这一隐喻式历史叙述的核心文本，是李泽厚的《启蒙与救亡的双重变奏》[1]。这篇发表于1986年、为纪念《新青年》杂志及其创办人

---

[1] 李泽厚，《启蒙与救亡的双重变奏》，最初刊载了《走向未来》1986年创刊号，收入《中国现代思想史论》，北京：东方出版社，1987年。

陈独秀而写的文章，将"思想解放运动"中有关"文革"性质的基本论断（即"封建思想的复辟"），扩展至对整个现代中国历史的重新叙述。文章首先将"五四运动"区分为思想启蒙（即"新文化运动"）与政治救亡（即"学生爱国反帝运动"）这两个层面，进而认为五四时期"启蒙与救亡的互相促进"状态，在五四后因为民族危亡局势而改变，致使"启蒙"与"救亡"的平衡关系被打破，即"革命战争""挤压了启蒙运动和自由理想"，最终导致"文革"时期"把中国意识推到封建传统全面复活的绝境"。这种历史叙述的现实指向，是落脚于"新时期"张扬文化启蒙的必要性。可以说，这篇文章关于"新时期"与"五四"的关联，尤其是关于"封建主义"因何、如何在"文革"期间"复辟"的历史描述，构成了新启蒙文化思潮的经典思路。

其中特别值得分析的地方，是其论述现代中国的"内部"与"外部"之间的关联方式：一方面，它认为现代中国必须在对传统文化进行自我批判和自我改造的基础上才可能成为"现代的"，而用以"启蒙"的思想规范，必须从"外部"即"西方近代民主主义和个人主义"文明中输入。这也是"启蒙"的具体含义；但另一方面，它又强调现代中国面临着被西方列强侵略的"危亡局势"，因此必须承担民族救亡的使命，抵抗外侮的"革命战争"成为其基本方式。但由于"革命战争"和政治救亡运动，容易致使"封建主义的'集体主义'""改头换面地悄悄开始渗入"，因此，"启蒙"与"救亡"之间形成悖论。

这种论述中含糊其辞的地方，一是它将民族主义看成"自古有之"的东西而非现代的创造物，也不关心民族主义与文化启蒙之间更为复杂的关系。显然，如若去历史地考察中国现代民族主义话语和民族国家的形成的话，应当说，文化启蒙固然是创造"想象的共同体"与现代国民的主要方式，"救亡"更是构造现代国家和民族认同的主要途径。刘禾概括道：与欧洲民族国家意识需要借助于对非西方民族的征服或殖民相反，"中国的现代民族国家意识则是在反抗列强侵略的历史条件下促成的。西方的国家民族主义（nationalism）被中国人接受后，即成为反抗帝国主义的理论依据"[1]。也就是说，李泽厚认为五四新文化运动分裂出来的政治与文化这两个面向，其实恰是创造现代中国这一"想象的共同体"的同一过程。并且，比文化启蒙更进一层的是，正是"革命战争"，将西方式"资本主义的民主主义和个人主义"所无法转换和吸纳的农民这一社会群体，转换为现代国家内部构成的国民。换言之，如果说文化启蒙运动将都市知识和市民阶层转换为现代国民的话，那么正是在战争动员特别是"人民战争"的组织过程中，农民得以转换为现代国民。在此，"救亡"与"启蒙"毋宁是同一过程。如果把"救亡"与"启蒙"分开，也就意味着救亡是一种纯粹的军事与政治行为，或战争本身可以产生"自主自动的农民民族主义"，事实上，缺少"救亡"这个环节，"启蒙"是不可能成功的，反之亦然。现代中国救亡运动的成功，并不纯粹是民族主义的，而同时与革命运动互为表里，并因此创造出了一种不同于西方的中国式现代化道路。

美国学者马克·赛尔登（Mark Selden）在研究"延安道路"后提出："抗战在两层意义上创造了民族共同体的思想基础与制度基础：首先，这一共同体正是在抵抗外来侵略的过程中团结起来的；其次，这一共同体的形成，部分地取决于那些针对中国社会'实际存在的不平等与剥削'而实施的改革。"[2] 这也就是说，是"战争"与"革命"，而非"启蒙"，成为创造"现代中国"这一政治共同体的主要方式。李泽厚的论述恰恰是在否弃这个中国现代性的前提下提出"启蒙"问题的。因此，关键并不在"启蒙"还是"救亡"，而是用以评价现代中国的现代性标准到底是什么。如果仅仅以西方启蒙现代性作为标准，无疑，中国革命与社会主义实践的历史都会被抛入"前现代"的封建时期。

事实上，这也是李泽厚的"救亡压倒启蒙"论第二个含糊其辞的

---

[1] 刘禾：《文本、批评与民族国家文学——〈生死场〉的启示》，收入《再解读——大众文艺与意识形态》，唐小兵编，香港：牛津大学出版社，1993 年，第 31 页。

[2] ［美］马克·赛尔登：《革命中的中国：延安道路》，魏晓明、冯崇义译，北京：社会科学文献出版社，2002 年，第 285 页。

地方：它并不讨论"启蒙中国的西方"与"侵略中国的西方"这两个西方对于中国而言意味着什么。应当意识到，使得中国产生"危亡局势"的，正是那个试图启蒙中国的西方。这事实上也是几乎所有第三世界国家必然面临的两难处境：它们一方面需要"像西方那样"完成现代化，而这同时就意味着必须承受西方强势地位的挤压甚至侵略，并且在反抗西方的基础上寻求自身的主体性。在此，西方现代性对第三世界国家而言，是一种真正的两难：既要接受又要反抗，既要"拿来"也要"改造"。因此，如李泽厚那样仅仅强调"启蒙"的重要性，而无视现代中国在"救亡"过程中创造的不同于西方的现代性经验，不仅意味着对中国现代化历史的独特经验的否弃，也意味着始终把西方作为规范现代性的唯一思想资源。

可以说，在"救亡"与"启蒙"变奏的背后，是"中国"与"西方"、"内部"与"外部"的空间性指认方式及其现代性想象的转移。正因为把"启蒙"的源泉指认为"中国"外部的"西方"，而将被"救亡"的中国指认为一种"铁屋子"似的封闭内部空间，"救亡"与"启蒙"才可以分开，并演化出李泽厚所描述的变奏曲。而这样一种理解现代中国历史的方式，事实上成为80年代新启蒙思潮的基本思维模式。

或许可以简单地概括说，80年代是参照着"文革"这一被称为"民族浩劫"的历史时段，从50—70年代社会主义主流意识形态当中摆脱出来，推进民族国家内部以市场经济为主导的"改革"和向外部即全球资本市场"开放"的历史进程。"文革"被视为社会主义历史实践和意识形态困境的具体表征，表明人们基本上将"改革"的历史动力解释为社会主义体制内部的弊端造成的后果，这种弊端被明确地表述为"封建遗毒""封建主义"或"传统文化"；而"现代化"则成为人们构想未来——一个乌托邦式理想社会——的价值标准，其规范性来源则是被充分去政治化的"西方"。这两个方面构成推进80年代社会变革的、被不同社会阶层和不同文化领域所共同分享的最具整合性的"新时期"历史意识。正是基于这样的"内部"和"外部"的认知，针对民族国家内部的自我改造式的"决裂"和朝向民族国家外部的"新世界"的"进军"，从中国"内部"反省社会主义体制和从中国"外部"输入社会与文化变革的资源，使得 80 年代越来越自觉和明晰地将自身定义为"又一个五四时代"。也就是说，"文革"与"新时期"、"传统"与"现代"、"中国"与"西方"，这组意识形态框架的关键之处，在其关于"内部"和"外部"的认知方式。

张旭东曾在发挥美国学者阿里夫·德里克（Arif Dirlik）的观点时这样进一步提出：

> 人们似乎已经习惯于从"内部"，即由其体制的结构性弊端来解释社会主义的问题，而从"外部"，即以所谓"全球文化"交流和影响来解释任何"超越"历史条件的文化创造。然而事实上把思路颠倒一下或许更富于成果：从"外部"，即从作为特殊历史条件下的民族经济战略的社会主义同全球资本主义体系的关系，从全球资本主义体系强大的扩张力和毁灭性诱惑中解释社会主义的困境（这一观念最为明确的表达来自 Duke University 历史系的 Arif Dirlik 教授）。同时从"内部"，就是说，从作为历史主体的"前现代"民族日益明确的自我意识，从这种历史意识不可遏制的表达的必然性，从这种表达所激发的非西方的想象逻辑和符号可能性，同时，也从这种想象在全球文化语境中自我投射、自我显现的机制中解释作为"当代文学"的民族文学的兴起。[1]

这种颠倒"内部"与"外部"视角的历史解释的可能性，揭示出 80 年代那种把社会转型的动力解释为"文革"的破坏性导致的强烈变革

---

[1]　张旭东：《"朦胧诗"到"新小说"——新时期文学的阶段论与意识形态》，收入《批评的踪迹：文化理论与文化批评：1985—2002》，北京：生活·读书·新知三联书店，2003 年，第 243—244 页。

要求，那种以看起来似乎不具政治性的口号或话语，如"落后就要挨打""自立于世界民族之林""与世界接轨""开除球籍"等，恰恰是相当意识形态化的。这其中隐含着内部/外部与中国/世界的对立关系，并将后者（外部、世界）作为对前者（内部、中国）展开历史批判的依据。这一方面不能历史地考察内部与外部、中国与世界之间复杂、互动的地缘政治关系，另一方面也使其关于当代中国历史的反思受制于二元结构框架，不仅无法真正对复杂的历史经验做出有效的批判性解释，而且实质上是依据"世界"（西方）现代性标准而对中国做出的意识形态判断。

要打破这组意识形态框架，最重要的是将"中国"问题化。"中国"不能作为思考80年代文化问题的毋庸置疑的前提，而应当视为一个需要在当时全球体系中加以分析的空间主体，进而考察特定的地缘政治空间位置如何决定这一主体认知历史、时代、自我的"视角"。

事实上，到90年代后期，一些学者提出重新思考当代中国批判性思想的前提，也正是从置疑80年代关于民族国家"内"与"外"关系的认知开始的。汪晖在1997年发表的重要文章《当代中国的思想状况与现代性问题》[1]中，认为社会主义改革到了90年代，"已经将中国的经济和文化生产过程纳入全球市场之中"，而80年代作为现代化意识形态的当代马克思主义和新启蒙主义，也已经丧失了批判活力，因为它们完全无法批判地分析全球化时代的中国问题。这些80年代的批判思想，由于"站在一种现代性的目的论立场来看待全球化，把这个全球化看成是历史的终点和目标，并用既成的历史模式来塑造自己的历史，而没有意识到，无论我们愿意还是不愿意，我们早已置身在全球历史的关系之中"，也就无法对90年代的市场社会与全球化现实做出有力且有效的分析。为此，汪晖认为新的批判思想应当超越那种"内外式的全球化概念"，"因为全球化和地方的关系不是外与内的关系，

---

[1]　汪晖：《当代中国的思想状况与现代性问题》，《天涯》（海口）1997年第5期。

它们是同一个过程".[1]

在后来发表的文章中,汪晖进一步系统地阐释了对于全球化与当代中国现实关系的批判性考察,为什么要从现代性问题入手。他认为关键原因之一在于,"1980 年代对于中国社会主义的反思是在传统／现代的二元论中展开的,从而它对社会主义问题的批判无法延伸到对于改革过程及其奉为楷模的西方现代性模式的反思,相反,对于社会主义的批判变成了对于后冷战时代的自我确证";原因之二在于,"1980 年代以至'五四'以降,中国知识界对于中国社会问题的思考是在中国／西方的二元论中展开的,从而它对中国问题的批判无法延伸到对于殖民主义历史和启蒙运动所提供的那些知识和真理的反思之中,相反,对于中国传统的批判变成了对于西方现代性模式和现代历史的自我确证"[2]。也就是说,他认为现代性尤其是西方现代性没有作为"问题"进入当代中国知识界批判视野的原因,正在于那种与民族国家"内部"与"外部"的区分相匹配的传统与现代、中国与西方的二元对立框架。很大程度上应当说,这正是 80 年代的"新时期"意识与"新启蒙"文化思潮得以形成的基本意识形态框架。

三、全球视野中的 70—80 年代转折与中国

正是在传统与现代、中国与西方这一同构的意识形态框架,被一种由单一民族国家视野所划定的"内部"与"外部"空间想象的区分中,包含着我们应当去深入理解的造就了 80 年代文化空间的政治经济学。

汪晖认为将"中国"与"西方"对立起来的这一二元思维框架,乃

---

[1] 汪晖:《现代性问题答问》,收入《死火重温》,北京:人民文学出版社,2000 年,第 20—23 页。

[2] 汪晖:《中国"新自由主义"的历史根源——再论当代中国大陆的思想状况与现代性问题》,收入《去政治化的政治:短 20 世纪的终结与 90 年代》,北京:生活·读书·新知三联书店,2008 年,第 157—160 页。

是"五四以降"中国知识界的普遍思考模式，进而将传统/现代与中国/西方这两个思维框架的重叠，视为整个现代中国知识界的思想特征。这一方面敏锐地揭示出了中国现代性主流思想的问题，同时这种笼统的判断也忽略了不同历史时段的独特性，比如80年代文化与五四新文化之间的差异性，尤其是80年代文化自身的独特性。这使得人们可能局限于一种思想史的观念演绎与思维模式的抽象批判，而不去在更大的历史视野中深究决定80年代文化采用和"五四"同一的观念与思维模式的语境性因素。与其说传统/现代与中国/西方思维框架的重叠，是80年代中国知识界对五四以降新文化思维模式的延续，不如说是70—80年代转型过程中，对中国在世界体系中（尤其是与西方资本主义体系）的地缘政治位置的有效误读，使得一种五四式中国/西方、传统/现代的二元思维模式被挪用于对当代中国的判断。以"传统"来批判50—70年代中国社会主义历史实践，而以"现代"来论证"新时期"的合法性，恰是由对中国在70—80年代之交世界体系中的地缘政治位置的判断衍生出来的。对这个中国主体位置的关注，也正是从曼海姆的知识社会学角度会特别着力地加以考察的地方。这也意味着，我们需要将"中国"/"西方"这一意识形态框架，置于全球视野当中加以考察；而考察的关键切入点，则在70—80年代历史转折的确切内涵，以及这一转折过程中"中国"这一主体位置的变迁。

1. 对"新时期"的谱系学考察

从中国内部诸种政治、社会与经济因素导致的困境，来解释70—80年代之交的转型与"新时期"的发生，已经成为某种思维定式。"四人帮"的文化专权，中国经济发展的迟缓或停滞，中国社会由于频繁的政治运动与国家机器的强控制而处在沉闷、紧张与酝酿反抗的状态中，这些基本上都属于"文革"后期的社会现实。可以说，也正是这种社会状况，使得"人心思变"，从而"思想解放运动"以破竹之势迅速得到全社会的呼应。

但这种描述历史的方式，应当说是一种"后见之明"，它使人们忽略 70—80 年代之交复杂的多方位的历史因素，而将以"改革开放"作为指导原则的中国社会变革视为"历史的必然"。如若我们尝试去考察历史"现场"的不同侧面，应当说这个"历史的必然"却是多种国内与国外的政治、经济、文化与社会力量博弈的结果。

或许正是在这里，用得着福柯称之为"谱系学"的历史考察方法。福柯批判那种关于历史"起源"的神话，认为寻找所谓"起源"，使得历史研究变成了从历史中去寻找现实中"已经是的东西"，从而将历史简化为一种线性的目的论的发展过程。他所谓的"谱系学"，则是"要将一切已经过去的事件都保持在它们特有的散布状态上；它将标识出那些偶然事件、那些微不足道的背离，或者，完全颠倒过来，标识那些错误、拙劣的评价，以及糟糕的计算，而这一切曾导致那些继续存在并对我们有价值的事物的诞生；它要发现，真理或存在并不位于我们所知和我们所是的根源，而是位于诸多偶然事件的外部"[1]。按照这种方法去考察某一历史时期的出现，也就要撇开那种按照我们"已经是的东西"去在历史中寻找起源的做法，而应当去探讨具体历史情境中不同社会因素与力量之间或冲突或耦合的复杂关系。具体到对"新时期"的考察，如果我们始终在"中国"这个单一的民族国家的内部视野中来讨论问题，把 70—80 年代的历史转折仅仅解释为对"文革"历史的合理反抗的话，那么显然不能呈现这个历史过程的全部复杂性与丰富性，而变成了某种意识形态性的事后追认。

本书并不打算对 70—80 年代的转折做一番历史学的深入描述与考察，但进行批判性考察的一个关键维度，却必须在这里提出。也就是应该注意到，70 年代末期中国社会的变迁，是与全球性的历史转折同时发生的。

---

[1]　［法］米歇尔·福柯，《尼采，谱系学，历史学》，苏力译，收入《尼采的幽灵——西方后现代语境中的尼采》，汪民安、陈永国编，第 121 页。

从 1973—1974 年开始，二战后在全球形成的稳定的冷战结构和地缘政治空间格局发生了剧烈变迁。这一变迁在三种不同地缘政治空间体系中都发生了。对于资本主义体系而言，在经济方面，这是二十余年以福特主义－凯恩斯主义为主要特征的"黄金时代"转入衰退的时期，具体表现为能源危机与金融动荡，以及一种以资本全球流动为主要特征的后福特主义生产－消费方式的形成。这也是政治上的新自由主义开始登台，与文化上的后现代主义浮现的时期。就社会主义阵营来说，按照霍布斯鲍姆（E. J. Hobsbawm）的说法，"除了中国而外，当世界由 70 年代步入 80 年代时，凡世上自称为社会主义的制度，显然都出了极大的毛病"[1]。经济停滞、官僚机构臃肿、与东欧关系的紧张，以及与美国在中东地区展开的"第二次冷战"，这些因素都迫使苏联发起了改造苏维埃社会主义的运动，而且原则看似与中国相同，"一是'重建'，政治经济并行；一是'开放'"[2]。而曾经在"红色的 60 年代"作为世界革命希望的第三世界国家，在 70—80 年代的转折中，不仅陷入债台高筑的境地，而且作为二战后最主要政治斗争形态的民族解放运动，也受到全球资本主义的冲击与分解，从而与社会动荡以及不断扩大的全球南北两极分化联系在一起。

总之，如果说在 70 年代后期，中国社会遭遇到深刻的危机而步入改革年代的话，那么这也正是因共同的危机而导致的全球性转折的时期。对于这一发生于 70—80 年代之交的全球转折，不同领域的学者，包括历史学家、经济学家与文化理论家，诸如霍布斯鲍姆、乔万尼·阿瑞吉（Giovanni Arrighi，也译为阿里吉或杰奥瓦尼·阿锐基）、伊曼纽尔·沃勒斯坦（Immanuel Wallerstein）、戴维·哈维（David Harvey）、詹明信（Fredric Jameson，也译为弗雷德里克·杰姆逊或詹姆逊）与阿里夫·德里克等，都展开过深入阐释。

---

[1]　[英] 霍布斯鲍姆：《极端的年代：短暂的 20 世纪（1914—1991）》，郑明萱译，南京：江苏人民出版社，1999 年，第 699 页。

[2]　同上书，第 712 页。

2. "漫长" 或 "短促" 的 20 世纪

英国历史学家霍布斯鲍姆在他的重要史学著作《极端的年代：短暂的 20 世纪 (1914—1991)》中称，70 年代至 90 年代初期这段时间，乃是"天崩地裂"的"危机 20 年"。他认为 80—90 年代之交苏联解体东欧剧变中的一切因素，都已经在 70 年代初期的危机中初露端倪。并且，这并非只是社会主义与第三世界的危机，而是包括资本主义在内的全球危机，意味着以社会革命为主要特征的"短促（暂）的 20 世纪"的终结 [1]。

美国经济史学家阿瑞吉，则并不认为 70 年代的经济危机代表着往往以"全球化"理论来标志的世界资本主义的新阶段，也并不认同霍布斯鲍姆关于"短促的 20 世纪"的提法，即不认同"当前的危机被用来标示一种结束，不仅是启蒙运动和法国大革命发起的特殊政治 - 文化时代的结束，而且是自从'漫长的'16 世纪以来就存在的现代世界体系的结束" [2]。在那本自称是"对 20 世纪 70 年代那次世界危机的一项研究"的著作 [3] 中，阿瑞吉从作为世界制度的资本主义体系的积累周期的分析角度，认为 70 年代的危机所标示的，乃是 19 世纪后期以来的美国霸权周期从物质扩张向金融扩张的转移；由于这个周期长于百年，他因此有"漫长的 20 世纪"的提法。

霍布斯鲍姆与阿瑞吉基于 70 年代初期的世界经济危机而展开的对 20 世纪历史的整体判断，并非与 80 年代中国无关，这事实上意味着对 80 年代的两种不同评价尺度。从"短促的 20 世纪"来看，80 年代不过是以社会革命为主导范式的 20 世纪的"尾声"和"结束阶段"；而从

---

[1] 参见 [英] 霍布斯鲍姆：《极端的年代：短暂的 20 世纪 (1914—1991)》，第三部 "天崩地裂"，郑明萱译。

[2] [美] 乔万尼·阿瑞吉、[美] 贝弗里·J. 西尔弗 (Beverly J. Silver) 等：《现代世界体系的混沌与治理》，王宇洁译，北京：生活·读书·新知三联书店，2003 年，第 2 页。

[3] [意] 杰奥尼瓦·阿锐基，《漫长的 20 世纪——金钱、权力与我们社会的根源》，姚乃强等译，南京：江苏人民出版社，2001 年。

"漫长的20世纪"来看，80年代则构成了全球资本主义新的扩张阶段（金融扩张）。类似的历史判断，事实上也隐含于中国知识界关于80年代的评判当中。例如汪晖在他的著作中这样写道："我的一个基本的看法是：'80年代'是以社会主义自我改造的形式展开的革命世纪的尾声，它的灵感源泉主要来自它所批判的时代"，而"'90年代'却是以革命世纪的终结为前提展开的新的戏剧，经济、政治、文化以至军事的含义在这个时代发生了根本性的转变"[1]。把80年代纳入整个20世纪的尾声阶段，事实上也是90年代诸多文化思潮的基本判断。如反思"激进主义"的文化保守主义，"学术史"与"学术规范"的倡导，以及后新时期与后现代主义的提出等，都将80年代与"五四"重叠在一起，进而将其纳入同一历史叙述范式当中。也就是说，尽管90年代前期出现的这些思潮，其历史反思与批判的立场各不相同，但将80年代视为"短（促）20世纪"的最后阶段这一基本判断却是相同的。而一种在80年代更为主流、至今仍为许多人认同的看法，则将80年代视为"告别革命"的现代化时期，并且构成了90年代的市场改革乃至新世纪中国"崛起"的历史前提。这种历史判断也潜在地包含了一种"漫长的20世纪"的想象：它将资本主义与现代化视为这个20世纪的主题，而革命则是对这个基本主题的错误偏移。70—80年代之交开启的"新时期"，在告别革命的同时也意味着重启现代化的新阶段。这事实上也是"新时期"意识与"新启蒙"思潮关于80年代的基本判断，它意味着革命的20世纪甚至比霍布斯鲍姆所谓的"短促的20世纪"更早地结束了。

上述分歧显示出，如何理解80年代，事实上直接地关联到如何理解整个20世纪的历史，而分歧的关键之处，便在如何看待70—80年代之交全球转折的历史性质。

美国文化理论家詹明信对于70—80年代转折的理论概括，与阿瑞

---

[1] 汪晖：《去政治的政治：短20世纪的终结与90年代》，北京：生活·读书·新知三联书店，2008年，第1页。

吉大致相同，称其为"晚期资本主义时期"。不过，与阿瑞吉主要在政治经济学史的层面展开讨论不同，詹明信更注重对一个历史时期的"主导或统识"（hegemonic）的基本判断，并通过对不同领域与侧面的描述，"就那基本情境（不同的层次在其间按各自内在的规律而发展）的节奏和推动力提出一个假设"[1]。他称 70—80 年代的历史转折乃是 60 年代在全球终结的结果。詹明信所界定的"60 年代"，开端是 50 年代后期"发生在英属和法属非洲土地上的伟大的非殖民化运动"，而终点则是 1972—1974 年，"这一大致时间内的一系列似无关联的事件"，表明"这一阶段不仅在相对特殊的第三世界或拉美激进政治层面上具有决定意义，更标志着 60 年代在全球意义上的正式终结"。尤其是发生于 1973—1974 年、侵袭全世界的经济危机，"其冲击力一直影响到今天，并且给整个战后阶段尤其是 60 年代的经济增长和繁荣划上一个决定性的句号"。由此，詹明信将 80 年代视为 60 年代全球秩序遭遇体制性重构的结果，即"晚期资本主义"形成的时期。他如此定义"晚期资本主义"："其中前资本主义最后所残存的内、外地带——即先进世界的内部、外部那些没有商品化或传统空间的最后遗迹——现在最终也被侵占和殖民化了"，因此它是"一个在古典资本主义中仍幸存的那些自然痕迹，即第三世界和无意识领域最终被消灭的阶段"[2]。

如果说霍布斯鲍姆对 70—80 年代转折过程中资本主义世界、社会主义阵营与第三世界国家这三个地缘政治空间所做出的描述，阿瑞吉从作为世界制度的资本主义体系积累周期角度所展开的分析，都更多地倾向于经济与政治层面的讨论的话，那么詹明信从哲学史、革命政治理论与实践、文化生产及经济周期等四个层面对 60 年代所做的整体描述，则为理解 70—80 年代之交的全球转型提供了更为丰富的历史视野。在詹明信的描述中，80 年代成了一个"没有外部"的世界，即一个资本主

---

[1]　[美] 弗雷德里克·詹姆逊：《六十年代断代》，张旭成译，收入《六十年代》，王逢振等编译，天津：天津社会科学院出版社，2000 年。

[2]　同上书。

义全球化的世界。流动的资本不仅覆盖了那些曾经处在资本主义世界体系外部的"外部"即"第三世界"，也渗透进资本主义世界体系内部的"外部"，即由文化生产与美学领域所代表的无意识领域。

显然，无论是关于"短促的20世纪"与"漫长的20世纪"的讨论，或是60年代的终结，这些在全球语境中展开的理论探讨都并非与中国无关。从一种全球关系格局的视野来看，60年代的中国不仅作为资本主义世界体系的"外部"而遭到美国主导的资本主义体系的排斥与封锁，同时也在很长时间被视为"革命的20世纪"继苏联之后在东方取得的最大成功。尤其值得提出的是，在60年代，中国还因其与资本主义世界"脱钩"，并对抗苏联式正统社会主义，而被视为第三世界"另类"发展道路的典范[1]。这也就是说，尽管1949年建立的新中国在国际关系体系当中一直处在紧张状态，先是美国的层层封锁，接着是苏联的直接威慑，不过，这并不意味着50—70年代的中国真如80年代新启蒙文化思潮所描述的那样，是处在"闭关锁国"状态中的夜郎之国。相反，恰恰是当时的全球关系体系，从不同层面决定了50—70年代中国的政治决策、社会运作方式和文化形态。即使那些看似与国际关系并无关联的历史事件，事实上也必须被纳入全球关系格局中来加以考察。

3. 两个"文化革命"

如果拉大分析的视野，从全球视野中观察70—80年代的历史转折，这对于当时的中国意味着什么呢？

这首先意味着当时的中国所面对的"西方"与资本主义世界，不再是所谓19世纪的"古典资本主义"世界，也不是二战后为对抗社会主义而自我调整的、带有国家资本主义特征的资本主义世界，而是一种"灵

---

[1] 参见［美］德里克：《世界资本主义视野下的两个文化革命》，林立伟译，《二十一世纪》（香港）总第37期，1996年。收入《文化大革命：史实与研究》，刘青峰编，香港：香港中文大学出版社，1996年。

活累积"的"新"资本主义。在美国学者德里克看来，正是这场发生在西方世界的"文化革命"，终结并战胜了中国的"文化大革命"。

在那篇富于理论创见的文章《世界资本主义视野下的两个文化革命》中，德里克首先提出，应当把中国的"文化大革命"视为"世界性历史事件"。当然，这并不是意味着"无视它在中国造成的许多惨剧，原宥它的荒唐暴行，或者全盘（或部分）接受它的经济、政治或文化政策"，而是"必须把'文革'视为其历史环境中一些根深蒂固问题的表现，这个历史环境不独关乎中国当年的历史环境，还涉及与国内问题有着千丝万缕关系的国际环境。我们不要忘记，在那个历史环境中，世界各地人民迫切为这些问题寻找解决方法，他们对于'文革'燃起的希望深感共鸣"。这些问题包括：如何在社会主义革命制度化的情形下使革命再度"激进化"、如何抗衡苏联式社会主义而为"民主社会主义"提供新的答案，尤其是对于广大第三世界国家而言，如何在美国资本主义与苏联"社会帝国主义"之外寻求另一种有效的另类发展道路。正是在这些层面上，中国的"文革"所提出的一套关于发展的新激进理论，"不但解决了新兴后殖民社会既要发展经济又要兼顾凝聚社会的窘境，它似乎还解决了经济进步的资本主义和社会主义社会在发展中遇到的异化问题"，因而吸引了不同社会群体，尤其是欧美左翼知识界和全球第三世界国家的广泛关注。

需要说明的是，对于"文化大革命"，德里克有他独特的理解方式。他并不依照中国社会的一般分期，将"文革"的时间划定在 1966—1969 年或 1966—1976 年间，而认为"以 1956 至 1976 年这二十年为期来观照文革才算恰当"，因为"1966—1969 年或 1966—1976 年间发生的种种事情，早在 1956 年第八次党代表大会后浮现的问题中已有迹可寻"，前者不过是"最淋漓尽致地阐明了这些问题，并在全球凸现它们"。从这样的角度来看，德里克所讨论的范围就不只限于"文革"，而关乎对整个 50—70 年代中国社会主义道路独特性的理解。

在此基础上，德里克提出的核心问题是："为什么二十年之前（即从作者写作这篇文章的 1996 年推算的 70 年代——笔者注）曾被激进派、保守派都视为革命（和发展）成就的范式、为之喝彩的'文革'，现在竟受到如此指责和贬斥，无法为当代提供启示？"他提供的最具理论洞见的答案在于：这是因为 70—80 年代之交国际关系转变的结果。与中国的"文革"同时发生的另一场资本主义的"文化革命"，导致资本主义的一个新阶段出现了。这个被称为"世界资本主义""晚近（期）资本主义""后福特主义"或"弹性生产或积累"的新资本主义形态，"使得早期世界关系的概念和由此得出的剥削和压迫关系变得与现实脱节"。转变之一在于，资本的全球流动使得第三世界与殖民帝国对峙的空间关系完全改变，因而基于地缘政治冲突关系、詹明信称之为"他性政治"[1] 的政治运作方式不再有效；转变之二在于，以往以民族国家为单位、着眼于国内市场建设和民族国家"自力更生"的发展范式，已经被重视出口、发展跨国资本市场的范式所取代。于是，德里克得出的最后结论是："'文革'是对抗帝国主义或抵抗第一世界宰制第三世界的革命的产物，它针对的是过去遗留下来的问题，但当资本主义的第一世界已在创造新的国际关系以及相应的社会和文化关系时，这些问题也就显得无关紧要了。"

概括来说，在德里克看来，终结"文革"和中国式 60 年代的关键原因，不仅在于"文革"作为一种革命思想自身存在的危机，以及这种实践在中国国内引发的深刻社会矛盾，更关键的原因是全球关系结构在 70—80 年代之交所发生的剧烈变化。这种变化的根本原因在于，资本主义自我创造与自我更新为一种灵活累积的全球形态，它不仅越过了冷战界限，而且使所有第三世界国家卷入其中。更糟糕的是，这种"全球化"首先就迫使已"融入"资本主义全球市场体系，并处于边缘 - 半边缘位置的社会主义国家和第三世界国家，为欧美等资本主义中心国在 70 年代初期遭遇的能源危机与金融危机"买单"。霍布斯鲍姆这样写道：

---

[1]　[美] 弗雷德里克·詹姆逊：《六十年代断代》，张振成译，收入《六十年代》，王逢振等编译。

"欧洲'现实中的社会主义'（指东欧社会主义国家——笔者注）最头疼的问题，在于此时的社会主义世界，已经不像两战之间的苏联，可以置身于世界性的经济之外，因此也免疫于当年的'大萧条'。如今它与外界的牵连日重，自然无法逃遁于 70 年代的经济冲击。欧洲的'现实中的社会主义'经济，以及苏联，再加上第三世界的部分地区，竟成为黄金时期之后大危机下的真正牺牲者；而'发达市场经济'虽然也受震荡却终能历经艰难脱身而出，不曾遭到任何重大打击（至少直到 90 年代初期是如此)"[1]。

　　70 年代中国同样受到了这次危机的冲击，但程度并不如苏东国家剧烈，根本原因在于，此时的中国仍在资本主义全球市场的"外部"。但这并不意味着中国可以始终处在这个市场的"外部"。一种经济学的解释是，"由于已经有了前 30 年中央政府集中全国资源完成工业化的资本原始积累，中央政府控制的国家工业为主的国民经济，已经初步具备'社会化大生产'的产业门类齐全、专业分工社会化的特征，有了进入市场开展交换的基础条件。"[2] 这也就是说，从中国作为一个民族国家经济单位的发展前景而言，它必须进入更大的交换市场才能进一步发展，并且它已经具备了进入更大市场的条件。这也为中国的"开放"政策提供了内驱力。而从国际关系角度来看，60 年代处在美苏两大霸权国的封锁和威慑之下的中国，处在一种类似于 30—40 年代延安时期被日军和国民党围困的窘境当中。尽管"文革"的诸多激进政策是以继承"延安精神"和"延安道路"的方式提出的，不过在完全丧失外援的情形下，"文革"中的中国并没有在全球范围内完成"农村包围城市"的壮举，反而使自身陷入经济发展难以为继的困境中。这才有了 70 年代初期调整与美国的关系，加入联合国，与日本邦交正常化，并在 70 年代后期正式与美国建交，主动纳入"太平洋经济体系"等一系列变化。

---

[1]　[英] 霍布斯鲍姆：《极端的年代：短暂的 20 世纪 (1914—1991)》，郑明萱译，第 702 页。

[2]　温铁军，《新中国三次对外开放的"收益和成本"》，收入《我们到底要什么？》，北京：华夏出版社，2004 年。

  显然，身处 70 年代全球性的经济危机与历史转折时期，中国面临的问题并不是在"开放"与"闭关锁国"之间自主选择，而是以怎样的更具主体性的方式加入资本大潮覆盖全球的新一轮资本市场体系扩张之中。70 年代初期的这场世界性金融危机和能源危机，曾被 1975 年第 1 期的《摘译》（外国哲学社会科学）杂志做了专刊报道。在当时的中国"文革"激进派看来，这不过是经典马克思主义理论预言的资本主义世界的末路表现，他们用"病入膏肓，回天无术""昏惨惨似灯将尽"等语词来欢呼资本主义终于走到了它的末日[1]。与这种话语上的激进性与空洞性不同，中国政府事实上已经开始了与"真实"的西方社会的经济交往。70 年代初期，在与美国及西方国家恢复交往的同时，中国就"通过大规模引进欧、美、日设备，开始了对重偏斜的工业结构的大调整，努力形成产业门类齐全的工业体系"。化肥产量翻番、农产品产量提高、"的确良"、洗衣粉，以及电视、洗衣机和冰箱"三大件"都是伴随着这次"开放"而在中国出现的"新事物"。至 1976—1977 年，华国锋时期曾提出更大规模地引进外资，并预期借助世界性的"油元"猛涨、通过"上它几十个大庆"来偿还债务。这也就是被后来所批评的"洋跃进"[2]。

  经济学家温铁军认为正是上述现象导致了 80 年代的改革，并在此基础上提出一个大胆的判断："中国 50 年来都是先开放，后改革。改革是开放派生的，其内容方面的不同一般都取决于政府向哪里开放。"[3] 如果这个叙述能够成立的话，那么我们考察"新时期"形成的那一套定型

---

[1] 上海外国哲学社会科学著作编译组编：《摘译》（外国哲学社会科学），1975 年第 1 期，上海：上海人民出版社，1975 年。

[2] 参见温铁军：《新中国三次对外开放的"收益和成本"》，收入《我们到底要什么？》；[美] 莫里斯·梅斯纳：《毛泽东的中国及其后：中华人民共和国史》，杜蒲译，香港：香港中文大学出版社，2005 年；程中原、夏杏珍：《历史转折的前奏：邓小平在 1975》，北京：中国青年出版社，2003 年。

[3] 温铁军：《新中国三次对外开放的"收益和成本"》，收入《我们到底要什么？》。

化的关于 80 年代社会变革的意识形态论述，便可获得一个有效的批判性支点。

"先开放，后改革"的阐释，与"新启蒙"论述的最大不同在于，它完全打破了单一民族国家之"内"与"外"的界限，而从中国在全球经济体系中的位置和处境，来解释改革的动力与方向。"新启蒙"论述把中国主动打破冷战壁垒，加入资本主义全球市场体系的开放之举，视为一个后发展国家通过模仿和借鉴西方发达国家，从"传统"向"现代"转变的"历史规律"，进而将西方国家视为中国现代化发展的理想"规范"。与此相反，温铁军在颠倒"改革"与"开放"关系的历史分析中，突出的是中国（以及所有后发展的第三世界国家）在对先进工业化国家的"复制翻版"中，引进的是"以苏联和美国为首的西方两大资本帝国集团不断淘汰的传统制造业的落后结构"，因而总是被迫处在一种结构性的"滞后"状态中。只有对西方（也包括 50 年代的苏联）所代表的现代性规范的历史性，以及中国自身的历史条件和特殊性，有充分的了解，才可能摸索出更有效的中国式发展道路。

尽管这些论述基本上都是以经济问题为基点，不过它们却始终是建立在某种文化想象的前提之上的。如果说德里克是在特定历史语境中探讨了"西方资本主义"与中国"文革"的关系的话，那么温铁军应当说是在特定历史语境中探讨了"现代化"对中国意味着什么。这里的关键，是对"现代化"所展开的具体历史辨析，而非意识形态的抽象评判。只有首先质疑那种关于"现代化"从西方向东方位移的进化论式的线性历史想象，才可能在一种更为切合历史实际的地缘政治关系格局中，来讨论"开放"与"改革"、"西方"与"中国"之间的复杂关系，进而探讨中国发展的独特道路。也就是说，它使得我们去进一步追问我们想象、叙述和实践"现代化"的理论来源与合法性依据：我们所要的到底是怎样的现代化？显然，这并非仅仅是一个"经济"问题，而关涉文化、理论与意识形态。

四、文化与现代化："五四"传统与现代化范式

将关于中国80年代的讨论，扩展至70—80年代之交的全球转折与国家关系体系中的中国位置的考察，显然并不是为了简单地套用"全球化"理论来阐释中国问题，而是为了凸显不同立足点或主体位置，如何制约我们想象80年代的文化视野，使我们看到从"内部"和"外部"所观察到的景观如何不同；尤为重要的是，仅仅从中国内部视野考察文化问题遮蔽了什么。当然，这也并不是为了对不同的历史视角做一种简单对比，而是如曼海姆所倡导的知识社会学力图做到的那样，为进一步分析"新时期"借以叙述自身的知识与文化表述如何形成，提供一种相应的分析视角。

按照德里克两个"文化革命"的论述，70—80年代之交转向"新"西方世界的中国，显然存在着一个关于自身表述的困境以及为了再度整合认同而进行文化选择的问题。落实到关于"新时期"意识与新启蒙文化思潮的讨论，这也就意味着去考察那一套以"传统"/"现代"的对偶结构来确认"新时期"合法性的叙述模式从哪里来。如果说"西方"与"中国"的形态与位置在70—80年代转折过程中都发生了巨大变化，那么在有关"新时期"意识的那一组意识形态框架当中，关键之处便是"中国"与"西方"的对立和转化，如何被耦合到有关"传统"与"现代"的二元对立叙述结构之中。

1. 从"思想解放运动"到"新启蒙"思潮

在80年代的历史与文化意识当中，关于"新时期"讲述自身的知识来源问题，形成了一种明确的历史指认关系，即将"新时期"指认为另一个五四时代，进而是另一个文化启蒙的时期。因而有关"新时期"合法性的讲述，其知识构成也似乎都来自"五四传统"。

对五四启蒙传统的重新启用，可以说构成了80年代一个持续的文

化实践过程。在 70—80 年代转折期的"思想解放运动"中，"新时期"就已经被叙述为继五四运动、延安整风运动之后的"第三次伟大的思想解放运动"[1]。因为"文革"被定性为"封建法西斯专政""现代迷信"与"宗教教义式的新蒙昧主义"，70—80 年代的转折期便成为重新高扬五四"民主与科学"大旗的"新时期"。也因此，1979 年作为五四运动六十周年，受到格外重视，并举办了诸多纪念活动。其中最重要的活动是中国社会科学院组织的"五四运动六十周年学术讨论会"[2]。

　　关于五四运动历史的描述，自 1949 年后，一直严格遵循毛泽东的有关论述，将其解释为"中国新民主主义运动的开端"，其历史意义在于"马克思主义在中国的传播"和"工人阶级登上历史舞台"。可以说，在 50—70 年代，由谁来阐释和怎样阐释五四运动的历史意义受到严格的限定，因此，1979 年中国社会科学院的这次学术讨论会便具有相当特殊的性质。它显示出，如何阐释五四不再是某种"政治特权"，而成了一个具有一定"讨论自由"的学术课题。这事实上可以看作"思想解放运动"的一个具体策略，从而为重新阐释五四提供了可能性。这次会议关于五四运动性质的界说添加了一项新内容，即它不仅是"反帝反封建的政治运动"，同时更是"空前未有的思想解放运动"。同时，关于其历史意义的界说，也做了一次极具针对性的修订，即将毛泽东称五四运动"彻底地不妥协地反帝反封建"之"彻底"的含义，修订为"并非说，那时已经把封建思想反掉了"，而是指"坚决反对"的"态度"，而非"程度"[3]。如果说"文革"时期的"封建法西斯专政"

---

[1]　周扬：《三次伟大的思想解放运动——在中国社会科学院召开的纪念"五四"运动六十周年学术讨论会上的报告》，《人民日报》1979 年 5 月 7 日。收入《周扬文集》（第五卷），北京：人民文学出版社，1994 年。

[2]　这次讨论会收到了"学术论文一百八十多篇"，其中 73 篇编入中国社会科学院近代史研究所编的《纪念五四运动六十周年学术讨论会论文选》（三册），由中国社会科学出版社 1980 年出版。

[3]　黎澍：《关于五四运动的几个问题》，收入《纪念五四运动六十周年学术讨论会论文选》（一），北京：中国社会科学出版社，1980 年，第 273—285 页。

正是五四运动"反封建"任务没有完成的结果，那么，将五四运动尤其是新文化运动的目标重新作为"新时期"的任务，便是理所当然的结论。巴金写道："六十年，应该有多大的变化啊！可是今天我仍然像在六十年前那样怀着强烈的感情反对封建专制的流毒，反对各种形式的包办婚姻，希望看到社会主义民主的实现。"[1] 由此，五四启蒙传统将不仅仅是"历史"，更是"现实的需要"。于是，"新时期"与五四时期便在"反封建"这一点上建立了直接而紧密的承继关系。

这种历史描述的真正变化不在于将"新时期"和"五四"连接在一起，事实上毛泽东有关延安整风运动和周扬有关当代文艺传统的论述[2]，都同样在重构并借重这种历史连续性；这里关键的是，强调"反封建"主题从五四到"新时期"的延续性，就应该承认，一种反对封建主义的"思想革命"有可能而且应该从"政治革命"中独立出来。更进一步的，在批判林彪、"四人帮"作为一种"封建法西斯专政"的"极左路线"时，"（极）左"和"封建"之间的暧昧关联，使社会主义革命本身的历史性质变得极为含混。突出五四运动的"反封建"意义，探讨五四和"新时期"在"反封建"问题上的关联，成为此后越来越多的人借以突出五四的文化启蒙意义，进而重申"新时期"作为另一场"新启蒙运动"的基础。这事实上也是80年代中期的"历史反思运动"与"文化热"发生的现实动因。

不过，尽管80年代中期的"新启蒙"思潮与70—80年代之交的"思想解放运动"关系密切，但它们关于五四传统的阐释方式却并不相同。关于五四传统与"新时期"关系的新启蒙式讲述，如何突破了70—80年代之交的"反封建"论述，李泽厚的《启蒙与救亡的双重变奏》或

---

[1] 巴金：《五四运动六十周年》，收入《随想录》第一集，北京：人民文学出版社，1980年，第64—67页。

[2] 参见毛泽东的《五四运动》（1939年5月）、《青年运动的方向》（1939年5月4日）、《中国革命和中国共产党》（1939年12月），尤其是《新民主主义论》（1940年1月）等几篇文章，以及周扬的《发扬"五四"文学革命的战斗传统》（《人民文学》1954年5月号）。

许是最为系统和典型的文本了。

这篇文章最富有历史征候性特征的地方在于，文章前两部分是关于"封建主义"如何"改头换面"地渗入革命的讨论，而到文章第三部分，没有多少过渡地被关于"传统""传统文化"的讨论所取代。如果说"反封建"这样的表述语汇，仍是经典马克思主义的语言，并因此而划定了人们阐释历史的话语疆界的话，那么，以"传统""传统文化"作为表述历史惰性的新语汇，则脱离了 80 年代的知识界一直尝试从中"突围"的经典马克思主义的话语轨道。这不仅仅是"修辞"上的变更，更意味着关于历史、时代与自我认知的表述方式发生了全面的转变，称其为"话语"或"范式"的转型更为合适。可以说，"反封建"论述是与革命范式（或话语）联系在一起的，而有关"传统（文化）"以及与之紧密关联的新启蒙式的讨论，则与现代化理论范式密切相关。

按照福柯的知识考古学理论，特定的概念或范畴隶属于特定的陈述方式，而使得这种陈述方式成为可能的东西，不仅包括观念体系层面（德勒兹称为"可述"层面[1]）的转变，同时更包括使得陈述成为可能的物质或体制层面（德勒兹称为"可视"层面）的话语领域的形成。这正是福柯所称的"话语构成"的具体含义[2]。挪用这一理论来阐释 80 年代中期知识界从"反封建"论述向"传统（文化）"讨论的转移，可以说，正是从"思想解放运动"向"新启蒙运动"转换的征候性话语标志。尽管两者在表象上都借重了五四传统，但真正支配新启蒙文化思潮的话语形态，不再仅仅是中国语境内的五四传统，而更是一种全球性的现代化理论范式。

---

[1] 有关法国理论家德勒兹对福柯理论的阐释，参见 [法] 吉尔·德勒兹：《德勒兹论福柯》，杨凯麟译，南京：江苏教育出版社，2006 年。

[2] [法] 米歇尔·福柯：《知识考古学》第二章 "话语的规律性"，谢强、马月译，北京：生活·读书·新知三联书店，1998 年。

2. "五四"传统的再阐释与现代化范式

现代中国对五四传统的阐释，从来就不是一致的。如汪晖概括的，存在着"文化批判或启蒙主义的，民族主义或文化保守主义的，新民主主义或共产主义的"这三种五四观。这些阐释方式"总是受制于表述者所处的文化、制度和政治环境"，而与"不同阶层、不同处境的人们对历史的记忆方式"有直接关联[1]。

"新启蒙"文化思潮在80年代中期中国知识界的出现，常常被解释为从"新民主主义或共产主义的"五四观，向"文化批判的或启蒙主义的"五四观的转移，甚至是对被50—70年代所压抑的知识分子五四传统的"复归"。从一种宽泛的共时性的抽象角度看去，这种阐释是没有问题的，事实上，80年代中期的中国知识界也正是这样来理解自己与历史的关系。不过，从历史研究的角度来看，这种阐释方式的问题在于，它并没有质询"五四传统"作为中国现代历史起源的"神话"位置，没有将其从神坛上请下来，相反，却正是在将其视为神话源头的前提下展开类似阐释的。似乎是，五四运动（尤其是五四新文化运动）在现代中国历史的开端处，就已经预示并聚集了现代问题的全部构成，不同历史时期的人们就像从"武器库"中提取武器一样，从中提取合用的思想资源。这种关于五四传统的讲述方法，与福柯借用尼采的谱系学加以批判的那种传统历史学并没有多大差别："整个历史学（神学的或理性主义的）的传统都倾向于把独特事件化入一个理念的连续性之中，化入一个目的论运动或一个自然的链条中。"[2] 因此，本书强调关注不同时期五四阐释的独特性，不仅意味着去关注"不同的历史角色基于各自的历史处

---

[1] 汪晖：《中国的"五四观"——兼论中国现代文学史和思想史研究的历史前提》，收入《无地彷徨："五四"及其回声》，杭州：浙江文艺出版社，1994年，第179、177页。

[2] ［法］米歇尔·福柯：《尼采·谱系学·历史学》，苏力译，收入《尼采的幽灵——西方后现代语境中的尼采》，汪民安、陈永国编，第129页。

境而形成的对于同一历史事实的相异的记忆方式"[1]，更意味着去关注在断裂的现代历史语境中那些激活"五四传统"，并且只能在那个特定的语境中才能成型的话语表述形态。

　　具体到对 80 年代"新启蒙"思潮的讨论，意味着关键问题不在这种关于五四传统的讲述与五四新文化运动之间异同关系的历史比较，而在借助怎样的话语框架（或许使用日本学者柄谷行人的说法更形象：话语"装置"[2]），五四新文化运动被重新讲述为一个"活的传统"。

　　人们几乎很少去关注，80 年代在批判 50—70 年代历史实践基础上产生的"新启蒙"文化诉求，与五四时期新文化运动，这两者在有关传统中国（文化）表述上的一个重要差别，在于一种整体主义描述思路的出现。五四时期对中国文化传统的表述，或是"具体"的对象，比如孔教、礼教、孔子之道、家族制度等，并将之与儒家以外的诸子学区分开来，或是与现代民族国家关联的语汇比如"国故""国学"，或是新旧对比的"旧文化""旧道德等，很少把中国传统文化作为一个整体对象来抽象地加以讨论，几乎没有出现过"传统"与"现代"这一对偶结构，更很少将现代中国置于落后国家政治、经济与文化的全方位发展结构中来加以叙述。这也正是王元化等人在质疑美国学者林毓生把五四叙述为"全盘性反传统主义"[3] 时，引用诸多资料加以考证的内容[4]。这种叙述方式的变化，并不仅仅关乎具体语词的使用，也不单纯是海外（主要是

---

[1]　汪晖：《中国的"五四观"——兼论中国现代文学史和思想史研究的历史前提》，收入《无地彷徨："五四"及其回声》，第 178—179 页。

[2]　参见 [日] 柄谷行人：《日本现代文学的起源》，赵京华译，北京：生活·读书·新知三联书店，2003 年。

[3]　参见 [美] 林毓生：《中国意识的危机——"五四"时期激烈的反传统主义》（增订再版本），穆善培译，贵阳：贵州人民出版社，1988 年。

[4]　王元化：《为"五四"精神一辩》，原载《新启蒙》论丛第一辑《时代与选择》，收入《五四：多元的反思》，香港：香港三联书店，1989 年；王元化：《论传统与反传统——从海外学者对"五四"的评论说起》，《人民日报》（海外版），1988 年 11 月 28—29 日。另参见严家炎.《"五四""全盘反传统"问题之考辨》，《文艺研究》2007 年第 3 期。

美国中国学界）学者与大陆学者之间出于意识形态上的定见而形成的分歧，而涉及论述五四传统的话语框架问题。

以一种"整体主义"的方式来探讨中国传统，并由此检讨五四传统的缺失，这种论述方式在80年代中国的出现，如王元化所说，最早来自海外中国学研究界，尤其是"新儒学和儒学第三次复兴的传播"[1]。其中，林毓生的《中国意识的危机——"五四"时期的激烈反传统主义》或许是其中影响最大的一本书。对于林毓生所称的"全盘性反传统主义"，美国史学界大师本杰明·史华慈（Benjamin Schwartz）曾将其概括为两个要点："其一，过去的社会－文化－政治秩序必须当做一项'整体'看待；其二，此一秩序也必须作为一个'整体'来拒斥。"这两个要点被史华慈认为是西方视中国为"僵滞的传统主义的典型"时的理论依据。他并继续发挥道："如同林教授一样，大多数治20世纪思想史的学者的注意力都被'全盘性反传统主义'在五四运动中占有的强大势力所触动。他们也清楚地看到，自五四运动以来，数十年中国思想界一些最具影响力的人物仍然以不同程度抱持此种反传统的态度。"[2]在某种意义上，史华慈这篇为《中国意识的危机》所做的不长的序言，包含了有关中国传统文化的一种阐释模式的典型特征。一方面，古代中国被视为"僵滞的传统主义的典型"，它由"社会、文化与政治完全得到整合的秩序无所不涵的整体性的功能所组成"。借用金观涛、刘青峰在80年代发明的表述，这是一个由社会、文化、政治等不同子系统构成的"超稳定结构"[3]。另一方面，也正因为中国传统文化具有这种"整体性"，源自

---

[1] 王元化在《为"五四"精神一辩》中这样写道："我认为首先要解决'五四'精神是不是可以用全盘性反传统和全盘西化来说明。这种论调先出自海外，后传入国内，似乎已成定论不容置疑了"（参见《五四：多元的反思》，第15页）。

[2] 参见［美］本杰明·史华慈为林毓生的《中国意识的危机——"五四"时期激烈的反传统主义》所作的序言，穆善培译，第2—3页。

[3] 参见金观涛、刘青峰《兴盛与危机——中国封建社会的超稳定结构》，长沙：湖南人民出版社，1984年；金观涛《在历史的表象背后——对中国封建社会超稳定结构的探索》，成都：四川人民出版社，1984年。

西方的（外来的）现代思想才与"传统"截然不同。作为对这种源自19世纪西方并在20世纪中期成为"常识"的叙事模式的修正，林毓生一方面倡导"传统"可以被"创造性转化"为"现代的"，另一方面他要批判的正是"全盘性反传统主义在现代中国思想史与政治史上的确扮演了一个影响深远的角色"。依照史华慈更明确的阐释，是"吾人发现无论中共面对过去文化遗产时的态度是如何暧昧复杂，到现在（1978年），全盘性反传统主义依然和官方之根本拒斥中国文化传统的理论相缒结"。这也就是说，固然应当承认那种把中国文化传统与现代截然分开的观点并不完全适合中国，并要求史学家在研究时加以适度修正，不过，林毓生、史华慈都认为这种观点对于讨论"现代中国思想史与政治史"来说却仍旧适用。

如果熟悉美国中国学研究的话，可以看出史华慈所叙述的这种关于中国传统的叙述模式及其修正形态，正是美国学者柯文（Paul A. Cohen）在他那本批判性的史学著作《在中国发现历史——中国中心观在美国的兴起》中所概括的"传统与近代"或"近代化理论"模式。这种模式的主要特点在于"把社会演变分为'传统的'与'近代的'两个阶段的做法"，并且，"在50—60年代，几乎所有这批史家（指美国的中国史专家，如费正清、列文森、史华慈等——笔者注）都采用'传统'和'近代'二词来划分中国漫长的历史……甚至今日尽管这些词语的用法已发生相当大的变化，但在学术著作中仍然颇为流行"[1]。柯文指出，这种"传统与近代"的史学模式，源自二战后冷战时期的美国社会科学界，"它适应了西方的，主要是美国的社会科学家意识形态上的需要，被用以对付马克思列宁主义对'落后'和'未发达'现象的解释。同时它也提供了一套完整的说法来解释'传统'社会如何演变为'近代'社会"[2]。

另一本于21世纪出版的影响颇大的冷战史著作《作为意识形态的

---

[1] ［美］柯文：《在中国发现历史——中国中心观在美国的兴起》，林同奇译，北京：中华书局，2002年，第54—55页。

[2] 同上书，第55页。

现代化——社会科学与美国对第三世界政策》[1]，与柯文对"传统与近代"史学模式的判断大致相同。这本书详细描述并分析了在冷战格局中，为了与苏联所代表的革命范式的发展模式争夺新兴的第三世界国家，美国以经济学、政治学与社会学为主要领域的社会科学界精英，如何构造出"现代化理论"。这一理论的核心部分集中于这样几个"互有重叠互有关联的假设之上"，即（1）"传统"社会和"现代"社会互不相关，截然对立；（2）经济、政治和社会诸方面的变化是相互结合、相互依存的；（3）发展的趋势是沿着共同的、直线式的道路向建立现代国家的方向演进；（4）发展中社会的进步能够通过与发达社会的交往而显著地加速。尤其重要的是，"理论家们将西方的、工业化的、资本主义的民主国家，特别是美国，作为历史发展序列中的最高阶段，然后以此为出发点，标示出现代性较弱的社会与这个最高点之间的距离"[2]。由此，不仅什么才算是从"传统"向"现代"转化的变化因素和衡量指标，需要依照西方社会的标准来做出判断，而且发展中国家对于现代化的想象范本和规划方式，也均来自西方国家。也就是说，"现代化理论"正是从西方发达社会中提取出有关现代性的规范知识，并用来作为衡量后发展国家的标准。正是这一点，使柯文得出基本判断说："研究中国历史，特别是研究西方冲击之后中国历史的美国学者，最严重的问题一直是由于种族中心主义造成的歪曲。"[3]

"现代化理论"在80年代成为编史学范式的全球性主导模式，被阿里夫·德里克称为"现代化范式"[4]。德里克借用了科学史家托马斯·S.库恩（Thomas S. Kuhn）的范式（paradigm）概念，其含义是指"一定

---

[1] ［美］雷迅马：《作为意识形态的现代化——社会科学与美国对第三世界政策》，英文版出版于2000年，中译本出版于2003年（牛可译，北京：中央编译出版社）。

[2] 同上书，第6—7页。

[3] ［美］柯文：《在中国发现历史——中国中心观在美国的兴起》，林同奇译，第53页。

[4] ［美］阿里夫·德里克：《革命之后的史学：中国近代史研究中的当代危机》，吴静研译，《中国社会科学季刊》（香港）1995年春季卷，第135—141页。

时期内可以向研究者群体提供的典范性问题及解法的普遍公认的科学业绩"，"某一科学共同体承认这些成就就是一定时期进一步展开活动的基础"，"它暗暗地规定了某一领域中应当研究些什么问题，采用些什么方法"[1]。德里克将这一范畴引入对美国中国学界有关中国近现代史研究的分析，认为从 80 年代开始，"现代化范式"已经取代了 60—70 年代的"革命范式"，而成为中国编史学上的支配性解释模式。这种范式的突出特点在于，它用"一组与资本主义相关的发展"来解释中国现代史，并否定革命在中国现代历史中的中心位置，或在仍肯定其中心位置的情形下，将其叙述为一个"衰落或失败的故事"。德里克进而指出，"'现代化'作为一种解释范式并非新出，在二战后的年代里，它就统治了美国和欧洲社会科学的思维，也支配了对中国的理解"。

德里克对中国研究的这种概括，曾遭到史学界不同角度的质询[2]。不过在笔者看来，德里克的概括真正富于启示性的地方，乃是基于一种全球性历史视野而对"现代化范式"所做出的知识社会学阐释。他提出，这一意图取代"革命范式"的新范式所取得的支配地位，不仅显示出现代中国史学研究的范式危机，更是 70—80 年代转型之后的一种全球性意识形态的呈现。正是在同样的语境中，"打开国门"的中国知识界在"新启蒙"思潮中有关五四传统的阐释框架，由传统 / 现代的二元框架所主导。中国知识界的这种变化，不仅是与海外学界互动的结果，甚至可以说其自身就是全球性的"后革命氛围"中的一个话语场。《启蒙与救亡的双重变奏》在"反封建"与"（反）传统"论述上的跳跃性，正是这一话语转换的征候性呈现。而"文化热"中的"中西比较风"、文化与

---

[1]　[美] 托马斯·库恩:《科学革命的结构》，金吾伦、胡新和译，北京: 北京大学出版社，2003 年。

[2]　参见罗荣渠:《走向现代化的中国道路——有关近百年中国大变革的一些理论问题》(《中国社会科学季刊》1996 年冬季卷总第 17 期）;冯钢:《关于中国近代史研究的"现代化范式"》(《天津社会科学》2000 年第 5 期);杨念群:《"中层理论"的建构与中国史问题意识的累积和突破》(收入《中层理论　东西方会通下的中国史研究》，南昌: 江西教育出版社，2001年) 等相关文章。

现代化等议题和思路，则表明在如何理解五四传统与现代中国历史的基本思路上，"现代化范式"的广泛却并非自觉的影响 [1]。

3. 80年代中期的话语转型

从上述分析可以看出，80年代中期中国知识界阐释五四传统的话语方式的一个大变化，在于从"反封建"论述的革命范式向以"传统" / "现代"作为主要框架的现代化范式的转变。这种转变的重要契机来自美国中国学研究界的影响，并且这种研究在很大程度上受制于"现代化理论"模式。我们也有理由以此为入口，来探讨80年代中期中国知识界的话语转型。

正如前面在关于"漫长的20世纪"还是"短促的20世纪"的讨论中已经提到的，80年代到底是作为"资本时代的19世纪"的新阶段还是"革命的短20世纪"的尾声，在国外和国内学者那里都存在分歧。中国学者在90年代以来对80年代的反省中，或将80年代视为革命世纪的尾声，且其主要的思想资源均来自50—70年代的社会主义历史（如汪晖），或将80年代视为五四激进主义范式主导的20世纪的最后革命（如《学人》、"后新时期"论述），或称其为结束"文革"而改革开放、走向世界的"新时期"（80年代主流看法的延伸）等。这里提出的是一种不同看法。

本书的基本看法是，80年代并非统一，而存在着前后期的话语转型。如果说80年代是革命的20世纪的尾声的话，那么它指的是"文革"后到80年代中期（1984或1985）这一时段，农村的经济改革、国际对外关系上的开放政策、文化领域的"思想解放运动"和人道主义 / 马克思主义作为主要思想资源等，是这个时段的主要特征；而从80年代中

---

[1]　关于"文化热"与"现代化范式"关联的详细论述，参见贺桂梅：《1980年代"文化热"的知识谱系与意识形态》，《励耘学刊》2008年第1—2期，北京：学苑出版社。

期开始，城市经济体制的改革、市场化开始渗透到人们的日常生活，文化领域的"历史反思运动"与"文化热"，五四和欧洲的启蒙话语作为主要思想资源，则标示着一种话语转型的发生。事实上，正如一位"文学主体性"支持者讥讽老左派评论家为"白头宫女在，闲坐说玄宗"[1]那样，这种话语转型发生的迅速与突然，使那些还坚持正统马克思主义话语的论者，在新潮学者眼中，迅速变成了"三代以上的古人"[2]。而这一在80年代中期形成的话语形态，旋即在1987年的第一轮商业化大潮的冲击，尤其是1989年的政治动荡和1992—1993年的快速市场化过程中，濒临瓦解。但也正因为此，这种于80年代中期形成的话语形态，成了某种"未完成的故事"，也是90年代知识界悲情的理想主义情绪的来源。于是，它不仅在80年代被用来作为批判50—70年代社会主义历史实践以及与之同构的中国传统文化，也在90年代被用来批判市场社会的现实，因而无形中成为中国知识界关于80年代文化的定型化想象。

　　本书认为，80年代不仅是"革命世纪的尾声"，也不仅是新一轮"资本的时代"的序幕，更值得关注的是，在"尾声"和"序幕"之间，于80年代中期形成过某种短暂却稳定的话语形态。也就是，在"后革命"与"前市场"之间的"新启蒙"这一文化形态，构成了人们指认80年代文化特殊性的关键所在。80年代中期新启蒙话语成型的征候性标志，是在不同领域或同构或有参差地同期发生的一次次思潮或事件。这包括整个知识界的"文化热"或称"中西比较风"、文学与哲学界关于"现代派"的论争、文化界"寻根"思潮的兴衰、哲学与文学理论及美学界的主体论、中国现代文学研究界"20世纪中国文学"的提出等。它们持续的时间大致在1984—1987年间。

---

[1]　程麻：《一种文艺批评模式的终结——与陈涌同志商榷》，《文论报》第21期，1987年7月21日。

[2]　刘半农：《初期白话诗稿·序》，北平：星云堂，1932年。作为五四时期倡导文学革命的主将之一，他在30年代初期曾慨叹社会思潮变化之快，"我们这班当初努力于文艺革新的人，挤挤成了三代以上的古人。"

这些文化事件的发生及其核心范畴的提出，与70—80年代转折、80—90年代的转折，有着未曾中断的知识关联，但作为一种话语形态，却并不相同。也许可以概括说，这是一种被"现代化理论"范式所主导的话语形态。它在话语上的最突出特征，便是用"传统"/"现代"这一二元知识框架，统摄了不同层面的表述，并把"文化"置于格外重要的位置。80年代作为一个"新时期"，与"文革"历史的关系，在时间序列上被直接认定为现代社会与前现代的中华晚清帝国的关联，而在空间位置上被描述为现代的"西方"与前现代的"中国"之间的关系。因此，全部的社会与文化问题，被认定是一个"传统社会"如何实现"现代化"的问题。

4."现代化理论"的散布与再生产

揭示80年代中期新启蒙论述之意识形态性的最好办法，是去追问其知识性的表述语汇源自何处。显然，这一套语汇绝不是基于经验的"自然而然"的描述，它也不完全来自五四式的新文化运动语言，毋宁说乃是源自50—60年代的美国并向全球扩散的"现代化理论"的中国版。

需要格外地剖析这一"现代化理论"范式在中国知识界的影响的原因在于，在整个80年代，人们谈论"现代化"的方式，就好像这是一种自然而然的事实，一套不需要追问其出处或来源的普泛的价值标准。"现代的"便是"好的"乃至"理想的"，"现代化"乃是人类社会步入"文明阶段"的必经之路。也就是说，它被视为一种"天经地义"的信仰和价值观，而并不被作为一种"理论"，更不被看作一种应当被历史化并接受批判性质疑的话语对象。

事实上，这是现代化理论范式在诸多发展中国家呈现的常态。人们几乎从来不曾意识到这不过是西方中心国（尤其是美国）为确立其霸权地位，而从西方社会发展的历史中提取思想资源和合法性依据，并由其国家的社会科学知识精英"发明"的一套历史叙述。而且，这套历史叙述的形成有着明晰的冷战意识形态背景，即用以对抗苏联主导的社会主义阵营有关"革命"的发展模式。更重要的是，正如雷迅马的著作提出的，随着"现代化理论"作为美国政府对待第三世界的主导国家政策，"现代化"已经不再作为一种"理论"存在，而成为一种"意识形态"。他这样写道："在一种不同的和更具影响力的水平上，现代化也是一种认知框架，而且经常在无意识的情况下与艾里克·方纳（Eric Foner）所说的'由一个社会集团的信仰、价值、恐惧、偏见、反思和义务感组成的系统——简言之也就是社会意识'相密切联系"。雷迅马并借助曼海姆的理论这样解释："从卡尔·曼海姆的角度来理解，现代化也是一种认知框架，通过这一架构，美国对自己的民族特性、使命和世界角色所达成的理解具有了更丰富的内容，并且广泛流传。"[1] 有趣的是，雷迅马在借用曼海姆的理论时所区分的"特殊的观念"（particular conception）和"总体的观念"（total conception），也正是本章前述"意识形态分析"与"知识社会学"的差别。也可以说，雷迅马在《作为意识形态的现代化》一书中对"现代化理论"所做的历史描述和分析，正是一种知识社会学的考察。不过，他的这种知识社会学批判，是从"一个特定的历史－社会集团"即"美国"出发的，因此，他对"现代化理论"的讨论始终站在"美国对自己的民族特性、使命和世界角色所达成的理解"这一主体位置之上。而在本书看来，"现代化理论"如何从一种理论到一种国家政策进而成为一种意识形态，事实上可以在一种比"美国"这一主体位置广阔得多的范围内来加以探讨。

由于"现代化理论"以"人类"的名义来构造第三世界国家的发展道路，并以 19 世纪欧洲的启蒙文化和进化论叙述作为主要知识来源，因此，当其关于第三世界国家的发展规划被第三世界国家自身接受为一种

---

[1]　［美］雷迅马：《作为意识形态的现代化——社会科学与美国对第三世界政策》，牛可译，第 20—21 页。

普泛性的知识时，"现代化理论"就远远超越了它的"美国性"（毋宁说这正是它试图去掩盖的东西），而成为全球性的意识形态。可以说，雷迅马的研究正是通过将"现代化理论"放置在冷战时期的全球语境中，而使其由一种美国所制造的意识形态，暴露为一种针对"美国"的意识形态批判。如果我们转换作为分析出发点的主体位置，即从包括中国在内的发展中国家或第三世界国家的主体位置，来考察"现代化理论"的话，那么这正是伴随着美国的经济援助、政治控制和文化扩张而同时到来的一整套新价值、新理想和新的意识形态。

由于中国在全球体系中的特殊位置，这个"新神降临"的时刻并不是 50—60 年代，而发生于 70—80 年代之交的全球转折时期。按照德里克两个"文化革命"的观点，50—60 年代中国的发展模式，曾吸引了许多第三世界国家和欧美左翼知识界，确因其区别于美国的现代化范式与苏联的革命范式的话，那么 70—80 年代的全球转折，尤其是第三世界国家在这一历史转折过程中遭遇的经济发展和文化认同上的挫败，以及西方国家同时期迅速完成的自我调整和成功转型（后福特主义或称新自由主义、晚期资本主义等）打破了冷战空间的壁垒，则有可能使得"现代化范式"伴随着资本穿越冷战界限的全球流动而扩散至中国。可以说，70—80 年代的全球性转折和新资本主义的扩张，对于包括中国在内的第三世界国家而言，可能被视为"再度现代化"的时期。很大程度上，当中国的政府文件和国家领导人发言于 1975 年启用"现代化"一词，并将"实现四个现代化"作为"新时期"的国家目标时，从一种全球的总体性视角看来，不能不说这也正是"现代化理论"终于透过冷战意识形态的壁垒而向中国的扩散。考虑到 70—80 年代那些最早实行新自由主义政策的拉美和非洲国家，事实上都是美国 60 年代现代化理论主导的政策实施的区域，即都是美国经济援助和美元市场所及之处，那么，这种假设和判断就有很大的合理之处。

不过，强调"现代化理论"作为一种知识表述形态，在中国散布的可能性及结构性动力，并不意味着去一一证明 80 年代中国的历史与文化意识如何接受"现代化理论"。正如雷迅马在他的《作为意识形态的现代化》中所指出的那样，"现代化理论"既是一种指导后发现代化国家经济发展的国家政策，也是一种由社会科学主导的学术范式和理论模式，更是一种整合社会不同阶层的意识形态。现代化理论的这三重特点，决定了其影响与播散的极其复杂的路径。因此，对之加以考察就远不是对一种理论或观念的"比较研究"或"影响研究"所能胜任，而需要摸索一种相对别样的分析方式。

对本书来说，雷迅马著作更重要的启发性在于，它详细地展示了在 60 年代的美国，"现代化理论"如何从社会科学界的知识生产，转变为美国政府针对第三世界的国家政策，进而被提升为一种确立美国主体性的意识形态，即这一范式的演化过程。与之参照，在 80 年代的中国，可以说，存在着一个与美国"现代化理论"范式的扩散过程相逆的散布与再生产过程。即不是从理论、政策到意识形态，而是倒过来，首先作为一种意识形态被接受，接着变为国家政策，然后由知识界重新将其理论化为一种知识形态。可以说，"现代化理论"范式作为一种中国政府、知识界乃至普通民众构想、规划和想象"新时期"的表述语言，首先是作为一种国家政策，同时作为一种被社会普遍分享的现代化意识形态而出现的。不过，正因为在 70 年代后期 80 年代前期，"现代化"主要是作为一种意识形态，而知识界尽管也分享这一意识形态，但仍旧在正统马克思主义话语内部思考问题，还没有创造出一种与"现代化"相应的学术话语来参与这一意识形态（国家机器）的建构。直到 80 年代中期，以传统／现代的二元框架来阐释五四传统与"文化热"的出现为标志，新时期的中国知识界才真正完成从马克思主义话语的"突围"与向"现代化理论"范式的转型。这一方面意味着中国的新启蒙叙述仍旧直接或间接地受到"现代化理论"的影响，另一方面则意味着，这并不是对美国"现代化理论"的简单"移植"，而是一个关联着 80 年代中国的历史处境和特定的思想资源而进行的再生产和重新叙述的过程。也因此，称其为"现代化理论"范式，或许比较准确。

尤其值得关注的是，与 60 年代美国不同的是，80 年代中国知识界再生产这一范式的主体，乃是人文学界而非社会科学界。造成这一现象的关键原因，是在 80 年代中国，西方式社会科学建制尚未确立，而 50—70 年代作为主流形态的正统马克思主义政治经济学，又处在受到质疑的状态当中。文学、历史、美学、哲学等领域的人文学者正是在社会科学或政治经济学历史性地"缺席"的情形下，通过对"现代化理论"范式的社会科学语言的"翻译"、想象与再叙述，才成为 80 年代中国知识生产的主角。陈平原曾从社会科学与人文学界关系的角度，如此解释 80 年代知识界向 90 年代的历史转型："90 年代的学术转型，跟社会科学在中国的迅速崛起有关。以前的'文化热'，基本上是人文学者在折腾；人文学有悠久的传统，其社会关怀与表达方式，比较容易得到认可。而进入 90 年代，一度被扼杀的社会科学，比如政治学、法学、社会学、经济学等，重新得到发展，而且发展的势头很猛。这些学科，直接面对社会现状，长袖善舞，发挥得很好，影响越来越大。这跟以前基本上是人文学者包打天下，大不相同。"[1] 这也从一个重要侧面说明，在 80 年代，人文学界与社会科学界在社会文化舞台与学术性知识生产制度中所占据的不同位置。

社会科学在 90 年代中国迅速崛起的历史原因，可以从很多角度展开分析。不过其中最重要的原因或许在于，这一美国式学科建制和知识体制在 90 年代后中国的确立，与现代化意识形态在 80 年代中国的扩散直接相关。

雷迅马揭示了 60 年代美国的社会科学界如何生产出了"现代化理论"，而美国批判社会学家伊曼纽尔·沃勒斯坦则通过他的"世界体系分析"与对社会科学制度的谱系学考察，从更广阔的历史与全球视角，剖析了作为一种世界制度的资本主义的"全球化"及"现代化理论"与

---

[1]　查建英主编：《八十年代：访谈录》，陈平原部分，北京：生活·读书·新知三联书店，2006 年，第 141 页。

社会科学体制之间的关系。沃勒斯坦提出，出现于 16 世纪西欧的资本主义，可以看作一种"现代世界体系"与独特的"地缘文化"。"社会科学是现代世界体系的产物，而欧洲中心主义是现代世界地缘文化的构成要素"。直到 1945 年之前，社会科学"事实上只设立于五个国家——法国、英国、德国、意大利和美国"[1]。但 1945 年之后，"世界社会科学中最大的变化就是发现第三世界这一当代的现实"，针对这一"发现"而展开知识生产创新的主要结果，便是"现代化理论"的崛起[2]。如雷迅马在《作为意识形态的现代化》中显示的一样，沃勒斯坦所论证的"世界社会科学"，在第二次世界大战以后，其中心已经决定性地转移到美国，并与美国的全球霸权直接联系在一起[3]。因此，称"现代化理论"是美国式社会科学知识生产体制的产物，并不为过。尽管沃勒斯坦和雷迅马都是以欧洲或美国历史作为理论阐释的依据，不过正因为现代中国始终或"内"或"外"地构成这个"现代世界体系"中的一员，我们便有理由借助沃勒斯坦的理论，将知识生产视为现代世界体系的组成部分，并从这样的角度来考察 80 年代中国知识界有关现代化意识形态的散布与再生产情况。

这种从"现代化理论"在全球"旅行"的角度所做的宏观考察，显然需要从具体表述、具体领域和具体知识关联的"微观"角度给予必要的论证。具体到 80 年代中国的知识界，便是去分析作为社会文化传播与知识生产主角的人文学界，如何通过社会性的文化思潮与文化事件，再生产出一种新的"现代化理论"的知识范式。出于这样的考虑，沃勒斯坦提出的"世界体系分析"及其对社会科学作为一种知识生产制度的探讨，一定程度上对本书从全球结构的宏观角度来考察现代化知识的散

---

[1] [美] 伊曼纽尔·沃勒斯坦：《所知世界的终结：21 世纪的社会科学》，冯炳昆译，北京：社会科学文献出版社，2002 年，第 183 页。

[2] 同上书，第 210 页。

[3] [美] 雷迅马：《作为意识形态的现代化——社会科学与美国对第三世界政策》，第二章"美国社会科学、现代化理论和冷战"，牛可译，第 33—110 页。

布与流传及其在中国的复制再生产过程，提供了一种相对有效的思考路径。而法国理论家米歇尔·福柯对于知识生产在"微观政治"层面的运作，尤其是对 discipline 既作为学科又作为规训方式的理论探讨，则为本书更深入地去探讨现代化范式内那些具体的文化思潮和人文学科的知识生产轨迹，提供了另一角度的分析途径。

五、80 年代人文思潮的知识谱系考察

本书将对于 80 年代历史的考察，具体地落实为对六个重要思潮的讨论，即人道主义思潮、现代主义文学实践、寻根思潮、"文化热"、持续的"纯文学"诉求和重写文学史思潮中的"20 世纪中国文学"论。如前面部分在阐述对知识社会学的理解时提到的，从思潮角度切入讨论，表明本书是将那些在 80 年代"占主导地位的思维方式和方法"作为研究对象。选定这六个思潮，一方面因为它们在 80 年代产生的广泛影响，另一方面则因为它们构成了 80 年代历史独特性内涵的最基本面向。

不过，本书的讨论方式却与以往对这些思潮的一般阐释并不相同。几乎与这些思潮出现的同时，在当代人文学界，关于这些思潮的描述就形成了一套稳定的语汇和评价方式。可以说，对这些思潮的描述和评价，和思潮本身一起，构成了 80 年代历史与文化意识的组成部分。对这些思潮的描述和评价的语言，一直和历史当事人的意识处在同一水平。这种在近三十年的时间内一直没有得到有效反省和批判的评价体系和描述语言，限制着人们从更为广阔的历史距离之外观察和思考 80 年代的历史与文化问题。正因为此，尽管时间已经过去了近三十年，80 年代在许多时刻和场合中，始终是一种"现实"而非"历史"。出于这样的考虑，本书提出应当在更大的历史视野中重新定位 80 年代。这一"重新定位"，意味着在做出判断之前，首先反省我们在有意无意间确立的主体位置和

特殊的视角，意味着首先承认"80 年代历史与文化意识"的特殊性，以及存在一种观察到更复杂层面的历史与理论视角的可能性。

在讨论六个重要思潮时，本书尝试从两个层面实践一种新的分析语言。首先的一点或可称为"全球眼光"，即拉开问题的时间与空间距离，某种程度上借重世界体系分析和年鉴学派所提出的"长时段、大范围"的观察视角，在更长的历史时段之中和超越单一民族国家的全球视角之下，来重新讨论 80 年代六个重要思潮中呈现的问题。显然，应当意识到 80 年代思潮是在特定的历史视野中形成的，而这种历史视野中最大的"神话"，乃是 80 年代与五四的关联。几乎可以说，无论是"人性"论、"寻根"诉求、"重写文学史"，还是"现代派"文学思潮与"纯文学"观念，它们借以表述自身合法性的重要依据，都被认为或自认为是对五四传统的重新阐释。于是，80 年代就成为重新复兴"五四传统"的"新时期"。这种历史意识的意识形态性所在，乃是遮蔽 80 年代与 50—70 年代社会主义历史实践之间的关联。把"新时期"定位为"第二个五四时代"，也就同时意味着 50—70 年代被定性为如同晚清帝国那样的前现代时期，意味着以一种启蒙现代性压抑并遮蔽了 20 世纪中国现代革命历史的复杂性。正是出于对这种意识形态化的历史视角的反省，本书一方面批判和解构那种"新时期"意识，另一方面则将 80 年代与 50—70 年代的历史关系置于分析的前台。只有将 50—70 年代"反现代的现代性"纳入观察视野，80 年代历史内涵的复杂性才能得到真正呈现。拉大定位 80 年代的历史视野的另一方面，则意味着首先去质询那个似乎不言自明的"中国"主体的想象方式。如果说"五四"构成了 80 年代最大的历史神话的话，那么也许可以说，有关"中国"的叙事则成为另一个需要被质询的现实神话。这种神话性表现在，所有问题的讨论都被置于"中国"这一民族国家视野之内来加以讨论，而忘记或忽略了决定着中国问题的，并不只是中国自身，而是全球国家体系。更进一层的是，由此形成了一种"自我憎恨"式的观察问题的视角，即70—80 年代转型期的全部社会问题都来自中国内部，而全部希望则来自中国外部。这也正是传统／现代、中国／西方这一同构的二元对立话语框架的内涵。如果说基于特定视角的历史叙述源自特定历史情势中社会改革的需要的话，那么，在"全球化"已经成为日常生活现实的今天，从一种比民族国家更大的空间单位来观察80年代问题，则是相对"客观"的历史研究的必要前提。

对沃勒斯坦式的"长时段"历史眼光和"世界体系"分析视角的借鉴，构成了本书讨论80年代思潮的第一个尝试；而从一种跨学科的历史视野中来讨论80年代文化问题，则构成了实践新的理论语言的第二个尝试。本书所讨论的大都是文学思潮。这倒不是因为研究者本人是文学专业的研究者，而是因为"文学"在80年代占据的中心位置。在被称为"文学的黄金时代"的80年代，文学处于社会结构的中心位置，并且负载着远远超出了文学自身的社会功能。甚至可以说，这乃是一种典型的"民族国家文学"，它处在构建"想象的共同体"的核心位置。80年代诸多的"宏大叙事"，事实上都是借助文学来完成的。不过，一方面是由80年代发动的对"纯文学"（研究）的强烈诉求及其合法性的持续建构；另一方面则是80年代后期以来学科体制的完善，把80年代的文学问题作为"文学的"问题来加以讨论，成为一种制度性的约束力量。正如本书在多处反复论述的，在80年代的历史语境中，确立文学合法性的那对意识形态框架即"文学"与"政治"的二元对立中，"政治"的内涵具体地指向由50—70年代主流语言所确立的叙述，而"文学"的含义则大致相当于不同于此种"政治"的新叙述，它以一种"非政治"的姿态确立的乃是一种新的政治叙述。可以说，划开"文学"与"非文学"之政治的界限的，其实是不同的政治内涵。因此，与其把"文学"作为一种自律形态独立出来加以研究，不如打开这一分界线，探讨那在背后支撑着这一时期文学想象的知识谱系和意识形态叙事。出于这一考虑，本书并没有特别地去区分具体的专业领域，而将同一思潮中的文学作品、理论与批评、哲学、美学、史学等重要史料及文化事件，都作为特定历史语境中的"文本"加以把握。如果说文学处在某种相对特殊的位置，那是因为它在建构特定的叙事时，表现出了比理论、史学、美学等文本更丰富的历史内涵。

　　或许，称这一研究对象为"人文思潮"是比较准确的。一方面因为中国一直有文史哲不分家的人文传统，另一方面则因为处在新旧学科体制过渡时期，人文学界在 80 年代扮演了极其重要的社会角色。更因为"思潮"这一称谓本身就显示出不同领域之间存在的"共振"，它们未必是完全"同调"的，却分享着某种一致的历史意识与文化眼光。诸多的文化思潮和文化事件，事实上是在人文学界的共同参与中形成的，它们本身就构成一种话语实践和知识繁衍的特殊形态。福柯所称的"谱系学"，乃是要呈现出"那一切已经过去的事件都保持它们特有的散布状态"[1]。如果说 80 年代后期以来正是当代中国学科体制成型并扩张的时期，文学、历史、哲学等的学科界限已经成为体制性规约的话，那么应当说，在 80 年代前中期的文化思潮中，这些不同的研究领域却处在密切的互动关联之中。不同学科领域共同构成了特定文化思潮和文化事件的不同侧面，并以各自的方式参与着对历史与现实的建构。

　　关注思潮的统一性，并不意味着将其视为同质性的表达方式，而是关注使得不同的历史文本得以汇聚在同一话题之下的某种特定的历史与文化意识。事实上，真正值得讨论的，是构成同一话题的不同历史文本本身的差异性。因此关注的重心是其建构自身合法性的叙事形态和知识构成，如何在不同的话语脉络上展开，并出于怎样的意识形态诉求被组织到统一的话题之中。在展开对 80 年代人文思潮的讨论时，历史文本自身的复杂性被置于分析的中心位置。本书试图从三个不同的层面展开对核心文本的分析。其一是文本所建构的叙事形态及其知识构成，尤其是不同话语脉络上的知识，如何被组织成为新意识形态的"能指"。其二是这一叙事形态与历史语境的互动关联。有意味的是，常常是这些叙

---

[1]　[法] 米歇尔·福柯：《尼采·谱系学·历史学》，苏力译，收入《尼采的幽灵：西方后现代语境中的尼采》，第 121 页。

事形态的知识"能指"本身，在暗暗地瓦解着其在新语境中所扮演的意识形态功能。其三则试图更深入地探讨支撑这一知识／权力叙事形态的体制性支撑，以何种方式介入80年代知识生产过程。通过对核心文本这三个层面的剖析，力图在一种重读的历史视野中展现六个思潮的不同面向，勾勒出它们在特定历史语境中所呈现的"散布状态"，从而完成对80年代人文思潮的一种谱系学考察。

第一章 "回到 19 世纪"
—— 人道主义思潮

引论: 人道主义话语与"19 世纪的幽灵"

在 20 世纪 70—80 年代转型期乃至整个 80 年代，围绕着"人""人性""主体"等问题的人道主义表述，无疑构成了最为醒目且持续时间最长的一种话语形态。这种话语在不同的领域和不同的知识脉络上展开，但各有差异的表述形态分享着共同的中心化主体想象，即在普泛意义上将"个人"视为绝对的价值主体，强调其不受阶级关系、社会历史限定的自由和自我创造的属性。构成其对立面的，是 50—70 年代尤其是"文革"时期的阶级论话语，和以其为表述形态的国家对个人的压抑。两者的差异与对抗关系，被简化为"人性论"与"阶级论"这一二元对立架构。关于"人""人性""主体"等的诸种差异性表述，因此形成了稳固的联盟关系，并在对现实社会问题的具体批判实践中表现出突出的一致性。正是在这一意义上，可以将这些表述形态统称为人道主义思潮。

1. 人道主义与"理论上的反人道主义"

一般认为的人道主义思潮，主要指的是 80 年代前期关于马克思主义人道主义与"异化"问题的理论论争，和以"伤痕""反思"文学为代表的创作思潮。但事实上，80年代前期的"美学热"、80年代中期的"文学主体性"论争乃至80年代后期的"诗化哲学"（也称"文化哲学"），均可视为这一话语形态的主要理论形式。尤有意味的是，80年代的文学、美学、理论乃至哲学等人文学科的主要研究范式，在这一时期都采取了"人学"这一特定表述。也就是说，人道主义话语不仅表现为一种文学与社会思潮，同时与"新时期"知识生产体制的关系也十分密切。很大程度上，人道主义话语成为80年代知识界在批判50—70年代马克思主义理论范式过程中形成的人文学科新知识体系的主要构成部分。

不过，在80年代，人道主义话语远不止是一种"理论"，更是作为一种极具整合力的"意识形态"而在社会与文化变革过程中发挥影响。按照法国理论家路易·阿尔都塞的定义，意识形态是"具有独特逻辑和结构的表象（形象、神话、观念和概念）体系"，"它在特定社会中历史地存在，并作为历史而起作用"[1]。可以说，80年代的人道主义话语也形成了一整套包含着形象（比如文艺作品中反复出现的"人"字形雁阵）、神话（将"新时期"书写为"人的创世纪"）、观念和概念（比如马克思主义的人道主义、异化、主体性、"人学"）的体系。这一表象体系并非逻辑严密的理论体系，而主要是当时的人们据以"体验"与"想象"其生存处境的一组价值表述，它具有的社会整合功能远大于理论阐释功能。这可以解释这样一种独特的历史现象，即在关于"异化论"、马克思主义与人道主义以及"主体论"问题的论争中，为什么坚持以"经济基础决定上层建筑"为基本原则的正统马克思主义话语，尽管常常表现出更多理论上的严密性和逻辑性，却并不妨碍人道主义话语成为知识分子与青年学生中影响日渐深远的主导语言。人道主义话语在批判50—70年代尤其是"文革"时期社会主义实践导致的历史问题这一过程中浮现出来，并借助"新时期"的知识生产机制而不断复制并扩大再生产，最

---

[1] ［法］路易·阿尔都塞：《马克思主义与人道主义》，收入《保卫马克思》，顾良译，北京：商务印书馆，2006年，第227—228页。

终成为一种统摄知识界的新主流意识形态。

无论是 80 年代前期用以批判"异化"历史的"人性"论,还是 80 年代中后期的"主体"论或"人学",其视野始终限定在"人道主义"意识形态话语之内。即他们都相信"个人"是一个完整的主体,处在世界中心,并且具有自我创造的能力。这种观念首先作为一种价值观得到普遍的认可,并成为重申和肯定现代化意识形态的主要表述依据。80 年代的社会变革内在地需要这种意识形态,而这种意识形态本身也成为 80 年代变革社会的庇护伞,社会阶层的结构性重组、市场经济和消费意识形态的确立、学科建制和学院体制的完成等,都借助对"人"的价值的重申,并参照一种对"非人"的社会主义国家政权的想象,而得以顺利施行。但事实上,在对旧有国家形象进行批判的同时,人道主义思潮以"个人"观念为根基和中介,重塑了"新时期"的家、国及国民形象,并隐形地建构了在 90 年代成为新主流的中产阶级主体想象。由此,以去意识形态或反意识形态的方式,人道主义意识形态的运作取得了前所未有的成功。

显然,当人道主义作为一种"意识形态"时,它从不会暴露自身如何作为一种"知识"而被构造出来,相反,它总是以一种天赋的、自然而然的口吻和逻辑重申"人的价值""人本身就是人的最高本质""把人当作人"等似乎毋庸置疑的命题。这也就意味着,此时在中国展开的人道主义思潮,主要是作为一种"意识形态"而非"理论"存在,它的"实践的和社会的职能压倒理论的职能(或认识的职能)"[1],它在完成社会实践的同时无法历史地说明自身。从这一意义上可以说,80 年代涵盖了理论论争、文艺创作、学科建制和社会变革等不同领域和层面的人道主义话语,都是"新时期"改革与现代化意识形态的构成部分。应当说,这种意识形态在今天仍被视为具有极大的合法性和有效性。

区分作为"意识形态"与"理论"的人道主义,也就意味着需要将

---

[1]　[法] 路易·阿尔都塞:《马克思主义与人道主义》,收入《保卫马克思》,第 228 页。

人道主义作为一种价值判断语言和作为一种历史分析语言这两者区别开来。很大程度上，这正是当下中国社会现实变迁向知识界提出的历史要求。如果说七八十年代之交中国社会的变迁，使得作为意识形态的人道主义话语在80年代成为极具社会批判性的理论语言的话，那么，90年代以来的中国社会现实及其在全球格局中所处位置的变迁，则对这种人道主义话语的批判效能提出了尖锐的挑战。

最先质疑人道主义话语关于"人"与"社会"的理想化想象的，是1993—1995年间爆发的"人文精神"论争。这一场波及整个人文知识界的文化讨论，试图直面90年代市场化、商业化的社会现实问题而重新思考人道主义话语的功能。当80年代人道主义话语呼唤的现代化"远景"快速降临时，贫富分化、阶层／族群重组以及种种资本原始积累过程中的粗糙暴虐的现实情境，就在打碎人道主义话语所构想的那种"自由人"的理想镜像。有意味的是，人文知识界在讨论中将产生这一社会问题的缘由及其可能的解决方案，归结为"人文精神的失落"。这一方面暴露出80年代知识群体的精英主义幻觉，另一方面则正显示出80年代人文学科与人文知识群体据以言说自身的人道主义话语，在面对新的社会现实时理论阐释和社会批判功能上的失效。人道主义话语对作为先验主体的"大写的人"之价值的强调，以"异化"理论对社会主义实践历史的批判，以及用"人性"修辞对阶级话语的替代性论述，远不能对由流动资本所主导的全球化与市场化社会现实提供有效的阐释。如果说，80年代前期人道主义话语始终是在与正统马克思主义话语的角力中显示自身的合法性与批判效能的话，那么，有意味的是，正是90年代以来全球化进程中市场社会的现实境况，使得知识界重新召唤回了经典马克思主义的批判语言。

汪晖的《当代中国的思想状况与现代性问题》对现代性问题的反思，主要批判的正是那种试图以人道主义改造马克思主义、"具有深刻的空想社会主义特点"的所谓"真正社会主义"思潮。进而提出，"中国人道主义的马克思主义如果要重新焕发出它的批判活力，就必须从它的人本主义取向中走出来，把它对人的关注重新置于一种具有时代特点的政治经济学的基础之上"，因为"它本身就是作为现代化的意识形态的马克思主义，因此几乎不可能对现代化和资本主义市场本身所产生的社会危机做出相应的分析和批判"[1]。汪晖这篇文章 1997 年在国内公开发表时，曾被看作中国"新左派"浮现的标志 [2]。显然，这种"左派"之所以是"新"的，很大程度上正参照于 80 年代在与人道主义话语角力过程中显得面目刻板、思想僵化的"老"左派而言。或许可以说，正是 90 年代以来的全球化、市场化这一历史进程与社会现实本身的变化，对人道主义话语的社会批判效能提出了挑战。

在人文知识界，质疑并批判人道主义话语的主要理论资源，源自对欧美尤其是法国"理论上的反人道主义"思想的借鉴与阐发。这主要指的是结构－后结构主义理论家如阿尔都塞、福柯、德里达等人的主体理论。阿尔都塞以结构主义－马克思主义的阐释方法对 50—60 年代社会主义及国际知识左派将马克思主义人道主义化的潮流提出了尖锐的批判（《保卫马克思》），福柯则在对人文学科的知识考古中，提出"人是一项现代的发明"（《词与物——人文学科考古学》），而德里达更以解构理论对欧洲哲学史上的主体哲学进行彻底批判。这一知识脉络更多地在 90 年代中国人文学界前沿发生影响。

阿尔都塞"理论上的反人道主义"的主要观点和论著，在 80 年代初期就已介绍到中国来 [3]。不过，在关于马克思主义与人道主义的讨论中，阿尔都塞的影响非常有限，甚至因其观点与 1984 年"清除精神污染"政

[1]　汪晖：《当代中国的思想状况与现代性问题》，《天涯》1997 年第 5 期。收入《死火重温》，北京：人民文学出版社，2000 年，第 53—55 页。

[2]　公羊主编：《思潮——中国"新左派"及其影响》，北京：中国社会科学出版社，2003 年。

[3]　徐崇温 1982 年出版的《"西方马克思主义"》中设一章介绍阿尔都塞的"结构主义马克思主义"（天津：天津人民出版社）；1984 年，阿尔都塞的《保卫马克思》中译本出版，同年一本名为《西方学者论〈1844 年经济学哲学手稿〉》的书中收入了《保卫马克思》的部分章节；1987 年一本专门介绍阿尔都塞及其理论的专著《阿尔都塞与"结构主义马克思主义"》（李青宜著，沈阳，辽宁人民出版社）出版。另外还包括发表于《国外社会科学动态》《哲学译丛》《马列主义研究资料》等报刊上的译介阿尔都塞的文章。

治运动的主要理论文章《人道主义与异化问题》[1]的相近，而暧昧地处在人道主义思潮的对立面上[2]。阿尔都塞在80年代前期中国的命运，征候性地呈现出当时知识界对于人道主义话语呈一边倒的趋向。有意味的是，从80年代中期开始，阿尔都塞不是以他"理论上的反人道主义"的马克思主义哲学理论，而是以其意识形态理论，在年轻一代中国学人中产生影响。1987年，他的《意识形态和意识形态国家机器》的中译文首先出现在一本电影研究杂志上[3]。阿尔都塞关于"主体"仅仅是一个被意识形态询唤出来的"空位"的理论界定，与当时理论界流行的刘再复版的人道主义主体论，形成了直接而鲜明的对照，并成为电影研究领域的年轻学者批判80年代新主流的理论资源——"当中国的人道主义还只是被人们隐秘地憧憬、成为阵发性的呼喊与细语之时，却已有年轻人站出来以不屑而狂妄的口吻宣告：人道主义已经死亡"。与人道主义思潮用"异化"理论阐释"文革"历史不同，宣布"人道主义死亡"的年轻学者则正是在将"文革"与奥斯威辛集中营的比照中，批判人道主义在理论上的失效，进而宣布"人道主义信念的死亡"[4]。这一知识批判路径随着结构–后结构主义理论以及美国学者詹明信（F. 杰姆逊）的后现代主义理论的译介与扩散，而逐渐成为90年代批判性人文知识分子的重要理论资源。

或许正是90年代以来，知识界在正视社会现实与更新知识结构方面，"理论上的反人道主义"所表现出来的批判力，使得人们需要将80年代的人道主义思潮作为"问题"重新提出来。"人道主义"的诸多表述并非如80年代人们所想象和理解的那样，是有着"天然合法性"的对经

---

[1] 胡乔木：《关于人道主义与异化问题》，1984年1月3日在中共中央党校的讲话，最初发表于中共中央党校主办的《理论月刊》第二期，1984年1月由人民出版社出版单行本。

[2] 参见王若水：《胡耀邦下台的背景：人道主义在中国的命运》（香港：明镜出版社，1997年）中对《关于人道主义与异化问题》与阿尔都塞观点之间的比较和分析。

[3] 《当代电影》1987年第3—4期，李迅译。另一译文发于次年《马列主义研究资料》第四辑（杜章智译）。

[4] 戴锦华：《"人道主义的死亡"与理解人》，收入《拼图游戏》，济南：泰山出版社，1999年，第333页。

验性事实的描述，而应当视为特定历史语境中的话语构造。这样看待人道主义思潮，并不意味着抽象地否认"人的价值"或不"把人当作人"，而是去分析有关"人"（"人性""主体"）的具体表述在怎样的历史情境和文化逻辑下作为问题提出，这种讲述采取了怎样的知识构成和表象体系，以及不同表述形态之间的变奏与内在关联性；同时分析这些话语形态在80年代历史语境中所发挥的批判效能与形成中的新社会权力秩序之间的复杂关系，亦即讨论其所扮演的意识形态功能。唯有这样，那些曾经在80年代被遮蔽，而在90年代逐渐"裸露"出来的社会现实与文化问题，才能得到有效的指认和批判性分析。

2. "人道主义"与"启蒙"

批判性地考察80年代的人道主义思潮，除了首先需要在基本前提上将作为"意识形态"的人道主义与作为"理论"的人道主义区分开来，另一个需要提出来讨论的问题，乃是"人道主义"与"启蒙"的关系。因为从"新时期"开始直到现在的很长时间内，这种人道主义思潮常常被看作五四式启蒙话语在"新时期"的重现，而对人道主义思潮的批判性反思，则往往被视为对"启蒙"和人道主义价值本身的质疑。因而，重新探讨"人道主义"与"启蒙"的关系，在很大程度上也是拆解一种意识形态化了的思维定势。

在1980年代知识界的历史想象中，"新时期"被描述为"第二个五四时代"或"新启蒙时代"。而建构这种历史关系的一个重要依据，乃是对人道主义话语的指认。在描述"新时期"与"五四"话语相关性的史料中，影响最为广泛的，或许便是李泽厚写下的这段文字：

> 一切都令人想起五四时代。人的启蒙，人的觉醒，人道主义，人性复归……都围绕着感性血肉的个体从作为理性异化的神的践踏蹂躏下要求解放出来的主题旋转。"人啊，人"的呐喊

遍及了各个领域各个方面。这是什么意思呢？相当朦胧；但有一点又异常清楚明白：一个造神造英雄来统治自己的时代过去了，回到五四时期的感伤、憧憬、迷茫、叹息和欢乐。但这已是经历了六十年惨痛之后的复归。[1]

这段话展示出不同层次的丰富内涵。首先，被称为"新时期"的历史阶段，是以"人的觉醒"为标志的，而此前的当代中国历史则被看作"理性异化的神的践踏蹂躏"阶段。在这样的意义上，"新时期"意味着一个重新发现"人"并体现"人性"的历史时期。其次，"人的觉醒"以"感性血肉的个体"从"神"的奴役中"解放"出来为主要内容，并以"人道主义""人性""摆脱'异化'状态"等作为其理论上的表述。再次，这次"人的觉醒"，是某种历史的"复现"，即"新时期"重复了五四启蒙运动时期的人文要求、精神状态和情感气质，成为"五四精神"的"复归"。可以说，李泽厚借助对人道主义话语的指认和描述，将"新时期"的历史变革判定为如同五四时期那样的启蒙运动。其中，以"人的觉醒""人道主义""人性复归""感性血肉的个体"等表述为主要内容的、关于"人"的现代性话语，成为其中至关重要的构成部分。

在这种表述中，"人道主义"与"启蒙"成了两个可以互相替代的范畴，"人道主义"是启蒙运动的标志，而"启蒙"则由人道主义表述所构成。这种相当有意味地将"人道主义"与"启蒙"彼此替代的做法，或许正是福柯在《什么是启蒙》[2]一文中所分析和批判的态度。针对康德有关"启蒙"的论述，福柯重新讨论了现代性问题，提出应"把现代性想象为一种态度而不是一个历史的时期"。要实践这种"现代性的态度"，就必须区分"人道主义"与"启蒙"，因为这两者"总是太易导

---

[1] 李泽厚：《二十世纪中国（大陆）文艺一瞥》，收入《中国现代思想史论》，合肥：安徽文艺出版社，1994年，第255页。

[2] ［法］米歇尔·福柯：《什么是启蒙？》，汪晖译，收入《文化与公共性》，北京：生活·读书·新知三联书店，1998年。

致混淆"。在他看来，"启蒙""是一个历史事件，或者一组事件和复杂的历史过程，它处于欧洲社会发展的特定时刻。因此，它包括社会转型的因素，政治体制的类型，知识的形式、实践和知识的合理化的方案，技术的变化，所有这些是非常难于用一个字来总结的"。而"人道主义"（Humanism）则是完全不同的东西，它"是一个主题或者更是一组超越时间、在欧洲社会的一些场合一直重复出现的主题；这些主题总是与价值判断联结在一起，在内容上，以及在它们一直保存的价值上明显地有巨大的变化。进而，它们一直作为分化的批判原则而起作用"。福柯认为那种混淆"启蒙"与"人道主义"的做法本身，表明其仍旧处于"启蒙本身所拥有的历史意识的核心"；也就是说，过于强调"启蒙"和"人道主义"的同一性，事实上正是启蒙运动本身的历史意识导致的结果。于是，福柯的有关结论是："我认为，正如我们必须从'支持或者反对启蒙'的智性敲诈中解放我们自己，我们也必须从将人道主义主题和启蒙的问题糅合在一起的历史的和道德的混乱观念中逃离出来。"

福柯关于人道主义与启蒙关系的这段论述相当清晰地提示我们，李泽厚式的将"新时期"人道主义话语和"五四"启蒙运动直接连接在一起的论述，正是"新启蒙主义"历史意识的具体呈现，而远不是批判性的历史分析。这种对"启蒙"运动与"人道主义"主题的混淆，使人们把人道主义视为一种超越性的价值范畴，并由此将"新时期"与五四运动连接在一起，作为70—80年代之交社会变革的合法性依据。于是，"新时期"对50—70年代主流话语的批判，就被类比为五四时期针对传统中国的启蒙运动，进而被看作"中世纪"向现代社会、"宗教统治"向世俗社会"进化"的必要步骤。

3. 人道主义思潮与"19世纪的幽灵"

将"新时期"的人道主义思潮视为五四启蒙运动的复归，这种考察问题的思路，不仅容易陷入"支持或反对启蒙"的"智性敲诈"之中，更重要的是，也使人们对于"新时期"人道主义思潮的认知与研究，落入一种意识形态化的历史对比关系当中。人们总是先在地认为 80 年代有关人道主义话语的理论资源都来自五四运动，并通过具体表述的对比和分析，来论证这种关系的存在。因而，有关人道主义思潮的研究，就始终陷在一种从预设到结论的循环论证过程中。造成这一切的原因在于，人们仍旧处在 80 年代"新启蒙"思潮的"历史意识的核心"，而没有从 80 年代的历史意识中摆脱出来。

这种意识形态化研究遮蔽掉的关键因素，乃是"新时期"与 50—70 年代的历史关联。可以说，强调"新时期"与"五四"之间的类比关系，正是为了论证"新时期"与 50—70 年代的历史断裂。将"新时期"人道主义思潮的全部话语来源指认为五四启蒙话语，不过是用"人性论"与"阶级论"的对照来突出"新时期"与 50—70 年代的断裂论述的另一版本。并且因为五四与启蒙的合法性本身在现代中国已获得广泛认同，这种意识形态化的"见"与"不见"显得格外正当。

抛开那种将人道主义视为一套抽象主题的思路，而历史地分析聚集在这一主题之下的具体表述的话，就会发现：与其说 80 年代人道主义思潮是"五四"启蒙人性话语的复归，不如说密布于"新时期"人道主义话语天幕之上的，乃是 50—70 年代社会主义文化内部的"19 世纪的幽灵"。这指的是由马克思主义人道主义话语、19 世纪欧美和俄罗斯批判现实主义及浪漫主义文学、以康德与黑格尔为核心的德国古典哲学，以及 16 世纪西方"文艺复兴"以来的启蒙话语等构成的人道主义与人性论表述。尽管其时间范围突破了 19 世纪，不过，借助霍布斯鲍姆关于"短促的 20 世纪"的说法 [1]，这一 16—19 世纪的西方人文主义表述形态，乃是资本主义"漫长的 19 世纪"的核心话语构成，并在 19 世纪这一时段表现得最为突出。

19 世纪资本主义现代性人文话语，在 50—70 年代的中国处在特殊重要的位置。一方面，这种话语被视为与经典马克思主义理论有直接渊

---

[1] [英] 霍布斯鲍姆：《极端的年代——短促的 20 世纪 1914—1991》，郑明萱译，南京：江苏人民出版社，1999 年。

源关系的"革命进步文艺（文化）"，因而得到大规模的翻译和引进。正如戴锦华指出的，"对欧洲始自文艺复兴时代到 19 世纪的哲学、文化、艺术的有系统的翻译、介绍，是社会主义中国巨大的文化工程之一。"[1] 青年马克思思想、康德和黑格尔哲学、19 世纪欧美和俄罗斯小说，都因其与马克思主义理论的亲缘关系，因其"革命进步性"，而成为社会主义文化内部可以轻易获取的思想资源。1954 年，《文艺学习》杂志上公布的一份"文艺工作者学习政治理论和古典文学的参考书目"[2] 中，俄罗斯和苏联与欧洲 18—19 世纪的文学经典占了多于 1/3 的分量（其他两个构成部分分别是"理论著作"和"文学名著（中国部分）"）。但另一方面，这些以人道主义、人性论和个人主义等为主要诉求的理论资源，作为一种需要"批判地继承"的文化遗产，又因其意识形态上的可疑身份乃至某种"异端"色彩，而始终处于社会主义主流话语批判、警惕、质疑乃至被擦抹的位置上。

从 1940 年代后期"当代文学"尚在建构之中时起，19 世纪欧美与俄罗斯小说就因其在知识界的广泛影响，尤其是与"胡风派"的密切关系而受到批判，被认为偏移了"以工农阶级意识为领导的强旺思想主流"[3]。1949 年后的多次文艺批判、思想改造运动，如对"胡风反革命集团"的批判、对丁玲冯雪峰的批判，尤其在"反右派运动"中对"个人主义是万恶之源"[4]"右派分子所窃取的一种武器"[5] 的批判，乃至"文革"中对"反革命两面派周扬"[6] 的批判，都会指出他们背后的"理论根

[1] 戴锦华：《涉渡之舟——新时期中国女性写作与女性文化》，北京：北京大学出版社，2007 年，第 28 页。

[2] 据谢冕、洪子诚主编的《中国当代文学史料选（1948—1975）》的"题解"，这是"1954 年 7 月 17 日，中国作家协会主席团第 7 次扩大会议讨论并通过文艺工作者学习政治理论和古典文学遗产的参考书目"。书目发表于《文艺学习》杂志 1954 年第 5 期。

[3] 本刊同人·荃麟执笔：《对于当前文艺运动的意见——检讨·批判·和今后的方向》，《大众文艺丛刊》第一辑《文艺的新方向》，香港 1948 年 3 月。

[4] 周扬：《文艺战线上的一场大辩论》，《人民日报》1958 年 2 月 28 日和《文艺报》1958 年第 4 期。

[5] 冯至：《从右派分子窃取的一种"武器"谈起》，《人民日报》1957 年 11 月 21 日。收入《诗与遗产》，北京·作家出版社，1963 年。

[6] 姚文元：《评反革命两面派周扬》，《红旗》1967 年第 1 期。

子"[1]，就是 19 世纪欧洲与俄罗斯哲学与文艺。尤其关键的是，正是在 50—60 年代之交严酷的冷战氛围和社会主义阵营的内部变迁中，苏联文艺的"解冻"思潮和"全民文艺"的倡导以及东欧诸国的政治与文化事件，使得"人性论"、人道主义成为首当其冲的"修正主义"文艺风向标。尽管有关"人性"与"阶级性"话语的冲突在 20 世纪 20 年代后期左翼话语出现之初，就成为争论的问题，但真正使得人性论和人道主义话语成为最敏感的政治禁忌的，乃是中苏关系变化和 50—70 年代国际共运史变迁所导致的政治后果。人道主义话语成了冷战年代比"资本主义"话语对中国威胁更甚的意识形态语言。

但与此同时，作为第三世界革命的参与者和推动者，当代中国的许多知识分子都是在 19 世纪欧洲与俄罗斯哲学与文艺的滋养下走向革命道路的。可以说，革命与人道主义、19 世纪文学，乃是同一话语构成的不同面向。因此，尽管对人性论和人道主义话语屡屡展开政治批判，但它却成为一个挥之不去的真正的"幽灵"，在主流话语的排斥、批判与指责声中不断地繁衍与再生产。以 19 世纪西方哲学与文艺为其资源的人道主义话语，在 50—70 年代中国的处境，倒可以用得上福柯描述性话语在维多利亚时代存在和繁衍的"压抑假说"[2]：如果说 50 年代中期、60 年代初期对于"人性论"与人道主义的批判，使得人道主义理论是社会主义中国"可见"的"禁忌"的话，那么，这一话语禁忌背后的德国古典哲学、19 世纪欧洲与俄罗斯文艺，则成为"不可见"但萦绕不去的"幽灵"。

19 世纪西方哲学与文艺在 50—70 年代中国所处的这种既内在又不可见的位置，构成了"新时期"人道主义思潮的前史。在 70—80 年代转型过程中，首先浮现出来的，正是这一"19 世纪的幽灵"。如果说在构造"新时期"合法性的话语中，"把人当成人"等人道主义话语成了

---

[1]　谭霈生：《周扬和俄国的三个"斯基"——彻底批判周扬的反革命修正主义文艺黑线（之一）》，《解放军文艺》1967 年第 18 期。

[2]　[法] 米歇尔·福柯：《性经验史》第二章，佘碧平译，上海：上海人民出版社，2005 年，第 11—34 页。

一种似乎自然而然的价值表述的话，那么，这并非因为这一话语形态是一种"与生俱来"的价值观念，毋宁说乃是因为它已经成为社会主义话语内部被压抑但已繁衍扩散为一种带有"异端"色彩的准常识。也可以说，正是在 80 年代的"新时期"，曾经的"19 世纪的幽灵"找到了自己的"肉身形态"。这大概也正是人道主义、人性论并不是以"理论"而是以"价值观"的面貌出现在新时期的原因。

很大程度上应该说，人道主义思潮在 80 年代展开的过程，也正是不断地挖掘 20 世纪 50—70 年代社会主义文化内部的"异端"资源的过程。这一"19 世纪的幽灵"的存在，表明作为第三世界国家的中国于50—70 年代所建构的社会主义文化，并不像冷战阵线所划定的那样单一，相反，它与资本主义文化世界始终处在复杂的关联之中。而 80 年代展开社会与文化变革的思想资源，有许多正是对 50—70 年代中国内部边缘思想的重新启用。在这一意义上，汪晖所谓"'80 年代'是以社会主义自我改革的形式展开的革命世纪的尾声，它的灵感源泉主要来自它所批判的时代"[1]，是一个颇为准确的论断。

不过，这一"19 世纪的幽灵"在"新时期"现身的方式，并不单纯是主流与边缘话语关系的反转。一方面，人道主义话语自身经历了一个变异的、复杂衍生的展开过程，另一方面人道主义话语的诸种具体表述，始终是在 80 年代特定历史语境和与这语境中浮现的其他话语的互动关系中形成的。因此，不能完全在"社会主义自我改革"这一层面上来描述人道主义话语在 80 年代的历史形态，更不能因此反过来用"延续论"取代"断裂论"来讨论"新时期"与 50—70 年代的历史关系。具体地分析不同历史脉络上的人道主义表述浮现的方式和形态，及其在"新时期"语境中扮演的特定意识形态功能，或许是呈现历史复杂性的更好途径。

---

[1] 汪晖：《去政治化的政治 短 20 世纪的终结与 90 年代》，"序言"，北京：生活·读书·新知三联书店，2008 年，第 1 页。

一、回到青年马克思或黑格尔："异化"论与历史叙事

　　人道主义思潮得以浮现的契机，是 20 世纪 70 年代后期中国社会的转型。这一思潮构成了"思想解放运动"的重要组成部分。作为知识界普遍借重的一种批判性新话语，人道主义在不同领域采取的表述形态、借重的思想资源及其具体论述方式，都并不相同。大致可以说，理论界关于马克思主义与人道主义、"异化"问题的论争，文学界的人道主义创作潮流，思想界的李泽厚的主体性哲学与"美学热"，文学批评界的"文学主体性"问题等，构成了这一思潮的不同面向。

　　关于这些论述形态之间的关联性，祝东力曾在《精神之旅——新时期以来的美学与知识分子》中做了相当精彩的描述。他认为，"文学（伤痕－反思）、哲学（异化与人性复归）和美学（自然的人化）"，这三者"分别与现实结成了不同的关系，并承担着不同的社会功能"。其中，文学"关注普遍的社会政治问题"，"在与现实的关系上，美学居于超然的另一个层面"，而哲学则处在一个"中间位置"，"它以理论的形态既保持着与现实问题的密切关联，又借助对完美人性的憧憬具备了浪漫玄想的成分"[1]。这些"社会功能"的区分是以三个领域在当时社会结构中所占位置的不同为前提的。

　　不过，如果就这些表述形态与人道主义话语的核心命题即"人"这一中心化主体建构之间的关系而言，它们又可以呈现出别样的关联形式。大致可以说，哲学界（按照当时的习惯称为"理论界"更合适）的中心话语乃是"异化"论，有关这一范畴的争论涉及的关键问题，是如何叙述 50—70 年代的历史，尤其是这段历史中出现的那些"消极"和"错误"的社会现象。尽管是文学界最早开始揭露与批判历史的"伤

---

[1]　祝东力：《精神之旅——新时期以来的美学与知识分子》，北京：中国广播电视出版社，1998年，第 91—92 页。

痕"，不过这种历史叙述大致没有溢出"异化"论所能涵盖的范围；更值得分析的，是这些文学作品在揭露"文革""浩劫"而呼吁"人性"归来时，怎样的历史内容和想象方式被填充到有关"人性"的修辞和书写中。这事实上涉及文学如何具体地想象和实践"新时期"设想。这种想象和实践的历史内涵并非完全能够被书写者自身意识到，因为他们在构造"人性"书写时，是将其视为"人生而知之"的常识语言，是对自己经验的"自然"体验和书写，而不是将其视为有意识和人为的建构。美学的独特性或许在于，它为人道主义话语所呼唤的"个体"的合法性提供了理论依据，并通过个体的美感体验而使得"空想社会主义"式的乌托邦激情得到一个释放的空间。在这样的意义上，刘再复和他的"文学主体性"批评理论在 80 年代中期的提出，乃是一种"后撤"，即从一种具有社会冲击力的美学激情，转移到文艺理论这一"安全"的专业领域，从而为人文学科确立了一种新的批评范式。

尽管人道主义思潮最早是在文学创作界展开的，不过，理论界持续近五年时间的关于马克思主义与人道主义的讨论，却是这一时期最引人注目的理论话语和政治事件。这一讨论的主要论题，围绕着马克思主义与人道主义的关系、人性和人的本质、"异化"问题而展开，发生冲突的是人道主义化的马克思主义与正统马克思主义话语的关系如何理解。以"阶级性""阶级斗争"为主要表述形态的正统马克思主义话语，被看作一种"异化"的、脱离了人的"本性"的主流话语，成为僵化的国家意识形态化身而受到怀疑和批判。相应地，"人道主义""人性"则被作为一种超越性价值范畴而得到肯定。但这些冲突都没有越出马克思主义话语的界限，所有表述都在马克思主义经典理论资源的内部寻求合法性依据。在这样的语境下，青年马克思的《1844 年经济学哲学手稿》，尤其是其中的"异化"理论，成为人道主义话语用来改造或补充作为国家意识形态的正统马克思主义的主要资源。

1. 边缘思想的主流化

"新时期"人道主义思潮的发生，首先应当说是 50—70 年代处于边缘状态（或不如说"异端"）的"人性论"话语的主流化过程。

"人性论"在 50—60 年代曾被视为"资产阶级和现代修正主义思潮"受到多次批判，是当代理论的一个"禁区"。1957 年、1960 年和 1964 年，当代文坛都对"人性论"分别展开过批判。这种批判，首先与冷战时期社会主义阵营内部的思想分歧与地缘政治冲突直接联系在一起。1956—1957 年的"百花文学"时期，钱谷融的《论"文学是人学"》、巴人的《论人情》、王淑明的《论人情和人性》等，开始倡导超越"阶级性"的共同"人性"。这些文章的出现，与斯大林去世尤其是苏共二十大后苏联文化界出现的"解冻"思潮关系密切。而 1960 年代初期的两次批判，则更与东欧事变，尤其是中苏分裂、中苏论战直接相关，因此批判的重点首先是南斯拉夫，继而是苏联。如果我们并不将人道主义思潮视为一种抽象的理论，而意识到其在特定历史语境中扮演的政治功能的话，那么可以说，冷战时期的社会主义国家关于马克思主义与人道主义关系的讨论，无论是将马克思主义人道主义化，还是讨论马克思主义的人道主义思想，都在很大程度上意味着对苏联式正统马克思主义与社会主义实践的批判。正是这种"异端"色彩，使得"人性论"并未在中国国内得到真正讨论就被定性为"禁区"。

但有意味的是，"禁区"的设置，事实上反向地构造了类似话语在中国知识界的增殖与繁衍。60 年代初期出版的"内参书""内部读物"中，与人道主义相关的书籍成为重要组成部分。影响最大的几本包括：法国共产党中央政治局委员加罗蒂的《人的远景：存在主义，天主教思想，马克思主义》，这本书在"出版者说明"中提出它"曾被吹嘘为法国'马克思主义'哲学发展新阶段的'标志'"[1]；美国大学教授 C. 拉蒙

---

[1] ［法］加罗蒂：《人的远景：存在主义，天主教思想，马克思主义》，徐懋庸、陆达成译，北京：生活·读书·新知三联书店，1963 年。

特的《作为哲学的人道主义》，因其"收集了历代资产阶级思想家关于人道主义的论述，够得上一部'集大成'的资料汇编"，"代表着西方世界很大一部分知识分子的思想情绪"[1]而很快翻译出版；尤其是五册《人道主义、人性论研究资料》，广泛收罗了苏联、东欧、法国、美英等不同国家有关人道主义和人性问题讨论的资料，主要针对的历史情形是"在第二次世界大战之后，无论是资本主义国家或是社会主义国家，对人道主义都有广泛的讨论"[2]。应该说，正是这些为了"对当前到处泛滥的人道主义思潮进行分析、批判"而"供批判用"的内参书，成为当代中国知识界获取有关人道主义表述的国际理论资源的渠道，并很快转化为中国内部重要的批判思想资源。这也可以从一个侧面解释，为什么在70—80年代转型过程中，首先是人道主义思潮和人性论，成为主要的并且看似颇为"自然"的批判性文化表述。

不过，这仅仅是问题的一个方面，即作为"思想解放运动"主要资源的人道主义思潮，是50—70年代边缘思想的主流化。而问题的另一方面，使得50—60年代社会主义阵营和国际左翼知识界的这一"新"思想，转化成70—80年代之交当代中国新主流的历史条件是什么？

应当看到，人道主义思潮50—60年代在苏东等社会主义国家或欧美等资本主义国家的出现，往往是一种历史转折的信号。正如阿尔都塞所概括的，人道主义理论和意识形态的发展，"直接或间接地受益于苏共及西方共产党所表达的某些政治口号"，比如苏共二十二大关于苏联不再是"阶级国家"而成为"全体人民的国家"的宣布，比如法共所采取的"和社会党人、民主党人及天主教徒联合的政策"等[3]。概括而言，马克思主义人道主义理论的出现，在社会主义国家，往往意味着偏移以阶级斗争和无产阶级专政为主要形式的正统马克思主义，并

---

[1] [美] C. 拉蒙特：《作为哲学的人道主义》，吴永泉等译，北京：商务印书馆，1963 年。

[2] 商务印书馆编辑部：《人道主义、人性论研究资料》，北京：商务印书馆，1963—1965 年。

[3] [法] 路易·阿尔都塞：《致读者》，收入《保卫马克思》，第 249 页。

与宣布某种"新阶段"来临的历史诉求联系在一起。这一切产生的现实动因，则与社会主义实践过程中出现的理论困境或历史暴力相关。在60年代的苏联国内，"通过社会主义的个人人道主义，苏联自己承认无产阶级专政的时期已经过去，反对并谴责无产阶级专政在'个人崇拜'时期所出现的'弊端'，以及它的荒唐的和'罪恶的'形式"[1]；而从50年代后期开始出现于南斯拉夫、波兰、匈牙利等东欧诸国的人道主义理论，则是"对斯大林及其社会主义模式的内部反叛，同'非斯大林化'有直接关系"[2]。

相应地，人道主义思潮在20世纪70年代后期中国出现的背景，一方面是"实现四个现代化""将重心转移到经济建设上来"的"新时期"战略口号的提出，另一方面则是通过审判"四人帮"、平反冤假错案和为"右派"改正、由中央发布《关于建国以来党的若干历史问题的决议》等方式，终止并批判"无产阶级专政下继续革命"的提法。也就是说，开启"新时期"与否定无产阶级专政被滥用的历史，这两者往往被看成一体两面；而人道主义思潮，则既是这一历史转折的动因，也是对这一历史转折的呼应。

70—80年代之交的中国，在如何论述历史"转折"的动因，尤其是如何讲述"文革"历史这一问题上，人道主义理论确立了影响广泛的一套叙事方式。但与50—60年代的苏东和西欧民主国家有所不同，人道主义在当时的中国并非唯一的声音，甚至也并不是取得支配地位的声音。人道主义话语主要在青年学生与知识界发生影响，并逐渐扩散为一种社会性的意识形态话语。围绕着人道主义话语发生的争论，固然针对保守的所谓"凡是派"，同时它与新主流的"改革派"之间也存在矛盾。这也使得人道主义话语在"新时期"处在某种独特的位置上。

---

[1] ［法］路易·阿尔都塞：《致读者》，收入《保卫马克思》，第234页。

[2] 衣俊卿：《人道主义批判理论——东欧新马克思主义述评》，北京：中国人民大学出版社，2005年，第7页。

2. 两种"异化"观

理论界关于马克思主义人道主义的论争中，许多论者批判的矛头往往指向正统马克思主义，认为其"把'人性'和'阶级性'对立起来，把'人性''人情味''人道主义'等等奉送给资产阶级，无产阶级只要党性和阶级性"[1]，而要求将"人性"概念合法地纳入有关无产阶级的论述当中；进而提出用"人性"论来取代"阶级"论述。诸多文章重提 50—60 年代人性论倡导者的观点，强调人的自然本性、不同阶级的共通性以及个人的价值与尊严。不过，更吸引人们的注意力同时也引发了更尖锐讨论的，则是这一时期出现的一个"新词"："异化"。与之相关，论者所引述的思想资源发生的一个大变化，则是马克思的《1844 年经济学哲学手稿》（后文简称《手稿》）的广泛影响。

《手稿》德文版 1932 年问世[2]后，在 40—60 年代东欧、苏联等社会主义国家和西欧、北美等西方国家均引发了"《手稿》热"，阿尔都塞称之为"三十年来《手稿》一直处在马克思的保卫者和反对者之间进行论战的前沿阵地上"[3]。不过有意味的是，1956 年《手稿》第一个中译本的出版，在中国却影响寥寥。1956—1957 年探讨"人情""人性"的文章中，并没有出现对《手稿》的直接引用，论者引用的主要是高尔基有关"文学是人学"的论断以及马克思《神圣家族》等作品中的相关论述。这或许因为出版时间过于接近的缘故。也有一些研究者将这一现象归结为中译本译笔过分晦涩和表意不明晰。不过无论怎样，《手稿》的出版在当时的中国并没有成为一个事件，却是事实。《手稿》尤其是其中的

---

[1] 王若望：《大胆和可贵的尝试——评〈啊，人……〉》，《花溪》1980 年第 11 期。

[2] 《1844 年经济学哲学手稿》在马克思生前没有公开问世。1927 年，莫斯科的俄文版《马克思恩格斯文库》收入了《手稿》的部分内容。1932 年，《手稿》第一次以德文原版全文发表。

[3] [法] 路易·阿尔都塞：《卡尔·马克思的〈1844 手稿〉——政治经济学和哲学》，收入《西方学者论〈1844 年经济学哲学手稿〉》，复旦大学哲学系现代西方哲学研究室编译，上海：复旦大学出版社，1983 年。

"异化"论，直到1963年周扬发表政治报告《哲学社会科学工作者的战斗任务》，才引起了较大关注。这篇报告关于"异化"的定义与基本论述，与1983年周扬的另一篇引发了一场政治运动的重要报告《关于马克思主义的几个理论问题的探讨》中的相关部分（主要由王若水执笔），并无太大不同。但在如何叙述历史和现实及两者关系上，两个时期"异化"论指涉的内涵却并不相同。事实上，这也是决定第二篇报告以及80年代周扬命运的关键原因。

不过，如果认为周扬/王若水是最早在当代中国讨论"异化"理论的人，却并非历史事实。在1957年巴人的《论人情》一文中，人性的"异化"与"复归"这样的叙事模式就已出现——"本来所谓阶级性，那是人类本性的'自我异化'。而我们要使文艺服务于阶级斗争，正是要使人在阶级消灭后'自我归化'——即回复到人类本性，并且发展这人类本性而日趋丰富。"[1]1960年对"修正主义"的批判中，王淑明的《关于人性问题的笔记》[2]则直接引用《1844年经济学哲学手稿》为自己辩护。李泽厚也提到，他在60年代初期的文章中，就已开始使用《手稿》中有关"自然的人化"等范畴来建构自己的实践派美学[3]。

虽然已在50—60年代发生影响，但《手稿》成为理论界重要思想资源的时段，却是80年代初期。首先是美学界对《手稿》的重新翻译和阐释，构成了"美学热"的主要动因。1980年《美学》杂志第二期发表了朱光潜关于《手稿》"异化"和美学问题部分的节译本，同时还发表了朱光潜、郑涌、张志扬研究《手稿》美学思想的文章，从而"引发了美学界持续多年的《手稿》研究热，在美学界正式奠定了这部著作的经典地位"[4]。在哲学理论界，80年代产生重要影响的几篇关于人道主义论述的文章，如《关于马克思主义的几个理论问题的探讨》（周扬）、

---

[1]　巴人：《论人情》，《新港》（天津）1957年第1期。

[2]　王淑明：《关于人性问题的笔记》，《文学评论》1960年第3期。

[3]　李泽厚：《美学的对象与范围》，《美学》1981年第3期。

[4]　祝东力：《精神之旅——新时期以来的美学与知识分子》，第84页。

《人道主义就是修正主义吗？——对人道主义的再认识》（汝信）、《人是马克思主义的出发点》和《为人道主义辩护》（王若水）等文中，都直接提到了《手稿》。1983 年，有诸多《手稿》的研究、译介成果出版，其中影响较大的是两个选本：一是《西方学者论〈1844 年经济学哲学手稿〉》（复旦大学出版社），另一是《〈1844 年经济学哲学手稿〉研究》（湖南人民出版社）。《手稿》中"人本身是人的最高本质""人的根本是人本身""真正的人的问题"等说法，成为论述者阐释马克思主义与人道主义关系的核心依据。如"人类思想史上有资产阶级的人道主义，也有马克思主义的人道主义；共产主义就是最彻底、最革命的人道主义"[1]，并把马克思主义理论的核心看作"找到了实现人的全面发展理想的现实依据和方法"，是"现实的人道主义"[2]。尤其马克思在讨论资本主义体制下的劳动问题时所使用的"异化"这一概念，被认为是马克思主义理论超越此前诸多"资产阶级人道主义"论述的关键。

但中国的马克思主义人道主义者对于"异化"概念的讨论，并不限于对《手稿》的理解。一些论者如高尔太（即高尔泰）等，更强调异化理论作为一种"方法论"的意义，提出"要用马克思曾经使用过的那个异化概念，来分析我们自己的问题"[3]。费尔巴哈用"异化"概念来批判宗教对人的控制，是这一时期的论者在讨论"文革"时经常提到的理解，有些甚至就是费尔巴哈语词的直接搬用，比如李泽厚关于"理性异化的神"与"感性血肉的个体"的对比。尤其有意味的是，黑格尔用"异化"概念来讨论"绝对理念"及其外化的历史辩证法，特别是他的"否定之否定"范畴，成为人们阐释"异化"的更流行版本。事实上可以说，在

---

[1]　俞建章：《论当代文学创作中的人道主义潮流——对三年文学创作的回顾与思考》，《文学评论》1981 年第 1 期。

[2]　周扬：《关于马克思主义的几个理论问题的探讨》，《人民日报》1983 年 3 月 16 日。收入《周扬文集》（第五卷），第 470—476 页，北京：人民文学出版社，1994 年。

[3]　高尔太：《异化现象近观》，收入《人是马克思主义的出发点》，北京：人民出版社，1981 年，第 72 页。

如何理解"异化"这一关键范畴上，当时存在着《手稿》版和黑格尔版这两种理解方式。青年马克思提出"异化"概念，主要是用来批判资本主义私有制度下劳动的异化所造成的社会不平等，并将共产主义社会理解为在克服异化劳动基础上的"人的全面解放"；而黑格尔的"异化"范畴，却是关于历史辩证法的基本理解，"异化"乃是对原初状态的反动，并同时预言了在更高的历史阶段对这种"异化"状态的克服。高尔太在《异化及其历史考察》中，从"异化和异化扬弃，实质上是人的否定和否定之否定"的角度所提出的"人（族类）－非人（异化）－人（复归）"的历史发展图式[1]，是其中最为典型的黑格尔式论述形态。

两种"异化"观及其在阐释当代中国历史问题上的差异，正是导致80年代人道主义话语在理论界发生冲突的关键所在。事实上，称其为"两种"异化观或许并不准确，应该说，《手稿》时期的青年马克思思想本身就处在黑格尔的阴影下。如阿尔都塞所说，马克思"受黑格尔的总问题影响的著作只有一部，即《1844年手稿》，严格地说，这部著作实际上是要用费尔巴哈的假唯物主义把黑格尔的唯心主义'颠倒'过来"，因而青年马克思对黑格尔的批判，乃是"……一次根据人本学的异化总问题的原则而进行的批判……一次企图从唯心主义总问题得到解放，但依然受这个总问题奴役的一次批判"[2]。也就是说，《手稿》的总问题是黑格尔式的而非马克思式的。值得注意的是，在80年代初期中国理论界关于马克思主义与人道主义关系的讨论中，突出黑格尔在马克思主义理论形成过程中的历史地位，却成了某种明确诉求。比如在批判斯大林对马克思主义的阐释时，往往会批评其对"认识论"和"矛盾规律"解释的片面性[3]，认为其只强调黑格尔辩证法的"对立"论而忽视其同样重视的"统一"论；周扬／王元化则直接提出，中国共产党对德国古

---

[1]　高尔太：《异化及其历史考察》，收入《人是马克思主义的出发点》，第172—173页。

[2]　[法]路易·阿尔都塞：《保卫马克思·序言：今天》，第18—20页，

[3]　王若水：《人是马克思主义的出发点》，收入《人是马克思主义的出发点——人性、人道主义问题论集》，第2页。

典哲学尤其是黑格尔哲学的接受和了解太少[1]。突出黑格尔的认识论与否定之否定的辩证法，也可以说突出的正是那种将"异化"视为普遍历史现象的理解方式。正是从这样的角度，80 年代初期中国理论界从正统的晚年马克思回到"青年马克思"，同时也是"回到黑格尔"，并且有其政治性所指。

"异化"论之于人道主义论述的重要之处在于，它直接凸显了"人"与"非人"的对偶结构。马克思在《德意志意识形态》中谈到，在人性或人类本质的观念后面，隐藏着一个对偶性的判断，即"人"与"非人"——"和'人'一样，'非人'也是现实条件的产物；这是该产物的否定方面"。阿尔都塞论述马克思主义与人道主义的关系问题时，在征引马克思的这段话之后，接着分析道："'人'／'非人'是一切人道主义的隐蔽的本源，这一本源无非是体验、经受和解决该矛盾的方式。资产阶级人道主义把人作为一切理论的本源。人类本质的这一光明面是'非人'的黑暗面的外衣。表面看，人类本质似乎是绝对的，但它既然包括这部分黑暗面，它的诞生势必遭到反抗。自由和理性的人揭露着资本主义社会里自私自利和四分五裂的人。"[2] 这事实上也就是说，所有人道主义的话语都包含着一个"人"与"非人"的对立结构；换言之，只有在"人"与"非人"的二元结构中，参照于"非人"论述，"人"或人道主义的表述才能建立起来。正是在这样的意义上，"异化"成为一个叙事性的概念，因为它内在地包含着一个从本原发生变异继而又回归的历史

---

[1] 周扬：《关于马克思主义的几个理论问题的探讨》，第二部分"要重视认识论问题"。这部分由王元化执笔。

[2] [法] 路易·阿尔都塞：《马克思主义与人道主义》。这段话在另一本书中被翻译为："人的东西／非人的东西这对孪生子是所有人道主义的隐含的原则，这原则其实不过是实践—忍受—解答这一矛盾的一种方式。资产阶级人道主义把人当作一切理论的原则。这种浅显易懂的人的本质是一种朦胧阴暗的非人本质的可见的对立面。借助这个阴暗的部位，人的本质的内容，即那种显然具有绝对意义的本质就以对立的姿态产生出来。自由的理性的人谴责着资本主义社会的利己主义和被分裂了的人"（[英] 凯蒂·索珀：《人道主义与反人道主义》，廖申白、杨清荣译，北京：华夏出版社，1999 年，第 118 页）。

过程的叙事。可以说，这正是凸显青年马克思仍旧笼罩在"黑格尔幽灵"之下的地方。

英国研究者凯蒂·索珀在引申马克思和阿尔都塞关于人道主义的对偶结构的论述时写道："人的东西／非人的东西这对孪生概念没有绝对意义，它是思想的形式结构，它的内容是由各个历史时代中的占支配地位的利益提供给这些时代的。"[1] 在80年代，"异化论"所具有的强烈政治批判性，正在于独特的历史语境赋予了这一形式结构以特定内涵，尤其是"非人"论述所针对的历史现象，构成对当代中国历史的一种政治性叙事。这种叙事引发了"文革"后中国共产党理论界第一场严重的思想与政治冲突。这种冲突在理论上的表现，则是1983—1984年周扬与胡乔木的两篇重要报告。

3. "异化"论与历史叙事

尽管相关史料常常将80年代初期关于马克思主义／人道主义的讨论称为"争论"，但当时的实际情形基本上呈"一边倒"状态，倒向人道主义一边。直到1983年，这种讨论才似乎进入一个相对引人注目的"高潮期"。

1983年3月，在中央党校召开的马克思逝世一百周年学术讨论会上，周扬的报告《关于马克思主义的几个理论问题的探讨》酿成了80年代一个不无"惊心动魄"意味的政治事件。这份报告的四个部分分别由顾骧、王元化和王若水起草，全文由周扬组织并最终定稿。引起争议的是第四部分《马克思主义与人道主义的关系》，由当时的人民日报副总编辑王若水执笔。这部分首先提出应当完整地理解马克思主义，认为"马克思主义是包含人道主义的"。最引人注目的是，报告着重讨论了"异化"问题，它把"异化"定义为"主体在发展的过程中，由于自己

---

[1] ［英］凯蒂·索珀：《人道主义与反人道主义》，廖申白、杨清荣译，第117—118页。

的活动而产生出自己的对立面,然后这个对立面又作为一种外在的、异己的力量而转过来反对或支配主体本身",并认为这是一个"唯心主义者"和"唯物主义者"都可以使用的"辩证的概念"。黑格尔和马克思确实都使用过这个概念,但他们的区别在于,黑格尔的异化指的是"理念或精神的异化",而马克思的异化则是"现实的人的异化,主要是劳动的异化",晚年马克思的剩余价值说正是对青年马克思异化思想的发展。不过,该报告并没有严格地采纳马克思的界定,而将马克思在批判资本主义社会劳动制度时提出的"异化"概念的内涵,扩大为一个阐释人类历史的普遍范畴,即"各种异化现象,都是束缚人、奴役人、贬低人的价值。马克思和恩格斯理想中的人类解放,不仅是从剥削制度(剥削是异化的重要形式,但不是唯一形式)下解放,而且是从一切异化形式的束缚下的解放,即全面的解放"。也就是说,青年马克思批判资本主义剥削和私有制的"异化"概念,在这里做了一种泛化和抽象化的理解,从而具有了浓郁的黑格尔式历史辩证法的气息。从这种理解出发,这篇报告认为,社会主义尽管已经克服了"剥削"这一最重要的异化形态,但仍然存在其他异化现象,比如"经济领域的异化"(不按经济规律办事)、"政治领域的异化"或"权力的异化"(民主和法制不健全,人民公仆滥用人民赋予的权力),以至"思想领域的异化"(最典型的就是个人崇拜)。周扬因此提出,首先要承认社会主义异化现象的存在,进而经过社会主义制度本身来克服异化。由此,他这样阐述"新时期"改革的意义:"十一届三中全会提出思想解放,就是克服思想上的异化。现在进行经济体制和政治体制的改革,以及不久将进行的整党,就是为了克服经济上和政治上的异化。"[1]

王若水记下了这样的历史细节:广播员诵读周扬的发言稿时,中央党校大礼堂的报告会场"鸦雀无声,大家聚精会神地倾听";报告结束时,"全场一片热烈的掌声"。这时,"王震走到周扬面前说:'讲得很

---

[1] 周扬:《关于马克思主义的几个理论问题的探讨》。

好！我还有一个问题想向你请教，你说的"YIHUA"，这两个字是怎么写的？'"[1] 从这个细节可以看出，一方面周扬的报告引起了极大的震动，另一方面他所使用的马克思主义理论资源特别是"异化"这一范畴在当时许多人看来是十分新异的。

1984年1月，在同样的场所、以同样的方式，胡乔木做了直接针对周扬文章的批判性报告《关于人道主义和异化问题》[2]。他首先提出关于"人道主义"的两种理解，"一个是作为世界观和历史观，一个是作为伦理原则和道德规范"，而他所要批判的正是那种"把人道主义作为解释历史、指导现实的世界观和历史观来理解和宣传"的观点。胡乔木这种界定"人道主义"的方式，如王若水在后来的辩护文章[3]中提到，颇为接近法国理论家路易·阿尔都塞在《保卫马克思》（尤其是《马克思主义与人道主义》一文）中提出的观点。阿尔都塞要求对人道主义进行"意识形态"和"科学"（理论）的区分，并认为他所反对的是"理论的人道主义"，而非意识形态的人道主义。胡乔木在报告中所表达的意思与此相近。他因此批评周扬有关"异化"的讨论并不能解决实际问题，而仅仅是"关于实现人的本质的无谓思辨"。以"思想异化"来解释个人崇拜现象，"除了给人一幅简单化的漫画以外，丝毫不能说明事件的原因，更不能说明党为什么能够这样顺利地拨乱反正"；对经济异化的讨论，不过是"以脱离实际的轻浮态度和思辨哲学的高谈阔论来对待非常严肃、非常实际的社会主义经济建设问题"。因此，"从异化的抽象公式出发，把社会主义社会中的种种消极现象统统纳入异化公式之中"，将会导致对社会主义制度本身的怀疑——"产生这些异化的根本原因不在别处，恰恰就在社会主义制度本身"。胡乔木这篇报告的发表，成为

---

[1] 王若水：《周扬对马克思主义的最后探索》，收入《忆周扬》，王蒙、袁鹰主编，呼和浩特：内蒙古人民出版社，1998年。

[2] 胡乔木《关于人道主义和异化问题》，为1984年1月3日在中共中央党校的讲话，最初刊载于中共中央党校主办的《理论月刊》第2期，1984年1月由人民出版社出版单行本。

[3] 王若水：《胡耀邦下台的背景：人道主义在中国的命运》，香港：明镜出版社，1997年。

1984 年"清除精神污染"这一政治批判运动中的重头文章，也几乎成了人道主义与异化问题讨论的终结者。

如果抽离当时的历史语境，仅仅从文本本身的理论阐释来看，应该说胡乔木的表述相对周扬 / 王若水要更为严密和周到。比如关于"人道主义"的理解方式，关于马克思主义的理论阐释，尤其是关于"异化"理论对当代中国历史解释力的限度等。不过，正因为人道主义思潮在当时并非仅作为一种"理论"，而更是一种"社会情绪"的发露，它要求的是引导人们去指认并批判当代社会主义实践中出现的严重问题，而非在理论自身的严密性上做一种在当时的人们看来是"隔靴搔痒"的周密阐释。这里有意味的，恰恰是以阶级斗争、无产阶级专政、经济基础 / 上层建筑等为其核心范畴的正统马克思主义理论阐释，在回应转折期社会问题时的无力；相对的，是以"人性""人的本质""人的价值"等普泛化价值判断概念所完成的对历史的批判性指认，却产生了广泛得多的社会影响。

人道主义话语尤其是"异化"理论在当时有明确的现实针对性，即针对 50—70 年代的社会主义实践（尤其是 1958—1959 年的"大跃进"和 1966—1976 年的"文化大革命"）中出现的社会问题，如"个人崇拜"、官僚主义国家政权对个人的压抑、"阶级斗争"造成的人与人关系的紧张，以及一些社会群体如青年学生（主要是知青）、知识分子、被作为"走资派"而受到冲击的官员等遭受的社会伤害。在讲述造成类似问题的原因时，"阶级斗争"被看作"人性"受到摧残、"人的本质"遭到"异化"的主要理论根源。周扬与胡乔木的冲突，其实主要不在理论上的冲突，关键问题在于是否可以借用"异化"这一理论范畴来表达一种"拒绝和揭露"。事实上，与其说是周扬有关"异化"的理论表述引起了人们的关注，不如说是他用"异化"一词所指涉和发露的社会问题引起了人们的共鸣；与其说周扬通过"异化"一词完成了一种历史分析，不如说他仅仅用这一范畴在完成一种否定性和批判性的历史宣判。而胡乔木的文章却在对马克思主义理论的教条式重申当中，取消了讨论这一现实问题的合法性。正如祝东力在分析时说到的："左翼知识分子尽管获得马列原著的支持，并表达了对社会转型的负面效果的忧虑或预感，但却无法面对创痕累累的社会情绪，而这种情绪正是人道主义兴盛的土壤。"[1]

不过，如果说，70—80年代之交人道主义思潮的涌现与"异化"理论的提出，试图回应的现实社会问题是如何论述与批判"文化大革命"的话，那么相当有意味的是，胡乔木对"异化"论者和人道主义论者的批判，却正指责其与"文革"发动者持相同的"理论依据"。在批评周扬文章关于"政治异化"与"权力异化"的讨论时，胡乔木以一种警告的口吻反问道："在宣传所谓'政治异化''权力异化'的同志中，许多人对'文化大革命'是深恶痛绝的。痛恨'文化大革命'，这完全正当。因此，要提醒这些同志注意，谈论所谓'政治异化''权力异化'，把社会的公仆变为社会的老爷说成是一种带规律性的现象，岂不是同'无产阶级专政下的继续革命''党内走资本主义道路的当权派''资产阶级就在共产党内'一类的说法过于近似了吗？而那些提法不正是'文化大革命'的'理论依据'吗？"显然，这是与周扬所理解的"异化"问题有很大不同的另一种论述。如果说周扬将"文革"指认为经济、政治和思想的"异化"表现，那么胡乔木在这里则提醒着他："文革"的发动者认为他们正是为了克服"异化"现象而发动了"文革"。

汪晖认为，这场关于"异化"的讨论，"在政治上将'文革'纳入了社会主义异化的范畴加以反思，但在理论上却与1975年前后反复讨论的按劳分配和资产阶级法权等问题一脉相承，与'60年代'的思想路线——即对社会主义本身的变异和退化的警觉——同根同源"。也就是说，与80年代胡乔木等"改革派"的判断一致，汪晖也认为周扬等的"异化"论述中包含了他未曾意识到的论断或推断，即与发动"文革"的理论依据的一致性。不过，汪晖是从与周扬和"改革派"都不同的角

---

[1]　祝东力：《精神之旅——新时期以来的美学与知识分子》，第58—59页。

度重提这一问题的，他认为关键在于，"改革开放本身包含了两种不同的理论立场和思想路线的内在对立"，而这种"理论辩论"的深度在 80年代那种"去政治化"的历史氛围中被取消了，由此，"异化"理论的分歧并未获得公开且深入的讨论[1]。

"异化"论的具体内涵，到底是指社会主义国家内部异化出"走资派"或"新阶级"，还是从"人性异化"走向人性的"复归"，这两种理解方式不仅包含着完全不同的历史判断，显然也会指向不同的现实政治构想。前者无疑可能成为"继续革命"的口号，而后者某种程度上则是发动"新时期"改革的理由。但显然，如果一种理论可以同时成为"文革"和"新时期"论述自身合法性的依据，也正显示出"异化"理论自身的含糊性。

如何理解周扬的"异化论"论与"革命"的关系，仍是一个值得深入讨论的问题。一方面，毛泽东始终是在"阶级"和"阶级斗争"的维度上论述"反修"和社会主义"变质"问题，尽管在"文革"时期他赋予了"阶级"以更复杂和灵活的含义（比如强调意识、主观思想、意志的重要性），因而"异化"论所指涉的社会主义内部的消极现象或许与之相同，但毛泽东"继续革命"的斗争方式却绝不可能是黑格尔式的历史辩证法。而另一方面，周扬／王若水等关于"异化"论的最突出改写，在于将其内涵扩大为"异化是自然界和人类社会的一种普遍现象，而异化的形式是多种多样的"[2]。他们对"异化"理论的理解，是在黑格尔式的历史辩证法而非马克思式阶级斗争的脉络上展开的，虽然将"异化"论纳入马克思主义（青年马克思）范畴，不过在《手稿》的外衣下始终是"黑格尔的幽灵"。

因此，与其说周扬等的"异化"论包含了试图克服社会主义自身

---

[1] 汪晖：《去政治化的政治、霸权的多重构成与 60 年代的消逝》，收入《去政治化的政治：短20 世纪的终结与 90 年代》，第 21 页。

[2] 周扬：《哲学社会科学工作者的战斗任务》，北京：人民出版社，1963 年，第 34 页。

历史变异的革命诉求，不如说那只是一种与 19 世纪式人道主义话语相伴的乌托邦冲动。换言之，尽管这其中也包含着某种与"继续革命"相似的诉求，不过这种诉求却并不指向现实的政治运动，而更多地表现为一种浪漫主义的美学冲动。这大概可以解释为什么在 70—80 年代之交的人道主义潮流中，是文学充当了最为重要的社会变革媒介；同样也可以解释"美学热"的兴起，为什么是"美"而不是"革命"被看成克服"异化"的途径。

二、回到 19 世纪文学：家国书写和浪漫主义

在 70—80 年代之交的人道主义思潮中，"人""人性"的叙事主题最早出现在文学创作中。呈现特定社会群体（主要是知识分子、知青和受批判的官员）在"文革"期间受到的摧残，批判人的生存权利被漠视、个人尊严被践踏的社会现象，成为文学的普遍主题。当时即有研究者将其概括为文学界的"人道主义潮流"[1]。正是通过文学作品，有关"人性"的价值话语才成为一种具有普遍整合力的"形象、神话、观念和概念"的表象体系，即一种意识形态。如果说理论界关于马克思主义人道主义与"异化"问题的论争，主要指向的是一种具有政治意味的历史叙事的话，那么，文学界在完成政治控诉的同时，则提供了关于何谓"人性"的具体书写。分析文学作品围绕"人性""人"的修辞表达和再现方式，讨论作品将怎样的具体历史内容填充进了"人性""人"的表述中，能更清晰地看到"新时期"的人道主义话语在何种意义上完成了一项"创造（个）人的工程"。

---

[1] 俞建章：《论当代文学创作中的人道主义潮流（对三年文学创作的回顾与思考）》，《文学评论》1981 年第 1 期。

1. "人性"修辞与家国新秩序

在表现"人性"、人道主义这样的主题时，文学作品普遍书写的是僵化的国家政权对无辜个人的伤害。正如"伤痕"这一词汇所表达的，这一时期的文学叙事极大地调用了"身体"修辞。"伤痕"往往被展示为直观上的对身体的伤害，而人们表达受到伤害的情绪，则以哭泣的"眼泪"宣泄出来。洪子诚将这一时期的文学及作家的写作姿态概括为"感伤的姿态"，其具体表现为"情感的缺乏节制的抒发与宣泄"和"感情至上"的书写逻辑[1]。文学作品的这种特点，并不单纯是写作方式上的特征，而可以视为一种普遍的社会情绪表达，并且正是通过这种情绪的宣泄，人们从文学中（也包括同时期的电影等）找到了一种理解历史与自我关系的治愈式言说。可以说，这是一种"眼泪的政治学"，即通过对身体伤痕的展示将历史的暴力表现为一种可见可说的形态，从而最终形成一种有效的叙述历史与自我关系的方式。"身体"的描写是充分自然化的，"人性"修辞正是通过身体的复原和治愈得以呈现。与此同时，诸种与个人、身体相关的制度性场域，诸如爱情、婚姻、家庭等，也一并被叙述为自然化的存在。

其中，最值得注意的是作为"人性"能指的家国书写。历史的暴力总是来自国家政权，而个人受到损害的方式，则表现为"家"（包括血缘家庭、婚姻及情爱关系）的破坏。一个被当时文学界清醒意识到的差别，在于"国家"与"祖国"这两个概念的区分：前者被视为历史暴力的来源和实施者，而"祖国"则是个人基于血缘和地缘之"自然"认同的超越性价值与道德载体，是一种别无选择的选择，对个人而言具有先天的合法性。于是，在以"人性"的名义完成对历史的批判的同时，通过一种不同于50—70年代关于阶级-国家的表达方式，文学也整合起了对作为"想象的共同体"的民族国家的新的民族主义认同。抽象

---

[1] 洪子诚：《作家的姿态与自我意识》，第一章"感伤姿态"，西安：陕西教育出版社，1991年。

的"人性"修辞落实为文学叙事中的情节构想和历史想象，这同时也是"家"与"国"新秩序的重新建构和书写的过程。

被纳入"人道主义潮流"中的许多作品，都是文学史上所谓的"伤痕文学"或"反思文学"。作为"伤痕文学"的命名性作品，《伤痕》（卢新华，1978年）在情节层面上相当清晰地把"革命"造成的伤痕，放置在家庭伦理关系的书写中。小说的主部情节是被革命观念"蒙蔽"了的少女王晓华离家出走并同母亲断绝关系，也就是说，是"革命"破坏了家庭。在当年的评论文章中，荒煤认为这部小说表现的是"家庭问题"和"家庭悲剧"。在论述这种题材的意义时，荒煤正面论及了"家"和"国"的关系："我们的家，就是大国家中的一个小家。小家与国家的命运是一致的……林彪、'四人帮'疯狂地摧残、毁灭千千万万革命的家庭，正是要毁灭我们这个社会主义的国家，建立一个封建的法西斯王朝！"[1]这种论述特别强调了"家"与"国"的统一，同时也强调了"家"的正当性与合理性，即作为"革命的纽带"。但在这里，论述逻辑相对于50—70年代的主流叙事，已经发生了很大变化。50—70年代的主流叙事，是将"家"视为不甚合理的、应该被整编到大的国家机器当中的"小"家，这里所谓"小"同时带有价值判断意味。比如社会主义现实主义小说的经典之作，从《三里湾》《创业史》直到《艳阳天》《金光大道》，家庭关系的缩减和集体生活的扩大呈现为一条清晰的脉络。而60年代初期的话剧《千万不要忘记》《年青的一代》等，则直接提出如何将个人的日常生活更大限度地收编入集体秩序当中[2]。尽管对这一问题尚需更复杂的讨论和分析，但一个可以得出的大致结论是：在50—70年代，存在着一个"公"与"私"的矛盾关系结构，而"家庭"（包括血缘关系、婚姻和情爱等）则是私生活中最被警惕的一个领域。因此，当荒煤将家庭视为"革命的纽带"时，他并不是在简单地重复十七

---

[1] 荒煤：《〈伤痕〉也触动了文艺创作的伤痕》，《文汇报》1978年9月19日。

[2] 参阅唐小兵：《〈千万不要忘记〉的历史意义——关于日常生活的焦虑及其现代性》，收入《再解读——大众文艺与意识形态》，北京：北京大学出版社，2007年。

年时期的主流论述,而是如同小说叙述情节本身一样,改写了"家"与"国"的关联方式。

当时评论界普遍认为,《伤痕》比同样作为"伤痕文学"思潮代表作的《班主任》显得更"丰满"。原因就在于,《伤痕》相当"自然"地将"人性"叙述落实于关于"家"的想象当中。事实上,像《班主任》那样,通过学校、教师这样的空间和身份宣扬一种"新启蒙"的叙事方法[1],在同时期的文学作品中其实是不多见的,更多的作品都如《伤痕》那样选择血缘家庭和婚姻爱情作为话语实践的场所。

《伤痕》事实上完成了两个层面的叙述,即一方面以母女血缘关系的被破坏来控诉阶级论的荒谬;同时,结尾则以一对恋人的结合(王晓华和小苏)来昭示新秩序的建立。这一叙述模式在不同的作品中反复出现。冯骥才的短篇小说《铺花的歧路》几乎是《伤痕》故事的翻版。据作者说,《铺花的歧路》最早名《创伤》,在《伤痕》发表之前就已写作完成,由于发表时间和刊物发行量等影响,小说后来改为现名于 1979 年才与读者见面,以至关于这篇小说的"被埋没"还有一段"公案"[2]。在陈国凯的小说《我应该怎么办》(1978 年)中,"文革"历史的暴力表现为一个女人被迫面对两个"丈夫"的困境。在此,历史是颠倒人伦常情的罪人。而在孔捷生的《在小河那边》(1979 年)里,则几乎因此酿成了乱伦的悲剧。历史的"浩劫"造成了恋人、母女、夫妻、姐弟等关系的错乱或破裂,于是,历史成为"不道德"的化身。而"新时期"的到来,同时也意味着一种有关家的自然伦理秩序的重建。

在这方面,两个更值得分析的文本,一是张洁的《爱,是不能忘记的》(1979 年),一是古华的《芙蓉镇》(1981 年)。《爱,是不能忘记的》作为 1970 年代后期最早提出婚姻、爱情问题并引起争议的作品,在今天看来,其最具历史征候特性的地方其实并不在那段"镂骨铭心"的爱

---

[1] 贺桂梅:《新话语的诞生——重读〈班主任〉》,《文艺争鸣》1994 年第 1 期。

[2] 参见金汉、冯云青、李新宇主编:《新编中国当代文学发展史》,杭州:杭州大学出版社,1993 年,第 480 页。

情，而在作品将什么确立为这段爱情的对立面。这篇充溢着感伤情调的小说，语焉不详地将破坏爱情实现的因素确认为存在于社会的"旧意识"，并因此呼唤文明社会的到来。但具体到母亲和老干部的关系，阻碍着他们爱情关系的，事实上是那种因为阶级情谊而结成的婚姻关系（即老干部的家庭）。也正因此，在当年关于《爱》的讨论中，引起争议的一点即在小说将"爱情"和"革命的道德"对立起来。李希凡就在文章中批评小说所表现的爱情，"背弃革命的道德，革命的情谊"[1]。如果我们不纠缠于具体的观点，而讨论话语实践的逻辑，那么可以说，正是在《爱》中完成了更为明确的历史表述："文革"="非人"（非爱、非家），新时期＝"人"（爱、家）。因此，小说结尾呼唤的那种对未来的"等待"姿态，其实也是一种对历史的拒绝。另外一个更突出的例证，是古华的长篇小说《芙蓉镇》。它的特出之处在于直接将"性"与"政治"这两种修辞等同，通过性关系和性行为的描写来揭示政治人物的内在品质，并最终以让"坏人无家"、让"有情人终成眷属"的方式，完成对历史的道德宣判。这种性政治的修辞方式在1986年由谢晋导演的同名电影中发挥到了极致。

如果把上述关于"人性"的书写方式纳入70—80年代转型的历史语境中来看，真正有意味的，其实不在于将抽象的、非意识形态化的"人性"呈现为具体的、意识形态化的"家"的表象，而在于由"家"的表象所带出的新社会秩序。按照阿尔都塞的论述，"家庭"本身就是一种意识形态国家机器。不同于国家政权，也不同于其他暴力性的国家机器，它通过"运用意识形态"来发挥其统治功能[2]。正如福柯在解构人本主义主体概念时所批评的那样，这种主体概念"阻碍了人们对各种制度性场址的批判性考察，而主体却正是在这些场址的权力关系当中生成

---

[1] 李希凡：《"倘若真有所谓天国……"（阅读琐记）》，《文艺报》1980年第5期。

[2] ［法］路易·阿尔都塞：《意识形态和意识形态国家机器》，收入《哲学与政治：阿尔都塞读本》，陈越编，长春：吉林人民出版社，2003年。

的"[1]。"家庭"无疑正是这些"制度性场址"当中相当重要的一个。可以说，70 年代后期 80 年代初期的人道主义话语，主要在家庭领域或借助于家庭这一表象，来成功地建立其合法性表述。但是这方面的内容在当代文学研究界并没有得到很深入的讨论。究其原因，或许因为人道主义话语如此成功，以致当时的人们乃至今天的人们仍相当"自然"地接受了那种将"人性"落实于家庭秩序的修辞方式。从这一角度来说，考察"人性"话语如何具体地呈现为与"家"相关的制度性场址书写，也是将 80 年代历史化的努力之一。

正是有关"家"的表述，使 70—80 年代转型时期的文学书写方式，与五四时期构成了一种具有历史意味的对比。当李泽厚等人从"新时期"的"人性、人情和人道主义"的呼喊中，指认出五四的"复归"时，却没有意识到两者关于"家"却形成了几乎完全不同的价值表述。不同于 70—80 年代转型期的文学将"家"视为一种从历史中拯救个人的救赎力量，五四时期的"家"被表述为几乎所有社会暴力的来源。无论是冰心、沅君等书写的爱情小说，胡适书写的中国版本娜拉故事《终身大事》，还是《新潮》主笔傅斯年所谓"万恶之源"即是家庭——"想知道中国家族的情形，只有画一个猪圈"[2]，五四时期的"家庭"（包括宗族秩序）都被书写为最重要的压抑性社会制度。从修辞表象上看，70—80 年代转型时期的"人道主义"表述"家"的方式似乎因此与五四时期构成了一种反转。刘禾在有关现代个人主义话语的分析中曾这样写道："个人必须首先从他所在的家庭、宗族或其他传统关系中'解放'出来，以便使国家获得对个人的直接、无中介的所有权。在现代中国历史上，个人主义话语恰好扮演着这样一个'解放者'的角色。"不仅如此，刘禾进一步分析道："个人主义话语所作的可能远不止把个人从家庭中剥

---

[1] [美] 斯蒂文·贝斯特、[美] 道格拉斯·凯尔纳：《后现代理论：批判性的质疑》，张志斌译，北京：中央编译出版社，2001 年，第 66 页。

[2] 孟真（傅斯年）：《万恶之原》，《新潮》第 1 卷第 1 号（1919 年 1 月 1 日）。

离出来交给国家：它导生了一个为实现解放和民族革命而创造个人的工程。……个人与民族国家的黏结关系，作为现代性的一个话语构成物，总是会寻求某种自圆其说的方式平复它带来的冲突。"[1] 或许更为直接的表述是：个人主义和人道主义话语从来就不仅仅是为了"解放"人，而是为了重新将人组织到现代社会的制度性关系当中。作为一种意识形态化的表述方式，这种人道主义话语总是只强调其作为"解放者"的一面，而策略性地隐瞒起其所构建的"秩序"的一面。

如果说五四时期的人道主义话语将"人"从传统宗族秩序中解放出来，是为了将其组织到现代民族国家的新秩序中，那么，80 年代的人道主义话语则要将"人"从国家机器的直接控制之下解放出来，"归还"给隶属"私人空间"的家庭，从而形成一种新的制度性组织形式。分析 80 年代人道主义话语在何种意义上扮演了"解放者"角色，同时揭示其确立了怎样的"秩序"，正是呈现人道主义话语的意识形态功能的关节点所在。

由于"家"被作为实践"人性"的主要空间和场域，相应地带来的问题，是民族国家组织个人的方式或个人对民族国家的认同方式，相对于 50—70 年代，也发生了根本性的变化。可作为典型个案分析的是 70—80 年代之交引起极大争议的电影文学剧本《苦恋》[2]。围绕着这部尽管已经拍摄完成但从未公映过的影片（片名为《太阳与人》）引起的争论，是当时带有浓郁政治意味的重要事件。剧本中关于"人"/"非人"的表达，呈现出了 70—80 年代转型时期人道主义话语最为经典的符号：蓝天上飞翔的"人"字形雁阵，和雪地上已冻僵死去的人用身体画出的"？"。更值得分析的是剧本在叙事层面上呈现的内涵。它以一个艺术家的经历，串联起知识分子在 1949 年前后的个人遭遇，并颇有意味地提

---

[1] 刘禾：《跨语际实践：文学，民族与被译介的现代性（中国：1900～1937）》，宋伟杰等译，北京：生活·读书·新知三联书店，2002 年，第 128—129 页。

[2] 白桦、彭宁：《苦恋》，《十月》1979 年第 3 期。

出了"人"（个人、民族）与"非人"（国家政权）的对偶叙事形式。主人公凌晨光与两个女性间富于传奇色彩的爱情被作为"人性"的具体呈现，而自然风光和民间风情的描绘则是"祖国"的主要想象内涵；摧残和压抑的力量是已经被"神"化（即"异化"）的社会主义国家政权。知识分子在"文革"期间遭受的惨痛经历则呈现为一种"非人"的情境，即被驱逐出社会成为荒无人烟的芦苇荡中"蓬头垢面、衣衫褴褛的逃亡者"，最终在雪原上冻饿而死。可以说，这部剧本关于摧残"人性"方面描写的控诉强度是空前绝后的。

但有意味的是，剧本以同样强烈的意识试图建立起一种新的关于民族国家的认同方式。面对着女儿的质问："您爱我们这个国家，苦苦地留恋着这个国家……可这个国家爱您吗？！"剧本给出的是凌晨光"悲怆"的内心独白："如果这只是一张画布，只是一些颜料，只是一些画家空想出来的线条、阴影和轮廓，我们可以撕掉、涂掉、扔掉；但不幸她是我们的祖国！她的江河里流着我们的血液，她的树林里留着我们童年的梦想，在她的胸膛上有千万条大路和小路，我们在这条路上吃过很多苦，丢掉过无数双破烂的鞋子，但我们却得到了一个神圣的权利，那就是：祖国！我爱你！"——《苦恋》将对"祖国"的爱表述为一种建立在血缘亲情与生养伦理之上的别无选择的亲子之情。在个人与"祖国"的这种关系中，恰恰是非道德的"国家"成为破坏性的因素。在这里，"国家"和"祖国"的区分是相当自觉和清晰的，前者被指认为具体的压制性政权，后者则被看作超越性的、非意识形态的、无可选择的身份归属。就这个文本最突出的征候点来看，其主要特征就在一方面是强烈的对于"国家"的控诉，而另一方面却是努力以对"祖国"的爱来抹平其可能产生的冒犯性。于是，新政权的合法性就表现在剧本结束的时刻，它代表着"祖国"向芦苇荡里的凌晨光呼唤："出来吧！祖国需要你！祖国爱你！"

《苦恋》遭到的批判和质疑是"反对爱国主义"，也可以说它暴露出的是人道主义话语关于如何重新将个人组织到民族国家身份中的裂隙。在 50—70 年代，"国家"始终是在列宁所谓"国家是阶级矛盾不可调和的产物和表现"[1] 这一意义上被认知的。由于个人及其行为、属性都附属于一定的阶级，而国家是阶级统治的工具，因此个人与国家被没有中介地直接组织在一起，且个人的日常生活和文化表达必须组织到国家机器之中；相对地，"人性"强调人具有超越阶级的普遍属性，这种属性使得以阶级斗争作为其目的的国家统治显得不合法，从而要求在个人与国家之间确立一种更宽松、和谐的关系。在具体的表现形式上，则是个人私人生活空间的扩大，个人之间的情感关系获得了前所未有的正当性，家庭、婚姻、爱情等关系的表现，成为受到国家压抑的个人重新获得归属性认同的主要形式。同时，民族国家的功能和形象也从阶级斗争维度的政治认同，转变为以经典的民族文化符号作为主要标志的文化认同，自然 / 人文景观如长江、黄河、黄山、庐山等，以及淳朴的民风和民俗等，成为"民族"想象的主要内容。其典型表达是 1980 年出品的一部风光爱情片《庐山恋》[2]。影片以国共将领的后代之间的爱情故事，表达国共两党和解的政治主题，并将两人的爱情故事放在庐山背景中，从而将政党和解与爱国主题结合在一起。其中，庐山的美丽风光不仅是爱情故事演绎的场所，更成为民族认同的具体化身。

从更深的层面来说，更换民族国家认同方式的政治经济学原因在于，把政治的个人转化为非政治色彩的个人，实则是为了建构更适宜于"现代化"的"经济个人"。人道主义话语中所蕴含的"主体的经验主义"和"本质的唯心主义"这一阿尔都塞所谓"典型结构"，即个体成为主体的经验性存在（也正是李泽厚所说的"感性血肉的个体"[3]）和每个个体都具有人的全部本质（每个人都是"人"），必然导致一种个人主

---

[1]　列宁：《国家与革命》，北京：人民出版社，1949 年。

[2]　《庐山恋》，黄祖模导演，郭凯敏、张瑜主演，上海电影制片厂 1980 年出品。

[3]　李泽厚：《二十世纪中国（大陆）文艺一瞥》，《中国现代思想史论》，北京：东方出版社，1987 年，第 209 页。

义的伦理价值；而在个人与社会的想象关系当中，"市场"则成为使得个体"自由"地实现其价值的最好机制。如果说类似的逻辑在 80 年代的人道主义讨论中还是隐在的前提的话，那么 90 年代一本讨论"马克思主义人道主义"的书籍则直截了当地把市场经济称为人道主义的"保护神"，并将马克思提出的"人的全面发展"理解为："既是在市场经济中产生的价值观要求，同时，实际上又是只能通过市场经济才能逐渐达到的目标。"[1]这一论述实则将马克思主义人道主义讨论中隐含的阶级性/人性、马克思主义/人道主义、国家政权/自由市场、集体/个人之间隐约的对应关系点明了。

如果说讨论人道主义潮流中文学作品的叙事层面，能够展示出有关"人性"的叙述如何落实为一种新意识形态秩序的建构的话，更有意味的，则是小说展开叙述时所借重的文学传统和思想资源。这种在有意无意间展开的与特定文学传统、思想谱系间的对话关联，或许比作品试图明确表达的主题，要更深刻而内在地显示出人道主义文学思潮的意识形态性所在。

2. 互文本关联、阅读史与"19 世纪文学的幽灵"

文学界表现人道主义主题的作品，有许多与理论界的讨论形成了直接的呼应关系。当时一些引起争议的小说，比如雨煤的《啊，人……》、张笑天的《离离原上草》等，就直接针对 50—70 年代主流叙述中的"阶级性"理论，在作品中肯定一种超出阶级限定的"共通人性"[2]。尤值得一提的是刘心武的中篇小说《如意》（《十月》1980 年第 3 期）。鲁迅 30 年代在与梁实秋论辩文学的"阶级性"时，曾以《红楼梦》中的

---

[1] 胡义成：《人道悖歌——马克思主义人道主义新论》，北京：华夏出版社，1995 年，第 114—115 页。

[2] 王若望：《人胆和可贵的尝试——评〈啊，人……〉》，《花溪》1980 年第 11 期。张笑天：《索性招惹它一回》，《江城》1983 年第 4 期。

人物举例："贾府上的焦大，也不爱林妹妹的"[1]，这句话也成了50—70年代关于"阶级性"的经典表述。而《如意》则几乎完全以此为反面依据，写出了一个"焦大爱上林妹妹"的故事。男主人公石义海是一个朴素、健壮而木讷寡言的劳动者，小说叙述的暧昧之处在于，它将这个按照50—70年代主流话语应当是"无产阶级主人公"的人物形象，还原为晚清王府中的"下等人"。但就是这个贝勒府里的小厮，却爱上了格格金绮纹，并成就了一段跨越阶级界限的爱情传奇。这一段"两人各执一柄如意而终于没有如意的爱情"，不仅昭示出"使整个人类能够维系下去，使我们这个世界能够变得更美、更纯净的那么一种东西"，更重要的是由此而完成的对"文革"历史的审判。小说在叙述结构上安排"我"——一位中学老师，来讲述这段爱情故事，并让他传递从石义海及其爱情故事中领悟的人性真谛。在小说的叙述中，"阶级性"和"阶级斗争"，正是阻挠这段爱情的真正原因；经由石义海之口，小说提出"阶级斗争是人跟人斗，不是人跟狗斗""不要弄得这么不像人样儿"；正是这样的人生原则，对于为阶级斗争所苦的"我"，产生了"实实在在的振聋发聩的启蒙作用"。这部小说尖锐的批判立场，不仅是将"人性"/"阶级性"书写为"爱情"/"反爱情"的对立结构，更突出地表现在这样的细节：将"阶级敌人"打死并曝尸大雨中的残酷行为（红卫兵），与那在尸体上盖上一块塑料布的怜悯（石义海）之间的对比。正是在这一细节对比中，不仅"阶级斗争"成为"非人"（野蛮、野兽行径），同时也是"阶级性"丧失其合法性的时刻——"他也是人。人对人不能狠过了限"。

1980年以知识分子为表现对象的长篇小说《人啊，人》，曾在当时被称为"人道主义宣言"。这篇小说同样涉及"人性"与"阶级性"的对比、马克思主义人道主义等理论话题，不过关于"人性"的具体论述

---

[1] 鲁迅：《"硬译"与"文学的阶级性"》，《萌芽月刊》（上海）第一卷第三期（1930年3月），收入《鲁迅选集》卷三，北京：人民文学出版社，1983年。

及其对 50—70 年代思想资源的转换形态,其文本叙述却要相对复杂。作者戴厚英在"后记"中提到,在小说写作的 20 年前,她以"革命小将"的身份批判老师钱谷融那篇著名的"右派"文章《论"文学是人学"》;而 20 年后的今天,"我要在小说中宣扬的正是我以前所批判过的某些东西;我想在小说中倾吐的,正是我以前要努力克制和改造的'人情味'",并由此感叹"这对于我来说真是具有讽刺意味的事情"[1]。

小说的主要情节是男女主人公的爱情故事,但却围绕一本名为《马克思主义与人道主义》的理论论著的出版而展开叙事,这也使得故事情节与小说主题存在着更为直接的对应和指涉关系。人道主义的主题首先表现在何荆夫这样一个受难归来的"文化英雄"的言行举止和理论论辩之中。而女主人公孙悦从困惑到觉醒的心路历程,何荆夫与孙悦两人情感关系推进的复杂心理呈现、孙悦与憾憾母女关系的颇具生活气息的叙述,甚至奚望这个"新人类"与其父奚流的关系,以及"庸常之辈"许恒忠、最终得到宽恕的背叛者赵振环,则都在为这主题提供着一个个具体说明。在叙述方式上,小说采取了让主要人物进行心理独白的方式来组织叙事,从而将"人性"的内涵呈现为一个个思考的、有欲望的因而有心理深度的个体。正因这一叙事形式的特征,小说也被视为用"现代派"的表现手法超越"现实主义"写作的"成功实践"。不过,相当有意味的是,戴厚英公开为"现代派"张目的理由在于,现实主义"琐细的客观吞没了或压抑了作家的主观",而"现代派"则可以"充分地表现自己对世界的真实的主观感受和认识"[2]。以"主观"与"客观"来区分现实主义与"现代派",进而将"对世界的主观感受和认识"视为人性反抗异化的方式,这正是人道主义对于"现代派"文学的想象方式,称其为"浪漫主义"更合适。

显然,这部在当年引起轰动同时饱受争议的小说,有很强的理念化

---

[1] 戴厚英:《人啊,人》,广州:花城出版社,1996 年,第 351 页。

[2] 戴厚英:《人啊,人》"后记",第 356—357 页。

色彩。不过，不同于一般表现"人性"小说的地方是，尽管也会直接涉及理论化的主题，但真正使小说在当年获得巨大成功的，并不是它那些被说出的主题，而是隐约地浮现于小说文本背后的 19 世纪欧洲与俄罗斯文学传统的"幽灵"。

这一"幽灵"有时直接表现为与主题相关的互文本关联。小说写到何荆夫到孙悦家做客，无意中发现她正在阅读雨果的小说《九三年》，因而回忆起他流浪途中与启蒙老师讨论《九三年》的段落，并在行文中直接赞同雨果的人道主义理想："革命的目的难道是要破坏人的天性吗？革命难道是为了破坏家庭，为了使人窒息吗？绝不是的。'我要人类的每一种特质都成为文明的象征和进步的主人；我要自由的精神，平等的观念，博爱的心灵'。"《九三年》这一文本的出现并非闲笔，某种程度上可以说这成了《人啊，人》这部小说的一篇"题记"。显然，《九三年》所批评的"革命"，乃是 18 世纪欧洲语境中的"法国大革命"，在小说中却可以直接转换为对中国"文化大革命"的批判；雨果的时代在反省法国大革命的历史暴力过程中而涌现出来的浪漫派人道主义理想，也同样适用于此时中国知识分子关于人性的想象。事实上，这也正是当代中国与 19 世纪欧洲文学可以"接轨"的历史前提。

小说的人物形象也表现出与 19 世纪西欧及俄罗斯文学的互文本关系。当时即有评论指出，"从何荆夫身上可以看到十九世纪欧洲古典作品里的一些人物形象的影子，特别是十九世纪俄国古典作品中民主主义革命者形象的影子"[1]。而小说中奚流对孙悦的评价则是："你受十八、十九世纪资产阶级文学影响太深，充满小资情调。"何荆夫在 50 年代的"反右派"运动中因写了一张要求多一点"人情味"的大字报，而被放逐至社会底层二十多年。这也是他带着《红楼梦》和《马克思恩格斯选集》在中国大地上流浪的岁月。被放逐的"右派"生涯，在小说中写成了类似俄国十二月党人深入人间、"读书和在下层人民中生活实践"的过程。

---

[1] 乔山、俞起：《略谈〈人啊，人〉的得与失》，《文艺报》1982 年第 5 期。

"文革"结束后，何荆夫重新回到曾将他驱逐出去的母校，在这里开始写作那本具有政治争议性的理论著作《马克思主义与人道主义》，并遇到了他大学时期暗恋的恋人孙悦。后者在"文革"期间经历政治信念的危机和婚姻关系的破裂，成了一个渴望爱情但被动地等待救赎的"痛苦的理想主义者"。曾放逐于历史秩序之外而今归来的何荆夫，是孙悦思想与情感双重意义上的拯救者。这一爱情故事和性别形象，显然具有浓郁的浪漫主义色调。两人情感关系的进展，与孙悦如何摆脱在"文革"后期官复原职但思想僵化保守的校党委书记奚流的影响与控制的过程交织在一起。这也使得这个发生在 80 年代的爱情故事，具有了摆脱政治异化控制而追求世俗情爱的意味。

从上述有"迹"可循的文本特征可以看出，《人啊，人》有关人道主义的论述和想象的主要思想资源，与 19 世纪欧洲与俄罗斯小说有着密切关联。事实上，不仅《人啊，人》这一篇小说，可以说人道主义思潮中的许多重要文学作品，都或隐或显地弥散着 19 世纪西方与俄罗斯文学的"幽灵"。这一方面显示出 50—70 年代的社会主义文化建构与西方 19 世纪文艺之间紧密却暧昧的关联，另一方面则与几代人的阅读史和文学知识谱系联系在一起。在 70—80 年代之交的大学生阅读书单中，"存在主义、罗曼·罗兰、马克思的手稿"构成了"思想启蒙"[1]；于连·索黑尔（司汤达《红与黑》）、拉斯蒂涅（巴尔扎克《高老头》）成为 80 年代初青年文学中的"外来偶像"[2]；从舒婷感伤的朦胧诗里可以读出《普希金诗抄》以及"拜伦、密茨凯维支、济慈"[3]；在梁晓声、张抗抗等的小说中可以看到《虹南作战史》与《战争与和平》《约翰·克利

---

[1] 查建英主编：《八十年代：访谈录》，陈平原部分，北京：生活·读书·新知三联书店，2006年，第 122—123 页。

[2] 许子东：《当代中国青年文学中的三个外来偶像》，收入《当代小说阅读笔记》，上海：华东师范大学出版社，1997 年。

[3] 舒婷：《生活.书籍与诗》，收入《沉沦的圣殿——中国 20 世纪 70 年代地下诗歌遗照》，廖亦武主编，乌鲁木齐：新疆青少年出版社，1999 年。

斯朵夫》《悲惨世界》《红与黑》等文学知识的混杂，可以读到使人联想到"莎士比亚悲剧中的人物奥赛罗""意大利画家包尔第尼杰作《玛尔波公爵夫人肖像》"的人物形象以及"雪莱型的小伙子"（《这是一片神奇的土地》）；而在张贤亮笔下，"右派"的劳改生涯具有了与俄国作家阿·托尔斯泰的《苦难的历程》同样的意义，被纳入"教育小说"的成长叙事模式中，张贤亮甚至将这一知识群体被放逐的历史构想为"唯物论者的启示录"……

　　其中值得详细分析的是张洁的《爱，是不能忘记的》。小说中男女主人公的定情物便是"那二十七本一套的，1950 年到 1955 年出版的契诃夫小说选集"。选择契诃夫小说作为一对苦苦相爱却不能结合的男女主人公之间情感交流的唯一信物，并非偶然。女主人公形象被描述为"优雅，淡泊，像一幅淡墨的山水画"，正是契诃夫式的平淡、优雅和诗意的化身。洪子诚在他的"阅读史"[1]中提到契诃夫小说在当代中国文坛主流规范之外的示范意义。他认为契诃夫小说"那种'日常生活'的悲剧，那种'简单而深刻'的文体，对于'庸俗''麻木'的警惕"，在当代许多小说中都得到了延续。尤有意味的是这种对于契诃夫的"不由规范评价所能完全包括的亲近"，在当代中国作家那里存在的方式，"很大可能是'寄存'于个体的某些情感、想象的'边缘性处所'，某些观念和情绪的顽固，但也脆弱易变的角落"。他提到的一个重要例子，便是张洁的《爱，是不能忘记的》：契诃夫成为"感情孤独无援时刻得以顽强支撑的精神来源"。正如契诃夫只能寄身于中国作家们心灵的某个"角落"，无法被主流评价所言说但却滋养着作家们关于"文学""人性"和"世界"想象的 19 世纪小说世界，正是这样一种"幽灵"般的存在。

　　显然，这里所讨论的，已经远不只是"阅读史"的问题，而涉及作家们在文学作品中据以想象和叙述"人性"时所借重的思想资源和

---

[1]　洪子诚：《"怀疑"的智慧和文体——我的"阅读史"之契诃夫》，《上海文学》2008 年第 7 期。

"文化遗产"。正如"人性说"并非每个人"生而知之",而是一种习得而来的"叙事",这种叙事显然是在对已有文化遗产的学习和再阐释、再想象过程中完成的,尽管这一过程并不像"阅读史"那样可以完全被作者自觉地认知到。美国理论家詹明信（F. 杰姆逊）提出"真理"与"语言模式"的讨论,认为"关于世界的语言只不过是语言,而不等于世界",需要将理论阐释看作一种"语言模式"[1]。因此,关键的问题不再是"语言"与"真实"的问题,而是语言及其模式的解释问题。这正是福柯所说的"解释技术":"没有一个原初的所指","一切都已经是解释,每个符号就其本身来说并不是需要解释的事物,而是其他符号的解释"[2]。正是在这样的意义上,人道主义思潮中的诸多文学作品关于"人性"的叙述,关于"爱情"的描绘,以及对于理想人格的理解,都并非如当时人们所理解的那样,是对"真实情感"和"真实经验"的自然表达,毋宁说这是对某种人性阐释模式的再阐释。在 70—80 年代之交的中国语境中,这些关于"人性"的阐释和想象有其重要的历史范本,这就是 19 世纪欧洲与俄罗斯的浪漫主义或现实主义小说经典。尽管在不同作者那里影响程度不一,表现方式也各有特色,但这个幽灵却是一个巨大的仿佛自天幕俯瞰的历史潜文本。戴锦华因此将这一现象称为"无法告别的 19 世纪"[3]。

　　"新时期"人道主义思潮与 19 世纪西方及俄罗斯文学经典的这种或有迹可循或无迹可寻的互文本关系,乃是 50—70 年代中国革命话语实践造就的后果。在 50—70 年代,甚至从 40 年代后期对于胡风的"主观战斗精神"的批判开始,19 世纪欧洲与俄罗斯小说经典,就成为一种影响广泛但形迹可疑的当代文学资源。胡风和冯雪峰在 40 年代给五四新

---

[1]　[美] 杰姆逊:《后现代主义与文化理论》（精校本）,唐小兵译,北京:北京大学出版社,1997年,第 42 页。

[2]　[法] 米歇尔·福柯:《尼采·弗洛伊德·马克思》,收入《尼采的幽灵——西方后现代语境中的尼采》,汪民安、陈永国编,北京:社会科学文献出版社,2001 年,第 96—113 页。

[3]　戴锦华:《涉渡之舟——新时期中国女性写作与女性文化》,西安:陕西人民教育出版社,2002 年,第 35—40 页。

文化运动定性时，都不约而同地强调其与现代资本主义世界的进步文艺之间的密切关系，甚至称五四文学为"18、19世纪那以所谓的现实主义和否定的浪漫主义为其主流的世界资产阶级民主文学之一个最后的遥远的支流"[1]。这种观点和"19世纪欧洲资产阶级的古典文艺在中国所起的巨大影响"一道，被40—50年代转折期的文坛左翼所批判。由邵荃麟执笔、《大众文艺丛刊》创刊号上发表的同人文章《对于当前文艺运动的意见》[2]，对这种现象进行了具体描绘——"大量的古典作品在这时被翻译过来了。托尔斯太（即托尔斯泰——著者注）、弗罗贝尔（即福楼拜——著者注），被人们疯狂地、无批判地崇拜着。研究古典作品的风气盛极一时。安娜·卡列尼娜型的性格，成为许多青年梦寐追求的对象。"左翼文坛批判这种古典文艺的是两个层面：一是"繁琐的和过分强调技巧的倾向"，另一则是对"所谓超阶级的人性，以至所谓'圣洁的爱'与'永恒的美'的追求"，"对于历史中与现实批判底软弱无力，人道主义的微温的感叹与怜悯"。

可以说，从40年代"当代文学"被建构时起，批判19世纪小说中的人性论、人道主义便成了定论。到50年代的"百花文学"及随后的"反右派"运动和批判"修正主义文艺"，这一点从正面和反面都得到了强化。一方面是马恩列斯在讨论文艺问题时，以19世纪欧洲和俄罗斯小说为典型例证所进行的讨论本身，便是一种将其经典化的过程。这也成为那些倡导"人性论"的文章，比如钱谷融的《论"文学是人学"》反复借用的思想资源。而另一方面，19世纪文艺又是"右派分子所窃取的武器"[3]和"修正主义"思想的根源[4]。如果说50—60年代关

---

[1] 冯雪峰：《鲁迅和俄罗斯文学的关系及鲁迅创作的独立特色》，收入《论文集》（第一卷），北京：人民文学出版社，1952年，第124—125页。

[2] 本刊同人·荃麟执笔：《对于当前文艺运动的意见——检讨·批判·和今后的方向》。

[3] 参见冯至：《从右派分子窃取的一种"武器"谈起》《略论欧洲资产阶级文学里的人道主义和个人主义》《对于〈约翰·克里斯朵夫〉的一些意见》，收入《诗与遗产》，北京：作家出版社，1963年。

[4] 荃麟：《修正主义文艺思想一例——论〈苔花集〉及其作者的思想》，《文艺报》1958年第1期。

于"人性论"和"人性"/"阶级性"关系的探讨构成人道主义的理论表述的话，那么 19 世纪西方及俄罗斯文艺则是这些理论表述背后的文学范本。在某些时候，它们甚至成为不可逾越的、构成对"年轻的社会主义文艺"压抑的力量。即使在一直主持 50—60 年代文艺批判运动、有着"文艺沙皇"之称的周扬那里，"西欧文艺复兴、启蒙主义和 19 世纪现实主义，以及歌德、莎士比亚、托尔斯泰等巨匠是他经常仰慕的'高峰'，也是他梦想'超越'的'高峰'"[1]。这也成为"文革"时期江青等文艺激进派批判周扬的"资产阶级文艺思想"的依据[2]。正因为 19 世纪文艺在 50—70 年代中国的巨大而不可见的影响，才会有"新时期"之初重印这些古典名著时"万人空巷抢购的局面"[3]，以及那种"久违了"和"风雨故人来"的感觉[4]。

3. 从"批判现实主义"移向"浪漫主义"

在这样的历史语境中，20 世纪 80 年代人道主义文学思潮对 19 世纪西方文学的援引，便成为有意无意间的行为了，因为这些 19 世纪文学已经是作家们想象何谓"文学"与"人性"时的"最高典范"。这些在 50—70 年代居于暧昧地位的思想资源，在 70—80 年代之交也经历了一次由边缘而主流化的转换。不过，这一主流化过程却并非完全是一次原原本本的"颠倒"，如果仔细辨认起来的话，"新时期"人道主义思潮中所浮现的 19 世纪西方及俄罗斯古典文艺，发生了一种相当有意味的接受重心上的偏移。

在 50—60 年代，对 19 世纪西方与俄罗斯古典文艺的翻译介绍，

---

[1]　洪子诚：《关于五十至七十年代的中国文学》，《文学评论》1996 年第 2 期。

[2]　《林彪同志委托江青同志召开的部队文艺工作座谈会纪要 (1966 年 2 月 2 日—2 月 20 日)》，《人民日报》1967 年 5 月 29 日。

[3]　陈思和：《想起了〈外国文艺〉创刊号》，收入《作家谈译文》，上海：上海译文出版社，1997 年，第 158 页。

[4]　罗洛：《话说外国文学》，收入《作家谈译文》，第 179 页

是将其作为"革命进步文艺"来看待的，其重要功能在于"揭露资本
主义的罪恶"。因此，这些 19 世纪文艺中，处于中心地位的是巴尔扎
克、狄更斯和托尔斯泰，是被称为"批判现实主义小说"的作家。而
在 80 年代产生较大影响的，则是那些带有浪漫主义色彩和个人主义
色彩的作品。这里有一个从"批判现实主义"到"浪漫主义"的转
移：不再是巴尔扎克而是雨果和司汤达，不再是雨果的《悲惨世界》
而是他的《九三年》和司汤达的《红与黑》；不仅有托尔斯泰还有屠
格涅夫、莱蒙托夫尤其是契诃夫，不再是托尔斯泰的《复活》而是他
的《战争与和平》《安娜·卡列尼娜》、屠格涅夫的《罗亭》、莱蒙托
夫的《当代英雄》，不再是狄更斯的《艰难时世》而是他的《双城记》
等。或许最能征候性地显示出这种偏移的，乃是丹麦文学史家格奥尔
格·勃兰兑斯（George Brandes）的《十九世纪文学主流》在 80 年代
的广泛流行。这套六卷本丛书虽然在 40 年代便有中译本，并且也产生
过较大影响，不过，正是到了"新时期"它才被有组织地重译并集中
出版。这套书在中国文学研究者中产生的巨大影响，使研究者写道：
"如今翻阅 80 年代中期的文学评论杂志，《十九世纪文学主流》的被引
用率之高是出于人们意料之外的。"[1] 更有意味的，或许也是当时的人们
未曾去有意识地加以辨析的是，这本关于 19 世纪欧洲文学研究的文学
史书籍，事实上介绍的仅仅是 19 世纪上半叶的浪漫主义文学。这也就
是说，浪漫派文学在 80 年代的接受视野中有意无意间成了 19 世纪文
学的化身。

60 年代初期，文学界曾发生过一场"谁说'托尔斯泰没得用'"的
争论 [2]；与之相对照，70 年代后期人们讨论的却是"狄更斯死了"[3]。戴

---

[1] 杨冬、宗圆：《认同与误读：勃兰兑斯在中国的世纪之旅》，《探索与争鸣》2005 年第 4 期。

[2] 参见谭微：《托尔斯泰没得用》，《新民晚报》1958 年 10 月 6 日；张光年：《谁说"托尔斯泰没
得用"？》，《文艺报》1959 年第 4 期；何其芳：《托尔斯泰的作品仍然活着》，《文艺报》1960
年第 23 期等。

[3] 陈焜：《从狄更斯死了谈起——当代外国文学评论问题杂感》，《外国文学研究集刊》第一辑，
1979 年。

锦华敏锐地分析道:"死去的,是狄更斯们的社会主义中国版,而复活的则是他们在欧洲文化主流中的原版、正宗。换言之,在《孤星血泪》《艰难时世》(《高老头》《欧也妮·葛朗台》《悲惨世界》《复活》《被侮辱与被损害的》)的狄更斯们死去的地方,《双城记》《圣诞欢歌》(《奥诺丽娜》《无神论者做弥撒》《九三年》《战争与和平》)的狄更斯们复活。"戴锦华认为这种转变显露的意识形态意味在于,"如同一枚硬币翻转,露出了一个不同的图案,同一批文化资料,在其'本意'上用于重新铭写隐形的社会民主、自由字样:人道主义的话语用于颠覆阶级论基础上的社会构造和意识形态"[1]。不过,如果我们具体考察造就两个不同的狄更斯、托尔斯泰、巴尔扎克、雨果的 19 世纪欧洲语境的话,会发现更复杂和深刻的意识形态意味。

大致可以说,80 年代中国文学界对 19 世纪西方及俄罗斯文学的选择,是从 50—70 年代重视的 19 世纪中期以后的批判现实主义文学,向 19 世纪中期以前的浪漫主义的转移。美国思想史家罗兰·斯特龙伯格(Roland N. Stromberg)描述道,1848 年构成了 19 世纪欧洲思想史与文学史断裂的标志。1848 年之前的文学乃是对法国大革命与启蒙哲学的反动、康德哲学与浪漫主义这三者融汇下的产物;而 1848 年之后则是在经历革命的"幻灭和反浪漫主义情绪"之后转向现实主义的时期。那些历经 1848 年革命的人们,大致都"从年轻时代的华丽繁复转向一种质朴平和的风格,更适合描写普通人和人类的情感",这不只是作曲家威尔第与作家狄更斯所走过的道路,而是"时代的特征"[2]。换言之,欧洲 19 世纪思想与文学可以被区分为浪漫主义和现实主义这两个段落。中国文坛对这两个时段的选择取向呈现的是中国自身的接受视野及其主观诉求。如果说 19 世纪欧洲批判现实主义小说被 50—70 年代的中国用来印证"资本主义的罪恶"的话,那么 80 年代中国知识界对 19 世纪浪

[1] 戴锦华:《涉渡之舟——新时期女性写作与女性文化》,第 30—31 页。

[2] 「美]罗兰·斯特龙伯格:《西方现代思想史》,第七章至第十一章,刘北成、赵国新译,北京:中央编译出版社,2005 年。

漫主义的选择就更具意味。同样是斯特龙伯格写道："浪漫主义革命乃是现代历史上最激动人心、最具创造力的时期的一个重要方面。它与康德的哲学革命和法国革命都密切相关。在浪漫主义革命中，最基本的因素可能是主观主义。从康德的观点看，主观主义就是人的精神参与对现实的塑造。"[1] 19世纪欧洲语境中的浪漫主义革命，一方面是对过分强调理性的启蒙精神指导下的法国大革命的反动，另一方面也导致了被称为"知识分子的革命"的1848年。某种程度上，这种浪漫主义革命在80年代中国知识界也同样发生了。对"文革"异化历史的批判，对19世纪浪漫主义文学的内在亲和以及"美学热"中的康德阴影，似乎以某种别样的方式呼应着19世纪欧洲历史。这种浪漫主义在70—80年代之交中国语境中的挪用，首先针对的乃是"文革"历史，尤其是"集体"理性对"个人"感性的压抑。就这一层面而言，欧洲语境中浪漫主义对启蒙理性的批判，在当代中国转换成了反省与批判"文革"历史的方式。这种理解方式在将"文化大革命"与"法国大革命"相提并论的历史研究和现实批判的思路中得到印证[2]。但与欧洲不同的是，80年代的中国知识界对"文革"的批判并不在其"过于"理性，而在于理性"不足"，因此，欧洲语境中用以批判启蒙理性的浪漫主义，在中国语境中成了呼唤启蒙理性的人道主义。

不过正如人道主义话语本身包含着人道主义与个人主义这样两层含义，浪漫主义对个人主义和个人精神的强调，同样在人道主义思潮中浮现了出来。这不仅表现在青年文学中流行的于连·索黑尔与拉斯蒂涅式的个人主义形象（比如路遥的《人生》中的高加林、张辛欣的《在同一地平线上》中的"他"、陈建功的《迷乱的星空》等中的男主人公），也指"美学热"中对主体性哲学的讨论方式。尤其值得一提的是，文学界

---

[1] ［美］罗兰·斯特龙伯格：《西方现代思想史》，第240页。

[2] 参见朱学勤的《道德理想国的覆灭——从卢梭到罗伯斯庇尔》（上海：上海三联书店，1994年）、《风声·雨声·读书声》（北京：生活·读书·新知三联书店，1994年）。

所接纳的文学资源主要是法国浪漫派小说，而正是通过美学领域，德国古典哲学与浪漫派哲学开始进入中国知识界的视野，并在80年代后期的"诗化哲学"中衍生为某种意义上的新主体知识。可以说，正是后一种讨论，为"新时期"知识分子的主体想象和乌托邦冲动，提供了最具征候性的话语实践场域。

三、回到康德：美学和革命

在理论界和文学界的马克思主义人道主义化潮流中，有关"人道主义""人性"和"异化"等话题的讨论，事实上存在着一个基本的指向，即批判50—70年代对集体、国家意识的强调而为个人、个体的价值与尊严张目。所谓"人的价值""人的根本是人自身""人是出发点"等表述，尽管也会照顾到"人是社会关系的总和"这一马克思的理论论断，不过，人们讨论和描写的"人"，都心照不宣地指涉"个人"或"感性的人"。可以说，正是对"集体化""大我"等群体概念的批判，才使得以个人价值为指归的人道主义潮流成为可能。但是，以青年马克思为资源的人道主义表述，并没有为个人、个体的合法性提供充分的理论阐述；相反，因为继续沿用诸多正统马克思主义的理论范畴，有关个人、个体的理论表述仍旧被卡在"大我"/"小我"这一既有的价值等级序列当中。胡乔木在《关于人道主义与异化问题》中批判周扬/王若水"一味片面地从个人需要的角度"提出"人的价值""人是目的"，"势必导致同社会主义格格不入的个人主义"，正是再次强调了"大我"与"小我"、社会与个人、"人是目的"与人作为"手段"等之间的辩证关系。可以说，如果仅仅借助马克思主义理论资源，是很难突破个人/社会这一二元对立话语框架的。正是在这一点上，李泽厚通过康德而提出的主体性哲学论述，为解开这一话语困局提供了一种新的阐述方式，并借助美学这一独特领域，成就了80年代知识界表述相关问题的新主流知识。

1. 主体性的实践哲学与"告别革命"

李泽厚尝试逃逸出个人（小我）与社会（大我）这一二元框架的哲学表述，表面看起来仍旧主要借助的是青年马克思在《手稿》中提出的"实践""异化""自然的人化"等范畴，不过他的一个大的理论资源的转移，则是对 18 世纪至 19 世纪德国古典哲学家康德的重新阐释。这主要体现在他的著作《批判哲学的批判》[1] 和论文《康德哲学与建立主体性论纲》《关于主体性的补充说明》等几个哲学提纲 [2] 中。李泽厚的康德研究完成的时间，如《批判哲学的批判》1984 年再版的后记中所说，是"文革"后期，"在当时批林批孔批先验论的合法借口下，我可以趁机搞点康德"[3]。可以说，李泽厚从马克思而"回到康德"，仍旧是在 50—70 年代社会主义话语内部寻找合法的理论资源。

在李泽厚的定位中，康德是一位超越了"经验论"与"唯理论"对立的哲学家，同时是一位处于从"以契约论为标志的英法资产阶级的个人主义、自由主义、启蒙主义"，转变为"以先验理论为旗号的总体主义、集权主义、历史主义"这一"枢纽"位置上的重要人物。"他一方面承上启下，另一方面两种因素又交织在他的伦理、政治、历史思想中"[4]。借助对康德的阐释，李泽厚一方面批判"从黑格尔到现代马克思主义，有一种对历史必然性的不恰当的、近乎宿命的强调，忽视了个体、自我的自由选择并随之而来的各种偶然性的巨大历史现实和后果"，而提出应当重视"个体实践"和"历史发展中的偶然"[5]，也就是倡导从总体主义回到个人主义；另一方面，他又批判那种经验论的个人主义，

---

[1] 李泽厚：《批判哲学的批判——康德述评》，北京：人民出版社，1979 年（初版）。

[2] 李泽厚：《康德哲学与建立主体性论纲》《关于主体性的补充说明》《康德的美学思想》等，收入《李泽厚哲学美学文选》，长沙：湖南人民出版社，1985 年。

[3] 李泽厚：《批判哲学的批判"再版后记"》《李泽厚十年集》第二卷《批判哲学的批判·我的哲学提纲》，合肥：安徽文艺出版社，1994 年，第 443 页。

[4] 李泽厚：《李泽厚十年集》第二卷《批判哲学的批判·我的哲学提纲》，第 357 页。

[5] 李泽厚：《康德哲学与建立主体性论纲》，收入《李泽厚哲学美学文选》，第 159—160 页。

认为"费尔巴哈和一切旧唯物主义从感觉出发,实际上是从个别或个体出发"[1],而提出"康德的先验论之所以比经验论高明,也正在于康德是从作为整体人类的成果(认识形式)出发,经验论则是从作为个体心里的感知、经验(认识内容)出发"[2]。这也就是说,通过"回到康德",李泽厚批判并超越了 70—80 年代之交人道主义潮流中的诸种理论资源,既超越作为国家意识形态的正统马克思主义(及与之关联的"黑格尔主义"),同时也批判了倡导人道主义者所据以提出个人价值的费尔巴哈式经验论的理论依据。在李泽厚看来,"马克思主要讲了前一个主体性(即普遍的人的"类主体性")",而"个体主体性"则"表现在近现代西方思潮和当代中国的人道主义呐喊中,它们大都只是对各种异化的抗议和反抗,并无真正坚实的理论成果"[3]。因此,李泽厚重新提出了康德有关先验主体的范畴,并以此打破了个体 / 人类、个人 / 社会、小我 / 大我间的二元格局。

李泽厚认为康德哲学的重要价值在于,"他超过了也优越于以前的一切唯物论者和唯心论者,第一次全面地提出这个主体性问题"。人类"通过漫长的历史实践终于全面地建立了一整套区别于自然界而又可以作用于它们的超生物族类的主体性",这种"主体性"也就是李泽厚所理解的"人性"[4]。李泽厚用马克思的"实践"范畴,来解释康德所没有解释的"先验主体"的来源问题,从而将康德与马克思结合在一起,形成了他的"主体性的实践哲学"或"人类学本体论"。李泽厚所理解的"主体性"用两组双重结构来加以界定,即"内"与"外"的统一,"它具有外在的即工艺 - 社会的结构面和内在的即文化 - 心理的结构面",同时也是类群与个体的统一,"它具有人类群体(又可区分为不同社会、时代、民族、阶级、阶层、集团等等)的性质和个体身心的性质"[5]。这

---

[1]　李泽厚:《李泽厚十年集》第二卷《批判哲学的批判·我的哲学提纲》,第 214 页。

[2]　同上书,第 83 页。

[3]　李泽厚:《哲学答问》(1989 年),高健平整理,香港《明报月刊》1994 年 3 月号。

[4]　李泽厚,《康德哲学与建立主体性论纲》,收入《李泽厚哲学美学文选》,第 150 页。

[5]　李泽厚:《关于主体性的补充说明》,收入《李泽厚哲学美学文选》,第 164 页。

种关于主体性的界定，好像仍旧处于个体 / 人类等一系列二元结构之间的辩证循环，但事实上，其重要变化在于，这里的个体不再是社会的对立面，而成为"主体"，即具有"类本质"的个体。这个个体本身即是人类整体的"缩影"，他"先验"地具有人类整体实践积淀下来的"认识形式"，并且正是这一认识形式决定着认识对象，而非相反。

这里完成的是一种"哥白尼革命"式的颠倒——"人的认识不随外界旋转，而是外界随人的先验意识形式而旋转。这是以物质自然为本体转到以人的精神意识为本体，由以自然为中心转到以人为中心的所谓哥白尼式的革命。"[1] 于是，认识的重心不再是"物质决定意识"，而是"意识如何反映物质"。这种颠倒得以完成的关键在于，这个"主体"（个体）具有认识世界的"先验框架"——借用日本学者柄谷行人融汇了福柯理论的"认识论装置"[2] 这一说法，这个"先验框架"可以说是一种"主体性装置"。李泽厚如此表述两者的关系："实践就其人类的普遍性来说，它内化为人类的逻辑、认识结构；另一方面，实践总是个体的，是由个体的实践所组成、所实现、所完成的"，并且，"个体实践的这种现实性也就是个体存在、它的行为、情感、意志和愿望的具体性、现实性。这种现实性是早于和优于认识的普遍性的"[3]。人类总体的实践历史积淀、内化为个体的文化心理结构，并且在具体的实践过程中，个体的现实性"早于和优于"类群体的普遍性。因此，李泽厚的主体性实践哲学相对于正统马克思主义理论表述的由"大我""小我"标示的等级关系，一个大的转变在于他将关注的重心转移到了"个体"身上。个体、个人具有了优越于总体、社会的理论依据。在 1989 年的一次访谈中，李泽厚直接说道："我在《批判》一书、主体性提纲以及关于中国思想史论的著作中，在肯定人类总体的前提下

[1]　李泽厚：《李泽厚十年集》第二卷《批判哲学的批判·我的哲学提纲》，第 217—218 页。

[2]　［日］柄谷行人：《日本现代文学的起源》，赵京华译，北京：生活·读书·新知三联书店，2003 年。

[3]　李泽厚：《康德哲学与建立主体性论纲》，收入《李泽厚哲学美学文选》，第 156 页。

来强调个体、感性和偶然，正是希望从强调集体（人类、阶级）、理性和必然的黑格尔－斯大林式的'马克思主义'中解放出来，指出历史是由人主动创造的，并没有一切现实都规定好了的'客观'规律。"[1]正是在这一意义上，他高度评价康德哲学关于"主体性的主观结构方面"的价值。

不过更具意识形态意味的，是李泽厚提出回到康德的主体性哲学的现实理由："今天要为共产主义新人的塑造提供哲学思考，自觉地研究人类主体自身建构就成为必要条件。而这，也就是我讲的文化－心理问题和人性问题。"[2]这种对"新时期"现实问题的回应，被等同于"告别革命"而"回归"常规建设、文化启蒙。据此，他重写了马克思主义的哲学任务：马克思主义不仅仅是"革命的哲学、批判的哲学"，还应涉及"革命后的建设"与"精神文明的建设"，"这才可能有人的全面发展"[3]。而康德关于法权及其政治观、历史观的阐述，将抽象的先验主体（康德所谓"文明人"）落实为资产阶级市民社会主体性的讨论，则成为了"告别革命"的更"健康坚实"的理论依据——"康德在伦理学中高唱的自由－'意志自律'，落实到法权和政治中，便是言论的自由，而不是造反的自由；消极抵制的自由，而不是积极反抗的自由；投票的自由，而不是暴力革命的自由；作为臣民，必须服从，作为学者，可以批评的自由。所有这些，今天看来也无可厚非，也许比革命思想倒更为健康坚实。"[4]这也正是李泽厚在他的思想史研究中力图超越"救亡压倒启蒙"的现代历史而提出"新启蒙"[5]，进而提出"告别革命"[6]、倡导改良

---

[1] 李泽厚：《哲学答问》（1989 年），高健平整理，原载《明报月刊》，1994 年 3 月号。

[2] 李泽厚：《李泽厚十年集》第二卷《批判哲学的批判·我的哲学提纲》，第 62 页。

[3] 同上书，第 61 页。

[4] 同上书，第 346 页。

[5] 参见李泽厚：《启蒙与救亡的双重变奏》，收入《中国现代思想史论》，北京：东方出版社，1987 年。另参见本书关于"文化热"的一章对这篇文章的分析。

[6] 李泽厚与刘再复有关 20 世纪中国思想、政治史的对谈即以"告别革命"为题，参见李泽厚、刘再复：《告别革命——回望二十世纪中国》，香港：天地图书有限公司，1995 年。

主义思想的哲学源头。

21世纪初期，《批判哲学的批判》由生活·读书·新知三联书店出版"30周年修订第六版"，在回答编辑的提问时，李泽厚这样表述其修订的偏向性："全书修订得最多的是第九章，以更明确的赞赏态度表述了康德'告别革命'、言论自由、渐进改良、共和政体、永久和平等论点，并重提'要康德还是要黑格尔？''回归康德'等问题，认为康德从人类学视角所追求的普遍性和理想性，比黑格尔和现在流行的强调特殊、现实的反普遍性具有更久长的生命力。"[1] 这也就是说，"回到康德"，如果说在80年代主要集中于其主体性哲学论纲和美学阐释的话，那么在90年代后李泽厚就更明确地凸显出了这种主体性哲学背后的政治内涵。正是在这一意义上，李泽厚对于康德主体性哲学的阐发，有着比哲学研究和理论论争复杂得多的政治意味。一位研究者曾这样概括："在中国社会主义或后社会主义文化语境里，从马克思、黑格尔回到康德，就是要从历史回到规范，从革命、乌托邦、大叙事回到一种过日子的常态，回到常态所需要的稳定的形式和范畴。它是要回到一个想象的市民阶级主体性的道德原点，再由这个原点推出一个新的社会秩序和文化秩序。"[2] 如果说，70—80年代之交的人道主义潮流，在批判社会主义实践史中的"异化"而倡导"人性"时，便已然包含着一个"除旧布新"的二合一过程，那么，李泽厚通过将康德的先验主体与马克思的实践哲学的叠加而阐述的"想象的市民阶级主体性的道德原点"，则在为这一"新秩序"提供着哲学依据。

不过，在80年代，这种政治意味并没有在社会实践层面得到明确表达，而是以一种想象的乌托邦形态在美学这一独特领域展开"预演"。

---

[1] 李泽厚、舒炜：《循康德、马克思前行》，《读书》2007年第1期。

[2] 张旭东：《全球化时代的文化认同：西方普遍主义话语的历史批判》，北京：北京大学出版社，2007年，第25页。

2. 美学:"自由的王国"与"希望的原则"

美学在 50—70 年代社会主义文化中扮演着一个相当独特的角色。在"阶级论"和"政治标准第一,艺术标准第二"主导文化的时期,"美"的讨论却有着某种超越性的"非政治"的学术特征。50—60 年代,尤其是 50 年代中期,关于美学的讨论曾经是一个重要话题,这些讨论主要集中于美的本质、自然美和美感这三个相当抽象而学理化的理论主题。与文学、文艺、哲学以及文化等领域的相关讨论比起来,美学并没有成为对《在延安文艺座谈会上的讲话》以及正统马克思主义文艺理论的"照本宣科"般的演绎,而能够形成不同派别、不同观点的学术交锋,这本身就能够表明"美学"这一领域的独特位置。按照 80 年代的一般表述法,也可以说这种有关美学问题的讨论,仍然有节制地被控制在"学术"的范围内而没受到"政治"的侵扰。

不过这也并不是说美学领域不存在政治观念上的冲突。值得一提的是 1958 年姚文元发表的《照相馆里出美学》和《论生活中的美与丑》。他首先批评美学界"圈子太小,脱离实际",局限在"抽象地讨论美和美感的定义及相关关系"这些"玄而又玄"的问题上。进而提出,"生活中到处都有美学问题",包括"环境布置、生活趣味、衣裳打扮、公园设计、节日游行、艺术创造、风景欣赏以至挑选爱人",都应当成为美学家讨论的问题[1]。这种美学观的激进之处,在于它要求完全打破"生活"与"美学"的界限,美并没有看作比生活"更高,更强烈,更有集中性,更典型,更理想,因此更带有普遍性"[2],因此姚文元这种观点也被批评为是车尔尼雪夫斯基的"美是生活"观的"经验主义"的倒退[3]。

---

[1]　姚文元:《照相馆里出美学——建议美学界来一场马克思主义的革命》,《文汇报》(上海) 1958 年 5 月 3 日。

[2]　毛泽东:《在延安文艺座谈会上的讲话》,收入《毛泽东选集》第三卷,北京:人民出版社, 1991 年。

[3]　王子野:《和姚文元同志商榷美学上的几个问题》,《文艺报》1961 年第 5 期。

但值得讨论的是，恰恰在生活（伦理－政治）、美学与认识论（真理／知识）这三者的关系问题上，姚文元对"生活"与"美学"界限的跨越，可以成为我们理解"新时期"美学的意识形态特性的入口。

伊格尔顿在《审美意识形态》一书中写道：如何理解认识、伦理－政治与审美－欲望这三者的关系，是一个"关键的政治学问题"，在这里，"审美的界限可以区分出向左转或者向右转"，即"向左转：打碎真理、认识和伦理（这些都被看作意识形态的桎梏），生活在丰富的自由之中，随心所欲地发挥创造力。向右转……：忽视理性分析，依附于感觉的特殊性，把社会看作一个以自我为基础的有机体，它的所有部分都不可思议地解释为没有冲突也不需要理性的判断"[1]。按照伊格尔顿的这种区分，姚文元认为"生活中到处都有美学问题"的观点，自然是属于"左"派的观点；相当有意味的是，恰恰是伊格尔顿指出的所谓"向右转"的、凸显"感觉的特殊性"的美学观，成为80年代的主流。并且，后者关于美学位置的认识和讨论，并不像50—60年代那样笼罩在马克思主义认识论的光影之下，而是通过"回到康德"，重提康德关于认识论、伦理学、美学三大领域的区分，并把审美领域看作对认识、伦理领域的超越而被放在了最核心的位置。

可以说，50年代在马克思主义认识论范围内展开的美学讨论，始终与"主观""客观"这一永恒冲突的二元戏剧相关。因此，50年代中期关于"美的本质"的讨论，被研究者描述为这样四个派别，即客观派（如蔡仪）、主观派（如吕荧、高尔泰）、主客观统一派（如朱光潜）和客观性与社会性统一派等的论战[2]。各派尽管表面上看起来分歧很大，不过他们都没有突破主客观二元论。这就正如70—80年代之交的人道主义潮流没有突破个人与社会的二元结构一样。变异的因素源自青年马克思《1844年经济学哲学手稿》的影响。在50年代后期至60年代初期，

---

[1] [英]特里·伊格尔顿：《审美意识形态》，王杰、傅德根、麦永雄译，桂林：广西师范大学出版社，2001年，第374页。

[2] 朱寨主编：《中国当代文学思潮史》，北京：人民文学出版社，1987年。

尤其是关于"自然美"的讨论中，李泽厚有关"人化的自然"的说法已经可以看出《手稿》的影响，并且逐渐形成了他在 80 年代大大加以发挥的实践派美学观。这里一个大的转变，在于逐渐将"美的本质"与"人的本质"辩证地统一起来。李泽厚在 80 年代这样总结自己的观点："关于美的本质，我还是 1962 年《美学三题议》中的看法……仍然认为美的本质和人的本质不可分割。离开人很难谈什么美。我仍然认为不能仅仅从精神、心理或仅仅从物的自然属性来找美的根源，而要用马克思主义的实践观点，从'人化的自然'中来探索美的本质或根源"[1]。马克思在《手稿》中提出的美是"人的本质对象化"这一论点，成为美学逐渐过渡到"人学"的经典依据。在这样的界定中，主客观的二元格局被汇聚为一体——"只有在美学的人化自然中，社会与自然，理性与感性，人类与个体，才能得到真正内在的、具体的、全面的交融合一"[2]。于是，李泽厚有这样的结论："美的本质是人的本质的最完满的展现，美的哲学是人的哲学的最高级的巅峰；从哲学上说，这是主体性的问题，从科学上说，这是文化心理结构问题。"[3]

李泽厚用"人化的自然"这一核心范畴，来作为美学超越并统一主观与客观、思维与存在这一二元论格局的哲学依据，表面上似乎仍旧接纳的是青年马克思的理论资源，不过在这里，他的独特之处在于引入康德，并将康德叠加于马克思之上。康德在他的批判哲学中建立起认识（我能知道什么）、伦理（我应该做什么）、美学（我想要什么）这三个领域的区分，并提出只有"无目的而合目的，无规律而合规律"的审美，才是解决认识与伦理、纯粹理性与实践理性二元对峙的媒介。这种论述的理论前提，是康德所谓"先验主体"的心理形式。李泽厚尝试用马克思的"实践"范畴来阐释这个"先验主体"如何历史地形成（即他

[1] 李泽厚：《美学的对象与范围》，《美学》1980 年第 3 期。
[2] 李泽厚：《康德哲学与建立主体性论纲》，《李泽厚哲学美学文选》，第 162 页。
[3] 同上。

所谓"理性的积淀"）。不过有意味的是，他总是将马克思描述为对"宏观"历史的阐述，而将康德相应地阐释为对"微观"心理的分析。于是，马克思和康德、外在和内在、宏观历史和心理结构，构成了李泽厚实践美学的基本理论框架。而且，在这里，康德始终是第一位的，"这似乎是由马克思回到康德，其实，是以马克思为基础，重新提出康德的问题，然后再向前走"[1]。也就是，在外在 / 内在、类群 / 个体的双重结构中，李泽厚突出的是后者。由此，美学获得了前所未有的重要位置。如果说"马克思《经济学哲学手稿》是从人的本质、从人类的整个发展（异化和人性复归）中讲'人化的自然'，提到'美的规律'的"[2]，也就是阐释一种宏观和"外在"的历史进程的话，那么李泽厚借重康德的，则是微观和主体结构方面的心理功能——"过渡本身是一个历史的进程，由自然的人到道德的人。但它的具体中介或桥梁、媒介，在康德那里，却成了人的一种特殊的心理功能，这就是所谓'判断力'。"[3] 在这里，如同主体性实践哲学的阐释一样，审美判断成为主体性的人性结构，而且正是这个"文化心理结构"，成为人与人类超越个我的异化、孤独、物质化等不完满生存状态的哲学依据。它经常"作为异化的对抗物而出现和存在"，并且，"人只有在美的王国中才是真正自由的"[4]。

李泽厚的哲学和美学观在 80 年代中国思想界产生了极大的影响，"无论从哪个方面看，在新时期，以李泽厚为代表的实践派美学都是一种影响全局的理论"[5]。学界一般认为，另一位重要美学家高尔泰代表着与李泽厚实践派美学观不同的另一路径。正如在 50 年代中期的争论中，李泽厚被划为"客观性与社会性统一"这一派，而高尔泰被划到"主观派"；到了"新时期"，两位曾经的新锐学者在遭遇不同的"文革"经历

---

[1] 李泽厚：《哲学答问》，高健平整理，香港《明报月刊》1994 年 3 月号。

[2] 李泽厚：《美的对象与范围》，《美学》1980 年第 3 期。

[3] 李泽厚：《康德的美学思想》，《美学》1979 年第 1 辑。收入《李泽厚哲学美学文选》，第 237 页。

[4] 李泽厚：《美的对象和范围》，《美学》1980 年第 3 期。

[5] 祝东力：《精神之旅——新时期以来的美学与知识分子》，第 100 页。

后，仍旧大致形成了与 50 年代相类的思考取向。如果说李泽厚美学思想的关键词是"主体性""实践"和"积淀"，那么高尔泰美学的关键词则是"异化""自由"与"感性动力"。如果说李泽厚的"积淀说"主要在人类发生学意义上"历史"地阐释人的主体性，这种主体性在历史实践中形成并受到历史限制，那么高尔泰的"感性动力说"则突出的是"人的本质"的创造性。这也就是说，表面上看起来，"实践派"与"主观派"的分歧仍在。高尔泰在他的文章中直接批评李泽厚的"积淀说"，认为"美不是作为过去事件的结果而静态地存在的。美是作为未来创造的动力因而动态地存在的。所以它不可能从'历史的积淀'中产生出来，而只能从人类对于自由解放、对于更高人生价值的永不停息的追求中产生出来"，因此，他提出自己的"感性动力"说与李泽厚的"积淀说"的分歧有着重要的意义——"强调变化和发展，还是强调'历史的积淀'？强调开放的感性动力，还是强调封闭的理性的结构？这个问题对于徘徊于保守和进步、过去和未来之间的我们来说，是一个至关重要的抉择。"[1] 相当有意味的是，作为 80 年代的"精神领袖"，恰恰是李泽厚美学思想中的"积淀说"，受到了不同层面的质疑。这一点是李泽厚的主体性实践哲学与文艺理论界的刘再复版主体论之间的关键不同，后者更突出的是"内宇宙"的自由创造属性（相关阐释参见后文关于刘再复的分析）。而在 80 年代中后期有关"传统"的讨论中，李泽厚提出传统"不是你想扔掉就能扔掉的、想保存就保存的身外之物"[2] 的观点，曾被学术新生代甘阳等斥为"保守"或"悲观"[3]。也可以说，高尔泰与李

---

[1] 高尔泰：《美的追求与人的解放》，收入《美是自由的象征》，北京：人民文学出版社，1986年，第 109、110 页。

[2] 李泽厚：《启蒙与救亡的双重变奏》，《中国现代思想史论》，第 42—43 页。

[3] 甘阳在《80 年代文化讨论的几个问题》中，直接针对李泽厚的心理结构说，提出反对意见："我们的'心理意识结构'自然就同样不可能是一种由'过去'已经一劳永逸地塑造好了的先验'主体性'或'主体结构'，不可能存在着今日许多人所相信的那种抽象的、一成不变的所谓'中国人的文化心理结构'，恰恰相反……我们必须首先瓦解、清除'过去'的心理结构，以便塑造我们自己的'现在'的心理结构"[收入《中国当代文化意识》，香港：三联书店，（转下页）]

泽厚在美学观上的分歧，同样是这一感性／理性，进而是激进／保守之冲突的另一变奏。

不过，在今天的历史重读中，强调"美是自由的象征"的高尔泰，与强调"美是理性的积淀"的李泽厚，这两个新时期重要美学家之间的分歧，或许并不如人们曾想象的那样大。这主要是因为两人都同样赋予了"美"以特殊的位置。与李泽厚基于青年马克思、康德与中国传统文化这三种思想资源不同，高尔泰的思想表现出更为灵活更注重创造性的艺术家特色。高尔泰美学思想的基点是从"异化"理论的阐释开始的。在他这里，"异化"不仅是一种认识论范畴，更被作为一种方法论范畴，是阐释人类历史的基本概念。他首先界定了"人的本质"乃在于"个体与整体的统一"[1]，进而认为所谓"异化"乃是"人的个体和整体、存在和本质互相矛盾的现象"，因而就是"人类的自我分裂"[2]，由此导出"审美活动作为一种无私的和非实用的活动，是个人自我超越的一种形式"[3]。并且，他将"人道主义"与"美学"的关系阐释为："人道主义与现代美学，都着眼于人的解放。不过前者的着眼点，是人从社会获得解放；后者的着眼点，是人从'自我'获得解放。换言之，人道主义是宏观历史学，现代美学是微观心理学，二者之间有其深刻的内在联系"，即"后者是前者的一个象征、一个向导、一个缩影，或者说一种探索、一种准备、一种演习。"[4]

可以看出，李泽厚与高尔泰两人的共同之处表现在两点：一是个体与整体、宏观与微观、社会与个人这一二元关系的对应结构，另一则是赋予"美"与"美学"以沟通二者的"无私""非功利"的特性。这两点

（接上页）1989 年，第 23—24 页]。王元化在《论传统与反传统——为五四精神一辩》中也提出："我不能同意认为积淀在思想深处的文化传统是无法突破的这种悲观论调"（《传统与反传统》，上海：上海文艺出版社，1990 年，第 17 页）。

[1]　高尔泰：《关于人的本质》，收入《美是自由的象征》。

[2]　高尔泰：《美的追求与人的解放》，收入《美是自由的象征》，第 94 页。

[3]　同上书，第 95 页。

[4]　同上书，第 105—106 页。

表明，无论是李泽厚还是高尔泰的思想，显然都是康德三大批判哲学尤其是其美学观的"幽灵"复现，差别只在于在康德二元论基础上向不同方向的摇摆与偏斜。相对李泽厚，高尔泰更多地强调的是个体美学实践的创造性。而且比李泽厚更明确的是，他突出了审美活动作为一种"解放"的社会现实意义。在他看来，审美活动"把人们从那种自我施加的种种束缚限制中解放出来"，也就是使人摆脱物质需要所规定的、异化现实的"必然王国"，而进入"自由的王国"。可以说，唯有美学才是使人从社会现实中获得解放的唯一方式。但是这种解放的特殊性在于，它仅仅是从"心理方面"获得的解放。因此高尔泰这样说：这是"精神解放、思想解放，而不是政治经济学上的实际解放，所以它无待于外在经济前提和历史社会条件的成熟"，它的意义和价值在于"为人类争取解放的更为宏观的历史行动所作的准备和演习"[1]。当美学的解放意义仅仅被限定于"精神"与"思想"的层面，而不是"政治经济学上的实际解放"，那就意味着有关人性、美学的讨论完全从社会实践的层面后撤到的人的内心，从而彻底地抛弃了马克思改造世界的实践思想。如果说"哲学家们只是用不同的方式解释世界，问题在于改造世界"[2]是马克思实践哲学的根本所在，那么当美学的精神解放取代政治经济学的实际解放而成为"独立"于现实的思想领域时，李泽厚曾力图将马克思与康德叠加在一起的实践派美学思想在这里就只剩下美学和康德了，而不再有真正社会意义上的实践和改造世界意义上的马克思。

3. 美学的意识形态

如果说只有在美这个"自由的王国"里人才是自由的，并且基于个体的自我超越，人类便可以改变历史，同时历史的辩证法最终将会

---

[1] 高尔泰：《美的追求与人的解放》，收入《美是自由的象征》，第 91—95 页。

[2] 马克思：《关于费尔巴哈的哲学提纲》，《马克思恩格斯选集》第一卷，北京：人民出版社，1977 年，第 19 页。

从"异化"复归于"人性"，那么这也就意味着，所有现实的反抗都是无益也无须进行的。美、审美在这里，成为人类终极价值和历史远景最终实现的场域，并且是作为个体的人直接体现其"人类的本质"的场域。它使人们从"武器的批判"撤回到"批判的武器"，从"社会斗争"撤回到"诗意的沉醉"，从"改造世界"撤回到"解释世界"中。这一从实践向美学的转移，显然是极具政治意味的。将美学领域作为对抗政治"异化"、实现人性"自由"的场地，事实上正是整个 80 年代实践"非政治化"或"去政治化"的意识形态运作的举措之一。美学与"纯文学""纯学术""纯艺术"等一样，因为其非政治的品性而获得政治批判的意味。在这里，"美"与"人性"是一个问题的两面。也正因此，在"人性论""让文学回到文学自身"口号的侧旁，便是有关"共同美"的讨论 [1]。不过"新时期"美学热的意识形态意味却远不止于此。

80 年代初期，与人道主义潮流同时，美学既作为一门急剧扩张的新学科，更作为一种强大的意识形态而发挥其社会影响。事实上，在一种历史回望的视野中看去，从"文革"后期灰色而沉闷的社会氛围中摆脱出来，进入似乎敞开着无限历史可能性的"新时期"，美学这一独特领域被视为实践"人的自由王国"和"人性最完满的展现"的飞地，成为知识界的热潮，这本身就是具有象征意味的。换言之，这也从一个侧面展示出"新时期"作为一个充满着种种乌托邦想象的社会变革时期，所具有的独特精神气质和感性氛围。祝东力写道："在现实与理想的空白处，美学发挥着其关键的中介作用：在这里，历史远景转化为一种当下的美感体验。马克思的'历史之谜'得到了审美的解答。无疑，这是通向历史远景的政治实践之路遭遇挫折（'文化大革命'）之后，取而代之的一种新的途径。" [2] 应该说，这是一种相当精辟的历史判断。在这里，

---

[1] 参见围绕朱光潜的《关于人性、人道主义、人情味和共同美问题》（《文艺研究》1979 年第 3 期）而展开的讨论。

[2] 祝东力：《精神之旅——新时期以来的美学与知识分子》，第 87 页。

政治的希望被美学的憧憬所转换和取代。

1993 年,李泽厚在回答有关社会理想的提问时这样说道:"我所讲的是对社会的理想、人性的理想的追求。给它起个名字叫'共产主义'也好,叫别的什么名字也好,这不重要。……我仅将之作为一种人类的理想来理解,这实际上是个比较空泛的概念,只是作为一种理想,一种希望,一种追求。……只是一种虚设的人类希望。……一种带有情感性的理性的希望。它有非理性的因素,也有理性的因素,是这两者的混合,是一种'希望的原则'";与此同时,他又强调这种"希望的原则"不应当被落实为具体的社会规划——"那种乌托邦式的整体社会工程应该放弃……我现在坚决反对各种乌托邦社会图景和规划。"[1] 很大程度上,李泽厚描述的这种"希望的原则"倒是很能表现"新时期"的历史特点和精神风貌,即一种对于未来的强烈憧憬,同时又出于"告别革命"的内在诉求而拒绝赋予这憧憬以政治经济学内涵,因此,由美学所呈现的政治理想具有浓郁的"空想"特征。

不过,历史地看,由美学所呈现的"希望的原则",一方面源自社会主义文化本身所勾勒的历史远景(实现"自由人"联合、作为"异化"之扬弃的共产主义社会),另一方面则是"新时期"的人们朝向"开放"的未来世界进军而产生的希望与憧憬情绪的具体表征。也正是这两个侧面的错综结合,成就了美学乌托邦的政治经济学基础。在一种"后革命"的氛围中,无产阶级专政的历史实践虽然遭受挫折和广泛质疑,但是"革命"所携带的乌托邦远景以及朝向未来的乐观主义想象,却并没有受到怀疑。很大程度上,这种革命时代的乐观主义气质被"嫁接"到有关"现代化""现代性""启蒙"的想象中。从这个角度来看,50—70年代社会主义实践与"新时期"社会变革之间的"断裂",并不像人们想象的那么大,它们同样是中国"现代化"路径的不同段落,只是方式和手段不同而已。而从另一侧面来看,70—80 年代之交中国社会的历史

---

[1] 李泽厚:《哲学答问》,高健平整理,香港《明报月刊》1994 年 3 月号。

转型，被描述为闭关锁国之后朝向"文明世界"的开放，与经历僵化停滞之后朝向"现代社会"的改革，这两者所成就的"新时期"。而人道主义话语正是欧美发达国家在挣脱封建专制而朝向资本主义现代文明的上升时期所诞生的，其中包含的从传统到现代、从封建专制到世俗时代的普遍历史主义逻辑，也似乎"理所当然"地可以应用于当代中国的改革实践中。事实上，将"文革"乃至50—70年代中国的社会主义实践历史描述为前现代的封建时期，将"新时期"类比于挣脱中世纪的宗教统治而进入"世俗化"的现代阶段，这种历史描述方式能够取得合法性依据的主要话语资源，正是人道主义话语。

从这样的两个侧面看去，造就美学乌托邦的，并不仅仅是一种因社会主义实践的失败挫折而被延宕了的历史远景和希望，更重要的是这一希望的远景被移植至一种朝向全球资本市场的"新时期"社会变革中。于是，"希望"仍在，但支撑它的政治经济现实基础却已经转变。并且，因为美学这一"自由的王国"始终只关注"个体"的自我超越，关注如何超越作为历史辩证法一个必然环节的"异化"，而不是具体的社会问题，因此，它成为投射所有乌托邦愿景的场域，同时也成为释放"新时期"强烈憧憬和希望的心理能量的出口。

笼罩在"康德的幽灵"之下的80年代主体性哲学与美学，始终是在哲学表述的层面上为"感性个体"的合法性寻找着理论依据。事实上，从一种历史回望的眼光来看新时期"美学热"，会有某种奇特的感觉：为什么是"美学"这种"新感性"，一种既抽象又可感的个体心理形式，可以负载"新时期"社会转型的普遍社会情感与欲望？固然，极具现实针对性和政治批判性的"异化论"讨论被迫停止，是导致比50年代的美学讨论更为抽象的"审美解放"讨论的历史语境，因此可以将其直接解读为政治压抑造就的一种替代性的美学想象。不过更重要的原因或许是，如同人道主义与异化论，"美学热"仍旧是新时期"创造个人的工程"的一部分，它直接以"解放伦理"作为自身存在的理由，从而给予渴望"新世界"的所有个体以一个想象性的演习实践空间。

不过，当社会变革的新政治经济秩序成为一种逐渐显影的现实力量时，尤其当作为"社会代言人"的知识群体逐渐在这一新秩序中获取着自身的"历史与阶级意识"时，普遍的"人性"、主体性或美学的表述，便被一种更为"专业化"的学术语言和知识诉求所取代。这时的"人"或"主体"，便不再指涉抽象的普泛的个体，其历史叙述也不再是一种普遍的空洞的人类史想象，而成为知识群体这一特定社会阶层的主体想象。表述这种"人性""主体"的新语言，不再是一种被社会普遍分享的"自然"语言，而开始通过"专业化"的努力建构着特定学科的知识谱系。它们在许多时候有一个共同表述即"人学"。比起人性论或主体性的批判性论述来，被当作一种新学问的"人学"，与逐渐成形的新的知识生产体制和学科建制有着极其密切的关系。或者说，它本身就是新的知识生产机器的构成部分。而这一意识形态国家机器的成型，又反过来召唤并确立了知识群体的主体意识。在这里，从抽象的"人性"到知识群体"主体"意识的转变，从超越现实的"美学自由王国"到被新的知识生产体制保障的"人学"的显影，或许才是 80 年代人道主义话语最大的意识形态。

在这种新"人学"中，最典型的叙述形态和话语事件，便是文艺理论界由刘再复论述的"文学主体性"。可以说，围绕着"文学的主体性"的论争，在两个层面上可以视为 80 年代人道主义思潮的转折性标志。标志之一在于，这显示出人道主义话语与正统马克思主义话语的主次位置，与 80 年代初期相比，已经发生了结构性的转变；标志之二在于，它显示出人道主义话语已经取代马克思主义的政治经济学批判话语，而成为逐渐成形的新的人文学科知识体制的新范式。

四、一个话语事件："文学主体性"论争

1. 新／旧主流位置的转变

1985年底至1986年，围绕着当时中国社会科学院文学研究所所长刘再复在其《论文学的主体性》[1]《文学研究应以人为思维中心》《文学的反思和自我超越》以及《文学研究思维空间的拓展》《性格组合论》等文章和论著中提出的"文学的主体性"问题，文艺理论界爆发了一次颇为激烈的论战。

就刘再复受到批评的内容来看，这次论战与1983—1984年周扬／王若水因人道主义和异化问题而遭遇的政治批判极为相似。批评者就刘再复重提"文学是人学"，提出文学研究应当以"人"为中心，尤其是他在《论文学的主体性》中提出的应当在作为创作主体的作家、作为文学对象主体的人物形象和作为接受主体的读者与批评家等几个层面上，反对物本主义和神本主义，而提倡"人的主体地位和人的主体形象"等观点，做出了极为严厉的批评。这些批评一方面尖锐而不留情面地指出刘再复文章中存在知识与逻辑上的漏洞与缺陷，同时批评其是"企图用哲学人本主义来取代历史唯物主义学说"的"新人本主义"[2]；或批评其"以'现代形式'呼唤古老的自由、博爱、'人性复归'，反对任何意义上的道德伦理规范，反对人的社会性等"，"是一篇地地道道的关于人的自由、博爱的宣言书"[3]；更有论者严厉地批判其"在'发展'马克思主义或者在'文学观念更新'的名义下，对马克思主义的原理弃置不顾，甚至加以贬斥"，进而上升到"这不是一个小问题，这是一个关系到马克思主义在中国的命运，关系到社会主义文艺在中国的命运问题"[4]——

[1]　刘再复：《论文学的主体性》，《文学评论》1985年第6期、1986年第1期。

[2]　程代熙：《对一种文学主体性理论的述评——与刘再复同志商榷》，《文艺理论与批评》1986年第1期。

[3]　敏泽：《论〈论文学的主体性〉——与刘再复同志商榷》，《文论报》第18期，1986年6月21日。

[4]　陈涌：《文艺学方法论问题》，《红旗》1986年第8期。

可以看出，这些批评在很大程度上都重复了1984年"清除精神污染"运动中批判人道主义与异化论的政治语言。事实上，当陈涌、程代熙、敏泽等主流文艺理论家纷纷发表其对刘再复的"文学主体性"的批评文章时，当时无论国内还是海外，也确实有许多人将这一举动视为1984年政治批判运动的反复。或许正因为此，在有关文学主体性论战烽烟未熄的1986年年底，即出版了一本名为《当前文学主体性问题论争》[1]的书，对参与论争的各方的代表文章以及海内外媒体的反应，做了全面的辑录。

不过有意味的是，尽管仅仅时隔不到两年，论争的情势却发生了大的变化。在1984年的批判中，除了胡乔木的《关于人道主义与异化问题》带有一定商讨语气外，剩下的便是被批判者销声匿迹，和批判者蜂拥而上地重复胡乔木的观点。也就是说，在当时的情势中，名曰"论争"，而实际上并没有形成观点的交锋，因而成为一次一边倒的政治批判。不过，1986年的这次却可以名副其实地称其为"论争"。论战双方摆好阵势，围绕着刘再复的文学主体性理论，展开了你来我往的正面交锋，一方为捍卫马克思主义文艺理论的"老左派"如陈涌、程代熙、敏泽等，一方则为支持"文学的主体性"理论的论者如何西来、徐俊西、王春元等。双方力量相当，甚至可以说，主体性理论的支持者的阵势逐渐形成了压倒的优势。一位主体性理论的支持者针对陈涌关于文学主体性理论背离马克思主义文艺理论的批评观点，尖刻地嘲讽其乃是"白头宫女在，闲话说玄宗"，因为"它在目前我国文坛上变革和更新研究方法、文艺观念的历史潮流映衬之下，反差对比如此之大，以至使人读后有恍然隔世之感"[2]。显然，我们难以想象类似的言辞可能出现在1984年。甚至被批判者能够组成反批评的阵容本身，就已经表明1986年的情势已经大大不同于两年前。

---

[1]　何火任编，《当前文学主体性问题论争》，福州：海峡文艺出版社，1986年。

[2]　程麻：《一种文艺批评模式的终结——与陈涌同志商榷》，《文论报》第21期1986年7月21日。

某种意义上，文学主体性理论的论争，或许可以视为"新时期"话语转型的一次事件或一个象征，因为它以一种看似突兀的方式改变了80年代前期的话语格局，显示出马克思主义作为一种理论与话语的疆界被跨越。或许，也正是在这一知识界的事件中，"老左派"不再如80年代前期那样具有威慑力，而呈现为某种漫画式的滑稽色彩，并且第一次显出"虚弱"。事实上，使用经典马克思主义理论言辞的"左派"，自此很长时间都没有摆脱这一形象，直到90年代后期，一种被称为"新左派"的批评力量出现。

2. "内宇宙"的发明

在今天看来，文学主体性理论的表述其实是80年代前中期诸多流行的"新"理论语言的汇聚与混杂。也就是说，作为一种"新锐理论"，它带来的冲击性其实并不在于提出了逻辑多么完整的理论阐释，而在于它构成了诸多批判性资源的一次集中展示。这些资源包括50年代就已提出的"文学是人学"，包括80年代前期人道主义思潮中的诸多表述、主体性哲学和美学，也包括80年代中期新引进的西方时髦理论如系统论、接受美学、心理学等。而其中最主要的"主体性"概念显然源自李泽厚哲学。

不过，刘再复关于"主体性"的表述没有顾及李泽厚哲学论述的复杂与完整，而是"取其精华"地做了一次大的偏移。如果说李泽厚试图在外在的工艺－社会结构与内在的文化心理结构、在类群与个体的两重意义上来定位主体性，并在此前提下突出个体与文化心理结构的话，那么，刘再复则直截了当地把主体性界定为个体的主观能动性——"我们强调主体性，就是强调人的能动性，强调人的意志、能力、创造性，强调人的力量，强调主体结构在历史运动中的地位和价值。"并且，他将李泽厚的主体性哲学做了一种颇为通俗可解的阐释。即将李泽厚所谓的外在的工艺－社会结构与内在的文化心理结构，转译为外在的"实践主

体"与内在的"精神主体"。尤其值得重视的正是这个"精神主体"。它
"是一个独立的、无比丰富的神秘世界,它是另一个自然,另一个宇宙。
我们可以称之为内自然,内宇宙,或者称为第二自然,第二宇宙"。由
于这个"内宇宙"的发现,整个历史也被改写了——"历史就是两个宇
宙互相结合、互相作用、互相补充的交叉运动过程。精神主体的内宇宙
运动,和外宇宙一样,也有自己的导向,自己的形式,自己的矢量(不
仅是标量),自己的历史。"如果说李泽厚在借用康德的"先验主体"的
心理形式论述时,始终不忘记强调马克思的"实践"概念,并认为正是
人类改造自然的客观实践活动作为"第一位"的因素决定着这个主体的
文化心理结构的话,那么,刘再复着力突出的正是后者。不同的是,李
泽厚是在人类发生学的高度上阐释"人类学本体论",而刘再复则总是在
具有明确针对性的历史语境下,将正统马克思主义的"机械反映论"和
"物本主义""神本主义"作为批判对象,而格外突出"以人为中心"。
不过正因为它将批判对象视为不言自明的语境,因此,刘再复有关主体
性的论述更像是一种"批评"而非"理论"。

研究者曾不无戏谑地写道:刘再复"最终将一个受制于历史具体性
的有限能动'主体'演化成一个漫游于历史时空之外的无限能动的'主
体'"[1],也正是因为刘再复的主体性论述并不顾及外在 / 内在、实践 / 精
神、物质 / 意识等经典辩证法之间的周密表述,而格外突出后者。正如
前面在论述李泽厚与高尔泰的差别时已经提到的,这种偏移在某种程度
上应当看作作为"新时期"的 80 年代的变革意识和开放心理的某种历
史征候。或许正因为此,从文化接受的层面来看,被称为主体论"通俗
版"的刘再复的观点,在 80 年代文学界产生了更大的影响,也为更多
的人所认同。

不过,如果问题仅仅是在二元论的结构中向哪个方向偏移一点
的话,那么刘再复的"主体论"不过是人道主义思潮中要求"人的价

---

[1] 夏中义:《新潮学案——新时期文论重估》,上海:上海三联书店,1996 年,第 31 页。

值""把人当作人"等人性论的复述。刘再复的"创新"之处在于，不仅是做了一次大胆而无顾及的偏移，更重要的是，他给予了个体主体性一个重要的命名或发现："内宇宙"（或"内自然"）。在每个人的社会性（"外面"）存在的"内部"，还存在着另一个"独立的、无比丰富的神秘世界"即"自我"，并且正是这个内面的自我，成为人的"主体性"的源泉。显然，这种论述不同于马克思主义人道主义理论，不同于李泽厚的主体性实践哲学，甚至也不同于高尔泰的"感性动力"的地方，正在于它甩开了理性／感性、存在／本质等纠结在一起的辩证法结构，而将这个"内宇宙"凸显出来。或许，借用日本学者柄谷行人的说法，是将这个"内宇宙""发明"出来。柄谷行人在重新思考日本现代文学的起源时提出，日本现代文学的发生，是与一整套有关现代民族国家与文学制度的现代认识论装置同时出现的。正是这套"装置"的存在，使许多现代文学的"风景"（比如"内面"的自我、疾病、儿童等）被"发明"出来，仿佛它们原本就像个自然物那样存在在那里一样。他将这一认知过程称为"颠倒"[1]。有意味的是，柄谷行人所说的"颠倒"，正是以一种福柯理论的方式重新表述了李泽厚在《批判哲学的批判》中谈到的康德思想的"哥白尼式革命"。

可以说，刘再复关于"内宇宙"和精神主体的表述，事实上也是一种"颠倒"。也就是，"内宇宙"的出现并不是因为它确实像"第二自然"一样存在于人性的内面，而是因为有关主体的一套认识装置使得这个"内宇宙"成为看似自然的存在。就康德思想在当代中国的影响来说，这一被称为"20世纪80年代中国思想文化的哲学秘密"的思想资源，在李泽厚那里还"戴着黑格尔和马克思的有色眼镜"[2]的话，那么，刘再复则彻底甩开了辩证法而倒向了唯心主义的一面。而使得这一"颠

[1]　[日]柄谷行人：《日本现代文学的起源》，赵京华译，北京：生活·读书·新知三联书店，2003年。

[2]　张旭东：《全球化时代的文化认同：西方普遍主义话语的历史批判》，第25页。

倒"装置能够真正在刘再复这里完成的知识依据,则是对"文学是人学"这一 50 年代就提出的著名论断的重新阐释。

3."文学"为何是"人学"

柄谷行人在阐述日本现代文学中的"内在自我"的出现时,相当有意味地从"戏剧改良"说起。他写道:"从前的观众在演员的'人形'式的身体姿态中,在'假面'化的脸面上,换句话说,在作为形象的脸面里感受到了活生生的意义。可是,现在则必须于无所不在的身影姿态和面孔的'背后'寻找其意义(所指)。"[1] 他进而认为,这种戏剧改良的本质与"言文一致"这一制度的确立相同,因为"作为'言文一致'的表音主义是与'写实''内面'的发现等在根源上相互关联的"[2]。参考类似的分析,可以来剖析刘再复的"内宇宙"叙述如何成为可能。

柄谷行人认为"内面的自我"与"言文一致"制度的确立直接相关,因为媒介从之前表意的汉字转变为表音的日文,而使得一种二重性的意指方式(能指–所指)得以存在。刘再复所谓"内宇宙"的阐述,是相对于"文革"时期的文学再现方法(机械反映论)而言的,他称后者为"漫画化""脸谱化"的表现人物的手法。也就是说,"文革"文学那种表现手法被认为是只表现了人物"外面"的面具,因而是"虚假"的,需要表现的应当是"内面"的东西。这里的真正分歧不在于"外"(面具)与"内"(自我)的区别,而在真实观的改变。柄谷行人这样分析日本的戏剧改良:"对从前的人们来说正是这个化了妆的脸谱才有其真实感。换言之,作为'概念'的脸谱才能给人以美感",而经历改良之后,非脸谱化的所谓"素颜"即自然的本来面目才是真实的首要依据[3]。而真实观改变的原因在于"内面"被发明出来了,"发明"的依据

---

[1] [日]柄谷行人:《日本现代文学的起源》,赵京华译,第 47 页。

[2] 同上书,第 47—48 页。

[3] 同上书,第 47 页。

在于媒介存在方式的改变："必须把先于事物而存在的'概念'或者形象化语言（汉字）消解掉，语言不得不以所谓透明的东西而存在之。而'内面'作为'内面'成为一种存在，正是在这个时刻。"[1] 当刘再复指责"文革"文学的"脸谱化"是不真实的，唯有表现"内宇宙"的文学才是真实的时，也是因为他提出的是一种新的真实观。就刘再复的文学主体性理论而言，"先于事物而存在的'概念'"无疑便是人道主义的主体性理论；它被"消解掉"的前提是"语言"以"透明"的方式存在，而这里的"语言"则是"文学"。也就是说，正因为"文学"被看作一种"透明"的媒介即"主体和语言已经不是互相外在的东西"[2] 时，"内宇宙"才仿佛像早已存在的"自然物"那样被"发现"。

这或许便是刘再复的文学主体性理论最有意味的地方。这一理论的提出被认为是文学研究专业化意识的提升（诸多论者都以社会专业"分工"来阐述这一理论存在的合法性），但另一方面，它却恰恰需要无视文学作为一种特殊媒介的存在。刘再复所说的"文学主体性"其实是"人的主体性"，也就是将有关人的主体性理论阐述平移至文学领域，即"在文学的各个环节中，恢复人的主体地位，以人为中心，为目的"。这里的"各个环节"，包括作家作为"创造主体"、文学作品中的人物形象作为"对象主体"和读者与批评家作为"接受主体"。但很显然，刘再复所谓的"各个环节"并不能被同等地看待，至少"对象主体"与"创造主体""接受主体"就并不能在一个层面上并存。这一点事实上也是当时无论是支持者还是批判者都会指出的。刘再复对文学作为一种独特的人文学科的主体性的强调和对它的无视这两种态度共存，这一特点必须放置到整个80年代人文话语与人文学科制度的关系上来加以考量。这就正如柄谷行人将现代文学对"内面的自我"的书写与"言文一致"的语言制度结合起来加以考察一样。

---

[1]　[日]柄谷行人：《日本现代文学的起源》，赵京华译，第51页。

[2]　同上书，第59页。

4. 新的人文学科体制的确立

在 80 年代之前的中国，有关"人""人性""主体"等的人文话语，如前所述，始终是作为某种"异端"而存在，不仅没有构成中国人文学科的主流话语，更重要的是这种论述本身就是当时主流话语批判的对象。从学科和知识体制的角度，汪晖这样解释："在 80 年代之前的很长岁月里，就学科体制而言，中国没有西式的人文学科，只有中国社会科学，这些社会科学包括政治经济学、哲学、历史学、文学等等，所有这些学科都是在经济基础/上层建筑及意识形态的模式中建立起来，并从不同方面批判了 18 世纪欧洲人道主义所标榜的抽象的人的概念和人性的概念，进而瓦解了 Anthropology（人类学）的理论基础。"[1] 也就是说，阶级论与人性论的冲突，不仅仅是一种观念的冲突，更是学科体制的主流话语范式的不同，是建立在马克思主义理论基础上的政治经济学学科体制与建立在人道主义话语基础上的西方式人文学科话语的对立。

70—80 年代之交的马克思主义人道主义潮流，事实上正是人文话语在当代中国进驻主流的标志。不过，这种人文话语还仅仅作为一种社会性思潮存在，尚未与学科体制取得联系。从这个角度来看，刘再复有关文学主体性的理论表述，也是这一人文话语学科化的标志性事件。刘再复把文学看作"人的灵魂学""人的性格学""人的精神主体学"，用系统论、美学、自然科学、伦理学、人类学以及诸多最新西方文论来阐释"文学是人学"这一看似并不新颖的论题，实则正是试图以一套由"人性""主体""内宇宙""心理"等知识构成的人文话语，转换并取代由"阶级""经济基础""上层建筑""意识形态"等知识范式构成的社会科学语言。在这里，两套知识范式的冲突，仍旧是阿尔都塞所谓"人道主义"与"马克思主义"的对立，不过它现在获取了"学科"的合法性。

---

[1] 汪晖：《中国的人文话语》，收入《死火重温》，北京：人民文学出版社，2000 年，第 367 页。

以马克思主义为基础的社会科学范式被称为"大而无当的'代替论'"，因为"科学在近代已走过了分门别类精细研究的阶段"，需要被"文艺心理学、文艺社会学、接受美学、比较文学……"等学科分工所取代[1]。而刘再复在《论文学的主体性》《性格组合论》等论著中从不同侧面阐发的"人学"，无疑正是这种新学科分工的典范研究。

也许可以说，"新时期"的人道主义思潮与主体论哲学美学的出现，不仅是针对 50—70 年代社会主义历史实践的批判性理论，更重要的是，它同时成为"新时期"人文学科知识体制的核心话语构成。所谓"人学"，事实上相当于英语中的 Anthropology（人类学），正是它在取代马克思主义建立在经济基础／上层建筑理论基础上的知识范式。尤其有意味的是，不仅文学领域如此，事实上哲学、心理学、社会学、人类学等诸多西式人文／社会科学在 80 年代中国的进入，都采取了"人学"这一称谓。当时所谓"人学"，并不完全指涉知识生产体制意义上的学科分类，而是宽泛地将所有讨论人的生存状况的哲学思想混杂地融汇在一起。尤其到 80 年代中后期，随着"西学热"推进，曾被社会主义主流话语排斥在外的现代哲学，特别是 20 世纪西方"现代派"哲学思想，也被纳入关于"人"的建构过程中来。"人学"是对这种取向的一个普泛的称呼。诸多以"人学丛书""人道主义研究丛书""文化哲学丛书"等为名译介、研究的理论书籍纷纷出版。作为一种新的理论资源，它们试图为建立文艺学、哲学、美学等的学科"主体性"提供知识依据，同时也是为维护人道主义主体范畴的地位而确立的一种知识范式。与文化哲学的兴起同时，在青年、学生中流行的"尼采热""萨特热""弗洛伊德热""马斯洛热"等，对这些哲学做了更直接也更通俗的转换。叔本华的"世界是我的意志"的主观主义、尼采的"超人"哲学、萨特的"自由选择"论、弗洛伊德的"性本能"说、马斯洛的"自我实现"说，共同成为张扬"个性""人性"的依据，并转化为一种激进的个人主义

---

[1]　程麻：《一种文艺批评模式的终结——与陈涌同志商榷》，《文论报》第 21 期 1986 年 7 月 21 日。

伦理[1]。这些交错混杂的理论资源实则在一个共同的支点上被统摄到一起，即自我创造的人文主义个体形象。结合这些面向，更可以看出刘再复的文学主体性理论是如何作为一种当时流行的文化理论的"混杂"物而存在。

颇有意味的是，1957 年，当钱谷融提出"文学是人学"这一著名论断时，他将之指认为高尔基的名言[2]。不过，80 年代初期，当这一论断重新成为"新时期"文学变革的名言时，有论者指出高尔基从来没有说过这句话，并点明所谓"人学"与"人类学"的关系[3]。而到了刘再复这里，他完全不需要为"文学是人学"这一论断寻找理论依据，而将其当作一个理所当然的命题——"聪慧的作家意识到文学的命运与人的命运是息息相关的，因此，便有'文学是人学'的不朽命题产生。这个命题的重要性和正确性几乎是不待论证的。"[4] 事实上，到了刘再复的时代，"文学是人学"之所以被认为是"不待论证"的，是因为新的人文学科体制正是以这一论断作为自身合法性的知识基础。也就是说，在新的人文学科体制中，"人"及其"内宇宙"作为新学科体制的中心概念，被视为一种"理所当然"或"不证自明"的认知前提。用柄谷行人的话来说，就像"言文一致"这一制度得到巩固"仿佛连'言文一致'的意识都要消失了似的"[5]，新人文学科体制得到确立也"仿佛连它作为一种新的知识范式的意识都要消失了似的"，人们将其视为一种"自然"存在而不再需要通过知识实践来寻求合法性依据。只有在这种时候，柄谷

---

[1] 参见《现代西方人学思潮的震荡》，魏金声主编，北京：中国人民大学出版社，1996 年。这本论著把尼采、萨特、弗洛伊德等的哲学视为"现代人学"，详细地论述了诸种"人学思潮"在 80 年代中国引入和接受的情况。

[2] 钱谷融：《论"文学是人学"》，《文艺月报》（上海）1957 年第 5 期。

[3] 参见刘保瑞：《高尔基如是说》，《新文学论丛》1980 年第一期，北京：人民文学出版社；钱谷融：《关于〈论"文学是人学"〉的三点说明》，收入《艺术·人·真诚——钱谷融论文自选集》，上海：华东师范大学出版社，1995 年。

[4] 刘再复：《论文学的主体性》。

[5] [日] 柄谷行人：《日本现代文学的起源》，赵京华译，第 56 页。

行人认为日本现代文学的"内面"才典型地表现出来；也只有到这种时候，刘再复用文学的主体性理论所表达的"内宇宙"才作为一种"自然物"，成为文学研究剖析和表现的对象。

如果说在 80 年代中期的文艺学领域，人道主义话语与主体性理论，借助新的人文学科体制而成为"不证自明"的有效知识的话，那么在 80 年代后期由刘小枫、甘阳、周国平等新生代学人所倡导的"诗化哲学"（或称"文化哲学"），获取的是更为专业化的知识谱系，并与学科体制形成更为直接的制度性关联（有关分析与阐释，参看本书"纯文学"一章）。在后一种形态中，不再是对"人学"的泛泛而论，也不再是在"文学"与"人学"之间划上理所当然的等号从而取消文学研究的独特性，而是在对学科 / 领域的知识谱系的重构中，建构出了一种专业知识分子的主体实践样态。如果说在"美学热"的李泽厚、高尔泰时代，美还是一个向往中的"自由王国"的话，那么，在"诗化哲学"时期，美开始成为"感性个体"通过审美"生成"个人本质的一个"实践王国"。不过，与"美学热"时期的美学是一种社会性情绪的载体不同，"诗化哲学"成就的是专业知识分子的审美主体、一种制度性的主体样态。从这一角度而言，可以说人道主义话语与主体性理论既在"诗化哲学"中达到了巅峰状态，同时也被终结于人文学科体制的疆域之内。

结语：社会主义的自我变革与话语转换

如果说 80 年代中国的文化变革标志着被冷战界线分割的中西思想大融合的话，那么人道主义思潮则在很大程度上显示出的是社会主义文化内部自我变革的可能性。从这一思潮来看，70—80 年代的转型并不显现为历史的断裂，而表现为边缘话语与主流思想在位置上的结构性转换。以 19 世纪思想为核心资源的人道主义思潮，在 50—70 年代的幽灵化存在及其在 80 年代"新时期"的主流化过程，显示出的其实是两个表面上断裂的历史时期之间的内在延续关系。不过，更值得分析的是，这种延续性却是以放弃现代中国革命的"20世纪属性"为代价的。作为资本主义体系内部的反动，社会主义革命在"落后地区""第三世界"的出现，正是以对19世纪欧洲思想尤其是人道主义资源的批判为前提的。在这样的意义上，区分20世纪发生于苏联、中国这样的后发现代化国家的社会主义革命与19世纪发生于欧洲的资产阶级革命，具有与区分写《手稿》的马克思和写《资本论》的马克思同样重要的意义，因为这里不仅包含着人道主义与马克思主义的冲突，同时还包含了第三世界革命现实与19世纪欧洲思想之间的矛盾。而中国革命的"20世纪属性"，正体现在其对19世纪思想与经典马克思思想的转化与创造性实践之上。

这种转化过程中内在的冲突与矛盾，在许多时候表现为"知识分子"这一社会群体的暧昧地位上。可以说，19世纪思想与人道主义话语的持有者，无论在50—70年代还是在80年代中国，始终都是"知识分子"。究其本源，"革命""人道主义"和"知识分子"事实上都是19世纪欧洲的产物，因而在第三世界国家发生的革命，始终面临着源自欧洲的现代思想与其第三世界处境之间的紧张关系，并表现为一种内部的持续话语论辩乃至思想批判。知识分子既是第三世界革命思想的输入者，同时也是第三世界革命实践的发动者和转化者，这种思想的紧张常常构成他们理解革命的两张面孔。因此有意味的是，如果说在50—70年代，许多中国知识分子是通过19世纪的德国古典哲学与西欧及俄罗斯文艺而到达马克思主义，也就是说19世纪成为他们"走向革命"的桥梁的话，那么有意味的是，"新时期"据以反省与批判革命实践乃至"告别革命"的，倒似乎是19世纪思想为他们提供"原路返回"的路径。这里值得思考的关键问题，不仅在于20世纪的中国革命实践在何种意义上超越了19世纪人道主义思想，更重要的是，作为资本主义体系内部的反动，第三世界的革命文化如何使自身区别于源自19世纪欧洲的革命文化。如果说在50—70年代，人道主义话语和19世纪思想的

"幽灵"处境，显示的是第三世界社会主义革命试图"克服"西方现代性文化的紧张状态（即所谓"反现代的现代性"）的话，那么80年代人道主义话语与19世纪思想的主流化，显示的正是这种张力和抵抗姿态的消逝。

从这样的角度来看，揭示出1980年代人道主义思潮的"19世纪的幽灵"，试图展示的是与70—80年代中国社会向西方世界转型的同时，发生于思想与文化层面的"原画复现"式的共振。正因为对社会主义历史实践的反思，是以显影内部的"19世纪的幽灵"这样的方式而进行的，也就决定了所谓"反思"，并不是批判性的真正历史化的思考，而是从紧张角力的两极摆荡回其中的一极。其中被遗漏掉的，正是20世纪中国革命自身的复杂历史经验及其不无悖论意义的批判性思想资源。

第二章 "现代派"与先锋派
——现代主义文学思潮

　　如果说 19 世纪的西方文学与哲学构成了 80 年代中国人道主义思潮的内在知识谱系的话，那么同时期展开的现代主义文学思潮，则与 20 世纪的西方"现代派"文学形成了更为明晰和直接的互动关联。本章试图围绕西方"现代派"文学与 80 年代中国文学的现代主义实践思潮之间的关系，从知识社会学角度讲述一个"大故事"。

　　这里所谓西方"现代派"文学，沿用的是 80 年代中国语境中的一个特定概念，指涉内涵包括欧美 19 世纪后期的唯美主义，20 世纪初期的后期象征派、表现主义、意识流、超现实主义等，也包括 20 世纪 60—70 年代以存在主义为主要哲学基础的"黑色幽默""垮掉的一代"、荒诞派戏剧、新小说等诸种现代主义文学思潮。西方"现代派"文学之所以能够被作为一个"整体"来讨论，是因为 50—70 年代的冷战历史将其整体地视为"禁忌"，并排斥在当代中国文学的视野之外；而 60—70 年代冷战界限松动的时期，作为"内参读物"引进中国并得到流传的西方"现代派"文学与哲学书籍，则为造就 80 年代对西方"现代派"的社会性饥渴心理拉开了序幕。这种冷战年代的历史经验，导致 80 年代中国文坛将出现在 20 世纪西方社会不同时期、包含不同形态的"西方现代派"，作为一个"整体性"的文学事实来加以接受，并将其作为一种与现实主义文学主流相抗衡的批判性资源，而展开持续的自我转化过程。

当代中国文学中的现代主义思潮，应该说是一种有着内在断裂性而非统一的文学实践过程，它在不同的时段呈现为不同的样态，包括从"文革"时期的"地下诗歌"到"文革"后的"朦胧诗"和"后朦胧诗"，也包括1984—1985年的"新潮小说"（马原、残雪）、"现代派小说"（刘索拉、徐星）与1987年出现的先锋小说（余华、格非、苏童、洪峰、孙甘露等）。而构成其持续性和某种历史统一性的，是它参照文坛主流形成了一种不断"创新"的文学形态。这种文学形态完全刷新了50—70年代形成，并在80年代前期占据主流位置的现实主义文学成规和叙述语言，是80年代文学／文化变革当中最引人注目的部分。本章并不试图对这种文学创作趋向做细致的文学史梳理和具体的义本特征考察，而试图从一个相对特别的角度来对其知识来源和参照体系做一番知识社会学的考察。"现代主义"文学的出现，意味着一种不同于50—70年代主流形态的全新的"文学知识"的转化和实践，这种文学思潮尽管可能形态各异但它们有着共同的相对明晰的知识谱系，即欧美的"现代派"文学。这正是导致这种现代主义文学实践在80年代始终面临着"影响的焦虑"的直接原因。瞩目于80年代中国现代主义文学形态的这一知识谱系上的特征，是希望呈现作为第三世界国家、后冷战格局中的社会主义国家的当代中国，其现代主义文化想象和文化实践的独特之处。

80年代现代主义文学形成的过程，事实上也是社会主义中国将冷战阵营另一方的"西方"文学知识内化为自身的叛逆性资源的过程。曾经在社会主义文化逻辑中被看作"颓废、没落的资产阶级文化"的"现代派"文学（也包括哲学），经过80年代现代化意识形态的话语逻辑转换，成为新的"世界文学"和中国是否能够同步于这个"世界文学"的标志，并且成为80年代作家们反叛体制化的社会主义现实主义文学规范的有效资源和仿效对象。因此，讨论西方"现代派"和中国当代文学的现代主义实践之间的关系，事实上并不是在做一种中／西比较，而是讨论在特定的历史语境中，中国文坛赋予西方"现代派"的想象方式，和这种想象方式所呈现的特定历史逻辑中包含的意识形态。这里的问题不是 80 年代中国文学的现代主义实践参照西方现代主义文学，是"完成"或"未完成"，是"模仿"还是"超越"这种二元关系，而是当代中国语境如何想象、再塑造了西方现代派文学，并形成了中国现代主义文学的独特形态。在这样的意义上，西方现代派文学相当于一个"媒介"，而不是"标准"或"原型"。探讨这一"媒介"的意义在于，将其视为当代中国特定历史语境的意识形态"浮标"，因为正是这种语境的独特性造就了当代中国现代主义文学的独特性或主体性。很大程度上，这也是在探讨这一中西文化交流和转化的过程中，中国呈现其"主体性"的独特方式。

如果说如同马歇尔·伯曼（Marshall Berman）所说的，存在着"先进民族国家的现代主义"和"起源于落后与欠发达的现代主义"这样的两极 [1]，那么 80 年代中国的现代主义文学则可以称为这"两极"之间相当具有征候性的个案。在 70—80 年代的转型过程中，中国作为一个曾经"脱轨"的社会主义国家向"与世界接轨的欠发达国家"的转变，促成了一种进化论的文学等级序列，即中国 / 世界、19 世纪 /20 世纪等同于"进步"/"落后"的话语框架，从而在文坛乃至整个知识界构造出一种别样形态的"欠发达的现代主义"，促使人们对西方"现代派"投射强烈的激情。这种现代主义的"别样"在于，不同于一般的第三世界国家，中国对西方"现代派"文艺的接受，是在一种中国式的后冷战文化空间中进行的。围绕着"现代派"的指认方式，经历的是从资本主义（西方）/ 社会主义（中国）的冷战框架向先进 / 落后的启蒙现代性框架的转换。这双重话语框架之间的对话、交错和重组，决定了当代中国文学现代主义实践的特殊方式。伯曼提出所谓"欠发达的现代主义"的发生，乃是因为这些国家的"现代化的进程还没有进入正轨"，因而这种现代主义"被迫建立在关于现代性的幻想与梦境上，和各种幻象、各种

---

[1]　[美] 马歇尔·伯曼：《一切坚固的东西都烟消云散了——现代性体验》，第四章"彼得堡. 欠发达的现代主义"，徐大建、张辑译，北京：商务印书馆，2003 年，第 222—380 页。

幽灵既亲密又斗争，从中为自己吸取营养"[1]。就80年代中国而言，由于50—70年代现代化历史的独特性没有得到指认，因而不是社会的现代化进程本身而是人们关于"现代化"的想象，使得这种"欠发达的现代主义"以一种悬浮于中国社会现实之上的隐喻方式得以繁衍和蔓延。它最终使得当代中国的先锋派作家在如何指认自身的主体性上，存在着顾此失彼的困境。

值得一提的是，"后冷战"作为一个历史分期范畴，被认为开启于80—90年代之交，其标志性事件发生于欧洲与苏联。但由于中国作为"第三世界"国家的重要而特殊的位置，对冷战界限的穿越事实上在70年代后80年代初就已经发生了。这一过程的发生，既有其"外部"因素，即中国与苏美两个超级大国关系的变化，与晚期资本主义全球化进程对中国形成的挤压；也有其"内部"因素，即"文革"导致的政治困境与社会变革的内在动力。在这一过程中，中国作家们对西方"现代派"文学历史态度的变迁，既是冷战格局错动的文化征候，也是穿越冷战禁忌的社会变革的场地之一。从知识社会学角度考察中国现代主义文学实践与西方"现代派"文学之间的关系，也就是去探察处于后冷战、后社会主义的历史语境和文化想象中，中国如何将一种曾经被社会主义排斥出去的文学（知识）转化为一种新的理想的文学形态，完成一种文学／知识的自我转化过程，并与文学实践形成繁复的关联。

一、作为冷战禁忌的"现代派"

在讨论当代中国文学与西方"现代派"文学的关系时，一般研究将时间聚焦于80年代，因为正是在80年代，才出现了对西方"现代派"文学和思想的大规模介绍，并构成文学创作领域持续"创新"的核心资

---

[1]　[美] 马歇尔·伯曼：《一切坚固的东西都烟消云散了——现代性体验》，徐大建、张辑译，第304页。

源。但是,正如所有强调骤然断裂的历史分期方法遭到越来越普遍的质疑一样,西方"现代派"文学在80年代的影响也有其前史。甚至可以说,正是这一"前史"才造就了80年代对"现代派"的强烈渴求。西方"现代派"在80年代中国的涌现(或80年代文坛对西方"现代派"的巨大饥渴感和欲求),某种意义上正源于50—70年代尤其是"文革"时期所采取的拒绝态度。可以说,没有50—70年代对西方"现代派"文学的封锁、拒斥和强烈的否定,80年代的巨大饥渴感就不会形成,这也正是"禁忌"所导致的"匮乏"。但仅仅从这一层面强调"现代派"在50—70年代和80年代这两个时期的处境的关联,显然是不够的,因为我们无法解释一个时期的"禁忌"为何和怎样变成了另一个时期的"匮乏"。固然,文坛对于"现代派"的不同态度,可以成为50—70年代和作为"新时期"的80年代之间发生"断裂"的又一证明,将50—70年代的"禁忌"之物转化成"新时期"的"欲望"对象,恰好说明着这两个时期之间的对抗或彼此否定的面向。但仅仅在这个维度思考问题,不过仍旧在重复一种过分强调"断裂"的简单化历史想象,因为它将两个历史时期的"断裂"视为已经发生并且确定无疑的事实,而不去追问断裂如何发生或依据怎样的历史逻辑发生,进而去追问这种"断裂"叙述到底是"新时期"的意识形态建构,还是另一种历史延续的方式。因此,在考察"现代派"文学在80年代的影响和位置时,厘清"现代派"在50—70年代的复杂历史处境,便成为一个必需的研究前提。

1. "不动声色"地"销声匿迹"

首要的问题涉及"现代派"这一概念。显然,这个概念本身是相当80年代化的和中国化的,也就是说,这个概念主要被80年代的中国文坛所使用,而并非一个通用的国际化的学术概念。在80年代,"现代派"这一概念指涉了几乎所有现实主义规范之外的20世纪西方文学,并强调将它们作为一个具有共同特征的"整体"来看待和理解。如果说任何一个范畴的内涵，都必须置于特定的历史语境和文化的意义网络中才能被理解，那么，80年代的"现代派"概念则恰好成为勾连起50—70年代和"新时期"的一个核心能指和意义网的结点。也就是说，80年代理解"现代派"的方式，恰恰是在50—70年代的历史语境中特定的语义坐标中形成的，发生变化的只在于对同一对象的价值判断调整了方向。

在50—70年代，主流文坛对于"现代派"文学（包括西方的和中国现代文学中产生的），采取的是极为严格的封锁和拒斥态度。洪子诚曾在其论著中专门讨论过相关的问题，并指出对"现代派"的拒绝所采取的独特方式，即"这种拒绝，主要不是通过公开批判的方式进行，而是借助信息的掩盖、封锁来实现。产生的后果是，一般读者，甚至当代的不少作家，都不大清楚有这样的思潮和作品存在"[1]。这种并不"组织批判运动"（这是50—70年代最为常见的排斥文坛异类的方式），而是"不动声色"地将其"剥离出去"的方式本身就值得分析。不可否认，任何一场批判运动，某种程度上都可能造成一种"宣传"和"扩散"批判对象的效果，并使得这种批判对象事实上已经内在于主流文化当中，而成为一种叛逆性或自我调整的思想资源。比如1949年后对"小资产阶级文学趣味"、对胡风文艺思想、对"百花文学"的批判等就是如此，其具体表现则是每当文艺政策"宽松"的时期，这些曾经受到批判的观点就会以不同的形态浮现出来。50—70年代主流文坛上"现代派"的"销声匿迹"，因此就显得意味深长。除了在文学创作中"现实主义"一统天下，杜绝任何带有"现代派"色彩的方法和可能的文学尝试[2]，同时在出版、译介方面也采取严格的封锁态度。似乎可以说，50—70年代的文坛在有意识地将"现代派"隔绝于文学秩序的结构之外，从而达到将其"销声匿迹"的目的。不仅如此，对于为何要将其"销声匿迹"也很少做公开

---

[1]　洪子诚：《问题与方法——中国当代文学史讲稿》，北京：生活·读书·新知三联书店，2002年，第256—258页。

[2]　昌耀、流沙河等在1957年被打为"右派"的依据，就是他们创作了带有"现代派"（很准确地说是"非现实主义"）色彩的作品。

讨论,只有茅盾 1957—1958 年写作的长文《夜读偶记》是其中的例外。

在写作前言中,茅盾说明《夜读偶记》[1]是他阅读了 1956—1957 年"百花运动"时期围绕"社会主义现实主义"的三十余篇争论文章后写作的。这篇长文重申了"现实主义"作为基本的创作原则、"社会主义现实主义"作为"最进步"甚至"唯一"创作方法的合法性。但颇为独特的是,文章也用相当的篇幅分析并否定了"现代派"。这些文字大约是50—70 年代关于"现代派"最为充分和详尽的公开讨论了。有意味的是,在 1956—1957 年"百花文学"时期的理论讨论当中,争论的焦点是"社会主义现实主义"的合法性问题,而并不是"现实主义"与"现代派"的关系;并且与国内讨论形成互动的国际背景,主要是苏联文学界的"解冻"思潮。但茅盾在文章中针对的却是"认为现实主义已经过时,而'现代派'是探讨新艺术的先驱者的人们",而这种应该受到批判的观点出现的时间地点,则是"1956 年忽然在欧洲又变得'时髦'的调子,合唱者之中,也有若干曾经是进步的作家"。某种意义上可以说,茅盾对"1956 年欧洲"的关注,恰好征候性地呈现出了造成"现代派"在 50—70 年代中国被封锁的地缘政治原因。1956—1957 年中国主流文坛关注的是由苏联引发的"现实主义"问题,这是社会主义阵营内部被讨论的问题,是可以被社会主义意识形态所看见、描述和分析的一套语词和话语;而"现代派"则主要发生和形成于社会主义阵营之外的"欧洲"——虽然茅盾并未说明这里的"欧洲"指的是"西欧",但从他对"现代派"的讨论方式可以看出这并非社会主义阵营的"东欧"。在文章的开篇处,茅盾即有意识地分辨了"世界"与"欧洲"这两个概念,并指出所谓"世界","其实只限于欧洲,因为包含这些'理论'的这些书是欧洲学者们以'欧洲即世界'的观点来写的"。如果说茅盾在这里颇为敏锐地表现出了反"欧洲中心主义"的意识(参照于 80 年代中国知识界的"世界主义"),那么应该说这主要得益于社会主义文化对地缘政

---

[1] 茅盾《夜读偶记》,原载《文艺报》1958 年第 1、2、8、10 期,1958 年由人民文学出版社出版单行本,后收入《茅盾评论文集》下卷(北京:人民文学出版社,1978 年)。

治的敏感。1956 年发生在欧洲，包括苏联、东欧（尤其是苏共二十大和"匈牙利事件"）以及西欧、中东（英法联军入侵苏伊士运河）等区域的一系列政治事件，使得社会主义／资本主义的冷战界限开始发生动摇和错动。尽管茅盾在他的《夜读偶记》以及有关这篇文章的说明中，都并没有说明他所批判的"现代派"的具体指涉对象，不过，正如欧洲"新左派"在此时的出现一样，"现代派"对现实主义一统天下的左翼文坛的冲击，在某种意义上正是这种冷战与意识形态"界限"变得含糊的文化表现或后果。如果考虑到这些因素，茅盾对"现代派"问题的格外关注则不仅可以理解，而且带有某种"超前"性质。社会主义中国真正"看见""现代派"，要到 60 年代初期和 70 年代初期出版的"内部参考读物"，而两次出版的时间，恰好是冷战阵线发生移动和改变的时间。

2. 对一个"公式"的批判

《夜读偶记》从对"一个公式"的批判开始。这个公式认为，欧洲（"世界"）文艺思潮是依照这样的进化程序发展的：古典主义、浪漫主义、现实主义、新浪漫主义。所谓"新浪漫主义"，茅盾写道："这个术语，20 年代后不见有人用它了，但实质上，它的阴魂是不散的。现在我们总称为'现代派'的半打多的'主义'，就是这个东西。"茅盾在这里提到"20 年代之后""新浪漫主义"名称的消失，并非闲笔，事实上当年正是他与新文学革命的领袖们将这个"公式"引入了中国。一个颇为粗略的考察是，这个"公式"最早出现在 1915 年陈独秀发表的《现代欧洲文艺史谭》中。陈独秀写道："欧洲文艺思想之变迁，由古典主义（Classicalism）一变而为理想主义（Romanticism），此在十八、十九世纪之交。……十九世纪之末，科学大兴……文学艺术，亦顺此潮流，由理想主义，再变而为写实主义（Realism），更进而为自然主义（Naturalism）。"[1] 可以说，建构一种普泛化的西方文学的进化史图

---

[1]　陈独秀：《现代欧洲文艺史谭》，《青年杂志》1915 年 12 月 15 日。

景，正是五四新文化运动的领袖们开展新文学革命的一个关键策略。他们参照这种世界文学进化的历史轨迹，来确定中国文学的位置和文学变革的方案——"吾国文艺，犹在古典主义、理想主义时代"，因此，吸收欧洲文艺的重点"应当趋向写实主义"，"文章以纪事为重，绘画以写生为重，庶足挽今日浮华颓败之恶风"。[1] 5 年后，茅盾在他主持的《小说月报》"小说新潮"栏目中，勾勒了与陈独秀相近而略有改变的文学史进化路线——"西洋古典主义的文学到卢梭方才打破，浪漫主义到易卜生告终，自然主义从左拉起，表象主义是梅特林克开起头来，一直到现在的新浪漫派。"他的另一种说法是，"西洋的小说已经由浪漫主义（Romanticism）进而为写实主义（Realism）、表象主义（Symbolism）、新浪漫主义（New Romanticism）"。[2] 相对于陈独秀的描述，茅盾多出了"表象主义"和"新浪漫主义"。但关于中国文学的定位，两人的判断和变革方案则相近："中西文学程度相差之远，足有一世纪光景"，"我国现在的文学只好说尚徘徊在'古典''浪漫'中间"，因此，"我国要介绍新派小说，应该先从写实派、自然派介绍起"，并提出了具体计划——"假定用一年的时间，大家一齐努力，也许能把这一段工程做完"。[3] 相对遥远的目标，则指向"新浪漫主义"——"新浪漫主义声势日盛，他们的确有可以指人到正路，使人不失望的能力。我们定然要走这路的"。[4]

可以看出，在五四新文学革命时期，"新浪漫主义"是被作为文学史图景中进化程度最高的理想文学形态而出现的。但是，时隔近四十年之后，茅盾重提这个文学进化的"公式"及"新浪漫主义"，却是为了否定和批判它们："这个公式，表面上好像说明了文艺思潮怎样地后浪推前浪，步步进展，实质上却是用一件美丽的尸衣掩盖了还魂的僵尸而已"。因为所谓"现代派"文艺，不过是古典主义的"僵尸还魂"，其实

---

[1] 记者（陈独秀）："通信"记者答言，《青年杂志》1915 年 12 月 15 日。

[2] 茅盾："小说新潮"栏宣言，《小说月报》1920 年 1 月 25 日。

[3] 同上。

[4] 茅盾：《我们现在可以提倡表象主义的文学么？》，《小说月报》1920 年 2 月 25 日。

质仍是"抽象的形式主义"。"现代派"的思想根源是"主观唯心主义"，而其对现实和生活的态度则是"颓废"的，因此，茅盾讨论"现代派"的全部目的是为了说明为什么必须否定和批判它：

> 正因为对现实的态度是不可知论，否认人类社会发展是有规律的，所以现代派的文艺家或者逃避现实，或者把现实描写成为疯狂混乱的漆黑一团，把人写成只有本能冲动的生物。正因为他们是唯我主义者，所以他们强调什么"精神自由"，否定历史传统，鄙视群众，反对集体主义。正因为他们是不可知论的悲观主义和唯我主义者，所以他们的创作方法是"非理性的"形式主义。因此，我们有理由说现代派的文艺是反动的，不利于劳动人民的解放运动，实际上是为资产阶级服务的。[1]

概括起来说，"现代派"文艺之所以必须遭到否定和批判，是因为它们与现实主义的"现实世界是可以认识的信念"和"反映论"的认知原则相背离，而陷入"悲观主义"；并且因为强调个人主义而无法加入"劳动人民要求解放的斗争"当中，因此不能"为革命服务"并"最充分而有效地发挥他们的才能"。在此，真正的分歧来自基本的世界观以及由此形成的创作方法。洪子诚在分析茅盾关于"现代派"论述的理论渊源时，认为这种观念"和匈牙利美学家卢卡契有相近的地方"[2]。美国学者马泰·卡林内斯库（Matei Calinescu）在考察马克思主义文艺批评中的"颓废"概念时则指出："首先提出一整套艺术颓废理论的马克思主义者，当是俄国的革命哲学家普列汉诺夫。……他的一些观点，特别是他对于西方资产阶级文化颓废的解释，成为苏联批评的标准主题。这些观点在日丹诺夫思想专制时期得到加强，即使是在斯大林主义垮台后

---

[1] 茅盾：《夜读偶记》，天津：百花文艺出版社，1958年，第60页。

[2] 洪子诚：《问题与方法——中国当代文学史研究讲稿》，"《夜读偶记》和卢卡契"，第263—269页。

仍被理所当然地接受。"并且,"这一理论方向不仅为苏联官方批评的主流所遵循,而且为一些更富学识、更成熟的马克思主义知识分子所遵循,如卢卡奇和克里斯托弗·考德威尔"。[1] 因此可以说,茅盾及 50—70 年代中国主流文坛对于"现代派"的拒绝,可以从国际共运正统理论中找到其根源。

3. "冷战"的另一边

但是,仅仅从理论表述上来分析"现代派"遭到激烈拒绝的处境,显然并不能完全令人满意,因为"不可知论""悲观主义""唯我主义""形式主义"等理论特征并不能解释"现代派"何以有着如此强大的威胁感。或许问题的另一关键,在于对"现代派"的另一定性即它的"资产阶级"属性。在茅盾的叙述当中,"现代派"作为一场文艺运动,具有和现实主义创作方法相抗衡的性质——"被吸引进这个运动的人们中间,确有不少真正有才华的人……他们之中,有的终于悟到,他们所用的这个创作方法和他们所抱的目标是背道而驰的……这个悟与不悟的关键,就在于他们对人民的革命运动的态度",而那些坚持"现代派"的人实际上就是在"为资产阶级服务"。为了强化这种意识形态属性,茅盾甚至举出:"墨索里尼的法西斯政权把未来主义作为它的官方文艺,希特勒的纳粹政权也保护表现主义,这都不是偶然的。"[2] 于是,"现实主义"和"现代派"的冲突,就不仅是现实主义与反现实主义、进步与

---

[1] [美] 马泰·卡林内斯库:《现代性的五副面孔:现代主义、先锋派、颓废、媚俗艺术、后现代主义》,顾爱彬、李瑞华译,北京:商务印书馆,2002 年,第 215—218 页。

[2] 有意味的是,卡林内斯库所描述的奥地利哲学家与批评家恩斯特·菲舍尔的看法则与茅盾完全相反,"在法西斯主义和斯大林式社会主义现实主义之间,在纳粹和苏联对待颓废问题的态度上,都存在着令人不安的类似。就后一方面而言,惟一的区别是,希特勒把颓废艺术家视为'破坏的马克思主义'的代表,马克思主义者则把他们作为垄断资本主义最后腐朽阶段的代言人加以拒绝"(《现代性的五副面孔》,第 221—223 页)。或许问题的关键并不在于"现代派"自身具有的政治属性,而在于对"现代派"的判定始终是政治性的。

反动的冲突，同时也是"文艺上两条路线"的分歧。更关键的是，由于"现代派"文艺是"资产阶级没落期"的"新文艺"，换句话说，是"冷战"阵营另一方的现行文艺形态（"它们发端于第一次世界大战前夕而蓬勃滋生于第一次世界大战到第二次世界大战之间乃至第二次大战后欧洲大陆的资本主义国家"），因此，它所携带的"威胁感"才是至为重要的。正是在 50 年代界限分明的冷战对峙中，"现代派"才被赋予了如此强烈的意识形态色彩："今天的阵营很鲜明：一边是主观唯心主义，非理性，抽象的形式主义；又一边是马列主义，社会主义现实主义。"茅盾关于它的描述也符合社会主义阵营关于资本主义国家（资产阶级）的刻板想象：没落、颓废、非理性甚至疯狂——"正反映了没落中的资产阶级的狂乱精神状态和不敢面对现实的主观心理"。由此可以说，50—70 年代主流文坛对"现代派"文艺采取的不动声色地将其"销声匿迹"的做法本身，正是冷战格局和冷战思维的具体呈现。

略显复杂的地方在于，茅盾意识到了"现代派"与资产阶级的双重关系，即"它们自称是极端憎恨资产阶级的社会秩序，以及由此而来的现代文明"，和它们实际上"却起了消解人民的革命意志的作用"。因此，茅盾对于"现代派"作家的批判常常被一种充满优越感的怜悯所取代。茅盾用一个生动的比喻来传达他对"现代派"作家的怜悯和鄙视——"他们不满意于资本主义社会秩序，可又不信赖人民的力量；他们被夹在越来越剧烈的阶级斗争的夹板里，感到自己没有前途，他们像火烧房子里的老鼠，昏头昏脑，盲目乱窜；他们是吓坏了，可又仍然顽强地要把'我'的尊严始终保持着。"当茅盾将"现代派"作家描述为"夹板"当中的"老鼠"时，事实上在不经意之间，或许也是充满了"征候性"地，用一个形象的修辞显现出冷战格局和冷战思维的严酷性。但是，当冷战的界限开始模糊，或者说历史路线的两面"夹板"不再那么坚硬时，一种或可称为"两间余一卒"的体验，恰恰通过"现代派"文学而成就着某种反叛空间。

二、"黄皮书""地下文学"与全球同步的 60 年代

西方"现代派"文艺和哲学著作在 20 世纪 50—70 年代被有意识地翻译出版，是在特定时期以特定方式操作的。这就是以"内参读物"的形式，出版了包括萨特、加缪、卡夫卡、贝克特、塞林格、克茹亚克（现在通译凯鲁亚克）、奥斯本等西方现代派诸大家的代表性作品。这些书都由正式出版社出版，但在封面都注明"供内部参考"字样，其发行渠道和传播范围也受到严格限制，所以一般称为"内参读书"或"内参书"。所谓"内参读物"，是为了"供批判用"而翻译出版的书籍，它们不在图书市场公开发售，而是以内部发行的方式，仅供高级干部和党内高级知识分子阅读。因级别不同而阅读范围也不一样，因此书籍的流通范围受到较为严格的限制；同时因其封面颜色不同，一般称为"灰皮书""黄皮书""白皮书"等。

关于这些"内部读物"的总体状况，包括被列入"内部出版"书籍的选择标准、组织翻译和出版的具体形式、通过怎样的发行渠道流传等，是 90 年代后期以来"文革"史研究中的一个热门话题。但到目前为止，对这些书籍及其出版所做的相对深入的学术研究尚显缺乏。根据《全国内部发行图书总目（1949—1986）》[1]，在近三十年的时间中出版的"内部发行图书"共 18 301 种；书籍种类涉及各个方面，既有社会科学和人文科学类，也有自然科学和实用类书籍；既有马列毛、哲学、政治、经济类书籍，也有文化艺术类书籍。在这些书籍中，60 年代初期和 70 年代初期两次集中出版的"内参读物"规模最大、产生的影响也最为深远。而西方"现代派"文学和哲学，也正构成这两次出版内容的重要部分。

---

[1] 中国版本图书馆编写：《全国内部发行图书总目（1949—1986）》，北京：中华书局，1988 年。

1. 内参书、"地下读书运动"与中国的 60 年代

这两个时期出版的书籍主要有三类 [1]：其一是主要在 60 年代初期翻译出版的那些遭到国际共运正统派批判的"叛徒"或"修正主义"作家的著作，比如密洛凡·德热拉斯的《新阶级：对共产主义制度的分析》（陈逸译，北京：世界知识出版社，1963 年 2 月）、特加·古纳瓦达纳的《赫鲁晓夫主义》（齐之思译，北京：世界知识出版社，1963 年 11 月）、列夫·托洛茨基的《被背叛了的革命》（柴金如译，北京：三联书店资料室编印，1963 年 12 月）、维利科·弗拉霍维奇的《南共纲领和思想斗争"尖锐化"》（林南庆译，北京：三联书店，1964 年 2 月）等。这些书籍主要采用灰色封面，因此一般称"灰皮书"；另一类是 60 年代翻译出版的西方"现代派"文学和哲学著作，如亚尔培·加缪的《局外人》（孟安译，上海文艺出版社，1961 年 12 月）、奥斯本的《愤怒的回顾》（黄雨石译，北京：中国戏剧出版社，1962 年 1 月）、杰克·克茹亚克的《在路上》（节译本）（石荣、文慧如译，北京：作家出版社，1962 年 12 月）、杰罗姆·大卫·塞林格的《麦田里的守望者》（施咸荣译，北京：作家出版社，1963 年 9 月）、让－保尔·萨特的《厌恶及其他》（郑永慧译，作家出版社上海编辑所，1965 年 4 月）、萨缪尔·贝克特的《等待戈多》（施咸荣译，北京：中国戏剧出版社，1965 年 7 月）、弗朗兹·卡夫卡的《审判及其他》（李文俊、曹庸译，作家出版社上海编辑所，1966 年 1 月）等。这些书籍封面都采用黄色，所以一般称"黄皮书"。70 年代初期也出版了一些现代派作品，如三岛由纪夫的《丰饶之海》（四部）

---

[1]　相关资料的来源主要参阅中国版本图书馆编：《全国内部发行图书总目（1949—1986）》，尤其是其中的"外国哲学""国际共产主义运动""外交、国际关系""各国政治""各国文学"等列出的书目；另外一篇重要参考文章则是萧萧的《书的轨迹：一部精神阅读史》，收入《沉沦的圣殿——中国 20 世纪 70 年代地下诗歌遗照》（廖亦武主编，乌鲁木齐：新疆青少年出版社，1999 年）。此文曾以《文革中的黄皮书和灰皮书》发表于《二十一世纪》（香港）1997 年八月号第 42 期，署名宋永毅。在这篇文章当中，还列出了"根据各种当事人的回忆""对一代人的思想历程产生过极大的影响"的 38 本书。

分别出版于 1971—1973 年间（人民文学出版社）；第三类则是 70 年代初期翻译出版的有关美国历史政治类书籍，如费正清的《美国与中国》（孙瑞芹、陈泽宪译，北京：商务印书馆，1971 年 9 月）、哈里·杜鲁门的《杜鲁门回忆录》（李石译，北京：三联书店，1973 年 9 月）、复旦大学资本主义国家经济研究所、上海直属机关"五七"干校编译组编写的《尼克松其人其事》（上海人民出版社，1972 年 2 月）、亨利·基辛格的《选择的必要——美国外交政策的前景》（国际关系研究所编译室译，北京：商务印书馆，1972 年 11 月；另有 1962 年 4 月版）等。这些书籍封面大体采用白色，所以一般称"白皮书"。

当这三类书籍并列在一起时，一种与冷战时期的地缘政治密切相关的"文化地形图"则隐约可见。大致可以说，这些书籍在 50—70 年代中国的出现，显示出二战后在欧洲成型并在 50 年代（特别是抗美援朝战争之后）延伸至亚洲的壁垒森严的冷战意识形态界限，此时在中国发生了错动。甚至可以说，它们在中国得以出现的契机，即是冷战阵线错动的结果。错动之一，是中苏分裂所造成的社会主义阵营内部在意识形态上的裂变和矛盾，不仅苏联那些批判斯大林时代的著作得到翻译出版，东欧事变尤其是南斯拉夫及国际共运史上的"修正主义"思想也被翻译过来。这正是 60 年代初期翻译出版国际共运中"异端"著作的现实动因："在 60 年代初的中苏论战期间，中共为了使各级干部在'反修斗争'中扩大视野，由世界知识出版社、人民出版社、三联书店等有计划地出版了一批国际共运中各种思潮流派或称'修正主义'思潮和他们认为有助于了解苏联修正主义、西方资本主义的著述及文艺作品。"[1] 错动之二，则是 70 年代初期中美关系的解冻和外交关系的初步建立：从 1971 年的"乒乓外交"，基辛格作为"总统特使"来到北京，到 1972 年美国总统尼克松访华，1973 年中美建立大使级联络处；其中最为标志性

---

[1] 萧萧·《书的轨迹：一部精神阅读史》，收入《沉沦的圣殿 中国 20 世纪 70 年代地下诗歌遗照》。

的事件，则是1971年10月中华人民共和国加入联合国。这些发生在中国与美国之间在政治和外交关系上的变动，事实上标志着以社会主义与资本主义划分的冷战阵线已然被改变。正是在这个时期，毛泽东提出了打破冷战二元格局而重组全球关系的"三个世界"理论。这也是70年代初期翻译出版《美国与中国》《杜鲁门回忆录》《尼克松其人其事》等著作的直接历史原因。如果说50—70年代中国确实对欧美世界的文化采取了"封闭"政策，那么值得分析的是，这并非仅仅由于80年代"新启蒙"思潮所经常批判的"闭关锁国""夜郎自大"而导致的行为，毋宁说中国的封闭很大程度上其实是"被封闭"和"被封锁"的结果。也就是说，在讨论50—70年代的文化问题尤其是文化交流时，不能不特别考虑冷战格局造成的深刻影响，不能仅仅从中国的"内部"观察这些问题，而应当同时将这些问题放在一定的国际体系关系当中加以分析。具体到60年代初期和70年代初期的这两次翻译行为，这意味着曾经被"销声匿迹"或被丑化变形的冷战另一方的思想资源，随着冷战阵线发生的裂变，而开始有限度地进入中国内部的视野。

"内参读物"的流通渠道曾有严格限定，主要采取两种发行方式。一种是在新华书店设置"内部发行组"，专门配售内参读物。上海学者朱学勤在一篇回忆文章中就曾提到"文革"期间在上海书店中购买"内部书籍供销柜台"的经历：购买这些柜台的书籍需要"县团级""地师级"介绍信，而购买"最反动"的书籍则需要"省军级"介绍信[1]。另一种发行方式是"本社内部发行"，"指出版社不经过新华书店而直接向有关单位和个人征订"[2]。"内参读物"突破这些流通限制，并开始产生较大的社会效应，是在"文革"期间。"文革"期间的社会批判运动和红卫兵的造反运动打破了内参书在流通方面的限制，而使其散布范围扩大："'文化大革命'并没有烧掉所有的图书馆，由于抄家，父母被囚禁，红卫兵掌

---

[1]　朱学勤：《"娘希匹"和"省军级"——"文革"读书记》，《上海文学》1999年4月号。

[2]　沈展云：《灰皮书，黄皮书》，广州：花城出版社，2007年，第2页。

管了图书馆等种种原因,不少'文革'前非正式出版的专供高级干部阅读的'内部读物'也开始流落到他们子女及一般青年学生手里。"[1] 而政治运动(以红卫兵运动为主)导致的意识形态混乱和精神危机,则使得这些以非正式形式传播的思想资源成为青年一代获取叛逆思想、从内部爆破的"火种"。

在这里,真正有意味的是,那些为着"供批判用"的禁书,成为下一代人用以批判中国社会现实并构想未来的主要理论依据和精神资源。一些有关"文革"时期的地下文学活动的回忆文章,均提到阅读这些"灰皮书""黄皮书""白皮书"的经历。尤其值得注意的是,那些曾经是"文革"期间各种形式的"民间思想村落"的参与者,如朱学勤、何清涟、韩少功、甘阳等,都曾在他们的回忆文章中提到阅读黄皮书、灰皮书的经历,并认为正是这些书籍构成他们介入 80 年代思想与文化变革的底蕴。而有趣的地方在于,正如前文列出的那样,这些内参读物主要源自冷战时期社会主义阵营的另一方或国际共运内部的异端,多以右翼思想资源为主导。用这样的思想来批判 60—70 年代的中国社会现实无疑是很容易产生效应的。但这带来的一个未曾预料的后果是:如果说 80 年代知识界的内在诉求是"告别革命"的话,那么,无疑,正是这些内参读物扮演着输送思想弹药、更新话语资源的重要角色。也就是说,80 年代的文化变革可以在这些灰皮书、黄皮书、白皮书中找到部分的思想源头。

这一特点更为清晰地表现在文学实践活动中"黄皮书"的流传、阅读、接受与变形。可以说,正是这些以非正式渠道传播的"现代派"文学,成为中国 60—70 年代的文学爱好者和作家们从体制外获取先锋文学资源的主要方式。60 年代初期在北京组织了最早的中学生诗社"太阳纵队"的张郎郎,曾这样回忆他们的阅读经历:

---

[1] 萧萧:《书的轨迹:一部精神阅读史》,收入《沉沦的圣殿——中国 20 世纪 70 年代地下诗歌遗照》。

当时我父亲有北京图书馆的内部借书证，可以借许多当时中国的禁书，像《十日谈》《地粮》等。同时，我父亲也买了许多后来被称之为的黄皮书和灰皮书，这才读到了《麦田里的守望者》《在路上》《向上爬》《愤怒的回顾》等作品，我拿《愤怒的回顾》到学校，热情推崇，从头到尾读给朋友们听。那时虽然也喜欢叶甫杜申科的《〈娘子谷〉及其它》、阿克肖诺夫的小说《带星星的火车票》等，总之，读遍了当地的"内部图书"，但最喜欢最受震撼的还是《麦田里的守望者》和《在路上》。当时狂热到这样的程度，有人把《麦田里的守望者》全书抄下，我也抄了半本，当红模子练手。董沙贝可以大段大段背下《在路上》。那时居然觉得，他们的精神境界和我们最相近。[1]

文章所提及的"内部图书"，基本上都是60年代前中期翻译出版的苏联"第四代"作家的作品与西方"现代派"文艺著作。关于这些"黄皮书"在当时得以出版的背景与组织情况等，90年代以来的一些回忆文章有较为详细的介绍。比如曾参与"黄皮书"出版工作的孙绳武这样回忆：1959—1960年出版的"黄皮书"，主要是苏联、东欧的作品，"根据当时苏联文学界争论的一些问题，如描写战争、人性论、爱伦堡文艺思想等，出版社确定了一批选题，列选的都是在苏联或受表扬或受批评的文学作品"[2]。而西方现代派文学的翻译出版则主要在1960年之后，"1960年，作家协会的领导召开了两三次外国文学情况交流会。……会议初期的中心议题是西方文学的新现象，因为当时文学界对苏联、东欧的了解较多，而同西方接触较少。这几次会议上谈到了英、法、美的一些作品及倾向，例如反映这些国家中的青年人对社会颇为不满的情绪，即所谓'愤怒的一代'的代表性作品，并决定选几种译出，由人民文学

---

[1]　张郎郎：《"太阳纵队"传说及其他》，收入《沉沦的圣殿——中国20世纪70年代地下诗歌遗照》。

[2]　张福生：《我所了解的"黄皮书"出版始末》，《中华读书报》2006年8月23日。

出版社负责出版。"[1] 颇值得分析的是，这一时期选定出版并在"文革"时期产生重要影响的西方现代派文学，均是二战后尤其是 50—60 年代在英美青年当中产生重要影响的作品。这也就意味着，其一，当时关于"现代派"作品的翻译保持着与西方几乎同步的时间距离；其二，当时的中国青年几乎是自发地选择了或认同于西方"叛逆青年"的心理和精神状态。在一些回忆文章当中，甚至提到因为受到这些内参书的影响，开始仿效书中主人公的叛逆行为——"当时，《在路上》《麦田的守望者》和《带星星的火车票》等书曾在知青中流行，受到它们的影响，很多人或多或少都有一些流浪的经历。"[2]

如果撇开叙述者刻意强调其作为历史上的"先锋派"地位的这一面，仅就这些书籍的接受方式及其在当代中国产生的效应，倒在很大程度上揭示出"60 年代西方"与"80 年代中国"之间的特殊关联。也就是说，正是 60 年代的西方青年叛逆文化影响了几乎同一时期中国青年中的"先锋派"，如后文将要叙述到的，这些先锋资源将在 80 年代成为文学界"创新"或突破"禁区"的核心资源。另一个有意味的参照是，60 年代中国的主流社会运动和文化——红卫兵运动与"文革"激进文化，却成为同一时期欧美国家青年学生反叛文化和社会运动的主要资源之一。巴黎街头参与"五月风暴"的战士们，往往也怀揣着一本毛语录。于是有三个以字母 M 打头的精神领袖（马克思、马尔库塞、毛泽东）的说法。并且，这种青春叛逆文化的影响不限于中国与西方之间，同时也存在于作为社会主义国家的苏联与中国，以及苏联与西方国家之间。与西方"现代派"文学同时在"文革"时期中国青年的地下读书沙龙中流传的，是苏联的"解冻"文学尤其是"第四代"作家的文学作品，比如《带星星的火车票》《〈娘子谷〉及其它》等。而这些作品的作者们，被人称为"第四代"即"苏共二十大的产儿"，多出生于 20 年代末或 30 年代

---

[1] 孙绳武：《关于"内部书"：杂忆与随感》，《中华读书报》2006 年 9 月 6 日。

[2] 宋海泉：《白洋淀琐忆》，收入《沉沦的圣殿——中国 20 世纪 70 年代地下诗歌遗照》，第 258 页。

初，"在他们进入社会开始独立生活的时候，面对的是对斯大林个人迷信的严峻批判"。这使得这些作品大多表现的乃是"父子两代人"的冲突，以及青春期的叛逆与冲动 [1]。尤有意味的是，在中国 60—70 年代地下沙龙中产生很大影响的苏联"第四代"的代表作《带星星的火车票》，"从内容到形式都模仿美国'垮掉的一代'的小说，刻意表现青年主人公在独立寻找生活道路过程中对父兄一辈的不满及玩世不恭" [2]，因此也被称为"苏联版的《麦田里的守望者》"。这种在中国与欧美及苏联、社会主义与资本主义、东方与西方之间的交错而并行的文化影响，某种程度或许正印证着"反叛的 60 年代"作为一种全球现象和全球文化的存在。

2. 体制外的"先锋派"与"重写诗歌史"

在 90 年代中期以来出现的关于"文革"时期"地下沙龙""地下诗歌""手抄本"小说等的历史资料 [3] 中，这些地下文化活动与"内参读物"之间的密切关系是反复被谈论的话题。在诗歌方面，这些资料的出现，涉及对 80 年代初期将"朦胧诗"经典化过程中所建构的文学史"秩序"的质疑。

"朦胧诗"在 70 年代后期 80 年代初期的文学体制中以"反叛者"的面貌出现，并且很快被主流文坛接纳而成为体制内的经典。相应形成的文学史叙述将这种"现代主义"诗歌的出现视为"新时期"的历史产物，而并不追踪其与"文革"时期地下文学的关联。这大约也正是诗人多多在《北京地下诗歌（1970—1978）》[4] 开篇所针对的历史叙述："常

---

[1]　高莽：《画译中的纪念》，北京：九洲图书出版社，1997 年。

[2]　同上书，第 557 页。

[3]　相关的重要书籍包括：杨健的《文革时期的地下文学》（北京：朝华出版社，1993 年）、廖亦武主编的《沉沦的圣殿——中国 20 世纪 70 年代地下诗歌遗照》（1999 年）、刘禾编的《持灯的使者》（香港：牛津大学出版社，2001 年）、芒克的《瞧！这些人》（长春：时代文艺出版社，2003 年）、徐晓的《半生为人》（北京：同心出版社，2005 年）等。

[4]　多多：《北京地下诗歌（1970—1978）》，《开拓》1988 年第 3 期。收入《多多诗选》，广州：花城出版社，2005 年。收入《沉沦的圣殿》时更名《被埋葬的中国诗人（1972—1978）》。

常，我在烟摊上看到'大英雄'牌香烟时，会有一种冲动：我所经历的一个时代的精英已被埋入地下，倒是一些孱弱者在今日飞上天空。"重新建构当代诗歌的历史秩序，如洪子诚所分析的，"一定程度上折射了近 20 年来，'新诗潮'内部在诗歌观念、诗歌探索，和诗人在'诗歌场域'中的位置等的矛盾"[1]。其中的关键问题，在于建立"文革"时期的"地下诗歌"（主要是"白洋淀诗群"）与"朦胧诗"以及后来的"第三代诗"之间的历史连续性，而这种连续性主要表现在一种"现代主义"的诗歌倾向 [2]。

90 年代以来，最重要同时也最具征候性的历史资料文本，或许是由诗人廖亦武主编的《沉沦的圣殿——20 世纪 70 年代地下诗歌遗照》。这本尝试"全面、真实反映朦胧诗人的创作、生活、情感、介绍他（她）们之间鲜为人知的'故事'，及最后的归宿"且"图文并茂"的书 [3]，为朦胧诗确立了一个连续的历史展开线索，即从 60 年代初期两个著名的中学生沙龙 X 诗社和"太阳纵队"，红卫兵运动向知青运动转化时期出现的著名诗人食指（郭路生）、北京知青地下沙龙、白洋淀诗歌群落一直到《今天》杂志创刊。而在重新建构这样一个历史脉络时，一个重要的依据是这些地下文学活动与西方"现代派"之间的关联，并将其描述为当代中国"现代主义"文学实践和西方"现代派"之间关系的起源。

多多的文章《北京地下诗歌（1970—1978）》被认为在关于当代诗歌史的发掘和重叙中"起到重要作用"[4]。文中将"黄皮书"和"手抄本"的流传作为"地下诗歌"群体形成的重要文化背景："1970 年初冬是北京青年精神上的一个早春。两本最时髦的书《麦田里的守望者》《带星星的

[1] 洪子诚、刘登翰：《中国当代新诗史》（修订版），北京：北京大学出版社，2005 年，第 180 页。

[2] 类似的情形也发生在小说界，比如通过对文革时期曾经以"手抄本"形式流传的《波动》（赵振开）、《公开的情书》（靳凡）、《晚霞消失的时候》（礼平）等小说的评价，来重新探讨新时期小说的起源等。

[3] 廖亦武主编：《沉沦的圣殿——中国 20 世纪 70 年代地下诗歌遗照》，第 2 页。

[4] 洪子诚、刘登翰：《中国当代新诗史》（修订版），第 181 页。

火车票》向北京青年吹来一股新风。随即，一批黄皮书传遍北京：《〈娘子谷〉及其它》、贝克特的《椅子》、萨特的《厌恶及其他》等，毕汝协的小说《九级浪》、甘恢理的小说《当芙蓉花重新开放的时候》以及郭路生的《相信未来》。"这种说法被《沉沦的圣殿——中国 20 世纪 70 年代地下诗歌遗照》一书涉及的采访者以不同方式重复。马佳进而说道："我迄今非常坚定地认为，中国的当代的诗歌和文学受这些书的影响之大是不可估量的"，因为"一类信息的来源是共享的，书的来源也是共享的，尽管文化的背景不一样，但是在这么一个文化封闭的社会里，只有那几本黄皮书能够向大家提供那么一点信息"[1]。而具体到诗人个体身上，回忆者或论述者往往会突出其与国外诗人之间的关系，比如多多与苏联女诗人玛琳娜·茨维塔耶娃、岳重（根子）与法国诗人波德莱尔、芒克与《麦田里的守望者》、孙康与洛尔珈、马佳与马雅可夫斯基或聂鲁达等。这甚至被认为是地下诗歌圈中公开的秘密："我知道你的诗是谁的，谁对你的影响最大，所以大家一见面都露出了会意的笑。"[2]

　　一个颇值得分析的"征候"是，90 年代以来关于"白洋淀诗群"的回忆文章，往往刻意地强调他们所受到的乃是西方"现代派"文艺的影响，相应地，在 70—80 年代之交的"朦胧诗"论争中得到命名的重要诗人如北岛、舒婷、顾城等，这种"影响的焦虑"并没有得到公开讨论。即使在舒婷直接谈到其阅读史和所受西方文学影响的文章中，列出的也主要是雨果的《九三年》、《普希金诗钞》、泰戈尔、何其芳的《预言》、拜伦、济慈等批判现实主义或浪漫主义风格的 19 世纪文学作品[3]。这种在所接受思想资源的讲述上的差别，与其说是真实的历史情形，不如说是讲述者受其所处历史语境的影响而表现出来的一种对文学传统的选择性叙事。某

---

[1]　廖亦武、陈勇：《马佳访谈录》，收入《沉沦的圣殿——中国 20 世纪 70 年代地下诗歌遗照》，第 216—235 页。

[2]　同上，第 222—225 页。

[3]　舒婷：《生活、书籍与诗》(1980 年)，收入《沉沦的圣殿——中国 20 世纪 70 年代地下诗歌遗照》，第 297—307 页。

种程度上可以说，70—80 年代之交获得主流文坛命名的"朦胧诗"诗人，他们与"黄皮书"的关联性之所以可以被忽略，一方面因为"黄皮书"彼时仍是体制外的"异类"，另一方面则是因为"朦胧诗"本身即混杂了 19 世纪现实主义 / 浪漫主义文学资源与 20 世纪的现代主义文学资源。北岛、舒婷、顾城等代表性"朦胧诗"诗人[1] 的"现代主义"色彩，主要表现为语言的暧昧性和含混性，即所采用的语词和表达方式，脱离了"文革"后期主流的语言体制，从而使意义的表达和传输呈现一种与文化体制相游离的"异质性"。如刘禾所说："我认为《今天》在当年与主流意识形态之间形成的紧张，根本在于它语言上的'异质性'，这种'异质性'成全了《今天》群体的政治冲击力。"[2] 用彭刚直白的话来说是："公安局看不懂的东西，就是'反革命'。"[3] 这种"异质性"成就了"朦胧诗"在新时期之初的先锋位置。但总体来看，被新时期文学体制所接纳的"朦胧诗"，仍旧更多地表现出与社会主义文化传统的某种同质与和谐性。尤其是其中悲壮而具有一定反讽色彩的"英雄"主体 / 个体的想象、带着"小资"情调的人道主义和感伤主义的浪漫情怀，以及对许多约定俗成的文学意象的使用等，都可以被 19 世纪现实主义 / 浪漫主义文学成规所理解，而这种文学传统事实上是内在于 50—70 年代社会主义文学和文化当中的，即"19 世纪文学的幽灵"的一种显影[4]。

　　"朦胧诗"群体在 70—80 年代之交被主流文坛接纳，而"白洋淀诗群"直到 80 年代后期以来经过反复的自我讲述才引起人们的关注，这种文学史命运的差异，可以说正是因其所借重的文学传统与思想资源的不同

---

[1] "朦胧诗"被新时期文坛接纳的标志是《诗刊》杂志 1979 年第 1 期发表了北岛的《回答》、舒婷的《致橡树》。而"朦胧诗"经典化的标志，则是作家出版社 1983 年出版的《五人诗选》，收入北岛、舒婷、顾城、江河、杨炼的作品。

[2] 刘禾：《持灯的使者·编者的话》，第 XI 页。

[3] 廖亦武、陈勇：《彭刚、芒克访谈录》，收入《沉沦的圣殿——中国 20 世纪 70 年代地下诗歌遗照》，第 189 页。

[4] 戴锦华：《涉渡之舟——新时期中国女性写作与女性文化》，西安：陕西人民教育出版社，2002 年，第 35—41 页。

而造成的。"白洋淀诗群"不仅是"文革"时期主流文坛的异端，同时也是"新时期"文学体制之外的"先锋派"（这也是《沉沦的圣殿》以及确信当代文坛存在体制内/体制外文学的人所试图达成的文学史叙述）。

但这里要讨论的问题不在于确认"正统"还是"异端"，而是"白洋淀诗群"与西方"现代派"文学之间产生互动关系时隐含的文化逻辑及其造成的历史效果。"文革"时期主流文化和语言体制处于高度僵化的状态下，事实上多种文学资源都成为"异端"，比如被视为"文艺黑线"的"十七年文学"，比如"文革"前出版、曾被列入"进步性的革命文艺"的18—19世纪批判现实主义和浪漫主义文学。真正有意味的问题是，为什么恰恰是曾被社会主义文化体制"销声匿迹"的西方现代派文艺，被作为先锋派作家和文学实践者最"有效"、最受欢迎的叛逆资源？

3. 想象的异端

一种解释认为这其中存在着一种对精神危机体认的"共鸣"：

> 二十世纪西方现代派的文学所表达的思想倾向，主要是在人与社会、人与人、人与外部物质世界和人与自我四种关系上的全面扭曲和严重异化，以及由之产生的精神危机和创伤心理。出现在"垮掉的一代"，"愤怒的一代"作品中的叛逆之子们，面对传统的道德信仰的崩坍所表现出来的怀疑、悲观、绝望和反叛，和在"文革"中被利用后被放逐的一代青年的处境、心境都十分相似。文化大革命在中国社会中造成的上述四种关系的全面扭曲和严重异化，恐怕比西方世界有过之而无不及。同处于精神危机中的青年人产生惺惺相惜之感，异质的酵素更催发了他们的省悟。[1]

---

[1] 萧萧：《书的轨迹：一部精神阅读史》，收入《沉沦的圣殿——中国20世纪70年代地下诗歌遗照》。

这是相当重要的原因，并且是不可否认的相当真实的历史原因。但如果从知识社会学的角度观察，有着另外的也许并非牵强的因素存在。事实上，遭遇着精神危机的一代人其行为方式和思想反应方式也各异，这正如同"文革"时期的三部重要"手抄本"小说《公开的情书》（靳凡）、《晚霞消失的时候》（礼平）和《波动》（赵振开），就显示出了精英主义、宗教情怀的人文主义和存在主义等三种思想动向的不同。与"现代派"文学的互动，导致对既存文学体制所内在包含的所有（包括主流/异端）文学资源的疏离和超越，这是"文革"时期的地下诗歌群体自称"先锋派"的原因；更重要的是，"现代派"开启了一个另外的文学世界和想象空间，即对"西方"的重新发现——"说到底，我们的'先锋派'就是崇拜西方，不单是崇拜西方的文学艺术，而且是崇拜西方的解放，个性解放。在中国找不到。"[1] 这里所谓的"西方"，是冷战阵营的另一方，是"别一世界"和"想象的他者"。如果说 70 年代后期中国文化的转型确实造成了一种"解放"感，那么关键的因素不仅在于中国内部文化政策的松动，同样关键的因素是"别一世界"的存在，它指示出一种"生活在别处"的可能和无限开敞的空间感。如果从空间/现代主义之间的关系角度，似乎也可以说一种后冷战的关于"世界"空间的新体认方式，也是促成 60—80 年代中国文学现代主义诉求的某种历史动力。

詹明信在《现代主义与帝国主义》一文中从全球地缘政治空间关系的角度，阐释了西方现代主义文学产生的历史原因。他提出，"一个崭新的、环球的、帝国的系统的出现"，"也在人们泛称为现代主义的文学和艺术语言的新转型中的内在形式和结构上留下了痕迹"，即"在第一世界的现代主义文本里，从空间上，发现作为形式征候的帝国主义踪迹"。詹明信描述了这种关联的历史逻辑："对于殖民主义来说，

---

[1] 廖亦武、陈勇：《彭刚、芒克访谈录》，收入《沉沦的圣殿——中国 20 世纪 70 年代地下诗歌遗照》，第 189 页。

作为整体的经济系统的主要结构成分已经转移到了别处，越过了宗主国，超过了宗主国的日常生活和生存经验，转移到了大洋彼岸的殖民地"，但殖民地人民的生活经验和世界，是"权力帝国中各个阶层的人们所不了解和难以想象"。"这种空间的隔离所产生的直接后果，便是使人们不能把握住系统作为整体而运作的方式。"作为其美学上的呈现，"宗主国的日常生活和生存经验是民族文学的内容，单独理解它是不够的，这种生活仅在本身之内不再具有自己的意义。作为艺术内容，它从此永远缺乏着什么……这种缺乏是结构上的，而且不可能被创作出来或得到补偿。"于是，"一种新的空间语言——现代主义的'风格'——现在变成了不可表达的总体的标志物和替代物。这一新的含义通常被误称为现代主义美学。"[1] 尽管詹明信是从卢卡奇意义上的"整体性"角度来理解"现代主义"，但他从殖民帝国系统的空间角度来阐释现代主义的诞生，却是颇有启发性的，现代主义被看作殖民帝国因"殖民化的他者"的隐形而导致的结构性空缺所产生的美学后果。并非偶然的是，美国学者哈维（David Harvey）也倾向于从"时空压缩"的角度阐释（后）现代主义的诞生与变迁。他认为由现代主义文艺所呈现的那种表达的危机，事实上起源于"经济、政治和文化生活中时间与空间意义方面的一种根本性的重新调整"，这不仅可以解释 19 世纪后期 20 世纪初期现代主义作为一场文化运动的出现，也可以解释 70—80 年代之交后现代主义在西方社会的诞生 [2]。

詹明信和哈维的阐释都是依据西方中心国的历史经验，并以这些西方中心国为主要对象而展开的关于现代主义的研究，因而当问题被移至作为第三世界国家的中国时，显然有复杂得多的历史维度需要考

---

[1] ［美］弗雷德里克·詹姆逊：《现代主义与帝国主义》，收入《后殖民理论与文化批评》，张京媛主编，北京：北京大学出版社，1999 年。

[2] ［美］戴维·哈维：《后现代的状况——对文化变迁之缘起的探究》，阎嘉译，北京：商务印书馆，2003 年，第 324—354 页。

虑。这也正是本章在处理类似问题的一个基本原则。不过，这也并不能否认第三世界现代主义与空间美学之间可能产生的关联形式。如果我们将有关中国文学现代主义的讨论扩展至一个更大的历史视野，似乎可以说，70—80 年代的历史转型，不仅是地缘政治格局的变化，同样存在着一个中国人对于其所生活其间的空间体认方式的剧烈变迁。那种由冷战格局所划分的世界空间，那种被锁闭在单一民族国家之内的历史体验打破了，而一个敞开的、似乎代表着无限希望与未来的"西方"的出现，在重组着人们关于世界空间的想象与体认方式。而这种体认，与 19 世纪后期乃至 20 世纪 70—80 年代之交的西方一样，是一种时空压缩的体验，即一种在单一民族国家内部体验"全球化"时所感受的那种"结构性的空缺"。这种因政治经济导致的空间变迁，也就并非不可能回馈为一种美学上的反应。从这样的角度来看，不仅 60—70 年代的"黄皮书"及其散播是中国在全球空间格局中位置错动的表现，在其影响下出现的中国现代主义文学实践，亦可视为对这种空间错动的一种美学反应。

但如果说这种与西方 60 年代同步的反应方式存在于体制外的先锋派当中的话，那么，对于 70—80 年代转折期的主流文坛而言，西方"现代派"的进入却存在着更为复杂的转换环节。对主流文坛而言，在 50—70 年代，一种冷战结构和思维将"西方"（或资本国家）指认为"结构性的他者"，即一个作为"敌人"存在但被"自我"的语言所讲述的不发声的他者；而 80 年代的"开放"，则意味着"自我"对"他者"的重新发现，但关于这个"他者"的叙述语言却是匮乏的。冷战式的指认已经失效。而对这个新"西方"的重新发现，似乎在深层的历史结构上类似于五四时期中国与世界的空间关系。正是在这种类比中，隐藏下了"新启蒙主义"思维的种子。于是"历史的诡计"是，"敌人"成为"救赎"，"禁忌"成就着"匮乏"并生产着"欲望"。这也正是 80 年代前期用"新启蒙主义"的文化逻辑来指认西方"现代派"的历史原因。

三、"欠发达的现代主义"和现代性主体的悖论

如果说"文革"时期西方"现代派"文学的传播，还只是青年当中少数"先知先觉"者（不如说拥有"特权"的共产党高干、高知子女）的一种"圈子"化行为，那么，经历"文革"结束、"思想解放运动"等社会与政治转型，西方"现代派"文学及其观念开始从主流文坛的"体制外"转化为"体制内"、从"地下"转移为"地上"的中心资源。这一转化过程，显然得益于"新时期"的文化开放政策。70年代后期80年代初期，"文革"时期严格筛选或禁止的种种文化资源开始纷纷浮现。在这些重新浮现的资源中，最重要的两种形态，一是对中国现代文学中曾被剔除出去的非左翼作家、作品和文学流派的重新评价（这一面向导致的是"重写文学史"思潮）；另一是对20世纪西方"现代派"的重新评价和传播，这包括对"现代派"文艺和哲学的大规模译介工程，围绕着"现代派"不同观点之间的论争乃至政治上的批判运动，以及文学创作中"现代派"文学实践及其引发的论战。可以说，50—70年代的"禁忌"指认，已经使这两者被内在地结构于当代文化当中，并成为转型期文化变革倚重的重要反叛或创新资源。但两者的不同之处在于，"重写文学史"思潮在某种意义上是对本土文学史中被剥离对象的一种"历史显影"；而对"现代派"的译介和实践，则意味着在面对西方文化时一种"自我"与"他者"间的转化。

"80年代的中国形成了自五四新文化运动以来的又一轮'西学热'"——如果说这种描述在很大程度上显示了历史的某种"真实"面貌，那么不同于五四新文化运动的是，这一次的"西学"主要侧重于西方20世纪现代哲学和文艺。这在思想界，主要表现为金观涛等主持的"走向未来"丛书所侧重的20世纪科学主义思想，和甘阳主编的"文化：中国与世界"丛书所侧重译介的20世纪人文哲学；而在文学和艺术方面，"在80年代，文化界的译介重点，特别转移到20世纪的西方

理论和文学创作上面,西方现代文论和'现代派文学',成为关注的焦点"[1]。因此,如果要简略地比较中国文坛在50—70年代与80年代所借重的西方思想资源的差异,一个相当粗陋的描述,则可以说是前者偏向于19世纪的思想资源,而后者则把转化20世纪的思想资源作为其文化动力。如果说50—70年代的思想与文化萦绕着"19世纪的幽灵"的话,那么也许可以说,"新时期"萦绕着的乃是"20世纪的神话"。这种资源认同上的差异,在80年代呈现为一种对于"现代派"的"迷思"(myth,"神话",台湾学者译成"迷思"更切近其本来含义)。作为一种"迷思"的文化征候,是对"现代派"的强烈的饥渴和欲求心理。这并不仅仅局限于文学界,而成了一种普遍性的社会心态,以至在80年代,人们手捧萨特的《存在与虚无》或弗洛伊德的《精神分析引论》就会成为"有文化"或"时髦"的标志。更为内在的是文学界与社会上共享的一种普遍文化逻辑。在这种逻辑当中,在对待西方"现代派"的狂热态度背后,隐含的是将中国/西方("世界")的差异等同于"落后"/"进步"、"边缘"/"中心"这样的价值判断和二项对立式。这也就是经常被宽泛地称之为"新启蒙主义"的文化逻辑。可以说,"现代派"(包括西方文艺资源和中国文学中的现代主义创作实践)在80年代不断趋向文坛中心的进程本身,正是"新启蒙主义"文化逻辑推动的结果;换一种说法,80年代文坛对西方"现代派"的自我转化实践,是"新启蒙主义"文化的一个重要构成部分。

1. 文学进化公式的重置与"欠发达的现代主义"

大致可以将1979年到1985年,看作中国文坛对西方"现代派"译介、评价的一个重要段落。在这个时期,西方"现代派"开始得到较大范围的译介并引起广泛的社会争议。这个或许可以称为"为'现代

---

[1] 洪子诚:《中国当代文学史》,北京:北京大学出版社,1999年初版,第229页。

派'正名"的过程，交织着不同的文化（政治）力量参差错落的声音。此时的官方主流话语，既希望与50—70年代关于"现代派"的禁忌叙述完成一种话语的过渡，同时又希望将其顺利地纳入新秩序当中，因此试图用马克思主义理论资源来对"现代派"做一种"辨证"的剥离，即接受"现代派"的有用形式而剥离其反动内容；同样的工作也被那些文艺界的"创新派"所采纳，他们试图以"形式"与"内容"的两分法，确立起"现代派"的合法性，但又被"现代派"文艺所展现的非现实主义"新文学"的前景所诱惑。这种矛盾被表述为"现实主义"与"现代派"之间的互补。而更激进的创新者则没有耐心来完成这种高难度的"平衡动作"，他们把"现代派"作为反叛既存文学体制的新资源，将"现代派"视为"现实主义"文学的"自我否定"，并宣布"现代派"代表着新时期文学的"发展方向"。这种激进表述也正是1983—1984年"清除精神污染运动"中的主要批判对象。

可以说，80年代前中期围绕着"现代派"产生的命名和争执，显现的是在如何"合法"地言说"现代派"这一问题的暧昧特性。一方面，"现代派"被作为一种进化论意义上的"新"文学资源被发现和译介，它的表现手法相对于主流现实主义的"新·奇·怪"，对于追逐文艺创新的中国文坛产生了强烈的诱惑力；但另一方面，它在意识形态上的异己性，尤其是其表现内容上的"颓废"色彩，又成为80年代官方话语和知识界的理想主义均难于消化的内容，事实上也构成了争议的关键所在。

关于"现代派"的译介活动，包括新的文学杂志的创办、西方现代派代表作的译介丛书和研究资料的出版[1]，也包括文化界围绕"现代派"发生的多次论争。可以说，在西方"现代派"作为一种"迷思"蔓延的过程中，这些"论争"事件应当看作一种特定的话语生产与繁衍的历史机制。正是通过这些论争事件，"现代派"的知识与其作为一种意识形态的形象与叙事，不再处在50—60年代那种"销声匿迹"状态，而得

---

[1]　参阅洪子诚：《中国当代文学史》"开放时期的外来影响"，第228—230页。

以被更多人知晓，得以不断地散播，并扩散成为一个社会性的政治话题。事实上，"新时期"的诸多文化思潮，都是以这样的论争事件的方式而获得社会性的传播途径的。可以说，这种论争是一种具有80年代特色的知识生产机制。围绕着"现代派"而发生的论争事件，包括《外国文学研究》杂志从1980年到1982年持续一年多时间开辟的"西方现代派文学讨论"专栏，也包括评价"朦胧诗"的"三崛起"[1]事件，以及关于"萨特热"与存在主义文学的讨论等。这些论争在1983—1984年"清除精神污染"的政治运动中受到压抑，不过事实上也可以说这一政治事件以另一种方式将西方"现代派"的影响散布到更深更广的社会层面。

与60年代初期和70年代初期那两次内部出版相比，"新时期"这次译介的不同之处在于，如果说前者具有保持与欧美文化热潮"同步"的特征，那么这一次则颇为突出地将"现代派"作为一个"整体"加以引介并接受。这也涉及对"现代派"这一概念的历史定性。与"现代派"相当的另外两个互换的概念，一是"先锋派"，一是"现代主义"，前者描述出了这种文学在欧美社会的前沿性和先锋性，后者则指其区别于现实主义的创作方法。"现代派"这个概念的内涵，包含两个主要层面：其一，它代表的是西方（主要是欧美）文学的一个历史阶段，其时间段落是"在第一次大战的危机中发展起来"，并一直延伸到60—70年代，而其文学史段落则是"浪漫主义和现实主义由盛而衰，然后经过唯美主义和自然主义演变到现代主义文学"。其二，"现代派"是一个"总称"，"其内涵错综复杂"，涵盖了19世纪中叶的唯美主义，19世纪后期至20世纪30年代的以波德莱尔、兰波、魏尔伦、马拉美、梅特林克为代表的前后期象征主义，20年代以德国为中心的表现主义，以意大利

---

[1] "三崛起"指三篇为"朦胧诗"辩护的重要文章，包括谢冕的《在新的崛起面前》、孙绍振的《新的美学原则在崛起》和徐敬亚的《崛起的诗群——评我国诗歌的现代倾向》。这些文章都在"清除精神污染"运动中受到批评。

为中心的未来主义，以法国为中心的超现实主义和以英国为中心的意识流文学，也包括二战后以存在主义哲学为基础的诸种文学流派，如存在主义文学、荒诞派戏剧、新小说、"垮掉的一代"和"黑色幽默"等[1]。80年代在译介"现代派"方面影响最大的一套丛书，是由袁可嘉、董衡巽、郑克鲁选编的《外国现代派作品选》（上海文艺出版社，1980—1985年），共四册8卷11个专辑，收录的范围囊括了几乎所有译介文章涉及的"现代派"代表流派和作品：后期象征主义、表现主义、未来主义（第一册），意识流、超现实主义、存在主义（第二册），荒诞文学、新小说、垮掉的一代、黑色幽默（第三册）以及一些有过较大影响而不属于特定流派的重要作品（第四册）。

可以看出，"现代派"这一概念指涉了"现实主义"之外几乎所有20世纪西方文学（也涉及日本、拉美等非西方地区的流派作品），并强调它们是一个具有共同特征的"整体"。大致说来，这种整体性表现为三个核心特征：其一，它是"非现实主义"的；其二，它主要是20世纪出现的；其三，它是"西方（欧美）资本主义国家"最具代表性的文学。与之相应，这一整体性概念事实上也划定了作为其对立项的文学形态，即现实主义的、19世纪作为主要资源的、中国社会主义的文学。于是，现实主义/现代主义（创作方法）、19世纪/20世纪（历史时间和思想资源）、社会主义/资本主义（意识形态）、中国/西方（地缘和民族特征）等一系列二项对立式，便构成了"现代派"这一概念钩联起的文化坐标和问题序列。这一意识形态坐标被1983—1984年的"清除精神污染"运动所强化。在这一政治批判运动中，译介西方"现代派"被视为"热衷引进西方资产阶级思潮的错误倾向"而受到严厉批判；而关于"朦胧诗"的三篇"崛起"评论文章，则被视为这种思潮在文学创作领

---

[1]　主要资料参阅袁可嘉、董衡巽、郑克鲁选编：《外国现代派作品选》（四册），上海：上海文艺出版社，1980—1985年，何望贤编选：《西方现代派文学问题论争集》（上下册），北京：人民文学出版社，1984年。

域中的实践,是"偏离了社会主义文艺方向"。到了80年代中后期,当所谓"真正的现代派小说"出现于中国文坛之后,评论界则发生了关于"真/伪"现代派的论争[1]。

很大程度上可以说,80年代的文学创新及其引发的相关争论乃至批判运动,事实上都是对"现代派"这一概念本身携带的二元对立坐标做出的反应方式。这一系列二元对立坐标的确立,真正完成的乃是对"世界文学"的重新构造和对中国文学现状的评判与指认。正是"现代派"文学的强烈冲击,使得人们需要重新描画"世界文学"的图景。这一时期,"世界文学"开始成为另一个激动人心的概念。这个由歌德和马克思的相关理论界定的概念所描画的"世界文学",不再是50—70年代冷战的另一边,而是一个中国需要融入其中的新的"世界"。当时出版的一本名为《走向世界文学——中国现代作家与外国文学》的论文集,收录了当时现代文学研究领域诸多青年研究者重新评价现代经典作家的论文,同时也勾勒出一种新的中国文学与世界文学的关系图景[2]。在这样一种世界文学图景中,不仅中国与世界,而且现实主义与现代主义的关系也发生了变化。当有着"近一个世纪"历史的"现代派"整体地浮现于中国文坛面前时,中国当代文学在时间上的滞后性开始被指认出来。而这种指认的依据,正在于"现代派"被重新放置到了文学"进化"程度最高形态这一位置之上。

事实上,当时的中国文坛对西方现代派文学经历了一个短暂的"发现"过程。70—80年代之交,对西方文学的介绍主要是重版50—60年代曾出版的以俄苏及18—19世纪欧洲现实主义和浪漫主义为主,被定性为"革命进步文艺"的外国文艺理论和文学创作。有回忆文章写道:1978年5月1日,全国新华书店出售新版的古典文学名著如《悲惨世

---

[1] 参阅黄子平:《关于"伪现代派"及其批评》,《北京文学》1988年第2期;李陀:《也谈"伪现代派"及其批评》,《北京文学》1988年第4期;张旧映:《"伪现代派"与"西体中用"驳论》,《北京文学》1988年第6期;李清非:《"伪"的含义及现实》,《百家》1988年第5期等。

[2] 曾小逸主编:《走向世界文学——中国现代作家与外国文学》,长沙:湖南人民出版社,1985年。

界》《安娜·卡列尼娜》等，"造成了万人空巷抢购的局面"[1]。经历了"文革"时期的文化封锁之后，这些重印的古典著作在当时的人们读来，有一种"久违了"和"风雨故人来"的感觉[2]。这种描述本身已经呈现出一种颇为重要的历史现象，即50—60年代（也是70—80年代之交所谓"拨乱反正"之"正"）多么内在地借重了19世纪的西方文学资源。而把"现代派"整体地作为20世纪的"文学事实"译介到中国文坛时，便已经在时间上建构出了一种"进化"的文学图景。如果说茅盾在《夜读偶记》中通过将"现代派"指认为"古典主义"的"僵尸还魂"，从而再度确认被社会主义现实主义所发展了的"现实主义"的合法性，那么"新时期"指向主流文学体制自身的文学变革诉求，则再度建构出一种"现实主义"/"现代派"、19世纪/20世纪的新进化图景。一位当时的现代派文学研究者这样写道："如果放在历史背景当中来看，那么我认为我们在情节、人物、善恶和表现方法这样一些基本的文学观念上，大体上是比较接近19世纪的现实主义的。我们的文学观念，无论在政治上有了什么新特点，基本的范畴是接近19世纪的，所以，一接触现代的东西，难免有许多不能适应的感觉。"[3]这里所谓的"现代的东西"，就是"现代派"文学。更值得一提的，是叶君健为高行健那本著名的小册子《现代小说技巧初探》所写的序言。这篇同样颇有影响的文章将"人类文明"区分为机械手工艺时代、蒸汽机时代、电子和原子时代等三个阶段，相应地，文学上也形成了"19世纪的现实主义"和"20世纪的现代主义"[4]。基于同样的逻辑，戴厚英更为直截了当地写道："现代派艺术的兴起，也有它的必然性，它既是现代派作家对现实主义的否定，也是现实主义艺术自

[1] 陈思和：《想起了〈外国文艺〉创刊号》，收入《作家谈译文》，上海：上海译文出版社，1997年，第158页。

[2] 罗洛：《话说外国文学》，收入《作家谈译文》，第179页。

[3] 陈焜：《漫评西方现代派文学》，《春风译丛》1981年第4期。

[4] 叶君健：《现代小说技巧初探·序》，见高行健《现代小说技巧初探》，广州：花城出版社，1981年。

己对自己的否定。"[1] 于是，一种被 50—60 年代颠倒了的文学进化公式的重置，构成了新时期文坛为"现代派"正名的主要依据。

在将西方"现代派"重新置于文学史进化公式的顶端时，中国作家和批评家们也在有意无意之间传递着一种关于现代派才刚刚在中国出现的"历史错觉"。作家冯骥才形容高行健的《现代小说技巧初探》，"好像在空旷寂寞的天空，忽然放上去一只漂漂亮亮的风筝，多么叫人高兴。"[2] 在类似的理解中，"现代派"文学被看作一种刚被中国文坛"发现"的新形态。但正如严家炎在当时写作的一篇有关"现代派"的文章中指出的，参与"现代派"论争的诸多文章"一个共同的弱点，就是忽视了'五四'以来我国文学现代化的历史状况"[3]。"现代派"文学并不是在 80 年代才被人们"发现"的新形态，对西方"现代派"的译介、评价和吸收从五四时期就已经开始了。有意无意间遗忘"现代派"在中国文学中的"前史"，一方面是 50—70 年代的激烈拒绝态度造成的后果之一，而另一方面也是一种充满意识形态特性的"误认"。就像当时的一些人真诚地相信"'现代化'是从'新时期'开始的一样"，将"现代派"作为刚刚被发现的"20 世纪西方现代文学"这样一种事实，则正印证了当代中国"闭关锁国"和"出而参与世界"的主流叙述。支配这种认知的内在逻辑，则是进化论的文学史观。事实上也可以说，这是促成 80 年代文化界热切地试图转化西方"现代派"的内在文化动力。

马歇尔·伯曼曾提出"欠发达的现代主义"这一概念来描述第三世界的现代主义，其特征在于："在相对落后的国家，现代化的进程还没有进入正轨，它所孕育的现代主义便呈现出一种幻想的特征，因为它被迫不是在社会现实而是在幻想、幻象和梦境里养育自己"，因而，"孕育这种现代主义成长的奇异的现实，以及这种现代主义的运行和生存所面

---

[1] 戴厚英：《人啊！人》"后记"，广州：花城出版社，1980 年。

[2] 冯骥才：《中国文学需要"现代派"——冯骥才给李陀的信》，《上海文学》1982 年第 8 期。

[3] 严家炎：《历史的脚印，现实的启示——"五四"以来文学现代化问题断想》，《文艺报》1983 年第 4 期。

临的无法承担的压力——既有社会的、政治的各种压力，也有各种精神的压力，给这种现代主义灌注了无所顾忌的炽烈激情。这种炽烈的激情是西方现代主义在自己的世界所达到的程度很少能够望其项背的。"[1] 在80年代，中国文坛对待西方"现代派"文学的态度与现代主义文学实践，很大程度上便具有这种"欠发达的现代主义"的特征。这里的主要原因倒不在于中国"现代化的进程还没有进入正轨"，而在于一种基于现代化意识形态而产生的"中国落后于世界和时代"的"落后"意识。这种参照西方而指认自身的"落后"意识，无法获得对中国已经完成的现代化实践进行叙述的语言，并对以西方为规范的、似乎未曾来临的"现代"投射无限幻想和诸多梦境。而西方"现代派"则成为这种文学现代主义幻想和梦境投射的焦点，并繁衍出一种社会性的关于现代派的迷思。

2."现代化""现代派"与美学现代性

对西方"现代派"的正名，直接关联到如何认知产生出"现代派"的"西方""资本主义"世界。50—60年代中国文坛借助巴尔扎克、狄更斯等18—19世纪批判现实主义著作而想象"没落""腐朽"的"西方世界"的方式，在70—80年代之交开始遭到质疑。一篇文章调侃地写道："一位英国记者说，他们欢迎中国留学生去英国，因为到了英国，中国就可以知道狄更斯已经死了……不要再用他当日看英国的眼光来看今天的英国了，不要再把奥列佛尔要求多一点食物的英国看成现在的英国了。"[2] 而那些正面地描述"现代派"的文章则突出它们具有"认识当

---

[1]　[美]马歇尔·伯曼：《一切坚固的东西都烟消云散了——现代性体验》，徐大建、张辑译，第304页。

[2]　陈焜：《从狄更斯死了谈起——当代外国文学评论问题杂感》(1978年)，《外国文学研究集刊》第一辑1979年。

代西方社会"的价值[1]。陈焜直接提出,"资本主义垂死和灭亡"这种在50—70年代评价西方现代派的重要依据本身值得怀疑,因为"20世纪的历史事实证明,资本主义制度还具有一些自我调整的能力,使资本主义国家的社会生产力获得了很大的发展",因此,用"腐朽"和"死亡"来确定现代派文学的性质,是"不科学的"[2]。

但这样谈问题很容易陷入"姓社姓资"的政治纠葛。于是,用看起来"不具有政治意味"的"现代化"的合法性来为"西方"同时也为"现代派"辩护,便成为一种独特但却相当有意味的论述形式。徐迟的《现代化与现代派》一文,作为《外国文学研究》杂志"西方现代派文学讨论"专栏的收束文章,便很典型地表现出了这样一种思路。

《现代化与现代派》首先提出文化/经济、精神文明/物质文明之间存在一致性,因此"现代派"在西方的兴盛,正是其经济发达的结果——"在发达国家,社会物质生产力尽管遇到经常不断的经济危机,以及两次世界大战,多次局部战争的破坏,却仍然在发展,他们的现代化建设还在不断地更新,不断地增添发明创造,甚至于是方兴未艾。特别是60年代以来,其生产力随着科学技术的迅猛发展,而急剧地上升,到了一种令人咋舌的高度,也难怪文学艺术随着而变化多端,简直令人眼花缭乱了。"因此,"西方现代派,作为西方物质生活的反映,不管你如何骂它,看来并没有阻碍西方经济的发展,确乎倒是相当地适应了它的。"有趣的地方在于,徐迟在这里几乎想当然地把"资本主义生产"转换为中性的"社会物质生产"和"生产力",进而等同于"新时期"的主流表述"现代化建设"。由于"现代派"是"适应"这种经济发展并且是其后果,于是,对"现代派"的倡导便与"现代化建设"之间形成了直接关联,并且成为衡量"现代化建设"的一个重要指标:"可以肯定的是在我国没有实现现代化建设之时,我们不可能

---

[1] 袁可嘉、董衡巽、郑克鲁选编:《外国现代派作品选》"前言"。

[2] 陈焜:《漫评西方现代派文学》。

有现代派的文艺。"

显然，把"现代派"与"现代化"直接勾连起来，是 80 年代前中期一种特定的理解"现代"的方式。一方面，"现代派"文学是一种与物质生产和科学技术的进化史相匹配的"进化"文学形态；另一方面，这种文学也表现了一种更"高级"和更"复杂"的现代社会生存状态。如果说 50—70 年代对"现代派"的否定主要原因是其不可知论的哲学观和所表现的"颓废"生活态度，那么 80 年代前中期的官方表述在这一点上也并没有做多少改变，只是强调的重心有所调整，即"在批判其中的谬误意识内容的同时吸收其艺术手法中可供借鉴的成分"[1]。因此，对"现代派"的辩护一般采取的是形式（技巧）和内容（意识）的两分法，即使那些文学界的"创新派"也是如此。1981 年高行健介绍以"现代派"小说为代表的西方现代小说，正是以《现代小说技巧初探》为题，侧重介绍现代小说在叙述视角、意识流、象征、怪诞、变形、语言等方面的形式特点[2]。这种介绍，引发了李陀、冯骥才、刘心武等作家们之间的通信，被戏称为"四只小风筝"[3]。正如黄子平的概括，这些关于"现代派"的讨论，"强调的正是如何把现代派文学的'表现技巧'同它们特定的'表现内容''剥离'开来，强调形式美的'相对独立性'，强调小说技巧的'超阶级性'"[4]。这也往往是那些强调"文学的现代化"的论者所突出的内容。

但在强调将"形式"与"内容"剥离开来以达成对现代派的合法接受这一问题上，将"现代派"作为"现代化"标志的论述，则多少有些顾此失彼。徐迟的文章即是典型的一例。他一方面把"现代派"的特征

---

[1]　何望贤编：《西方现代派文学问题论争集》（上下册）"出版说明"。

[2]　高行健：《现代小说技巧初探》，广州：花城出版社，1981 年。

[3]　这个说法源自刘心武的《需要冷静地思考——刘心武给冯骥才的信》（《上海文学》1982 年第 8 期），其中戏称高行健的《现代小说技巧初探》是只"大风筝"，而冯骥才、李陀及他的通信和王蒙的文章则是"四只小风筝"。

[4]　黄子平：《关于"伪现代派"及其批评》，《北京文学》1988 年第 2 期。

概括为"晦涩的、奇特的和色情的",认为它的主要"缺点"是"比较悲观失望"和"没有了信仰";但另一方面,他又强调"西方现代派文艺也将创作出有利于人类进步的信心百倍的理想主义作品,描绘出未来的新世界的新姿"。因此,这篇文章被批判者认为是"自相矛盾"并非毫无道理[1]。问题的关键在于,"现代化"一词在徐迟的文章中是一种充满了价值判断色彩的语汇(这事实上也是 80 年代前中期理解"现代化"的一种普遍方式),它被理解为"高度发展的思维空间的现代化",由于"物质文明推动精神文明",因此它也将"在未来"产生理想化的"现代派"。如果说"现代化"是这样一种"高级"物质文明导致的精神和文化的高级状态,那么又如何解释西方"现代派"文学的"缺陷"呢?

这种观点之所以值得分析,是因为它是在单一的现代性维度上来认知"现代派",而完全忽略了现代主义文艺本身所包含的"反现代"的现代性层面。茅盾在他的《夜读偶记》中尽管严厉批判西方"现代派",但也不否认其"打击庸俗丑恶的资产阶级文明""挖掘资本主义剥削制度""试图给资产阶级的庸俗趣味一个耳光"的批判面向。这事实上也涉及马泰·卡林内斯库所谓"两种现代性"的问题。如果说一般而言的"现代化"崇拜所产生的现代性,近似于一种"资产阶级的现代性概念"即"进步的学说,相信科学技术造福人类的可能性,对时间的关切,对理性的崇拜,在抽象人文主义框架内得到界定的自由理想,还有实用主义和崇拜行动与成功的定向",那么"现代派"文学所呈现的"美学的现代性"恰恰是一种"激进的反资产阶级态度"[2]。也就是说,在"现代派"的现代性与"现代化"的现代性之间,事实上是一种彼此对抗而非相辅相成的关系。80 年代前期的中国论者把"现代派"转化为"现代化"标志的特定逻辑,乃是将两种"现代性"改写为一种进化论式的现代性。这种思维方式不仅在文学界存在,在一般关于西方现代哲学的接受热潮

---

[1]　理迪:《〈现代化与现代派〉一文质疑》,《文艺报》1982 年第 11 期。

[2]　[美] 马泰·卡林内斯库:《现代性的五副面孔:现代主义、先锋派、颓废、媚俗、后现代主义》,顾爱彬、李瑞华译,北京:商务印书馆,2002 年,第 47—53 页。

中也同样存在。与文学界将"现代派"转化为"现代化"的标志一样，在80年代的哲学与文化思潮中，"尼采、萨特等人对西方现代性的批判却被省略了，他们仅仅是个人主义的和反权威的象征"[1]。这种思维方式成了80年代现代化意识形态和新启蒙主义的一个主要特征。它通过将80年代中国的处境类比于从前现代专制中摆脱出来的西方"文艺复兴"时期和中国的"五四"时代，再度重申启蒙主义式的现代想象。这种类比所造成的意识形态效果，乃是无法也拒绝去思考当代中国历史经验中所包含的"现代性危机"的面向。表现在对"现代派"的态度上，则是有意无意地略去当代文坛重新发现"现代派"文学的社会－心理背景，而着重于其在技巧层面作为"文学的现代化"标志的面向。也正是通过这样的方式，"现代派"文学对资本主义现代性的批判，在很大程度上被新时期文坛转化为了对"异化"、封建性的批判，从而使得"现代派"关于现代性的批判，变成了对于现代性的重申。

这种对于美学现代性的新启蒙式重构，其思想根源在于将"西方"视为有关现代规范的范本，因而无论是西方的"现代化"还是反现代化的"现代派"，都成为作为落后国家的中国必须效仿和追随的对象。与此同时，一种关于中国文学在新的"世界"格局中所处位置的地缘政治主体的想象方式，也得以确立。

3. "世界文学"与作为"影子"的困境

当一种进化论的文学史观重新确立，且西方"现代派"被置于进化的"顶端"时，对"西方现代派"的"发现"同时也是对西方中心主义的"世界文学"的重新建构。与50—60年代那种以第三世界国家为主要构成的"世界文学"想象不同，这里的"世界文学"几乎成了"西方（欧美）文学"的代名词。正是在这种"世界文学"的参照下，中国

[1]　汪晖：《当代中国的思想状况与现代性问题》，《天涯》1997年第5期。

仿佛重新经历五四新文化运动那般,再度成了"边缘""滞后"的文学国度。徐迟的《现代化与现代派》在确立起"现代化"与"现代派"之间的对等关系的同时,一种中国与西方的等级关系也同时建立起来——"这几十年中间,现代派的建筑,摩天大厦,从所有发达的国家的中心城市,像雨后春笋一样地升起来了,在不发达国家的城市里也稀稀朗朗地升了起来。"由于"现代派"被看作物质生产发达的产物,是否有"现代派"成为生产力("现代化建设")发达与不发达的标志,中国与西方因此在这里清晰地显现为"发达国家"与"不发达国家"的关系。而徐敬亚在那篇被称为"朦胧诗宣言"的文章《崛起的诗群》当中,则认为:"我们三十年来对西方艺术的整体认识,仍停留在一百多年前的浪漫主义时期。"他并雄辩地质问道:"人类的艺术,要不要千秋万代地囿限在现实主义与浪漫主义之中?要不要,或者可不可能,逐步地脱离'具象艺术'走向'抽象艺术'?再退一步说,允不允许出现一点'抽象艺术'——这不仅是对世界艺术的估价问题,也关系到我国文艺发展道路。"[1] 在这里,对"西方艺术"的估价几乎是自然地关系到"中国文艺发展道路",因为那是"人类艺术"的化身;并且按照这个文学进化的公式,中国对世界艺术的认识至少"滞后"一百年。

显然,针对这种在 80 年代被广泛认同的文化思路,值得分析的问题并不在"文学"(艺术)是不是"世界性"的,也不在"现代派"是否是"现实主义"的"自我否定"(如果不能说是"进步"的话),关键问题是这种指认西方"现代派"文学的方式本身所包含的想象"世界"的方法。这种观念正是当代社会主义中国"打开国门"朝向全球资本市场进军这一历史情境在文化问题上的投影。在这种观念中,"西方"成为"世界"的化身,西方与中国被置于一种历史目的论的线性时间序列当中,成为"发达"与"不发达"、"进步"与"落后"关系的写照,由此完全改写了 50—70 年代冷战叙述里中国与西方之间的地缘政治关系,

---

[1] 徐敬亚:《崛起的诗群——评我国诗歌的现代倾向》,《当代文艺思潮》1983 年第 1 期。

同时也形成了一种与"现代化理论"相匹配的西方中心主义的"世界"想象。接纳"现代派"，因此成了中国"充分掌握当前世界文学的潮流和动态，与世界的文学交流，进而参与世界的文学活动"的重要步骤[1]。

如果说这种"欠发达的现代主义"的文化逻辑，在译介和传播西方"现代派"的过程中产生了强大内驱力的话，那么随着"西方"作为一个"真实世界"在80年代中国知识界面前的逐渐显影，一种千呼万唤而终于缓缓君临的"中国的现代派"，却处在作为"西方的影子"的主体性困境之中，并由此而生发出一种"民族主义"或称"本土主义"的辩证诉求。

在理论界关于西方"现代派"的合法性发生激烈论争的同时，文学创作界尤其是小说界事实上就已经开始了某种可以清晰地被指认的现代主义文学实践。这种实践在批评界经常提到的，是宗璞那些被看出受到卡夫卡的表现主义风格的变形手法影响的小说，如《我是谁》《泥沼中的头颅》等，是王蒙那些被称为"东方意识流"的小说如《蝴蝶》《杂色》《风筝飘带》等，也指戴厚英那篇被视为"人道主义宣言"的小说《人啊，人》中所使用的内心独白、人物梦境与潜意识心理的表现手法，以及"四只小风筝"的作者之一李陀所创作的试验小说《七奶奶》《自由落体》等。自然，最为典型的中国"现代派"文学，则是1985年同时出现的两篇小说，刘索拉的《你别无选择》和徐星的《无主题变奏》。人们从很容易地从这两篇小说中读出了众多的西方"现代派"文学文本——"垮掉的一代""愤怒的青年""嬉皮士""黑色幽默""存在主义"以及《麦田里的守望者》《等待戈多》《第二十二条军规》等。这种"发现"在批评界造就了一种"中国终于有了真正的现代派"的欣喜，但随即转成"真/伪现代派"的论争。这两篇小说在文坛造成的轰动性影响及其旋生旋灭的命运本身，再清晰不过地显现出西方"现代派"文艺在当代中国文坛所显现的巨大的互文本网络，或者说，一种关于西方"现

---

[1] 叶君健：《现代小说技巧初探·序》，见高行健《现代小说技巧初探》。

代派"文学知识的累积所达到的广泛程度。这些小说的命名乃至其创作动力，与西方现代派文学都有着直接关联。可以说，正是因为人们从这些小说中所读出的西方互文本，而不是小说内容和形式的现代性，使得它们被视为"现代派"。

但这种对形式（技巧）与内容二分法的强调，并不能完全回避掉"现代派"文学之所以在"文革"后当代文坛出现的社会－心理背景，以及这种带有反叛理性主义和人文主义现代性的美学现代性所产生的含混效果。在发生"现代派"争论的时期，陈焜就在文章当中提出，"现代派"表现的是一种"更现代的东西"，而这种"现代"主要表现为一种"复杂性"，不能用一种"非常简单的条理化的观点或情节"和"道德化的善恶观念"来看待世界，"要了解世界的实际就得认识恶"，并且充分认识到"人的矛盾性"。[1] 显然，这里所谓的"复杂性""矛盾性"，游离出了作为当时文化主流的人道主义思潮关于"人性"或"人"的理想主义或浪漫主义的理解方式，而呈现出现代主义文学撕裂或瓦解关于人的中心化主体想象的特征。而在为"朦胧诗"辩护的文章当中，则直接将"表现自我"与"非理性"作为一种"现代主义"诗歌的主要标志[2]，其意义也与此相同。

就小说创作来说，80 年代前期，宗璞、王蒙、戴厚英等小说所表现的某种颓废、自我主体的分裂意识，评论界主要关注其表现手法和叙述技巧，而小说对人道主义的"理性""主体"等现代主题的反省，则并未进入讨论的层面。比如黄子平曾在文章中这样说："在多大程度上，可以把两次世界大战对欧美文学的影响跟'文革'对新时期中国文学的影响相提并论，仍是一个未经讨论的问题。"[3] 事实上，西方现代派所表达的"悲观""荒诞感""自我分裂"等非理性的叙事内容，在中国作家的"现代派"作品里，常被纳入"人"与"非人"的启蒙主义叙述结构

---

[1]　陈焜：《漫评西方现代派文学》。

[2]　孙绍振：《新的美学原则在崛起》，《诗刊》1981 年第 3 期。

[3]　黄子平：《关于"伪现代派"及其批评》。

当中，以作为控诉当代政治暴力的一种手段。宗璞的《我是谁》尽管采用了卡夫卡式的"变形"手法，描绘出"人"成为"毒虫"的恐怖场景，但最终目的是重新招回由"天空人字形的雁阵"所象征的"大写的人"；王蒙的《蝴蝶》在用意识流展现一个革命者的主体在异化历史中四分五裂而无法整合的心理流程之后，最终通过回到"人民和大地"而重新获得归属感，这也是小说改编成电影后题名为《大地之子》的内在原因。

相对而言，1985年的《你别无选择》和《无主题变奏》在叙事上则要复杂得多。小说的主人公一方面尖刻地嘲笑启蒙主义的观念和价值，另一方面他们通过这种"嘲笑"和"叛逆"行为使自己成为一个"反文化英雄"。针对这种反叛新启蒙主义但又被其内在地包容的"颓废"，当时评论界讨论的问题是，它们到底是"人类的"还是"中国的"，或"真的"还是"伪装的"。这导致了两种相反的评价方式：一种认为"从本土实际经济条件中产生的具有'现代意识'的作品才是'非冒牌'的"，于是，《你别无选择》高于《无主题变奏》；而另一种观点从"高扬'生命本体冲动'"出发，认为《你别无选择》描写的具体社会背景使其掉进"社会、理性、道德"的规范束缚中去了，而《无主题变奏》则因为表现了"没来由、无目标、无对象的烦恼和苦闷"，因此才是真正"现代"的"生命本体冲动"[1]。显然，这里关于"真"与"伪"的争辩，变成了"人类"/"中国"、"世界"/"民族"等二元对立的语义循环，而使得这种争辩本身成为一个似乎不可解的话语怪圈。

为了从这种作为西方现代派"影子"的怪圈中逃脱，一种或可称为"民族主义"或"本土主义"的文化反抗或克服方式，也在同一时期出现了。这指的是1985—1986年间出现在中国文坛的"寻根文学"思潮。可以说，在"寻根文学"所呈现的"世界"想象当中，中国文学的"民族/本土"特性得到了前所未有的强调，因此也突破了80年代前中期在译介西方"现代派"时所采取的那种简单的"世界主义"取向。但问题

---

[1] 参见黄子平：《关于"伪现代派"及其批评》。

恰恰在指认这种"民族性"或"本土性"时所隐含的西方中心主义。显然，这种理解方式有着极为清晰的"自我"与"他者"的二元结构，正因为西方"异己"的存在，才有了"民族之根"的重新发现。这种"自我"（中国、传统）与"他者"（西方、现代）的潜在框架，致使"寻根文学"难以摆脱在"寻根"与"掘根"之间循环的悖论，因为在找到"根"之前，这种"寻找"行为的现代动机，就已经将"根"判定为"中国"和"非现代"的了。悖谬的是，如果"根"是"中国"的，那么它将是"非现代"的，因为它是"非西方"的；而如果"根"是"现代"的，那么它将是"非中国的"。这种悖论导源于西方中心的普遍主义／特殊主义话语，某种程度上也正是后冷战情境中中国文化变革的主体表述的困境。正是这种困境本身，显露出"欠发达的现代主义"文化的政治性所在。

在一种历史回望的视野中，值得分析的关键问题，不在于"根"是什么或"真正的现代派"是什么，而是促使人们据以"寻"根和辨别"真""伪"的话语结构，即人们据以认知西方"现代派"的一系列二元对立的意识形态框架。宽泛地说，正是西方"现代派"作为"异己"（同时也是理想化的叛逆资源）参照系的存在，形成了 80 年代文学变革的内在而持续的历史动力。如果不存在一个作为"整体"的西方"现代派"，或许整个"新时期文学"的自我认知方式也将改观，或许以"现代主义"来反叛"现实主义"并不是唯一的创新路径，文学变革还可能在中国既有的现实主义文学资源内部完成。可以说，正是"现代派"这样一种参照系（理想他者）的存在，以及在特定历史语境当中"耦合"（articulation）而成的诸多同构的二项对立式，在整体地结构着也组织着新时期文学的面貌。西方"现代派"某种意义上构成了整个新时期文学变革的"阿基米德支点"。但问题是，这一话语结构中蕴涵的权力关系，则始终未得到正面讨论。在"真"与"伪"的辨别以至"寻根"的反向诉求背后，乃是"中国落后于西方"这样的主体意识，差别只在于前者表现为向"西方"看齐，后者表现为对西方的逆反而已。显然，如果不反省决定这一主体位置的话语结构，并以主体的姿态回应当代中国的现实问题，中国的现代主义文学实践便只能以一种抽离语境的方式陷入"真"与"伪"的意识怪圈之中，并越来越远地背离中国问题的现实针对性。

四、先锋小说的知识谱系与意识形态

1987年，以余华、格非、苏童等作家为代表创作的"先锋小说"的出现，往往被视为80年代文坛的某种"断裂"。这也意味着评论家和文学史家不能用80年代前期文坛习用的批评语言来评价这些作家的作品。事实上，如何描述"先锋小说"在80年代文学史中的特殊位置，一直存有争议。

在目前通行的当代中国文学研究和文学史写作当中，往往主要关注这种小说的某一侧面，视其为"伤痕文学—反思文学—寻根文学和新潮小说—先锋小说和新写实小说"这样一个"后浪推前浪"式的文学思潮展开（同时也是"进化"）过程中的环节。这种文学史叙述强调的是70—80年代文学转型的重要性，而"先锋小说"正是文坛持续创新的一个结果。不过，对于80年代文学的历史，一直存在着另外一种描述方法，即所谓"新时期文学"并不是开始于70—80年代之交，1985年之前的"伤痕文学""反思文学"等，"基本上还是工农兵文学那一套的继续和发展"；一种不同于50—70年代的文学形态，"应该从'朦胧诗'的出现，到1985年'寻根文学'，到87年实验小说这样一条线索去考察，直到出现余华、苏童、格非、马原、残雪、孙甘露这批作家……这时候文学才发生了真正的变化，或者说革命"[1]。这种文学史叙述，强调的是"现代主义"文学对于"现实主义"叙述成规的突破，它将"先

---

[1]　李陀、李静：《漫说"纯文学"》，《上海文学》2001年第3期。

锋小说"视为"新时期文学"真正开端的标志。事实上还存在着第三种文学史叙述,这就是在90年代初期有关"后新时期"(或称"90年代文学")的讨论当中,论述者尽管在开启时间是1985、1987还是1989年上存在着争议,但他们都倾向于将"先锋小说"视为另一时期——"后新时期"——的开端[1]。

这三种代表性的文学史叙述方式,事实上从不同侧面显示出了"先锋小说"在80年代文坛的某种异质性。这种"异质性",用作家余华的表述,是因为它的出现在当代文坛的历史脉络中类似于某种"文学奇迹",即它们在叙述形式、表达方式及话语形态上,脱离了当代文坛的主导形态,呈现出一种难以被主流话语命名和言说的特征。某种程度上可以说,对"先锋小说",当代文坛并未完成一种有效的文学史命名。这固然和80—90年代之交的社会与政治动荡直接相关,"先锋小说"的历史处境有时被认为象征性地体现了80年代不断推动的文化革命的命运,它之所以不能完成关于自身的文学史叙述,是因为它尚"来不及"完成这一过程。而那种试图将"先锋小说"纳入具有延续性的"现代主义"革新史的文学史叙述,除了重复着由小说家们和"新潮批评家"们所表述的"语言革命""叙述革命"或"形式革命"之类的观念,对于"先锋小说"之所以形成和出现的历史原因,事实上始终缺乏较有说服力的文学史描述和分析。或许关键问题,仍在如何指认"先锋小说"的"异质性",如何历史地分析这种异质性内涵的特定构成及其知识谱系。出于这样的问题意识,探讨"先锋小说"与宽泛意义上的西方"现代派"文学之间的渊源关系,则成为一种可能的历史描述方式。

1. "作家们的书目"与文学传统

讨论"先锋作家"与西方"现代派"(也包括广义的后/现代主义文

---

[1] 谢冕、张颐武:《大转型——后新时期文化研究》,哈尔滨:黑龙江教育出版社,1996年。

学）之间的关系，是一个极为敏感的话题。这一话题往往被转换为"中国当代先锋小说究竟是外来影响所致还是中国大地上土生土长的"[1]，其间的"外来"/"本土"的二元结构，事实上，也是"真 / 伪现代派"讨论的另一变形。被视为"先锋小说"的"先锋"的马原，曾发表过一句"著名"的抱怨："我甚至不敢给任何人推荐博尔赫斯……原因自不待说，对方马上就会认定：你马原终于承认你在模仿博尔赫斯啦！"[2]而另一位先锋作家格非则在 90 年代这样解释道："他似乎对当时远未成熟的中国批评界存有深刻的戒心：一旦你公开承认自己受到了某位作家的影响（尽管这十分自然），批评者则会醉心于这种联系的比较研究，同时它又会反过来强加给作家某种心理暗示，从而损害作家的创造力。"[3]先锋作家对自己的"师承"讳莫如深，似乎正构成颇有意味的历史征候。

这种"戒心"显示出某种强烈的"影响的焦虑"，而这种"焦虑"事实上呈现的是第三世界、"欠发达的现代主义"所承受的巨大的精神压力。这种压力使得他们恐惧自己成为"西方的影子"。而这种"光"与"影"的表述事实上一直存在于 80 年代文坛——80 年代初期，具有"现代主义"色彩的作品，如宗璞的《我是谁》《蜗居》等被人很快认出了"卡夫卡的影响"；王蒙的《蝴蝶》《春之声》《杂色》等被人称为"东方意识流"；而 1985 年刘索拉的《你别无选择》和徐星的《无主题变奏》之所以被称为"现代派"，是因为人们直接从小说中读出了《麦田里的守望者》，读出了存在主义、"垮掉的一代"和"黑色幽默"等；不仅是马原，事实上格非也常被人称为"中国的博尔赫斯"。似乎是，当代文学的现代主义，在很长的时间内作为西方"现代派"的"影子"而被指认、被命名。这种恐惧成为"西方的影子"的焦虑心态，事实上普遍地存在于第三世界或欠发达区域的作家们当中。这也反过来表现为西方中

[1]　王宁：《接受与变形：中国当代先锋小说中的后现代性》，收入《生存游戏的水圈》，张国义编，北京：北京大学出版社，1994 年。

[2]　马原：《作家与书或我的书目》，《外国文学评论》1991 年第 1 期。

[3]　格非：《十年一日》，收入《塞壬的歌声》，上海：上海文艺出版社，2001 年。

心国的作家对于第三世界作家一种傲慢的优越感:"他们还在像德莱赛或舍伍德·安德逊那样写小说"。因此,如 F. 詹明信所言,先锋作家们拒绝成为"影子"的焦虑,事实上正显现出"第三世界文化""在许多显著的地方处于同第一世界文化帝国主义进行生死搏斗之中——这种文化搏斗的本身反映了这些地区的经济受到资本的不同阶段或有时被委婉地称为现代化的渗透"[1]。

但是,在这里讨论先锋作家们的文学师承或知识谱系,目的并不在于指出他们"模仿"了哪个"大师"(显然是西方的大师),也不在于给出一种"西化"还是"本土化"的二元答案。事实上,不同于马原的尴尬,在更为年轻的余华、苏童、孙甘露等人那里,他们几乎不再遭遇被视为"影子"的经历,他们甚至被称为"现代派""真正本土化"之后的结果。探讨这样的问题,是试图历史地呈现先锋小说所接纳的"文学传统"。

余华曾在一篇文章中直接谈到所谓"传统"问题。他首先对西方"现代派"在 80 年代前中期文坛的命运做了一种历史的描述:

> 仅仅是在几年前,我还经常读到这样的言论,大谈巴尔扎克、托尔斯泰的智慧已经成为了中国文学传统的一部分,而二十世纪的现代主义文学却是异端邪说,是中国的文学传统应该排斥的。……卡夫卡、乔伊斯等人的作品已经成为世界文学的经典……然而在中国他们别想和巴尔扎克、托尔斯泰坐到一起。他们在中国的地位,是由一些富有创新精神的作家来巩固的,这些作家以作品确立了自己的地位,同时也丰富了中国文学的传统。[2]

---

[1] [美] 詹明信:《处于跨国资本主义时代中的第三世界文学》,张京媛译,收入《晚期资本主义的文化逻辑》,张旭东编,北京:生活·读书·新知三联书店,1997 年。

[2] 余华:《两个问题》(1993 年),收入《我能否相信自己——余华随笔选》,北京:人民日报出版社,1998 年,第 174 页。

显然，在余华的描述当中，西方"现代派"在80年代前期遭到了文坛主流的排斥而被视为异端，正是先锋小说家们将这些文学纳入"中国文学的传统"中。或许他试图强调的是，"今天，继承来自鲁迅的传统和来自托尔斯泰，或来自卡夫卡的传统已经是同等重要了"[1]，但关键在于，正是"卡夫卡的传统"成为他所指认的代表着"二十世纪文学"并被先锋小说家所接纳的"新的文学传统"。

事实上，作为一种引人注目的现象，或许在当代作家群体当中，没有谁比先锋作家们更热衷于谈论自己的"阅读史"，更为频繁地提及自己所热爱的文学大师；而他们阅读的文学大师，绝大部分是曾经被纳入80年代前期命名的"现代派"序列的现代主义小说家。姑且不论马原那篇著名的《作家与书或我的书目》，他在诸如《小说》《百窘》等文章中都表现出了对罗布－格里耶、萨洛特、约翰·梅勒、巴思、乔伊斯、福克纳、博尔赫斯等现代主义小说家的熟稔和颇为精辟的见解。马原甚至提出："作家书目已经成了一种传统，作家们是否有一部作家的文学史？……（希望有一部真正的作家的文学史稿问世）。"[2] 因此，不妨检阅一下先锋作家们所书写的"文学史"中那些被经常提及的大师们。

余华曾在许多文章中，向川端康成、卡夫卡、博尔赫斯、福克纳、三岛由纪夫等大师致敬。他在对"证明着19世纪的时代已经结束"的"20世纪文学"的描述当中，尤为推崇60年代的"先锋派"——"在文学方面，本世纪最富有想象力和洞察力的作家无一例外地加入了这场更新的潮流。他们是卡夫卡、乔伊斯、普鲁斯特、萨特、加缪、艾略特、尤内斯库、罗布－格里耶、西蒙、福克纳等等。"[3] 而苏童所热爱的，则是当代美国小说家："以我个人的兴趣，我认为当今世界最好的文学是在美国。我无法摆脱那一茬茬美国作家对我投射的阴影，对我的刺激和

[1]　余华：《两个问题》（1993年），收入《我能否相信自己——余华随笔选》，第174页。
[2]　马原：《小说》《百窘》，均收入《马原文集》卷四，北京：作家出版社，1997年。
[3]　余华：《两个问题》，收入《我能否相信自己——余华随笔选》。

震撼，还有对我的无形的桎梏。"[1] 在他开列的作家名单中，有海明威、福克纳、约翰·巴思、诺曼·梅勒、厄普代克、纳博科夫，也包括博尔赫斯、加西亚·马尔克斯。他坦言"塞林格是我最痴迷的作家……直到现在我还无法完全摆脱塞林格的阴影。我的一些短篇小说中可以看见这种柔弱的水一样的风格和语言"，以至文坛那些对塞林格的鄙视言论都会使他感到"辛酸"："我希望别人不要当我的面鄙视他。……谁也不应该把一张用破了的钱币撕碎，至少我不这么干。"[2] 而格非，有评论文章认定"格非最受博尔赫斯的影响，或者说，在他的文本中，'博尔赫斯式'的后现代因素最为明显"，"但格非本人在大谈自己对福克纳的仰慕时，即只字未提博尔赫斯这位后现代大师对他的任何一点影响或启迪"[3]——姑且不论是否因为有博尔赫斯的影响格非就成了"后现代主义"作家，但他确实多处写到卡夫卡、普鲁斯特、雷·卡佛、加西亚·马尔克斯以及诸多现代大师的阅读心得和专业研究[4]。

如果说在 50—60 年代，构成"作家们的文学史"的主要部分是"19 世纪"的现实主义大师，那么几乎同样清晰的是，"20 世纪"的现代主义大师构成了先锋作家的"阅读启示录"序列。这些"现代派"作品成为先锋作家的"文学传统"，这也意味着先锋作家们"就像一位手艺工人精通自己的工作一样"，从 20 世纪的现代主义大师那里学习并精通"现代叙述里的各种技巧"[5]。如果说讨论先锋作家的哪篇小说受了西方文学大师哪篇作品的"影响"这种研究方式本身是愚蠢的和有问题的，那么这里的关键是，先锋作家们把自己纳入由西方现代主义大师构造的"传统"当中，而他们同时也被这种文学传统所熏陶所培

---

[1] 苏童：《答自己问》，收入《寻找灯绳》，南京：江苏文艺出版社，1995 年，第 119 页。

[2] 苏童：《阅读》《三读纳博科夫》《寻找灯绳》《答自己问》，均收入《寻找灯绳》。

[3] 王宁：《接受与变形：中国当代先锋小说中的后现代性》，收入《生存游戏的水圈》。此处格非文章指的是《欧美作家对我创作的启迪》，《外国文学评论》1991 年第 1 期。

[4] 格非：《塞壬的歌声》，上海：上海文艺出版社，2001 年。

[5] 余华：《两个问题》，收入《我能否相信自己——余华随笔选》。

育并因而进入文学的世界谱系中。这些被先锋作家津津乐道的"老师"们，他们或许是"人类"的，"已经成为世界文学的传统"，但问题在于，为什么在80年代的中国，这些年轻作家需要格外地师承这些"洋大师"们？

2. "语言革命"

先锋小说家们建构、接纳并内在化西方现代主义文学传统，这一行为本身必须置于其所处的特定历史语境中加以考察。需要分析的问题包含两个层面：其一是先锋作家们为什么要将自己纳入这样的文学传统？其二是，这种传统的成功建构和实践在80年代的历史语境中产生了怎样的、或许是先锋作家自身未曾意识到的意识形态效果？

第一个问题是先锋作家为什么需要将自己纳入这样的文学传统，或者说他们通过学习这样的传统试图解决怎样的问题？当先锋作家们论及这一点时，他们说得最多的是"写作的自由"和"解放想象力"。格非写到1986年开始写作时的动力："我所向往的自由并不是在社会学意义上争取某种权力的空洞口号，而是在写作过程中随心所欲，不受任何陈规陋习局限的可能性。主要的问题是'语言'和'形式'。"他也具体地提到当时阻碍着他无法自由地使用语言和形式的压抑力量——"在那个年代，没有什么比'现实主义'这样一个概念更让我感到厌烦的了。种种显而易见的，或稍加变形的权力织成一个令人窒息的网络，它使想象和创造的园地寸草不生。"这也就是说，"先锋小说"所反叛的，是作为文坛主流的现实主义叙述语言和叙事成规所构成的"秩序"，这种秩序塑造着人们"内心的情感图像"，也形塑着人们"感觉到并打算加以表述的现实场景"，此即所谓"形式的意识形态"。在这篇文章的后面部分，格非表达了先锋作家在当时所理解的意识形态处境："实验小说与当时的社会意识形态也多少反映了特定时代的现实性，对于大部分作家而言，意识形态相对于作家的个人心灵即便不是对立面，至少也是一种遮蔽物，一种空洞的、未加辨认和反省的虚假观念。我们似只有两种选择，要么成为它的俘虏，要么挣脱它的网罗。"[1] 在这样的意义上，先锋小说被称为"语言革命"或"形式革命"，事实上也是一种"意识形态革命"。在这里，格非颇为明晰地将"先锋小说"的意义定位于对当时"语言秩序"的反叛，正因为先锋小说颠覆了"将各种欲望和语言占为己有"的现实主义文学话语的统治地位，因此它具有强烈的政治意味。

对于"先锋小说"的这一内在理念，表达得更为充分也更为细密和深入的，或许是余华在 1989 年发表、被称为"先锋派宣言"的《虚伪的作品》[2]。余华在《虚伪的作品》的开篇就提出，"我所有的努力都是为了更加接近真实"，而他所谓"真实"也就意味着"针对人们被日常生活围困的经验而言"的"形式的虚伪"。他关于文学"真实性"的思考一开始就越出了"形式"与"内容"的两分，而将其视为一种组织"经验"的方式。他引述了李陀的话："首先出现的是叙述语言，然后引出思维方式。"这也就摆脱了那种"反映论"式的语言观，而具有了某种建构主义的意识，即不是语言"反映"现实，而是语言"建构"现实。构成他批判的对立面的，是那些只表达"大众的经验""常识"和所谓"文明秩序"的中国当代文学。在他看来，文坛主流文学里"各种陈旧经验堆积如山"，"在缺乏想象的茅屋度日如年"。因此，对当代文学形式的破坏，探询一种"不确定的叙述语言"，正是到达"真实"的首要步骤。他最后写道："一部真正的小说应该无处不洋溢着象征，即我们寓居世界方式的象征，我们理解世界并且与世界打交道的方式的象征"，于是，小说的革命事实上也可以说是改变"我们理解世界并且与世界打交道的方式"的"象征的革命"。

在展示这样一种文学革命的思路时，余华具体地讨论了他寻找"最为真实的表现形式"时所借鉴的文学传统。他总体地评价了西方"20 世

---

[1] 格非：《十年一日》，收入《塞壬的歌声》。

[2] 余华：《虚伪的作品》，《上海文论》1989 年第 5 期。

纪文学"："我个人认为二十世纪文学的成就主要在于文学的想象重新获得自由"，而"十九世纪文学造就出来的读者有其共同的特点，那就是世界对他们而言已经完成和固定下来"。他从"20世纪文学"中获取的是"虚伪的形式"，"这种形式背离了现状世界提供给我的秩序和逻辑，却使我自由地接近了真实"。很大程度上，余华将文学史上"19世纪文学"与"20世纪文学"间的差别，对应于当代中国文学现实主义主流和先锋小说之间的差别。可以说，先锋小说对现实主义的反叛，正是通过接续20世纪西方现代主义文学传统来完成的。

3. "纯文学"的意识形态

在先锋作家中，余华是有着颇为自觉的历史意识的创作者。这主要表现在他不仅用他的作品，也用那些"以一个职业小说家的态度精心研究小说的技巧、激情和它们创造的现实"[1]的评论文章，展示他对"文学传统"的理解。一处颇有意味的改动，或许可以看出这一"文学传统"的某些重要侧面。余华在1989年完成的一篇直接谈论经典作家的文论《川端康成和卡夫卡的遗产》[2]，开篇写道："如果我不再以中国人自居，而将自己置身于人类之中，那么我说，以汉语形式出现的外国文学哺育我成长，也就可以大言不惭了。所以外国文学给予我继承的权利，而不是借鉴。对我来说继承某种属于卡夫卡的传统，与继承来自鲁迅的传统一样值得标榜，同时也一样必须羞愧。"这段话在这篇文章收入1998年出版的随笔集《我能否相信自己》[3]中时被删掉。这一看似微小的改动，实则并非毫无意义。如果不惮于做一个也许有些夸张的结论的话，可以

---

[1]　汪晖：《我能否相信自己·序》，见余华《我能否相信自己——余华随笔选》，北京：人民日报出版社，1998年，第15页。收入汪晖论文集《死火重温》（北京：人民文学出版社，2000年）时，更名《无边的写作》。

[2]　余华：《川端康成和卡夫卡的遗产》，《外国文学评论》1990年第2期。收入《余华作品集》（三册），北京：中国社会科学出版社，1994年。

[3]　余华：《我能否相信自己——余华随笔选》，北京：人民日报出版社，1998年。

说这处改动某种意义上显露出余华对自己曾经秉持的"世界主义"文学观念的自觉或警惕。

在 1993 年发表的《两个问题》中，余华特别强调了一种"世界主义"的文学观念。他在文章前段写道："文学发展到了今天，已经超越了国界和民族。……只要是他出于内心的真实感受，他的作品一定表达了他的民族的声音。"看起来，余华认为所谓文学的"世界"与"民族"之分根本就不是问题。但是在讨论西方 60 年代的"先锋派"与当代中国的"先锋派"的关系时，他重复当时的主流观念表述了一种"落后"的焦虑："中国的先锋派只能针对中国文学存在，如果把它放到世界文学之中，那只能成为尤奈斯库所说的后先锋派了。……中国差不多与世界隔绝了三十年，而且这三十年文学变得惨不忍睹。"于是中国先锋派的意义在于——"我们今天的文学已经和世界文学趋向了和谐，我们的先锋文学的意义也在于此。在短短的十多年时间里，我们的文学竭尽全力，就是为了不再被抛弃，为了赶上世界文学的潮流。"在这样的表述当中，存在于中国和西方的先锋派之间区域上的落差，由于世界性的"共同的文学传统"的存在，仅仅是"滞后"与"先进"的时间差造成的，而无关乎民族文学的主体性问题。在为余华的随笔选所作的长序《无边的写作》中，汪晖敏锐地捕捉到余华在《布尔加科夫与〈大师和玛格丽特〉》当中提到的"没有时间和地点"的"丰厚的历史"，而提出相反的意见。汪晖认为"丰厚的历史"从来都是"具体"的，比如"布尔加科夫以及他生活其中的俄罗斯传统，这个传统从来不会忽略地点，也从来不会忽略空间"。这里所讨论的"地点和空间"，事实上也正是人们常常用"民族"性这样的语汇所负载的内涵。汪晖一方面相当委婉地提出，"我们还是应当惦记着地点和时间，惦记着在这个历史场景中的爱和恨、温柔和背叛。否则，没有空间的漂浮将成为我们的宿命"；而同时他又有同样的疑惑，感到也许"没有地点和空间"正是"我们的现实"。

这种对话中呈现的真正有意味的问题在于，先锋小说所构造的语言现实及其对文学传统所采取的"世界主义"态度之间的关联。汪晖所谓

"地点和空间的缺席"很大程度上可以被看作先锋小说家们共同的特征，或试图到达的特征。尽管有苏童的"枫杨树故乡"，那不过是福克纳式的人类学版的"约克纳帕塔法世系"，其时间和地点的历史性是缺席的。事实上，这涉及先锋作家"自由地写作"所呈现的到底是怎样的"真实"这样的问题。

在《虚伪的作品》中，似乎能为这个"新世界"定性的主要是"不确定性"，它仅仅传达给我们一种与主流语言秩序紧张的对抗关系以及从中"解放"出来的必要和感觉，但这"新世界"本身的样貌则轮廓模糊。余华将之解释为"个人的"——"我所确认的现在，某种意义上说是针对个人精神成立的，它越出了常识规定的范围"。但事实上，造成这种以"个人"对抗"秩序"的历史情境，则势必使余华的小说成为"历史的寓言"。这也正是戴锦华在余华小说中读出"衰老的父亲已举不起屠刀"的当代政治寓言的原因，她如此阐释余华小说的象征意义："只是语言——丧失了所指物的语词链；而且公然拒绝完成那种对'生活真实''现实''现实主义幻觉'的注定失败的倒逆式爬行。于是，余华的本文序列，成了一种令人心醉神迷的语词施虐；一种符合秩序井然的对经验混乱的表述，一次宣告戈多不曾存在的等待戈多，一部本雅明意义上的悲剧与寓言。"[1]

也正是在本雅明意义上的"寓言"的指认上，张旭东认为格非小说的"虚构"，"伴随着'真实性'的瓦解而出现了一幅当代主体的自画像"，因为"意识越充分地放任自己沉浸在'纯虚构'的逻辑之中，它就越把握到一种自身的自由状态，从而这个叙事游戏的场所也就越成为自我形象的现身之处"。而这种"自我意识获得了幻想的解放"，恰恰可以看作"语言主体"的自我意识的诞生[2]。张旭东进而对先锋文学做了一个

---

[1] 戴锦华：《裂谷的另一侧畔——初读余华》，《北京文学》1989年第7期。

[2] 张旭东：《自我意识的童话——格非与实验小说的几个母题》，原载《八方》（香港）1990年第2期（题为《自我意识的童话——格非与当代语言主体的几个母题》），收入《批评的踪迹：文化理论与文化批评（1985—2002）》，北京：生活·读书·新知三联书店，2003年。

带有颇为明晰的"代"际认同的判断——"当代中国的'先锋文学'正是以其语言上的突破而把自己变成了某种潜在的社会经济、政治、文化转变的美学的结晶,而其'高度自主'的叙事或逻辑,则将一代人经验的历史生成有效地记录在案。"[1] 不过,尽管张旭东这篇文章是众多论及先锋文学的评论中少有的也是相当敏锐地论及其作为"历史寓言"内涵的,但先锋文学作为"美学的结晶"所呈现的"某种潜在的社会经济、政治、文化转变"的内涵到底该做何理解,在文中始终是较为含糊的。如果要概括其表述的话,或许是:"集体经验的解体,风格整体的破裂与作为个体的自我的再生成。"如果我们需要将先锋小说所携带的意识形态从本雅明意义上的"寓言",转变为詹明信意义上的"寓言"的话,那么也许可以说,先锋小说在将"个体"从整体语言秩序中"解放"出来时,他(他们)并没有意识到这个"个体"能做什么或将做什么。而事实上,这个"暗含在语言之中,并由语言结构出来"的"个体"(也是"主体"),一方面符合了 80 年代另一种新主流观念即"纯文学"观念中的文学想象,同时也正呼应着 80—90 年代之交被市场主义和消费主义所构建的中产阶级式的个人主义主体想象。

先锋小说的革命也可以说是一种"文学体制"的革命。彼得·比格尔(Peter Burger)在他的《先锋派理论》中特别地提到先锋派的反叛是一种对"艺术体制"的反叛。所谓"艺术体制","既指生产性和分配性的机制,也指流行于一个特定的时期、决定着作品接受的关于艺术的思想"[2]。借用比格尔这个术语,如果说 80 年代中国的"先锋小说"在反叛文学体制的意义上,与西方文学史上的先锋派完成的是一种相似意义的文学革命的话,那么,复杂之处就在这种"文学体制"的观念在 80 年

---

[1] 张旭东:《从"朦胧诗"到"新小说"——新时期文学的阶段论与意识形态》,原载《今天》1991 年 3—4 期合刊(题为《论中国当代批评话语的主题内容与真理内容》),收入《批评的踪迹:文化理论与文化批评(1985—2002)》。

[2] [德] 彼得·比格尔:《先锋理论》,高建平译,北京:商务印书馆,2002 年。

代中国文坛所出演的复杂角色。先锋小说家强调文学形式所暗含的意识形态，因此，他们对文学语言和形式的革命同时打碎的也就是僵化的形式体制（经验体制、意识形态体制），完成的是对语言秩序所构建的权力秩序的颠覆。但有意味的地方就在于，他们在借助西方现代派文学传统来颠覆当代中国现实主义一统天下的主流语言秩序时，并未对西方现代派作为一种"人类的文学共同体"这样的意识本身有所质疑。而是通过将自己纳入这一"人类的文学共同体"之中，来获取变革中国文学秩序的资源，并以中国先锋派"赶上"西方先锋派作为自身的历史使命。恰恰是这种将西方现代派文学作为"人类"文学最高典范和世界共享的"文学共同体"意识，这种将"文学"理解为某种自足而独立的超越性语言体制的方式，呼应着80年代文学界另外一种主流观念，即"纯文学"观念及其与"政治"的"分离"。

正是从这样的角度来看，他们关于"文学传统"的理解是相当意识形态化的。他们通过建构"20世纪"（现代主义）对"19世纪"（现实主义）的超越和否定，并通过具体地接续西方现代主义文学大师的"遗产"，完成了一种"文学共同体"的想象和实践。也就是说，如果他们的初衷是"对现实的愤怒"，而由西方现代主义大师构成的"文学共同体"则使他们进入到另外一套"文学体制"当中，他们通过这种"文学体制"而完成着一种叙述革命，也同时也实践着另外一种意识形态。这种"意识形态"就是以"文学传统"的形式形成的使文学隔绝于社会现实之外的"自律"效果。先锋小说家通过与西方现代主义文学的对话、学习，而将自己结构进一种悬浮于当代中国文学历史语境的文学传统之中。如果说他们所书写的"现实"呈现为"时间和地点的缺席"的话，那或许正是一种"西方主义"的征候式表达。在这种意义上可以说，先锋小说意味着中国当代文学"纯文学"诉求的完成，也意味着文学与社会现实之间具有的互动关联的纽带，被成功地剪断。

更重要的是，在打破既有的语言与意识形态秩序之后，先锋小说家对于自己所创造的新的话语现实，缺乏自觉的历史意识。他们似乎认为自己只需要完成"解构"的任务就可以了,而忘记了"任何一种解构都是建构"。在颠覆了现实主义叙事成规乃至意识形态话语秩序之后,先锋小说中的主体叙述往往由性、暴力与死亡叙事构成。语言主体似乎因此而在没有任何历史限制与意识形态羁绊的自由空间中滑翔。而事实上,正是这些被一种看似属于"人类的原始的欲望"所支配的语言主体,却恰恰与 90 年代市场社会的扩张与"自由市场"的神话有着深度的合拍。颠覆了语言秩序的自由的个体,正如挣脱集体主义主流社会秩序而在自由市场自由地出卖劳动力的个体,它们不过是"逃脱中的落网"的又一征兆。或许从这样的角度,苏童成为 90 年代文坛最早的畅销小说作家之一并非偶然,因为恰恰是他的小说,最为优雅而纯粹地表达着那种在没有时间与地点的历史中游弋,在性、死亡、暴力的组合中呈现自身的语言主体。

而从另外的角度来看,先锋小说家特别强调借助西方现代派文学传统来打碎现实主义(或 19 世纪)的叙述成规,而凸显其在 80 年代语境中的政治性,这仍旧是一种将"现代主义"与"现实主义"置于截然对立的位置的思维方式。而事实上,从一种更大的历史视野来看,两者其实是处于同一文学结构中的。用詹明信的描述便是:"一切现代主义作品本质上都是被取消的现实主义作品,换言之,它们不是根据自身的象征意义,根据自身的神话或神圣的直观性,像旧的原始或过分符码化的作品那样被理解的,而只是间接地、通过一种想象的现实主义叙事而被理解的。……通过取消故事,新的小说比任何真正现实主义的、老式的、解符码化的叙事更有力地讲述了这个现实主义的故事。"[1] 也就是说,所有现代主义叙事,不过是建立在现实主义叙事基础上对其叙事成规的颠覆或反写。从这一侧面来说,先锋作家及其先锋小说将自己定位在"现实主义"的对立面上,其实并非如他们自己所

---

[1] [美]詹明信:《超越洞穴:破解现代主义意识形态的神话》,陈永国译,收入《当代马克思主义文学批评》,[英]弗朗西斯·马尔赫恩编,北京:北京大学出版社,2002 年。

想象的那样就获得了"自由"和"解放"，而是与现实主义始终处在同一话语结构之中，并将"反现实主义"作为了其文学实践的非意识形态化过程中的意识形态。

结语：第三世界先锋派的主体性

从60—70年代的"体制外的先锋派"，到80年代前中期的"欠发达的现代主义"，再到80年代后期先锋小说"时间与地点的缺席"，共同凸显的乃是第三世界先锋派的主体性问题。即"第三世界"、后发现代化国家的作家们在接受、消化西方发达国家的文学潮流时，如何确立自身的主体位置？显然，尽管西方"现代派"在当代中国文学与文化实践的不同时期出演着不同的角色，不过新时期文坛那种对于"现代派"的狂热的"迷思"却是共同的特征。这使得当代中国的先锋派们，始终通过一种西方（被理解为"人类"）的文学规范来理解并想象自身。这种认知方式的形成，与当代中国文化变革中那种"自我憎恨"式的从民族国家内部来反省当代历史并规划未来的方式有直接关联，因此，置身"西方"其实也就是反抗中国内部文化体制的方式。不过，认同西方"现代派"并使之成为反抗当时僵化的话语体制的"媒介"，却并不必然意味着要将"西方"等同于"人类"，进而将其等同于中国先锋作家的"理想自我"。无法认知到自身作为中国作家与西方"现代派"之间的差异乃至文化碰撞，尤其是将那种压抑感转化为"落后"意识的方式，使得中国先锋派的主体性始终处在一种暧昧的位置。

韩国学者白乐晴曾提出，第三世界的作家与知识分子应当以"主体的姿态"面对西方。这种主体性首先表现在意识到第三世界国家的主体与西方文学的主体的不同——"即使20世纪西方欧美文学已经达到了人类文学史上的最高峰，它对于并非西方人的我们来说，会有一种带来压抑感的弊病。"[1] 克服这种压抑感的方式，不能是将自己的"先锋性"简单地理解为模仿和吸收西方的先锋艺术。白乐晴写道："那简直就是历史性的失职。它不但是对与西方先锋艺术毫不相干的自己国家民众的背叛，也辜负了西方内部希望为碰壁的西欧艺术凿出新的突破口的期待。"当然，那种拒绝接纳西方现代派文学的"单纯的复古主义与原始主义"也不足为训，因为"认识西方局限性，无论如何是在了解西方传统之后争取到的认识，只凭成长在与西方不同传统的地方而形成的异己感则不够"[2]。更具批判性的路径，应当是在吸收、消化西方现代派文学传统的基础上，"用我们的方式重新提问"，"用我们的耳朵听听他们所说的话，用我们自己的眼睛重新看看他们所看过的现实"。这样的第三世界先锋派，在白乐晴看来，将是"包括西方文学在内的全世界文学的真正先锋"，因为他们不仅可以比身在西方文化之内的欧美作家们更有效地克服西方文化的局限，而且又不丧失其与第三世界民众、社会现实的共同体关联。

应当说，当代中国先锋派的主体性始终面临着质询的原因，一方面在于他们没有将西方先锋派视为有差异的他者，而将其看作规范自身的"理想自我"，从而使他们丧失了面对西方时的主体位置；另一方面，中国先锋派们在完成一种语言秩序的革命时，并没有更多地关注其写作与当代中国历史现实的关联，而将"先锋"理解为某种高高在上的精英意识，这便使得其"中国"主体性无法真正形成。破除西方中心主义和重新形成文学"与民众的连带性"，或许应是中国先锋派确立自身主体性的关键所在。

---

[1]　[韩]白乐晴：《如何看待现代文学》，收入《全球化时代的文学与人：分裂体制下韩国的视角》，北京：中国文学出版社，1998 年，第 227 页。

[2]　同上书，第 250、249 页。

第三章 "跨越文化断裂带"

——"寻根"文学思潮

　　如果说以西方为规范的现代化认同支配了 80 年代中国主流知识界的历史想象与文化实践，这一描述接近特定的历史真实的话，那么这并不意味着 80 年代文坛就不存在对这一新主流意识形态的质询甚或反抗的形态。其中最值得关注的，是 80 年代中期的"寻根"文学思潮。至少在这一思潮倡导者的自我表述中，"寻根"是在对西方现代派文学乃至中国现代化进程的某种疑虑与批判意识下发生的。它尝试通过对民族文化传统的重构，来重新确立中国文学的主体位置，并形成了某种或可称为文化民族主义的新表述形态。与现代化诉求中"反封建"或"反传统"姿态不同，这种文化民族主义表现出了试图跨越由五四或"文革"所造就的本土文化传统"断裂带"的姿态，进而期望与中国文化传统建立新的关联形式。

　　在现代中国历史上，民族主义和民族国家现代化一直是一个核心问题。作为一种在反抗西方帝国主义（也包括西方化的东方帝国主义日本）过程中形成的现代思想，现代中国民族主义话语具有（半）殖民地民族主义与第三世界民族主义的特征，即在反叛西方启蒙话语的过程中确立自身现代民族认同的合法性。但与一般后发现代化与非西方国家不同，中国民族主义话语的主导形态自五四时期开始，就被启蒙现代性叙事所支配，并呈现出反传统的民族主义话语特征；文化保守主义式的民族认同叙事很少成为主导形态。在抗战过程中，新民主主义理论所确立的民族主义话语同时在反帝（反抗作为现代来源的西方）和反封建（反对传统主流文化）这两个层面上建构自身的合法性，其主体被确认为"人民大众"，而不是西方式民族国家一般意义上作为"想象的共同体"的国民。这也使得这一伴随着中国的左翼文化实践并在 20 世纪 50—70 年代发展成熟的第三世界民族主义话语，更多地在"阶级 / 政党"的维度上建立其国族认同，而与建立在市民社会基础上的西欧式国民－国家形态并不相同。

正是在这样的前史参照下，"寻根"思潮在民族主义话语表述上呈现出来的文化民族主义色彩，便格外值得探究。它一方面取消了 50—70年代民族主义话语批判资本主义现代性和阶级斗争的维度，因而将民族主体性的表述锁定于"文化"认同之上；另一方面又试图在接纳新时期"历史反思运动"对传统文化的新启蒙式批判的前提下，去挖掘那些主流文化之外的"非规范"民族文化传统。这无疑是 80 年代中期两个相反方向的历史力量同时作用的结果。重新探究这一思潮的历史构成与知识谱系，或可呈现出 80 年代中国文化一处较为复杂的话语场域。

一、"寻根"思潮：一个简单的轮廓

"寻根文学"的命名，直接得自 1985 年韩少功、李杭育、阿城等几位年轻作家发表的"寻根宣言"[1]。作为一种文学思潮，其所包容的文学形态，即使在当时也并不统一。除了"寻根文学"[2] 这一称谓之外，在

---

[1] 这些创作宣言包括：韩少功《文学的"根"》（《作家》1985 年第 4 期）、郑万隆《我的根》（《上海文学》1985 年第 5 期）、李杭育《理一理我们的"根"》（《作家》1985 年第 6 期）、阿城《文化制约着人类》（《文艺报》1985 年 7 月 6 日），以及郑义《跨越文化断裂带》（《文艺报》1985年 7 月 13 日）等。

[2] 以"寻根文学"命名的选本主要有"当代小说潮流回顾·写作艺术借鉴丛书"中的《那盏梨子 那盏樱桃——寻根小说》，刘锡庆主编，刘稚选评，北京：北京师范大学出版社，（转下页）

相关选本中，有的称之为"民族文化派小说"[1]，有的直接模仿拉美"文学爆炸"称其为"魔幻现实主义小说"[2]，有的则称"风俗小说"或"文化小说"等。这些不甚相同的称谓，事实上凸显的是"寻根"思潮的不同面向。其中，既包括由"寻根"的主要倡导者如韩少功、阿城、郑万隆、李杭育等在这一时期创作的代表性作品，以及与这些倡导者有着相近文化诉求和历史经验的莫言、王安忆作品；也包括寻根倡导者在发出"宣言"时予以追认或嘉许的作家，如写江苏高邮故事的汪曾祺、写陕南商州文化的贾平凹、写草原文化的乌热尔图等的作品；同时包括一些以写地域文化和民俗风情为主要内容的作品，如陆文夫写苏州文化的《美食家》、冯骥才写天津文化的《神鞭》和《三寸金莲》、表现"京味文化"的邓友梅的《那五》《烟壶》《索七的后人》和陈建功的《谈天说地》等。尤为值得一提的是，以往关于"寻根文学"的描述往往将视野局限于小说界，但事实上诗歌领域也存在着相应的思潮，并且时间比小说界的"寻根"倡导要更早——"诗的'寻根'和小说的'寻根'，时差至少为两年"[3]。在小说界于1984年开始倡导"寻根"之前，诗歌界已经有了杨炼的《大雁塔》、《半坡》组诗、《自在者说》等"文化史诗"；并在寻根小说发展的同时，出现了江河的长诗《太阳和它的反光》和来自四川的"整体主义"（代表诗人有宋渠、宋炜、石光华等）和"新传统

（接上页）1992年。收入作品有：王安忆《小鲍庄》、阿城《棋王》、扎西达娃《系在皮绳扣上的魂》、莫言《红高粱》、韩少功《爸爸爸》、郑万隆《老棒子酒馆》、李锐《厚土》、李杭育《最后一个渔佬儿》。

[1] 见"新时期流派小说精选丛书"中的《民族文化派小说》（吴亮、章平、宗仁发编，长春：时代文艺出版社，1989年）。收入阿城《棋王》和《孩子王》、汪曾祺《桥边小说三篇》、何立伟《小城无故事》、王安忆《小鲍庄》、贾平凹《商洲又录》、郑万隆《老棒子酒馆》、李杭育《最后一个渔佬儿》、陆文夫《美食家》、邓友梅《那五》。

[2] 见"新时期流派小说精选丛书"中的《魔幻现实主义小说》（吴亮、章平、宗仁发编，长春：时代文艺出版社，1988年）。收入莫言《红高粱》和《狗道》、扎西达娃《西藏：隐秘岁月》和《西藏：系在皮绳扣上的魂》、夏明《没有司葬的顿月夏巴和无法死亡的老扎次》、韩少功《归去来》、叶蔚林《五个女子和一根绳子》、蔡测海《"古里"—"鼓里"》。

[3] 李振声：《季节的轮换》，上海：学林出版社，1996年，第1—2页。

主义"（代表诗人有廖亦武、欧阳江河等）诗歌群。

　　尽管存在着上述种种差异，但大致可以说，这些作品（尤其是小说）作为一种引起文坛广泛瞩目的文学思潮出现，却有着颇为自觉和醒目的创作诉求，即对文学民族性的追求，和以文学方式对民族文化资源的重新构建。差别只在各自所理解和所倚重的民族文化资源不同，关于文学民族性实践的导向或方向也各有差异。这使得研究者将这一文学思潮视为 80 年代前中期出现的、具有相对历史统一性的话语事件成为可能。

　　"寻根"作为一种文化诉求乃至口号，并不仅仅发生于文学界，电影界、美术界和音乐界也存在着同样的取向。尤其是电影界"第五代导演"的代表作品《黄土地》（陈凯歌）、《红高粱》（张艺谋)、《猎场扎撒》（田壮壮）等，产生了比文学更为广泛的社会影响[1]。如果说 1982 年获得诺贝尔文学奖的哥伦比亚作家加西亚·马尔克斯及其在中国引动的拉美"魔幻现实主义"文学热潮，曾被寻根作家视为文学"与国际接轨"的样板和典范的话，那么倒是电影界的张艺谋、陈凯歌们成功地实践了他们"走向世界"的梦想。而范围波及整个知识界，以"文化与现代化"、中/西文化比较等为主题，被称为"文化热"的知识界大讨论，某种程度上正是"寻根"文学思潮所引发的问题的扩展与延伸——"那时候整个文化辩论一开始就和'寻根文学'有关"[2]。从这样的角度来看，"寻根"所启动的并不仅仅是一种文学思潮，毋宁说更是 80 年代的核心话语机制，其重要符码乃是"文化"与"中国"。

　　作为 80 年代呈波浪状推进的文学思潮中的一波，寻根文学展开的时间看起来是相当短暂的。它由一群年轻作家像"搞运动"一样发起并迅速引起广泛注目，但持续不到两年的时间（1984—1986）即旋生旋

---

[1]　参见戴锦华：《断桥：子一代的艺术》《历史之子：再读"第五代"》，收入《雾中风景：中国电影文化 1978—1998》，北京：北京大学出版社，2000 年。

[2]　查建英主编：《八十年代：访谈录》，甘阳部分，北京：生活·读书·新知三联书店，2006 年，第 213 页。

灭。但这一思潮却推举出了80年代文坛最具创作实力的作家群体，其中的佼佼者如韩少功、王安忆、莫言、张承志等将在这一思潮中生发的问题一直延续到90年代直至21世纪，并构成这些作家的核心创作主题。因此，从这一层面来说，"寻根文学"并不像它表面上那样短暂，而几乎成为新时期唯一跨越了80—90年代历史断裂的文学思潮。张承志的《心灵史》、莫言的《丰乳肥臀》和《檀香刑》、王安忆的《纪实和虚构——创造世界的方法之一种》及《长恨歌》，更不用说韩少功的《马桥词典》与《山南水北》，都可以看作这些作家在90年代以后的"寻根"创作实绩。作家们的"寻根"诉求在80—90年代文坛之所以具有这样的连续性，是因为它触及的文学/文化民族性表述问题，在当代中国卷入全球资本主义格局这一历史进程中，具有无法回避的重要性。几乎可以说，"全球化"和"民族化"正是一枚硬币的两面，或者说"民族化"是"全球化"必然的副产品。只不过因处于全球化进程的不同阶段，相较于90年代知识界在"人文精神"论争中直接表露的文化民族主义抗议[1]，80年代"寻根"思潮中的民族主义表述处在复杂和矛盾得多的话语关系网络中。

从"寻根"文本（包括创作宣言、文论和小说、诗歌）来看，它们并没有把从五四新文化运动开始受到批判的儒家文化或传统主流文化反转为正面的文化资源，相反，大部分文本都表现出对正统民族文化的悲观态度。在这一点上，它们并没有游离出作为80年代主流的"历史反思运动"和"新启蒙"思潮的"反传统"色彩。有意味的地方（或许也是寻根文学最具征候性的地方）主要在于他们重构中国这一"想象的共同体"的方式：中国的民族属性被构造为一种由中华帝国延伸至现代民族国家的文化共同体，而此一文化共同体则由"正统文化"之外的少数

---

[1] 90年代以来的民族主义思潮，最早出现于1993—1995年间关于"人文精神"的讨论中。正是在对"市场化""现代化"的批判声中，一种针对"全球化"的民族主义抗议之声同时出现，不过这一面向在当时和今天都并没有得到重视。主要史料参见韩少功《世界》（《花城》1994年第6期）、张承志《撕了你的签证回家》（《花城》1994年第5期）等。

民族文化、地域文化或民间文化所构成。如果说在五四新文化运动中，中国传统文化被看作鲁迅式的"铁屋子"，并且对这种文化的认识也采取了一种寓言式处理方式，那么，在80年代生发的"寻根"文学，却是一个关于中国文化的再辨析工程：人们开始在这"铁屋子"里挑挑拣拣，试图发掘那些还值得传承下来的"活的"东西。在这里，中国文化不再简单是"中国"与"西方"、"传统"与"现代"这一二元结构中的统一体，而是"中国""传统"本身的内在差异性也被提了出来。而这种对"中国性"文化差异的追问及重构，则使得一种不同于50—70年代的民族性叙事得以浮现，并成为80—90年代文化界的重要问题。

到目前为止，尽管有关"寻根"文学的文学史叙述、文学研究和文化讨论已有颇为丰富的成果，不过，对于这一思潮最具意识形态征候意味的话语形态——民族主义叙事——却似乎并没有深入讨论。一方面，寻根文学思潮关于"文化中国"叙事的独特性，以及它启动诸种中国文化符号的历史过程没有得到具体的分析；另一方面，这种民族主义表述往往被视为西方现代主义话语的"倒影"与"自我东方化"的表述，而当代中国全面卷入"全球化"过程中所承受的历史压力激发出来的自我表达的复杂性，也没有得到应有的讨论。或许可以说，将有关"寻根"思潮的讨论仅仅锁定在中国/西方、传统/现代的二元框架中，会忽略和遗漏许多重要的历史内容，正是在这些内容中，潜藏着当代中国人诸多涉及皈依与背叛、希望与隐忧的复杂情感。

二、"寻根"意识的发生："乡村"与"中国"的耦合

1. "外部"与"内部"的互动

在讨论"寻根"文学出现的历史动因时，寻根作家往往会提及两个重要因素，其一是对西方"现代派"在中国文坛造成的强大影响的反

动。在韩少功的《文学的根》[1]中，西方"现代派"的传播被看作"寻根文学"出现的重要背景——"几年前，不少青年作者眼盯着海外，如饥似渴，勇破禁区，大量引进。介绍一个萨特，介绍一个海明威，介绍一个艾特玛托夫，都引起轰动。"参照这样的文坛状况，他提出"文学之根应深植于民族传统文化的土壤里"，因为如果"割断传统失落气脉""势必是无源之水，很难有新的生机和生气"。他甚至讲述了一个张大千向毕加索求学而被拒绝的故事，来说明作为"东方"的中国有着自己的文学优势，而不应当"跟在西方的屁股后面跑"。于是，对于中国文坛而言，西方现代派文学的意义便在于一种异己的参照："只有找到异己的参照系，吸收和消化异己的因素，才能认清和充实自己。"可以说，正是西方现代派文学的流行，从反面激发出中国作家的主体意识，从而产生"寻根"的诉求。另一个导致"寻根"文学发生的因素，是当时所称的"拉美文学爆炸"，尤其是1982年哥伦比亚作家加西亚·马尔克斯以《百年孤独》获得诺贝尔文学奖这一事件的影响。诺贝尔文学奖在当时的中国文坛看来，无疑是世界（西方）的最高荣耀，它却授予了一个来自与中国一样的第三世界国家的作家。加西亚·马尔克斯和拉美"魔幻现实主义"的强烈吸引力，正在于其既"现代"又非"西方"的身份，这使中国作家意识到一种超越模仿而又能进入世界（西方）文学的途径。

寻根作家的这种表述，与其说是一种文学史描述，不如说是一种特定历史意识的呈现。他们将"寻根"意识的发生视为与"西方"直接碰撞的结果。如果说在80年代前期那种以西方为规范的现代化诉求和"欠发达的现代主义"激情，是西方作为一个"想象的异端"与缺席的"理想自我"这一历史语境之下的产物的话，那么，当这个"理想的自我"作为一个在场者出现在面前时，它便将引起追随者丧失自我认同的巨大焦虑。显然，这是第三世界国家在其现代化进程中会以不同的方式

---

[1]　韩少功：《文学的根》，《作家》1985年第4期。

面对的典型时刻。不过，如果因此将 80 年代中国寻根思潮的出现，视为一种后殖民主义式的"自我东方化"的开端，却无疑会将问题简单化。问题的一方面在于，在 80 年代的当代中国语境中，由于具有 50—70 年代从世界体系中"脱轨"的现代化历史，因此"西方"在中国显影的层次和方式是不一样的，这也决定了中国主体意识浮现的方式并不是"西方冲击／中国回应"这一经典模式叙述的 [1] 那样简单，也不能等同于殖民与反殖民的关系。问题的另一方面，则与中国内部已经形成的独特的民族主义话语相关。如果说 50—70 年代的民族主义叙事始终是以阶级／政党作为主要动员形态的话，那么 70—80 年代历史转型的结果或标志之一，乃是民族主义话语被作为克服"阶级／政党"政治实践困境的替代形式。通过强调国民（人民）在共同的地缘与血缘亲族关系上形成的共同体关联，阶级／政党政治话语造成的伤害、怨恨和厌倦，被抹平或克服。这种或可称为"文化民族主义"的共同体想象方式，事实上正是诸多伤痕－反思文学作品 [比如《苦恋》（白桦）《布礼》（王蒙）等] 中，民族认同话语浮现的方式；更是港台流行文化穿越冷战界限首先进入中国的作品，都是民族主义主题的大众文化文本的原因（比如电视连续剧《霍元甲》《上海滩》，流行歌曲《我的中国心》《龙的传人》，以及余光中的诗歌等）。这种文学与大众文化中的文化民族主义，一方面显示出民族主义话语在整合民众方面的政治效力的"自然性"，另一方面表现出了某种试图超越作为政治性的"国家／政权"的特征。但是涉及将怎样的民族文化指认为这种民族主义的情感认同的依据，问题又要复杂得多。关于民族文化认同的叙事，一方面必须确立某种文化共同体想象，而同时又必须与"新时期"之初的"反封建"叙述、"历史反思运动"对于民族传统文化的批判形成互动关系。正是在这样复杂

---

[1] 参见 [美] 柯文《在中国发现历史——中国中心观在美国的兴起》（林同奇译，北京：中华书局，1989 年）关于现代化史学模式的叙述。

的话语网络当中，"寻根"思潮成为这种共同体想象在文学与文化领域深入实践的一个主要话语场。

寻根思潮中的民族主义表述并不是在单一的中国／西方的框架内展开的，而是同时与"新时期"／"文革"这样的历史变革的诉求联系在一起。可以认为，来自"外部"的西方现代派的刺激仅仅是一个契机，它使得诸多在不同的维度和层面上发生的民族想象与叙事，得以在这个时刻"耦合"为一种新的民族话语表述形态。为揭示出这种新的民族表述的动力机制的复杂性，需要简单地描述其在不同话语脉络上展开的大致情形。事实上，"寻根"思潮所包容的文学形态的多样性本身，就已经提示出这些面向的存在。

2."现代化"与"乡愁"

首先值得分析的，或许便是汪曾祺在当代文坛的特殊位置及其"示范"效应。作为几乎是唯一一位跨越了"现代"与"当代"两个时段的作家，汪曾祺以1980年发表的短篇小说《受戒》而重新出现在"新时期"文坛。这篇小说所开启的文学路径或许是汪曾祺自己当时也没有意识到的：不是在当时受到广泛称道的表现"健康的人性"的主题与情节，而是小说的抒情性文体以及有关汪曾祺故乡江苏高邮的风俗描写，成就了当代文坛的一种独特小说样态。这种特点在汪曾祺随后发表的《大淖记事》《岁寒三友》《故里杂记》《异秉》等小说中得到了更为淋漓尽致的发挥。这使得汪曾祺的小说获得了"风俗画小说"或"新笔记小说"的命名，并引发一系列类似的作品出现。何立伟淡化情节的小说也被纳入"新笔记"体，冯骥才、邓友梅、陆文夫、刘心武等很快有一批描写特定区域如天津、北京、江苏小巷等风俗、民俗的小说出现，而李杭育、贾平凹等表现葛川江、商州地区文化的小说与散文，也被指认出与汪曾祺的关联。

关于为什么要写"风俗画"，汪曾祺是有着明确考虑的。他称风俗是"一个民族集体创作的生活的抒情诗"[1]，并认为其"对维系民族感情的作用是不可估量的"[2]。在这种叙述中，"风俗"与"民族"的关联几乎是自然而然的。不过有意味的却是，汪曾祺所描写的风俗其实是相当具体和"真实"的，它甚至可以被生活在故乡高邮的人们所指认——"我的一些写旧日家乡的小说发表后，我的乡人问过我的弟弟：'你大哥是不是从小带一个小本本，到处记？——要不他为什么能记得那么清楚呢？'"[3] 也就是说，这些"乡人"在汪曾祺的小说中读出了他们也非常熟悉的风俗，这也可见其描写的是有真实依据、属于具体地方的风俗。本尼迪克特·安德森（Benedict Anderson）提出民族的最重要特性在于："它是想象的，因为即使是最小的民族的成员，也不可能认识他们大多数的同胞，和他们相遇，或者甚至听说过他们，然而，他们相互连接的意象却活在每一位成员的心中。"[4] 因而，在汪曾祺那里没有成为问题但却值得在这里提出的问题是：这些具体的、特定地方的风俗，是经由怎样的"想象"而被升华至"民族的"？可以说，这个想象过程并不是在文本内完成的，而是特定的历史语境中不同因素关联的结果。

汪曾祺在当代文坛的经典地位，联系着现代中国一种独特的文学传统。这种抒情小说传统常常会把鲁迅的部分小说（如《故乡》《祝福》）与废名、萧红尤其是沈从文纳入其中，其主要特征在于，不同于强调情节戏剧化的师法西方的现代小说，这些小说更多地从中国传统文学如笔记散文、诗、词等中获取资源。这为其民族特征提供充分的依据。更重要的是，这一文学传统在沈从文那里，已经完成了从"地方特色"到"民族象征"的转换。沈从文的湘西系列小说，尤其是其代表作《边

---

[1] 汪曾祺：《〈大淖记事〉是怎样写出来的》，收入《汪曾祺文集·文论卷》，南京：江苏文艺出版社，1994年，第234页。

[2] 汪曾祺：《谈谈风俗画》，收入《汪曾祺文集·文论卷》，第61页。

[3] 汪曾祺：《〈大淖记事〉是怎样写出来的》，收入《汪曾祺文集·文论卷》，第231页。

[4] [美] 本尼迪克特·安德森：《想象的共同体——民族主义的起源与散布》，吴叡人译，上海：上海人民出版社，2003年，第5—6页。

城》《萧萧》等，已经成为一种散发出浓郁乡愁的中国象征叙事的经典之作。汪曾祺与沈从文、高邮与湘西之间的互文关联，在作者以及研究者关于这一文学传统的反复叙述和构造当中，得到不断地指认，也使得一种民族寓言式的解读方式被接纳并固定下来。而有意味的是，1982年《边城》在《收获》杂志上重刊，不久《边城》与《萧萧》均于1984年改编成同名电影（《萧萧》改名为《湘女萧萧》）。如果说此时沈从文被"重新发现"，与他60—70年代在美国中国学界的经典化命运（主要是夏志清的《中国现代小说史》与金介甫的博士论文《沈从文传》），形成极富意识形态意味的互动关联的话，那么，这股"沈从文热"的历史内涵却并不止于此。这位擅长描写"优美健康的人性"的文学大师，更是一位擅长表现中国"常"与"变"的现代化命运的历史观察者。在《边城》的文本内部，牧歌情调与那种巨变前夕"风雨欲来"的紧张氛围形成强大的叙事张力，如沈从文自己所说，那代表着他关于一个民族命运的隐忧[1]。可以说，使得沈从文被重新"发现"的，也使得汪曾祺获得巨大声誉的历史因素，远不止是一种文学传统的"原画复现"，而与当代中国社会变迁所引发的一种沈从文式的乡愁与隐忧直接相关。正是特定的历史语境中隐含的文化诉求，使得这一文学传统被指认出来。这便是当代中国以农村改革为主导内容的现代化变革所引发的剧烈社会变迁。

如果做一个粗略判断的话，可以说在50—70年代以合作化运动与社会主义革命为主要写作内容的农村题材小说中，我们仍可清晰地读出一种"牧歌"情调。这不仅表现在孙犁的"荷花淀"系列小说中，也表现在刘绍棠的运河系列、周立波的《山乡巨变》及《山那面人家》、浩然的《艳阳天》及《杏花雨》等诸多小说之中，甚至更明显地呈现在50—60年代的木刻、版画与插图等视觉史料之中。这种"牧歌"情调显然并不是指其优美与典雅，而是指它们并未远离传统中国乡村的生活方

---

[1]　沈从文：《水云——我怎么创造故事，故事怎么创造我》，收入《沈从文文集》卷10，广州：花城出版社，1984年。

式与日常生活氛围。或许，与 70 年代引入的美国"绿色革命"的技术与 80 年代的现代化而实则也是都市化的历史进程相比，50—60 年代的合作化运动与社会主义革命对中国乡村社会的传统生活结构的改变，并不像人们想象的那样大。尽管这是一个还需要深入辨析的话题，不过，霍布斯鲍姆在比较东西方国家的传统在遭受现代化冲击时的差异时所说的话，或可作为佐证："社会主义人民显现的相对平静，并非由于惧怕所致；它的人民，完全被体制保卫而与外界隔绝，既不曾受到西方资本主义的半分冲撞，自然也隔离于西方社会转型的全面冲击。但凡国家不打算进行改变的层面，通常便也维持着大致不改的旧观。"[1] 在很大程度上，乡村传统生活结构便可视为这样的层面之一。不过需要说明的是，这里强调 50—70 年代农村与传统社会结构之间的某种延续性，却并不意味着认可那种将 50—70 年代与 80 年代的差别对应于传统 / 现代的观点，而只是为了显现 70 年代后期以来在技术革命与城市化进程冲击之下，中国农村的变迁之巨。应当说，正是 70—80 年代之交这一轮剧烈的社会变动，构成了汪曾祺的"风俗画"与沈从文式的"乡愁"出现的大的历史背景。

汪曾祺写道："记风俗多少有点怀旧，但那是故国神游，带抒情性，并不流于伤感。风俗画给予人的是慰藉，不是悲苦。"[2] 他的高邮小说多以怀旧的笔调书写故乡的风土人情与故人旧事，无论这种在叙述者节制态度之下的叙述显得多么平淡，但终归流露出一种浓郁的乡愁。不过，与沈从文的小说尤其是《边城》相比，汪曾祺小说并没有那种在现实与历史之间呈现的张力，没有那种巨变行将来临前的忧患。正如《受戒》文末标明的，汪曾祺所写的不过是"四十三年前的一个梦"。因此，这里的乡愁毋宁说乃是一种"想象的怀旧"，它所怀之"旧"并没有明确的现实指向，而只是将一种现实中匮乏的情感和记忆投射至关于过去的

---

[1]　[英] 霍布斯鲍姆：《极端的年代：1914—1991》，郑明萱译，南京：江苏人民出版社，1999 年，第 630 页。

[2]　汪曾祺：《谈谈风俗画》，收入《汪曾祺文集·文论卷》，第 63 页。

重写之中。那种对于故乡的怀旧，并不表现其在现实中遭受的变故，而只是寄托一种"健康人性"的想象空间、一个表现"生活的抒情诗"的象征场所。显然，这些小说在新时期之初的人们读来，其中的风俗画更被视为"人性童话"的化身。但不管怎么说，在现代化高歌猛进的 80 年代初期，在即使作者看来也洋溢着新时代的温暖与希望的时期，这些怀旧小说的出现和流行多少显得有些不合时宜。正是这种"不合时宜"，或许显露的乃是一种被压抑的历史无意识。

到 1983—1984 年间出现的一批有着类似的怀旧情调但却暧昧得多的小说、电影中，这种情绪得到了明确表达。在一篇关于 1983 年小说综述的文章中，王蒙首先以一种热烈而宽容的语气确认："正在发生历史性的深刻变化的中国应该是一个歌者的国家，我们应该有最多最好的赞歌、壮歌、战歌、情歌、酒歌和进行曲，甚至也不妨有一些哀歌和挽歌"，不过仍旧使他"不安"的是，"有愈来愈多的作品，而且是优秀的作品，把笔触伸到穷乡僻壤、深山老林里的'太古之民'里去，致力于描写那种生产力即使在我国境内也是最落后、商品经济最不发达、文化教育程度很低的地方的人们的或朴质善良、或粗犷剽悍的美"[1]。他提到次数最多的便是李杭育的"葛川江系列"小说，以及那些后来在"寻根"宣言中得到指认的文学作品。这种在完全认同现代化变革的王蒙看来觉得迷惑不解的现象，同样出现在了电影界。这是戴锦华名之为"后倾"[2] 的第四代导演第二高峰期的代表作，包括《逆光》《都市里的村庄》《乡音》《人生》《良家妇女》《野山》《湘女萧萧》《老井》等。事实上，这批小说与电影文本存在着直接的互动关系，因为许多电影本身就是由同一序列的小说改编而成。与汪曾祺小说所表达的怀旧与乡愁的纯净相比，这些小说与电影在表达着一种"挽歌"

[1]　王蒙：《读一九八三年一些短篇小说随想》，收入《创作是一种燃烧》，北京：人民文学出版社，1985 年，第 172—173 页。

[2]　戴锦华：《斜塔：重读第四代》，收入《雾中风景：中国电影文化 1978—1998》，北京：北京大学出版社，2000 年，第 16 页。

般的叹息的同时，却对其表现对象始终保持着某种理性的然而暧昧不明的张力。戴锦华在这些文本中解读出"两套话语的冲突"："一边是关于人类的，关于进步与现代化的；另一边则是民族的，自然的，传统的。……前者作为一种'古旧的'第一世界的话语是想象的他者的显影；而后者则是一种充满了怀旧情调与挽歌意味的民族主义的微弱抗议。"[1]一些文学批评家则称这些作品所表现的乃是"历史与伦理（道德）的二律悖反"[2]，从而相当具有征候性地将现代化与民族主义分别置于历史理性与情感道德的两端。而事实上，这种充满黑格尔味道的论述方式，与其说在讲述某种历史的普遍规律，不如说它无意间所表露的，正是第三世界国家主体在民族主义与现代主义认同之间的张力关系。

如果我们将这种话语的矛盾置于更大的历史语境中观察的话，显然，中国/西方、传统/现代、愚昧/文明、"文革"/"新时期"的同构框架在这里发生了错乱。其根源在于，"现代化"显露出了其疏离于中国传统生活方式的"西方"品性，而那个文明/愚昧叙事中曾被视为"封建幽灵复辟"和超稳定结构的"铁屋子"中国，却显露出某种因地缘与血缘的共同体关联所生发的情感认同。如果说曾经是"文革"的历史，成为超越"阶级/政党"的民族共同体想象所指认的"他者"的话，那么，当现代化自身显露出其作为西方的他者品性时，一种关于中国的民族主义认同也开始同时发生了。只不过，"文革"参照下的那个隐喻性的"封建超稳定结构"的中国，和对现代化的他性体认（或更直接的西方他者的显影）中衍生出来的民族认同的中国，尚处在错乱状态中，正如电影《逆光》中的台词："在我心中叠印着""一个古老的中国与一个现代的中国"。内部参照（"文革"）与外部参照（西方）的交错，构成了民族认同的悖论。

---

[1] 戴锦华：《遭遇"他者"："第三世界批评"阅读笔记》，收入《雾中风景：中国电影文化1978—1998》，第 68 页。

[2] 参见中国作家协会创作研究部选编：《新时期争鸣作品丛书·鲁班的子孙》，长春，时代文艺出版社，1985 年。

在汪曾祺那里，这种矛盾是以一种无意识的方式呈现的。这些写于"文革"侧旁的想象的怀旧与乡愁，在现代化与民族共同体想象的双重层面上得到指认。风俗本身的写实性，在特定的历史语境中被做了一种政治解读，而成为关于民族理想生活的人性寓言的象征。当"现代化"不再是一个遥远的理想化他者，而是重构生活与社会秩序的现实力量，并且这一重构首先便发生于中国乡村社会时，"乡愁"便成为"挽歌"，成为对即将消逝的世界中那些"最后一个"的注目礼。如李杭育的最后一个渔佬儿、画师、弄潮儿，如邓友梅的最后一个画家、最后一个旗人，以及贾平凹描述的那些残存于荒野山村的奇风异俗，即王蒙所称的"即将被历史所淘汰的遗老遗少遗风"[1]。很大程度上应该说，这也正是小说中的风俗、民俗描写，从汪曾祺式的"民族集体创作的生活的抒情诗"向"奇观"式展现转移的原因。"奇观"是一种博物馆式的收藏，因为作者看见并认可了"历史的潮流滚滚向前"，便预先赋予了其一种"文物化"的品格。

戴锦华曾提及拍摄了《乡音》的第四代导演胡柄榴讲述的一个别具意味的时刻："黄昏的斜阳下，一道铁路蜿蜒地伸向群山深处，两条铁轨在夕阳下闪烁着辉光。他突然有一种渴望，想表现铁轨的那一端：群山深处、'文明'世界之外的人们和他们的生活。于是，他拍摄了这部电影，一个深山中的小村庄的故事。"[2] 站在铁轨一端眺望"文明"之外深山中的小村庄，叙述者所立足的这一空间场所本身，便象征性地呈现出某种尴尬的主体位置。因为在这个时刻，无论是"铁轨"所代表的文明世界，还是群山深处的小村庄，都成为此刻"在后倾中注目"的叙述者的"他者"。并且，是置身于"理想他者"（现代化）对曾经的自我（乡村中国）进行他者化的告别礼。如果说，"乡愁"或"挽歌"出现的时刻，也是民族认同发生的时刻，那么，这种认同首先便纠缠在不同的话语网络之中，并顾此失彼。

---

[1] 王蒙：《读一九八三年一些短篇小说随想》，收入《创作是一种燃烧》，第 172 页。

[2] 戴锦华：《斜塔：重读第四代》，收入《雾中风景：中国电影文化 1978—1998》，第 17 页。

3. 一代人的精神归属

尽管寻根文学有着不同的话语脉络和书写形态，不过它的主要发起者和书写主体，却并不是汪曾祺及其追随者，也非邓友梅、冯骥才、陆文夫等中年作家，而是韩少功、李杭育、阿城、郑万隆等知青作家。寻根文学的出现，与知青作家群体关系密切。评论家写道："'寻根文学'与知青小说或知青作家的关系，其密切程度好像并没有被批评界所意识到。我们且不说这一派作家几乎清一色地都是当年的知青，其实就作品而论，'寻根文学'的不少代表作要么本身可以归入知青小说（《棋王》《孩子王》《树王》便是），要么隐含着知青小说的视角（如王安忆的《小鲍庄》、郑义的《老井》）。"[1]1985 年，这些作家于不同刊物上同时发表寻根宣言，采取的是一种"集体出击"的方式。不同的研究者都提到1984 年 12 月杭州"新时期文学：回顾与预测"会议的重要性，"寻根"口号的提出者几乎都是这次会议的参与者，并在会议期间的交流中形成了更为明确的寻根意识。同样参与了这次会议的"寻根"批评家李庆西写道："也许对他们来说，像那样直接参与一场小说革命的机会难得再碰上了。"[2]可以说，"寻根"作为一场"文学运动"的发生，主要不是批评家对已有文学创作状况的概括和提炼，而是作家（也包括批评家如李庆西、李陀等）出于共识集体发出的创作声明，并在具体创作当中予以实践。这样一种文学思潮的操作方式，既不同于之前的"伤痕文学""反思文学"等由批评家完成的命名，也不同于出现后在较长的时间内缺乏理论描述和命名的"先锋小说"，同样也与由批评家、媒体、作家共同完成命名和自我表述的"新写实小说"的操作方式存在差异。"寻根"口号的提出，表明共同的社会经历（红卫兵运动和上山下乡运动）和共通的文化诉求使知青一代作家群体存在着诸多共识，而"寻根文学"则被

---

[1] 李洁非：《十年烟云过眼——小说潮流亲历录》，《当代作家评论》1993 年第 1 期。

[2] 参见李庆西：《寻根：回到事物本身》，《文学评论》双月刊，1988 年第 4 期；另见韩少功、王尧：《韩少功王尧对话录》，苏州：苏州大学出版社，2003 年，第 55—64 页。

视为这一作家群体乃至一代人具有历史象征意味的集体登场的标志。

如果说抗战时期"民族形式"论争发生的主要动因，是战争导致文学家从都市向边缘地区的社会流动和与之伴随的文化流动，那么寻根文学则与知青作家由于"上山下乡"运动而具有的乡村经验紧密地联系在一起。寻根文学作品所书写的少数族群文化和偏远区域的地方文化及残存于乡村社会的传统文化，无疑主要建立在作家们知青经验的基础上。正是这种特定的历史经验，构成他们认知"中国"的感性体验，并被提升为他们超越自我的精神依托。汪曾祺读了阿城的《棋王》后写道："我很庆幸地看到（也是从阿城的小说里）这一代没有被生活打倒。……他们是看透了许多东西，但是也看到了一些东西，这就是中国和人。中国人。他们的眼睛从自己的脚下移向远方的地平线。"[1] 同样的意思，则被李庆西概括为："回顾被人称作'民族文化派'或'寻根派'的一代年轻作家的创作道路，我们可以发现一个共同的轨迹，那就是：从感情的自我状态走向自我的对象——生活的大千世界。"[2] 他们在乡村生活中看见了"中国"，这种对于民族生存状态的发现和书写，为知青一代人构筑了一种超越性的精神归属。这种"超越性"表现为基于地缘与血缘的共同体关联，使个体意识到某种并非出于个人"选择"的归属感。而这正是民族主义作为"想象的共同体"[3] 所发挥的意识形态功能。不过，寻根作家的知青经验，并不会自动地呈现为关于"中国"的文化认同，毋宁说这主要是话语建构的产物。正如杜赞奇（Prasenjit Duara）在讨论身份认同与自我认知时写道的："一个人认同于或被联系于某种表述（如民族）的'先验'的自我本身，就已经是由另外的表述所产生的一系列主体位置，如妇女、朝鲜裔美国人、浸礼会教徒等等。故此自我不是原

---

[1] 汪曾祺：《人之所以为人——读〈棋王〉笔记》，收入《汪曾祺文集·文论卷》，南京：江苏文艺出版社，1994年，第122页。

[2] 李庆西：《谈点儿"文化"，谈点儿"寻根"，再谈点儿别的》，收入《文学的当代性》，北京：人民文学出版社，1988年，第38页。

[3] [美]本尼迪克特·安德森：《想象的共同体：民族主义的起源与散布》，吴叡人译。

初的或单一的建构,而是在许多变化的、常常相互冲突的表述网络中建构的。"[1] 如果说知青的乡村经验同样被表现为具有"感伤姿态"[2] 的"伤痕文学""反思文学"中的写作素材,那么值得分析的就是:是怎样的话语脉络将这种经验显现为一种"先验"的民族身份认同,或者说,寻根意识是在怎样的话语网络中发生的?

孟悦曾用精神分析的理论来分析莫言的"红高粱家族",并提出"'根'的缺失、'家'的缺失与'父'的缺失、史的缺失是这一代人共同的主题。'寻根'热潮的兴起显然与这一代人的荒野处境不无关联"。寻根的叙事行为的发生,正是试图克服这种主体在历史当中的"孤儿意识"[3]。同样的分析角度,在戴锦华关于"第五代"电影导演的阐释中,做了更为深入、繁复的推进和发挥——"他们是'文革'所造成的历史与文化断裂的精神继承人,他们是无语的历史潜意识的负荷者,他们是在一个历史性的弑父行为之后,在古老的东方文明的沉重与西方文明冲击的并置的历史阉割力面前,绝望地挣扎在想象秩序的边缘,而无法进入象征秩序的一代。"[4] 显然,精神分析理论在针对这一代人的讨论时格外适用的原因,或许正在于其在主体认同上存在的困境。这一代人曾被视为"革命的接班人",并在"文革"初期成为破坏革命秩序和国家秩序的造反主体,对于经典的父子秩序而言这无疑具有"弑父"的意味;而随后到农村接受贫下中农"再教育"的"上山下乡"运动,尤其是1971年的林彪事件,则使他们承受着巨大的精神幻灭与认同危机。具有这样"前史"的一代人,如何介入和参与"新时期"的现代化变革,无疑有

---

[1] [美] 杜赞奇:《从民族国家拯救历史:民族主义话语与中国现代史研究》,王宪明等译,北京:社会科学文献出版社,2003年,第6页。

[2] 参见洪子诚:《作家的姿态与自我意识》第一章"感伤姿态",西安:陕西人民教育出版社,1991年。

[3] 孟悦:《历史与叙述》第五章"荒野中弃儿的归属",西安:陕西人民教育出版社,1991年,第115、117页。

[4] 戴锦华:《断桥:子一代的艺术——论新中国第五代电影导演》,《电影艺术》1990年第2期。收入《雾中风景:中国电影1978—1998》,北京:北京大学出版社,2000年,第24—25页。

其独特性。不同于"右派"作家，他们在60—70年代遭受的痛苦并不能为他们换来新时期的文化徽章，反不如说因其作为"造反一代"的经历而在许多时刻被指认为"历史的施害者"，至少是"帮凶"。许多"知青小说"中以受骗—幡然醒悟—重归秩序为序列的叙事模式，正是"新时期"所能给予他们的意识形态主体位置的具体呈现。在这样的叙事层面上，知青经历和乡村经验如果不算"惩罚"的话，至少也是一种"虚度"。而另一方面，不同于"右派"作家与秩序的共生性（认同／臣服），"造反"经验确实在很大程度上唤起这一代人的主体意识，"幻灭"无疑也是主体意识的另一面。这就使得知青一代在"新时期"一面有着强烈的主体意识，而另一面则无法在主流秩序之内获得相应的位置。知青时期的乡村经验，成为全部问题的关键。一方面，这是一代人青春的见证，而另一方面，在主流话语中这却不过是一场错误政治运动所造就的无谓历史。在某种程度上可以说，知青一代在新时期出场的全部动机，就在于为这段历史也为自己寻找一种合法的认同叙述。

当早期"伤痕文学"式的控诉过后，尽管仍被视为隶属于"反思文学"思潮，但此时知青作家的重要作品，已经显露出诸多与高歌猛进的主流叙述不相吻合的倾向。从知青点出发的列车终点站上海，不过是平庸、琐屑和鸡零狗碎的日常生活，"他感到一种莫大的失望，好像有一样最美好最珍藏的东西忽然之间破裂了"，于是他会想起那"月牙儿般的眼睛"，想到"几个公章可以把这段历史不留痕迹地消灭。可是，既然是历史，就总要留下些什么，至少要给心灵留下一点回忆"（王安忆，《本次列车终点》）。城市生活的嘈杂以及在这里的"多余人"生活，使得那曾经生活过的乡村似乎成为"真正的家园"（铁凝《村路带我回家》），成为漂浮的城市生活中等待归去的"南方的岸"（孔捷生，《南方的岸》）。80年代初期知青作家在小说中表达的这种回归情绪，或许并不能简单地用"恋旧"或"表达对现实的失望"加以概括，而意味着看待这段历史的基本态度的转变，而这正是在对作为新时期主流的现代化话语产生某种质疑的前提下发生的。史铁生的《我的遥远的清平湾》关于知青生活的讲述，沉浸在一种暖暖的怀念情调之中，却不只是怀旧，而包含着某种关于人类、历史与民族生存的感悟："火红的太阳把牛和人的影子长长地印在山坡上，扶犁的后面跟着撒粪的，撒粪的后头跟着点籽的，点籽的后头是打土坷拉的，一行人慢慢地、有节奏地向前移动，随着那悠长的吆牛声。……那情景几乎使我忘记自己是生活在哪个世纪，默默地想着人类遥远而漫长的历史。人类好像就是这么走过来的。"或许可以说，正是回到都市后艰难而庸常的生活本身，打破了那种永远朝向未来的"目的地"、具有浓郁意识形态色彩的幻梦，而使他们看见了乡村生活，并看见了"时间"之外那似乎永恒的民族生存状态。

正是在乡村生活经验中所"发现"的这种"历史"，使知青作家获取着超越一己悲欢的精神认同。那是他们认知"中国"的时刻。似乎应该说，乡村生活在这个时刻成了知青作家的"意识形态的崇高客体"[1]。这一客体指向那无法被表述的"无字"的历史，正如莫言小说《红高粱》中无字的纪念碑，或如阿城小说《棋王》中母亲遗赠的无字棋。这历史从不曾在主流意识形态中获得讲述，似乎也没有过讲述它们的语言。它们既不存在那曾经被五四运动所割断的主流传统中，也不存在于经典的阶级话语，但却在乡村的"一梁一栋、一檐一桶"中均可见其身影，这一切"像巨大无比的、暧昧不明的、炽热翻腾的大地深层"[2]，等待着人们去发现与讲述。于是，"寻根"成为一次打碎也是重建主体的象征行为，他们渴望把自己投入那崇高客体，并成为它的化身。或许，这正是被耦合到对 80 年代主流意识形态秩序的某种疏离、对西方现代派的批评、对拉美"魔幻现实主义"文学的倾慕、对现代化进程暧昧不明的"后倾"姿态中的，属于一代人的集体无意识。

---

[1] [斯洛文尼亚] 斯拉沃热·齐泽克：《意识形态的崇高客体》，季广茂译，北京：中央编译出版社，2002 年。

[2] 韩少功：《文学的"根"》。

4. 个案或寓言：王安忆和她的美国之行

王安忆介入"寻根"写作，看似偶然。在中短篇小说集《小鲍庄》的"后记"中，她提到她那些被称为"寻根小说"的作品，都是1983年美国之行的产物——"在大洋彼岸游历了四个月回来，经过六个月的苦闷，然后，写下了这些：六个短篇，四个中篇。"[1]事实上，美国之行之于王安忆，成就的并非只是1986年这本小说集，还包括在美国写就的游记散文《母女同游美利坚》；1991年完成的中篇小说《乌托邦诗篇》对这次游历前后的心绪变化与其创作间的关系，做了详细描述；1992年的自传性长篇小说《纪实和虚构——创造世界方法之一种》，这次游历同样在其中占据了一定的篇幅。这也可见这次美国之行对作家所产生的影响之深远。还在1985年时，她就将这次游历带来的震撼期称为"于我一生都将是十分重要的时期"。如果说这次美国之行造就了王安忆个人的寻根写作，并且其影响不限于一时，而某种程度上决定了此后作家写作方向的话，那么，或许同样可以把王安忆在美国的遭遇和她的反应方式，视为寻根文学之所以在80年代中国发生的某种历史寓言。

1983年到美国爱荷华大学参加"国际写作计划班"度过的四个月时间，对王安忆而言，构成了一次"文化震惊"体验。她感觉到在美国所见的乃是"与自己三十年生活绝然两样的一切"[2]。在这个高度发达的现代化国度里，有着"玩具般的簇新的房屋"，屋前的甬道上"鲜花盛开，绿地静悄悄，树木掩着木桌木椅"。那股标志着现代化发达程度的"外国味"和天空中"好像一幅古典浪漫时期的油画"的蔚蓝色与云彩，以及那乘着五彩气球飞翔的旅行家，使她觉得自己仿佛置身一个"童话世界"。但正是这个童话世界，还有那"快乐、高兴、无忧无虑、无牵无绊、一身轻松，还象征着'傻瓜'"的足球场狂欢，却使她感到一种"排

---

[1]　王安忆：《小鲍庄》"后记"，上海：上海文艺出版社，1986年，第451页。

[2]　同上书，第451页。

斥":"你永远进入不了";而同时就"陡然地觉出了身心的疲惫和苍老"以及东方民族的沧桑感[1]。在美国的时间里,她感到"常常被一股莫名的情绪所搏动,或兴奋,或焦躁,或喜悦,或悲哀,唯独没了平静。总是心神不定,六神不安,最终成了苦恼"。而有意味的是,使她的心绪恢复平静,终于能够"平和"地回想起美国生活的一切的,是她回到中国的日常生活中的时刻——"回到自己熟悉的世界中,蜷在自己狭小却舒适的小巢里,回想着那遥远而陌生的一切,便像有了安全感似的,放松下来,有了闲暇生出种种心情。"也正是在这个时刻,民族身份的认同涌现出来:"这时,我忽感到,要改变自己的种族是如何的不可能,我深觉着自己是一个中国人。百感交集,千思万绪涌上心头。"[2]

在这样的叙述里,我们隐约可以窥见一个第三世界知识分子在发达国家面前所体验的复杂心境。或许应当把王安忆看似个人的经验,读作一个关于第三世界知识分子主体意识发生的寓言。事实上,王安忆的经历在新时期的其他作家那里也曾经以别样的方式发生,最典型的或许便是张洁的《只有一个太阳》和王蒙的《活动变人形》。这两部作品同样是作家游历西方之后的产物。尽管三者的反应方式尤其是文学表达方式有很大差别,不过他们都以某种方式——有意识或无意识的——裂解着那种启蒙神话,并直面作为第三世界国度的中国在现代化过程中所真实地承受着的历史压力。王蒙称《活动变人形》是自己"写得最痛苦"的小说,张洁则干脆反讽性地把她小说的副标题命名为"一个关于浪漫的梦想"。但或许构成代际差异的是,不同于王蒙的痛苦与张洁的绝望,王安忆选择的是认可与背负,并因此而努力重构民族的主体形象。王安忆使用了"种族"一词,并想到过"改变",就像她努力尝试着融入美国足球场的狂欢节,但最终却感到"我们这两个中国人在这欢乐的海洋中是多么寂寞,我们无依无靠,我们其实一点都没弄明白他们为什么这

---

[1] 王安忆:《乌托邦诗篇》,收入《王安忆自选集·香港的情与爱》,北京:作家出版社,1996年。

[2] 王安忆:《小鲍庄》"后记",第452页。

样高兴"。如果说"种族"一词意味着一种比"民族"更强烈的血缘关联，意味着那种与"产生于我们各自出生之前就已开始的经验的旅途之间"的联系的话，王安忆在此关于"中国人"身份的体认所突出的，正是"个人的非选择性"。她称之为"宿命"。这种关于自身民族生存状态的充满着心酸意味的认可，其实便是民族主体意识诞生之时：她承担了作为一个"中国人"必须去面对的苍老、沉重、混乱、窘迫乃至一切与之关联的苦难。在这个时刻她"似乎博大了许多，再不把小小的自己看在眼里"，她"长大成人"。

如果说知青一代始终遭受着"无父无根无家无史"的困扰的话，那么王安忆在这里，却以一种特殊的方式建立起了与一个超越性的民族共同体的关联。事实上，正是在王安忆的寻根小说中，"浪子归来"（《大刘庄》中的百岁子）和"父子相认"（《小鲍庄》结束在拾来和老货郎的对视），成了一种别具意味的文本再现形态。这种皈依和认可，不是对既存秩序的臣服，而是对生养自己的土地、亲人与族群的重新注视。正是在这样的时刻，知青经历中的乡村体验浮现至王安忆创作的前景，"乡村"与"中国"完成了一次似乎无意识而又似乎必然的耦合。她的《小鲍庄》《大刘庄》等便是这一耦合的叙事结果。而这一切叙事的底景，乃是在美国所遭遇的"童话"与"狂欢节"震惊。这种在异族遭受的刺激，主要并不是"文化的冲突"，而是一个"苍老疲惫的民族"在一个"年轻的国度"遭受的震惊体验。也许更准确地说，更是一个第三世界国度的知识分子与发达西方国家——这个被现代化的中国视为"理想他者"的对象——"亲密接触"时所产生的梦想与现实相撞的错愕。正是在这样的正面接触中，王安忆意识到那个代表着现代化历史顶端的文明的绝对他者性——那"人类的背景"不过是"人家的山头"："前人们没有给我们留下一点插脚之地，我们在人家的山头爬上爬下。"[1] 可以说，正是这种在发达国家的亲身体验，无形之中刺破了那种进化论式的现代

[1] 王安忆：《乌托邦诗篇》，收入《王安忆自选集·香港的情与爱》，第274—275页。

化幻象。意识到"进入不了"西方的童话世界与狂欢节的时刻,也是民族主体意识诞生的时刻;意识到自己作为"中国人",也就是意味着将作为主体背负起第三世界民族沉重的历史与现实。

对上述不同面向的描述,乃是力图重构"寻根"意识发生的历史语境。尽管所谓"寻根"在多种情境和多个话语脉络之中,都不过是作为"现代化"与逐渐被辨识的"西方"的"倒影"而出现,但那尽管"微弱"而暧昧的民族主义抗议之声,却在某种程度上呈现出"新时期"历史中那些犹疑、困扰、凝重乃至忧愁的时刻。它使我们在一段高歌猛进的明亮历史中,看见一些不同层次的混沌光影与色调。正是在这一意义上,探询"寻根"文学关于文化民族主义的表述,也便是尝试去打捞并重新审视 80 年代历史中那些被启蒙现代性话语所淹没和席卷的话语实践。而那叠印在一起的古代中国与现代中国的两张面孔,则使得那关于"根"的追寻成为一次"关于不可表达之物"的艰难表达。

三、"寻根"诗:"废墟"侧旁的民族叙事

关于寻根思潮的研究,很少涉及寻根小说之前出现的"文化寻根诗",因为至少在文本层面看来,这两者似乎没有多么紧密的关联。不过,值得分析的是,寻根诗中所表现的民族叙事,恰恰构成了寻根小说出现的历史前景。正是寻根诗,对 80 年代一种普遍的关于中国现实的民族主义叙事做了诗意的呈现。在很大程度上应该说,正是这种主流的民族主义想象,制约着寻根小说关于民族文化之根的叙事方式。

"文化寻根诗"这一说法,是李振声在《季节的轮换》一书中提出的一种概括方式。他认为,在"朦胧诗"与"第三代诗"之间存在着"文化寻根诗"这一"过渡层"。尤为有意味的是,他发现:"在本能的、无意识层面上,'第三代'诗的各种激进意向,实际上都是直接针对'文化寻根'诗的价值取向和抒写方式所作出的反拨和拒绝,但在有意识的

层面上，'第三代'诗却更多地对'朦胧诗'耿耿于怀、频频发难并采取一种强烈的对抗姿态。"[1] 李振声的这种描述可以在"第三代"诗人的重要代表韩东、周伦佑、于坚等的诗论[2] 中得到明显的佐证。从文学史的视野来看，应当说"文化寻根诗"在 80 年代前中期曾产生过相当广泛的影响，并形成了一种独特的诗歌体裁——长诗（或称"史诗"，诗人海子称为"大诗"）的兴盛，"1984 年前后，诗坛上曾经出现过一阵追求和呼吁所谓'现代史诗'的小小热潮"[3]。当时的评论家概括道："追求诗歌的史诗性，已经明显成为一种创作潮流。一代勤于探索诗的精魂的作者，都深深地'渴望企及'民族文化心理那巨大的'磁心'。"[4] 而有意味的是，正如"寻根小说"初现时在文学界煊赫一时而作为"潮流"很快便消失一样，"文化寻根诗"在诗歌界也具有相类的命运。这或许正显示出"文化寻根"这一象征行为自身特有的内在张力。

就"文化寻根诗"的文本构成而言，其突出特征，是浓郁的神话氛围和密集的远古中国文化符码。作为"文化寻根"的代表诗人，杨炼的诗歌写作对象是大雁塔、半坡、敦煌、诺日朗（西藏男神）等中国土地上著名的文化古迹或历史文物；而借鉴《易经》结构方式的长诗《与死亡对称》，所处理的"历史的语言"则包括商纣王、秦始皇、武则天、西施、霍去病等众多历史人物[5]。与杨炼的庞杂与粗暴不同，诗人江河则

---

[1]　李振声：《季节的轮换》，第 2 页。

[2]　参见韩东《三个世俗角色之后》、周伦佑《"第三浪潮"与第三代诗人》，以及于坚在《棕皮手记：1990—1991》（《棕皮手记》，上海：东方出版中心，1997 年）中对海子诗歌的评述。

[3]　唐晓渡：《编选者序：从死亡的方向看》，收入《与死亡对称——长诗、组诗卷》，唐晓渡编选，北京：北京师范大学出版社，1993 年，第 14 页。

[4]　谢冕：《诗在超越自己——中国新诗现阶段综论之八》，收入《谢冕文学评论选》，长沙：湖南文艺出版社，1986 年，第 190 页。有关"企及磁心"的说法来自诗人石光华的《企及磁心·代序——摘自给友人的一封信》（1985 年），收入《磁场与魔方——新潮诗论卷》，谢冕、唐晓渡主编，吴思敬编选，北京：北京师范大学出版社，1993 年。

[5]　杨炼在《与死亡对称》的"总注"中说明这首长诗是"以'土'为内在基调处理'历史语言'，由'地'和'山'两大单元结构而成"（见北岛、江河、舒婷、顾城、杨炼：《五人诗选》，北京：作家出版社，1986 年，第 38 页）。

显得更为精粹与优雅。他的《纪念碑》《从这里开始》等诗中,就已经出现了"现代史诗的雏形"[1],土地、原野、祖先、巨龙、长城、运河、宫墙、黄土高原、陶器的碎片、黄河等表征着民族血缘与地缘归属的核心意象,构成了作为抒情主体"我"("金黄皮肤的人")认同"祖国"的直接依据;而标志着"寻根"/"史诗"达到高潮[2]的代表作《太阳和他的反光》,则由六个远古神话故事(盘古开天、女娲补天、夸父追日、后羿射日、吴刚斫木、大禹息壤)组成,但以现代人的心理和感受投射到神话人物当中,"让贯穿在神话中的民族精魂在现代背景上萌生发扬"[3]。李振声非常有意味而事实上相当准确地将杨炼称为"朝圣者",认为杨炼的诗歌"勾勒出这个有着朝圣者般虔诚心怀与充沛精力的年青诗人,一趟又一趟漫长、艰难而又激动人心的精神跋涉和心路历程",其涉及的领域"包括从楚骚精神、易经思辨到所有被他视作生存和文化的启导性源头的实物遗址和经典文本",从而"有意识地在自己的生存感受内部去体验人类种族的精神历史"[4]。这同样也是江河这一时期诗歌的主要特点。

"文化寻根诗"的文本事实上由三个结构性的因素构成:一是作为远古中国文化"能指"的历史文本或实物遗址,一是作为远古中国文化"所指"的历史共同体想象,而另一则是游走于两者之间、事实上也是建构两者"必然"关联性的抒情主体("我")。其内在包含的叙事过程,往往是抒情主体透过历史文本的断简残篇或衰朽、颓败的实物遗址,建立起关于"文化中国"的历史共同体叙述,从而确立自身主体性的归属位置。这一点在江河的《从这里开始——给 M》中表现得最为明显。

---

[1] 谢冕:《诗在超越自己——中国新诗现阶段综论之八》,收入《谢冕文学评论选》,第 184 页。

[2] 唐晓渡在《杨炼与江河:历史、记忆、书写》(《经济观察报》2006 年 2 月 13 日)中写道:"1985 年《黄河》第 1 期刊发了他的大型组诗《太阳和他的反光》,使其时端倪初开的'寻根'、'史诗'热一下子达到了一个高潮"。

[3] 谢冕:《诗在超越自己——中国新诗现阶段综论之八》,收入《谢冕文学评论选》,第 192 页。

[4] 李振声:《季节的轮换》,第 6 页。

　　这首诗的五个部分其实也是在描述抒情主体的心理变迁过程：第一部分"苦闷"中出现的是孤单、茫然的"我"，而造成这种孤单的原因恰在于他无法确立起与民族这一"共同体"的关联："城市与乡村，关紧了窗户／无边无际的原野被搁置着／像民族的智慧和感情一样荒凉"；而到了最后一部分"从这里开始"则表现为欣悦，因为抒情主体感受到汇入了"共同体"："从诞生之前就通过我／激动地呼出的名字开始""……把我从孤独中解放，触进另一个人／触进所有跳动的心……挽着所有的兄弟姊妹／沟通所有的峡谷，河床"。这样一种"共同体"想象的确立，正是通过第三部分"伤心的歌"和第四部分"沉思"所表现的抒情主体在祖国大地上的漫游而形成。抒情主体在漫游中所见皆为民族的象征符号，如"巨龙""宫殿""长城""运河"等。尤有意味的是，确立起归属想象的最关键因素，是"黄土高原"上的漫游：看见"窑洞""陶器"就像看见"古老的梦想"，攥着"黏土"，想到的是陶罐、陶纹、黑发、黄河和黄皮肤——显然，这里讲述的正是中华民族的起源神话。所有这些元素都是以超越历史的本体形象出现的，并通过"祖先""鲜红的血液"而"遗赠"到"我"。但是，这种"起源神话"并不是一开始就导向整体性的归属感，而是经历着一次破碎——"陶罐碎了，精美的瓷器／压走了我手上的光泽"，因此也就必须有一次重新的整合与重新的确认——"这宫殿，这颤抖的光／不能映出我的面貌／不能联结我的智慧和梦想／我的面貌属于比宫殿高大的山／属于由我开凿的岩洞，东方的神往……属于我的地理面貌／联结着山脉和海洋的一条条江河……"，八个"属于"所标志的，正是重新被构造的共同体想象。

　　就解构"文化寻根诗"的叙事性而言，或许没有哪部作品比韩东的《有关大雁塔》更为尖刻也更富于挑衅性的了。这首写于1986年的诗，完全可以看作对杨炼在1981年完成的"文化史诗"《大雁塔》的某种戏仿和解构。可以说，如果不参照杨炼的《大雁塔》中关于大雁塔同时也是民族的历史叙述，那么韩东的"有关大雁塔／我们又能知道些什么"这样的语句便显得平淡无奇。正如后现代主义文化的"削平历史深度"建筑于现代主义的"深度模式"基础之上，韩东关于大雁塔的直白描述产生的冲击力正来自杨炼基于大雁塔所建构的具有纵深时间向度的历史想象。换句话说，正是韩东关于大雁塔刻意营造的对历史的"无知"，暴露出杨炼有关大雁塔叙述的"想象"性或"虚构"性。杨炼的《大雁塔》通过"衰朽的空间"即大雁塔来展示有关民族历史的叙述——"我被固定在这里／山峰似的一动不动／墓碑似的一动不动／记录下民族的痛苦和生命。"民族历史的"故事"被置于过去—现代—未来的时间维度上，并且正是通过讲述如何从过去来到现在的历史，而展开关于"未来"的想象（讲述的对象是"孩子们"）。由于大雁塔作为历史的"见证"，并且由于叙述所调动的乃是民族这一"共同体"的文化记忆，因此它本身的叙事性与虚构性乃是不易觉察的，而被视为"民族责任感"的表现。但正是韩东冷漠的"有关大雁塔／我们又能知道些什么／我们爬上去／看看四周的风景／然后再下来"，使得大雁塔无论作为历史记忆还是民族历史见证，都成为"虚构"的结果。进而言之，这不过是抒情主体"对某些历史遗物和原始记忆的恣情纵意的遥想和悬测"[1]。而这种"虚构""想象"或"遥想""悬测"能够激起广泛认同的原因，正在于其借以叙述或想象历史的知识被人们接受为理所当然的。

不过，如果说寻根诗在"衰朽的空间"（废墟）背后所发掘的历史有机体是叙事的产物的话，那么，更重要也更为当时的人们所不自觉地认可的另一大叙事，乃是这一"衰朽的空间"在当时历史语境中的具体指涉。几乎所有的人，都"自动"地将通过遗址、古迹来呈现的"废墟"意象，指认为"文革"后中国的现实。著名诗歌评论家谢冕在尝试分析寻根诗出现的历史原因时，这样写道："这一部分诗的实践，起源于对中国文化久经动乱之中衰与断裂的振兴意愿。它受到特殊环境与氛围的

---

[1]　李振声：《季节的轮换》，第 16 页。

启示：因摧毁性的破灭而产生探究与重建的渴望。由于从废墟中开掘，感受到中国文化宝藏的宏深，不由自主的皈依感，同时，也由于现实的失望而力图重建合理秩序，这无疑包孕了隐遁的意绪。这一切出现在社会重获生机的开放情势之下，故不单纯是文化的吸附力所使然，它当然蕴有明确的现实否定与历史批判意向。"[1] 这里的关键词在于"断裂""废墟"与"重建"。在这一意义上，"文革"作为一场"民族浩劫"，"新时期"则是浩劫之后的民族重生，这一历史叙事是被作为一种"事实"来接受的。应该说，正是关于"废墟"的叙事才是民族主义认同起源的真正关键所在。它将一段具体的历史抽象化为作为进化时间肌体的民族的一个衰败的时刻，不仅回避了对这段历史的批判性思考，而且激发起了一种"自然"的民族认同。如果说"文革"后中国变革的实质是政权的延续与意识形态的断裂并存的话，那么，使得这一裂隙得以弥合的关键，正在于一种新的民族主义话语的登场。关于"废墟"的指认，从看似自然的民族古文化遗迹中提升一种勾连起过去—现在—未来的历史叙述，成为这一话语实践的关键所在。

"破碎的陶罐"构成了这一时期的文化寻根诗歌与小说中相当引人注目的重要意象。不仅在杨炼、江河的诗中如此，在张承志的小说《北方的河》中，这更是彰显小说主题的核心意象。《北方的河》的"题记"表明这部小说试图呈现的是一代人与民族新生的主题，这一主题具体落实在小说中写到的"古老的彩陶流成了河"的青海湟水河滩，女主人公试图复原一只破碎的陶罐时发出的感叹："多美啊，可惜碎了。就像我们这一代人。"洪子诚认为这一象征性细节，表现了年轻作家在特定历史时期所追求的历史观和美学观，即"残缺的美"[2]。不过，就这一意象在当时的普泛程度而言，或许更可以视为当时人们关于民族文化想象的经典表达。"陶罐"这一源自当时考古新发现的意象，显示的是中华民族历

[1]　谢冕：《美丽的遁逸——论中国后新诗潮》，收入《磁场与魔方：新潮诗论卷》，第219页。

[2]　洪子诚：《当代中国文学的艺术问题》，北京：北京大学出版社，1986年，第308—309页。

史的悠久，而陶罐的破碎正如中国文化在当代的处境：它化成了"文化断裂带"侧旁的碎片、废墟。这一空间性意象本身显现的正是一种"残缺的美"，一种衰朽、颓败的历史残骸。这一"残骸"本身，召唤诗人们进入被遗忘的历史时间。而一旦"时间"维度浮现，也就开启了一种关于民族文化共同体的叙事过程，漂浮的无所皈依的抒情主体则在这一叙事过程中重新找到了自己的位置。这一叙事过程被比拟于"复原"破碎的陶罐的修复过程，似乎民族文化的历史一直存在于时间的深处，仅仅等待诗人们去重新发现。

更重要的是，"破碎的陶罐"这一意象构成了当代中国历史处境的象征性讲述，也可以说是 80 年代"历史反思运动"的一个浓缩性的主题意象。事实上，比起寻根诗和寻根小说对中国民族文化的"追寻"，80 年代中国文化界的主流乃是"历史反思运动"。在反思"文革"这样的"民族浩劫"何以在中国发生时，就隐含了一种不言自明的民族自我批判意识，即正是因为中国传统文化（更明确的表达是"封建主义"）本身的缺陷和问题，才导致这种民族历史悲剧的发生。这种"历史反思运动"的明确表达，既体现在历史反思小说中，也体现在《兴盛与危机——论中国封建社会的超稳定结构》[1] 等学术著作中，同时还体现在《河殇》这样的风行一时的电视专题片中。其中，对中国传统文化的反思和批判，构成了所有叙述的起点。这一对民族传统文化的主流认知方式，浓缩在"破碎的陶罐"这一意象中，一方面借此抹去了一种具体的历史反思，另一方面则使得无论何种话语脉络浮现的民族认同，都必须面对"废墟"（即"文革"后的当代中国社会）这一前提与现实。这也正是寻根小说必须避开主流文化而去"非规范"的"地下"寻找民族文化之"根"所对话的具体语境。

---

[1]　金观涛、刘青峰：《兴盛与危机——论中国封建社会的超稳定结构》，长沙：湖南人民出版社，1984 年。

四、"活的传统"：寻找非规范之根

1. 超越政治的"文化"

"寻根"思潮中关于民族文化的想象始终包含着一个"深度模式"。如同"根"这一隐喻形象显示的那样，寻根作家对于"文化"的认知普遍建立在一种由表与里、浅与深、外壳与内里等构成的等级序列上。"文化"属于一种隐藏在精神的内里、不会随时代变换而改变、由长久的时间积淀而保存下来的本体性存在。但这种文化因为经历了悠久的历史而显得面目模糊，需要被重新整理。正如韩少功在《文学的"根"》中所表述的："万端变化，中国还是中国……在民族的深层精神文化物质方面，我们有民族的自我，我们的责任就是释放现代观念的热能，来重铸和镀亮这种自我。"他借用丹纳的《艺术哲学》，按照存活时间的长短将生活分为渐次深入的三个不同层次，而第三层次的文化又可区分为"地壳"（规范文化）和"地壳下的岩浆"（非规范文化）[1]。类似的修辞在"寻根"倡导者的表述当中比比皆是。寻根文学的批评家李庆西认为这是一种"超越了现实的（亦已模式化的）政治关系的艺术思维"，并衍生出一系列的二元对立即"从社会的表层进入文化的深层""从原有的'政治、经济、道德与法'的范畴过渡到'自然、历史、文化与人'的范畴"[2]。显然，这样一种有着明显的价值判断的修辞方式里，隐藏着寻根倡导者的意识形态诉求。他们通过建立起文学活动的等级关系，将文化主题置于政治、时代主题之上。在这种等级序列当中，文化（民族）能够包容并且超越政治（国家），因为后者代表着短暂的、非本质的中国表层，而前者则是永恒的、本质的中国的化身。正是在这种等级关系中，文化（民族）具有了批判和超越政治（国家）的能力。事实上，这

---

[1]　韩少功：《文学的"根"》。

[2]　李庆西：《寻根：回到事物本身》。

也正是"历史反思运动"的逻辑，即通过文化批判来完成政治批判。"文革"的发生不仅被看作错误的政治路线和国家管理的后果（政治），更被看作国民劣根性和封建主义复辟的结果（文化），因此反思民族文化也成为一个重要的政治问题。进而，对民族文化的历史批判（比如批判"超稳定结构"，批判"东方专制"等），正是对当代政治展开批判的一种直接隐喻。

不过，如果说寻根作家对文化超越历史的共时性的强调，正是为了批判和逾越"非超越性"的政治与时代主题的限定的话，那么非常有意味的就是这种去政治化的文化观中所隐含的"文化中国"的想象方式。民族文化被看作在历史的原初就已经成型的有机整体，它是中国的更为深层也更为本质的化身；但因为这种文化在民族历史展开过程中不断被遮蔽或遭变异，到现在仅仅留下一些面目模糊的古迹或遗址乃至文化的断简残篇，因此，需要一个寻找或重新发现的过程。在这种论述中，"文化中国"被看作某种"本体"或"实体"性的存在，是一个超越性的认同归属的主体身份。但当时的寻根作家并没有意识到，这种附着于碎片似的古迹或符号上的文化共同体其实正是一种想象与叙事的结果，因为这些古迹或文化符号并不必然产生关于民族历史的认同。正是在这一意义上，美国学者本尼迪克特·安德森在他那本著名的论著《想象的共同体——民族主义的起源与散布》中将民族主义定义为"特殊类型的文化人造物"和"想象的共同体"[1]。这意味着那种有机体式的中国共同体认同，始终是现代性想象和叙事的产物。这实则也是一种"颠倒"的认同机制。因此，如果"文化中国"并不是一个本体性的历史存在，而是一种现代性建构的产物，那么，很显然，"寻根"就并不是一个找到丢失之根的过程，而是构造并重新讲述根的过程。也正是这一点，形成了寻根文学文本构成上的重要特征。即一方面能够印证"文化中国"存在的，是那些尚残存的文化遗址或历史符号；另一方面以这些文化符号

---

[1] ［美］本尼迪克特·安德森：《想象的共同体——民族主义的起源与散布》，吴叡人译，第 6、4 页。

为起点，追溯并叙述"文化中国"的原初样态则成为文学文本的基本叙事机制。更关键的是，由于"文化中国"本身被看作一个早已在历史中成型的本体性存在，因此，这种通过可视的古迹、遗址乃至民风民俗与器物等而"构造"历史的叙事性不被察觉，相反，它们被看作需要还原的本初的也是永恒民族"自我"的历史见证。这样一个"颠倒"的过程恰好构成了寻根文学的文本叙事动力所在，即构造"文化中国"整体想象的叙事动力，被转换为一个朝向本体化原初中国的"寻找"过程。

2. 族群、区域的差异和重新整合

按照李振声的说法，大致可以将1982年杨炼发表《半坡》组诗看作"文化寻根诗"的发端，而寻根宣言和寻根小说的出现则晚了两至三年的时间。不过，正是通过小说界，"寻根"才成为自觉的倡导并引起知识界广泛关注的文学与文化思潮。如果说寻根诗借以作为"根"之见证物的，多是文化遗址或历史文本，那么寻根小说则更多地关注"活着的传统"，即那些尚存活于独特地域或族群中的风俗、世情和生存样态。

这种地域、族群文化的书写表现出两个不同方向的看似悖反的特征。一方面，寻根小说关于民族文化的表述有着颇为醒目的"去中心化"表象。其关于中国文化的表述并没有采取中国想象惯常使用的文化或地理符号，而着重挖掘和表现的是中国内部的边缘文化。呈现中国文化的内在差异性被作为寻根小说的共同追求，这种差异性有时表现为带有几分"魔幻"色彩的少数民族文化，有时表现为带有明显的区域性色彩的地方文化，有时则表现为由远古时代残存至今的民风民俗；并且几乎所有的寻根小说语言都极大地借重方言土语，并追求着一种摆脱了体制化语言的风格化表述。但另一方面，这些各有差异的"活着的传统"，也正是作为共同体存在的"文化中国"的未死之"根"。韩少功在他的"寻根宣言"中将这样的意思做了极具征候性的表述："哪怕是农舍的一梁一栋、一檐一桶，都可能有汉魏或唐宋的投影。"也就是说，在中国

大地上"活着"的这些传统,乃是一个更大更为本质但遭到遮蔽的民族文化机体的构成部分。这些相类的修辞如"根""投影",指向的是与其强调文化差异性的表象相反的诉求,即一个内在的、作为历史有机体存在的"文化中国"的整体想象。正是经由这两个看似冲突的叙事面向,寻根小说一方面试图绕开新启蒙主义对传统文化的批判性指认,而另一方面则试图确立起民族主义新的文化认同方式。

寻根小说对中国文化内部差异性的强调,建基于一种中心与边缘的二元想象,并先在地将批判的矛头指向中心文化;而确立起"新时期"意识形态合法性的"历史反思运动",正是将传统中国的正统文化(马克思主义理论表述的"封建文化"和新启蒙话语表述的"传统文化")视为主要的文化敌人。由于文化批判和政治批判之间存在着这样的等价关系,同时"文化"又被看作民族的本质性也是拯救性的存在,因此,与文化反思同时进行的,就必然是一种文化辨析工程:哪些是"活的"哪些是"死的",哪些是"好的"哪些是"坏的"。

美国学者艾恺(Guy S. Alitto)认为这种辨析工作是生发于后发现代化国家的"文化民族主义"的普遍特征:"形成民族认同对象的努力的一个方面——特别是在向外进行大规模文化借引的时期——是对本土文化的复苏与重振的想法。这想法同时也包括了摈弃与否定传统文化中某些不适于现代社会的因素,在这同时界定真文化的'核心'与'要义'。"[1]事实上,五四开启的新文化启蒙运动并不像"反传统的民族主义"所概括的那样简单,与"打倒孔家店"同时的,还有胡适对古典白话文学、周作人对晚明公安竟陵派文学的确认;而抗战期间(1936—1939年)知识界的"新启蒙运动"则提出"打倒孔家店,救出孔夫子"这样的历史甄别口号。与之有所不同的是,寻根倡导者所做的文化甄别,并不在正统文化内部展开,而是将民族文化内部的边缘性"他者"即非规范文

---

[1] [美]艾恺:《世界范围内的反现代化思潮——论文化守成主义》,贵阳:贵州人民出版社,1991年,第207—208页。

化，视为民族活力和希望之所在。韩少功把"非规范文化"比喻为地壳下的岩浆，李杭育则写道："我以为我们民族文化之精华，更多地保留在中原规范之外。规范的、传统的'根'，大都枯死了。'五四'以来我们不断地在清除着这些枯根，决不让它复活。规范之外，才是我们需要的'根'，因为它们分布在广阔的大地，深植于民间的沃土。"[1] 这里所谓"规范"与"非规范"、"死根"与"活根"的二分，建立在一种文化主义的民族有机文化整体想象的基础上。它通过"寻找"这一行为，建立了一种进化论式的过去（自在的历史）、现在（寻找并重铸）、未来（民族腾飞）的线性时间维度，事实上这正是现代民族国家叙事得以产生的关键机制。民族文化被看作一个有着自身成长历史的有机体，如果找到有生命力的"根"，它将"开出奇异的花，结出肥硕的果"。因此，如果说寻根倡导者希望借助重提非规范文化，来完成对规范与正统文化的批判，那么这种批判行为也并非要颠覆和瓦解民族文化本身，甚至也不是要怀疑或批判民族文化的同质性，而是要用居于边缘位置的地方文化、少数族群文化来重构这种同质性。

寻根小说文本据以建构新的民族认同的"非规范文化"，大致可以概括为两种代表性形态。其一是汉族以外的少数民族文化。比如韩少功的《爸爸爸》写的是古代楚地的苗族文化，扎西达娃的《西藏：隐秘的岁月》和《系在皮绳扣上的魂》写的是西藏和神秘的藏族文化，而乌热尔图书写的则是大草原上的鄂温克族文化……这些非汉族的少数民族文化，在民族国家内部往往同时具有族群和地域上的双重边缘化特征。郑万隆的"异乡异闻"系列写的是汉族淘金者和鄂伦春族猎人杂居的边境山村。在小说集的"后记"中，他特别要强调，那个遥远的山村"失却和中国文化中心的交流"，它"是边境，国与国相交接的极限；在历史中似乎也是文明的极限，那里曾经被称作'野蛮女真人使犬部'"。[2] 在

---

[1]　李杭育：《理一理我们的"根"》。

[2]　郑万隆：《我的根》，《上海文学》1985年第5期。

这里，国与国的边境和历史中"文明的极限"是重叠的，意味着某种程度上将民族国家的领土边界与民族主义想象的族群边界重叠在了一起。不只是小说文本以少数民族文化作为"活的中国文化"的象征，在寻根文学的热潮当中，作家们的"少数民族"身份似乎也得到了相当突出的重视和强调，以致当时的作家李陀，这样表述他对自己少数民族身份（即达斡尔族——笔者注）的重新发现："我渴望有一天能够用我已经忘掉了许多的达斡尔语结结巴巴地和乡亲们谈天，去体验达斡尔文化给我的激动。"[1]

寻根文学所书写的少数民族文化，无疑有着"去汉族中心"的表象。但显然，这种关于少数民族文化的书写并不关涉中国内部的民族自决权这样的政治问题。一个最为明显的依据是这些小说几乎没有任何疑虑地使用汉语书写，并被纳入当代中国文学的主流生产与传播体制中。也就是说，这些试图书写少数民族文化的小说和作家，并不是为特定族群写作，也不是为了建构关于特定族群的身份认同。毋宁说，这些少数民族文化主要是作为"中国文化"内部的"他者"而出现的，就像"异乡异闻"这样的标题所显示的，它书写的是与"同"（自我）相对的"异"地和"异"族文化，而其"自我"，则是书写者寄身其中的居于中心地位的现代汉族文化与民族国家文化。这种作为中心文化的"他者"的异族文化，被想象为遥远而神秘的，同时有着主流文化所缺失的诸多品性与价值观，比如"是一种真实的文化，质朴的文化，生气勃勃的文化，比起我们的远离生存和信仰、肉体和灵魂的汉民族文化，那一味奢侈、矫饰、处处长起肿瘤、赘疣，动辄僵化、衰落的过分文化的文化，真不知美丽多少！"[2]；比如"那种神秘、奇丽、狂放、孤愤的境界"[3]；比如"充满了欲望和人情，也充满了生机和憧憬"[4]等。也就是说，作为

---

[1] 李陀：《文学通信》，《人民文学》1984 年第 3 期。

[2] 李杭育：《理一理我们的"根"》。

[3] 韩少功：《文学的"根"》。

[4] 郑万隆：《我的根》。

"自我"的理想镜像，这种异族文化被充分地"他者化"了，因而显现出与居于中心地位的汉族文化极为明显的文化差异。这种对"他者"族群文化的书写前提，便建立在对汉族中心文化的自我批判之上。而这种自我批判，无疑与"历史反思运动"对"文革"时期僵化的国家政治体制，以及由此展开的对中国传统、封建文化的批判联系在一起。或许从这样的角度，可以解释张承志从《北方的河》走向《心灵史》，从"中华民族"历史叙述的重构走向大西北的哲合忍耶的创作历程。正如爱德华·萨义德（Edward Said，也译赛义德）所言，"如果不同时研究其力量关系，或更准确地说，其权力结构，观念、文化和历史这类东西就不可能得到认真的研究或理解。"[1] 寻根小说关于少数民族文化的表述，与其说真实地呈现了这些边缘族群的文化，不如说它再度凸显的是这种关于少数民族文化的书写机制当中隐含的权力关系。因此，完全可以将这些对于少数族群文化的呈现，看作主流或中心文化自我形象的投射。更进一步也可以说，这种寻找中国内部他者的诉求与方式，正是"新时期"中国作家想象中国在全球格局中所处位置的结构性权力关系的一种复制。如果考虑到他们对西方"现代派"文学和拉美"魔幻现实主义"的自觉参照，就更可以说，中国内部的自我与他者的想象方式，事实上正是中国外部的主流与边缘关系的另一种投影。

第二类"非规范文化"是相对于中央、中心文化的地方（区域）文化。而这些地方文化又有着两种不同的表现形态。一种是大一统的中国文化内部的区域性的同时也是历史性的差异文化，比如韩少功作品中荆楚地区的楚文化（《爸爸爸》《归去来》等），贾平凹作品中商州地区的秦汉文化（"商州系列"散文与《鸡窝洼人家》等小说），李杭育作品中葛川江流域的吴越文化（《沙灶遗风》《最后一个渔佬儿》等）。另一种地方文化则是在当代社会仍然作为风俗留存于特定区域的文化，比如

---

[1] [美] 爱德华·萨义德：《东方学》，王宇根译，北京：生活·读书·新知三联书店，1999 年，第 8 页。

"京味"文化（邓友梅的《那五》《烟壶》）、天津的市民文化（冯骥才的《神鞭》《三寸金莲》）、苏州的食文化（陆文夫的《美食家》）和江苏高邮地区的风俗（汪曾祺故乡系列小说）等。地方、区域文化的特点，在于它的非中心、非主流特征，其间潜藏着中心与边缘或中央与地方的对立。但有趣的是，如果说"中国"一词本身就有着"中央之国"的含义的话，那么寻根思潮所呈现的地方文化，恰恰具有"去中心化的中国"这一表象。

这两类地方文化的共同点是，它们都凸显了中国文化的地域差异，但又包含了一个关于民族文化成长或衰老的历史叙事。或者说，不同地方、区域的文化的空间差异，显示的是作为整体的"文化中国"时间变迁的痕迹。也正因此，湘西地区的文化被命名为"楚文化"、商州地区的文化被命名为"秦汉文化"，而葛川江流域的文化则被命名为"吴越文化"，前者是作为主权国家的特定区域，后者标志的是"文化中国"发展的不同历史时期。也就是说，对不同的地方、区域文化进行指认的前提，是将其纳入有着共同的起源、发展历史的"文化中国"共同体想象中，其中没有受到怀疑的恰恰是"文化中国"（或"中华民族"）历史共同体的叙事性。汪曾祺直接把民族文化看作一个有着生老病死的有机体，他这样写道："风俗，仪式和节日，是历史的产物，它是必然要消亡的"，但"风俗中保留一个民族的常绿的童心，并对这种童心加以圣化。风俗使一个民族永不衰老。风俗是民族感情的重要组成部分"。[1]因此，与其说地方性风俗文化的存在证明了中国文化的差异、分裂，不如说，这些地方文化本身就是"民族文化"历史整体的构成部分。书写这些风俗，对于作家而言是"故国神游"，是作为"中国人"的主体发现"自我"的时刻[2]。

李杭育则讲述了一个汉民族文化在几千年历史中变迁的故事：春秋时期"中华文明"曾经存在着四种文化形态，即除了后来成为中原文化

---

[1] 汪曾祺：《谈谈风俗画》，收入《汪曾祺文集·文论卷》，第59—66页。

[2] 同上书，第66页。

规范的殷商文化之外，还有以老庄为代表的诸夏文化、以楚辞和屈原为代表的荆楚文化和幽默鲜活的吴越文化，但后三者"没有很好地继承、光大"。他提出的问题是："假如中国文学不是沿着《诗经》所体现的中原规范发展，而能以老庄的深邃、吴越的幽默，去糅合绚丽的楚文化，将歌舞剧形式的《离骚》《九歌》发扬光大，作为中国文学的主流发展到今天，将是一个什么局面？"[1] 这也就是说，李杭育关心汉民族文化的历史，其动力来自对中国文学现实的关注，目的是完成民族文化的重新整合。他并没有意识到"中华文明"这一文化共同体是构造现代民族国家认同的"文化人造物"，或者说是现代民族国家生产出来的"想象的共同体"；而从"春秋时期"到"今天"的历史连续性本身，既是认同现代民族国家的前提，更是民族主义叙事的结果。因此，对地方、区域文化的强调，并没有将地方、区域文化的差异性导向对中央、中心文化的挑战，相反，是居于"中央"或"中心"的民族文化整体对差异文化的重新整合。支配着这种差异性的空间文化指认的，是背后的作为历史有机体的"文化中国"整体想象。

五、"根"的知识谱系：美学、考古与民族史叙事

在很长的时间里，研究界对寻根文学的讨论一般都集中于具体文本的分析上，而很少进一步追问支配这种叙事的知识形态如何构成且源自何处。也就是说，人们有意无意间采取了和"寻根"倡导者一致的态度，即将有关"文化中国"的历史叙事看作某种理所当然的或从来如此的本体性事实，而没有意识到这种想象方式本身即是历史建构的结果。事实上，"寻根"作为一种理论表述形态，并不是自然而然地出现的。在韩少功等人提出"寻根"倡导之前，汪曾祺、贾平凹、邓友梅等的小说，

---

[1] 李杭育：《理一理我们的"根"》。

以及杨炼、江河等人的文化寻根诗中，就已经存在着对民族文化传统的重叙，当这种共通的文化取向被表达为明确的理论诉求时，其所能使用的语言就与 80 年代中国特定的知识状况关联在一起。

1. 中国的南北之分及其文化起源

可以说，正是寻根文学呈现"文化中国"的符号构成方式，成就了其在 20 世纪中国民族主义文化表述上的独特性。寻根诗有关"文化中国"的想象主要由远古时代以神话为主的文化体系构成，并且其所书写的"衰朽的空间"（大雁塔、半坡、敦煌等）大致分布于以黄土高原为中心的北方中国。可以概括说，这些诗歌中包含的中国想象一方面将时间推进到了史前的远古阶段，另一方面其所想象的地理空间则大致分布于黄河流域的北方中国。之所以勉强做出这样的概括，是为了凸显出寻根小说在这方面的明显差别。自然，寻根小说思潮又是由不同取向的文本构成，不过就其有意识的倡导方向而言，寻根小说与寻根诗的主要差别表现在：不同于寻根诗由抒情主体"我"来沟通"衰朽的空间"和被压缩的历史时间想象这两者，寻根小说试图"客观"地展示"非个人性"的空间存在。寻根小说叙述方式上的普遍特征，是放弃了寻根诗那种个人化的主观叙述视点，而表现为一种全知视点对于群体生存状态的观照——"'寻根'小说一般没有鲁迅那种'哀其不幸，怒其不争'的感慨，更没有郁达夫式的愤世嫉俗、忧国忧己。小说家只是提供了生活的某些实在的轨迹，留给读者去思索。叙述的意向，是对民族民间群体生存意识的认同。"[1] 寻根小说这种人类学或民俗学倾向，固然正是试图从"肤浅"的"政治主题"转向"深层"的"文化主题"这样的创作诉求的具体表现，但也说明寻根小说的知识构成方式事实上已经大大不同于寻根诗。与寻根诗的中国想象大致仍停留于召唤中华民族认同的经典符

---

[1] 李庆西：《寻根：回到事物本身》。

号形态，如三皇五帝的祖先叙述与黄河、黄土地等中原文化不同，寻根小说有着更为自觉的重构中国文化的意识，并且试图寻求更为可靠的知识依据。特别明确的一点是，寻根小说想象和叙述中国文化的民族史知识，已经与寻根诗有着很大的不同。可以说，寻根小说的出现，是寻根作家吸纳并重构了一种新的民族史知识的结果。

在"寻根"口号提出的当时，这种文化选择上的分歧就已经被明确谈论。李庆西概括道，不同于阿城和季红真等所关注的"中国传统文化－心理构成中的儒、道、释的相互作用"，两位南方作家即韩少功与李杭育则认为"许多富于生命力的东西恰恰存在于正统的儒家文化圈以外的非规范文化之中"[1]。而"寻根宣言"中影响最大，也被讨论最多的两篇宣言，正是韩少功的《文学的"根"》和李杭育的《理一理我们的"根"》。前者以寻找"绚丽的楚文化"为起点，认为这种以屈原的《楚辞》为代表的南方文化，"他们崇拜鸟，歌颂鸟，作为'鸟的传人'，其文化与黄河流域的'龙的传人'有明显的差别"；后者则将这种南方与北方中国文化的冲突表述得更为明确，即远古时代的中华文明包含着"黄河上下的诸夏与殷商，长江流域的荆楚和吴越"，此后的历史发展是"殷商既成规范作大，其余三种形态的文化便处在规范之外"，而当代作家寻根的基本诉求则源自这样的问题意识：假如"不是沿《诗经》所体现的中原规范发展"，而以南中国文化资源为基础，中国文学就将是另外一番面貌。可以说，在寻根倡导者的自我表述当中，他们追求的不仅是儒家正统之外的差异性文化，更形成了以南方中国文化与北方中国文化的冲突来重构中国想象的知识表述。尽管并不是所有寻根小说追认的都是这个"南方文化正统"（比如同是寻根的积极倡导者的郑万隆展示的是北方山林文化，而阿城和经由季红真阐释的汪曾祺展示的则是某种儒道混合的文人传统），不过，应当说寻根作家中形成了最系统的文化表述的恰是韩少功与李杭育。

---

[1]　李庆西：《寻根：回到事物本身》。

2. 元叙事文本:《美的历程》

有意味的是,如若详细解读这种"南方文化论"的具体文本构成,可以较为清晰地看出80年代最具影响力的新启蒙文化思想家李泽厚,尤其是他那本引动"美学热"的著作《美的历程》的明显影响。韩少功在论述"鸟的传人"与"龙的传人"之差别后写道:"这也证实了李泽厚的有关推断",他提及的正是《美的历程》在"龙飞凤舞"一章对远古中国氏族文化中东部与西部氏族群落图腾形象的基本描述。更重要的是,韩少功在阐述"寻根"的合法性时,即这种寻根如何区别于"恋旧情绪和地方观念"而成为"对民族的重新认识"和"审美意识中潜在历史因素的苏醒"时,也可看出李泽厚的"积淀说"和"民族文化-心理结构"说的影响。李泽厚将"美"看作"有意味的形式",由民族历史的积淀而成,"内容积淀为形式,想象、观念积淀为感受"。这样一种美学观一方面解释了民族历史在当代的存在方式——"心理结构是浓缩了的人类历史文明",另一方面又赋予了艺术与美一种特殊的位置——"艺术作品则是打开了的时代魂灵的心理学"。因此,"生产创造消费,消费也创造生产。心理结构创造艺术的永恒,永恒的艺术也创造、体现人类流传下来的社会性的共同心理结构"[1]。如果说"寻根"试图达成的正是民族历史与当代现实之间的关联性的话,那么或许没有什么比李泽厚这种建立在阐释艺术"永恒性"基础上的理论更为有说服力的了。

李杭育的《理一理我们的"根"》尽管没有提及李泽厚,不过其有关"文化中国"的历史叙事则在很大程度上近似于《美的历程》。李杭育是将他的"寻根说"建立在一个较为完整的中国历史叙述的基础上的。首先他认为中国文化的最早起源中包含着不同的文化源流,不过后来被正统的儒家文化所压抑。而他认为儒家文化是一种已经"枯死了"的文化,这种汉民族的正统文化"过早地成熟、过早地丧失了天真的美

---

[1] 李泽厚:《美的历程》,北京:文物出版社,1981年,第18、213页。

丽、过于讲求实际"，因此"纯粹中国的传统，骨子里是反艺术的"。那些仍旧构成"中华民族文化库藏中的珍奇瑰宝"，但被汉民族正统排斥或压抑的"少数民族的文化"和汉民族内部的南方文化，才是真正的"活根"。中国文学与文化的新生便需要重新培植这些"活根"。也就是说，他在"中华民族"内部建立了一种多元文化的关系史，并构造出一种由"多元"走向"单一"的历史叙事，因此"寻根"也就成为重新寻找并构造中国文化起源的过程。

《美的历程》的基本论述框架，正建立在这样一种内在的线性二元结构基础之上。中华民族文化的源头，被追溯到上古社会的巫术－宗教文化，即氏族社会的图腾、原始歌舞、陶器纹饰（第一章"龙飞凤舞"）和展示着殷商巫史文化的青铜造型艺术及甲骨文、金文（第二章"青铜饕餮"）。但从春秋战国开始，逐渐确立的"先秦理性精神"及其构造的"儒道互补"成为中华民族的历史主流（第三章"先秦理性精神"）——"汉文化所以不同于其他民族的文化，中国人所以不同于外国人，中华艺术所以不同于其他艺术，其思想来由仍应追溯到先秦孔学。不管是好是坏，是批判还是继承，孔子在塑造中国民族性格和文化－心理结构上的历史地位，已是一种难以否认的客观事实。"[1] 发展到西汉时期，便形成了"南中国"与"北中国"文化的对峙——与"理性精神在北中国节节胜利"不同，"南中国由于原始氏族社会结构有更多的保留和残存，便强有力地保持和发展着绚烂鲜丽的远古传统"，而其文化上的表现便是"以屈原为代表的楚文化"。这种文化并延续到西汉文化中，即"在文学艺术领域，汉却依然保持了南楚故地的乡土本色"。只是因为经历了"罢黜百家，独尊儒术"的儒学主流化过程，才使得北方文化侵入并占领南方文化体系（第四章"楚汉浪漫主义"）。尤有意味的是，《美的历程》同时还确认了楚汉文化作为"中华本土"文化的特性，即"如果说，唐代艺术更多表现了中外艺术的交融，从而颇有'胡气'的话；那

---

[1]　李泽厚：《美的历程》，第49页。

末，汉代艺术却更突出地呈现着中华本土的音调传统：那由楚汉文化而来的天真狂放的浪漫主义，那人对世界满目琳琅的行动征服中的古拙气势的美"[1]。这种对"纯根"的指认在李杭育的《理一理我们的"根"》中得到重述："汉唐是了不起的，但那也未必就是'国粹'，未必是正统的中国传统。敦煌的异彩，唐诗的斑斓，应该说得益于佛教及西域文化的传入、交流。"也许可以说，《美的历程》所构筑的二元叙述结构突出地表现在其关于中华民族的起源说，也就是氏族社会形成的巫史传统和先秦时期形成的理性精神的某种对立，这也正是所谓"南中国"与"北中国"分立之说的缘起。事实上，将中华文化的源头指认为巫史文化，不仅是《美的历程》叙述结构安排上的醒目特征，并且是李泽厚一以贯之的学术观点，他在21世纪出版的《己卯五说》中更明确提出了"巫史传统"[2]。这种作为历史理论和历史研究的学术论断，虽然直到2000年李泽厚本人仍认为"到目前为止，好像注意的人还不多"[3]，但其实在80年代的寻根文学中就已经得到了极大的彰显。

讨论韩少功、李杭育的寻根倡导与李泽厚的《美的历程》之间可能存在的关联，并非要简单地论证两者间存在着一种直接的渊源关系，也不是要将寻根文学的众多面向化约为对《美的历程》的"复述"。建立两者间的关联，是为了显示作为一种文学与文化思潮的"寻根"叙述的知识语境和文化氛围。而在其置身的纵横交错的话语网络当中，引动了影响广泛的"美学热"、对一个时期产生过重要影响的《美的历程》，完全可以纳入思考的范围。更重要的是，就其想象"文化中国"的方式即"规范"（北中国文化）与"非规范"（南中国文化）之冲突而言，《美的历程》显示出比"寻根"宣言更系统且更富于征候性的知识表述形态。

---

[1] 李泽厚:《美的历程》，第84页。

[2] 参见李泽厚:《历史本体论·己卯五说》，北京：生活·读书·新知三联书店，2008年。

[3] 参见李泽厚、陈明:《浮生论学：李泽厚、陈明2001年对谈录》，北京：华夏出版社，2002年，第13—15页。

3. 考古、民族史与叙事的政治

作为"美学热"的发端之作和经典之作，《美的历程》与80年代民族主义文化共同体的想象间的关联尚很少得到讨论和研究。不过，这本看似讨论"超越性"美学问题的著作，明确表示它展示的正是中国这个"文明古国的心灵历史"。它将自己比作民族的"艺术博物馆"。正如安德森在《想象的共同体》中提出博物馆、地图、人口调查乃是构造殖民地国家民族主义认同的三种知识/权力制度[1]，博物馆并不只是历史文物的罗列，它同时展示的是民族历史的叙事/知识。而《美的历程》正是借助丰富的历史文物、文献的展示和分析，构造出一种新的文化中国叙事。很大程度上应该说，构成《美的历程》的对话对象的，是此前的中国美学史、中国哲学史论述[2]。但与那些仅仅借助纸本的历史文献资料的历史叙述的最大不同，是《美的历程》极大地借重了众多考古新发现的地下器物作为叙述历史的支撑性史料。比如它对原始社会、夏商周文化的论述，就极为倚重新石器时代的陶器图案、青铜器造型及纹饰、甲骨文和钟鼎金文等。几乎可以说，他提出"美"起源于"龙飞凤舞"和"青铜饕餮"的原始图腾形象，并将中华民族文明/艺术的起源指认为具有浓郁宗教性质的巫史文化，正得益于他对20世纪中国尤其是70年代的新的考古发现的倚重。《美的历程》开篇即提到"七十年代浙江的河姆渡、河北磁山、河南新郑、密县等新石器时代遗址"的发现，与"中国文明史"论述的关系。而其所涉及的新石器时代的陶器与遗址、夏商周文化的青铜器与甲骨文、汉代的画像石与工艺品、北魏与唐宋的石窟艺术等，大部分是1949年后尤其是

---

[1] [美]本尼迪克特·安德森：《想象的共同体——民族主义的起源与散布》，第九章"人口调查、地图、博物馆"，吴叡人译，第187—215页。

[2] 李泽厚在《与台湾学者蒋勋关于〈美的历程〉的对谈录》中提到"中国近代的美学研究可以分为三代，第一代是蔡元培、王国维，第二代是朱光潜、宗白华。我是属于第三代"，收入《李泽厚十年集·走我自己的路》（合肥：安徽文艺出版社，1994年）。

1970年代的考古发现[1]。正是这些新史料，才使得李泽厚有关巫史传统与儒家理性精神的二元叙述结构得以形成。或许因为这本书如此明显地借助了考古发掘的地下器物资料，首次出版《美的历程》的正是文物出版社。

指出《美的历程》在其知识构成上的这一明显却尚很少被人讨论的特点，是为了说明寻根思潮中"文化中国"论述就其知识构成而言，不同于20世纪任何历史时期，可以说1970年代的重大考古发现事实上在某种程度上参与了这种文化论述的构造。考古学研究的书籍这样写道："'文化大革命'的全面内乱，使得考古工作基本停顿下来，但由于特定的原因，中国考古学的兴盛，却开端于这场浩劫的中后期。当时，考古发现被政府作为宣传国家文化建设成就的重要窗口，文物考古研究因此受到政府有关部门的空前重视。……马王堆汉墓、临沂汉墓、姜寨遗址、大河村遗址、河姆渡遗址、草鞋山遗址……都是繁荣期开始阶段取得的重要考古成果，许多发现都曾引起国内外的广泛关注。"尤其值得一提的是，区别于1949年前和十七年时期考古发现的主要区域"黄河流域"，这个时期"在工作范围上很快扩展到全国各地，出现了不少规模很大的发掘工地"。[2] 这些考古新史料，成为《美的历程》用南中国与北中国的二元叙述结构，构造一个关于中华民族起源、冲突、兼并、发展的历史共同体故事的主要依据。更有意味的是，这种关于中华民族历史起源的重构，并非李泽厚的独创。事实上，在80年代初期，由于60—70年代的考古学突破而导致的民族史叙事的最大变化，便是传统认为的中华民族文明起源于黄河中下游然后向四周扩散的"一元中心说"得到了修正，众多考古学家、民族史研究者和历史学家开始提出中华民族的"多元起源说"[3]。李泽厚的巫史传统说，不过是这一时期众

---

[1] 参见中国社会科学院考古研究所编：《新中国的考古发现和研究》，北京：文物出版社，1984年。

[2] 知原主编：《面向大地的求索——20世纪的中国考古学》，北京：文物出版社，1999年，第19—29页。

[3] 费孝通主编：《中华民族多元一体格局》(修订版)，北京：中央民族大学出版社，1999年，第320页。

多中华民族"多元起源说"中的一种表述而已。这也可见考古学与民族叙事之间的紧密关联。

但是，无论是李泽厚还是韩少功、李杭育等寻根作家，都没有意识到的一点是：如果说考古发现证明了今天被称为"中国"的这片土地上曾经存在不同族群和文化的话，那并不必然就意味着它们会自然自动地组织成一个文化共同体。这种共同体关系不过是一种"现代的发明"。也就是说，"中华民族"与"中国"都是现代创造的共同体，是一种以进化史观回溯历史时给出的叙事。正是在这一意义上，《美的历程》的叙事性，不仅表现在关于南方中国／北方中国、巫史文化／儒家文化互相冲突的历史叙述，更在于它把南方中国／北方中国、巫史文化／儒家文化组织为一个关于起源、冲突、兼并、发展的民族历史共同体的叙事，一个有机的时间过程所造就的先在的国族主体。70年代的考古大发现，仅仅使得对中华文明起源的一种重新阐释具有可能性。如果说李泽厚通过他的美学史研究，将考古知识组织为一种民族史叙事的话，那么使得这种民族史叙事在当代中国历史语境中显示其"政治性"的，恰是"寻根"文学。新的考古发现、民族起源的重构，正为寻根文学在反思与批判民族主流文化的基础上寻求"非规范"文化的历史诉求提供了知识依据。

考察考古学知识如何被组织为特定的民族史叙事，也就涉及在中国内部生产新的文化民族主义认同的历史条件。杜赞奇曾讨论过"遗迹"如何作为"理解过去如何传承或递交的主要方式"，他借用了阐释学的理论将之形象地描述为"打电话"——"历史就像打给我们的电话，我们必须大体在其框架之内对之做出答复。这样，现在的我们与来自过去的打电话者共同成为创作过去者。我们怎样回电话，回电话时相互之间有多大差别，反映出我们现在的处境与创造性。"[1] 70年代的考古发现无疑

---

[1] ［美］杜赞奇：《从民族国家拯救历史：民族主义话语与中国现代史研究》，王宪明译，第63页。

可以视为这样的"遗迹",叙述者如何回复这些遗迹自远古打来的电话,显然与当代历史处境直接相关。"多元起源说"与"多元一体"的中华民族格局所造就的新叙事之独特性在于,一方面它把中华民族由"多元"向"一体"的演变作为主要叙事线索,从而反拨此前以"阶级斗争"为主线的中国史叙述,以呼应70—80年代的历史转折;而另一方面,通过对"多元起源"的描述和对"一体"之重构的可能性的强调,与80年代中期成为新主流的"历史反思运动"和新启蒙话语构成直接的对话关联。启蒙话语在面对中国文化传统时,一直存在着内在的悖论,即在批判民族文化传统与形成民族文化认同之间的张力。如舒衡哲(Vera Schwarcz,也译薇拉·施瓦支)所说,这也正是"启蒙"在东西方间的差异:"在康德那个时代,启蒙意味着一种觉醒,从自然王国中发现真理,用真理取代宗神迷信;在二十世纪的中国,启蒙意味着一种背叛,要求砸碎几千年以来的'君为臣纲,父为子纲,夫为妻纲'的封建纲常礼教的枷锁。"[1] 这种"觉醒"与"背叛"、现代主义与民族主义之间的张力,在李泽厚那里也同样存在。他在为《美的历程》台湾版作序时,将其中"'偏爱'传统的倾向"与"爱国主义"联系起来,并将其视为对近代中国"一连串'国耻'"的反拨[2]。需要为"偏爱传统"辩护,正因为关于"传统"的讲述一直被新启蒙主义话语指认为"封建""超稳定结构"或历史惰性之类的衰朽象征。这种批判与认同之间的张力,表现于《美的历程》,则是关于民族史的重叙策略。即借助考古发现,重新讲述中华民族历史的起源,并从这一自身的历史中提取出一种与儒家正统不同的"巫史传统",以作为新的民族认同的依据,从而绕开了新启蒙话语的质询。

---

[1] [美]薇拉·施瓦支:《中国的启蒙运动——知识分子与五四遗产》,李国英等译,太原:山西人民出版社,1989年,第3—4页。

[2] 李泽厚:《〈美的历程〉台湾版序》,原载《自立晚报》1987年11月25日、《人民日报》1988年4月22日,收入《李泽厚十年集·走我自己的路》。

这种重构民族史的基本叙事策略在"寻根"文学中得到了极大的发挥。如果说由于 60—70 年代的考古大发现，使"多元起源说"成为考古学界和史学界的新知识；而李泽厚呼应学界这一新动向，将其中的民族史新叙事转化成通俗易懂、影响广泛的美学史表述，从而在 80 年代初期造就风行一时的新常识的话，那么，正是寻根文学使得这种知识成为不言自明的意识形态。考古学知识、美学和民族史叙事经由文学（主要是小说），而成为影响广泛且几乎不言自明的民族认同依据，或许也正印证着民族主义理论家关于"文学"在现代民族国家构造中占据核心地位的论断，即"'小说'在民族形成过程中起到了核心作用，而非边缘性的存在"，"现代民族国家的核心比起政治性的机构更存在于'文学'那里"。[1] 同时也表明，寻根文学所形成的民族文化表述，并非空穴来风或无中生有，而与 80 年代层层播散的知识体制密切相关。唯有在这一知识的历史平台之上，"寻根"作为一种意识形态实践行为才成为可能。在这一转化或勾连的过程中，使得寻根作家如此自然而自如地接纳李泽厚在《美的历程》中构造的中国这个"文明古国"的"艺术博物馆"的，或许正是他们的乡村经验。知青作家在"上山下乡"期间的乡村经验，某种程度正相当于他们对于乡土中国的田野生活调查。他们有许多关于"遗址"的经验，因而极容易将这种儒家正统以外的民族史叙事，转化为有关"寻根"的文学想象。韩少功正是在相近的意义上如是说道："乡土是城市的过去，是民族历史的博物馆。"[2]

---

[1]　[日] 柄谷行人：《日本现代文学的起源》，赵京华译，北京：生活·读书·新知三联书店，2003 年，第 221—222 页。

[2]　韩少功：《文学的"根"》。

六、文本：话语冲突的场域

"文化中国"的知识实践于寻根小说的文本叙事时，不同作家呈现出不同的样态。可以将其概括为两种形态的文本叙事，即李杭育、郑万隆、贾平凹等的写实性文本和韩少功、王安忆等的寓言性文本。

1. 写实性文本和"残迹"

写实性文本采取的是现实主义小说的叙述格局，作为"根"的民族文化往往表现为边缘性区域中存在的民风民俗、生活样态和人格化的人物形象。这些人物、风俗和生活形态都带有特定族群的民族史知识样态，但在滚滚向前的现代社会里，它们却是即将消逝的"残迹"和"文物"，因而与现代生活处在紧张的冲突关系中。

李杭育将他的笔触集中于现代化急剧推进过程中乡村中国的"最后一个"——最后一个渔佬儿（《最后一个渔佬儿》）、最后一个画师（《沙灶遗风》）、最后一个弄潮儿（《珊瑚沙的弄潮儿》），以现实主义的白描笔法表现他们的职业伦理、生活趣味和精神状态。这些人物被看作"葛川江性格"活生生的展示，因而王蒙评价道："她是古老的，在日新月异的现世界现世代，葛川江的古朴风习简直像活的文物，渔佬和画师爹也许像上一代的遗民。"[1]

郑万隆的"异乡异闻"系列，截取的则是有关黑龙江山林当代传说中的一个个神秘故事。他略去有关神秘山林的种种地理环境、人际关系和生存方式的必要介绍，而直接将人物的心理感受推到叙事前景当中。他不是用语言"介绍"，而是尝试用人物的心理呈现和故事情节的展开来使读者直接"感受""一种极浓的山林色彩、粗犷旋律和寒冷的

---

[1] 王蒙：《葛川江的魅力》，《当代》1985 年第 1 期。本文也被作为李杭育小说集《最后一个渔佬儿》的"序"（北京：人民文学出版社，1985 年）。

感觉"[1]。这种写法明显受益于拉美"魔幻现实主义"文学。郑万隆将拉美"魔幻现实主义"理解为"运用一种荒诞的手法去反映现实，使'现实'变成一个'神秘莫测的世界'，充满了神话、梦和幻想，时间观念也是相对性的、循环往复的"，而他的小说也正尝试"利用神话、传说、梦幻以及风俗为小说的架构，建立一种自己的理想观念、价值观念、伦理道德观念和文化观念"。[2] 不过，尽管郑万隆如此强调小说对现实的"变形"，但他并没有比李杭育走得更远，因为作为小说基本架构的"神话、传说、梦幻以及风俗"都"故事"化了，也就是说，这些材料都成为描述或体认（借小说人物的叙述视点）那些具有"强悍生命力"的人物生命人格的因素。陈三脚（《老棒子酒馆》）、申肯（《峡谷》）、哲别（《黄烟》）等人物事实上也正是黑龙江山林中的"最后一个"。

贾平凹在他的"商州系列"中，采取的则是某种游记体的叙述格局。在一种无人称视点的叙述目光的游动中，商州的地理风情被展现为一幅幅山水画（或许更准确的说法应该是汪曾祺意义上的"风俗画"），素描式地勾画商州的四季风情、世态民风。这种写法类似于"观画"，即一个隐匿了身影的导游者展示给读者有关"商州"这个整体画面的各个片断或场景，这些片断或场景经由极其讲究的、简约而带有古朴风格的文字叙述而成为精致的艺术品。尤为值得一提的是，对景观的描述采取的是无人称视点（尽管读者时时能够感觉这个"隐身人"的存在），仿佛景观是"自己呈现"出来的，这种写法本身显然是要凸显商州这一空间的主体性。可以说，如果李杭育、郑万隆以拟人的方式把葛川江、黑龙江山林勾勒成特定的人格形态，那么贾平凹则是将商州作为一个像"画"一样的空间主体来观看的。

尽管具体写法上存在着如许差异，这些小说的共同特征在于其空间主体的文化内涵都可以很快地得到地理学/民俗学意义上的指认。也

---

[1] 郑万隆：《我的根——代后记》，收入《生命的图腾》，北京：中国文联出版社，1986年，第313页。

[2] 同上书，第313—314页。

就是说，空间主体的指涉内涵是较为明显的，而并不具有一种寓言式的含糊与多义性。这也正是这类小说的"写实性"或"纪实性"特征之所在。但由于民族文化之"根"被置于现代生活的另一端，那即将消逝的过去，它们因此不拥有"未来"的维度。这些小说文本对于民族文化的呈现，因此具有某种"博物馆化"的特征，在详细地展示某种人格、生活、风俗样态的同时，它们也丧失了与当代生活交融并生长的能力。与其说这里书写的是真正的"活的传统"，不如说是即将消逝的"残迹"。

2. 寓言性文本的多义性

与写实性文本相比，韩少功的《爸爸爸》与王安忆的《小鲍庄》在调用"文化中国"的知识／叙事的同时，成就了一种"民族寓言"式的文本样态。尽管《爸爸爸》和《小鲍庄》都可以看作某种中国文化的文学叙事，比如由《爸爸爸》可以指认出楚文化，由《小鲍庄》可以指认出儒家文化，但文本本身的话语构成的复杂性在不断地游离或质询这种化约性的指认。文本在借用"文化中国"的知识／叙事的同时，构造了自身的有着极为明显的内在张力或冲突关系的对话场。在一个看似统一的故事的叙述过程中，涌动着两种以上的话语彼此冲突或自我消解的喧哗之声，或许才是这两个文本最突出的特征。按照詹明信对"寓言"的理解方式，即"寓言精神具有极度的断裂性，充满了分裂和异质，带有与梦幻一样的多种解释，而不是对符号的单一的表述"[1]，那么显然这两个文本可以看作一种寓言式写作的范例。

《爸爸爸》和《小鲍庄》这两部小说采取了同样的叙事格局，即以一个孩子的生长为线索（丙崽、捞渣）来展示一个空间的变迁（鸡头

---

[1] ［美］詹明信：《处于跨国资本主义时代的第三世界文学》，张京媛译，收入《晚期资本主义的文化逻辑》，张旭东编，北京：生活·读书·新知三联书店，1997年，第528页。中译本最早发表于《当代电影》1989年第6期。

寨、小鲍庄）。但不同于李杭育或郑万隆将人物等同于空间并作为空间的人格化形象，或贾平凹式的以空间包容了人物主体的写法，这里的人物与空间同时具有神话与反讽两种关系。按照加拿大理论家诺思罗普·弗莱提出的文学类型的区分[1]，大致可以说，李杭育与郑万隆是"悲剧"或"史诗"的写法，其中"主人公在程度上高于其他人物，但是并不高于他的环境"；而贾平凹的"商州系列"则在类似电影的"大全景"视点中断续出现人物情节片断，可以称为某种"喜剧和现实主义的'低级模仿'"，因为其中"主人公与其他人物相等"甚至没有主人公。与之不同的是，《爸爸爸》和《小鲍庄》在小说开篇即以极为庄重和特殊的笔调写到丙崽与捞渣的出生，这种笔法常常应该是非凡的英雄人物诞生的场景，从这一点而言，这两部小说具有某种"神话"特性，即"主人公在本质上高于其他人物"。但随着小说叙述的推进，这两个孩子并没有成为他所置身的空间中救赎众生的英雄人物，相反，他们始终是其中的弱者即傻子或需要成人保护的孩子，于是营造出一种"主人公低于其他人物"的"讽刺与反讽"的叙事风格。这种同时并存的神话与反讽叙事，正是构成小说文本多义性与异质性的第一个层面。

在《爸爸爸》中，由于丙崽很快被判定为一个只会说两句话且形象丑陋的傻子兼侏儒，加上叙述人"不三不四"[2]的调侃语调，其反讽性色彩是十分清楚的。但是使得这种反讽变得含混的地方在于，丙崽是文本中唯一能"看见"鸡头寨的"鸟"图腾的人，这使他具有某种"神启"的色彩——"顺着他指的方向看去，那是祠堂一个尖尖的檐角，向上弯弯地翘起。瓦上生了几根青草，檐板已经腐朽苍黑，像一只伤痕累累的老凤，拖着长长的大翼，凝望着天空"，"也许一片片羽毛太沉重了，它就飞不起来了……但它还是昂着头，盯着星星或一朵云。它还想拖起

---

[1]　[加拿大] 诺思罗普·弗莱：《批评的解剖》，陈慧、袁宪军、吴伟仁译，天津：百花文艺出版社，2006 年。另参见 [英] 特里·伊格尔顿《二十世纪西方文学理论》，伍晓明译，西安：陕西师范大学出版社，1986 年，第 113—116 页。

[2]　李庆西：《说〈爸爸爸〉》，收入《文学的当代性》，第 100 页。

整个屋顶腾空而去，像当年引导鸡头寨的祖先们一样，飞向一个美好的地方"。并且，当整个鸡头寨人都或死或迁之后，丙崽是唯一一个废墟之上的存活者。正如前面的分析已经提到的那样，韩少功在他的寻根宣言《文学的"根"》中所指认的"绚丽的楚文化"，正是以"鸟"为图腾的文化。《爸爸爸》中"老凤"的形象和"鸡"头寨的命名本身，或许反讽性地展示了一个种族的蜕化或变异历史。正是这种对于人物与空间关系的暧昧指认，导致了读者不同的解读方式。有的认为丙崽与鸡头寨的关系，正是一种"阿Q"式国民性批判话语的隐喻，因而自问"我是不是一个上了年纪的丙崽"[1]；另一种解读方式则并不在意其中的族群隐喻，而认为"丙崽的象征意义实在是人类命运的某种畸形状态，一个触目惊心的悲惨境遇"[2]。

而在《小鲍庄》中，捞渣无疑是小说的主人公和最重要人物，不过关于他的着墨却并不多，就像在他死后小鲍庄的人们既收集不到他的遗物，对他的形象也印象模糊一样。他的诞生被父亲比做"好比老母鸡下个蛋"，他的名字叫"捞渣"因为"本来没提防有他哩"。但捞渣这一人物的重要性表现在，正是这个代表了"仁义"精神的孩子的死，改变了小鲍庄的命运。在小说前部展开的不同人物，包括"文疯子"鲍仁文、"武疯子"的丈夫鲍秉德、捞渣的哥哥建设子与文化子、遭受小鲍庄人歧视的外来户拾来，乃至老革命鲍彦荣，他们遭遇的种种困境都因捞渣之死而得到化解。也就是说，在小说的叙事功能上，捞渣充当了拯救者的英雄角色。而且为救五保户鲍五爷而死的捞渣，也确实在小说中"被省团委评为少年英雄了"，人们为他在小鲍庄正中的场上砌了一座又高又大的墓和一块写着"永垂不朽"的高高的石碑。主人公与其行使的叙事功能之间的张力，一方面使得小说的叙述结构具有某种神话的性质，另一方面又因其事实上并不能承担这种功能而具有反讽的意味。

---

[1] 严文井：《我是不是个上了年纪的丙崽——致韩少功》，《文艺报》1985年8月4日。

[2] 李庆西：《说〈爸爸爸〉》，收入《文学的当代性》，第104页。

不仅主人公与空间存在着这样的二元关系，更重要的是小说中空间意涵的含糊性。封闭性空间虽然表现为"内部"与"外部"的区分，但并不是完全与世隔绝的。对鸡头寨来说，始终存在着内部与外部的人员流动，比如丙崽的父亲，那个会唱古歌的德龙，便是"跑到山外去杳无音信"；丙崽的母亲，则是"从山外嫁进来的"并且"口音古怪，有点好笑"；而小说中的另一个重要人物仁宝则因"常下山"，总能带回一些"新鲜玩意儿"。使得鸡头寨成为一个特异性的空间存在的，是小说通过人物怪异的行为逻辑和日常语言、当地传说、带有巫术色彩的风俗、诡异的幻觉和异象，乃至放蛊、施"花咒"、打冤、坐桩、打卦等，而使其成了由迥异于现代知识的神秘文化组织起来的空间。如果借用福柯的"知识型"理论，《爸爸爸》所展示的鸡头寨世界并不是由现代知识组织起来的空间，毋宁说它乃是由远古巫术文化组织起来的"异托邦"[1]。小说经由仁宝这个"新派"人物而展示的现代知识，不过是将"禀贴"改为"报告"，以及从千家坪带回来"一个玻璃瓶子，一盏破马灯，一条能长能短的松紧带子，一张旧报纸或一张不知是什么人的小照片"和他那双钉了铁掌子的皮鞋。而他逻辑混乱的新党宣言中只有"昨天落了场大雨，难道老规矩还能用？"这句话能被鸡头寨人理解。也就是说，在鸡头寨人的眼中，仁宝倒成了一个可笑的异类。但是，真正组织起小说关于鸡头寨故事的叙事的，却显然是一个现代的叙述人，他时而调侃，时而庄重，经由细节的逼真性呈现和叙事情节的展开，而将山寨循环历史中的一环描述出来。知识型的断裂仅仅发生于那些无关紧要的因果链条，比如丙崽娘为什么生下丙崽，鸡尾寨为什么和鸡头寨交恶等。从这个角度来说，鸡头寨乃是在现代视野中被叙述出来的一个由诡异的知识型构成的异空间。值得注意的首先是文本中的人物对"现代"的调侃，它并不被看作一种拯救的力量，反而是鸡头寨人嘲讽的对象；其次，鸡

---

[1]　法国理论家福柯（Michel Foucault）在他的《词与物——人文科学考古学》（莫伟民译，上海：上海三联书店，2002 年）中将那些被特异的知识型组织起来的空间称为"异托邦"。

头寨诸多信息含糊的知识符码在造就一种"异托邦"氛围的同时，也使它成为一个绝对的"他者"。也就是说，与其将鸡头寨这一空间单纯地看作一个种族／民族的寓言性化身，不如说真正构成寓言性的恰在于两种知识形态的组合方式及彼此的非兼容性，这既不是一个"文明与愚昧的冲突"的故事，也不是一个找到了"深植于民族传统文化的土壤"中的"根"的故事。作者后来写道："《爸爸爸》的着眼点是社会历史，是透视巫楚文化背景下一个种族的衰落，理性和非理性都成了荒诞，新党和旧党都无力救世。"[1] 这或许正是叙述人那种"不三不四"的叙述口吻的由来。

同样的含糊性也表现在王安忆对小鲍庄这一象征空间的叙述方式上。正如黄子平在他的精彩论文《语言洪水中的坝与碑——重读〈小鲍庄〉》[2] 中指认出来的那样，小说的两个"引子"和两段"尾声"事实上也筑起了一道语言／文化意义上的"鲍家坝"，使得小说具有某种"拟神话"的特征。而"神话是凝聚一家族一部落一民族之大希望和大恐惧的一整套象征体系"，"小鲍庄的村民们不自觉地笼罩在这个权威的阴影下，用这一套象征体系的符码来解释他们的生老病死、婚丧嫁娶、天灾人祸、仁义道德、善恶美丑"。如果联系整个"寻根"文学思潮来看，显然，这一"鲍家坝"，其由"天灾（洪水）、家族的起源、地貌的形成、罪与罚与救赎"等构成的符码体系，恰被"文化中国"借用来塑造自身的想象和叙事符码及其尝试扮演的功能。但《小鲍庄》的写作并非为确证这一空间的神话性，毋宁说，整个小说的叙事过程正是为了显示这一拟神话符码自身的裂隙、与他种符码的冲突，以及这种神话性本身的"叙事"性。小说的主人公除却一个孩子（捞渣）和一位老人（鲍五爷），便是三个"外来者"：拾来、小翠子和"武疯子"（鲍秉德家的）。他们穿越鲍家坝从"外面"来到小鲍庄，且极有意味的是，正是他们显

---

[1] 韩少功：《胡言乱语》，收入《在小说的后台》，济南：山东文艺出版社，2001 年。

[2] 黄子平：《语言洪水中的坝与碑——重读中篇小说〈小鲍庄〉》，《北京文学》1989 年第 7 期。

示着小鲍庄"仁义"理念和道德秩序的矛盾和内在困境：这三个人一个
是被小鲍庄人瞧不上眼的"上门女婿"，一个是童养媳，一个是不能生
养的疯女人。而"真正以自己的叙述行为从符码层面上来重读小鲍庄的
拟神话"[1] 的人物，则是"文疯子"鲍仁文。他以一套有关"阶级""爱
情""革命"及"礼貌月的小英雄"等的"当代神话"符码体系话语，
质询并尝试替代小鲍庄的"仁义"神话。事实上也正是这套话语及其得
以运作的权力机制，而不是小英雄捞渣代表的仁义精神，拯救了小说前
部处于困境中的小鲍庄人。不过，这两套神话体系的更替也并非由"传
统"走向"现代"的现代化大叙事所展示的那样和谐。相反，正如鲍仁
文在小鲍庄的尴尬处境（和"武疯子"并称的"文疯子"），正如小鲍庄
人在如何指认捞渣在其生前死后的意义上的空洞，这两套话语存在着醒
目的裂隙，显示的是从"鲍家坝"到"纪念碑"的不同。而贯穿小说叙
述过程中鲍秉义在牛棚中的唱古（坠子曲），其颠三倒四的历史人物和
循环往复的数字游戏，事实上不仅仅呈现着在"语言的洪水"中寻找意
义的无望，更是使叙述暴露为"叙述"、使神话呈现为"神话"的自我
观照的历史书写机制的显影。也可以说，对于小鲍庄这一象征空间而
言，并不存在将其意义固定的稳定界限，毋宁说，这种界限是否存在仅
仅依托于它将以怎样的符码体系来组织自己。因此，这里不仅仅是模糊
了"内部"与"外部"的界限问题，更是在质疑那使"内部"与"外
部"的界限得以存在的话语秩序。

由于"内部"与"外部"的界限尽管存在但始终处在一种被穿越或
调侃的状态中，因此，无论是就鸡头寨、小鲍庄这两个空间的封闭性而
言的"民族寓言"性，还是就其与"外部"碰撞而可能产生的"批判国
民性"的现代叙事，其内涵都含糊不清，且叙述语调都极不可靠。这里
的关键之点在于，如果说"文化中国"叙事意味着某种文本符码体系秩
序的单一性和同质性，因此存在着相对稳固和清晰的内／外界限，那么

---

[1]　黄子平：《语言洪水中的坝与碑——重读中篇小说〈小鲍庄〉》。

寓言式的书写，典型如《爸爸爸》与《小鲍庄》（在同样的意义上，也可包括莫言的《红高粱》），由于存在着多种符码体系的暧昧乃至冲突关系，尤其是文本叙述者具有对这种符码体系本身的某种自反意识，则使得小说文本成为话语冲突的场域。它在暴露着"文化中国"叙事的裂缝的同时，也使得以启蒙话语为主调的现代主义叙述处于某种尴尬的反讽性处境中。

这种文本的多义性或破碎性，显示的与其说是民族主义的文化认同，不如说正是詹明信所谓的"第三世界的大众文化和社会受到冲击的寓言"。但不同于那种"文明与愚昧的冲突"的叙事，这种文本并没有表达出受到冲击的民族进入现代文明世界的可能性。在废墟上游荡的丙崽，与其说象征着民族／种族强健的生命力，不如说是叙述人对幽灵般延续的"国民劣根性"的绝望；被作为英雄嵌入纪念碑的捞渣，与其说显示了传统道德与现代秩序的共生，不如说正是以一个孩子的尸骸印证着这个民族诸多不可说的"秘密"。因而，对于民族文化之根的追踪和书写，导致的是更深的困惑与重生的虚妄。正是在这样的意义上，《爸爸爸》中的废墟、《小鲍庄》中的纪念碑，比李杭育、郑万隆、贾平凹小说中的"最后一个"，更深刻地质询着"寻根"倡导者那种从"破碎"中寻求"重生"的叙事热情，同时也使他们尝试"跨越文化断裂带"而通过对边缘文化的认同重构民族传统的努力成为一座悬在半空的"断桥"。

3. "民族寓言"及其内在张力

将寻根小说的经典文本看作美国理论家詹明信意义上的"民族寓言"，已经成为一种较为普泛的理解方式。这种解读方式侧重的是寻根小说"空间的特异性"和"时间的滞后性"这两个方面的特征，即"'寻根'对诡异而蛮荒的空间的探索，试图揭示'民族'特性的'起源'和'根基'，试图提供以空间的特异性探索为中心的'空间寓言'"[1]。不过，尽管中国研究者的这种阐释方式明确地将其理论来源指认为詹明信的《处于跨国资本主义时代的第三世界文学》，但同时他们也接受了印度理论家艾贾兹·阿赫默德对詹明信的批评，即认为这不过是站在一种西方中心主义立场上对第三世界的"他者化"指认[2]。因此，这种寻根小说便被纳入以西方（主体）/中国（他者）这一二元结构的阐释框架中，认为"'民族寓言'式的写作意味着第三世界的知识分子接受了一种西方式的'视点'，以西方式的价值和'知识'对自身进行审视。它把第三世界的写作变成了一种现代民族国家意识的代码，变为'现代性'文化话语将第三世界'他者化'的方式。'民族'在此被'现代性'建构为世界文化'主体'的'他者'，它只能以整体的方式展现自身。这个'民族寓言'的写作将本土的文化书写为既被放逐于世界历史之外的特异的文明空间，又被'现代性'话语纳入世界历史进程之中的时间上滞后的社会"[3]。

在今天看来，这种后殖民式的阐释方式无疑是具有极为敏锐的批判性和洞察力的，不过存在的问题是，首先，这种阐释将詹明信及其理论的"西方立场"直接等同于寻根小说的西方立场，而完全忽略了作为80年代中国特定历史语境中的写作形态的寻根小说的历史复杂性，尤其是以"中国"主体性为基本诉求的写作者对这种"他者"位置的反抗。其次，在如何看待中国主体性这一点上，这种阐释也无疑将詹明信的"民族寓言"理论简单化了。詹明信显然是站在"西方"（文中的"我们"，更具体说是"美国人文学界"）内部讨论第三世界文学，但他的方式却迥然不同于西方中心的启蒙主义式殖民话语，毋宁说正是为了试图打破殖民结构及其限定的文化视野，詹明信才提出"第三世界文学"这一范畴。他认为正是西方对第三世界的殖民历史造就了第三世界文化的特殊

---

[1]　张颐武：《从现代性到后现代性》，南宁：广西教育出版社，1997年，第21、26页。

[2]　［印度］艾贾兹·阿赫默德：《詹姆逊的他性修辞和"民族寓言"》，收入《后殖民主义文化理论》，罗钢、刘象愚主编，北京：中国社会科学出版社，1999年。

[3]　张颐武：《从现代性到后现代性》，第21页。

性。这也是他提出"文化臣属"这一批判性概念的原因。他写道:"'臣属'是指在专制的情况下必然从结构上发展的智力卑下和顺从遵守的习惯和品质,尤其存在于受到殖民化的经验之中。"他提出"文化臣属"的概念是为了突出"当一个心理结构是由经济和政治关系而客观决定时,用纯粹的心理疗法是不能奏效的。然而,也不能完全地按照经济和政治的转化方式来对待'臣属',因为习惯依然残留着有害的和破坏的效力",因此他说,"如果我们要理解第三世界的知识分子、作家和艺术家所起的具体历史作用的话,我们必须在这种文化革命的语境之中来看待他们的成就和失败"。按照詹明信的这种表述方式,就如何阐释寻根小说而言,我们同样应该"在这种文化革命的语境之中来看待他们的成就和失败",而不能简单地将其仅仅看作将西方文化内在化的写作实践。

"寻根"口号提出的当时,与之构成竞争关系的文学形态,除了将视野局限于时代性"政治、经济、道德与法"主题的"反思小说"与"改革小说",最重要的便是吸收、模拟西方 20 世纪"现代派"文学文化思潮的现代主义文学。如果说前者缺乏文化的相对独立性而遭到寻根作家的批判(以文化/政治对立的方式),那么后者被认为是一种缺乏民族主体性自觉的文学形态(以中国/西方对立的方式),是"无源之水,很难有新的生机和生气"[1]。1982 年因哥伦比亚作家加西亚·马尔克斯获得诺贝尔文学奖这一事件而引起中国文坛对拉美"文学爆炸"和"魔幻现实主义"的关注,很大程度上则为寻根诉求提供了某种成功的典范,这便是以"民族的"文化样态加入"世界的"行列中去。也就是说,"民族性"问题是在民族国家内部与外部的两种力量作用下而提出的。其基本诉求被韩少功表述为:"这里正在出现轰轰烈烈的经济体制改革和经济的、文化的建设,在向西方'拿来'一切我们可用的科学和技术等等,正在走向现代化的生活方式。……在民族的深层精神和文化物质方面,我们有我们民族的自我,我们的责任是释放现代观念的热能,来重

---

[1]　韩少功:《文学的"根"》。

铸和镀亮这种自我。"

如果从詹明信的"文化革命"角度来看，这种对民族"自我"的强调某种程度上可以看作对西方式现代的反抗，因为它在强调"现代化"的同时也要求重视民族主体性；但从另一方面来看，这种"现代"被看作一种世界主义的普泛形态，其中的西方中心主义没有被自觉意识到。最有趣的例证，或许便是如此强调民族自我的韩少功本人。他这段话中所谓的"这里"，便是西方大师们所"注视"的产物：他在强调中国主体性时列举了诸多西方大师重视东方文化的例子，接着他写道："在这些人注视着的长江、黄河两岸，到底会发生什么事情呢？"也就是说，他完全是下意识地将民族自我放置于西方目光的注视之下。某种程度上，可以将这种叙述象征性地看作两个"主体"的想象性相遇，即中国主体和想象中的西方主体。从后殖民的眼光来看，由于这种自我的主体性需要得到一个真正的"现代主体"（西方）的确认，因此，内在的"臣属"结构并未被打破。但这里的"西方主体"是由"中国"这个主体想象出来的，它事实上更是一个理想化的关于"现代"的价值范畴。在"全球化"尚未成为现实（亦即中国尚未完全卷入全球化格局）时，这里的"西方"并非国际政治/经济的地缘政治学范畴，其更为内在的历史动因源于80年代中国的本土格局，甚至可以说这是中国的"西方主义"构造。

由于寻根关于中国主体的表述并非简单地是在中国/西方的二元结构之中产生，而同时纳入了中国内部的文化/政治批判视野，民族主义与现代主义之间产生了极为复杂的互动关系。因此，仅仅用后殖民理论的阐释是无法穷尽其全部历史复杂性的。或许正因为此，在寻根小说的文本构成上，其寓言性并不仅仅表现为"在许多显著的地方处于同第一世界文化帝国主义进行生死搏斗之中"，而更为突出地表现为一种作为寓言的文体特征，表现为多重语码的冲突和矛盾。从这个意义上看，寻根小说的寓言式写作文本本身，正成为80年代中期彼此冲突的话语场域的一个具体而微的"缩影"或象征。

结语：重新认识中国

揭示出"寻根"文学思潮的知识谱系和文本实践，尤其是其中文学叙事与文化史、美学、考古知识等的关联形式，显然并不是为了确证80年代历史的统一性。毋宁说恰恰相反，展示这些知识形态的关联形式，正是为了瓦解启蒙主义式的进化论的历史本质主义想象，而呈现特定历史语境中民族主体想象的"叙事的政治"。某种意义上，这正是福柯所谓"谱系学"尝试去解决的问题："谱系学并不妄称要回溯、重建一个超越了被遗忘的事物的散布状态的宏大的连续性；……相反，追随血统的复杂进程就是要将一切已经过去的事件都保持在它们特有的散布状态上。"[1] 而斯图尔特·霍尔（Stuart Hall）的"接合（articulation）理论"（更准确的翻译是"耦合"）对这一问题的讨论或许具有更明确的政治性："一种接合理论既是一种理解方式，即理解意识形态的组成成分何以在一定条件下通过一种话语聚合在一起；同时也是询问方式，即询问意识形态的组成成分何以在特定的事态下接合成或没有接合成某一政治主体。换言之，接合理论询问的是一种意识形态何以发现其主体，而非询问主体如何去思考那些必然地不可避免地属于自己的思想。"[2] 从这样的角度来看，讨论寻根文学思潮的民族身份表述，也就是要讨论在特定历史情境中，"文化中国"的想象如何在"流动的表述网络"中确立一种新的主体位置；且这一新主体位置的确立，并非历史的必然，而是诸种"意识形态组成成分"偶然"接合"的结果。因此，它始终处在与另外的主体身份表述相互竞争的关系当中；也因此，这种主体位置就存在着"接合成"或"没有接合成"这两种历史可能性。

---

[1] ［法］福柯：《尼采·谱系学·历史学》，苏力译，收入《尼采的幽灵——西方后现代语境中的尼采》，陈永国、汪民安编，北京：社会科学文献出版社，2001 年，第 121 页。

[2] ［英］霍尔（Stuart Hall）：《接合理论与后马克思主义：斯图尔特·霍尔访谈》，周凡译，收入《后马克思主义》，周凡主编，北京：中央编译出版社，2007 年，第 196 页。

1. 从"人民中国"到"文化中国"

就"寻根"文学叙事置身的80年代历史语境来看，首先需要讨论的一个问题，是这种通过"文化／民族"共同体想象的民族主义叙事，与50—70年代以"人民／国家"为主体的民族主义叙事之间的复杂关系。如有研究者早就敏锐地指出过的，70—80年代历史文化转型的一个重要征候，即是以"祖国"认同取代"国家"认同，即"从权力机器、民族国家政权中剥离出'祖国'的形象与概念，事实上成了一次更为'标准'的现代民族国家意识的强化；而且较之'公民的义务''政治的归属'，个人的别无选择的身份、亲情血缘上的归属，则成了民族认同的更为自然、合理的表达"[1]。而寻根思潮中的文化中国叙事，不过是这种新的民族认同方式一个集中而典型的表述而已。在新的民族表述中，基于"更为自然、合理"的血缘与地缘连带的共同体意识，取代了"国家是阶级统治的暴力机器"和"人民当家作主"这样的政治认同。表面上看来，这里存在一个明晰的等级表述，即祖国认同的"自然性"与国家认同的"非自然性"。但民族国家之"民族"（nation）事实上并非如其汉语的字面意思，而是同时包含着两个层面的含义：其一是"国民"，即"由脱离了此种血缘地缘性共同体的诸个人（市民）而构成"，"nation不是通过血缘和地缘之共同体而构成，如果没有超越血缘和地缘的普遍性契机nation是无以确立的"；另一则是"民族"，"nation也非仅以市民之社会契约这一理性的侧面为唯一的构成根据，它还必须根植于如亲族和族群那样的共同体所具有的相互扶助之同情心"。[2] 正是在这两个层面上，民族主义被界定为"想象的共同体"。具体到70—80年代中国历史语境中对"祖国"／"国家"的区分以及"文化／民族"对"人

---

[1] 戴锦华：《全球景观与民族表象背后》，收入《隐形书写——90年代中国文化研究》，南京：江苏人民出版社，1999年，第199页。

[2] ［日］柄谷行人：《日本现代文学的起源》，赵京华译，第3—5页。

民/国家"的取代,这里的关键问题并不在前者是"自然"的因而是合法、合理的,后者是"政治"的因而是非自然、不合理的,毋宁说"自然"与"非自然"的修辞不过是前者确立自身合法性的一种"叙事的政治"手段。核心问题在于这是两种全然现代性的民族身份认同话语之间的冲突。

50—70年代将对民族国家的认同建立在"人民"这一政治主体的认同之上,并曾创造出极为有效的社会动员机制。不过这一时期的民族主体性,是在批判和反抗西方国家的资本主义现代性的过程中形成的。在这种反现代性维度的参照下,民族文化被区分为"精华"与"糟粕"两种形态,而避免了文化民族主义所具有的那种现代主义与民族主义之间的张力。80年代以来,有关50—70年代民族国家形态的研究和历史叙述,大多强调其严厉和苛刻的政治强制的一面,而忽略了这一时期所取得的现代化成就恰恰是国民的普遍参与与投入的结果。如若考虑到这样的层面,那么应该意识到,一方面,在50—70年代"人民-国家"曾是极为有效的民族主义认同方式,而另一方面"文化/民族"认同的转型则是80年代与之"竞争"并胜出的新的民族认同方式。导致这种转换的,并不在两种民族主义话语本身的"自然"或"非自然"属性,而是由冷战向后冷战的历史结构和话语机制变迁的结果。问题的一个层面在于50—70年代人民-国家认同机制的瓦解,这被经济学家解释为人民/国民在国家完成工业化原始累积阶段后对"国家资本主义"的反抗[1],它使得曾经有效的政治认同暴露为严苛的政治压制。正是在这样的意义上,文化-民族认同成为一种"非政治性"的替代物。但这种新的认同机制同时也取消了"反资本主义现代性"[2]维度,因此在面对西方国

---

[1] 温铁军:《国家资本再分配与民间资本再积累》,《发现》1993年秋季号。另刊《战略与管理》1994年第4期。

[2] 参见汪晖:《当代中国的思想状况与现代性问题》,《天涯》1997年第5期;另见唐小兵:《我们如何想象历史》,收入《再解读——大众文艺与意识形态》,香港:牛津大学出版社,1993年。

家的资本市场时，要确立民族主体性便只能通过"文化"来加以指认。问题的另一层面在于，中国从一个处在封闭的"脱钩"状态中的第三世界国家，向全球资本主义市场和民族国家体系的"接轨"，将导致民族认同机制的变化。这正是当时所谓"开放"的历史含义。从后一层面来看，如果说民族国家和民族主义正是全球资本主义世界体系19世纪后期以来的现代"发明"，那么，对当代中国来说，以一个"发展中国家"的身份（而非冷战体系中的"社会主义国家"）加入这一民族国家体系，无疑正是导致由内而外地激发一种新的民族身份认同的历史机制。并且，正如所有"后冷战"文化一样，这一新的民族认同方式具有充分的"去政治"或"非政治"的色彩，从而将民族国家对国民的政治动员，转化为基于"血缘和地缘（血与土地）"的自然的"宿命"。

由此观之，文化中国叙事取代人民－国家认同，不仅是当代中国内部政治困境（以"文革"为标志）的后果，更是中国外部的全球化格局挤压的结果。更具体地说，与毛泽东时代在社会主义阵营内部的地缘政治格局中确立民族认同不同，70—80年代加入"全球化"使得中国必然在一种三元结构中确立其主体认同的位置，即一方面是民族国家内部，在现在/过去、传统/现代的时间维度上确立其作为现代国家的合法性，这一面向确立的乃是启蒙主义话语；另一方面是民族国家外部，在中国/西方的地缘文化差异的维度上确立其"民族"性，这一面向确立的乃是民族主义话语。但由于取消了"反资本主义现代性"这一层面，80年代的民族主义话语再度与现代主义处于紧张的纠缠状态之中。

2. 非典型的文化民族主义

美国汉学家艾恺针对那种强调"精神"和"文化"占据重要位置的民族主义思想，提出"文化民族主义"这一范畴，并认为"在任何文化或国家，只要是它面对现代化的民族国家的军事力量与经济优势，而被迫为自卫向外作文化引进时",这种文化民族主义就会发生。[1] 也就是说,艾恺认为这种文化民族主义是尚未完成现代化的后发展国家或地区在加入全球现代化进程时的必然现象,这些区域不仅包括 19 世纪较英法等落后的欧洲国家如德国、俄罗斯,也包括 20 世纪的亚洲国家如日本、印度、中国等。应该指出,艾恺这种定义文化民族主义的方法显然是"现代化理论"的构成部分之一,因为他将现代化视为普泛的历史过程,并认为西方与亚洲国家之间仅是"落后"与"先进"社会的差别。这种看法显然忽略了作为欧洲现代世界体系中的后进国家的 19 世纪德国与作为亚洲(半)殖民地国家的 20 世纪印度、中国在全球民族国家体系中所处位置的巨大差异。不过,这也正是 80 年代前中期"文化中国"叙事所要达成的意识形态效果。它将"文化中国"叙事视为"中国落后于世界"的必然结果,而刻意遮蔽或颠倒了的是:正因为中国被重新定位为"全球化"中的"落后国家",才使得"文化中国"的叙事成为可能。文化民族主义最突出的特征在于,通过强调本土民族文化传统而表现其"反西方现代"的特性。从前述有关"寻根文学"思潮发生的不同面向来看,游移于"现代"之外、试图反抗"西方"的倾向,无疑应当被看作中国社会民族主体性的一种表露。"文化中国"的叙事也正是在呼应着类似的情绪与意识而塑造成型。

　　一般而言,典型的文化民族主义话语往往出现于殖民地国家的民族主义思潮当中,比如印度、韩国等。印度裔理论家帕尔塔·查特吉(Partha Chatterjee)提出殖民地民族主义存在着"双重性",即落后民族在实现现代化与保持本民族文化之间始终存在的张力,因为它一方面要对殖民统治的合法性提出挑战,另一方面又屈从于殖民统治所依赖的思想前提即现代性思想[2]。但这种内在的张力并不影响其在反抗殖民意

---

[1] [美] 艾恺:《世界范围内的反现代化思潮——论文化守成主义》,第 206,32—33 页。

[2] [印度] 帕尔塔·查特吉:《民族主义思想与殖民地世界:一种衍生的话语?》,范慕尤、杨曦译,南京:译林出版社,2007 年。.

识形态诉求下的强大的民族文化认同的完整性。中国的特殊性在于，由于并没有经历印度、韩国等的完全被殖民历史（"半殖民地"），中国所批判和反抗的"西方"与"帝国主义"始终是"没有殖民主义的帝国主义"，因此其组织起民族认同的方式也并不相同。杜赞奇在谈到这一问题时写道："由于西方在中国的殖民统治始终没有发展完全，即所谓'没有殖民主义的帝国主义'，这就掩盖了中国人根除西方的东方主义范畴的必要性。"他认为中国自五四以来形成的以启蒙话语主导的"反传统"的民族主义，实质上是"在缺少与自我直接对立的'他者'的情况下，自我得以把'他者'内化，其方式似乎使之从'他者'获得某种独特的自治"[1]。

作为"寻根宣言"之一的韩少功《文学的"根"》一文，似乎正为杜赞奇这段话提供了准确的注脚：文章一方面将其对文坛的不满描述为"不少青年作者眼盯着海外，如饥似渴"，而值得称许的则是"青年作者们开始投出眼光，重新审视脚下的国土，回顾民族的昨天"；但另一方面，这种"目光"的转向并非对"西方"这一"异己的参照系"的反叛，而是对另一种西方目光的追随。比如，在列举一系列"十分向往中国和尊敬中国人民"的西方文化大师之后，文章写道："在这些人注视着的长江、黄河两岸，到底会发生什么事情呢？"或许可以说，正是与这些西方文化大师的目光的想象性重叠，才使得寻根的诉求"释放现代的热能，来重铸和镀亮这种自我"成为可能。这种不在场的"他者"既是某种规约自我的"理想镜像"，同时因其"不在场"也使得某种创造性的"自治"成为可能。不过，正因为"寻根"思潮始终是在将西方作为"不在场的他者"来看待的，因此当这一他者随着中国全球化进程的深入而成为"在场"的他者时，其所携带的压制性的权力机制和政治格局必然刺激出某种应激性的民族主义反应。90年代中国语境中的种种民族主义话语都可作如是观。

---

[1]　[美]杜赞奇：《从民族国家拯救历史：民族主义话语与中国现代史研究》，第269页。

3. 民族主义与现代主义的张力

正因此,"寻根"文学的指向始终被两种相反的价值取向所纠缠:"'文化寻根'小说在对待传统的态度上,实际上判分为两大支系:一个是认同传统,一个是批判传统。'文化寻根'诗同样如此,也同样在对待传统的情感态度和理智认知上,判分为两个不同的流向。"[1] 同样的情形也出现在电影银幕上乡村与都市形象的分裂,和民族主义话语与启蒙主义话语之间的冲突 [2]。或许更准确地说,寻根文学思潮中关于"根"的叙事的这种分裂,同样是两种现代性民族主义话语的冲突:一是主导着20世纪中国民族主义话语的、以启蒙主义话语为主要构成的"反传统"的民族主义,另一则是寻根思潮中浮现的以"文化中国"叙事为主要形态的文化民族主义。寻根小说在这两种话语的并置中,寻找到的一个突破困境的方式,乃是通过对"非规范"的民族文化传统的重新挖掘,来建构新的文化共同体想象。这种对于"非规范"文化的倚重,源自与知识界的美学、考古和民族史重叙活动的互动,而这种重叙无疑又是70—80年代转型时期的中国在全球格局中主体位置变动的直接投影。一方面,这种对于少数族群文化、地方文化或区域文化的挖掘,从来就不是一种具体的政治力量,更没有现实的指向性,而是一种"内部东方主义"式的理想他者的镜像;而另一方面,这种带有"去中心化"乃至"去中国化"表象的叙述,不过是站在边缘批判既有主流文化以图重构中心的文化实践的一个环节,它从未质疑过 nation 与 state 之间的同构关系,甚至未曾意识到"文化中国"共同体的重构,也是叙事的结果。也正因此,寻根文学对"非规范"文化的挖掘,从来就不曾构成对当代中国国家主义的真正挑战。它的全部合法性建立在一种隐喻关系的基础上,即通过将经历"文革"后的当代中国指认为"民族浩劫"后的废墟,将"新时

---

[1] 李振声:《季节的轮换》,第18页。

[2] 戴锦华:《遭遇"他者":"第三世界批评"阅读笔记》,收入《雾中风景:中国电影文化1978—1998》,第74—75页。

期"的开始视为民族从毁灭走向重生。显然，民族文化认同只是一种转移历史危机的政治策略性叙事，而非针对历史情境的具体批判与反思。

这里呈现出的真正问题在于，仅仅依靠民族主义话语来批判和反省现代性话语是否可能？如若不质疑将西方的"现代"视为理所当然和不言自明的历史演进"规律"这种观念与意识，并由此批判那种启蒙主义的进化历史观和主体认同，对民族主义话语的重构便始终只能是对现代性话语的加固与强化，更遑论走出柄谷行人所说的那个"资本制＝民族＝国家三位一体的圆环"[1]。"寻根"文学叙事与其说是对50—70年代民族国家认同方式的质询，不如说它仅仅是后革命氛围的当代中国，一处由"第三世界的社会主义国家"漂移向"全球化格局中的发展中国家"的话语舟筏，是80年代历史语境中表露的民族主义话语在与新启蒙话语正面碰撞下的逃逸与陷落。

---

[1]　[日]柄谷行人：《日本现代文学的起源》，赵京华译，第5—6页。

第四章 现代化叙事与"韦伯的幽灵"
——"文化热"

在一种回望的历史视野中，80 年代往往被概括为一个"文化"的时代，其突出的标志则是 80 年代中期的"文化热"。当时的人文知识界围绕着文化与现代化的关系、中西方文化的比较以及传统与现代的冲突等核心问题，展开了热烈讨论。在同一时间，不同的艺术类型与学科专业领域，也形成了突破此前格局，并具有冲击性的文化革新力量。比如在文学领域，是"反思文学"的深化，以"现代主义诗群大展"为主要标志的现代诗歌，及"现代派"小说尤其是"寻根"小说的出现；在美术领域，出现的是"85 美术新潮"；在电影领域，则是陈凯歌、张艺谋等"第五代导演"进驻历史舞台的中心位置。与此相参照的是，"文化热"主要集中于哲学、史学领域，并以"文化"作为一个统摄性的核心范畴，参与到关于"现代化"的知识建构和文化想象当中。如果说 80 年代前期某种程度上可以概括为一个话语转换的"过渡"时期的话，那么"文化热"则是标志着 80 年代历史独特性的新话语形态的主要内容。

尽管从 90 年代迄今的现实处境回望，80—90 年代的历史转变似乎正印证了"文化热"潜在的文化与政治二元对立框架，从而使"文化热"显现为一个"未完成的故事"。不过，相比于那种以同样的二元对立框架来划分"80年代"和"90年代"的做法[1]，更值得研究者做的或许并不是接过"文化热"的历史意识和话语逻辑来批判历史，而应当在更为开阔的历史视野中定位并重新思考"文化热"。值得追问的是，为什么是"文化"而不是别的什么成为80年代借以表述自身的语汇，它的特定内涵是什么？进一步地，如果我们承认环绕着"文化"的一系列表述构成了80年代定位自身的历史叙事，那么决定着这种叙事产生和成型的历史机制是什么？福柯有关疯狂、惩罚以及人文科学的历史研究，曾向人们展示了知识考古学和知识谱系学方法的批判力。他所谓"考古学"指的是"区分不同的话语秩序，这些话语秩序为思想观念的表达制定各种条件，并提出一些命题和陈述以便人们理解他们所处的历史时期"；而"谱系学"则"和权力的非话语机制关系更大，这些非话语机制决定了人们理解世界和在世上行动的方式"[2]。或许可以说，对80年代的"文化热"展开历史研究正为知识考古学和知识谱系学的操演提供了颇为恰当的"场地"。一方面，需要对"文化热"中共享的一些"命题"和"陈述"及其"话语秩序"进行知识考古；另一方面，则需要对那些制约着这种话语秩序的存在方式但以"非话语"形态存在的权力机制，进行一种谱系学式的显影和重构。

如果说前者可以通过对历史文献的整理、挖掘和剖析得以浮现的话，那么后者实则是更为复杂也更艰难的一步。作为一个从"革命"向"后革命"转换的变革时期，80年代的一个突出特征或许是"能指

---

[1] 在《八十年代文化意识》一书的"再版前言"中，甘阳称"与九十年代的'经济人时代'相比，八十年代堪称是最后的'文化人时代'，其中的主体是知青一代中的文化人"（甘阳编：《八十年代文化意识》，上海：上海人民出版社，2006年，第4页）。另一本引起极大反响的《八十年代：访谈录》（查建英主编，北京：生活·读书·新知三联书店，2006年），则在书的封底列出了一系列标识80年代与90年代差别的"常见词"，如与80年代有关的常见词是"激情、贫乏、热忱、反叛、浪漫、理想主义"等，而90年代相应的是"现实、利益、金钱、市场、信息、世故、时尚"等。

[2] [澳] J. 丹纳赫、[澳] T. 斯奇拉托、[澳] J. 韦伯：《理解福柯》，刘瑾译，天津：百花文艺出版社，2002年，第113页。

的剩余"般的话语涌流。在这个时期,充塞着种种惊世骇俗或标新立异的奇谈怪说、奇思妙想,显示着这个时期的历史开敞性和巨大包容力。很大程度上,这也正是 90 年代初期有关"学术史"的倡导对 80 年代进行批评的主要内容[1]。不过,这种关于 80 年代"开放性"的理解或批评同样可以看作一种"80 年代的文化意识",因为它并不关心在这种意识表象的"背后"、提供着这一骚动的话语场地的历史权力结构的存在。而这正是知识谱系学关心的核心问题。只有将关于 80 年代"文化热"的讨论推进到这一程度,才可能真正"走出"80 年代文化意识而对其展开历史化的理性研究,而不是仍旧停滞于一种文化怀旧式的感喟或叹息。

一、三个知识群体与三种思想动向

要宏观地勾勒出"文化热"的整体历史图景,显然需要做极为繁杂的档案整理工作。这些可能的工作应当包括对文化论争的历史线索的描述、重要文化事件及其展开形态的分析、核心话题及其代表性文本的收集、代表性的参与者及其观点与思路形成过程的剖析等。这就对史料的收集与整理提出了极高的要求。不过,真正的难度并不在史料整理本身,而在如何通过分析与梳理这些史料而形成有效的历史描述。或许因为 80 年代尚如此切近地在当下的社会与文化生活中发挥着影响,而关于这段历史的叙述在不同时期、不同研究者那里存在着明显差异,人们即便不借用后现代主义或新历史主义理论,也能领会到并不存在历史的绝对真实而只存在关于历史的"叙述"这样的理念。也就是说,如何勾

<hr/>

[1] "学术史"的倡导有"对 80 年代中国学术'失范'纠偏的意图",而批评的主要现象则是"束书不观,游谈无根"以及"浮躁"和"空疏"(参见陈平原《学术史研究随想》,《学人》第一辑,南京:江苏文艺出版社,1992 年)。

勒或描述"文化热"的整体轮廓，事实上并非一件"客观"的纯学术工作，而与描述者自身的立场、对 80 年代历史的理解和文化态度有直接关联。从这个角度来看，难度并不在于关于"文化热"的史料整理，而在所建立的关于"文化热"的历史叙事有效与否。

1987 年，作为"文化热"参与者之一的陈来，在一家台湾文化杂志上发表了一篇关于"文化热"的综合评述文章《思想出路的三动向》[1]。文章剖析了几个"文化典型"，并认为这些"文化典型"事实上是"文化热"中最有代表性的三种"思想出路"。陈来所谓"文化典型"，指的是"文化热"中最活跃的三个知识群体及其文化活动，这包括以金观涛等为代表的"走向未来"丛书编委会、以甘阳等为代表的"文化：中国与世界"编委会和以汤一介、乐黛云、李泽厚、庞朴等为代表的"中国文化书院"。他们以编译书籍、举办文化活动的方式集结成特定的知识群体，群体内部也有着相似的研究思路和知识取向："走向未来"丛书的科学主义、"文化：中国与世界"的人文关怀和"中国文化书院"对传统文化的认同。陈来这种从参与者的活动方式和代表思路出发的概括方式，看来至少得到了"文化：中国与世界"编委会的发起者和组织者甘阳的认可，他将这篇文章收入汇集编委会成员在"文化热"中写作的论文的选本当中，并写道："这本文集并不是一部'客观的'资料汇编，而是多多少少贯穿着我的某种'主观'思路的。陈来的文章相当客观、平实地介绍并分析了近年来文化反思的几个主要侧面，聊可补充本文集的片面性。"[2] 另一位"文化热"的亲历者苏炜，也提出了相似的描述方法："八五年前后的'文化热'中产生了三个大的民间文化机构：先后以金观涛、包遵信为主编的'走向未来'丛书编委会；以汤一介、乐黛云、庞朴、李泽厚等为主力的'中国文化书院'编委会；以甘阳、王焱、苏

---

[1] 陈来《思想出路的三动向》，文章写于 1987 年 11 月，刊载于《当代》（台北）第 21 期（1988 年 1 月）。

[2] 甘阳主编：《八十年代文化意识》，"初版前言"，第 10 页。

国勋、赵越胜、周国平等为主力的'文化：中国与世界'丛书编委会"，并认为这三大编委会"在五、六年间……实际上成了引领中国大陆人文科学各种思想风潮的主要'思想库'"[1]。苏炜关于这三个编委会成员思想取向的分析，亦与陈来的描述相似。"中国文化书院"的主要筹办人乐黛云则这样写道："事实上，正是《走向未来》丛书、中国文化书院中西比较文化班和以《文化：中国与世界》为核心的青年学术群体，以及稍后由王元化在上海创办的《新启蒙》杂志和其他一些赞成并倡导'面向世界，面向未来'的学术力量合力掀起了横向开拓、以跨文化传输与研究为主体的中国内地的'文化热'。"[2] 一位历史研究者在90年代初期的有关80年代的评述文章中，则从政治倾向角度对知识群体进行了相对多样的描述，这三个知识群体相应地被称为"青年体改委派""文化丛书派"和"文化书院派"[3]。

从上述的相关描述来看，从参与者及其文化活动的角度进行的概括方式，至少可以成为亲历者与研究者共同认可的一种历史叙述。而这种叙述方式本身亦可透露出"文化热"一个突出的历史特征，即所谓"文化热"并不仅仅表现为一种观念上的论争，更重要的是，它同时表现为知识群体的社会文化实践。这一点事实上是这次"文化热"不同于90年代知识界历次论争的地方。这些编委会被它们的组织者称为"民间学术团体"[4]，意在强调它们的非体制特性。不过三个编委会的成员各有特点。一般而言，"走向未来"丛书编委会以"文革"前后毕业的中青年学者为主，其成员构成较为庞杂，政治倾向较为明显；而"文化：中国与世界"编委会以80年代中期北大和社会科学院毕业的年轻研究

---

[1]　苏炜：《八十年代北京知识界的文化圈子》，《中国之春》1992年第1期。

[2]　乐黛云：《中西跨文化文学研究五十年》，收入《比较文学与比较文化十讲》，上海：复旦大学出版社，2004年，第156页。

[3]　仲维光：《北京文化丛书派的工作及思想——80年代大陆知识分子研究之一》，《当代》杂志（台北）第73期（1992年5月）。

[4]　甘阳：《八十年代文化意识》，"再版前言"，第3页。

生为主，并将学术独立和"非政治化"作为明确的口号；"中国文化书院"则以50—60年代即已进入学术界的中年或老年知识分子为主要构成。前两者主要以丛书编委会的形式活动，而"中国文化书院"则采取了"函授与假期讲习班"的形式，"想承接宋、明以来朱熹等先人创办的'书院''学舍'的方式"[1]。三个知识群体大致以思想取向和私人交往作为主要的联结方式[2]，带有较为松散的"同人"结社性质。但尽管如此，也并不表明这些知识群体就如其自身所声明的那样，形成了国家体制之外（甚或与之对抗）的空间。甘阳在2000年的一篇回顾之作中，强调的正是这样的观点。他依据法国理论家布迪厄（Pierre Bourdieu）的"场域"理论提出，在讨论改革时代中国知识分子的活动方式时，应当强调"中国知识文化场域的相对自主性"，而反对"从强烈的改革意识形态出发，把是否有利或促进改革作为衡量知识文化场域的先决条件"[3]。不过，布迪厄在提出"场域"这一范畴时，并非如甘阳理解的那样，仅仅突出各领域的自主性，而同时也强调了不同场域（政治、经济、文化）的同构性这一前提，以及保障场域自主性的社会学依据[4]。具体到组织编委会活动产生的社会效应而言，重要的并不在于编委会对"非政治性"和学术独立性的强调，因为"非政治"在当时的历史语境中就是"最大的政治"[5]，强调知识场域的"自主性"正是整个新启蒙主义现代性方案的重要构成部分。编委会对"自主性"的强调，并不意

[1] 苏炜：《八十年代北京知识界的文化圈子》。

[2] "走向未来"丛书编委会的组织情况，参见马国川：《金观涛：八十年代的一个宏大思想运动》，《经济观察报》2008年5月1日；"文化：中国与世界"编委会的组织过程，参见查建英主编：《八十年代：访谈录》，第207—221页；"中国文化书院"的组织情况，参见乐黛云：《中西跨文化文学研究五十年》。

[3] 甘阳：《十年来的中国知识场域——为〈二十一世纪〉创刊十周年而作》，收入《将错就错》，北京：生活·读书·新知三联书店，2002年，第226—231页。

[4] 参见[美]戴维·斯沃茨：《文化与权力：布尔迪厄的社会学》，第六章"权力斗争的场域"，陶东风译，上海：上海译文出版社，2006年。

[5] 参见查建英主编：《八十年代：访谈录》，第224页。

味着它们脱离了当时由国家主导的"现代化"意识形态，毋宁说，正是这些倡导自主性的知识群体在为"现代化"提供着合法化的意识形态表述。如汪晖在谈及这一问题时说到的："'新启蒙知识分子'与正统派的对抗不能简单地解释为民间知识分子与国家的对抗，恰恰相反，从总的方面看，他们的思想努力与国家目标大体一致。80 年代中国思想界和文化界的活跃知识分子，大多是深受重用的国家研究机构或大学的领导者，其中的一部分在 90 年代成为中国国家立法机构的重要的高级官员。问题的复杂性更在于，变革的过程不仅改造了社会，也改造了国家，并在国家内部形成了结构性的裂痕。"[1] 如果说"文化热"中的三个编委会确实在很大程度上形成了某种具有非国家体制特性的文化空间，但就其人员的构成、发挥社会影响的方式，以及利用文化媒介（例如"走向未来"丛书与四川人民出版社，"现代西方学术文库"与生活·读书·新知三联书店）的方式，尤其是基本思想取向与国家主导的改革意识形态的关系而言，却仍然与国家体制有着千丝万缕的关联。从这样的角度来看，"文化热"不只是文化理念上的争论或发布，更为新的意识形态提供了合法性依据；这些知识群体组成编委会、编译丛书、组织函授和假期讲习班等，亦不简单是知识分子的"文化活动"，更是为实践其文化理念而进行社会实践的方式。

　　大致可以说，正由于"文化热"中的三种思想动向并不仅仅是学术观念上的冲突，而同时构成了划分或组织三个重要知识群体的依据，并且与现代化改革进程关系密切，因此，他们提出的文化观念在某种意义上就成为"意识形态"。詹明信（F. 杰姆逊）在讨论"文化"与"意识形态"的关系以及如何对之展开叙事分析时，曾这样说道："意识形态虽然是一些观念、思维方法、思想，甚至包括错误的认识，但又是处处体现在行为实践上的，这也是叙事分析的基础。文化从来就不是哲学性的，文化其实是讲故事。观念性的东西能取得的效果是很弱的，而文化中的叙事却具有

---

[1]　汪晖:《当代中国的思想状况与现代性问题》,《天涯》(海口) 1997 年第 5 期。

很重要的作用和影响。"[1] 也就是说，使得一些"文化"表述演变为"意识形态"的关键在于其是否构成了社会实践，而那些能够成为"意识形态"的"文化"往往包含着一个有效的"故事"，这个"故事"在实践它的人们看来是"自然"的和"天经地义"的。具体到"文化热"的三个编委会来说，正因为他们对于文化的讨论，一方面在为现代化改革提供着合法性表述，另一方面又以集体活动的方式发挥着他们作为知识分子的社会影响，因此，他们的文化表述事实上正是通过社会实践而成为一种新意识形态。并且，正如前面分析到的，由于改革的现代化意识形态与知识群体之间，并不存在着直接的"对抗"关系，相反，它们在共同的目标上是一致的，因此，"文化热"中所潜含的文化与政治的对抗模式，事实上正是两种意识形态的冲突，而不是非政治的"文化"与政治的"意识形态"之间的冲突。而这三个编委会之所以能够成为有影响的社会力量，关键的原因在于他们"创造"出了有效的"叙事"，这些叙事以不同的方式把当时的社会变革和现代化进程叙述为"历史的必然"。

二、三个文本与三个"故事"

三个编委会各自的思想取向，也形成了代表性的核心文本。这种情况之所以成为可能，正因为编委会是以成员之间的思想取向和私人交往联结而成，并且往往以最为活跃的发起者或组织者为中心集结为知识群落。与那种机构化或有严密组织的集结方式不同，这种同道式的组合需要某种宣言式的核心文本，以表达参与者相近的理念，并作为他们的代表形象而产生社会影响。某种程度上也可以说，这些代表性文本关于中国现代化历史所构造的叙事，也正代表了三个编委会基本思想取向的三种"讲故事"的方法。

---

[1]　［美］杰姆逊：《后现代主义与文化理论》（精校本），唐小兵译，北京：北京大学出版社，1997年，第66页。

1. "封建社会的超稳定结构"论

可以代表"走向未来丛书"编委会的科学主义思想取向的文本,是由"走向未来丛书"的灵魂人物金观涛、刘青峰提出的中国"封建社会超稳定结构"论。这一核心论述演化为不同形态的"异文"[1]。就其产生的社会影响来说,列入首批"走向未来丛书"的《在历史的表象背后》,或许是其中最值得分析的版本。这本小册子甚至被流行文化杂志列入20世纪最后20年"最有影响的20本书":"在人们可以选择的书籍还不算太丰富的1984年,四川人民出版社推出的一套旨在推广新知识、推动科学研究发展的丛书《走向未来》引发了新时期以来第一个大规模的读书热潮。其中的《在历史的表象背后》备受读者青睐。这本探讨中国封建社会长期延续原因的专业书籍,在年轻大学生中几乎人手一册。"[2] 因此,本章把《在历史的表象背后》作为"超稳定结构"论的分析文本。

"超稳定结构"论在当时的突出影响之一在其方法论。它"把二次大战后发展起来的系统论(及控制论、信息论)方法大胆地应用于中国史领域,把中国历史当作自然科学处理的超稳定系统,以研究其长期稳定停滞的结构及机制……开辟了如何转化自然科学方法为社会科学方法的广阔领域"[3]。这一论述的示范意义和"走向未来丛书"对强调定量分析、数学模型的新兴边缘学科的倡导,很大程度上造就了80年代中期文艺研究的"方法论"热潮,即所谓"老三论"(系统论、控制论、信息论)和"新三论"(协同论、耗散结构论、突变论)。当时的文艺研究者纷纷热衷于用这些从自然科学中发展起来的新方法,探讨人物性格、

---

[1] 金观涛、刘青峰最早将主要观点发表于《贵州师范大学学报(社会科学版)》1980年第1—2期上的《中国历史上封建社会的结构:一个超稳定系统》。1984年,出版单行本《兴盛与危机——中国封建社会的超稳定结构》(湖南人民出版社)和简写本《在历史的表象背后——对中国封建社会超稳定结构的探索》(四川人民出版社)。

[2] 《新周刊》编辑部:《20年中国备忘录·20年来最有影响的20本书》,《新周刊》(广州)1998年第22期,第54页。

[3] 陈来:《思想出路的三动向》。

作家风格以及一个时期的文学主题等，形成了一时的风尚[1]。一种理想的研究境界被设想为"诗与数学的统一"[2]。这种科学哲学的热潮显然源自对"科学"的一种极为意识形态化的理解，即相信"纯粹"的科学具有远离政治偏见的客观色彩，这使它即使在较为严酷的政治和学术条件下也有滋生的可能。从这样的理解来看，"科学"成为超越一切"政治"局限的标志，同时也是当时的人们反抗以"文革"为极端形态的"封建法西斯""封建迷信"的批判武器。这也正是"科学主义"在80年代的意识形态内涵。

相比于方法论上的示范意义，"超稳定结构"论影响更大的是它采用"三论"而形成的有关中国古代历史的叙事。被设定的基本问题是："为什么中国封建社会长期延续达两千年之久？"借用控制论理论，中国封建社会的长期"停滞"被解释为"它的结构有着巨大的稳定性"，从而演绎出了一个有关中国封建历史的极为精彩的"故事"——中国封建社会被区分为政治（官僚体制）、经济（地主经济）和文化（儒家正统）这三个子系统，三者构成了"大一统"的宗法一体化结构。由于这种结构具有"脆性"（子系统间不易协调而容易崩溃）和"强控制"（有效遏制新生事物的萌芽）的特点，它无法抑制内部的"无组织力量"的增长，即官僚政治中的皇权膨胀与地主经济中的土地兼并的汇流，由此导致了周期性社会大动乱的出现。不过，这种以农民起义作为主要形态的大动乱同时也扫荡了无组织力量，而宗法一体化结构自身又具有自我修复功能，能够再次恢复到崩溃之前的结构状态。于是，整个中国封建社会的

---

[1] 1985年甚至被称为"方法论年"，这一年分别在厦门、扬州和武汉召开了有关方法论问题的研讨会，而北京、上海的社科院则成立了新方法的专门研究室（参见屈雅君主编：《新时期文学批评模式研究》，第三章"科学主义批评"，西安：陕西人民出版社，1997年）。当时最有影响的成果包括林兴宅《论阿Q的性格系统》（《鲁迅研究》1984年第1期）、许钢《风格是系统稳定之标志》（《学术月刊》1984年第16卷第11期）、季红真《文明与愚昧的冲突——论新时期小说的基本主题》（《中国社会科学》1985年第3—4期）等，另外，刘再复《论人物性格的二重组合原理》（《文学评论》1984年第3期）等文章也可见到"三论"的影响。

[2] 林兴宅：《文明的极地——诗与数学的统一》，《文学评论》1985年第4期。

历史就在这种周期性崩溃和自我修复当中延续，因此而成为一个"看来没有毛病但不能改进自己、不能进化"[1]的"超稳定结构"。

从今天的眼光看来，暴露这一叙事的意识形态特性的，正是它所提出的问题本身。《在历史的表象背后》开篇的历史描述即是："一股深刻的历史反省的潮流，正席卷着我们的时代"，而其中最引人注目的问题是："为什么中国封建社会长期延续达两千年之久？"并且，"每当历史转折关头到来时，人们总是企图用新的目光审视这一问题，以求得对本民族的历史、现状和发展的更深刻的理解"。显然，这一问题的提出是有着充分的现实针对性的，其中隐含着身处当时历史语境中的人们看来是不言自明的历史隐喻，即"文革"与"封建复辟"之间的对应关系。"封建"一词在"超稳定结构论"中是一个价值判断色彩极浓的负面语汇，但如何理解"封建"的内涵在现代中国不同历史时期一直存有争议，因此用它作为价值判断的依据来阐释历史是颇成问题的。正如日本学者沟口雄三和美国学者杜赞奇对"封建"范畴从晚清到民国时期内涵的变迁的考察所显示的，"封建"成为一个负面价值的语汇，其文化上的内涵始于"五四新文化运动"，其政治上的内涵始于北伐时期中央集权的现代民族国家构想[2]。另一方面，有关封建历史的"长"与"短"的比较，也表明这一问题潜在的参照对象正是以西方为标准。在1988年的回顾文章中，金观涛本人即对这一问题本身进行了反省："表面上看，我们要回答的问题是中国封建社会长期延续的原因，而这个问题本身却是经不起推敲的。首先，把从秦汉到清末这一段中国社会称为封建社会就会引起很大的争论。因为封建社会原是西欧中世纪社会的概括。而且，所谓封建社会的长短必定要有一个参照系，为何我们可以断定中国封建社会

---

[1]　金观涛：《在历史的表象背后》，成都：四川人民出版社，1984年，第45页。

[2]　参见 [日] 沟口雄三：《日本人视野中的中国学》，李甦平译，北京：中国人民大学出版社，1996年；[美] 杜赞奇：《从民族国家拯救历史：民族主义话语与中国现代史研究》，第二编第三章"'封建'的谱系：对市民社会与国家的叙述"，王宪明等译，北京：社会科学文献出版社，2003年。

较长呢？这里潜含着以西方封建社会的历史发展为标准模式的思想。那么为什么我们不反过来问为何西方封建社会较短呢？实际上这个问题本身仍然是西方中心论式的。"[1] 不过，金观涛并不否认这一问题在当时提出的意义："这个不准确的问题的真实意义在于它是一个吸引中心，它无疑代表了一种对中国历史的新反省。在这种精神下面隐含的是一系列中西文化和社会深层结构的比较研究……它只是一棵长在肥沃文化土壤之上的时代反思之树。"[2] 也就是说，金观涛一方面承认"超稳定结构论"所要解答的并非"纯学术"的问题，同时又认为这一问题在当时的历史语境中具有极大的批判能量。之所以如此，是因为"超稳定结构论"所提出的问题正源自当时人们反思"文革"时的一个政治判断，即认为造成近代中国"落后"尤其是"文革"发生的历史原因，在于"封建思想复辟"。用金观涛的表述来"转译"这一政治判断则是："文革"之所以发生正因为当代中国仍旧是"超稳定"的封建社会结构的一环。在这里，"封建"并非一个历史学范畴，而是一个政治范畴，它成为一切恶性民族品性的符号性指称。正如日本学者沟口雄三在评述相关的问题写到的："将中国社会看作停滞的社会，这是经历了'"文革"期间毫无结果的政治斗争及学术上的窒息'之后，中国知识分子对中国革命不管不顾的内部揭发，但无论如何这个揭发还是政治、社会领域的事，绝不是对于我们来说的历史学。"[3]

与"超稳定结构"论发表同时，中国社会科学出版社出版了一本名为《中国封建社会长期延续问题论战的由来与发展》[4] 的资料选集，摘选了从 20—30 年代之交"中国社会史论战"中出现的"中国社会的长期停滞"说，抗战时期日本学界所谓"中国社会之亚细亚停滞论"，直到

---

[1]　金观涛：《我的哲学探索》，上海：上海人民出版社，1988 年，第 30 页。

[2]　同上书，第 31 页。

[3]　[日] 沟口雄三：《日本人视野中的中国学》，第 55 页。

[4]　白钢编著：《中国封建社会长期延续问题论战的由来与发展》，北京：中国社会科学出版社，1984 年。

50—60 年代依据毛泽东思想对中国封建社会"停滞"原因的阐释。这本书很大程度上恰好展示出了中国封建社会"停滞论"在现代中国的理论谱系及其意识形态特性。一方面,这一判断最为权威的论断源自马克思主义理论,而马克思的"西方中心"色彩也正表现在其有关"亚细亚"历史的判断上[1],因而可以说无论就这一问题的提出还是解答来说,都是深刻地内在于 20 世纪中国现代主流历史中的,而"超稳定结构"说则不过借用新的科学哲学的方法对这一"老"问题给出了新的阐释。从另一方面来看,将古代中国社会看作"停滞"的、丧失自我更生能力的这一历史判断,事实上可以成为无论是左的还是右的、无论是民族主义的还是反民族主义的变革中国社会思潮的基本前提。或许比《中国封建社会长期延续问题论战的由来与发展》中种种史学论述的社会影响广泛得多的,更应该是五四新文化运动主将鲁迅在他的《呐喊》"自序"中提出的"铁屋子"寓言。很大程度上,"超稳定结构论"被当时的许多人看作鲁迅的"铁屋子"寓言的学术版。"假如一间铁屋子,是绝无窗户而万难破毁的⋯⋯"也就是说,从中国社会的内部绝对不可能有"新生"的可能性;金观涛则用系统论对这一点进行了说明:"在这种社会系统中,新结构是不可能从封建母体中脱胎出来的。"[2] 因此,要变革中国社会,唯有唤醒屋内的人们摧毁这一"铁屋子",或"只要不打破中国社会的超稳定结构,也就必然会推行闭关政策"[3]。相当有意味的是,无论是"铁屋子"的寓言还是"超稳定结构论",其前提在于严格地区分了中国的"内部"与"外部",并且把变革社会的希望全部地寄托于"外部"。从这个角度来看,"超稳定结构论"不仅是一种充满意识形态色彩的史学阐释,同时也是为当代中国社会变革提供合法性依据的政治寓言。

---

[1] [英] 佩里·安德森:《绝对主义国家的系谱》,刘北成、龚晓庄译,上海:上海人民出版社,2001 年。

[2] 金观涛,《在历史的表象背后》,第 123 页。

[3] 同上书,第 185 页。

2."传统与现代冲突"论

代表"文化：中国与世界"编委会基本思想取向的核心文本，大约应数得着由甘阳执笔的《八十年代文化讨论的几个问题》[1]。这篇文章是编委会筹办的《文化：中国与世界》辑刊的发刊词，"实际上参加了当时的'文化热'的讨论……当时是被看成全盘西化"，并且"不止你这一篇文章被看成全盘西化，当时你们编委会、整个丛书都是这样一个形象"[2]。文章不甚熟练地借用了德国阐释学大师伽达默尔的理论来解释"传统"这一范畴的内涵，提出"继承发扬'传统'的最强劲手段恰恰就是'反传统'"。这正是编委会被称为"全盘西化"的主要依据。解读者亦由此认为，不同于"走向未来"丛书编委会的科学主义，"文化：中国与世界"编委会发展的是现代西方的"人文主义"传统："以解释学出身的甘阳为主编的'文化：中国与世界'系列丛书编委会，正是在自觉的文化关切支配下，一个与科学主义相对立的文化派别。"[3] 不过，在当时，伽达默尔、利科等的阐释学理论尚未翻译成中文，正如"文化：中国与世界"编委会在当时是"精英中的精英"而"曲高和寡"一样，对于为何"反传统"成为"继承传统"的"最强劲手段"，一般人事实上是不甚了了的。这与"走向未来"丛书编委会造就的科学主义热潮，恰成明显对比。真正造就甘阳这篇文章广泛的社会影响，甚而塑造了作为学术新生代的"文化：中国与世界"编委会集体社会形象的，不在其以专业姿态进行的学理论证，而恰在它提出的"传统文化"与"现代文化"冲突的历史叙事。

---

[1] 全文刊载于《文化：中国与世界》第1辑（北京：生活·读书·新知三联书店，1987年）。其中"说传统"部分以《传统、时间、未来？》为名发表于《读书》杂志（北京）1986年第2期；"中西之争还是古今之争"则发表于《青年论坛》1986年第2期。

[2] 参见查建英主编的《八十年代：访谈录》，甘阳部分，第210—211页。

[3] 陈来：《思想出路的三动向》。

与其标榜的"非政治"和"专业主义"姿态不同，《八十年代文化讨论的几个问题》是以极为自觉的政治姿态介入文化讨论当中的。文章一开始就将文化问题称为"百年大课题"，提出"着眼于中国文化与中国现代化的现实关系问题，当是我们今日讨论中国文化的基本出发点"。基于对百年历史中现代化发展的不同步骤的归纳和设计，"文化"被置于现代化发展的最核心位置——"现代化，归根结底是'文化的现代化'。中国的现代化只有最终落脚在一种新的现代中国文化形态上，才算有了真正的根基和巩固的基础。"文章认为，近代以来有关中国文化的讨论，一直存在着一种"相当普遍"而实则是错误的态度和倾向，即"中国文化与西方文化之间的地域文化差异常常被无限突出，从而掩盖了中国文化本身必须从传统文化形态走向现代文化形态这一更为实质、更为根本的古今文化差异问题"。也就是说，关键的问题不在于中国文化与西方文化孰优孰劣，而在于中国文化是"传统形态的文化"，而西方文化则是"现代形态的文化"。于是，中国／西方之间有关地域／地缘差异的讨论，被转换为传统／现代这种进化时间轴上的"先进"与"落后"之间的价值判断。中国文化成了"中国人近代大大落伍在文化上的根本病症"，而西方文化则是"西方人近代强盛在文化上的基础所在"。

为了进一步完满这一叙事，甘阳在文章中相当有征候性地将近代中国与近代日本比较，认为正由于"积极、主动、争着、跑着、唯恐落后般地全力吸收西方文化"，日本才成功地完成了现代化并"称霸东方"；相反的是，中国则"首先百般抵制、全力拒斥，而后才被拖着、打着、无可奈何地一步一步被迫接受西方文化"，因而造成了它在近代的落后。有意味的是，一位日本研究者面对那些秉持着与甘阳同样观点去到日本"学习日本近代化成功的秘诀"的研究者和留学生，发出这样的感慨："他们对日本近代的研究是彻头彻尾主观性的，是以自我为中心，从这个意义上来说，可以说具有主体性。"因为对于如何看待中国与日本的近代，50—60年代的一些日本学者得出的恰恰是相反的结论，即"中国将其缺少欧洲式近代的劣势转为前提或说条件，结果完成了日本未能实现的、自下而上的彻底的社会革命"[1]。由此看来，真正的问题并不在于中国与日本的现代化谁更成功，而在于如何理解"现代化"的标准和内涵。并且，正如沟口雄三精辟地指出的那样，无论是将中国看作现代化成功的典范还是相反，其内在思维方式在于那种"以欧洲为中心看待世界史的欧洲一元化"的观念所造就的"先进－后进的结构"[2]。从根本上来说，甘阳将中国／西方这一空间的坐标轴，转换为传统／现代这一时间轴上的"落后"／"先进"的判断，正是这种以西方（欧洲）为中心和现代化标准的思维结构的具体呈现。

在这个"故事"中，由于必须以"挣脱其传统形态"为前提才能"大踏步走向现代形态"，因此如同其先驱"五四新文化运动"的倡导者一样，这种现代文化的"中国性"就成为传统／现代文化论者必须解答的问题。正因如此，甘阳才借用了伽达默尔的阐释学理论改写人们对于"传统"的惯常理解，提出"传统乃是'尚未被规定的东西'，它永远在制作之中，创造之中"。于是，"继承发扬'传统'的最强劲手段并不在于死死抱住'过去已经存在的东西'不放，而恰恰要不断地与'过去'相抗争"，进而提出"继承发扬'传统'的最强劲手段恰恰就是'反传统'"。也就是说，为了创造现代中国文化传统，就必须以"现代的"文化系统来消化、吸收和重新整理"传统的"文化系统。这里的关键问题在以何种文化为基点。因此甘阳更为关键的论点是："新的'现代的'成分和核心要素不能也不应是儒学这种过去已有的'现成在手的'东西，而是某种现在'有待上手的'东西"。不过，正如陈来提出异议，认为甘阳过分降低了"伽达默尔本来强调的传统的连续性意

---

[1]　参见［日］沟口雄三：《日本人视野中的中国学》，第20、14页。同时可参见［日］竹内好：《何谓近代——以日本与中国为例》，收入《近代的超克》，孙歌编，李冬木等译，北京：生活·读书·新知三联书店，2005年。

[2]　［日］沟口雄三：《日本人视野中的中国学》，第16—17页。

义"[1]，这也成为"文化：中国与世界"编委会与"中国文化书院"基本思想取向上的分歧。

3."救亡压倒启蒙"论

选定李泽厚 1986 年发表于《走向未来》创刊号上的《启蒙与救亡的双重变奏》[2]，作为"中国文化书院"群体的代表文本，或许是有些勉强的。这本是一篇五四新文化运动的纪念文章，其中产生广泛社会影响的观点，是有关五四运动以及现代中国历史的重新阐释，即"救亡压倒启蒙"论。不过，文章的第三部分却是对前面论述的现实延伸，认为新的文化启蒙不应当重复五四那种"激烈的批判和全盘西化"，而应对"传统"进行"转换性的创造"。这种对待传统文化的态度与"中国文化书院"的基本思想取向大致相同。因此，有论者提出："如果把书院邀请来主讲的学者，作为一个文化学术群体来看待，那么代表书院文化观念的不是几位老先生，毋宁是汤一介、李泽厚、庞朴等资深教授的某些观念比较地影响书院的文化追求。……对中国传统文化无论从其本身的文化价值，还是对现代生活的社会价值，都给与了充分的肯定。"[3] 苏炜则在文中列举出林毓生的"传统的创造性转化"论和杜维明的"儒学的第三期发展"论，认为这些观点"都曾引发了范围广泛的讨论而一度被认为是'中国文化书院'的'招牌主张'"[4]。这与李泽厚在文章中提出的对于传统的"转换性创造"的文化态度是一致的。并且，李泽厚在《启蒙与救亡的双重变奏》中提出的"救亡压倒启蒙"的历史叙事，也未必不是"中国文化书院"诸学者对于中国现代化历史的基本态度。比如

---

[1]　陈来：《思想出路的三动向》。

[2]　文章收入李泽厚论文集《中国现代思想史论》（北京：东方出版社，1987 年；合肥：安徽文艺出版社，1994 年）。

[3]　陈来：《思想出路的三动向》。

[4]　苏炜：《八十年代北京知识界的文化圈子》。

"中国文化书院"的发起人汤一介在为文化讲习班第一期的讲演文章结集出版而作的序言中，便提出关于"现代化"与"传统文化"关系讨论的现实语境，在于中国的现代化历史被"中断"——"'五四'运动以来，现代化的口号提出了半个多世纪，而现代化的进程却一次又一次被打断，这是什么原因？看来也许有一个问题没有得到正确解决。现代化不能只限于科学技术层面，更重要的是应该有文化深层的现代化配合，其中包括价值观念、思维方式以及对我国传统文化的历史反思等。"[1] 这种现代化"中断"论和对"文化"位置的强调，都与"救亡压倒启蒙"论相近。从这些角度来看，尽管李泽厚的《启蒙与救亡的双重变奏》并非"中国文化书院"的"招牌"文章，却与书院的基本文化追求一致。

作为曾经深刻地影响了 80 年代思想运动的领军人物（许多文章直接称其为"思想领袖"、新启蒙运动的"思想导师"），李泽厚在《启蒙与救亡的双重变奏》中发展了他在曾风靡一时的《美的历程》《中国古代思想史论》等中提出的"积淀"说、"文化－心理结构"说，来重新阐释"传统"。李泽厚本人曾回忆说："这篇文章能够起这么大的作用是出乎我的意料的。"[2] 尽管学界对于"救亡压倒启蒙"这一历史论断的原出处一直存有异议[3]，但其在 80 年代产生了极大的社会影响却是历史

---

[1]　中国文化书院讲演录编委会编：《论中国传统文化》，北京：生活·读书·新知三联书店，1988 年，第 1 页。

[2]　李泽厚、陈明：《浮生论学：李泽厚、陈明 2001 年对谈录》，北京：华夏出版社，2002 年，第 126 页。

[3]　关于谁是"启蒙／救亡论"的最早提出者，学界存有疑虑。美国历史学家舒衡哲的《中国启蒙运动：知识分子与五四遗产》1986 年出版英文版，是五四运动史研究中产生较大影响的著作。尽管中译本直到 1989 年才由山西人民出版社出版（有删节，李国英等译，作者姓名被译为薇拉·施瓦支），但其所讨论的知识分子"启蒙"与"革命"之间的矛盾，与李泽厚提出的"启蒙与救亡的双重变奏"论颇为相似，并有"互相影响"的说法（参见顾昕：《中国启蒙的历史图景：五四的反思与当代中国的意识形态之争》，第一章，香港：牛津大学出版社，1992 年；孙隆基：《历史学家的经脉：编织中国现代思想史的一些问题》，《二十一世纪》第二期，1990 年 12 月）。王若水在《整风压倒启蒙："五四精神"和"党文化"的碰撞》（《当代中国研究》2001 年第 4 期）中提出，舒衡哲 1980 年代初曾与李泽厚合作，她在给王若水的信中认为是她先提出"救亡压倒启蒙"这一问题及相关观点的。

事实，甚至被研究者称为 80 年代人文知识界的一种"元叙事"[1]。也就是说，如果我们并不那么在意"救亡压倒启蒙"论的"始作俑者"到底是何人，而瞩目于《启蒙与救亡的双重变奏》在当时产生了广泛影响的历史叙事，这篇原创性颇受质疑的文章倒正好可以成为最能呈现"文化热"中种种意义网络和历史语境的"典范"文本。

《启蒙与救亡的双重变奏》将叙述的起点放置在五四运动，这本身即是 80 年代将自身视为"第二个五四时代""新启蒙时代"的"新时期"历史意识的呈现。李泽厚在另外一篇文章中则说，"一切都得从'五四'讲起。中国现代史好些基本问题都得追溯到'五四'，在思想文化、意识形态领域内，尤其如此。"[2] 这种将"新时期"与五四对接的历史叙述法，构成了整个 80 年代文化变革的支撑点。而李泽厚的这篇文章既是这种历史意识的呈现，也是建构出这种历史叙述的核心文本之一。李泽厚首先将五四运动描述为被两种力量内在撕扯的历史，即"'五四'运动包含两个性质不同的运动，一个是新文化运动，一个是学生爱国反帝运动"。文化启蒙和政治救亡之间的冲突构成了五四运动内部的二元对抗矛盾和张力，并且也成为构架现代中国历史的叙述坐标。五四运动的历史意义在于，它达成了两种冲突之间的平衡，而这种平衡在五四之前和之后都未能实现，于是，这使它成为现代史上辉煌而短暂的高起点——"在一个短暂时期内，启蒙借救亡运动而声势大张，不胫而走。……启蒙又反过来给救亡提供了思想、人才和队伍。……终于造成了对整个中国知识界和知识分子的大震撼"。不过，这种短暂的平衡很快被打破——"救亡的局势、国家的利益、人民的饥饿痛苦，压倒了一切，压倒了知识者或知识群体对自由平等民主民权和各种美妙理想的追求和需要，压倒了对个体尊严、个人权利的注视和尊重。"此后，现代中国经历着持续的"下行"的历史路径：从建立共产党、列宁主义的

---

[1] 李杨：《"救亡压倒启蒙"：对八十年代一种历史"元叙事"的解构分析》，《书屋》2002 年第 5 期。

[2] 李泽厚：《记中国现代三次学术论战》，《走向未来》1986 年第 2 期。收入《中国现代思想史论》，北京：东方出版社，1987 年。

选择、抗战、延安整风、新中国建立直到"文革"爆发。在这个过程中，"封建主义"宛若一个鬼魅般的幽灵全盘占领了中国历史：从"改头换面地悄悄地开始渗入"到"越来越凶猛地假借着社会主义的名义来反对资本主义"，最后"把中国意识推到封建传统全面复活的绝境"。

显然，在今天的眼光看来，这种关于历史的描述是高度"叙事"性的。它首先预设了一个论述的二元框架，即文化启蒙与政治救亡之间的对抗，而历史的发展过程被化约为两种无法兼容的力量之间的消长，并最终以其中一个被另一个全面"压倒"告终。正如不同的研究者已经指出的，把五四新文化运动描述为被"救亡"中断的"启蒙"史，这种论述历史的方式一方面忽略了五四新文化内部的悖论和矛盾，仅用外部因素解释五四的困境[1]；另一方面，一些源自西方启蒙运动历史的范畴，如个人主义、理性、民主等，被作为价值判断的终极范畴，如刘禾分析的那样，这事实上是"把欧洲启蒙运动的大叙事当作一个固定的、毋庸置疑的意义所在，一个可以用来衡量中国启蒙的程度及成败的根据，而不是把中国启蒙当作一个可以产生它自身意义及解释术语的历史过程去研究"[2]。更为有趣的是，在探究造就这种历史局面的根源时，这一史学论文采取了高度修辞化的文学手法，将"敌人"指认为一个"会化妆的魔鬼"，即"封建主义"。它"渗透进"农民政党及其马克思主义思想中，不但"挤走"了"原来那一点可怜的民主启蒙观念"，并且使得中国历史完全"倒"回了封建时代。这种叙述历史的方法自身的叙事特征，使得李泽厚有意无意地不断使用"悲哀滑稽的历史恶作剧""现代中国的历史讽刺剧"来描述这段历史。或许这也正是一种"黑格尔幽灵"般的本质主义历史观的征候式呈现。

"救亡压倒启蒙"论无疑是在强调"文化启蒙"优于"政治革命"。

---

[1] 汪晖：《"历史同一性"及其形成与解体——关于思想史理论与方法的札记》，收入《无地彷徨："五四"及其回声》，杭州：浙江文艺出版社，1994年。

[2] 刘禾：《跨语际实践——文学，民族文化与被译介的现代性（中国，1900—1937)》，北京：生活·读书·新知三联书店，2002年，第120页。

不过，如若深究李泽厚所谓"文化"的内涵，则可以看出，这里的"文化"与"政治"的含义并不是抽象的，而有具体的意识形态所指。一方面，区分文化与政治的依据，仅在于所采取的社会行为方式（政治行动 / 思想传播、政党革命 / 学理研究、农民革命 / 知识分子文化救国），或变革社会的方式（改良与革命）；另一方面，用来启蒙的这种"文化"被直接地表述为"资本主义文化"，封建主义在中国挥之不去的重要原因在于"长久封建社会产生的社会结构和心理结构并未遭受资本社会的民主主义和个人主义的冲毁"。也正因为此，李泽厚认为"文化热"的实质在于"借文化谈政治"[1] 或"文化热其实是没办法的事，现实问题不好谈，只好借文化来谈"[2]。由于这里的"启蒙"具有如此特定的内涵，因此，关键问题并不在于"文化"与"政治"的抽象对立，而在于如何看待社会主义革命史。在《启蒙与救亡的双重变奏》中，颇为明晰地，"下行"历史的开端被设定为以列宁主义组建中国共产党，而这历史的终点则被规定为"文革"的结束。这段历史的意义仅在拯救民族 / 国家的危亡局势，并因此造成对个体权利与知识群体思想自由的压制，进而导致了"封建主义的全面复辟"。这种把社会主义革命替换为民族主义革命，并将其排除出现代化历史之外的做法本身，事实上牵扯出了现代中国乃至第三世界革命的众多问题系。这也正是这一叙事迄今仍在很多地方发挥影响的原因。首要的问题在于，李泽厚将资本社会的民主主义和个人主义文化作为"现代"社会的基本指标，并将其置于革命救亡活动的对立面，事实上忽略了一种基本的历史情境，即作为"第三世界"、后发现代化国家的中国，与现代化原发地的西方国家，其展开现代化进程的方式是有着极大不同的。这也正是李陀所指出的："简单地肯定启蒙主义的研究者，往往不顾一个事实：启蒙主义思想的扩散与资本主义、特别是帝国主义的扩张是同步的；以'现代性'做轴心的世界范围

---

[1]　李泽厚：《关于"文化"问题的问答》，《电影艺术》1987 年第 1 期。

[2]　李泽厚：《"五四"的是是非非》，收入《李泽厚十年集·走我自己的路》，合肥：安徽文艺出版社，1994 年，第 529 页。

的'现代化'过程也是与西方资产阶级在世界范围内建立其文化霸权的进程同步的。这使所有'落后国家'/'东方国家'/'第三世界国家'处于一种非常复杂的历史境遇之中：他们不得不在反帝国主义、反西方文化霸权的前提下让自己的国家加入现代化的潮流。"[1] 这种既要进入现代世界体系又必须反抗帝国主义的现代性张力，被李泽厚简单化地表述为"启蒙"与"救亡"之间的二元对立，而忽视其中既对抗又交融的紧张关系。显然，这其中的西方中心主义是极为明显的。

4. "革命"与"现代化"的冲突

可以说，无论是本章所讨论的三个核心文本还是整个"文化热"中存在的"中/西比较风"，以西方现代化道路和现代性文化作为衡量中国历史与文化的普泛性标准是普遍的历史意识。而有意味的问题是，社会主义革命中"反帝反封建"的双重现代性，如何在80年代的"现代化"想象中成了单一现代性？并且，前者被后者宣判为"封建主义"即前现代的，这一话语转换的过程是如何发生的？

从这个角度来说，"救亡压倒启蒙"论提供了极具征候性的历史文本。它首先设定了一个普泛性的进化历史路线图，即马克思理论按照生产方式列出的从封建社会、资本主义社会到社会主义社会的路径，并假定所有的国家都依照这一路径发展。不过，这个历史进化的图式相对于经典马克思主义理论又有了极大的改动，那就是它不仅抽空了将"阶级斗争"作为历史发展动力这一马克思主义的核心叙述，而且倒过来将由阶级斗争指导的政治革命指认为阻碍历史进步的因素。由此，阶级斗争推动的社会主义革命的历史被改写为出于"外部"压力的民族救亡的历史。不过矛盾的是，他并不去追问造就现代中国危亡局势的"西方"与现代启蒙文化发源地的"西方"之间有何关系，而假定今日之中国所处

---

[1]　李陀：《丁玲不简单——毛体制下知识分子在话语生产中的复杂角色》，《今天》1993年第3期。

的正是昨日之西方国家走过的历史阶段。在这种西方历史规范的参照下，中国的民族主义反抗被视为脱离了历史正轨的"额外"干扰和非正常状态，在这一过程中形成的现代文化因为并不符合西方历史的标准而被看作"非现代"的。在这种论述中，不仅区分了文化启蒙与政治救亡，更区分了"中国"的内部与外部。中国的内部是封建主义，并且只有依靠从外部输入现代文化（启蒙），才能实现现代化；而民族主义主要是抵抗外部，为内部的启蒙提供条件［"目前已经基本赢得较长期的和平环境，国家的富强（现代化）虽然仍是中国人的首要课题，但启蒙与救亡的关系毕竟不同于军事形式下和革命时期中……"］。由于从中国内部不可能产生现代因素，并且由于外部的压力强化了民族主义，而这种民族主义却正是依靠封建主义文化被组织起来的，因此，中国文化仍旧被封建主义占领。这里有一系列的同构项：启蒙（内部、民主主义、西方、现代）/救亡（外部、民族主义、中国、传统），同时还被替换为个人权利、知识分子主体/集体行动、农民主体。而关键之处，一是"中国/西方"与"传统/现代"的同构，即中国是封建主义的，只有接受西方的"启蒙"文化才能成为"现代"的；另一则是现代革命被替换为民族主义抗争，而民族主义被理解为外部的非现代的政治行为，于是，现代中国不仅游离于"现代"历史之外的，并且因为内部文化压力的巨大而最终回复到"封建主义"阶段中。

　　显然，"救亡压倒启蒙"论正如同甘阳的"传统/现代文化冲突"论，其共享的话语框架是中国/西方、传统/现代、内部/外部之间的同构和转换关系；并且认为中国要转变到现代，只有通过"文化启蒙"或"文化现代化"的方式。同时，它们也与中国封建社会"超稳定结构论"分享共同的历史想象：中国封建历史的社会结构尤其是其文化结构，具有超越历史的强大的"复活"能力。而"文革"无疑正成为当代中国人认可这一历史叙述的活生生的例证。在"文化热"的讨论中，如果说"文化"的位置被提升到前所未有的重要地位，那么这里的"文化"具体指涉的对象往往是中国"传统文化"（或称传统中国文化、封建主义中国文化）；而使得中国"传统文化"被作为现实的批判对象和重要话题的，无疑是"文革"的历史，以及关于这一历史的一种隐喻式叙述，即"文革"（也包括社会主义革命史乃至现代中国革命史）被视为"封建主义复辟"的历史。以这种隐喻式的历史想象为起点，80 年代被理解为"现代化"历史重新开始的"新时期"。李泽厚以救亡与启蒙的戏剧性关系将现代中国历史描述为一个"圆圈"，即从五四到"文革"的持续下降，而"新时期"是以回归到 60 年前的五四而重归历史的正轨的；甘阳的传统与现代文化冲突论，则通过将"新时期"现代化的"三步走"，对应于 19 世纪后 20 世纪初的言技、言政、言教，同样将革命史剔除在现代化历史之外，而"文革"则成为这一例外历史的极端形态；更不用说金观涛的"超稳定结构"论，其直接的现实动因就来自关于"文革"作为"封建主义复辟"这一政治判断的历史思考。可以说，无论是中国封建社会"超稳定结构论"、传统文化与现代文化冲突论，还是"救亡压倒启蒙论"，这些文本的叙事性在于建构一种充满意识形态色彩的历史想象。这种叙述的关键在于"文革"（也包括整个革命史）被排除在现代历史之外。

尽管 80 年代始终以"历史反思"或"反思的时代"自我命名，不过在很大程度上这种"反思"却是在拒绝真正的历史反思的前提下进行的。也就是说，80 年代的社会 / 文化变革并不是在对 50—70 年代的社会主义历史进行了深刻反省之后进行的，毋宁说所谓的反思仅仅是一种"拒绝"的姿态。而使得这一切成为可能的历史原因，则是"文革"所标志的、第三世界或后发现代化国家的另类现代化道路遭遇到的深刻困境。应该说，80 年代的"新时期"意识得以产生并成型，其前提正在于"文革"的存在（在很大程度上，"文革"指称着的不仅是 1966—1976年的十年时间，同时也指代整个社会主义现代化实践的困境）。不过尽管如此，却并不一定意味着将"文革"定性为"封建主义复辟"这样的叙述就因此而产生。也就是说，"文革"固然指称着"民族浩劫"或社会主义现代化实践的困境，但更关键的是如何叙述造成这一困境的原因。

从这样的层面来看，追问"文革"作为"封建主义复辟"这样的叙述是如何产生的，才是问题的症结。事实上，"文革"后期与新时期的官方话语在如何定性"文革"中的失误这一问题上的叙述，一直处在变化当中 [1]。大致可以说，将"文革"定性为"封建主义"，与将"新时期"的主题确定为"现代化"，这两者应当是同时的。如果可以做一个较为大胆的结论，那么应当说有关"文革"的"封建主义"定性，以及由此延伸出来的关于封建社会、传统文化的批判，是与"现代化"话语直接联系在一起的。由于"文革"被定性为"封建主义复辟"，因此，"文革"时期（乃至 50—70 年代）的社会主义中国与五四新文化运动之前的传统中华帝国，这两者之间构成了历史的对应。于是，在克服另类社会主义革命实践的困境基础上展开的"现代化"进程，被对应于五四时期为挣脱传统中国社会而进入现代历史的进程（同时也对应于西方摆脱政教合一的中世纪神权而开启的"世俗化"进程）。亦即，"新时期"的文化变革与五四新文化运动这两个历史时期，存在着一种历史结构上的"对应"关系。不过，正如前面指出的，这并非一种"历史事实"而是一种"历史叙述"。在很大程度上可以说，正因为这种历史叙述是如此的深入人心，以至身在其时的人们完全意识不到这是一种"叙述"。之所以会造就这种看待历史的方式，一方面固然与 70 年代后期中国社会深刻的危机与人们关于"变革"的强烈诉求联系在一起，不过更重要的是，这种关于"文革"的定性是在政治审判而非在理论探讨的过程中形成。在这一意义上，关于"文革"（以及革命史）的指认方式，也从一个重要侧面印证着汪晖关于当代中国的判断，即"去政治化的政治"的形成也标志着"理论论辩的终结"。[2]

"现代化"作为 80 年代的核心范畴，是影响广泛的新主流意识形态。其之所以"新"，显然是参照 50—70 年代的论述方法而言；而其

---

[1] 参见贺桂梅：《80 年代文学与五四传统》，北京大学博士学位论文，2000 年。

[2] 汪晖：《去政治化的政治、霸权的多重构成与 60 年代的消逝》，收入《去政治化的政治：短 20 世纪的终结与 90 年代》，北京：生活·读书·新知三联书店，2008 年，第 16—23 页。

作为意识形态，则在于它被视为一种理所当然的理想社会的乌托邦，乃至成为一切价值判断的依据：所有与"现代化"相关的即是"好"的，与"现代化"相悖的则是"恶"的。这也正是"意识形态"的突出特征——"把显而易见的事情当作显而易见的事情强加于人（而又不动声色，因为这些都是'显而易见的事情'），恰恰是意识形态的一种特性"，"意识形态的后果之一，就是在实践上运用意识形态对意识形态的意识形态特性加以否认。意识形态从不会说：'我是意识形态'"[1]。从这个意义上来说，"现代化"或许是80年代最为成功的意识形态，它不但整合起了从政府政策文件到普通百姓的日常生活意识，同时也成为知识分子的主要话语构成。关于意识形态，阿尔都塞提出的更有启发性的论述是："必须走出意识形态，进入科学知识，才有可能说：我就在意识形态内部；或者说：我曾经在意识形态内部。"对于"现代化"的意识形态性，只有到90年代的历史语境当中才逐渐被人们认知到，这集中地表现为1993—1995年间大陆知识界的"人文精神"论争中对"现代化"的批判[2]。而这种批判正是以80年代构造的现代化想象（或幻象、理想）被现代化发展的历史现实所打碎为历史前提的。不过，迄今为止，对于80年代的"现代化"意识形态如何构造自身的叙述，却缺乏有效的历史清理。本章追溯"文化热"的话语机制，正是试图尝试类似的历史清理工作。

三、"文化热"、五四传统与"现代化理论"

80年代语境中对"现代化"的理解，需要区分两个层面，即作为"意识形态"的扩散和作为"知识"的重构。这里需要特别提出来讨论的是80年代中国知识界介入新时期现代化变革的方式。显然，知识界

---

[1] ［法］路易·阿尔都塞：《意识形态与意识形态国家机器》，收入《哲学与政治：阿尔都塞读本》，陈越编，长春：吉林人民出版社，2003年，第362、365页。

[2] 参见王晓明编：《人文精神寻思录》，上海：文汇出版社，1996年。

与体制内的改革派之间分享着共同的现代化意识形态，其与体制的"共谋"关系表现在知识界为现代化改革提供着合法化表述，通过文化活动与知识生产来重构现代化意识形态的知识表述。这也就是说，在 80 年代知识界，一方面人们对"现代化"的理解与想象契合于"现代化理论"的基本内容，另一方面由于这种理论是以意识形态方式出现的，因此知识界所做的事情乃是在中国语境中对这一理论范式进行重构与再生产。或许，也可以称之为一种中国特色的现代化表述形态。而"文化热"的出现，某种程度上，可以视为这种重构与再生产的集中体现。

1. 现代化意识形态和"现代化理论"

首先值得分析的是"现代化"这一范畴本身。由于被作为一个不言自明的乌托邦，80 年代的人们几乎从未想过追溯"现代化"作为一个历史范畴何时、因何产生。事实上，这也是 80 年代文化意识最大也最有意味的"盲视"。在整个 80 年代乃至今天的中国语境中，"现代化"似乎是一个无须讨论其历史构成的普泛性"大词"。它最先被中国政府的领导人和国家政策文件所使用。正如罗荣渠在他的有关"现代化"研究的专著中指出的，"现代化"这一说法最早出现在 50—60 年代周恩来的讲话中，1975 年尤其是 1978 年之后，"四个现代化"被定为中国发展的基本目标。但这仅仅是"现代化"一词含义的一个层面，即经济落后国家的经济技术发展政策和"工业化"。此外，它还包含着某种"社会制度"乃至"文明形式"的形态这样更为广泛的含义[1]。也就是说，这是一个指称人类社会形态和发展阶段的普泛性语汇，可以描述人类社会所有与"现代"相关的经济、社会、文明特征。也正因为如此，在整个 80 年代的历史语境中，"现代化"绝不仅仅是一个政府文件使用的政策

---

[1] 罗荣渠：《现代化新论：世界与中国的现代化进程》（增订版），第一章"现代化理论与历史研究"，北京：商务印书馆，2004 年。

语词，而是一个畅通无阻地流通于政府、知识界和普通民众之间，被这些不同的社会群体所共享的，且充满价值判断的语汇。正是在这一意义上，"现代化"被称为"现代化意识形态"[1]是相当准确的。而有意味的是，使"现代化"成为不言自明的社会发展目标、社会文明形态和价值判断语汇（亦即一种成功地建构社会个体与其生存环境之间的想象关系的意识形态）的最突出征候，正在于它从未被看作一个"历史性"的语词。也就是说，它不需要被追问何时出现、怎样形成自己的表述并具有怎样的政治诉求，而似乎代表着一种从来如此的人类历史发展规律。人们几乎从来不讨论这个"大词"事实上是最早出现于50—60年代的历史范畴，而将之等同于人类（或许准确地说是"西方"）社会自进入"现代"以来的社会事实。也就是说，在这里，语词与事实之间的关系是不被讨论的，这种反映论式的实证主义也正是所有意识形态化的普泛性语汇被使用时的特点。

不过，有关"现代化"的探讨仅仅指出这一层面显然是不够的，正如上文反复提出的那样，要使意识形态将自身暴露为"意识形态"，需要指认其知识构成及其在特定历史语境中发挥意识形态功用的方式。使得"现代化"这一范畴在当代中国尤其是80年代中国语境中成为一个普泛性的乌托邦语汇的关键原因，或许在于人们从不讨论中国的"现代化"想象，和50—60年代被美国社会科学界生产出来的"现代化理论"之间的关系。正如诸多有关现代化研究的书籍[2]所指出的那样，"现代化"作为一个特定的历史语汇出现于二战之后的美国社会科学界，它

[1] 汪晖：《当代中国的思想状况与现代性问题》，《天涯》1997年第5期；收入《死火重温》，北京：人民文学出版社，2000年。

[2] 中文语境中相关的译著书籍主要有[美]塞缪尔·亨廷顿等著：《现代化：理论与历史经验的再探讨》，罗荣渠主编，上海：上海译文出版社，1993年；[美]雷迅马：《作为意识形态的现代化——社会科学与美国对第三世界政策》，牛可译，北京：中央编译出版社，2003年；罗荣渠：《现代化新论：世界与中国的现代化进程》（增订版），2004年；[日]富永健一：《日本的现代化与社会变迁》，李国庆、刘畅译，北京：商务印书馆，2004年。

主要回应的是刚刚在独立建国热潮中摆脱殖民统治的第三世界新兴国家与地区的"发展"问题，并形成了英语中的特定范畴"现代化理论"（Modernization Theory）——"'现代化理论'的课题在于阐明非西方发展中国家得以实现工业化和现代化的条件，并就由此产生的社会变动的性质作出提示"，而此前，这一概念一直被作为"固定于欧洲的历史概念"[1]。这种针对非西方国家的现代化进程所进行的经济、政治、社会、历史等综合研究，"一时新说迭起，成为西方社会科学研究的一个崭新的领域"[2]。在冷战冲突的历史背景下，作为社会科学学说的现代化理论，很快被美国政府转化为指导其针对第三世界的外交政策以及认知国家特性的意识形态。"作为一种意识形态，现代化体现了知识分子、官员，乃至美国公众的各组成部分所共有的、内涵更深刻、渊源更久远的一整套文化假设。"[3] 不过，尽管"现代化理论"本身有着根深蒂固的美国中心主义乃至帝国主义倾向，并且这种"理论的辞藻及其基本假设都深深植根于美国的冷战文化"[4]，但是它在知识论述上的科学主义，以及它所提出的有关"发展"的文化假说在冷战时期抗衡苏联式社会主义的有效性，都使得到了 20 世纪 60 年代，现代化理论已经成为一种被普遍分享的"关于进步的幻象"，甚至可以说，"作为一种有吸引力的学说，现代化理论似乎也成为一篇'非共产党宣言'"[5]。尤为重要的是，随着 70—80 年代之交冷战时期的资本主义阵营向全球资本主义和新自由主义的调整，以及社会主义阵营的自我变更乃至转向，"一度统御美国社会科学

---

[1]　[日] 富永健一：《"现代化理论"今日之课题——关于非西方后发展社会发展理论的探讨》，收入《现代化：理论与历史经验的再探讨》，罗荣渠主编，上海：上海译文出版社，1993 年，第 111 页。

[2]　罗荣渠：《现代化新论：世界与中国的现代化进程》（增订版），第 33 页。

[3]　[美] 雷迅马：《作为意识形态的现代化——社会科学与美国对第三世界政策》，牛可译，第 12 页。

[4]　同上书，第 109 页。

[5]　同上书，中文版序，第 v 页。

主流"的现代化理论，也开始"在第三世界国家被广泛'消费'"[1]。也可以说，现代化理论不仅是一种美国意识形态，随着冷战结构的松动和后冷战结构的逐渐成形，它已成为某种全球性的意识形态。现代化理论不同于 19 世纪欧洲启蒙主义理论和社会进化理论的关键之处，在于它所讨论的乃是非西方尤其是新兴独立国家和地区的"发展"和"现代化"问题，因此，这一理论在第三世界产生影响乃是合乎逻辑的事情。事实上，在其趋于鼎盛时期的 60 年代，"现代化理论"已通过美国对第三世界的国家政策而在亚非拉等非西方国家产生影响[2]。同时，作为社会科学领域一种大有取代"共产党宣言"之势的"新"学说，现代化理论对发展中国家的讨论"主要集中于日本、土耳其、印度"等几个国家，并且在诸多非西方国家的社会科学界产生广泛影响。"其中，日本的现代化模式与历史经验尤其受到高度的评价与重视，在美国与日本的学术界都掀起过一阵'日本现代化'讨论热"[3]。

但这种新学说并未在当时的中国产生影响——"20 世纪 60 年代中，我国史学界曾对现代化论的政治背景和某些错误观点进行过批判。从此以后，学术界再没有人注意过这个问题，对这一理论在这些年中发生过什么变化，也不甚了了。"[4]造成这种现象的原因，自然和冷战意识形态分界线产生的强大阻隔作用有直接关系。中国学术界对于二战后出现于美国的这种社会科学新学说的态度，大致相当于人文学界对待当时出现于欧美等国的"现代派"文学和哲学的方式，采取的是一种封锁和严格筛选的方式[5]。有关现代化理论的译介，主要是在 60 年代初中期和 70 年代初期两次出版"内参读物"的过程中引进的。"现代化理论"的经典之作、

---

[1]　牛可：《作为意识形态的现代化·译者序》，见 [美] 雷迅马《作为意识形态的现代化——社会科学与美国对第三世界政策》，第 Ⅱ 页。

[2]　参见《作为意识形态的现代化——社会科学与美国对第三世界政策》关于美国在拉丁美洲施行"争取进步同盟"、在非洲施行"和平队"、在越南施行"战略村计划"的分析。

[3]　罗荣渠：《现代化新论：世界与中国的现代化进程》（增订版），第 37 页。

[4]　同上书，第 48 页。

[5]　有关西方"现代派"在 50—70 年代中国产生影响的方式，参见本书有关"现代派"的章节。

美国经济学家罗斯托（Walt Whitman Rostow）的《经济成长的阶段——非共产党宣言》[1] 即是其中之一。不过，如果说文学和哲学领域的西方"现代派"通过"内参书"（或"内部读物"）在"文革"期间的扩散而后在80年代的文化变革中产生广泛影响的话，那么，与之几乎同时出现的社会科学界的"现代化理论"在80年代中国却并没有得到明确的知识谱系的指认。但这并不是说现代化理论在80年代中国就没有产生相当于"现代派"文学和哲学那样的历史影响，更准确地说，它不是以"理论"和知识而是以"意识形态"的形式，影响了中国社会更为广泛的层面。

2. 现代化理论与五四传统

关于"现代化"表述的文化资源，一直存在着一个影响广泛的看法，即认为80年代有关"现代化"论述的资源全部来自五四新文化运动。事实上，这也是80年代当事人的历史意识，他们将"新时期"比拟为"第二个五四时期"，比拟为"新的文艺复兴时代"，80年代的文化运动也因此而被命名为"新启蒙运动"。从《八十年代文化讨论的几个问题》和《启蒙与救亡的双重变奏》来看，五四既是其历史镜像，也是提供批判语言的武器库。但是，这种看待问题的方式无疑仅停留于历史当事人的意识层面，而未曾深入到规约着这种运用五四传统的方式背后的历史机制。作为一个不断地被阐释、被重构的现代传统，五四确实在20世纪现代中国一些重要历史转折关头被重新启用，并且构成了一个强大的话语场。不过，借用甘阳曾提到的阐释学理论：所有的"传统"都不是定型的武器库以供人挑拣，任何启用传统的过程，实际上是一个重构传统的过程；而决定着这种重构方式的，不仅在武器库本身，更在启用者自身所处的历史语境所决定的话语结构。也就是说，我们不

---

[1]　[美] 罗斯托：《经济成长的阶段——非共产党宣言》，此书于1962年作为"内部读物"，由国际关系研究所编译室译出、商务印书馆出版。

仅需要看到 80 年代启用了五四传统，而且应该看到它是如何启用的，更重要的是要看到是怎样的话语机制"激活"了五四传统而使其成为"有用"的。

在对"文化"与"现代化"关系的讨论中，五四新文化运动被视为重要资源，正如《八十年代文化讨论的几个问题》与《启蒙与救亡的双重变奏》显示的那样。不过，这种对五四资源的启用并不是原封不动的源自五四，而是经过了"现代化理论"的话语机制的筛选和重新激活。也就是说，五四传统在 80 年代的"复归"之所以成为可能，正因为经过了"现代化理论"及其意识形态话语机制的"转译"和"转换"。不过有意味的是，相比于蒋介石或文化保守主义所论述的"爱国但破坏了民族文化传统"的五四、共产党或新民主主义所论述的"无产阶级登上历史舞台"的五四，80 年代"文化热"中有关五四的论述或许最为"贴近"于五四启蒙知识分子的文化表达 [1]。但这种"贴近"并不由于两者历史结构（开启现代）或推进运动的历史主体（知识分子）的类同（毋宁说这种看法本身正是一种话语建构的结果），而在于"现代化理论"与作为启蒙现代性工程之一部分的中国五四新文化运动有着相似的知识渊源。有论者曾指出"现代化理论"的知识渊源——"虽然近代化理论产生的近因是战后世界的某些情况，但是它对非西方文化以及这些'宁静地区'的变化性质所持的最根本假设，则大量吸取了 19 世纪西方知识分子中广泛流行的一套思想。关于这段 19 世纪的渊源，只是在泛论近代化理论时才有人偶尔提及。"[2] 更有论者指出这种知识渊源的殖民主义 / 帝国主义倾向——"现代化理论"与"启蒙运动和进化论的社会变迁模式背后的逻辑极为相似"，因为他们提出并试图解答的是这样的问题，即"为什么西方进步而非西方世界则停滞不前"，而这正是一个"深深植根

---

[1]　有关"五四"阐释的不同面向，参见汪晖的《中国的"五四观"——兼论中国现代文学史和思想史研究的历史前提》，收入《无地彷徨——"五四"及其回声》，第 177—229 页。

[2]　[美] 柯文：《在中国发现历史——中国中心观在美国的兴起》，林同奇译，北京：中华书局，2002 年，第 55 页。

于帝国历史"的问题[1]。也就是说，"现代化理论"与西方19世纪现代启蒙主义/殖民主义文化有着直接的渊源关系，不过将其改造成为更"现代"和更"科学"的形态而已。而某种程度上应该说，五四新文化运动正是深深地依赖于这种西方启蒙文化，并内化其启蒙主义思路的。这种共同的知识渊源，显然才是"现代化理论"与五四新文化传统看起来如此"相似"的原因。但是，正如"现代化理论"固然是经过改造的启蒙主义知识，但更是冷战时期极具影响力的意识形态，80年代"文化热"中的"新启蒙"表述事实上也显然并非"重复"五四新文化论述，而是"现代化"意识形态的构成部分。

3. "现代化理论"与人文学界

更值得关注的是，现代化理论范式在80年代中国知识界的再生产的特殊形态。正如本书绪论部分已经指出的那样，如果说在60年代的美国，"现代化理论"是通过社会科学界的知识建构到达国家政策进而成为被国家、知识界和媒体共享的意识形态的话，那么，在80年代的中国，"现代化"则首先被作为一种意识形态，继而表现为国家政策的施行，进而通过知识界参与的知识建构而成为社会普遍分享的共识。正因为"现代化"首先被作为一种"意识形态"而不是一种"科学学说"，因此，这也在某种程度上解释了为何80年代人文学科在有关"现代化"的宣传上，其影响远大于当时的社会科学。当然，这里有不同层面的历史原因：一方面，固然因为文学、艺术、哲学乃至"美学"等人文学科在宣扬一种意识形态方面表现出比社会科学更为"主观"、更有煽动性的力量；另一方面，则由于50—70年代中国几乎不存在西方式的"社会科学"，而是以马克思主义理论代替了社会学、政治学和经济学等社会

---

[1]　[美]雷迅马：《作为意识形态的现代化——社会科学与美国对第二世界政策》，牛可译，第97页。

学科，而到 80 年代，由于正统马克思主义遭遇到来自内部（即人道主义马克思主义）和外部（与对"文革"的批判联系在一起的合法性）的质疑，整个知识界都在寻求一种"新"的替代性的话语表述。这也正是当时所谓"突破禁区""反思""创新""理论突围"等表达所传递的意识形态内涵。也正是在这一过程中，西方式的社会科学获得了发展的空间，而其学科建制也开始在当代中国学院体制中成型并发展。不过，在80 年代，在有关现代化意识形态的传播和社会影响上，与建制完备且传统雄厚的人文学科（主要是文史哲）相比，社会科学要逊色许多。社会科学在这方面的作用要到 90 年代之后才逐渐显影出来。正如陈平原在讨论相关问题时相当敏锐地指出的："以前的'文化热'，基本上是人文学者在折腾，人文学有悠久的传统，其社会关怀与表达方式，比较容易得到认可。而到 90 年代，一度被扼杀的社会科学，比如政治学、法学、社会学、经济学等，重新得到发展，而且发展的势头很猛。……这跟以前基本上是人文学者包打天下，大不相同。"[1] 这也就是说，由于西方式的社会科学建制直到 90 年代才完善起来，因此在 80 年代，事实上是人文学界与人文学科在讨论、传播与再生产有关社会科学的理念与价值。而现代化理论无疑是其中的核心典范。

而如若我们将问题的讨论推进到有关社会科学与人文科学学科建制这一层面，那么值得进一步探讨的问题就必须涉及 80—90 年代中国学科体制的建构方式中所包含的意识形态。"文化热"中，"走向未来"丛书编委会所代表的"科学主义"，与"文化：中国与世界"丛书编委会所代表的"人文主义"，曾经形成明确对峙的知识界两大潮流。这也是陈来在概括当时思想界"三动向"时加以明确评述过的 [2]。但是，当时对所谓"科学主义"与"人文主义"的讨论，并没有放置于学科建制体系当中加以讨论，也并没有涉及这两种知识传统形成的历史原因和知识社会

---

[1]　查建英主编：《八十年代：访谈录》，陈平原部分，第 141 页。

[2]　陈来：《思想出路的三动向》。

学的背景，相反，它们被视为"在西方本来就有实证主义与人文主义的对立"[1]的表现。显然，所谓"科学主义"与"人文主义"冲突的描述，不能取代这里对于社会科学与人文科学建制的讨论。并且，在有关"现代化理论"的讨论中引入这一层面的问题，并不是为了抽象地探讨学院体制，而是为了指认这种学院体制所建立的知识生产渠道的意识形态特性。西方社会科学的建制，在二战前后发生了极大的变化，而这种变化在中文语境中很少得到讨论。这种变化的关键在于，随着二战后欧洲老牌殖民帝国的衰落和美国的崛起，学术生产的中心已经转移到大西洋彼岸的美国。"在二战后的年代里，理论的格局发生了重大的变化。它的重心决定性地转移到了美国"。更重要的是，"现代化理论正诞生在这个大转折之中"[2]。这也就是说，我们今天所讨论的西方式社会科学乃至人文科学等学科建制，必须被放置于特定历史背景下加以考察，意识到它们与二战后崛起的美国之间的紧密关联。并且，由于冷战格局和美国的全球战略，这种社会科学体制及其学说，被作为一种普泛性的知识生产体制而在后发现代化国家落地生根。近年来，日本、韩国以及我国台湾等地的学者开始批判性地讨论学术生产体制中的"脱亚入美"问题[3]。而这样的问题在中国同样存在。如若说日本、韩国、我国台湾等地"在战后全面师法美国"是造成其知识生产和学术体制"脱亚入美"的关键原因的话[4]，那么，中国的大学制度"以美国为榜样"则是80年代以来的实际状况[5]。这种"美国化"也就意味着学科建制、学位体制的设立，尤其是规范性的知识体系，都在"纯学术"的表象下暗暗地确立了一种"美国霸权"。作为在社会科学研究的中心由欧洲向美国转移过程中产生的

[1]　陈来：《思想出路的三动向》。

[2]　[美] 雷迅马：《作为意识形态的现代化——社会科学与美国对第三世界政策》，牛可译，第49页。

[3]　陈光兴：《作为方法的亚洲——超克"脱亚入美"的知识状况》，收入《去帝国——亚洲作为方法》，台北：行人出版社，2006年。

[4]　同上。

[5]　陈平原：《大学何为》，北京：北京大学出版社，2006年。

新学说，"现代化理论"以科学主义作为其基本的学术特色，并在发展经济学、社会学、政治学等领域产生了极为广泛的影响，它的"美国特色"表现在它所谓的"进步""总是意味着美国化"；换种说法，相对于19世纪的欧洲理论，现代化理论"重新创造出西方的统一性所赖以构成的同一个话语形式——但是这次是明确地以美国为中心"[1]。因此，如果说"正规化、国际化和美国化"[2]可以被用来概括80年代以来的中国学术界的主要倾向的话，那么这种"美国化"不仅是学位制度和学科体制的建构，同时还必然与指导这一整套建制的知识体系即现代化理论范式相关联。

如果考虑到"现代化理论"与二战后以美国为中心的知识生产体制之间的关系，以及这种学科建制与当代中国社会文化变革的关联，显然可以为观察"文化热"的知识谱系提供更为广阔的历史视野。这并不是将70—80年代中国语境中的"现代化"意识形态等同于美国60年代的"现代化理论"，而是试图指出，从后冷战的历史结构和话语机制的角度来看，无论从现代性话语自身的扩散还是中国接受这种话语的条件，后革命氛围中的中国知识界有关"现代化"的想象与叙事，可能受到源自美国的"现代化理论"的影响，甚至就是"现代化理论"在全球扩散过程中的一个创造性的新版本。在很大程度上，这也是在分析福柯所谓的"权力的非话语机制"。曾有论者将福柯的知识考古学和知识谱系学形象地解释为："构成学校课程（数学、科学或者文学课程）的各种话语是考古学方面所研究的对象，而教室应该如何布置才能使老师能够四处移动并监视每个学生的行动这一问题则与谱系学方法更有关系。"[3]如果说考证"文化热"中三个核心文本展示的话语形态是知识考古学的内容，那么从全球体系的角度分析70年代中国的处境与"现代化理论"及其

---

[1]　[日]酒井直树：《现代性与其批判：普遍主义和特殊主义的问题》，收入《后殖民理论与文化批评》，张京媛主编，北京：北京大学出版社，1999年，第387—388页。

[2]　查建英主编：《八十年代：访谈录》，陈平原部分，第145页。

[3]　[澳] J.丹纳赫、[澳] T.斯奇拉托、[澳] J.韦伯：《理解福柯》，刘瑾译，第113页。

扩散方式，则属于谱系学的范围，它相当于展示给我们"文化热"所得以展开的"教室"的历史空间境况。

不过，强调"文化热"中的历史叙述与"现代化"想象受到"现代化理论"影响的可能性，还只是研究的一个步骤。更值得分析的是"文化热"表述与"现代化理论"的具体关联形态。在很大程度上应该说，这种关联是通过一个重要的媒介——韦伯思想——而发生的。如果说美国50—60年代的现代化理论的主要范式正是通过重新阐释德国思想家马克斯·韦伯的思想而形成的话，那么应该说在80年代中期中国的"文化热"背后，事实上萦绕着的是同样巨大的"韦伯的幽灵"。

四、"韦伯的幽灵"：文化主义及其变形

"文化热"中的三个核心文本呈现的关于现代中国历史的三种叙事，都将"新时期"叙述为被中断而需要重新开始的现代化历史过程的延续，而其展开的重心则在对"文化"与"现代化"关系的理解。在很长的时间中，人们对"文化"与"现代化"这两个"文化热"的关键词一直保持着与历史当事人同样的理解方式，将它们视为其内涵不言自明的给定语汇。而有意味的是，将80年代中国问题的关键确定为"文化的现代化"，这一叙述并非一种自明的表述。也就是，从人们的现实经验并不能直接推导出阻碍中国现代化的因素乃是"文化"这种叙述，并且这样的问题意识与叙述方式也不是既有的马克思主义话语内部所产生的。毋宁说，关于"文化"与"现代化"的讨论乃是一种话语转型的结果。这种话语转型是80年代中国主动纳入全球格局这一历史行为在文化生产和知识表述上的投影，它更多地产生于中国知识界与一种全球性意识形态及文化的互动关联之中。这种互动的关键媒介，乃是现代化理论，以及作为现代化理论的核心思想构成并以"幽灵"形态存在的德国思想家马克斯·韦伯。

1. 文化主义和韦伯思想的幽灵化

称韦伯思想在"文化热"中的影响为"幽灵"的原因在于，这种影响是以某种论述者并不自觉的方式发生的。比如"文化"与"现代化"关系这样的命题，就是典型的韦伯式的理论命题。因为正是从马克斯·韦伯开始，对资本主义现代性的理解才开始与宗教、价值、心理等文化因素联系起来。研究者概括道："在韦伯看来，若不把经济因素和宗教等文化、心理、价值因素结合起来，就无法解释这样一个问题：为什么资本主义这种普遍的生产方式惟独在欧洲出现。"[1] 可以说，探讨西方文化与资本主义现代化的关系这一命题的最早提出者和阐释者便是韦伯。对于一直浸淫在马克思理论用经济基础和上层建筑这一二元结构来讨论资本主义的中国知识界来说，韦伯理论对文化因素的引入尤其重要。但是，在 80 年代的中国语境中，关于"文化与现代化"的讨论却并不是以"理论"命题的形式出现的，也不是以特定的思想家对西方文化与资本主义关系的学术阐释的形式出现的，而是以对现代化问题的普遍历史规律的思考和对中国的"现实"问题的解答这样的形式出现。这也就是说，韦伯思想命题在 80 年代中国知识界出现的方式，早已抽离了特定的历史与理论脉络，而成为一种普遍话语。人们在使用这些基本的理论范畴尤其是这些理论范畴所"给定"的问题序列时，是将其作为"放之四海皆准"的普遍真理或规律来看待的。在"文化热"的大讨论中，尽管关于文化与现代化关系的讨论，关于文化内涵的界定方式，对于传统文化与现代文化关系的理解，甚至那种始终在中西方文化比较的框架中来展开论述的方式，事实上都可以追溯到韦伯理论，不过论述者对于这一点却往往并不自知。正是在这个意义上，认为在"文化热"的大讨论背后所萦绕的乃是"韦伯的幽灵"，并不是一个离题太远的历史描述。

很大程度上应该说，韦伯理论的幽灵化，与作为意识形态的现代化

---

[1] 张旭东：《全球化时代的文化认同：西方普遍主义话语的历史批判》，第 33 页。

理论和叙事的广泛流行有着直接的关系。韦伯在回答"资本主义为什么惟独出现在欧洲"这一问题时，将其解释为"新教伦理"与"资本主义精神"之间的内在关联，认为西方文化独有的"理性化"孕育出了能在全球普遍化的现代化（资本主义），也就是，将欧洲独特语境中的理性化与普遍的现代化之间的关系看成不言而喻的。这种对现代性的抽象界定在 50—60 年代美国社会科学界形成的"现代化理论"中，进一步抽离了欧洲文化语境，并将其作为衡量非西方国家现代化的普遍指标。德国哲学家哈贝马斯如此概括现代化理论与韦伯思想的关系："现代化理论比韦伯的'现代'概念更加抽象，这主要表现在下述两个方面：首先，它把现代性从现代欧洲的起源中分离了出来，并把现代性描述成一种一般意义上的社会发展模式；就时空而言，这种模式是中性的。此外，它还隔断了现代性与西方理性主义的历史语境之间的内在联系，因此，我们不能再把现代化过程看作理性化过程和理性结构的历史客观化。"[1] 正是在这一意义上，"现代化"从一个特定欧洲语境中的历史范畴，转变成了一个普遍的理论范畴和意识形态范畴，并标示出了指导非西方社会如何实现现代化的一系列具体指标。它曾被研究者概括为四个相关的基本假设："（1）'传统'社会和'现代'社会互不相关，截然对立；（2）经济、政治和社会诸方面的变化是互相结合、相互依存的；（3）发展的趋势是沿着共同的、直线式的道路向建立现代国家的方向演进；（4）发展中社会的进步能够通过与发达社会的交往而显著地加速。"[2] 也就是说，没有被纳入全球资本市场的国家被称为"传统"社会的国家，它可以以西方发达国家（以美国为最高典范）的现代化经验为榜样，并通过接受发达国家的援助，而按照现代化理论规定的时间表逐步"起飞"。这其中的西方中心主义的现代想象、进化论的线性历史想象，以及通过否弃

[1]　[德] 于尔根·哈贝马斯：《现代性的哲学话语》，曹卫东等译，南京：译林出版社，2004 年，第 2—3 页。

[2]　[美] 雷迅马：《作为意识形态的现代化——社会科学与美国对第二世界政策》，牛可译，第 6 页。

自身的传统特性而进入现代社会的逻辑，与"文化热"尤其是三个核心文本的基本现代化想象是颇为一致的。

"现代化理论"的突出特征，在于对"文化条件"或"价值体系"的重视，即"对社会结构和文化条件最感兴趣"[1]。"文化"所获得的这种优先权，也是有其隐在的意识形态诉求的："他们用导致'传统'世界落后停滞的弊端来对照出西方的优点，由此他们最终要阐明的无非是，西方的优势不在于自然资源或军事征服，也不在于帝国主义侵略和资本主义剥削。决定性的因素深深根植于西方传统中固有的价值。"[2] 与此相应，"落后"国家之所以落后，也可以解释为他们自身的原因，即根源于其固有的文化传统。现代化理论的这一特点被美国学者阿里夫·德里克概括为"文化主义"，并指认出这事实上正是韦伯思想的具体显影——"现代化理论形成于二战以后的年代，在解释发展问题上它基本上是'文化主义的'。明显的证据是，它最初用'现代性'和'传统'这些术语来提出发展问题。现代社会是这样一些社会（在欧洲和北美），它们设法从旧的桎梏中解放了出来，从而创立了理性的思想模式和制度模式；传统社会则是这样一些社会，它们在文化上和制度上仍与过去相连，从而无法进入现代世界。根据这种区分，落后与传统几乎是同义语，而发达则与朝着欧美范式方向的进步密切相关。在80年代以前，现代化理论家极少用'现代性'来指资本主义，而是把欧美的现代性当作进步的范式。所有社会若要摆脱其落后状态都必须遵循这些范式。进而言之，现代化理论显然受到了韦伯理论的影响，它强调与欧美的现代化相联系的那些价值的规范性力量。然而，它所缺少的却是韦伯对'理性化'的批判。"德里克同时指出了这种"文化主义"的意识形态性所在："现代化理论由于强调文化的价值，而把整个现代化问题看作社会内部的问题，

---

[1]　[日] 富永健一：《"现代化理论"今日之课题——关于非西方后发展社会发展理论的探讨》，收入《现代化：理论与历史经验的再探讨》，罗荣渠主编，第115页。

[2]　[美] 雷迅马：《作为意识形态的现代化——社会科学与美国对第三世界政策》，牛可译，第101页。

是社会内部的制度结构和价值结构的一种功能，而与社会之间的相互关系无关。因此，欧洲和美国对这些所谓'传统'社会的影响便似乎是一种进步的力量，而任何阻碍进步的因素都被归结为这些'落后'社会自身的历史惰性。"[1] 如果说 80 年代中国的现代化意识形态本身就包含了"现代化理论"的诸多命题的话，那么，这种基于韦伯思想和由他所界定的问题视野的"文化主义"，也正是以这种普遍化的意识形态形式而非作为社会科学学说或理论的形式，而进入中国知识界的视野。

不过，韦伯思想与 80 年代中国知识界的"文化热"的关联形态，却并不能完全这样概括。复杂之处在于，一方面，现代化意识形态本身就包含了意识形态、理论和社会科学知识等不同的表述形态，另一方面由于现代化理论的广泛影响，在不同时期和不同国家地区造就的"韦伯热"，其影响到中国知识界的途径和方式也不尽相同。正是在这样复杂的播散、接受与再生产过程中，知识谱系的意识形态特性才得以显现出来。因此，比简单地提出"文化热"与韦伯思想关系密切这样的概括更有意味也更值得去仔细梳理的，乃是去具体地剖析"韦伯的幽灵"在 80 年代中国的语境中现身的场合、途径与样貌，以及这种化装舞会般的显影所达成的意识形态效果。

如果说《在历史的表象背后》《八十年代文化讨论的几个问题》和《启蒙与救亡的双重变奏》作为能够代表"文化热"中三种基本思想动向的核心文本，所提出的关于现代中国历史与现实的三种不同叙事，其实是充满意识形态色彩的话，那么，值得进一步去考察的，便是这几种叙事得以完成的基本构造方式。可以说，三种不同的叙事得以建立的前提，正在于对"文化"既有差别而又大致接近的重新定义，这三种阐释文化的方式，也大致显示出了韦伯思想影响到中国知识界的不同历史途径和理论脉络。

[1]　[美] 阿里夫·德里克：《世界体系分析与全球资本主义　对现代化理论的一种检讨》，俞可平译，《战略与管理》创刊号，1994 年。

2. 超稳定结构论、结构—功能主义与韦伯命题

正如前面已经分析过的，中国封建社会"超稳定结构"论在当时造成的冲击力主要是两方面，一是它用"超稳定结构"的周期性崩溃和自我修复来阐释中国封建社会长期"停滞"的问题，正为封建主义为何在"文革"时期"复辟"这一政治论述提供着有效的解答；而另一则是它采用的"三论"尤其是系统论方法本身，对马克思主义史学的挑战。这种理论挑战最关键的地方在于，"我们把社会结构看作政治、经济、文化三个子系统，而经济决定论把社会结构分为经济基础和上层建筑两部分"[1]。也就是说，正统马克思主义史学强调经济基础和上层建筑这一二分结构，并且突出前者决定后者；而金观涛、刘青峰的"社会结构调节理论"则将社会理解为三分结构，并强调三者具有结构性的彼此制衡作用。而有意味的是，对于社会结构为何由"经济、政治、文化三个子系统"构成这一关键论述，金观涛却并没有进行论证，而仅仅借用了朱光潜的观点[2]。朱光潜在《西方美学史》序言和一些文章中提出应当重新讨论马克思有关意识形态与上层建筑的关系的理解，并针对斯大林在《马克思主义和语言学问题》中提出的二分法，而强调按照马克思的原意应将社会存在分为"三个部分"，即"经济基础，在这基础上竖立着上层建筑，而上层建筑一方面是法律的政治结构，另方面是意识形态"[3]。这一观点在马克思主义理论内部的争议性集中表现为如何看待文学、艺术等意识形态，尤其是其以怎样的方式与经济基础发生作用。对于这一马克思主义理论内部尚有争议的说法，金观涛未经论证和进一步说明就将

---

[1] 金观涛、刘青峰：《论历史研究中的整体方法》，收入《金观涛、刘青峰集——反思·探索·创造》，哈尔滨：黑龙江教育出版社，1988年，第28页。

[2] 参见金观涛：《在历史的表象背后》，第25—26页。

[3] 朱光潜：《还应深入地展开上层建筑与意识形态问题的讨论》，收入《马克思主义文艺理论研究》第一卷，北京：文化艺术出版社，1982年。另收入《朱光潜全集》第十卷，合肥：安徽教育出版社，1993年。

其纳入有关"超稳定结构论"讨论。"文化"或"意识形态"[1] 被看作一个独立的社会子系统，而中国封建社会中儒家正统的文化结构的重要作用在于调节宗法一体化结构，它既是一种观念，更是一种组织力量，甚至可以说是中国封建社会形成"大一统"中央集权结构的核心因素。如果说中国封建社会与西欧封建社会最大的差别在于前者的"大一统"与后者的"分散性"的话，那么造就这一差别的关键在于中国独有的文化结构。而当无组织力量造成社会结构崩溃之后，其"自我修复"机能主要依靠两种模版，一是"宗法同构体"，另一是"儒家国家学说及一体化"。这也就是说，在封建社会自我修复机制中发挥主要作用的也正是所谓"文化"这一子系统——"从旧封建社会形态保持说来，我们可以看到，宗法一体化结构具有巨大的内稳定力量"，"正是宗法一体化结构在王朝稳定时期的强控制扼杀了新因素的壮大，而王朝修复期的大动荡对生产力积累的大破坏，使中国封建社会构成了超稳定系统"[2]。如果说"超稳定结构论"构造出了一种新的历史叙事的话，那么应该说，其所以"新"的关键在于"文化"被置于前所未有的重要位置。

在金观涛的"超稳定结构论"中，"文化"的重要性主要表现为它被作为社会结构的三个子系统之一，具有了与经济、政治同等甚至更突出的重要性，并格外强调的是文化与其他两个子系统之间的适应性。如果我们熟悉韦伯理论的话，应当意识到这种对"文化"因素的突出，与其说是马克思主义理论内部对于经济基础与上层建筑关系的修正，不如说是韦伯的社会分层理论的投影更合适些。韦伯社会学以三个相互关联的主题为中心，即"分层、组织与政治"。他的分层理论将一些特定的

---

[1]　金观涛一般把"文化"和"意识形态"看作两个可以互换的范畴，在《历史研究中的整体方法》中他做了说明，即"我们有时将文化结构称为'意识形态'。'意识形态'意义比较明确，它是指一个社会占主导地位的甚至是官方的形式化社会化的观念形态。'文化'的概念太含糊、太广泛。但我们如果对'文化结构'加以限定，把它定义成一个社会占主导地位的社会化观点总和，那么用文化结构比用意识形态结构更好一些"（《金观涛、刘青峰集——反思·探索·创造》，第64页）。

[2]　金观涛：《在历史的表象背后》，第123页。

动机，如对食物及物质舒适的需求、对死亡的恐惧和对痛苦的躲避、对性的满足、对社会地位的期望等，解释为人类行为的基础。这些动机在他的理论中表现为人们相互影响对方行为的三种主要的作用力："提供经济利益、施加暴力影响，以及诉诸情感与信仰。与之相对应的制度化领域就是经济、政治和文化；在其基础上形成了阶级、政党（'权力集团'也许是更合适的词）和身份族群等群体。"[1] 韦伯的这种关于社会的分层理论，事实上是在与马克思理论的对话关系当中形成的，"韦伯把马克思的基本模型结合进了他的分层理论中，但他只是将经济因素作为三种决定因素中的一种"[2]。这也与金观涛的"超稳定结构论"与之对话的历史语境，有了某种程度的契合。不过，在金观涛、刘青峰逐渐形成"超稳定结构论"的70年代，影响更大的并不是韦伯的原理论，而是美国哈佛大学社会学教授、现代化理论的领军人物 T. 帕森斯（Talcott Parsons）对韦伯的社会分层理论加以改造而形成的著名的结构－功能主义理论。这一理论的一个基本假设是："社会是由许多相互依存的单元组成的统一系统，其内部进行着结构上的分工，每个单元都各自发挥着特定的功能，它们相互依赖又相互制约维系着社会的整合作为一个整体系统存在。"[3] 在帕森斯这里，社会结构被区分成四个子系统：行动的有机体系统（经济体）、人格系统（政治体）、社会系统（共同体）与文化系统（价值规范）。正是这一被称为"结构－功能主义"的理论形态，奠定了50—60年代美国现代化理论的"宏大理论"基础[4]。

事实上，提出"超稳定结构论"与韦伯思想尤其是美国的结构－功能主义理论之间的相似性，并不是一种随意的联想。两种理论如此接近，

[1] [美] 兰德尔·柯林斯、[美] 迈克尔·马科夫斯基：《发现社会之旅——西方社会学思想述评》，李霞译，北京：中华书局，2006年，第189—197页。

[2] 同上书，第192页。

[3] 苏国勋：《理性化及其限制——韦伯思想引论》，上海：上海人民出版社，1988年，第306页。

[4] 参见 [美] 雷迅马：《作为意识形态的现代化——社会科学与美国对第三世界政策》，牛可译，第48—56页。

使得金观涛、刘青峰需要在 80 年代的文章中专门说明他们所提出的"社会结构调节原理"与帕森斯的结构－功能分析究竟有什么不同。他们将两者间的近似解释为"不约而同"——"这种探索处于学术封闭的环境中。这样使得我们在研究中不得不更多地依靠自己在黑暗中摸索,而对韦伯、帕森斯、结构主义这些和我们有共同点的研究成果所知甚少。"[1]对这个问题,金观涛在 2008 年的一次访谈中做了更为明确的说明:"如果以西方历史经验来思考中国封建社会长期延续的原因,就是去探讨为什么现代社会最早出现在西方。西方学者早有答案,韦伯典范就是著名的例子。如果我们把马克思主义对该问题的回答视为经济决定论,那么韦伯学说则属于广义的观念决定论。我之所以重视系统论,是因为不想陷于任何一种单因素决定论。在《兴盛与危机》写作和出版时,我们对韦伯学说尚不太了解,但已经意识到,不应该从一种决定论跳出来又陷入另一种决定论。"[2]在金观涛的描述中,系统论成为既是对马克思主义的经济基础决定上层建筑范式,也是对韦伯的观念决定论范式的某种超越。不过,就其所描述的政治、经济和文化三个子系统而言,"超稳定结构论"所多出来的"政治系统"即官僚政治,其实也正是韦伯社会分层理论所具体讨论的对象,并且强调三个制度化领域间的互动也正是韦伯理论的应有之意。"宗法一体化结构"也可以作为韦伯宗教社会学研究所突出的宗教信仰与社会行动之间的关联的具体例证。尤有意味的是,如果说韦伯通过论证新教伦理与资本主义精神的内在关联,而提出理性化即现代化过程乃是"仅仅发生于西方的命题"的话,那么金观涛、刘青峰的"超稳定结构论"无疑从反面证明了同样的命题,即中国之所以不能自发地产生资本主义,乃是因为中国封建社会结构自身的循环不能被打破。而由于儒家正统文化在超稳定结构中的重要位置,这一结论也可以转译为:中国封建社会不能自发进入资本主义社会的原因乃是因为

---

[1] 金观涛、刘青峰:《论历史研究中的整体方法》,收入《金观涛、刘青峰集——反思·探索·创造》,第 26—31 页。

[2] 马国川:《金观涛:八十年代的一个宏大思想运动》,《经济观察报》2008 年 5 月 1 日。

中国缺乏西方文化的特质。这是同义反复的命题。

这里探讨两者的关联，显然不是要追究学术观点的原创性问题，真正让人感兴趣的是据此透露出来的70—80年代冷战阵营内外的知识关联形式。如果说金观涛、刘青峰的"超稳定结构论"确实是在不同的知识脉络和中国语境中，无师自通地走向了韦伯理论范式的话，那么有意味的就是，它们关于现代化、文化的理解及其与中国历史的关联为什么得出了如此接近的结论。在80年代中国的语境中，有一种关于韦伯思想的定型化理解，即他往往被看作对马克思思想的反动。如果说马克思的理论范式是"经济决定论"的话，那么韦伯范式则是"文化决定论"。这也是他被称为"资产阶级的马克思"的原因。不过，有意味的是，这种将其与马克思对立的对于韦伯的理解方式，恰恰是通过美国现代化理论而定型的——"韦伯关于资本主义的理论被狭隘地理解为是在论证观念决定了社会变迁。也许它如此流行的一个原因是因为它明确地反对马克思的观点，提出宗教是物质状况的原因而不是相反。这一姿态经由帕森斯而特别在美国得到发展，后者在1930年翻译了《新教伦理与资本主义精神》。"[1] 而80年代中期的中国，在"文化热"中由北京大学的一群硕士生翻译成中文的《新教伦理与资本主义精神》，所使用的正是T.帕森斯的英文本[2]。而如果考虑到"现代化理论"在冷战格局中所扮演的与苏联社会主义阵营的意识形态相竞争的功能，比如"现代化理论"在发展经济学领域的典范之作、罗斯托的《经济成长的阶段》，其副标题便是"非共产党宣言"的话，韦伯范式的这种意识形态色彩就会更明显。事实上，金观涛、刘青峰的"超稳定结构论"在70—80年代之交中国语境中的"异端"色彩，也正在于其试图突破马克思主义史学的经济基础与上层建筑的二元论范式。而一旦"文化"被作为一个新的并且

---

[1]　[美]兰德尔·柯林斯、[美]迈克尔·马科夫斯基：《发现社会之旅——西方社会学思想述评》，李霞译，第213页。

[2]　[德]马克斯·韦伯：《新教伦理与资本主义精神》，于晓、陈维纲等译，北京：生活·读书·新知三联书店，1987年。

是重要的维度纳入社会结构的思考时，无论是否意识到韦伯作为一种理论典范的存在，这种思考方式都必然会导向一种韦伯式的文化决定论，因为它所提出的问题"为什么中国封建社会长期延续达两千年之久"本身，就是一个韦伯式的问题，它本身就预设了文化的特殊位置。由此可见，问题的关键并不在于金观涛、刘青峰在思考和提出"中国封建社会的超稳定结构论"的过程中，是否明确受到韦伯或帕森斯的影响，而在于他们所提出的，正是一个"韦伯命题"[1]。而这一命题之所以会在当代中国历史语境中被提出，无疑与关于"封建主义"与"文革"关系的叙述及对"现代化"的理解相关。也许可以说，"超稳定结构论"的提出和阐释，在某种程度上正显示出了"现代化理论"范式作为一种冷战-后冷战格局中的全球意识形态在当代中国现身的形态之一。

3. 封建主义、传统的转换与韦伯命题的反证

如果说"超稳定结构论"的韦伯主义倾向，因其科学主义色彩和所讨论的对象还局限在对中国封建社会的评价，因而其政治性并没有立即显示出来的话，那么李泽厚的"救亡压倒启蒙论"却表现出了强烈得多的政治意味。

李泽厚以对五四历史的重述为起点，将现代中国历史的冲突建构为"启蒙"与"救亡"之间的对立，并因之而重构"文化"的内涵。如果说在金观涛的相关论述中，"文化"不仅表现为与政治、经济相匹配的结构特征，而且一定程度上呈现为文化优先论的话，那么李泽厚的论述则建立在"文化"与"政治"的二元框架上。"启蒙"与"救亡"的对立，可被替换为一系列同构的对立项，包括个人（主义）/集体（主义）、民主主义/民族主义、改良/革命、知识分子/农民、资本主义/社会主

---

[1]　韦伯在《新教伦理与资本主义精神》中关于资本主义为何惟独产生于西方文化的解释，被
　　　称为"韦伯命题"（参见 [美] 兰德尔·柯林斯、[美] 迈克尔·马科夫斯基：《发现社会之
　　　旅——西方社会学思想述评》，李霞译，第 213 页）。

义等，而最为关键的对立项则是文化启蒙（文化心理结构）与政治救亡（政治经济结构）。现代中国由于仅仅改变了政治经济结构而忽略文化启蒙，国民的文化心理结构仍停留于"封建主义"阶段，因此导致封建主义的复辟而最终使得现代化历史被"中断"。于是，现代中国历史可以被视为由于"忽略"了文化启蒙而造成灾难性后果的例证。在这种论述中，一方面，文化启蒙与政治革命是彼此对立的，也可以说，"政治"成为压制"文化"的外部力量。同时，文化启蒙被置于远远高于政治革命的重要位置，它可以使得政治救亡的现代化成果"得而复失"，并使中国重新"坠入"前现代社会。从表面上看，这似乎是马克思主义理论有关经济基础／上层建筑之间"不平衡"关系论述的应用，但其最大的改写在于，作为社会存在的政治革命与作为意识形态的文化启蒙之间的关系完全被颠倒了，与其说这是在论证经济基础与上层建筑之间的不平衡关系，不如说它在"反证"意识形态如何改变社会形态。换种说法，这与其说在印证马克思的唯物主义理论，不如说是韦伯理论的文化主义思路的翻版。

在关于"封建主义"如何使得"救亡压倒了启蒙"的论述中，看起来李泽厚对于中国前现代社会文化的理解并没有越出"超稳定结构"的水平。也就是说，这仍旧是韦伯那个著名论题在中国的应用：惟有西方文化孕育出了资本主义精神，因此西方文化等同于现代文化，而传统中国社会的文化先在地被排斥在现代文化之外。只不过与"超稳定结构论"不同的地方是，李泽厚把这个论断推进到有关现代中国历史的叙述中，论述了没有经历资本主义／西方现代文化启蒙的中国革命与政治救亡，如何无法使中国社会逃离封建主义的控制。比金观涛更明确的是，李泽厚突出了现代文化乃是资本主义的民主主义和个人主义文化，这种文化不仅不能在中国社会内部产生，而且正是中国社会内部的传统文化成为阻碍中国进入现代历史的罪魁祸首。颇值得分析的是，李泽厚在《启蒙与救亡的双重变奏》的第三部分关于传统的"转换性的创造"的论述，却正是建立在对前面两部分所论述的、使得"救亡"压倒了"启蒙"的"封建主义"的重述基础上。几乎没有任何过渡地，有关传统文化的讨论，从充满了负面价值判断色彩的"封建主义"，转变为颇为中性的"传统"。与甘阳等强调"传统"的可塑性不同，李泽厚突出的是"传统"的客观性，即"真正的传统是已经积淀在人们的行为模式、思想方法、情感态度上的文化心理结构"，它"不是你想扔掉就能扔掉、想保存就能保存的身外之物"，因此，80年代的新文化启蒙运动若要超越五四便"只有从传统中去发现自己、认识自己从而改变自己"。从"救亡压倒启蒙论"到"传统的转换性创造论"，这其间的问题是，如果说传统中国文化真是"救亡压倒启蒙论"中那个"十恶不赦"而威力无穷的"魔鬼"，那它何以又成了"集优劣于一身合强弱为一体"的"传统"呢？"封建主义"如果真的致使"救亡"压倒了"启蒙"，那么足以说明它几乎全盘是"劣"性的，也就无法达成所谓"转换性的创造"，进而达到"西体中用"。从这样的角度来看这篇文章，是存在着逻辑上的漏洞而前后矛盾的。

可以说，这种从"封建主义"范畴转换到"传统文化"范畴的语义矛盾，事实上正是"文化热"中两种话语秩序内在裂隙的呈现。"封建主义"论述的话语资源，显然与马克思主义话语及"新时期"改革派有关"现代化"与革命史关系的阐述联系在一起。而有关"传统文化"尤其是对传统的"转换性创造"的论述，则与源自美国的"新儒学第三波"和东亚地区的"韦伯热"与儒教资本主义的讨论有密切关联。尽管"中国文化书院"对于传统文化的理解，与李泽厚在《启蒙与救亡的双重变奏》中的观点并不完全一致，比如汤一介对中国古典哲学的范畴体系的研究，比如乐黛云对五四时期"学衡派""昌明国故，融汇新知"传统的重估，比如庞朴提出的"中体西用"，甚至李泽厚用"积淀"这一范畴对于民族文化－心理结构的分析，都不完全吻合他在《启蒙与救亡的双重变奏》中的观点。不过有意味的地方正在于，正是《启蒙与救亡的双重变奏》一文，一定程度地显示出了"中国文化书院"提出"弘扬固有的优秀文化传统""认同传统"的基本倾向的语义网络。

可以说，李泽厚在《启蒙与救亡的双重变奏》中表现出来的对"封建主义"与"传统文化"转换逻辑上的漏洞，事实上显示的是80年代中期中国知识界从马克思主义范式向现代化范式话语转型的内在裂隙。"封建主义"与"传统文化"虽然指涉同样的对象即前现代社会的中国文化，但能指本身的变化显示的却是两套话语方式的变化。在李泽厚的论述中，马克思主义话语所表述的"封建主义"，尽管已经被抽离了"阶级斗争"这一核心内涵，但按照经济基础与上层建筑范式，它所显示的乃是与中国前现代社会的同构性。也就是，"封建主义"只能与封建社会（传统社会）相关，而不可能出现在现代社会（资本主义社会）；尽管在现代社会也可能出现封建主义的"遗毒"，那也不过是终将会消失的前一历史阶段的残留物。而"传统的转换性创造"试图说明的是，经过现代化的适度改造，这种原本是"封建主义"的文化也可以适应现代社会。这也就是说，与"封建主义"论的最大不同在于，"传统的转换性创造"论或显或隐地试图表明，中国传统社会自身的文化一定程度上也具有与现代社会相适应的现代品性。显然，后种论述的基本立场和问题意识已经转移了，它所关心的重点不再是建立在生产方式论述基础上的不同历史进化阶段的差别，而是特定民族的文化与资本主义或现代化的关系。

《启蒙与救亡的双重变奏》从"封建主义幽灵"到"传统的转换性创造"之间出现的语义矛盾，在很大程度上是因为它试图将这一话语转换理解为某种历史发展的"必然"规律，而有意地忽略了"传统"问题在80年代中期的中国被提出的历史语境。"传统"问题的提出并不简单的是"积淀说"的延伸，而应当说，这是80年代中期中国人文知识界与一种全球性话语或意识形态互动的结果。这一点在汤一介为"中国文化书院"讲习班讲演录的结集出版所写的序言中，做了更为历史化的描述。他写道："如果把中国文化的发展问题放在当前世界文化发展的趋势中来分析，将更使我们了解其时代意义"，而这种世界文化发展的趋势的主要特征在于"全球意识"与"寻根意识"的同时出现——"这种'全球意识',即从把世界作为一个整体方向来看文化的发展,和'寻根意识',即要求发挥民族文化的特色,这两个方面看起来似乎矛盾,但它实际上是一个问题的两面。"[1] 这种站在"全球意识"的高度来看待中国文化问题的视野本身,正是"寻根意识"或称"传统文化"意识发生的前提。可以说,汤一介这样的论述,或许是 80 年代中国语境中最早被直接表述的对于"全球化"的理解。而有意味的是,"传统"问题也正发生在这一"全球化"意识发生的同时。作为一种历史的征候,海外中国学的学者正是从这个时期的"文化热"中开始了与中国知识界的互动。比如美国中国学的学者林毓生、杜维明就直接参与了中国文化书院"中西文化比较班"的讲授,而他们的论著与观点,如林毓生的论著《中国意识的危机——"五四"时期激烈的反传统主义》[2] 和"中国传统的创造性转换"的观点,如杜维明关于儒家哲学与现代化的关系,尤其是"儒学第三期"的阐述等,都曾在中国知识界产生过颇大的影响,甚至引起了类似于王元化与林毓生那样的直接思想交锋[3]。作为一个或许并不那么严谨的结论,正如本书有关"20 世纪中国文学"分析一章提出的那样,可以说,80 年代中期美国中国学研究界在 80 年代的文化变革中产生了非同一般的重要影响。现代文学研究领域以夏志清的《中国现代小说史略》、李欧梵的《铁屋中的呐喊》为最(详细论述参见本书有关"纯文学"分析一章),而中国史或思想史领域,则以林毓生、杜维明的影响最为突出。显然,这里讨论"文化热"与海外中国学的互动,也并非去求证某些学术观点的原创性(正如李泽厚的《启蒙与救亡的双重变奏》一文一直遭受的质询那样),而是试图讨论这种"全球化"的文化互动过

---

[1] 中国文化书院讲演录编委会编:《论中国传统文化》,第 2—4 页。

[2] [美] 林毓生:《中国意识的危机——"五四"时期激烈的反传统主义》,穆善培译,贵州:贵州人民出版社,1986 年初版。1988 年增订再版。

[3] 参见王元化:《为"五四"精神一辨》,原载《新启蒙》论丛第一辑《时代与选择》,收入《五四:多元的反思》,香港:香港三联书店,1989 年。以及《论传统与反传统——从海外学者对"五四"的评论说起》,《人民日报》(海外版),1988 年 11 月 28—29 日。

程中，知识播散的具体路径以及制约其"交往"形态的意识形态语境。

不得不说，正如人们在"超稳定结构论"中看到了韦伯的阴影，那么在有关"中国传统的创造性转换"的论述中，同样游荡着韦伯的幽灵。如果说马克思范式和韦伯范式共同的西方中心主义，使得马克思关于"亚细亚生产方式"的讨论，和韦伯关于新教伦理与资本主义精神的讨论，都强调了"东方文化"（非西方文化）与生俱来的非现代性，那么李泽厚的"传统的转换性创造"，尤其是海外新儒学"第三波"，则试图修正这种截然两分的传统／现代、中国／西方的二元结构。一种经典的论述形态，乃是韦伯命题的亚洲版，即与西方的新教伦理孕育出了资本主义精神一样，亚洲尤其是中国的儒学，也一样蕴涵了通向资本主义的文化精神。其现实的例证，便是70年代作为"新兴工业国家（地区）"崛起的"亚洲四小龙"（韩国、我国台湾和香港、新加坡）。80—90年代在东亚地区兴起的"韦伯热"中，核心论题便在"儒家传统与现代化"或"儒教资本主义"这样的命题，"许多社会科学家都试图用韦伯在《新教伦理》一书中关于'宗教观念影响经济行为'的提法，去解释东亚近年来的经济现代化问题"[1]。在"中国文化书院"讲习班的讲演中，汤一介与杜维明都直接提到了韦伯和东亚"第三种工业文明"问题[2]。对韦伯命题尤其是他的《新教伦理与资本主义精神》提出的反思和批评，被认为是超越"欧洲中心论"的具体标志。比这种新动向更早，约在60年代中后期，美国的中国学界的许多新论著便开始修正经典"现代化理论"的传统／现代两分法，"它们对'过去'在中国近世史中所扮演的角色，作了显然不同的描述。在这幅新图画中'过去'的某些特征继续被描绘为与革命变化是对立的，但是另有些特征则不仅未被视为这类变化的阻力，反而被视为推进乃至于左右这种变化的一股力量"[3]。在"文化

---

[1] 苏国勋：《理性化及其限制——韦伯思想引论》，第14页。

[2] 参见汤一介《论中国传统文化》"序言"和杜维明《海外中国文化研究概况》中的论述。

[3] ［美］柯文：《在中国发现历史——中国中心观在美国的兴起》，林同奇译，第77—78页。

热"中被介绍到中国的林毓生的《中国意识的危机——"五四"时期激烈的反传统主义》，则被视为这类新思路的典范之作。

指认出造就"传统的转换"这一思想史论述的全球性历史语境，首先可以使我们看到，一方面日本和亚洲"四小龙"的崛起并不必然导致"儒教资本主义"的论述。比如有学者便从冷战格局中亚洲四小龙由于处在封锁中国的前沿位置，而能够得到美国特别的经济援助的角度，给出了更符合政治经济学的解释。而 20 世纪 90 年代后期的亚洲金融风暴，便在瓦解这种"儒教资本主义"的神话。而另一方面，这种关于儒教资本主义或传统的创造性转化的论述，恰恰是在与韦伯命题的对话中进行的。这其中未曾得到反省的是哈贝马斯所指出的，韦伯理论在"理性化"与"现代化"之间的自明关系，即"在韦伯看来，现代与他所说的西方理性主义之间有着内在联系。这种联系并不是偶然出现的，而是不言而喻的"[1]。欧洲语境中启蒙运动所形成的一套理性化表述，被提升为关于现代化的抽象规范，而这种普遍规范事实上并不契合非西方国家与区域自身的语境。正如汪晖在具体分析韦伯的另一本重要著作《儒教与道教》，并借用哈贝马斯的交往理论来批评在韦伯的理性主义思路上展开的现代化理论和世界体系理论时所写到的："'理性的'与现代性的自明关系是在社会科学的理论话语中被构造出来的。更为重要的是，如果我们从非西方社会的视野来讨论所谓'理性化'问题，那么，非常明显的是，虽然韦伯承认中国社会的政治、经济、教育和其他领域里都存在他所谓的'理性化'成分或'理性化'的倾向，但是，中国的语言中却没有'理性'和'理性化'这样的概念。"[2] 从这样的角度来看，关于"传统的转换性创造"，并没有完全越出韦伯思想，因为西方理性主义文化与现代化的关系并没有被作为问题而得到讨论。它仍被作为不言自明的普遍现代规范，只不过与韦伯不同的是，这次是证明中国传统文化具

---

[1] [德] 哈贝马斯：《现代性的哲学话语》，第 1 页。

[2] 汪晖：《韦伯与中国的现代性问题》，收入《汪晖自选集》，桂林：广西师范人学出版社，1997年，第 31 页。

有西方式的理性化因而是现代性的内涵。在这样的意义上，李泽厚所谓"西体"而"中用"倒是一个准确的表述。

救亡压倒启蒙论，与传统的转换性创造论，都是按照西方启蒙主义文化的规范而对中国历史和文化的裁断。它完全无法阐释现代中国革命历史的独特现代性，更重要的是，它自身便陷入了韦伯命题的"左右互搏"之中。在从"封建主义"到"传统"的能指的转换中，透露出的是马克思主义话语与现代化话语的裂隙，同时也是韦伯命题的正面论证（中国前现代封建文化不能产生现代文化）和反面论证（中国传统文化可以被转换为现代文化）的矛盾。在某种程度上，这也是李泽厚的"积淀说"在用来阐释中国文化与现代化关系时所面临的悖论。正是在这一点上，"文化：中国与世界"编委会所持的乃是更吻合现代化理论的传统文化与现代文化冲突论。并且，与李泽厚及"中国文化书院"诸学者倾向于认同中国文化传统不同，"文化：中国与世界"编委会选取的是完全不同的思想路径。他们更为突出对"西方文化"的转化，其主要的学术工作乃是"深入地思考20世纪以来特别是近几十年来西方文化和学术的发展"[1]。事实上，也正是"文化：中国与世界"编委会的工作掀起了80年代所谓"西学热"。而他们面临的困境是，与《八十年代文化讨论的几个问题》这样的"宣言"文章中所倡导的文化现代化姿态不同，他们在建构自身的学术知识脉络时所面对的西方现代文化传统，却使他们陷入两难之境。

4. 文化现代化、现代性批判和韦伯的两面

可以说，对文化地位的提升是"文化热"中三个核心文本的共同特征，只不过它们界定文化的具体方式略有不同。如果说金观涛是从系统论角度将文化界定为构成社会的三个结构性子系统之一，李泽厚从文化

---

[1]　甘阳：《八十年代文化意识》，"初版前言"，第8页。

启蒙与政治救亡的对抗中突出的是文化在建构现代社会时的决定性作用的话，那么甘阳在《八十年代文化讨论的几个问题》中所论述的"文化"则更为接近金观涛的系统／结构论，不过他将共时性的经济、政治与文化这三个子系统置于进化论的时间图景中，提出了所谓现代化变革的"三步说"。他首先提出，从"文革"结束到"文化讨论"时期的中国，"新时期"历史过程走了三步：首先是"引进发达国家的先进技术"，其次是"加强民主与法制"和"经济体制改革"，最后是文化问题，因为"政治制度的完善、经济体制的改革，都直接触及了整个社会的一般文化传统和文化背景、文化心理和文化机制"。而这样"走向文化"的三步，实际上也是 19—20 世纪之交的中国走了"半个世纪之久的路程"，即"始于言技"（洋务运动）、"继之以言政"（戊戌变法）、"益之以言教"（五四运动）——可以看出，在甘阳这里，社会同样被区分成政治、经济、文化三种结构，这三种结构不仅处于"整体系统"之中，而且按照其变革的难易被置于进化过程中，"文化"处于这一进化进程中的最关键位置："中国走向现代世界的进程必然会在这个最后阵地和最后防线上遭到最顽强、最持久、最全面的抵抗。"因此，"现代化，归根结底是'文化的现代化'"。

甘阳将"文化"提升为"现代化"变革的关键指标，是通过把经济、政治与文化这三个子系统按照其变革的难易而置于现代化变革的不同历史阶段来完成的。如果说其从文化系统的角度所论述的中国文化与西方文化的差别不是"中西"问题而是"古今"问题，接近于经典"现代化理论"中由帕森斯理论所构造出的结构－功能分析的话，其关于现代化变革的"三步说"，则颇有意味地接近于罗斯托的"经济成长的阶段"说。罗斯托在他的名著《经济成长的阶段》中，按照现代化变革的不同程度，设立了一条由传统社会进入到成熟现代社会的演化路径，即传统社会、为起飞创造前提条件阶段、起飞阶段、成熟阶段和高额大众消费阶段。在这个进化论的图式中，不同的国家都可以按照其现代化程度而找到自己的位置，并且处在更高级阶段的国家便成为低阶段国家的样板和"明天"。正是通过"阶段说"，现代化理论才从一种作为"宏大理论"的社会科学学说，演变成了指导美国政府针对第三世界的外交政策和塑造美国民族主体的意识形态。这种历史本质主义的进化论想象，事实上也是马克思主义理论本身所固有的，不过现代化理论的最大不同在于，"理论家们把美国作为现代化的终极范例，认为仅仅根据其他国家与这个进化的终点的距离，就可以估量其他国家的现代化程度"[1]。也就是说，西方中心主义和美国中心论叠合在了一起。

事实上，阶段论的意识形态性论述在中国知识界由来已久，它突出地表现在中国近现代历史的研究模式中。把近现代中国史描述为洋务运动－戊戌变法（辛亥革命）－五四新文化运动这样的历史发展阶段，一直是现代中国意识形态变革据以确立自身合法性的前提。不过，由于这样的论述已经构成了体制化的"知识"，它本身的意识形态特性反而被人们遗忘。这种意识形态特性表现在，它构造出一个进步的、发展的普遍历史阶段序列，而这一历史想象无疑是以已经完成现代化的西方作为模型的；并且中国之所以能够被纳入这个模型的前提，在于承认中国的"落后"。按照沟口雄三的说法，这种"阶段说"不仅隐含着"结构上的欧洲模型"，而且是一个"'落后'的结构"[2]。强烈的"落后"焦虑，把"现代化"视为"外"在于中国的历史，并且将变革开始之前的中国视为应当全盘被改变的对象，这些都构成以"古今之争"取代"中西之争"的基本意识前提。而"阶段说"在中国语境中的意识形态性更表现在，这些"阶段"的划定并非确定的，而是依据论述者的政治立场与现实诉求，不同政治力量的相关论述所"截取"的历史阶段也相应地不同。比如毛泽东关于近、现代中国历史的叙述，将最后的阶段落在"革命"上；有意味的是，甘阳关于文化现代化的论述中则略去了辛亥革命，而李泽厚则通过对近代历史的重述，提出了"告别革命"的论

---

[1]　[美] 雷迅马：《作为意识形态的现代化——社会科学与美国对第三世界政策》，牛可译，第 102—103 页。

[2]　[日] 沟口雄三：《日本人视野中的中国学》，第 29 页。

断[1]。因此，历史发展的"阶段"区分不过是一种意识形态假说，是不同的现代性工程/方案在历史叙述上的投影。在很大程度上，这也正是顾昕所谓的"历史学的意识形态化"[2]。将现代中国历史变革最后落脚于五四新文化运动，也正是为80年代的文化变革张目。事实上，在80年代与五四历史形象之间，存在着一个彼此建构的过程，即一方面借助对五四的叙述突出文化运动的重要性，另一方面五四新文化运动正成为80年代社会变革的依据。因此，毛泽东时代被作为"无产阶级登上历史舞台"的五四运动，在80年代越来越被描述与构建为一场文化运动；而这文化运动的意义在于，它成为一种比政治行动更为有效的现代性解决方案。由此，文化现代化获得了更为切实的历史依据。

不过，如果说甘阳在《八十年代文化讨论的几个问题》中用"阶段论""三步说"构建出了文化在现代化进程中的核心位置，而为"文化：中国与世界"编委会大张旗鼓地输入西方文化提供着合法依据的话，那么，有意味的地方就在于，正是其所输入的西方现代文化自身，在瓦解着他们关于"文化现代化"的乐观想象。"文化：中国与世界"编委会所输入的西方文化，主要是"20世纪以来特别是近几十年来"的西方文化与学术，他们试图以此确立"近几十年来被（中国）粗暴地拒绝排斥的近代西方文化的基本价值特别是自由、民主、法制"。在甘阳主编的显示编委会西学研究实绩的《八十年代文化意识》一书中，被讨论的西学大师，包括德国的韦伯、本雅明、海德格尔及阿多诺、马尔库塞、弗洛姆，美国的丹尼尔·贝尔，俄国的列夫·舍斯托夫和法国的福柯。对于被视为编委会最突出的成果、由刘小枫完成的《诗化哲学》[3]，甘阳后来在访谈中提道：这本书"某种意义上包含了好多人共同的关切，比如说他最后一章谈马尔库塞，这是赵越胜专门研究的。他里面谈的卡西尔

[1] 李泽厚、刘再复：《告别革命——回望20世纪中国》，香港：天地图书有限公司，1995年。
[2] 顾昕：《中国启蒙的历史图景：五四的反思与当代中国的意识形态之争》，香港：牛津大学出版社，1992年，第6页。
[3] 刘小枫：《诗化哲学——德国浪漫美学传统》，济南：山东文艺出版社，1986年。

部分和我有关系，谈马丁·布伯是和陈维纲有关系。他那个书里面有一个 mood，海德格尔是中心"。而另一本由周国平主编、由编委会诸多成员完成的《诗人哲学家》[1]，所选入的西学大师则与此近似。甘阳进而概括道："从北大外哲所开始到编委会，实际上我现在想起来，可以称作'对现代性的诗意批判'，基本上是一个非常诗歌性的东西。小枫这本书是比较可以反映很多人讨论问题的这个域。"[2]

甘阳将"文化：中国与世界"编委会成员的基本思想取向概括为"对现代性的诗意批判"，从一定角度来说这是一种相当准确的概括。编委会成员所专注的西学，大致是源自德国思想传统的现代性批判理论。这既包括源自德国古典哲学的浪漫派哲学与美学，也包括二战后法兰克福学派的批判理论和以尼采、海德格尔为中心的后现代哲学。而它们的共同特征乃是对现代性思想的反省、解构与批判。不过，甘阳的这种概括又并不完全准确，或许在新世纪的回顾中，他有意无意间遗忘了韦伯在他们所构建的西学知识脉络中的重要位置。常常被人们忘记的一点是，"现代西方学术文库"第一辑最早拟定的书目中，韦伯和现代化理论占据了绝对重要的位置。"文化：中国与世界"编委会显然是熟悉作为"资产阶级的马克思"的韦伯形象的，并且他们也熟悉美国社会科学界的那句关于韦伯的名言——张旭东将之译为"谁掌握了韦伯谁就掌握了现代学术的钥匙"[3]，而甘阳将之译为"谁掌握了对韦伯的解释权，谁也就有望执学术研究的牛耳"[4]。"现代西方学术文库"译出的第一本书是韦伯的《新教伦理与资本主义精神》。并且，第一辑的拟定书目中列入了韦伯的四本书：《新教伦理与资本主义精神》《儒教与道教》《社会和经济组织的理论》和《韦伯社会学文选》，不过，真正按时翻译出版的只有

---

[1] 周国平主编：《诗人哲学家》，上海：上海人民出版社，1987年。

[2] 查建英主编：《八十年代：访谈录》，第198—199页。

[3] 张旭东：《西方独特性的元叙事：重读韦伯〈新教伦理与资本主义精神〉》，收入《全球化时代的文化认同：西方普遍主义话语的历史批判》，第374页。

[4] 甘阳：《韦伯神话》，收入《将错就错》，北京：生活·读书·新知三联书店，2002年，第244页。

《新教伦理》,《儒教与道教》的出版是在 90 年代以后 [1],其余两本一直未见译本。而第一辑列入的美国学者的五本书《社会行动的结构》(帕森斯)、《社会理论和社会结构》(默顿)、《科学与社会秩序》(巴伯)、《变化社会中的政治秩序》(亨廷顿) 和《儒教中国及其现代命运》(列文森),则都与现代化理论及其应用相关。不过,这五本书也并没有按时译出。后来真正出版的"现代西方学术文库"中,引起广泛关注的乃是尼采、海德格尔、卡西尔、本雅明、马尔库塞以及结构主义、俄国形式主义等的理论。——尽管尚缺乏当事人的直接资料来证明这一点,不过如果不惮做一个大胆的猜测的话,或许可以说,编委会对西学的介绍重点,实际上有过一个转移。不管是什么因素造成了这种转移,大致可以说这是从以韦伯为中心的社会科学理论向以海德格尔为中心的人文哲学理论的转移。

事实上,这种猜测并不算是空穴来风。除了"现代西方学术文库"第一辑的拟定书目和后来实际出版书目之间的偏差之外,还可作为佐证的,首先便是甘阳在编委会宣言文章《八十年代文化讨论的几个问题》中关于文化现代化的乐观态度,与编委会实际出版的研究成果以诗化哲学(或称"文化哲学")所代表的那种反现代性的批判性哲学理论为主,这两者之间的偏差。其实在 80 年代的历史体认中,甘阳便已提及这其中的悖论。他意识到"现代化的进程并不只是一套正面价值的胜利实现,而且同时还伴随着巨大的负面价值",具体地说就是"自由、民主、法制这些基本的正面价值实际上都只是在商品化社会中才顺利地建立起来的",而商品化社会却由于"瓦解了传统社会而必然造成'神圣感的消失'",因此导致价值认同的危机。这里所表述的现代化正面与负面价值,实际上乃是韦伯的目的 - 工具理性与价值理性之间的冲突。不过有意味的是,甘阳将之迅速地联系到中国的社会现实:"一方面,现

---

[1]　1990 年代中期出版了《儒教与道教》的两个中译本。其一收入商务印书馆"汉译名著"丛书,王容芬译,1994 年出版;另一译本收入江苏人民出版社"海外中国研究丛书",洪大富译,1993 年出版。

代社会的正面价值（自由、民主、法则）还远远没有真正落实，而另一方面，现代社会的负面价值（拜金主义、大众文化）却已日益强烈地被人感受到了。一个中国知识分子生存在这夹缝之中，真有无逃于天地之感！"[1] 这种80年代"文化意识"中透露的，不仅是知识分子的精英主义和西方中心主义，更值得分析的是基于这种中国主体意识而建构的西学知识脉络。韦伯式的工具理性与价值理性的冲突，实际上在很多场合被转换为科学主义与人文主义、理性主义与文化主义的冲突。陈来并将这种冲突，具体地指认为"走向未来丛书"编委会和"文化：中国与世界"编委会的基本思想取向的差别。而实际上，这并不完全是一个抽象的西方思想史和哲学史问题，而涉及使得编委会在宣言文章中对于现代化的热烈推崇，和在专业研究中转向现代性批判，这两者之间的分裂是在怎样的知识脉络上发生的。

具有征候性的，乃是甘阳在《从"理性的批判"到"文化的批判"》[2]一文中对西方知识脉络所做的描述。或许可以说，这篇文章正是甘阳对从韦伯为中心的社会科学理论，转移到以现象学和海德格尔为中心的现代哲学的这种学术"转向"的说明，尽管也许写作者自身对这一点未必那么自觉。这篇文章从西方现代哲学史的高度描述了发生于20世纪的"认识论转向"，他将之勾勒为从康德的"理性批判"转向海德格尔所代表的"文化批判"，并认为正是后者建立了"人文学"的"哲学"基础。这种论述的关键，在于卡西尔这一"新康德主义"德国哲学家充当了从理性主义传统走向现代性批判的转折点。台湾学者刘述先因此质询当代中国大陆新生代学人为何选择了卡西尔，并认为他们误读了卡西尔在西方哲学史上的位置[3]（详细分析参阅本书有关"纯文学"一章）。不过，这个无论在西方思想史还是中国新生代学人那里都代表着思想转折

---

[1]　甘阳：《八十年代文化意识》，"初版前言"，第8—9页。

[2]　甘阳：《从"理性批判"到"文化批判"》，收入《八十年代文化意识》。

[3]　刘述先：《思想危机还是现实危机——刘述先谈大陆思潮、传统文化与现实政治》，《九十年代》月刊（香港），1988年4月号。

点的枢纽人物，或许应当被指认为韦伯更恰当一些。"作为一名新康德主义社会学家，韦伯以极其深刻的形式吸收了欧洲理性主义的传统，同时也亲身体验到了 19 世纪理性主义危机的新的精神思潮"[1]。事实上，韦伯现代性思想的二元性，即对理性化的研究和对现代性的批判，一直是韦伯思想研究者讨论的话题。更重要的是韦伯思想的二元性在二战后西方世界的影响及其呈现的学术形态。如果说帕森斯等美国学者从理性主义的侧面发展了韦伯思想而建构了现代化理论话，那么，60 年代的联邦德国学者正是针对这种实证主义的研究方式与之展开了长期的论战，论战的主要成员乃是法兰克福学派的阿多诺、马尔库塞等人。这场论战也导致了联邦德国的"韦伯热"。而奥地利学者 A. 舒茨同样在批判现代化理论的实证主义过程中形成的"现象学社会学"，则可以视为"在胡塞尔的'生活世界'基础上对韦伯'理解的社会学'的进一步发挥"[2]。也就是说，如果说法兰克福学派可以追溯到韦伯思想的话，现象学接通的思想路径同样通向韦伯。而如果说《八十年代文化意识》中对西学大师的研究成果明显受到法兰克福学派的重要影响的话，那么甘阳在《从"理性批判"到"文化批判"》中对"先于逻辑的东西"的强调，则可以说是从现象学进入对所谓"人文学哲学"的讨论，进而成为甘阳理解"认识论转向"的具体内容。

如果说现代思想从两个方向即批判理论方向和现代化理论的方向上发展了韦伯理论的话，那么这两个方向事实上都影响了"文化：中国与世界"编委会的思想取向。换个说法，在"文化：中国与世界"编委会的思想取向中，存在着"两个韦伯"，一个是崇尚现代化和理性化的韦伯，一个是批判现代性而担忧于价值理性危机的韦伯。只是这两幅韦伯的面孔都以中国化的面貌出现，而中国的韦伯主义者们则未必自觉地意识到他们乃是置身于韦伯的阴影之下。

---

[1]　苏国勋.《理性化及其限制——韦伯思想引论》，第 51 页。

[2]　同上书，第 314 页。

结语：超越80年代文化意识

　　如果说"文化热"中的三个核心文本都以不同的方式讲述了中国现代化历史被中断的"故事"，并且把解决的希望寄予"文化的现代化"之上的话，那么这里的关键问题，乃是它们所理解的"文化"其实都笼罩在"韦伯的幽灵"之下。作为80年代文化热的参与者之一的张旭东，在新世纪出版的讲稿《全球化时代的文化认同：西方普遍主义话语的历史批判》中重读了韦伯的《新教伦理与资本主义精神》，并认为它所确立的乃是"西方独特性的元叙事"[1]。或许应该说，80年代"文化热"中的主要思想动向，都在不同程度上以不同的方式重复着这一"元叙事"。中西文化比较的思路，对文化在社会结构中优先地位的强调，对文化与现代化关系主题的预设，现代性规范被不言自明地认为是源自西方的理解方式等，应当说都是"韦伯幽灵"的具体呈现。这里所谓"文化"，从来没有脱开过中国与西方、传统与现代这一同构的话语框架，而这个话语框架恰是韦伯元叙事得以展开的基本前提。有关"文化"的论述都明确指向其与现代化的关系，而关于"现代文化"的理解又不言自明地指认为"西方文化"；中国文化首先不是现代文化，它的问题便是如何被克服或被转化。因此，如果说韦伯确立了关于西方独特性的元叙事的话，那么80年代中国文化热关于"文化"的理解正是以不同方式复制再生产这一元叙事。这也许正是现代化意识形态在知识谱系上的由来。而造成这种情形的，显然与中国知识界所处的现代化作为一种意识形态向全球扩散的冷战－后冷战历史语境直接相关，它以不同方式强化了韦伯范式与马克思范式的对立，并将前者以及与之相关的不同思想脉络指认为新的希望之所在。

　　将"文化热"的知识谱系追溯至"现代化理论"和韦伯思想，以及决定这一话语机制发生作用的冷战/后冷战历史，最终的目的还是在

---

[1]　张旭东：《全球化时代的文化认同：西方普遍主义话语的历史批判》，第374—377页。

探问决定 80 年代文化意识的话语秩序与权力机制。因为唯有将问题的探讨推进到这一层次，我们才真正跳出了 80 年代自身文化意识的限定而将其"还原"到特定的历史情境之中。这无疑是为告别那些仍在今天发挥影响的 80 年代意识形态而必须做的历史清理工作之一。不过，正如"知识"这一范畴本身所携带的"冷冰冰"的理性意味一样，这种立足于文本的话语清理工作，无法同时包容曾经在历史"现场"发挥巨大能量的情感与情绪内涵。这些今天被作为"历史档案"的文本，曾经召唤起强大的情感和力量，那种认同感的建立、它们与之呼应的更为细腻和微妙的语境，以及人们投射于文本的"过度诠释"，这些却很难被知识考古学或谱系学纳入。而从某种程度上说，这绝不仅是一个方法论问题，同时还包括如何理解 80 年代历史的"主体性"以及 80 年代文化的"主体性"问题，并且可以渗透到对于研究对象的处理中。比如关于"文化热"，事实上还应该探询其有关"西学"的知识谱系的构造如何呈现其中国的主体性，在历史现场中所展现的多种历史可能性，以及那些被主流话语机制所排斥的文本与命题如何与之构成对话关联等。在这一意义上，本章对于"文化热"的知识谱系与意识形态的考察，并不是这一论题研究的终结，而毋宁说仅仅是展开进一步历史分析的开始。

第五章 "文学性"的知识谱系
——"纯文学"思潮

引论:"文学性"如何作为问题

有关"文学性"问题的讨论自 90 年代后期迄今,一直成为文学研究界的一个重要议题。这一议题涉及文学社会位置的"边缘化"、文学的社会批判力的削弱,也包括文化批评和文化研究的兴起导致研究界对文学研究方式,乃至对现当代文学学科体制和知识生产体系的自我反省等。这些问题的提出,显然与近三十余年来文学在社会结构中的位置发生的巨大变化直接相关。在 80 年代,围绕着文学的自律性、文学的社会功能以及文学实践的具体方式等问题,产生过比 90 年代激烈得多也热闹得多的争论(甚至可以说,这几乎是 80 年代文化变革的中心议题),不过,90 年代以来的文学性讨论却具有不同于 80 年代的内涵。换句话说,当前研究界有关"文学性"问题的讨论,正是以对 80 年代文学实践的历史反省和自我批判为前提的。

德国理论家比格尔在《先锋派理论》中曾用"体系内批判"和"自我批判"这两个范畴区分不同层次的批判工作。他认为两者的关键区别在于是否有对"艺术体制"的自觉,前者是在"体制内"发生,而后者则跳出了艺术体制而着眼于对"体制"自身的批判。借用比格尔这两个范畴，大致可以说，80年代的文学争论是一种文学体制的"体系内批判"，是各种不同的文学观念之间的冲突；而90年代迄今的"文学性"讨论，则可以说是文学体制的"自我批判"。比格尔如此定义"艺术体制"："既指生产性和分配性的机制，也指流行于一个特定的时期、决定着作品接受的关于艺术的思想"，他同时概括道："艺术发展的总体性只有在自我批判的阶段才能清楚地表现出来"，"自我批判是以批判所指向的社会构成或社会子系统的完全进化出它自身的、独特的特性为条件的"。他的更富于洞见的观点在于他对文学艺术进行"自我批判"的可能性历史条件的界定。他认为，如果我们承认文学艺术有着自身的相对自律性领域，那么就不能简单地以社会整体的判断来代替对文学自我批判的历史条件的判断。照这样说来，我们不能简单地认为，90年代中国文学危机仅仅是"商业化大潮"的冲击、市场体制运行的结果。比格尔首先认为有必要区分"艺术作为一个体制（它按照自律的原理在起作用）与单个作品的内容"，进而认为"艺术在资产阶级社会中，是依赖于体制的框架（将艺术从完成社会功能的要求解放出来）与单个作品所可能具有的政治内容之间的张力关系而生存的"。进行艺术的自我批判，"只有在内容也失去它们的政治性质，以及艺术除了成为艺术之外其他什么也不是时，才是可能的"[1]。

较为详细的介绍比格尔有关先锋派的理论，对于我们观照和讨论"文学性"问题或许是相当有必要的，因为目前关于这些问题的理解事实上仍处在含混状态。表现之一，是有关"文学性"问题的提出以"文学丧失了介入社会的能力"作为分析对象，但相关的理论批判却仅仅止于对"纯文学"观念的挖掘[2]。而文学的自律体制，大致可以说在80年代后期便已经确立，"但在这个体制中，具有彻底的政治性的内容仍在起着作用"[3]。导致文学在90年代"失效"和"失势"的原因，并不在"纯

---

[1] ［德］彼得·比格尔：《先锋派理论》，高建平译，北京：商务印书馆，2002年，第87—94页。

[2] 参见李陀的《漫说"纯文学"》（《上海文学》2001年第3期）及相关"文学性"讨论的文章。

[3] ［德］彼得·比格尔：《先锋派理论》，高建平译，第93页。

文学"观念自身，而在"纯文学"（或"纯艺术"）体制与具体作品内容的政治性之间的"张力关系"的消失。因此，如若将90年代的文学问题诊断为"纯文学"观念的束缚，或许有些开错了药方。比格尔的先锋派理论值得重视的理由之二，是他提醒我们，在当前的历史处境下，我们应当以怎样更为恰当的方式讨论文学性问题。可以说，文学乃至文学研究的"危机"和"无效性"几乎成为讨论者的某种"共识"。在这种情形下，坚持"文学性"或否弃"文学性"无疑只是一种表态性的价值判断，不过是以一种"文学性"去争议另一种"文学性"，这种讨论仍旧停留于80年代那种"体系内批判"的水准。真正有效的研究或许应当将相关讨论提升到对文学（研究）的"自我批判"的层次上来，因为90年代以来的文学处境正显示其已经具备了进行自我批判的历史条件。如同马克思理论所昭示的："为了实现资产阶级社会的自我批判，就必须首先存在着无产阶级。由于无产阶级的出现才使人们认识到，自由主义是一种意识形态。"[1] 我们可以说：为了实现对文学（研究）的自我批判，就必须首先对那些仍内在地制约着我们认知和理解文学的"文学体制"进行一种自觉的历史清理。只有跳出这一体制，"纯文学"作为一种"意识形态"的特性才能被认知。

尝试从"自我批判"的高度来重新思考当前的"文学性"议题，必须将80年代的历史和文化语境纳入思考范围。"文学性"问题从来就不能超越特定的历史语境，尽管文学/政治的争议几乎始终伴随着20世纪中国文学，但是我们今天用以讨论"纯文学"的语汇、观念和思维框架，却都形成于80年代。大致可以说，80年代是我们今天讨论"文学性"问题的发生期。所谓文学的"内部"与"外部"之分、"让文学回到文学自身"的自律性同时也是政治性的声明、文学的审美特性以及文学与"人文精神"之间的关联等，诸种有关文学的知识表述都是在80年代建构起来的。因此，考察80年代语境中"纯文学"的知识谱系，

---

[1]　[德] 彼得·比格尔：《先锋派理论》，高建平译，第89页。

就并非纯然关乎"历史"或仅仅属于"80年代"的问题,而正是当下的"文学性"讨论必需的构成部分。

正如目前越来越深入的80年代研究所显示的那样,"80年代"并非一个单质的、统一的历史时期,而有其异质性和阶段性的历史构成。就"文学性"问题而言,尽管文学的独立性始终是80年代的一贯诉求,但并不是一开始就形成了统一的表述,而在不同的阶段有不同的表现方式。大致可以说,80年代前期,关于文学独立内涵的建构始终处在文学与政治的二元结构之中,"文学性"始终是以"反政治"或"非政治"性作为其内涵的,文学的内涵由其所抗衡的政治主题的反面而决定。在这样的意义上,"伤痕文学""反思文学""寻根文学""朦胧诗"等创作潮流,以及"文学是人学""文学的主体性"等批评范畴,仍旧处于社会主义现实主义的话语体制当中,而并没有形成新的自我表述的话语方式。但到80年代中后期,以"诗到语言止"和"形式革命"为口号的"第三代诗""先锋小说"的出现,表明"纯文学"诉求开始表现其"非政治"的特性。相应地,文学批评和理论领域开始构造文学的"自足性"内涵,其突出表征则是一种有关纯粹"文学性"或"审美"的知识谱系开始建构出来。这种"纯文学"知识谱系和合法性依据的建构,在不同的领域同时展开,既包括当时被称为"诗化哲学"的哲学、美学领域的批评实践,构造出一种普泛性的审美知识谱系;也包括文学理论领域对有关文学自身理论谱系的确立;还可纳入现代文学研究领域构造出一个新的文学经典序列的"重写文学史"思潮。正如福柯理论阐释的那样,知识/权力的基本运作方式主要是依靠设定不同的专业领域来完成的[1],而80年代后期美学、文学理论、文学史领域的专业化研究取向,事实上也可以看作"纯文学"确立自身地位的具体历史表征。

---

[1] 参见[法]米歇尔·福柯:《知识考古学》,谢强、马月译,北京:生活·读书·新知三联书店,1998年。

一、美学谱系："诗化哲学"

在80年代的历史语境中，"让文学回到文学自身"作为一种同义反复的表述方式，曾经有着强烈的政治批判意涵。其所反抗的，是那种"阶级斗争工具论"的文学规范，以使文学从特定政治主题的限制中挣脱出来。但是，由于缺乏对"文学自身"内涵更为自觉的历史反省和有效的知识表述，这种关于文学的想象事实上仅仅只是文学与政治二元对立结构中的一个"空位"。也就是说，离开了政治主题，"文学"无法说明自身。正因为此，在80年代前期影响最大的两种关于文学的表述——人道主义思潮和主体论——中，"文学"只能作为"人学"的同一内涵，陷入彼此关联的循环阐释。但是，1985年德国哲学家卡西尔《人论》的翻译出版，某种意义上成为一种新的"人"之表述的转折点，形成了一种被称为"文化哲学"（或称"诗化哲学"）的美学/哲学理论思潮。很大程度上可以说，正是这一美学/哲学思潮为"纯文学"表述提供了最为坚固的理论基石。

80年代中后期的"文化热"中，"诗化哲学"是思想界影响极大的一脉。如本书"文化热"一章所分析的，80年代存在着三个"知识圈"或三种思想动向：以金观涛、刘青峰为核心的"走向未来丛书派"，以汤一介、乐黛云、李泽厚、庞朴等为核心的"中国文化书院派"，和以甘阳、刘小枫、周国平等为代表的"文化：中国与世界编委会"（也称"文化丛书派"）。与前二者偏重介绍西方科学主义思想或中国传统的现代转化不同，"文化丛书派"主要从事西方现代哲学的翻译与研究，并具体落实为"现代西方学术文库"和"新知文库"两套大型丛书。正是这一在80年代后期促成了中国"西学热"的知识群体，相当有意味地确立了一套"诗化哲学"的批判知识脉络。其主要成员是北京大学和社会科学院研究现代西方哲学的年轻学者，共同强调一种"非政治"性的专业研究。不过，正是这种"非政治"的研究取向使得他们成为80年代后期影响最大的知识群体。通过对20世纪西方现代哲学的译介，"文化丛书派"提供了一种对 80 年代体制化的主流话语而言的"新"话语——"不需要成天好像还要一半的时候和这个传统的 discourse 作斗争,你可以直接用新的 discourse、新的语言谈问题,这个是编委会最大的贡献了。"[1]一种急切地冲破体制化主流话语的诉求,使得中(体制内)/西(体制外)的思想冲突事实上被构造成为"新"("现代")/"旧"("传统")的时间落差。这也正是甘阳在那篇编委会"宣言"文章中所提出的:"问题的实质就根本不在于中西文化的差异有多大,而是在于:中国文化必须挣脱其传统形态,大踏步地走向现代形态。"[2]显然,中/西、古/今这一同构二元对立项事实上正是 80 年代"文化热"的核心意识形态坐标。历史研究的工作除却反省这一坐标本身,或许更重要的是考察当时所谓"西学"的知识谱系,即在这次热潮中,被"看见"和被"选择"的是怎样的西学,并建构出了怎样的叙述方式。只有在这样的历史批判视野中,"诗化哲学"的意识形态意味才能显现出来。

被认为能够代表编委会倾向的重要成果,是甘阳编选的《八十年代文化意识》[3]一书。但这本书的"上编"综述当时美术、建筑、文学、电影等状况,主要并非编委会成员所写,倒是其"下编"评述韦伯、贝尔、本雅明、马尔库塞、海德格尔等西方现代哲学大师的文章,更能显示编委会所做的工作。与《八十年代文化意识》"下编"的知识构成和思想取向相似,并且更能作为其代表性研究成果的,其一是刘小枫的《诗化哲学——德国浪漫美学传统》(1986),一是周国平主编的《诗人哲学家》(1987)。如果说刘小枫的《诗化哲学》以个人专著的形式实际上体现了编委会共同关注的问题,那么,周国平主编的《诗人哲学家》则更是编委会成员对同一哲学脉络的诗人哲学家的研究论文集。这两本书共

---

[1] 查建英主编:《八十年代:访谈录》,北京:生活·读书·新知三联书店,2006 年,第 225 页。

[2] 甘阳:《八十年代文化讨论的几个问题》,《文化:中国与世界》第 1 辑,北京:生活·读书·新知三联书店,1986 年。

[3] 甘阳:《中国当代文化意识》,香港:三联书店香港有限公司,1989 年;台北:时代风云出版公司,1989 年。上海人民出版社 2006 年更名为《八十年代文化意识》再版。

同勾勒了一个"诗化哲学"的知识谱系或"伟大的传统"。这一哲学谱系由德国浪漫美学传统构成，以 18 世纪康德、席勒、谢林等德国古典哲学为源头，成型于施勒格尔、诺瓦利斯等德国早期浪漫派，"以后经过了叔本华、尼采的极端推演，转由狄尔泰、西美尔做了新的表达。第一次世界大战前后，新浪漫派诗哲们（里尔克、盖奥尔格、特拉克尔、黑塞）以充满哲理的诗文继续追问浪漫派关心的问题。二次世界大战以后，海德格尔的解释学，马尔库塞、阿多诺的新马克思主义又把它推向新的高峰"[1]。《诗人哲学家》仍旧以德国哲学家为中心，仅增加了 17 世纪法国哲学家帕斯卡尔、20 世纪法国诗人瓦雷里和哲学家萨特、加缪。这份以德国人为主要线索的哲学经典清单，包括了 20 世纪前的德国古典哲学、早期浪漫美学，也包括 19—20 世纪之交的尼采、叔本华的"生命哲学"、早期象征派诗群，同时还包括现象学、阐释学、存在主义和法兰克福学派等 20 世纪哲学。

使得这些基本取向不尽相同的哲学与文学思潮被纳入同一脉络的，是"美学"这一 80 年代的关键词之一。以马克思主义 / 人道主义为主要资源的"美学热"在 80 年代前期的兴起，在很大程度上正因为"美学成了使文学与人学沟通的中介"[2]，也就是说美学成为表述文学独立性和人道主义思潮的一套特定语汇。尽管这里所谓的"美学"并非指涉由德国哲学家鲍姆加登所发明的现代学科领域，而是 80 年代中国一个特定的话语场，不过《诗化哲学》和《诗人哲学家》还是大致吻合于欧洲现代美学传统的基本构成。英国理论家特里·伊格尔顿在处理同一问题时也不得不承认："我在本书中所讨论的思想家几乎都是德国人……似乎有理由认为，对于美学的探索，以唯心主义为其特征的德国思想模式是比法国的理性主义或英国的经验主义更令人容易接受的中介。"[3] 但是 80

[1] 刘小枫：《诗化哲学——德国浪漫美学传统》，济南：山东文艺出版社，1986 年，第 10 页。

[2] 杜卫：《走出审美城——新时期文学审美论的批判性解读》，北京：东方出版社，1999 年，第 78 页。

[3] ［英］特里·伊格尔顿：《审美意识形态》，王杰、傅德根、麦永雄译，桂林：广西师范大学出版社，2001 年，第 2 页。

年代中后期的"诗化哲学"并不将自己看作"美学热"的构成部分,因为就其思想资源而言,"诗化哲学"摆脱了马克思主义/人道主义的话语限定;而就其思考的场地而言,"诗化哲学"完成的正是从"美学"向"文化"的转移,并尝试以一种"非政治"的专业态度为之寻找哲学支撑(这在很大程度上成为"文化哲学"的内涵)。事实上,"诗化哲学"是否吻合欧洲现代美学的经典序列这一问题并不重要,因为构造这一知识谱系的方式乃是基于80年代学人对"20世纪欧洲大陆哲学"的特定理解。即甘阳在《从"理性的批判"到"文化的批判"》[1]中以科学主义与人文主义的对抗而描述的历史线索,并且认为"哲学研究已经日益转向所谓'先于逻辑的东西'"即对自然科学认识模式的挣脱。这种科学主义与人文主义的二元框架,既有着80年代语境的特定针对性(即陈来所描述的,对"走向未来"丛书派的科学主义的反动[2]),同时也正是80年代一系列二元对立的话语结构的具体呈现。"诗化哲学"的倡导者们通过构造出20世纪欧陆哲学的这一"认识论转向"(其间隐约回响着20年代中国的科学/玄学论战的余音),而尝试探询"人类的全部知识和全部文化"的"根本",以之为80年代文化革命确立更为"非政治化"的知识论述。

真正有意味的,是"诗化哲学"叙述其知识谱系的方式以及造就这种叙述方式的历史动力,这可以成为我们考察其在80年代中国文化格局中负载的意识形态功能的入口。最能显示"诗化哲学"知识谱系的建构特性的,是西卡尔占据的重要位置。在《从"理性的批判"到"文化的批判"》中,甘阳把卡西尔看作"认识论转向"的起点,并认为他是海德格尔思想的先驱。这一观点曾使台湾学者者刘述先感到迷惑不解。在刘述先看来,卡西尔继承的是康德以来的理性主义传统,其所做的努力是扩大理性思想,并用来考察社会文化现象;而海德格尔继承的则是

[1] 甘阳:《从"理性的批判"到"文化的批判"》,主要内容刊于《读书》(北京)1987年第7期;全文刊于《当代》(台北)第20期(1987年12月)。收入《八十年代文化意识》。

[2] 陈来:《思想出路的三动向》,《当代》(台北)第21期(1988年第1期)。

胡塞尔之后的非理性主义思想传统，两者之间是背道而驰的 [1]。事实上，这种在刘述先看来的"常识错误"，却恰好是 80 年代"新生代"的知识精英构造"诗化哲学"知识谱系的关键环节。他们正是从卡西尔那里确立了"诗化哲学"的基本立足点，而这个立足点却是建立在有意无意的"误读"之上的。

作为 80 年代的畅销书 [2]，《人论》风行的原因并不因其繁复的理论阐释，而是它提出的"人是符号动物"这一定义。这本书的译者甘阳把卡西尔的全部哲学概括为一个"基本的公式"即"人——运用符号——创造文化"或"人的哲学——符号形式的哲学——文化哲学"，于是，"人首先转变为'符号'，而世界则转变为'文化'，因此生活和历史的全部多样性都被归结为'符号'对'文化'的各种关系了" [3]。由于"人"的本质被概括为"符号"或"文化"，更关键的是，"人"可以通过创造符号或文化来创造自身的意义，因此，人道主义思潮和"主体论"中有关"人"的讨论被转移到"文化"上来了。这一思路很大程度上可以视为 80 年代"文化热"兴起的内在逻辑。但卡西尔将人的文化活动视为"符号"活动的同时，也强调了语言的系统性即语言本身的"独特形式"，并将其归结为"逻各斯"这一"宇宙原则"。也就是说，在世界与人之间存在着"符号"的中介，但这个"中介"绝非"人"可随心所欲地左右，而是一个结构性的自足体。不过这恰恰是甘阳表示无法认可的一点。他在译序中批评道："在人的意识结构中有一种'自然的符号系统'亦即先验的符号构造能力。进而，人类全部的文化都被归结为'先验的构造'，而不是历史的创造。所有这一切，都反映了卡西尔哲学的

---

[1]　刘述先：《思想危机还是现实危机——刘述先谈大陆思潮、传统文化与现实政治》，《九十年代》月刊（香港），1988 年 4 月号。

[2]　甘阳回忆道：《人论》的出版，"真的立即就是全国头号畅销书，一年内就印 24 万本啊，而且评上什么上海图书奖。当时印量都大，但是我那本呢，哲学书里面最大"。参见《八十年代：访谈录》，查建英主编，北京：生活·读书·新知三联书店，2006 年，第 203 页。

[3]　甘阳：《人论·中译本序》，见 [德] 恩斯特·卡西尔《人论》，甘阳译，上海：上海译文出版社，1985 年。

唯心主义性质。"而他以为正确的解释则是:"文化作为人的符号活动的'产品'成为人的所有物,而人本身作为他自身符号活动的'结果'则成为文化的主人。"[1] 也就是说,语言符号这一"中介"在卡西尔那里是一个限定性的因素,而在甘阳这里,却成为人的创造性的直接呈现。"诗化哲学"(或"文化哲学")的核心论述也正由此衍生出来:"人之为人,并不只是在于他能征服自然,而在于他能在自己的个人或社会生活中,构造出一个符号化的天地,正是这个符号化的世界提供了人所要寻找的意义","所谓审美现象,实际上就是生活在世界中的人自己绘出的一个意义世界,一个与现实给定的世界截然不同的世界";而语言符号正是审美世界的客观性的依据——"审美的世界在本质上固然是一种心境,但它的现实性却是要由诗的语言符号来给定的。卡西尔指出,由艺术的语言符号所给定的现实与物理实在的现实具有同样的实在性。语言符号使纯粹情感的内在性客观化了,从而,诗的领域,成为与实在领域、技术领域相隔绝的一个自主的领域。但又作为实在的因素无不渗透到人的生活世界之中"[2]。由于人的生存意义是以语言符号"这种能动的创造性活动为中介、为媒介"而创造出来的,因此"创造"语言符号便成为"人之为人"的"真正第一性的东西"[3]。

显然,这种对语言符号的"误读",表明"诗化哲学"其实并没有跳出"人道主义"思潮的范围,因为"人道主义"的核心内涵便是秉持一种浪漫主义的主体性认知,将人视为世界的中心,并认为人将决定自身的命运和创造出自己的意义。事实上这正是刘再复的《文学的主体论》[4] 的核心论点。不过由于对语言符号的"发现","诗化哲学"形成了一种有别于"主体论"的崭新论述。"诗化哲学"将它的基本问题设定为每个个体面临的生存问题,即人与其所生存的世界之间的分裂:"经验

[1] 甘阳:《人论·中译本序》,见 [德] 恩斯特·卡西尔《人论》,甘阳译,第 9 页。

[2] 刘小枫:《诗化哲学——德国浪漫美学传统》,第 31、142 页。

[3] 甘阳:《人论·中译本序》,见 [德] 恩斯特·卡西尔《人论》,甘阳译,第 7—8 页。

[4] 刘再复:《论文学的主体性》,《文学评论》1985 年第 6 期、1986 年第 1 期。

与超验、现实与理想、有限与无限、历史与本源的普遍分裂"。支撑这一分裂描述的背后的知识构架，是科学主义与人文主义的二元对立。"诗化哲学"提供的正是一种解决这一分裂的路径，这一路径的源头来自康德，他在《判断力批判》中"开启了以审美者沟通两个领域、两个互不相涉的世界这一全新的思路"。这一思路包含着充满张力的两个层面的内涵。一方面，审美被作为一个自律的空间，即"艺术有自己的对象、自己的人类学的依据、自己的形式组织。它并不依赖于生产力、生产关系这些外在经济因素的规定，也并不总是屈从于特定的社会阶级的利益和观念。……艺术的普遍性就在于它超越出某一特殊的经济范畴、阶级观念，紧紧依持于人类的个体本身"[1]。"诗化哲学"一开始就放弃了马克思主义人道主义将审美作为"人的本质对象化"的表述，而直接接续了康德关于认识（"我们能认识什么？"）、伦理－政治（"我们应该做什么？"）、利比多－审美（"我们被什么东西吸引？"）这三个领域的划分。审美领域的独立性，源自其所遵循的非功利主义的"无利害的愉悦"原则。"诗化哲学"所做的一个重要改动或重构，在于它通过勾勒出从康德到马尔库塞的哲学知识谱系，将审美放置于"高"于另二者的核心位置，即"审美、诗，就成为设定这个世界的依据，或者说，审美的世界成为现实世界的样板。审美、诗被摆到最高的地方，具有一种统摄的作用"。因此，审美世界不仅不是与现实无关的，而且成为世界的"本体"，即"艺术总是从一个更高的存在出发发出呼唤，召唤人们进入审美的境界，规范现实并向纯存在转变"，因为艺术作用于人的感性并塑造人，"只有美的途径才能达到自由，恢复人性的和谐"。于是，审美革命具有了前所未有的重要性："一场真正的社会革命要想获得成功，一个真正自由的社会要真正建立起来，首先得经历一场人自身的审美革命，只有通过审美状态才能进入自由。"[2] 可以说，"诗化哲学"提供的是一种典型的现代主义美学思路，即詹明信（F. 杰姆逊）所概括的"写诗是为了改变生

---

[1] 刘小枫：《诗化哲学——德国浪漫美学传统》，第266页。

[2] 同上书，第35、258页。

活，不能为了写诗而写诗"的现代主义乌托邦冲动[1]，因此它将自身界定为"不是艺术理论，不是一般艺术哲学，不是审美关系的科学"，"而是对人的审美生成、价值生成的哲学思考"。于是，诗、文学与艺术不仅可取代哲学，而且成为实践本真性生存的主要方式——"诗、文学与艺术却总是牢牢把握着人的生存的意义问题，很少离开这一轨道。每当哲学忘却了自己的天命之时，文学、诗就出来主动担当反思人生的苦恼。……所以，诗的历史揭示了人们感受和领会生活的意义的无限可能性，以及人性与世界的关系的真实价值。诗人乃是真正的人。"[2]

可以看出，"诗化哲学"将文学（也包括艺术）的自律性诉求发挥到了极致，即文学不仅不再作为"政治的婢女"，相反，成为"现实世界的样板"。也正是在这一意义上，这种"非政治化"的诉求本身即与现实世界处在一种紧张的"张力关系"当中，而其政治性也因此强烈地表现出来。如果说，在80年代后期，"非政治的政治"成为文学、理论和学术研究的普遍诉求的话，那么相对于"先锋文学""纯学术"等实践，"诗化哲学"具有更为广泛的感召力，因为它作用的是每一"个体"和个体的"感性"（即非理性的身体）本身。这也意味着它将召唤任何有着乌托邦解放冲动的个体。或许正因为这一美学方案的有效性，80年代前中期有关"人的自由"和"解放"的议题，到80年代后期都集中到"审美"的讨论当中。"诗化哲学"产生巨大社会影响的又一表征，则是于90年代前期发生于文化界的"人文精神"大讨论。当知识界以通俗文学、电影等流行文化的风行作为文坛"堕落"的标志，大声疾呼"人文精神"的失落时，其隐含的关于"文学""诗意"的理解却正来自诗化哲学所构建的知识谱系。

但是，也正因为"诗化哲学"仅仅是一种美学上的激进主义，也就是说，它将变革社会的希望仅仅寄托于每一个体创作和阅读文学艺术，

---

[1]　[美] 杰姆逊：《后现代主义与文化理论》(精校本)，唐小兵译，北京：北京大学出版社，1997年，第176页。

[2]　刘小枫：《诗化哲学——德国浪漫美学传统》，第154页。

其革命性必然也就只能发生于"语言符号"之内。并且，"诗化哲学"所着力凸显的自律观念，正如伊格尔顿指出的那样，这种"完全自我控制、自我决定的存在模式，恰好为中产阶级提供了它的物质性运作所需要的主体性的意识形态模式"[1]，因此，作为80年代后期"非政治的政治"构成部分的"诗化哲学"，事实上却在为90年代自由市场体制塑造着相当惬意的主体及主体意识。如果说90年代文学"边缘化"主要表现为其丧失了曾有的社会冲击力的话，那么其根源或许正在于"诗化哲学"所提供的审美解放方案的实现，因为"审美"摆脱文学（文化）/政治的结构而独立之时，也恰是比格尔所说的艺术体制与单个作品间的张力消失之时。

二、文学理论谱系：转向语言

如果说"诗化哲学"建构的是一种有关审美的普遍性知识谱系，那么，对于文学批评和文学研究而言，更为切近的是有关文学自身的知识表述的构造。正如戴锦华曾经概括的："80年代，整个中国知识界都在寻找新的理论和学术话语，希望从旧的准社会学式的思想方法和话语结构中突围出去。当时的文学、艺术批评是最活跃的领域之一，像一个大的理论试验场，许多理论都被挪用到文学批评中来"[2]，也就是说，探寻新的话语资源是整个80年代变革的文化动力，而文学批评则是其中极为活跃的领域。事实上，与80年代中期"寻根小说""现代派小说"尤其是先锋小说和"第三代诗歌"同时，也出现了一种被称为"新潮批评"的形态[3]。其中以倡导"文学语言学"和"叙述学"为重心的批评走向，甚至被人概括为文学批评的"语言学转向"，即"以寻求文学的审

---

[1] ［英］特里·伊格尔顿：《审美意识形态》，第11页。

[2] 戴锦华：《犹在镜中——戴锦华访谈录》，北京：知识出版社，1999年，第4页。

[3] 参见李洁非、杨劼选编：《寻找的时代——新潮批评选萃》，北京：北京师范大学出版社，1992年。

美特性为价值导向、以'向内转'为基本研究策略、以现代语言学方法为主要研究方法"[1]。很大程度上可以说，对语言媒介的自觉意识，不仅是文学创作界也是文学研究界乃至文化界的重要"事件"。如果说"诗化哲学"的历史起点是卡西尔关于人是"符号动物"的界定，那么，韦勒克关于文学是"符号体系或者符号结构"的定义则成为新的文学理论谱系的基点。不过有历史意味的是，这种对"语言"的发现始终没有越出人道主义思潮的"主体论"。因此，如果说 20 世纪 60 年代以来西方人文研究的"语言学转向"导致了批判性文化理论的繁盛的话，那么，80 年代后期中国人文学界的转向语言则仅为"纯文学"构造了另一种自我言说的知识谱系。

就文学批评与文学理论的关系而言，在 80 年代后期，"文学批评在观念的更新和理论的探索上走在了文学理论研究的前面"[2]。文学理论的主体部分仍旧是 50 年代成型并已体制化的马克思主义文艺学理论，文学批评和文学研究的新的探索尚缺乏足够的理论语言。也因此，对西方文学理论著作的翻译和介绍，就并不是一种与文学实践无关的行为，而构成其直接的思想源泉。在 80 年代，曾有三本影响较大的以"文学理论"命名的译介书籍。一是韦勒克、沃伦合著的《文学理论》（生活·读书·新知三联书店，1984），一是特里·伊格尔顿的《二十世纪西方文学理论》[3]（陕西师范大学出版社，1986；中国社会科学出版社，1988），另一则是与《文学理论》同属"现代外国文艺理论译丛"序列、由佛克马、易布思合著的《二十世纪文学理论》（生活·读书·新知三联书店，

---

[1] 杜卫：《走出审美城：新时期文学审美论的批判性解读》，第 149—150 页。

[2] 同上书，第 157 页。

[3] 伊格尔顿这本书在 80 年代即出版了三个译本：伍晓明译本名为《二十世纪西方文学理论》，陕西师范大学出版社 1986 年版；王逢振译本名为《当代西方文学理论》，中国社会科学出版社 1988 年版。伍本和王本在具体内容的翻译上略有出入，一般认为伍本更接近原著。王本增加了伊格尔顿的中译本序言，这个译本 2006 年更名为《现象学，阐释学，接受理论——当代西方文艺理论》，由江苏教育出版社再版。80 年代的另一译本名为《文学原理引论》，刘峰等译，文化艺术出版社 1987 年出版。

1988 年）。其中影响最大的是《文学理论》。译者在 2005 年修订版的代译序中写道："1984 年，我们翻译的《文学理论》由三联书店出版，在国内学术界产生了很大的影响。此书连续印刷两次，发行数万册（第一次印刷 34 000 册，第二次 44 000 册——笔者注），使许多文人学者了解了他的理论。从那时至今的 20 年间，《文学理论》被许多高校的中文系用作教科书，还被教育部列入中文系学生阅读的 100 本推荐书目中。"[1] 一位研究者则评价道："一时间，'外部研究'和'内部研究'的区分、注重内部研究和文学形式的重心转移、重视现代语言学方法的运用等观点和方法，在中国文学理论界接受者甚众。"[2] 有意味的是，这三本文学理论中，除了佛克马、易布思的书是对西方 20 世纪文学理论的概括和介绍，即仅提供"审慎而精确的情报"[3]，另两本则毫不掩饰作者的研究立场，并且这两种立场是冲突的。韦勒克和沃伦在其序言中写道：这本书延续的是"诗学"和"修辞学"的传统，其基本立场是"文学研究应该是绝对'文学的'"[4]；就其在欧美批评史中的位置而言，《文学理论》被中国研究者称为对 40 年代欧美文艺学中盛行的"形式主义流派"之一的美国"新批评"派，"做了一次很好的总结"[5]。而《二十世纪西方文学理论》则突出的是文学与文学理论的"政治性"，它几乎是针锋相对地提出："'文学理论'和文学批评不论显得多么公允，从根本上来说它们永远是政治性的"[6]；所谓"纯"文学理论"只是一种学术神话"，并且正是那些试图表明自己纯粹性的理论，"在任何地方都不像它们在企图无

[1] 刘象愚：《韦勒克与他的文学理论（代译序）》，见 [美] 勒内·韦勒克、[美] 奥斯汀·沃伦《文学理论》（修订版），刘象愚、邢培明、陈圣生、李哲明译，南京：江苏教育出版社 2005 年。

[2] 杜卫：《走出审美城：新时期文学审美论的批判性解读》，第 149 页。

[3] [荷兰] 佛克马、[荷兰] 易布思：《二十世纪文学理论》，"作者前言"，林书武、陈圣生、施燕、王筱芸译，北京：生活·读书·新知三联书店，1988 年，第 2 页。

[4] [美] 雷·韦勒克、[美] 奥·沃伦：《文学理论》，刘象愚、邢培明、陈圣生、李哲明译，北京：生活·读书·新知三联书店，1984 年，第 18—19 页。

[5] 王春元：《文学理论·中译本前言》，见 [美] 雷·韦勒克、[美] 奥·沃伦《文学理论》，刘象愚、邢培明、陈圣生、李哲明译，第 2 页。

[6] [英] 特里·伊格尔顿：《当代西方文学理论》，"中译本前言"，王逢振译，第 10 页。

视历史和政治时那样能够清楚地表现出自己的意识形态性"[1]。在为中译本所写的前言中，伊格尔顿提出这本书所介绍的 20 世纪 60 年代以来的"文学理论"，正是对此前居统治地位的"新批评"进行挑战的结果[2]。也就是说，从其发表的时间和讨论的内容而言，韦勒克和沃伦的书所表达的观念正是伊格尔顿挑战的对象。不过，在忙于追逐西方学术"前沿"的 80 年代，这回文学界却没有忙着与之"接轨"。因此，正如美学 / 哲学界对卡西尔的"误读"一样，对《文学理论》的广泛接受也正是一种历史"选择"的结果。

《文学理论》广受欢迎的原因，或许正在于它将文学研究区分为"外部研究"与"内部研究"这一核心观点，与当时力图使文学"非政治"化的历史诉求一拍即合。它不仅认为"文学研究应该绝对是'文学的'"，而且提出"文学并不能代替社会学或政治学。文学有它自己的存在理由和目的"[3]，也就是说，这种关于文学的内与外的区分被明确地指认为文学与政治的分界线。它认为"文学研究的合情合理的出发点是解释和分析作品本身"，并围绕着文学作品划定了一个封闭的界限，文学与作家传记、创作心理学、社会、思想及其他艺术的关系的研究被视为"外部"的，也就是"非文学"的。不仅如此，它为当时的中国文学界提供了比人道主义或主体论"专业"得多的分析作品的"技术"。文学作品被定义成"一个为某种特别的审美目的服务的完整的符号体系或符号结构"，可以区分为"几个层面构成的体系，每一层面隐含了它自己所属的组合"，包括声音、意义、作为文体风格的意象和隐喻、存在于象征及其体系中的"世界"等。文学作品被置于文学研究当之无愧的中心，并且借助一定的符号学、现象学理论，提出了明晰的作品分析的可操作性指标。内部与外部的区分和作品分析的技术化，极大地满足了中国文学界追求"纯文学"时知识表述的匮乏感。但是，正如并没有多少人领会《人论》

---

[1]　[英] 特里·伊格尔顿：《二十世纪西方文学理论》，伍晓明译，第 245 页。

[2]　[英] 特里·伊格尔顿：《当代西方文学理论》，"中译本前言"，王逢振译，第 8—9 页。

[3]　[美] 雷·韦勒克、[美] 奥·沃伦：《文学理论》，刘象愚、邢培明、陈圣生、李哲明译，第 112 页。

有关历史语言学和结构语言学的"综合"一样，也并没有多少人领会韦勒克对文学作品所做的主观主义和客观主义理解的协调，80年代人们关注的是人作为"符号动物"和文学作为"为某种特别的审美目的服务的符号体系或符号结构"这种定义方式中"符号"的发现。如特里·伊格尔顿概括的："符号学所代表的是被结构语言学改变了的文学批评。这样，文学批评就成了一种更严格的和较少依赖印象的事业"[1]，也正是这种尽管还颇粗浅的符号学理论，为中国文学研究划定"纯"文学的边界提供着相对客观的依据。但是，这种对"符号"客观性的理解并不彻底。与韦勒克强调存在着决定作品的"文学性"的"动态"但却稳定的"结构"不同，中国的研究者始终突出文学语言的"自我生成性"："如果人们能够承认文学作品如同人一样是一个自我生成的自足体的话，那么我可以直截了当地说，这种生成在其本质上是文学语言的生成"，"文学的这种语言形式的本质性，不是它的实体性，而是一个生成的过程性，即文学语言及其形式结构的创造过程"[2]。与诗化哲学一样，"文学语言学"（或类似的理解）一方面借助对"符号"（语言）的觉察而划定了审美/文学的自律场地，另一方面却并没有放弃人道主义和主体论的"中心化主体"的认知方式，于是，对文学语言的发现也就成为对语言创造意义的强调，并使文学作品成为向社会散发意义的中心场地。也就是说，那种内在的文学与政治的结构并没有改变，只是借助"语言"这一中介，将曾经的"政治（社会）决定文学"的模式颠倒为"文学决定政治（社会）"。于是，与"诗化哲学"一样，尽管这种新的文学思潮是以发现"符号"为生发点的，但并没有真正达到"语言本体论"。

事实上，80年代对西方文学理论的介绍和接受始终有一个极有意味的偏向，即特别强调文学的"形式"研究。比如"大致说来，现代西方文论经过了从形式主义到结构主义再到结构主义之后发展起来的各种

[1]　[英]特里·伊格尔顿：《二十世纪西方文学理论》，伍晓明译，第128页。

[2]　李劼：《试论文学形式的本体意味——文学语言学初探》，《上海文学》1987年第3期。

理论亦即后结构主义这样几个阶段"[1]。伊格尔顿的翻译者将其介绍的 20 世纪西方文学理论概括为三个脉络，即"一条是形式主义、结构主义到后结构主义；一条是现象学、诠释学到接受美学；一条是精神分析理论"[2]，而在 80 年代的文学批评和研究当中，影响最大的是第一条脉络，而接受美学（区别于其在哲学界尤其是"文化：中国与世界"编委会的情况）与精神分析理论（区别于其在电影理论界的情况）的影响相对小得多。而且，即使是形式研究一脉，跨入结构主义理论的也并不多。因此有一种说法认为："1986—1987 年间结构主义在中国的'登陆'（事实上构成了'语言学转型'的发生）对我这一代学者说来是一次考验，看你能否跨过去。"[3] 而从新批评和俄国形式主义转向"结构主义"的关键在于，它开始将索绪尔的结构语言学应用于文学研究中，"文学于是不再只被归结为言语，也不只被看成是文学性事物。在捷克结构主义里，结构活动的轮廓首次清楚地显示出来了"[4]。这种语言观彻底地否弃反映论和表现论关于人控制语言能力的基本假设，而强调"现实不是被语言反映而是被语言创造的"，同时它也抽空了审美理论建基其上的经验主义假设即"相信最'真实'的东西就是被经验到的东西，而这种丰富、微妙和复杂的经验的家就是文学本身"。相反，结构主义把文学研究的全部意义设定为去探询在经验和文学作品内容之"下"的"深层结构"。这一结构是超越历史的，也是"非人"的，因为"新的主体实际上是系统自身"[5]。因此，如果说人道主义和"主体论"在 80 年代曾产生过笼罩

[1]　张隆溪：《二十世纪西方文论述评》，北京：生活·读书·新知三联书店，1986 年，第 8 页。书中的 11 篇文章曾于 1983 年第 4 期开始在《读书》上连载。这是国内较早对西方文论的系统介绍。

[2]　伍晓明：《二十世纪西方文学理论·译后记》，见 [英] 特里·伊格尔顿《二十世纪西方文学理论》，第 305 页。

[3]　戴锦华：《犹在镜中——戴锦华访谈录》，第 5 页。

[4]　[比] J. M. 布洛克曼：《结构主义：莫斯科—布拉格—巴黎》，李幼蒸译，北京：商务印书馆，1980 年，第 62 页。

[5]　[英] 特里·伊格尔顿：《二十世纪西方文学理论》，伍晓明译，第 136—140 页。

性的影响的话，那么，结构主义则成为从中跨出来的一条可能的路径。事实上，当刘再复的一系列有关"主体论"的文章风靡文学研究界的时候，《电影艺术》上发表了法国结构马克思主义者路易·阿尔都塞的《意识形态和意识形态国家机器》，他将主体定义为意识形态结构的"空位"。于是，正是电影研究界的学者做出如此判断："当中国的人道主义还只是被人们隐秘地憧憬、成为阵发性的呼喊与细语之时，却已有年轻人站出来以不屑而狂妄的口吻宣告：人道主义已经死亡。"[1]

如果说"新批评派和形式主义及结构主义相比，是经验主义的和人文主义的"[2]，那么也正是由于其与人道主义思潮吻合的主体想象，决定着是"新批评"派而不是"对语言或哲学再现性本质的越来越深、越来越系统化的怀疑"[3]的结构–后结构主义理论成为被80年代"选中"的文学理论，决定着是强调"文学研究应该绝对是'文学的'"的《文学理论》，而不是强调"我认为凡是有语言的地方也总有权力"[4]的《二十世纪西方文学理论》，成为在80年代中国发挥巨大影响的文学理论读物。很大程度上也可以说，这不仅是两本文学理论的选择，同时更是80年代文学批评对自身理论谱系和研究路径的选择。

还值得一提的，是由美国理论家詹明信（F. 杰姆逊）1985年在北大有关西方当代文化理论的演讲编辑而成的《后现代主义与文化理论》（唐小兵译，陕西师范大学出版社，1987年）。这本书曾对80年代文学研究的语言学转向产生过较大的影响，可以说90年代转向文化批评与文学研究的许多学者都曾受益于这本书，甚至被视为"后学"的中国源头。这本书关于自身的定位，一开始就确定在结构主义之后的"文化理

---

[1] 戴锦华：《"人道主义"的死亡与理解人》，收入《拼图游戏》，济南：泰山出版社，1999年，第333页。

[2] ［英］A. 杰弗逊、［英］D. 罗比等：《现代西方文学理论流派》，李广成译，北京：北京大学出版社，1992年，第84页。

[3] ［美］杰姆逊：《后现代主义与文化理论》（精校本），唐小兵译，第42页。

[4] ［英］特里·伊格尔顿：《当代西方文学理论》，"中译本前言"，王逢振译，第11页。

论"上,即"我讲的理论方面的问题并不局限于文学理论,因为结构主义于50—60年代出现的时候并不是文学理论",并且他所谓的"理论"并不是立足于文学批评与文学研究的文学理论,而是具有自足性的"理论论述"。相比于强调文学内部研究的《文学理论》,这本书并没有在80年代产生相应的影响,其影响直到90年代方显现出来,应该说是80—90年代历史转折造就的另一选择。那种认为《后现代主义与文化理论》改变了中国文学研究的方向,致使人们对"新批评"的忽略成了当前必须"填补"的一些"缺失和空白"[1]的观点,事实上并非准确的历史判断。

或许比对"符号"的人文主义式发现更重要的,是80年代中国文化界与"新批评"理论共享着将文学研究划分为"内部"与"外部"的意识形态诉求。正如不同的有关"新批评"理论的历史构成的介绍都会提到,"新批评"理论的形成与发展有其明确的"对手"。其所批判的对象是19世纪以实证主义理论和浪漫主义表现理论为代表的历史-社会学的文学观念[2];就美国20—30年代的历史语境而言,"新批评"批判"外部研究"的具体指向,"一是19世纪圣佩甫和泰纳等在实证主义影响下开创的文学外缘因素研究法,本世纪上半期这个学派在美国一直是较强大的潮流;另一股潮流就是从本世纪初开始兴起的马克思主义文学批评,美国30年代产生的强大左倾思潮使不少知识分子接近马克思主义,也使文学理论界更注意社会问题对文学的影响。"[3]更有研究者从美国"新批评"理论的南方集团(30年代以兰色姆及其学生退特、布鲁克斯、沃伦为代表,称"南方批评派")-耶鲁集团(40年代维姆萨特、韦勒克、布鲁克斯、沃伦聚集耶鲁大学)的人员构成,描画出一幅美国

---

[1] 李欧梵:《西方现代批评经典译丛·总序》,见 [美] 雷·韦勒克、[美] 奥·沃伦《文学理论》(修订版),刘象愚、邢培明、陈圣生、李哲明译,南京:江苏教育出版社,2005年。

[2] 张隆溪:《二十世纪西方文论述评》,第35—36页。

[3] 赵毅衡:《"新批评"文集·引言》,见《"新批评"文集》,赵毅衡编选,卞之琳等译,天津:百花文艺出版社,2001年,第66页。

知识界的地域构图——即"盛行于东部和北方的'社会历史批评'潮流拥有三大基地，分别是芝加哥大学、纽约哥伦比亚大学和哈佛"，与"新批评""形成南北对峙局面"[1]。而"新批评"理论的极盛期则是第二次世界大战之后，"战后左翼运动退潮，社会历史批评失掉了政治运动依托，声势急转直下。新批评一俟遇到政治不再当饭吃的时代转机，它的纯文学理论便成为人人争相果腹的救灾粮"[2]。

上述描述大致勾勒出"新批评"在40—50年代占据美国文学批评主流的历史原因。也就是说，"新批评"所批判的"外部研究"，与80年代中国文学研究界与之抗争的政治批评，有着极为亲近的血缘关系。更重要的是，"新批评"的极盛期，也正是全球冷战阵营形成的时期，为文学划定的"内"与"外"的界限，事实上也成为意识形态对峙的鸿沟和不可撼动的历史结构。更具历史征候性的是，如果说80年代的"改革开放"是以内爆的方式主动打开封闭的冷战界限，那么文学界引介"新批评"理论以重新定义文学的内与外，重新定义文学与政治的关系，则在某种程度上可以视为一个80年代社会文化变革的自我否定的"寓言"。这一点在现代文学经典重构的过程中，充分地显示了出来。

三、现代文学经典谱系："重写文学史"

80年代中后期，"纯文学"思潮运作的另一重要领域是文学史研究，尤其是现代文学研究。这突出地表现为1985年"二十世纪中国文学"概念的提出和1988年第4期至1989年第6期《上海文论》上的"重写文学史"专栏，其焦点在于如何重构被"现代文学""当代文学"所切分的现代中国文学的历史图景和经典序列。这一文学史重构行为，是整

---

[1] 赵一凡：《美国文化批评集：哈佛读书札记》，北京：生活·读书·新知三联书店，1994年，第198—201页。

[2] 同上书，第202页。

个 80 年代重写历史的构成部分之一，被"重写"的是 50—60 年代确立并以左翼文学为主线的"革命"范式的文学史写作体系，而代之以"现代化"范式的历史叙述。在一种后设的历史视野中，这种"重写"行为本身的意识形态特性几乎是毋庸置疑的。不过，值得更进一步分析的，是"纯文学"（审美独立性）观念在其中所扮演的角色及其如何表述自身。事实上，正是在批判既有文学史叙述体系过程中对经典作家作品的重新命名，使得"纯文学"观念深入人心并成为新的文学"常识"。这里的关键问题不仅在于"新"文学史叙述中文学与政治的内在框架，更在于它如何将新的文学经典序列阐释为"纯"文学的。也就是说，在以沈从文、张爱玲、周作人、钱钟书、梁实秋等曾被革命文学史剔除出去的作家构造出一个现代文学新的"伟大的传统"时，"文学"的内涵是被如何重新定义的，并且形成了怎样的知识表述。

现代文学研究成为 80 年代的"显学"，并在新启蒙文化思潮中扮演重要角色并非偶然，可以说，现代中国民族国家想象和意识形态运作一直极大地借重了现代文学及其阐释。也正因此，现代文学经典序列一直是不稳定的，现代文学经典的构造则常常成为意识形态冲突的核心场域。如果说 1935 年良友图书公司出版的《中国新文学大系》可以看作现代文学经典构造的第一次大行动，表明的是"五四作家""凭借这种象征权威而自命为现代文学的先行者，同时把其对手打入传统阵营，从而取得为游戏双方命名和发言的有利地位"[1]，那么，50—60 年代确立并以唐弢主编的《中国现代文学史》（三册）集中表述的鲁、郭、茅、巴、老、曹经典序列，既延续又重构《大系》的经典构造行为，则可以视为社会主义文化实践所创造的另一套知识体系和文学表述。80 年代的"重写文学史"则可看作现代文学第三次大的经典构造行为。纳入这样的历史视野来看，可以说现代文学经典始终是被"构造"出来，有关经典的

---

[1] 刘禾：《跨语际实践——文学，民族文化与被译介的现代性（中国，1900—1937）》，宋伟杰等译，北京：生活·读书·新知三联书店，2002 年，第 330 页。

"文学"和"非文学"的区分正是意识形态运作的结果。其关键正如刘禾提到的那样，需要经受严格考察的是"制造经典的做法"及其"为自己的合法性编造的说辞"[1]。"重写文学史"的倡导者将 50—60 年代的文学史范式称为"政治学的现代文学史研究"，而将新的也是理想的文学史研究称为"从文学角度进行的现代文学史研究"[2]，则正是"为自己的合法性编造的说辞"，因此值得对之做"严格"的历史考察。

"重写文学史"关于自身合法性的表述始终在"政治"（教科书）与"文学"（审美）的二元框架中展开。既有的文学史叙述被概括为"仅仅以庸俗社会学和狭隘的而非广义的政治标准来衡量一切文学现象，并以此来代替或排斥艺术审美评价的史论观"[3]，而所提倡的新的文学史研究，"它的出发点不再是特定的政治理论，而更是文学史家对作家作品的艺术感受，它的分析方法也自然不再是那种单纯的政治和阶级分析的方法，而是要深入运用各种不同的方法，尤其是审美的分析方法"[4]。不过有意味的是，在具体表述这里所谓"艺术感性"和"审美的分析方法"时，倡导者始终是语焉不详的。它有时被表述为对文学历史的"主观的描述"和"对作品的情感体验"，具有"强烈""根深蒂固"的"个人性"，因此，"文学史是那样一个主观性和个人性都很强的东西"[5]；有时则被概括为"情绪性的心理的层次，表现为各种模糊的'政治无意识'，存在于人的各种情绪和下意识冲动，包括人的审美情绪当中"[6]。从这些表述当中可以听见"诗化哲学"的直接回响，其间存在着一系列对应的二元结构：客观／主观、集体／个人、理性／情感、历史／审美等。也就是说，"文学"的内涵需要由其批判的对象来确定。正因为此，"重写文学

[1] 刘禾：《跨语际实践——文学，民族文化与被译介的现代性（中国，1900—1937）》，第 325 页。

[2] 王晓明：《主持人的话》，《上海文论》1989 年第 6 期。收入《刺丛里的求索》，上海：上海远东出版社，1995 年，第 263 页。

[3] 陈思和：《主持人的话》，《上海文论》1989 年第 5 期。

[4] 王晓明：《主持人的话》，《上海文论》1989 年第 6 期。

[5] 王晓明：《重写文学史》，收入《刺丛里的求索》，第 247 页。

[6] 王晓明：《旧途上的脚印》，收入《刺丛里的求索》，第 264 页。

史"专栏的主要成就也仅是"冲破原有那些'公论'的束缚"[1]，而并非如其所预期的那样"探讨文学史研究多元的可能性"[2]。这一号称"从新的理论角度提出对新文学历史的个人创见"的工作，事实上主要完成的只是一种批判和否定，而其展开批判的思路则是高度类同的。大致可以说，这里进行的还只是一种"反经典"的工作，其批判对象从早期左翼文学经典《女神》《子夜》到 50—60 年代的社会主义现实主义经典《青春之歌》《创业史》；从丁玲的"转向"、"何其芳文学道路"到"赵树理方向"以及"文革"期间的姚文元"文艺批评"道路等，主要囊括的是 20 年代的革命文学、30 年代的左联文学、40 年代的延安文学和 50—70 年代的当代文学这一 20 世纪左翼文学脉络。如果说这些作品和作家曾经在"革命"范式的文学史叙述模式中被作为核心经典的话，那么这里的"重写"只是要完成一种否定性的评判。而其评判的依据，事实上并非"深入运用各种不同的方法，尤其是审美的分析方法"，相反，这些作家和作品被批判的原因，几乎无一例外地被认定为他们和当时政治主题的关系过分密切。

正如"让文学回到文学自身"这一文学创作界的循环表述一样，"重写文学史"所进行的也仅仅是一种抗议的姿态。在文学与政治的二元结构当中，被召唤的"纯文学"事实上还只是一个充满批判能量的"空位"。因此也可以说，"重写文学史"完成的还只是一种打破"旧"论的工作，而未曾建立起新的文学史知识谱系。甘阳在评述"走向未来丛书派"时曾说道："他们所讨论的语言老是半官方语言，因为当时他们老是在和官方辩论，他要辩论就得使用官方能够接受的一套东西，所以当时老实说我们是很看不起的，就是那一套东西很不理论化。"[3] 或许，按照甘阳的说法，"重写文学史"的话语构成也只是"半官方语言"。甘阳的这种表达方式和"新"/"旧"意识当中透露的历史内涵是相当有意味

---

[1] 《主持人的话》，《上海文论》1988 年第 5 期。

[2] 《主持人的话》，《上海文论》1988 年第 4 期。

[3] 查建英主编：《八十年代：访谈录》，第 197 页。

的。关键问题是，在 80 年代"告别革命"的强烈政治批判氛围中，何谓"新"以及"新"从何而来？如果说"文化：中国与世界"编委会因其特殊机遇和学科位置而接触到的西方思想资源，使其成为当时的"精英中的精英"，那么，基于对现代文学史书写体系的不满而完成的新的经典序列的重构，也并非一个纯粹在"本土"完成的行为，而与海外中国学研究有着密切的互动关联。正是这种"互动"，显露出"纯文学"表述充分的意识形态意味。

80 年代重写文学史思潮的最突出成效，不仅表现为新的学科范畴（"二十世纪中国文学"、新文学整体观）的提出，更主要的是对经典作家作品的重新评价。这种重评过程自 80 年代初期学科重建时期就已经开始，其重心在逐渐恢复"革命"范式的文学史叙述不断剔除出去的那些作家、作品、文学思潮的位置。比如曾遭到批判的左翼作家丁玲、艾青、冯雪峰、瞿秋白，比如曾被视为"反动"文学思潮的新月派、新感觉派、现代派；还包括对经典作家作品序列的重构，如对鲁迅的小说《彷徨》、散文《野草》以及《故事新编》的肯定，并将其置于比《呐喊》《朝花夕拾》更重要的位置；如对曾遭到批判的丁玲延安早期作品《在医院中》《"三八"节有感》的重评等。这种重评以"还原历史事实""还历史以本来面目"[1] 作为其合法性依据，而整体的文学史图景也大致要恢复到以"新民主主义"定性的"新文学"历史描述（以王瑶的《新文学史稿》、唐弢主编的《中国现代文学史》为代表）。这仍旧是"革命范式"的文学史，不过其衡量尺度相对于 50 年代后期和"文革"期间的激进文学史要宽松得多。尽管 80 年代前期已经开始重新"发现"沈从文、张爱玲等完全被革命范式的文学史抹去的文学家的作品[2]，不

---

[1] 参见严家炎：《从历史实际出发，还事物本来面目——中国现代文学史研究笔谈之一》《现代文学的评价标准问题——中国现代文学史研究笔谈之二》等，收入《求实集——中国现代文学论集》，北京：北京大学出版社，1983 年。

[2] 参见温儒敏、李宪瑜、贺桂梅、姜涛等：《中国现当代文学学科概要》，第十九章，北京：北京大学出版社，2005 年。

过，将他们（包括钱钟书、周作人、梁实秋等）纳入现代文学经典序列，甚至占有着比鲁郭茅巴老曹更重要的位置，则并非对既有"革命"范式的文学史叙述的"恢复"和"扩充"所能完成。也正是在对后续这些作家的"发现"及其经典地位的构造过程中，一种足以与"政治学的现代文学史研究"相抗衡的"从文学角度进行的现代文学史研究"才真正得以确立。

在这一经典重构的过程中，海外中国学研究（尤其是美国中国学）事实上扮演了相当重要的角色。对鲁迅内心"黑暗"的发现和对作为文学家的"另一个鲁迅"的阐释，李欧梵的《铁屋中的呐喊》是发生影响的重要来源之一。对沈从文的重新"发现"，美国汉学界的重视尤其是金介甫《沈从文传》的影响则一直是相当重要的一个因素；80年代最早一篇为沈从文翻案的文章提出"目前全世界提到公认的中国新文学家，也只有沈从文和老舍"[1]的说法，事实上主要是以美国为标准的英语世界。而张爱玲、钱钟书的"经典化"，则更是与华裔美国中国学研究者夏志清的《中国现代小说史》关系极为密切；到90年代，广受注目的"重排大师"事件声称"以纯文学的标准重新审视百年风云"[2]，并用张爱玲取代了茅盾的经典地位。另一本由香港学者司马长风完成的《中国新文学史》（三卷）对周作人、凌叔华、林徽因、萧乾、徐訏等人的重视，则也在很大程度上助推着新的经典序列的构成。这里并不是要判定究竟是谁最先"发现"了这些作家，问题的关键是将这些作家构造为现代文学的经典并将之指认为"伟大的传统"时所依赖的知识表述如何形成。

特别值得分析的是《中国新文学史》和《中国现代小说史》。这两本由海外学者完成的现代文学史学著作曾在80年代产生过潜在而巨大的影响。其影响之所以"潜在"，乃是因为这两本书当时并未在中国大陆正式出版，因此真正阅读原著的范围其实是很小的；但这种影响又并

---

[1] 朱光潜：《从沈从文先生的人格看他的文艺风格》，《花城》1980年第3期。

[2] 王一川、张同道主编：《二十世纪中国文学大师文库》，海口：海南出版社，1994年。

非是匿名的，而是作为政治批判的对象被显影出来[1]。或许最具意识形态意味的恰恰是这两本书在80年代中国作为"缺席之在场"的存在方式所显露的历史结构。一方面是作为两本论著的文本构成同时也是决定其存在方式的冷战历史非此即彼的政治结构，而另一方面，则是以"纯文学"标举的文学史历史图景和新的经典序列。司马长风将文学的纯粹性表述为"文学自己是一客观价值，有一独立天地，她本身即是一神圣目的"，因此《中国新文学史》试图成为"打碎一切政治枷锁，干干净净地以文学为基点写的新文学史"[2]。夏志清则在其序言中声明："我所用的批评标准，全以作品的文学价值为原则"，"身为文学史家，我的首要工作是'优美作品之发现和批审'"[3]。在与普实克关于《中国现代小说史》的论战中，夏志清批评那种将文学看作"历史的婢女""把文学纪录当作历史和时代精神纪录"的观念，并提出"我的'教条'也只是坚持每种批评标准都必须一视同仁地适用于一切时期、一切民族、一切意识形态的文学"，"文学史家必须独立审查、研究文学史料，在这基础上形成完全是自己的对某一时期的文学的看法"[4]。这些表述内在地由文学与政治（非文学）的二元结构所支撑，而其视为"他者"的，既是"重写文学史"意欲颠覆的革命文学史范式，也是社会－历史批评的文学评价标准。司马长风将新文学概括为"反载道始，以载道终"，并用与"道"的争斗关系划分了新文学的历史轮廓，因而有了诞生期（1917—1921）、成长期（1922—1928）、风暴期（1938—1949）、沉滞期（1950—1965）这种将历史有机体化的描述方式。但具体到不同时期的文学，则大致是按文体进行的罗列和介绍，并未形成"自足"而系统的文学观。或许更

---

[1] 参见1983—1984年"清除精神污染"运动期间，发表在《文艺情况》《文艺报》《鲁迅研究动态》等内部或公开刊物上的批判《中国现代小说史》的文章。

[2] 司马长风：《中国新文学史》卷一，香港：昭明出版社有限公司，1976年。

[3] 夏志清：《中国现代小说史》，刘绍铭等译，香港：友联出版社有限公司，1979年。

[4] 夏志清：《论对中国现代文学的"科学"研究——答普实克教授》，原载《通报》（荷兰莱登）1963年。收入夏志清：《中国现代小说史》，吴志峰译，上海：复旦大学出版社，2005年。

有意味的是夏志清在其 1979 年中译本序提示的两点,其一是《小说史》写作时期的冷战氛围以及著者自觉的冷战意识(反共),另一则是"新批评"理论,尤其是英国批评家 F. R. 利维斯的《伟大的传统》对于著者的影响。而他与普实克之间的论战,"进一步表明了当时的意识形态斗争是何等激烈"[1]。可以说,正是冷战氛围显示出构造文学与政治(非文学)二元结构的历史语境,而"新批评"理论则提供着有关"纯文学"的系统的知识表述。这里的关键问题并不在于"新批评"倡导的以"内部研究"取代"外部研究"的观念本身,而在于正是二元对立的冷战历史结构使得"新批评"评价标准具有了"纯文学"的充分有效性,因为"新批评"倡导的"内部"与"外部"如此准确地契合于冷战格局的"内"与"外"(中国/美国或香港、社会主义/资本主义)。如果说冷战历史的基本结构便是一种非此即彼的历史逻辑,一种关于"内部"与"外部"的切分,那么,"新批评"理论无疑正提供着如何划定文学"内部"和"外部"的专业化的知识表述。也就是说,正是由冷战历史形成的文学与政治的二元结构本身在召唤并重新阐释着"新批评"理论。并且,就其知识来源在冷战结构中的位置而言,正因为 80 年代所完成的恰是从"内"(社会主义中国)向"外"(全球资本市场)的社会与文化进军,因此,海外中国学这种"外部"表述(其位置相当于"诗化哲学"中的"西学")便伴随着对新的现代文学经典的关注热情而迅速内化。

从上述中国/海外、内部/外部的"互动"关系来看,大致可以说,中国现代文学历史图景和经典序列的重构,是两种历史合力产生的结果。如果说在中国大陆本土("内部")形成的主要是一种"反经典"的历史批判,那么构造新的文学史知识谱系的,则并非纯然是中国现代文学研究界,而正是后冷战历史结构中内部与外部的流动、渗透和呼应的结果。事实上,直到今天这种内在的历史结构并非消失,而在很大程度上塑造着海内外中国现代文学研究的基本格局。也正是在这一过程中,

[1] 刘禾:《跨语际实践——文学,民族文化与被译介的现代性(中国,1900—1937)》,第 328 页。

借助曾经被"革命"范式压抑的作家的经典化过程，由"新批评"理论支撑的"纯文学"观念成为看似超越而实则加固这一历史结构的意识形态表述。

结语："纯文学"的自我批判

勾勒出80年代后期"纯文学"思潮的知识谱系，及其在不同领域中的具体运作方式，显然是历史化80年代的清理工作之一。不过，这种"历史化"却绝非将80年代放置到历史深处而将其遗忘，相反，从事这种清理工作正是为了更为清晰地理解当下的现实，因为正是80年代建构出来的纯文学观念成了当前的常识和体制性文学史知识。有关"文学性"问题的讨论，正是向这些常识和体制性知识提问的一种方式。如前面引言中提到的，对"纯文学"进行一种知识谱系学式的考察，其目的是为了完成对80年代构造的文学体制的一种"自我批判"，即显示构造"纯文学"知识体制的历史轮廓及其所呈现的意识形态特性。也就是说，只有从"自我批判"的高度上，"纯文学"才可能被视为一种意识形态，那些支撑着"纯文学"表述的潜在历史结构和认知框架才能够被显影出来。也唯有如此，有关"文学性"问题的讨论才不会沦为毫无生产性的非此即彼的争辩，而可以成为思考当前历史条件下文学及文学研究重新寻找批判性立足点的步骤之一。

可以看出，在上述美学哲学、文学理论、现代文学经典等三个领域运作的"纯文学"观念，尽管知识表述的具体构成各有差异，却共享着相似或一致的认知框架。其意识形态性并非呈现为知识表述的具体内涵，而表现在这些认知框架及其置身的历史结构所呈现的权力关系。这种认知框架之一，是文学与政治的二元结构。如上文反复提及的，造就80年代探询文学自律性的强大历史动力，正是50—70年代形成并在80年代已然僵化的文艺体制。事实上，如果不了解社会主义现实主义的文学成规和中国化的马克思主义文艺体系，尤其是这种文艺体系的历史实践（"文革"是其极端表现）造成的社会后果，显然就无法理解80年代想象文学的方式及其情感强度。"纯文学"之"纯"的诉求，正是为了反抗并挣脱这种文艺体制。不过，在80年代的历史语境中，50—70年代形成的文艺体制并不被作为一种对等的文艺观念，而被视为压抑和控制文学的"政治"。也就是说，文学与政治这种二元对立的表述方式，完成的实则是对双方的充满意识形态意味的价值判断，而非有效的历史批判。正如詹明信（F.杰姆逊）提到的，"只要出现一个二项对立式的东西，就出现了意识形态，可以说二项对立是意识形态的主要方式"[1]，文学与政治的对立固然宣判了"纯文学"反叛的对象为非法，不过同时它也以"政治"的方式返身定义了自身。可以说，"纯文学"的强大历史效应并不在于它如何表述自身，而是在于它替代自己所批判的对象而成为新的政治理想的化身。可以想见，一旦造就"纯文学"批判能量的历史语境发生变化，这种批判效能也将丧失。更值得讨论的是，由于在80年代的历史语境中，"纯文学"主要被作为"反政治"或"非政治"的说辞，填充进这一结构性"空位"中的具体内容本身携带的历史内涵反而是视而不见的；而当其政治批判效能丧失之后，它自身就将构成现实的政治。这也正是比格尔所描述的艺术体制和单一作品之张力关系的消失。因此，在90年代后新的历史条件下追溯"纯文学"如何在80年代建构其自身的知识表述，事实上也正是挣脱80年代的意识形态限定而"复现"并探讨所谓"政治"和"文学"的具体历史内涵，及其实际所扮演的历史角色。伊格尔顿把文学理论最终归结为"政治批评"在80年代曾引起许多人的反感，不过他反复强调说，他所谓的"政治""仅仅指我们把社会生活整个组织起来的方式，以及这种方式所包含的权力关系"，他所谓"政治的批评"则是指对"语言（或含义）形式和权力

---

[1] ［美］杰姆逊：《后现代主义与文化理论》（精校本），唐小兵译，第27页。

形式之间的那种多重关系"[1] 的发掘。或许可以说，清理"纯文学"的知识谱系和意识形态特性也正属于这种"政治批评"，它试图揭示的正是"纯文学"以"非意识形态"的方式所完成的意识形态功能。

构造"纯文学"观念的历史认知框架之二，则可以说是一种浪漫主义或人道主义式的主体论。"文学就是人学"这一表述中隐含着人/非人、文学/非文学的对等结构，也就是说，如何想象理想的"文学"是与如何想象理想的"人"分不开的。正如"纯文学"通过把80年代的主流文艺体制判定为"政治的"而发挥自己的批判效能，"主体论"也是通过将阶级斗争理论判定为"非人的"而使抽象的"人"的表述负载充沛的批判能量。在建构"纯文学"知识表述的过程中，尽管有关语言/符号的"发现"构成了新的表述的支点，不过正因为主体论划定的疆界，语言/符号始终只能是作为"人"的创造性中介。这也决定了对于"文学"/审美自律性的理解，并非要将其视为绝对客观的符号体系，而是要将其视为创造理想人性的替代性场域。当90年代后的中国社会变化，例如贫富分化和社会阶层重组，将"抽象的人"还原为具体的等级序列中的有阶级、性别乃至世代、民族等差异性的人时，建立在浪漫主义主体论基础上的"纯文学"很大程度上已经蜕变为中产阶级的主要意识形态。

构造80年代"纯文学"观念的历史认知框架之三，则是一种中国与西方的二元框架。这一表面上的地缘差异框架同时可以演化为"传统"/"现代"乃至"旧"/"新"的价值判断框架。之所以如此，乃是因为80年代的文化变革事实上是从冷战结构所造成的"闭关锁国"状态中挣脱出来的中国，完成新一轮自我否定和自我变革的过程。"改革开放"的口号本身显示着清晰的"内部"与"外部"的历史结构，来自"外部"（"西方"）的思想成为内部变革和更生的资源。这一历史过程构造了一种新的历史进化论和新启蒙主义的总体表述。在一种"地球村""与世界接轨""中国自立于世界之林"的全球化想象中，"现代"的、"进步"的西

---

[1]　[英]特里·伊格尔顿：《当代西方文学理论》，王逢振译，第289、11页。

方，成为 80 年代中国文化界尝试挣脱既有意识形态框架的思想源泉。正因此，"纯文学"知识表述始终以西方（实则为欧美）为其资源，即使极为"本土"的现代文学研究也未能幸免。可以说，纯粹的、不仅跨越阶级也跨越民族国家界限的"纯文学"大同世界般的想象，正是 80 年代"全球化"想象在文学观上的投影。而 90 年代以来，"真实"地置身全球政治／权力格局的历史体验，则在很大程度上改写着人们关于"世界"的理想化想象。有关后殖民的论述也在提醒着人们 80 年代的中国／西方二元框架中隐含的权力关系。或许，这样的历史条件，同时也应当成为人们反省"纯文学"据以建构自身知识谱系的合法性基点。

总体而言，揭示 80 年代"纯文学"观念的知识谱系及其意识形态之所以成为可能，正因为 90 年代迄今的历史进程已经将那些曾支撑"纯文学"观念但未显影的认知框架"暴露"出来。在这种新的历史条件下完成对"纯文学"观念的自我批判，并非简单地舍弃追求理想文学的诉求，而是试图探寻一种更有效地释放文学创作与文学研究的批判能量的路径。伊格尔顿在评述美学时写道："美学既是早期资本主义社会里人类主体性的秘密原型，同时又是人类能力的幻象，作为人类的根本目的，这种幻象是所有支配性思想或工具主义思想的死敌"[1]，文学事实上也正是这种"极其矛盾"的典型现象。呈现"纯文学"的知识谱系与意识形态，固然是为了揭示它曾以怎样的政治方式参与历史，同时更是为了释放它在想象人的更合理生活时的乌托邦能量。

---

[1] ［英］特里·伊格尔顿：《审美意识形态》，王杰等译，第 10 页。

第六章 | 20世纪·中国·文学

——"重写文学史"思潮

　　1985年，北京大学三位年轻的研究者黄子平、陈平原、钱理群联名提出"20世纪中国文学"这一文学史论述，距今已有三十余年的历史了。不过它似乎并没有因此而成为一个只能被贬入历史冷宫的学科概念。姑且不论这一范畴从其提出之初就被认为开辟了现代文学学科发展的"新阶段"，并实践到多本已出版或仍在写作中的名为"20世纪中国文学史"的著作；更值得分析的是，20世纪的逝去、新世纪的降临似乎使这一概念获得了更为充足的合法性：它从一个"渗透了'历史感'（深度）、'现实感'（介入）和'未来感'（预测）"[1]的现实概念，变为一个被封闭在"自然终结"的物理时间中的历史概念，一个"真正"的史学范畴。如果说在三十余年前，这一概念的提出者们尚在回望20世纪已经逝去的过去并展望即将来临的（尽管是短暂的15年）未来之间，将20世纪的中国文学定义为从"传统中国"迈向"现代中国"的线性时间进程中"过渡"的、"蜕变"的和"不中不西"[2]的历史环节，那么，值得追问的便是：在"20世纪"作为一种物理时间已经终结的今天，在"中

---

[1]　黄子平、陈平原、钱理群：《论"二十世纪中国文学"》，《文学评论》1985年第5期。收入黄子平、陈平原、钱理群：《二十世纪中国文学三人谈》，北京：人民文学出版社，1988年。另收入钱理群、黄子平、陈平原：《二十世纪中国文学三人谈·漫说文化》，北京：北京大学出版社，2004年。后面引文均出自北京大学出版社版本。

[2]　黄子平、陈平原、钱理群：《"二十世纪中国文学"三人谈·缘起》，《读书》1985年第10期。

国"已然置身于"世界市场"和世界格局中，并且由于世纪末发生的全球／中国诸多历史事件而被称为"历史终结"的今天，同时也是在中国按照现代化理论被认为进入了"起飞""崛起"阶段而文学逐渐丧失其在民族国家机器中的特权地位而被"边缘化"的今天，我们再如何理解"20世纪""中国"和"文学"？

显然，同样是由"20世纪""中国"和"文学"这三个关键词组合起来的范畴，从80年代到今天，其具体内涵已经发生了很大变化。只是由于一种看似"自然"的时间转移，使得人们并不去深究其中发生的变化。或许可以说，真正使得"20世纪中国文学"必须被置于当下历史视野中加以批判性考察的原因，正在于因世纪之交的诸多社会变迁而导致的文化转移，使得那些支撑它的曾经不言自明的知识谱系和话语机制被"暴露"为一种历史的建构。也就是说，只有在已然"全球化"的今天，当"20世纪""中国"和"文学"再度成为需要被追问和质疑的范畴时，曾经看似极为自然的"20世纪中国文学"的命名和论述，才可以也应该成为被重新讨论的对象。

一、80年代文化场中的"20世纪中国文学"论

选定"20世纪中国文学"作为分析80年代文学／文化的关键词，显然不仅仅因其修辞方式与当下中国境况之间颇为暧昧的历史关联，更重要的是这一范畴曾在80年代文化场域中产生的广泛影响。

首先值得关注的，便是"20世纪中国文学"论的提出对中国现代文学这一特定学科方向与研究领域的重要影响。这首先被作为现代文学界的研究突破和新进展，甚至被称为开启了"中国新文学史"研究、"中国现代文学史"研究之后的第三个研究阶段[1]。这一范畴提出时的诸多

---

[1] 陈思和，《关于编写中国二十世纪文学史的几个问题》，收入《犬耕集》，上海：上海远东出版社，1996年，第236页。

评述文章，都是在"文革"后现代文学学科重建和发展的历史脉络中来定位"20世纪中国文学"论，将其视为"打通"近代文学、现代文学和当代文学学科界限的"新文学整体观"的代表性论述。但"20世纪中国文学"论的意义却并非仅仅在"打通"或"整体观"。因为仅仅"打通"近代、现代和当代文学的学科界限，并不会自动也不必然导致从"现代化"叙事、世界想象与民族主体的层面确立关于"20世纪中国文学"整体性的论述。如果说强调"新文学"应作为一个统一的文学进程而不应被"人为"的"政治"观念切断，这被视为"整体观"的核心内容的话，那么由毛泽东的《新民主主义论》奠定基本格局的"现代文学"史观向"20世纪中国文学"论述的飞跃，其话语资源并不完全来自现代文学这一学科体制内部。"20世纪中国文学"论试图确立的整体性，显然是在批判"现代文学"史观，但也并不是要回复到"现代文学"史观提出之前的"新文学"，而是与80年代中期整个知识场域有着紧密的互动关系。就这一层面而言，可以通过分析"20世纪中国文学"论的具体知识表述及其播散方式，来考察作为80年代"显学"[1]的现代文学这一学科方向与当时文化知识变革之间的关联方式。

现代文学作为专业和学科方向在80年代获得的中心位置，与曾经作为50—60年代"显学"的"当代文学"在这一时期出现的危机，是直接联系在一起的。这种学科方向之间的位置错动，显示的是支撑其制度化的合法性依据即知识体系的转型。这一过程在80年代主要由一种被称为"重写文学史"的研究思潮所主导。尽管"重写文学史"这一说法源自1988—1989年间陈思和、王晓明在《上海文论》杂志上所主持的专栏[2]，不过应该说，自"新时期"现代文学学科重建与调整时期开始，这一"重写"过程就发生了。可以说，从80年代前期的作家

---

[1] 温儒敏、李宪瑜、贺桂梅、姜涛等：《中国现当代文学学科概要》，第九章"现代文学作为80年代的'显学'"，北京：北京大学出版社，2005年，第91—107页。

[2] 陈思和、王晓明在《上海文论》杂志主持这一专栏，从1988年第4期开始，到1989年第6期结束。

作品重评，到 80 年代中期新文学"整体观"的提出，到 80 年代后期的"重写文学史"专栏，构成了一个连续的文学史实践过程。而"20世纪中国文学"论的提出，很大程度上则标志着这一文学史重写过程中一种新话语形态的出现。这一话语形态事实上也是 80 年代中期整个人文学界的主流话语形态在现代文学学科领域内的实践。就"20世纪中国文学"的叙述内容及其介入人文学界的方式来看，它与知识界的"文化热"有着直接的关联：三位作者是以甘阳为代表的学术新生代群体"文化：中国与世界"编委会的重要成员，而其论述也正是"文化热"的重要构成部分。正如本书有关"文化热"分析的一章所阐述的那样，"文化热"得以形成的核心知识谱系，是出现于 60 年代美国社会科学界，随后主导美国对待第三世界的外交政策，并因后冷战时代的来临而成为全球意识形态的"现代化理论"[1]。尽管这种话语形态在当代中国的历史语境中经历了特定的转化与变形，不过其大致思想取向则基本一致。在后来的回顾中，倡导者陈平原自己也承认，主导"20世纪中国文学"的正是一种"现代化叙事"："光打通近代、现代、当代还不够，关键是背后的文化理想。说白了，就是用'现代化叙事'来取代此前一直沿用的阶级斗争眼光。"[2] 尤为值得关注的是，"20世纪中国文学"论是 80 年代诸多有关"现代化"的论述当中，较早也较为完整地采用了将传统与现代、中国与世界对应起来这一现代化理论叙述结构的文本之一。它将 20 世纪中国文学的现代化进程，同构地纳入中国文学如何因"走向世界文学"而获取其现代民族意识的过程，并提供了有关"世界市场""世界文学"与"中国"主体想象的颇具时代征候的典型叙事。因此，剖析其讲述和想象"现代化"的方式，不仅可以更深入地讨论"文化热"与"现代化理论"范式之间的关联方

[1]　贺桂梅：《1980 年代"文化热"的知识谱系与意识形态》，《励耘学刊》文学卷 2008 年第 1—2辑，北京：学苑出版社，2008 年。

[2]　查建英主编：《八十年代：访谈录》，陈平原部分，北京：生活・读书・新知三联书店，2006年，第 128 页。

式，更可由此讨论"现代化叙事"在 80 年代中国得以发生和成型的历史语境。

"20 世纪中国文学"论值得关注的第三个层面，乃是它作为一个重要话题和叙事形态在当时的人文学界生产与传播的方式。以一种回望的历史视野打量，"20 世纪中国文学"的提出形式本身或许便是非常有意味的。它是由三个不同专业方向的年轻研究者，即主攻当代文学的黄子平、主攻现代文学的钱理群和主攻近代文学的陈平原，联合提出的。这种"打通"学科界限的合作形式本身，就是"20 世纪中国文学"所倡导的整体观的具体实践。而从另一方面来看，这一范畴在当时学界的发布形式，则进一步越出了文学学科的界限，而在当时的人文知识界产生了广泛影响。对这一范畴的阐述由两部分构成：一是单篇的专业论文《论"二十世纪中国文学"》，最早在 1985 年北京万寿寺现代文学馆举办的"现代文学研究创新座谈会"上公布，继而发表于专业文学刊物《文学评论》上。一位现代文学研究者回忆道，论文在这次会议和杂志上的发表，使他"和许多同行一样受到了强烈的震动"[1]。另一发表形式则是以人文知识界为阅读对象的《读书》杂志上的六篇"三人谈"。由于发表媒介的不同，"很多人对《读书》上的'三人谈'的印象，远远超出了作为主体的《论'二十世纪中国文学'》——那是我们的主打产品"。同时由于采取了对话和漫谈而非"正儿八经写论文"的形式，"很能代表80 年代的风气"，这种"侃大山式的学问"使得《读书》上的"三人谈"甚至成为"80 年代学术的一个象征"[2]。或许可以说，"20 世纪中国文学"论的发表形式本身，显示的正是这一文学史论述形态所勾连和跨越的知识领域的不同侧面。这也使得我们可以借此获得一个进入 80 年代知识生产组织方式的人口。

如果从 90 年代已经规范化的学科体制角度看去，固然可以认为"20 世纪中国文学"论的"打通"是某种跨越学科领域（或学科方向）

---

[1] 王晓明：《从万寿寺到镜泊湖》，收入《刺丛里的求索》，上海：上海远东出版社，1995 年，第 242 页。

[2] 查建英主编：《80 年代：访谈录》，陈平原部分，第 126—132 页。

的实践，不过，就80年代的历史和文化处境来看，这种"越界"行为却更是某种学科／知识重组的表征。也就是伴随着历史转型和知识体系的更新，而对学科体制重新组织。这里或许包含着两个方向和两个层次的作用力。一是具体学科方向内部的压力，即一种强烈的渴望打破学科界限的诉求。赵园如此表述："现代文学研究只有'破关而出'，才有可能真正'返回自身'——一种古怪然而真实的逻辑"[1]；另一方面的作用力，则来自知识界某种正在成型中的广泛的新共识。王晓明曾使用了一个形象的比喻，来表达对"20世纪中国文学"所产生的强烈共鸣："各种各样的新的学术思想，就好像是早春时候江中的暖流，在冰层下面到处冲撞，只要有谁率先融塌一个缺口，四近的暖流就都会聚集过来，迅速地分割和吞没周围的冰层。"[2]从表面上看，这两方面的作用力似乎是任何一种文化变革所必然会有的，但具体到"20世纪中国文学"论提出时的历史语境来说，又有其特殊性。一方面是既有的现代学科体制及其知识体系的合法性遭到广泛质询，另一方面则是知识生产体制的重组使得"新"的知识范式的出现成为可能。当时的关键问题并不在于质疑支撑着现代文学学科体制的主流知识体系，那种强烈的"破关"意识本身已经宣告了这一知识体系的失效；更关键的问题在于以怎样的语言来表述（或"创造"）新的共识。也正是在后一意义上，"20世纪中国文学"论的提出者在当时就意识到，他们所做的，不是"用材料的丰富""补救理论的困乏"，而是"换剧本"的问题（黄子平）；也不是讨论"一个文学史分期的问题"，"跟一些研究者提出的'百年文学史'（1840—1949），或者近代、现代、当代中国文学的'打通'所有这些主张都有所不同"，而涉及"建立新的理论模式"问题（陈平原）；是从"旧概念"到"新概念"的"飞跃"（钱理群）[3]。这也就是说，"20世纪中国文学"论的独特之处不在"破旧"，而在"立新"。而这种讲述方式所

---

[1]　赵园：《一九八五：徘徊、开拓、突进》，《中国现代文学研究丛刊》（北京）1986年第2期。

[2]　王晓明：《从万寿寺到镜泊湖》，收入《刺丛里的求索》，第242—243页。

[3]　钱理群、黄子平、陈平原：《二十世纪中国文学三人谈·漫说文化》，第31、39页。

产生的广泛影响，"只能理解为整个学术界、文化界都在调整，我们因应了这种变化的时代需要"，即所谓"踩上点儿了"[1]。如若我们采取某种（后）结构主义的眼光来看待这一突破，就需要意识到，所谓"新"从来就不是"说出"那些早已存在的事实，而是"创造"出那些已经存在的事实的意义的过程。因此，值得分析的首先便是他们以怎样的叙事逻辑、知识构成和文化想象来"讲述"20世纪中国文学，特别是这样一种"新知识"源自何处，因何而得到表达。

将"20世纪中国文学"论及其知识语境作为分析个案，既可以剖析两种知识范式即"革命范式"与"现代化范式"之间冲突与转换的历史方式，又可因其与"现代文学"这一特定学科方向及80年代中期知识体制重建的关联，而呈现出制约着80年代文化变革的新的话语权力机制。也就是说，重读"20世纪中国文学"论，不仅意味着将其视为80年代文学／文化的重要文本进行解构性剖析，同时，借助对其知识表述及播散方式的追索，也可以显影出支配这一观念表述的知识／权力机制的体制性力量。观察后一层面在今天显得尤为重要的原因在于，正是这个时期形成的知识／权力体制，在此后的二十余年时间中经历着持续的合法化过程，构成了当前知识生产的基本制度空间。而这一点，却很少得到深入而自觉的讨论。可以说，本章对"20世纪中国文学"论的分析，采取的基本上是从"知识考古学"进到"知识谱系学"的研究思路，即从考察"20世纪中国文学"这一特定学科领域中的文学史论述的叙事形态、历史想象与话语构成着手，一方面从中提取出80年代的核心知识体系，如被意识形态化了的现代化理论、民族国家想象、启蒙主义历史观以及"独立的文学"的表述方式；另一方面则进一步剖析支撑着这种知识范式的"现代性装置"，即与之关联的学科体制、学院制度等意识形态国家机器建制。福柯在其著作《规训与惩罚：

---

[1]　查建英主编：《80年代：访谈录》，陈平原部分，第128页。

监狱的诞生》[1] 中提出的"维护权力地位需要相应地建构一个知识领域"这样一种研究思路，已为知识谱系学考察做出了某种示范。借鉴这一研究思路，本章试图将对知识／权力之间复杂关系的剖析，应用于对"20世纪中国文学"论述的考察。这种研究尝试越出所谓文学史／文化史乃至思想史对抽象观念的考察，而试图进入跨学科的文化研究层面，因为它将注重于一种文学史观念中的知识表述与使得这种表述得以产生的物质制度之间彼此建构的复杂关系。如果说以往有关"20世纪中国文学"的讨论往往局限于现代文学的学科视野之内的"观念突破"，或扩大为思想史／文化史的核心概念清理，那么本章则尝试将之推进到物质制度考察的层面。很大程度上可以说，显影支撑80年代文化／思想变革的制度性力量，不仅是走出"80年代文化意识"的必需步骤，而且也是打碎那种文化主义／精英主义的幻觉而勾勒出80年代文化得以发生与运行的空间／历史机制的可行路径。

需要说明的是，这里将"20世纪中国文学"作为80年代文化的核心范畴加以考察，并非要格外地突出这一论述的署名权／发明权，也并不认为这种论述对当时文化语境的回应是出于三位研究者个人先知先觉的"天才"，而是在福柯理论的意义上首先质询"作者是什么"之后，将这一文学史表述视为某种话语构成的征兆，亦即在谱系学意义上将其视为某一话语形态"出现"／显影的话语事件 [2]。唯有在这样的研究视野当中，"20世纪中国文学"所勾连的知识场域才可得到更为历史化的呈现。

---

[1] [法] 米歇尔·福柯：《规训与惩罚：监狱的诞生》，刘北成、杨远婴译，北京：生活·读书·新知三联书店，1999年。

[2] 相关理论参见 [法] 米歇尔·福柯：《知识考古学》，谢月、马强译，北京：生活·读书·新知三联书店，1999年。另见 [法] 米歇尔·福柯：《尼采·谱系学·历史学》，苏力译，收入《尼采的幽灵——西方后现代语境中的尼采》，陈永国、江民安编，北京：社会科学文献出版社，2001年。

二、"文学"与文化政治

作为一种文学史论述，"20世纪中国文学"论的最基本诉求，"首先意味着文学史从社会政治史的简单比附中独立出来，意味着把文学自身发生发展的阶段完整性作为研究的主要对象"。要求文学获得"独立"的表述，显然是整个80年代文化变革中最响亮的声音之一，这种声音从80年代前中期的"让文学回到文学自身""文学审美""文学主体性"到80年代后期的"纯文学""文学性"，经历了不同的变奏形态。而"20世纪中国文学"对文学史独立性的强调自然也是这些变奏中的主要形态。这种倾向和诉求在随后由陈思和、王晓明主持的"重写文学史"专栏引发的文学史研究思潮中，得到了更为明确和充分的表达与实践。

当时对文学"独立性"的倡导，显然应当看作特定历史语境中对抗体制化的主流论述的方式。其时被不言自明地名之为"政治（史）"的东西，乃是由"阶级斗争""反帝反封建""革命"等"旧概念"所建构的文学观念与历史叙述。"政治"这一定性首先是一种价值判断，它被理解为一种已经丧失了意识形态合法性的强制性文化与权力制度。而那些被视为"独立的文学"的具体内涵，则主要体现在它的"新异"之上，即一种逃脱了主流意识形态话语网络因而具有合法性的新叙事。因此，80年代新的文学观念和文学形态确认自身的合法性的方式，乃是将自身界定为"非意识形态化"的，其含义也就相当于主流话语体制之"外"的。至于这一"新"叙述所携带的新的意识形态，则并不被看见也不被讨论。或许更准确的说法是，新叙述由于是在为广泛推进的社会变革实践、普遍的社会意识与新的意识形态国家机器的建制而提供合法性，它的政治性乃是它所置身的"现代性装置"的属性，因此，不跳出"装置"自身，其"政治性"是无法被讨论的。日本学者柄谷行人在《日本现代文学的起源》一书中，对70年代日本新左翼运动中那种"政治运动一且破产就回归文学回归内心"[1] 的倾向展开批判时提出，所谓"独立的文学"这种诉求不过是一种"颠倒的风景"。也就是说，对"独立的文学"的强调并非因为存在着"纯粹的文学"这一实体，而是一种"现代性装置"即制度化的认知模式和物质性的国家机制这两者所造就的结果。所谓"独立的文学"并非一种脱离开"政治"的纯粹观念性的存在，而是现代民族国家制度的对应产物。"20 世纪中国文学"对独立的文学史的诉求，也应当被视为"颠倒的风景"之一种，它的"政治性"是内在于其所寄身的意识形态国家机器（比如重建后的学科体制，比如新的文学观念制度）当中的。所谓"非政治"/ 独立性，仅仅是为一种"新政治"张目的合法性手段。而在 80 年代，由于文学仍旧处于民族国家机器的核心位置（即文学的"黄金时代"和"轰动效应"），因此，以"文学"的方式来播散诸种新意识形态，是更为有效的手段；而"文学"表述中所涵盖的"新政治"叙述也更为丰富。

不过，相比于 80 年代其他的政治 / 文学的二元论述，"20 世纪中国文学"自有其复杂之处。有意味的是，在批判从所谓"政治学"角度对文学史的限制的同时，"20 世纪中国文学"论却给了"文化"以特殊的位置。陈平原如此阐释道："'走进文学'就是注重文学自身发展规律，强调形式特征、审美特征；'走出文学'就是注重文学的外部特征，强调文学研究与哲学、社会学、政治学、民族学、心理学、历史学、文化人类学、伦理学等学科的联系，统而言之，从文化角度而不只是从政治角度来考察文学。"[2] 也就是说，与那种强调"纯（粹）文学"的观念不同，"20 世纪中国文学"论并不切分文学的"内部"与"外部"，而强调比"政治"更广阔的"文化"角度的重要性。在"独立的文学史"诉求背后，乃是"文化"与"政治"的对立。显然，这种对于"文化"的理解方式，正是整个"文化热"时期的主要特征。它先在地赦免了"文

---

[1]　［日］柄谷行人：《日本现代文学的起源》，赵京华译，北京：生活·读书·新知三联书店，2003 年，第 224 页。

[2]　钱理群、黄子平、陈平原：《二十世纪中国文学三人谈·漫说文化》，第 57—58 页。

化"自身的政治性。而事实上，当我们仔细考量具体历史文本中聚集于
"文学"与"文化"能指之下的符码和信息时，问题就会复杂许多。它
们并不像当时的倡导者所想象的那样"非政治"和"独立"，而始终是
在复杂的政治、社会乃至经济话语的网络当中定位自身。

　　最为突出的是，20世纪中国文学的主题被确立为"改造民族的灵
魂"总主题，即"通过语言的艺术来折射并表现古老的中华民族及其灵
魂在新旧嬗替的大时代中获得新生并崛起的进程"。如果说在50—70年
代，有关文学（文化）的定性，乃是依照毛泽东的《新民主主义论》给
出的文化定义，即"一定的文化（当作观念形态的文化）是一定社会的
政治和经济的反映，又给予伟大影响和作用于一定社会的政治和经济；
而经济是基础，政治则是经济的集中的表现"[1]，而被视为"阶级斗争"
的反映，那么，创造国民文学的民族主义诉求，则成为"20世纪中国
文学"论的核心内容。以今天"文化政治"的眼光来看，恐怕除了"阶
级"问题，最大的政治问题就是"民族"问题了，"20世纪中国文学"
论所谓的"独立性"，显然不过是另一种"新"政治的显影。"改造民族
的灵魂"这一总主题的确定，一方面延续了五四时期对于"国民性"问
题的关注；不过另一方面，它却更应当被视为80年代新的历史处境在
文化认同上的投影。以"人民"的范畴取代"国民性"批判话题，一直
被视为从"文学革命"到"革命文学"、现代中国文学走向激进化的转
折标志；阶级维度的文化认同取代民族国家维度的文化认同，也被视为
中国革命史话语的重要特征。不过，这并不是说在50—70年代，不存
在民族主义议题。社会主义中国始终是在全球冷战格局与国家体系关系
这两个层面上确定自身的主体性。随着中苏关系破裂，民族主义变成了
更为急迫的问题。可以说，没有民族国家独立生存的紧迫压力，"文化
大革命"的激进社会革命实践也不会发生。"文革"期间的所谓"新华夏
中心主义"，不过是民族国家危机处境的另一投射。70年代后期中国社

---

[1]　毛泽东：《新民主主义论》，收入《毛泽东选集》第二卷，北京：人民出版社，1966年，第624页。

会转型的主要标志之一，可以说是在意识形态冷战的背景之下，民族主义的诉求得到了越来越明确和直接的表达。从这样的角度看，社会主义革命的国际主义向全球体系中的民族主义的转移，"寻根"意识的出现，新的民族国家认同的构造，就成为80年代文化的核心主题之一。而从中国内部的文化批判角度来看，在对"文革"激进政治实践拒斥、反省与批判的过程中，"国民性"话语又重新取代了"人民""阶级"话语。正是因对"国民性"话语的指认，写作"陈奂生系列小说"[1]的高晓声曾被称为鲁迅的当代继承人；一些在"文明与愚昧的冲突"主题下批判社会现实的小说中，如陈建功的《辘轳把胡同9号》、陆文夫的《井》、叶之蓁的《我们的建国巷》等，"改革"的阻力之一也被指认为"藏污纳垢"的民间和市井族群所表现的"国民劣根性"。参照这些相关的历史与现实语境，"20世纪中国文学"所提出的"民族意识"正是80年代历史意识的投影，它一方面源自中国在国际体系关系中的位置的变化，另一方面则产生于对于革命史的一种新启蒙式的文化批判意识当中。

因而，不能把"改造民族的灵魂"总主题这一说法简单地认定为是五四话语在80年代的复现，而应当将其看作"20世纪中国文学"论对80年代中国处境的一种历史性回应。从这样的角度来看，"20世纪中国文学"论显然与80年代文化中最大的"去政治化"的政治——民族主义诉求——联系在一起。这一点或许在当时是不被意识到的，但在格外关注"文化政治"的今天，却能够看得较为清楚。事实上，在80年代的一次座谈会中，一位日本学者就曾这样说道："可能是由于中国是文化上的大民族，日本是文化上的小民族，才会出现一种感觉上的差异吧——我觉得你们文章里有一种强烈的民族情绪。"[2]不过正如黄子平在回答这

---

[1]　"陈奂生系列小说"包括作家高晓声的诸多有同一主人公陈奂生的作品，如《陈奂生上城》《陈奂生包产》《陈奂生转业》等，也包括他的另一重要小说《李顺大造屋》。

[2]　语出伊藤虎丸，参见孙玉石等：《关于"二十世纪中国文学"的两次座谈》，《当代作家评论》1989年第5期。又见钱理群、黄子平、陈平原：《二十世纪中国文学三人谈·漫说文化》，第114页。

一提问时所说的，他们强调的不只是"民族"，还突出了"改造"和"灵魂"，这种民族主义情绪与其说源自一种"汉唐气魄"的大民族意识，不如说正相反，是80年代中国民族危机感的一种呈现。不同于"文革"时期的那种"世界革命"视野中的中国中心想象，这里的民族意识是重新意识到中国在"世界"格局中的边缘位置时而激发出来的一种落后国家的民族主义。正如本章后面分析的，它被一种现代化叙事所支配，并构想出了一种乌托邦式的"全球化"想象。因此，与"国民性"批判的那种焦虑和紧张不同，毋宁说"改造民族的灵魂"乃是现代化指标之一，它构成了中国的现代化工程中一个将在可以看见的未来时间中被实现的重要"项目"，并且支配了20世纪中国文学的全部内容和主题。

正是出于对"民族意识"的强烈关注，"文学"在"20世纪中国文学"论中的位置，相对于"阶级斗争"论，有了新的变化。一方面，"折射"一词显示出，它和"反映论"的距离并不遥远，对文学所表达之物的关注，远远超出对作为一种"语言的艺术"的文学自身的关注。这也使得"20世纪中国文学"论与随后陈思和、王晓明主持的"重写文学史"专栏中的"纯文学"诉求并不相同。文学是因其作为塑造民族灵魂的手段而受到格外重视的。在此，文学的民族国家属性被认为是不言自明的，文学不仅是创造"想象的共同体"的手段，而且民族国家认同也几乎成为文学存在的唯一诉求。就这一层面而言，文学的含义即是"国民文学"。而从另外的层面，文学作为塑造民族灵魂的重要媒介，其自身的"艺术形式"的"现代化"也在"20世纪中国文学"论中得到了讨论：语言革命，诗歌、小说、戏剧和散文等文体从传统向现代转化的不同特性。不过，这一点也主要是从"传播"和"新思想"这两个角度来展开的。也就是说，它所表达的内容和它作为传播媒介的"现代性"，构成了文学现代化的具体内容。显然，只要强调的重心仍在文学作为"媒介"的层面，文学所表达的"新思想"就比文学自身更重要。换句话，文学的政治内涵就比它作为表达媒介的自身属性更重要。

可以说，"20世纪中国文学"论所批判的乃是以"阶级斗争"为核心范畴的既有政治叙事，论述者们没有意识到，也并不拒绝以"文化"形态出现的新政治。因此，它不止将自身的合法性建立在"文学"与"政治"对立的基础上，而且还尝试建立另外一套"非政治"的文化论述来填充在二元结构中的"政治"这一位置上。与那种建立在"阶级斗争""革命""反帝反封建"等核心范畴基础上的现代文学论述的"政治性"不同，"20世纪中国文学"是通过"时代""世界""民族""文化""启蒙""现代化"等文化论述来重新定位现代中国文学及其"艺术规律"的。后一组范畴无疑是80年代社会与文化变革的主题词。其中，最为核心的内涵，聚集于"20世纪"与"中国"这两个能指之下。

三、"20世纪"与现代化叙事

首先值得关注的，是被独立出来的"文学史时间"：20世纪，以及赋予它的统一性叙事。"20世纪中国文学"论要求"文学史的分期应当以文学系统的变化为依据"，以此确定"20世纪"中国文学的起讫时间与总体特征。于是，文学时间上的"20世纪"首先被确认为"一个不可分割的有机整体"，这一"整体"表现为一个持续展开的"文学进程"，即"一个由古代中国文学向现代中国文学转变、过渡并最终完成的进程"。其总体特征则由"世界文学中的中国文学""改造民族灵魂"的总主题、"悲凉"的美感特征、包括文体/语言在内的"艺术思维的现代化"这四项指标来显示。这里所谓"文学系统"论，正如倡导者明确说明的，来自1985年这一文学理论的"方法年"流行的所谓"三论"（即系统论、信息论、控制论）之一。由于"系统间"的不兼容性，"古代中国文学"与"现代中国文学"被切分为截然不同性质的两大块。他们所建构的"宏大叙事"是，"20世纪中国文学"乃是由前者"走向"后者的一个时间"进程"，一个"现代"比重逐渐压倒并最终取代"古代"或"传统"成分的过程。并且因为这一时间进程同时表现为"走向并汇入'世界文学'"这一空间性存在，与古代／现代的历时二元结构同构存在的，还有"东西方文化大碰撞""中国"／"世界"这样的共时结构。两者共同构成"20世纪中国文学"的纵／横两大坐标。

在这一文学时间表当中，一些文学运动和文学事件被赋予特别的重要性。最重要的，一是五四新文学革命，另一则是所谓"新时期"文学。正是观察到"五四"与"新时期"这两个文学时段或文学事件之间"非常相像，几乎是某种'重复'"，观察到"新时期文学与'五四'时期的文学有很多相似之处，是一个更高阶段上的发展"，他们才由此意识到"20世纪"的历史完整性，即"一种躲在后面的'总体框架'"。在确认"五四"和"新时期"的重要位置的基础上，"20世纪"的历史进程被描述为这两个"高潮"之间的"一种螺旋式的上升"，一种"否定之否定"的、曲折发展的"整体性"。——显然，如果我们要索解"20世纪中国文学"关于"20世纪"统一性这一叙事的意识形态特性，再没有比分析这两个重要事件及其关系更为有效的入口了。

1."现代化"叙事与"现代化理论"

在古代／现代、中国／世界的二元坐标中，"五四"的重要性表现在，它是"闭关锁国"的古老中华民族"走向世界"的起点。它标志着由晚清开始的现代化进程中一个与古代中国文学发生"全面深刻的'断裂'"的时刻，并且这种断裂"不是在中国传统文学封闭系统内部实现的，而恰恰是以冲破这种封闭体系，击碎'华夏中心主义'的迷梦为前提的"。正是五四文学意味着"20世纪中国文学""越过了起飞的'临界速度'，无可阻挡地汇入了世界文学的现代潮流"。——这里首先值得分析的，便是论者所采用的语词，如"断裂""起飞""阶段""系统"等。显然，我们不应当将这种带有明显比喻色彩的叙述，看作一种"自然而然"产生的修辞，因为这些语词背后是关于"古代中国"的"停滞性"、"现代世界"的进步性，以及传统中国按照线性的时间序列进入现代世界等这些与"现代化理论"密切相关的元叙事。尽管即使是论述者自己或许也未必明确意识到这些语词的来源，但有意味的是，这恰恰是 60 年代由美国社会科学界生产出来的"现代化理论"的经典语言和元叙事，尤其是经济学家罗斯托在其专著《经济成长的阶段——非共产党宣言》[1] 中做的集中表述。罗斯托在书中提出的经济成长的五个阶段论（即传统社会、为发动创造前提条件阶段、起飞阶段、向成熟推进阶段和高额大众消费时代），被视为现代化理论中有关第三世界国家发展理论的"圣经"[2]。这也就是说，如果我们要追溯"20 世纪中国文学"论述者用以表述中国 20 世纪现代性的这套语词的来源的话，那么它们正源自冷战时期，美国为抗衡社会主义阵营对新崛起的第三世界的影响，而生产出来的现代化理论。正如分析者指出的，当现代化理论逐渐演变为一种有关发展的意识形态之后，它在不同情境下发挥作用的方式也不同，既可作为一种"政治工具"、一种"分析模式"，也可作为一种"制造言辞的工具"，更可成为一种"认知框架"[3]。而在 80 年代中国语境中，人们对于"现代化"的理解和认知，采取的是一种想当然且十分"自然"的方式，将其看作一个超越性的普遍概念，而很少有人去关注或讨论这一元叙事作为特定历史语境中的一种言说方式如何被"创造"出来。也就是说，80 年代有关"现代化"的想象更接近于一种"现代化意识形态"[4]，即它作为一种认知框架，是在"无意识"的情况下表达"由一个社会集团的信仰、价值、恐惧、偏见、反思和义务感组成的系统——简言之也就是

[1]　[美] W. 罗斯托：《经济成长的阶段——非共产党宣言》，1962 年作为"内部读物"翻译，由商务印书馆出版。

[2]　参见王正毅：《世界体系论与中国》，北京：商务印书馆，2000 年，第 21—28 页。另见 [美] 雷迅马：《作为意识形态的现代化：社会科学与美国对第三世界政策》，牛可译，北京：中央编译出版社，2003 年，第 66—73 页。

[3]　[美] 雷迅马：《作为意识形态的现代化：社会科学与美国对第三世界政策》，第 20—21 页。

[4]　有关"现代化意识形态"的论述，参见汪晖：《当代中国的思想状况与现代性问题》，《天涯》1997 年第 5 期。

社会意识"[1]的语言。因此，有关"现代化"的元叙事，并不以"理论"也不以"学说"的形态出现，而似乎成为"历史事实"本身。

显然，这里并不是在考据"现代化"作为一种"学说"的最早起源，而是考察其作为一种"话语"表述在当代中国得以成型的历史语境。正因为"现代化"在80年代中国不是作为一种新"学说"，而是以"话语"的方式弥散于社会意识当中，当它被知识界重新构造为一种新的学术语言时，其具体的表述方式和知识构成又恰是当代中国特定历史语境的产物。"20世纪中国文学"论在建构一个关于20世纪中国文学由"古代"过渡到"现代"，由封闭的民族文学步入"世界文学"这样的大叙事时，可能完全不知道"现代化理论"为何物，但当美国社会科学界构造的"现代化理论"关于第三世界发展的叙事，已经成为某种全球意识形态并作为中国社会规划自身的主流语言时，人们想象自身现实与历史的话语方式就已经把自己嵌在现代化意识形态的内部了。正如本书在"绪论"和"文化热"部分一再强调过的，80年代中国人文学界参与"现代化意识形态"建构的方式，乃是完成一种从意识形态到学术语言的知识再生产。而这种"再生产"的特性事实上也可以被视为"20世纪中国文学"论所建构的"现代化叙事"的独特性所在。可以说，置身于80年代中国社会氛围、人文学界与现代文学学科的特定历史语境中，使得"20世纪中国文学"重构了20世纪中国和文学的现代化叙事。

在"现代"与"世界"的同构语义上，一面是进化论的启蒙主义历史景观和现代化历史进程的确立，另一面是以马克思的《共产党宣言》提出的"世界市场"与歌德的"世界文学"论述为主要知识资源的世界景观想象，"20世纪中国文学"论把"现代化理论"的普遍历史叙事，落实为一种中国式的现代化历史实践的独特表述。就80年代前中期的历史语境而言，有意味的并且也正是"20世纪中国文学"论有意略去或

---

[1]　[美] 雷迅马：《作为意识形态的现代化：社会科学与美国对第三世界政策》，第20页。

闭口不谈的地方，恰恰在于这个"世界市场"/"世界文学"的特性，按照冷战语言应被描述为"资本主义"，而在"现代化理论"语言中则被描述为"现代社会"。美国学者阿里夫·德里克概括道："80 年代以前，现代化的鼓吹者们很少提到与资本主义相关的'现代性'，倒是宁愿将欧美现代性表述为所有社会为摆脱落后均需效法的进步准则。"[1] 也就是说，略去这一"现代社会"的意识形态特性，乃是现代化理论及其叙事的主要特征。正如 80 年代中期，在以对传统中国文化的批判来表达对当代中国政治批判的文字表述中，似乎是突然间用"传统"这一语汇取代了"封建"这一语汇[2] 一样，以"现代""世界市场"来定位 20 世纪，而不是"资本主义""社会主义"这样的语汇来定义 20 世纪，并不单纯是语汇和修辞的更替问题，而是话语转换的问题。或许在这里，我们同样必须使用"语言学转型"之后的理论视野来看待这一问题，即不是语言"表达"意义，而是语言"创造"意义。以对"传统"的批判取代对"封建"的批判，以"现代""世界市场"而非"资本主义""社会主义"来命名 20 世纪，正是有关"现代化理论"的一整套语词取代"革命"话语的具体表征。

2. 两种"20 世纪"叙事

呈现"20 世纪中国文学"论有关"现代化"叙事的意识形态特征的最好方法，或许便是拿它来与毛泽东的《新民主主义论》[3] 相参照，正是后者奠定了"20 世纪中国文学"论意欲重写的那种"现代文学"主流论述的基本格局。日本学者沟口雄三在反省日本学界的中国研究时，曾

[1]　[美] 阿里夫·德里克：《全球性的形成与激进政见》，收入《后革命氛围》，王宁等译，北京：中国社会科学出版社，1999 年，第 11 页。

[2]　详细资料参见贺桂梅：《80 年代文学与五四传统》，第二章"'反传统'文化思潮中的文学"第一节"'封建''传统'和'现代化'"，北京大学博士学位论文，2000 年。

[3]　毛泽东：《新民主主义论》，横排本，北京：人民出版社，1966 年，第 623—670 页。

批判那种把有关历史的叙述和假说当成"事实"的做法——"如果说历史学在某种意义上可以称为假说的学问，那么这个结构（即书中所分析的叙述近代中国史的'洋务—变法—革命'的阶段论结构——笔者注）相应地具备作为假说的机能。问题是假说再怎么样也是假说而不是事实……换句话说，由于没有别的假说与之对立，因此它基本失去了假说对于事实本该具有的谦虚"[1]。沟口对历史叙述作为一种"假说"特性的强调，对于我们理解"20世纪中国文学"论述中的20世纪想象显然是有启发的。因为在80年代（乃至更长的时间中），人们更多地将有关"20世纪"的叙述视为某种对"自然"的"物理时间"、对"客观"存在的事实的描述，而无法意识到这种历史叙述中包含的意识形态内涵。自然，这里将"20世纪中国文学"的传统／现代论，与《新民主主义论》的历史叙述相参照，也并非要否定前者的叙述结构，而是要将其还原为一种历史"假说"。在很大程度上，80年代将"传统"／"现代"的历史叙述接受为"客观"事实，恰恰是因为人们很少将"别的假说与其对立"；就当时的历史语境而言，或许更真切的情形是，人们为了摆脱体制化且丧失说服力的革命范式"假说"而将有关现代化的论述视为"事实"。这事实上也就是"重写文学史"之重写的真义。

如若将"20世纪中国文学"论与"新民主主义"论同样看作两种历史"假说"的话，那么毛泽东在《新民主主义论》中对待中国现代历史的态度要相对复杂。他不仅将"20世纪中国文学"所确立的"现代"明确定性为"民主主义"（或资本主义），而且将其区分为"旧"／"新"两个阶段，而"五四"则成为区分这两个阶段的标志。毛泽东也是在一种"世界"视野当中展开论述的。不过，与"20世纪中国文学"着重"现代"与"世界"的统一性不同，毛泽东更重视的是这一现代世界内部的反动与分裂，即"因为第一次帝国主义世界大战和第一次胜利的社

---

[1] ［日］沟口雄三：《日本人视野中的中国学》（《作为方法的中国》），李甦平、龚颖、徐滔译，北京：中国人民大学出版社，1996年，第24—25页。

会主义十月革命，改变了整个世界历史的方向，划分了整个世界历史的时代"。也就是说，与"20 世纪中国文学"以"传统"与"现代"的二元结构划分 20 世纪历史格局不同的是，毛泽东勾勒出了中国革命历史的三分结构。他格外强调所谓"现代"的"资本主义"性质，以及处在这一"资本主义"现代历史内部而反叛现代性的"社会主义"。因此，这里不仅有资本主义的"现代"，还有社会主义反抗"资本主义现代"的"现代"。这种关于 20 世纪历史的叙事，重心不在从"古代"（文学）进入"现代"（文学）的断裂，而在于现代社会和现代文学内部的不同现代性叙事之间的冲突。在这一意识形态坐标上，"新民主主义文化"正如同"20 世纪中国文学"，也具有"过渡"的性质，不过不是从"古代"转向"现代"，而是"现代"内部的转换，即从"旧民主主义革命"（资本主义革命）转向"社会主义革命"。于是，依照毛泽东所勾勒的这种历史图景和革命构想的步骤，遵循着文化/政治一元观，近代文学、现代文学与当代文学分别被作为旧民主主义、新民主主义和社会主义三个阶段的文化/文学的呈现。这正是在"20 世纪中国文学"提出之前，统治着近代、现代、当代三个学科方向的体制化叙述。

参照《新民主主义论》指出"20 世纪中国文学"在如何理解 20 世纪这一"现代"/"世界"叙事上发生的变异，一方面固然是因为"20 世纪中国文学"之所以"新"，恰在于它是对近代、现代、当代学科界限的"打通"，也就是说，这正是当时两种更替的"新"/"旧"研究范式；另一方面则希望通过两种论述范式的对比，凸显"20 世纪中国文学"有意无意地遮蔽或"不说"的那些历史内容。正如法国理论家路易·阿尔都塞在提出"征候阅读"理论时所说的，那些"没有说出"的内容往往比"说出"的内容更重要；并且，正是那些"没有说出"的内容才能凸显"说出"的内容的意识形态特性之所在 [1]。如果说我们仅仅阅

---

[1]　[法] 路易·阿尔都塞，[法] 艾蒂安·巴里巴尔，《读〈资本论〉》，李其庆、冯文光译，北京：中央编译出版社，2001 年。

读"20世纪中国文学"论无法观察到它遮蔽或遗漏了怎样的历史内容的话，那么，恰恰是在与《新民主主义论》的参照中，它有关"20世纪"历史讲述的意识形态特性才得以显影。"20世纪中国文学"所"不说"或"遮蔽"的内容，也恰恰是20世纪叙事试图去"统一"的那种现代性的内在冲突，它将两种现代性冲突的20世纪"统一"为一种现代性叙事，从而将社会主义现代性实践从20世纪中国历史中抹得不见痕迹或至少面目模糊。

事实上，这里提到对这些被"20世纪中国文学"论述所"遗漏"的内容的"发现"，并不算新鲜。其实在"20世纪中国文学"提出之初，类似的质疑便存在了。如1986年在北京大学组织的有几位日本的中国学研究者参与的讨论中，木山英雄便相对隐晦地提出，"20世纪中国文学"用马克思的"世界市场"来定义中国的20世纪历史，忽略了"文化主体的形成"这一问题，因为"从东方民族的立场来看，这（指20世纪——笔者注）并不是像马克思所说的世界市场的成立。马克思是完全站在西方立场上说的"。而丸山升则直截了当地提出，"20世纪文学"的"中心问题"应当是"社会主义"，但在"20世纪中国文学"论述中，这一"中心问题"却并没有出现[1]。到90年代后期，钱理群在回顾提出"20世纪中国文学"这一概念的经过时，也曾提及王瑶的质疑："你们讲二十世纪为什么不讲殖民帝国的瓦解，第三世界的兴起，不讲（或少讲，或只从消极方面讲）马克思主义，共产主义运动，俄国与俄国的影响？"[2]——这些"20世纪中国文学""不讲"的内容，概而言之，便是20世纪"现代性"遮蔽的内在矛盾与冲突，将其视为一个内在统一的因而也是"单一现代性"的过程，也因此抹去了在资本主义内部批判现代性的"社会主义现代性"。

---

[1] 孙玉石等：《关于"二十世纪中国文学"的两次座谈》，《当代作家评论》1989年第5期。

[2] 钱理群、洪子诚、旷新年、吴晓东：《现代文学的观念与叙述——〈中国现代文学三十年〉笔谈》，钱理群"矛盾与困惑中的写作"部分，《文学评论》1999年第1期。

3. 两种意识形态时间表

如同"20世纪中国文学"论已经意识到的，"'20世纪'并不是一个物理时间，而是一个'文学史时间'"。事实上，或许应该说，从来不存在什么客观、中性的"物理时间"，任何时间尺度都是某种意识形态建构的结果。美国学者伊维塔·泽鲁巴维尔（Eviatar Zerubavel）在他的论著中指出，时间尺度在组织社会生活的过程中具有极其重要的位置，"通常，时间秩序为某一社会群体所共有，并且独特到能够将组织成员与外人区分开来的程度。它有助于确定群体间的界限，并为群体内部僵化的凝聚力提供强有力的基础"[1]。梁思文将里利伯诺的这一论断落实于对共产主义运动的分析，认为可以将其视为一个"由符号、仪式和语言组成的文化共同体"，而其中尤为重要的则是"共产主义日志"，即"在共产主义文化的时间框架中，规定他们在这些运动内部的时间秩序"[2]。参照这些论断，可以为分析"20世纪中国文学"论的"文学史时间表"带来启发。

可以说，毛泽东的《新民主主义论》关于中国现代文化的性质与特征的描述，恰恰是将现代中国的历史时间纳入"共产主义日志"。这一"共产主义日志"，将俄国十月革命作为"世界历史"的开端，相应地，五四运动被视为中国纳入这一"世界历史"的标志。而现代中国的历史进程，便被有关新/旧民主主义的现代性冲突所主导。其中的历史主体，乃是无产阶级及其政党。而"20世纪中国文学"论确立的则是另外一套时间尺度，即由现代化理论所构造的一个从"传统"向"现

[1]　Eviatar Zerubavel, *Hidden Rhythms: Schedules and Calendars in Social Life*, (Chicago: University of Chicago Press, 1981)。转引自 [美] 梁思文（Steven I. Levine）:《中国与社会主义国际：标志表象一体化》，收入《冷战与中国的周边关系》，牛大勇、沈志华主编，北京：世界知识出版社，2004年，第175页。

[2]　[美] 梁思文:《中国与社会主义国际. 标志表象 一体化》，收入《冷战与中国的周边关系》，牛大勇、沈志华主编，第174—175页。

代"进化的统一的时间过程。与同样建立在进化论基础上的"共产主义日志"相比，其重心不再是现代历史内部的意识形态冲突，而转移为中国这一民族国家从"传统"走向"现代"过程中的历史阶段性的矛盾。比如，在"20世纪中国文学"论中，核心的冲突不再是现代历史内部资本主义与社会主义的生产方式及其代表阶级的不同政治策略之间的冲突，也不是后发现代化的第三世界国家与西方中心国家之间的冲突，而是非现代化国家在如何挣脱"传统"而进入"现代"的历史进程中所遭遇的矛盾，并且随时处在可能因现代进程"中断"而重新回复到传统的危险当中。显然，这是两种完全不同的时间尺度。并且与80年代"新启蒙"思潮中的流行看法相反的是，不是以"现代化"为主要诉求的"20世纪中国文学"论，而是以"革命"为主要诉求的《新民主主义论》，表现出了对"现代性"相对复杂和辩证的关注。

从这一"现代历史的时间表"具体到"文学史的时间表"，则是五四新文化运动从《新民主主义论》中作为既有"新民主主义"因素也有"社会主义"因素的历史起点，变成了"20世纪中国文学"论中的"单一"现代性的历史起点。更具有意识形态意味的，是"20世纪中国文学"将"新时期"与"五四"这两个事件做了一种历史性的对接，将前者视为后者"更高阶段的重复"。这种关于历史"重复"现象的"发现"和强调，事实上正印证了现代化理论关于第三世界国家在现代化进程中如何因发展不力而重新坠落回传统社会的"中断论"叙事。20世纪中国文学的历史，成为在开启—中断—回复中展开的艰难的现代化历程。"20世纪中国文学"论看待这两个历史事件的方式在80年代并非偶然，毋宁说这是塑造"新时期"意识的核心历史观之一，更是"新启蒙"思潮的基本思想前提。在当时文化界的自我意识当中，"新时期"被认为是"第二个五四时代"，是"又一次文艺复兴"，是"新启蒙时代"。这种历史意识的来源恰恰存在于将"新时期"类比于"五四"的历史想象当中。"20世纪中国文学"论提到的这两者关系，在同期或稍后的研究者那里有更为明晰的表达。如李泽厚在

《启蒙与救亡的双重变奏》中，将"新时期"视为五四启蒙文化在"60年之后的复归"，并在《二十世纪中国（大陆）文艺一瞥》中描述了一种与之相应的高潮（五四时期）——低落（40—70年代）——回升（新时期）的文学史历史景观[1]。而陈思和则干脆将五四以来的文学发展史进程画成了一个"圆形"图：重叠在一起的是"新时期文学"与"五四文学"，而作为其对立面的则是"解放区文学"[2]。确立"新时期"与"五四"的特殊关系，不仅意在通过将"新时期"类比于"五四"，从而为80年代历史/文化变革的合法性张目，更关键的是，这种历史叙述还确立了另一组历史对应结构，即将"新时期"之前的50—70年代历史等同于"五四"之前的古老中华帝国的前现代历史。正如一些学者已经敏锐地指出的那样，80年代新启蒙主义思潮在重申现代化意识形态时，借助的正是这样一种历史隐喻来确立自身的合法性，即将50—70年代的社会主义历史实践隐喻性地转换为前现代的"封建"历史，从而将80年代中国的变革类同于五四时期的新文化革命，同时也类比于欧洲从中世纪转向世俗社会的"现代化"初始时期[3]。50—70年代的历史（尤其是"文革"）也因此被"剔除"出现代中国历史，而成为整个"20世纪"时间表当中的"例外"甚或"畸形"的时段。

分析"20世纪中国文学"论中的"20世纪"这一文学史时间表，有助于我们理解这一文学史表述的意识形态特性。不过，今天重新讨论这一问题，如若还仅仅停留于分析其采取了何种意识形态修辞的层面显然是不够，我们还需进一步追问使得这样的修辞在当时被视为"理所当然"的话语构成；并且正面地讨论那些被"回避"了的历史实践中的"现代"内容，以及这种"回避"在80年代语境中如何成为可能。

---

[1] 李泽厚：《启蒙与救亡的双重变奏》《二十世纪中国（大陆）文艺一瞥》，收入《中国现代思想史论》，北京：东方出版社，1987年。

[2] 陈思和：《中国新文学整体观》，上海：上海文艺出版社，1987年，第45—46页。

[3] 参见汪晖《当代中国的思想状况与现代性问题》（《天涯》1997年第5期）、戴锦华《隐形书写——90年代中国文化研究》（南京：江苏人民出版社，1999年）中的相关论述。

四、"中国"与全球化想象

虽然"20世纪中国文学"论是从"现代化叙事"的角度构造"20世纪"的统一性，不过这种叙事方式并不完全类同于"救亡压倒启蒙"论、新文学"整体观"，甚至也不同于甘阳等提出的"传统与现代冲突"论。关键的差别在于，它将"中国"这一现代民族国家主体放置在了醒目的位置。对"中国"这一主体位置的强调，使得"20世纪中国文学"论在普遍的"世界眼光"和特殊的"民族意识"之间，也是普遍性的"现代化"与特殊性的"中国"之间，取得了一种辩证的平衡关系。

1. 中国认同：两种民族主义话语

在很大程度上应该说，将"20世纪"与"中国"这两个范畴组合在一起，并将其主题描述为"现代化"，这本身便是一种颇具意识形态意味的改写行为。在1986年的座谈中，日本学者竹内实这样提问道："中国五四以后的小说，接受的多半是俄国19世纪小说的影响。我们叫作20世纪文学的话，就是海明威啦、萨特啦这些作家。跟他们能对比的作家，中国现在还没有。'20世纪文学'大的观念是好的，可是在中国方面找例子很困难。"[1] 这也就是说，在竹内实所理解的某种"约定俗成"的文学史观念中，"20世纪文学"几乎不言自明地指涉"现代派"或"现代主义"文学。这一由欧美历史语境中衍生出来的文学史范畴，已经潜在地包含着与之相关的另一范畴，即以浪漫主义和现实主义为主要特征的"19世纪文学"。正是在这一意义上，竹内实认为中国学者所讨论的"20世纪中国文学"实际上是"19世纪文学"，因为它并没有"现代主义"这样的"例子"。也正是从这一角度来看，"20世纪中国文学"论在提出"20世纪文学"这一范畴时，只是在指涉一种空间性的内涵，它

---

[1] 钱理群、黄子平、陈平原：《二十世纪中国文学三人谈·漫说文化》，第106页。

所谓的"世界文学"并不是与世界（西方）同步的现代主义的 20 世纪文学，而是指被纳入一个全球性的系统当中，这个系统中的文学的特征是由马克思在《共产党宣言》中论及的"世界市场"这一特征标明的。从另外的角度看，在提供"20 世纪中国"历史的独特性的理论依据时，"20 世纪中国文学"论是从列宁的话中得到启发，"他讲到 20 世纪是以'亚洲的觉醒'为其开端的"[1]，因此，"20 世纪中国文学"论在描述"世界文学"的形成时，将重心放在拉丁美洲、亚洲、非洲这些非西方区域的现代化。而有意味的地方在于，这些非西方的区域或国家被卷入"世界市场"，是在双重作用力下产生的，即殖民化与革命，不过这却正好是"20 世纪中国文学"论所避而不谈的内容。由此来看，这里的"20世纪"也不是以非西方国家为主体的世界革命的"20 世纪"。

可以说，这里的"20 世纪文学"既不是西方主体的反资本主义现代性的现代主义美学现代性的 20 世纪，也不是东方国家主体的反抗西方资本主义现代性的世界革命的 20 世纪，而毋宁说，乃是东方国家现代化的 20 世纪。这里所谓"现代化"内涵，被理解为非西方国家步入西方国家先导的，但具有统一现代性认同的"世界市场"，从而获得现代民族国家品性的过程。也就是说，它并不强调"世界"格局中民族国家之间的冲突关系，而认为获取现代的民族国家品性，成为所有国家现代化的必经之路，只是有时间上的先后顺序而已。

就这样一种理解民族国家与现代化的关系而言，"20 世纪中国文学"论或许更接近于丹麦史学家勃兰兑斯的《十九世纪文学主流》。正如本书在关于"人道主义思潮"一章中已经提到的，《十九世纪文学主流》在 80 年代中国学界产生的广泛影响，远远超出它在欧洲文学研究史中应有的学术地位。如果说就人道主义理解的层面而言，80 年代的人文学者有意无意间将这本书所描绘的 19 世纪上半叶法德英三国的浪漫主义文学，当成了 19 世纪西方文学的全部，那么，在如何理解现代民族

---

[1] 钱理群、黄子平、陈平原：《二十世纪中国文学三人谈·漫说文化》，第 32 页。

国家文学的形成方面，这本书也提供了特定的理解典范。人们常常忽略的一点是，这本书的作者格奥尔格·勃兰兑斯，正是为了促进丹麦现代民族主义思想的形成，才将西欧文学介绍到北欧。[1] 因此，支配着这种关于19世纪文学主流理解的内在框架的，乃是现代民族国家文学和整个欧洲（世界）文学的辩证关系。民族主义作为一种意识形态出现的时间，正是勃兰兑斯所介绍的西欧浪漫主义文学泛滥的时期，它的含义与今天一般所理解的"民族主义"并不相同。罗兰·斯特龙伯格（Roland N. Stromberg）写道："民族主义或许后来转向了反动，但是在19世纪上半叶它是自由主义的、进步的、民主的。它意味着人民有自由和自决的权利。人们还想不到它与国际主义有什么不一致，因为每一个民族都在宏大的国际交响乐中承担自己特殊的角色。具体而言，它意味着波兰、意大利这样的国家争取摆脱外国压迫的斗争。欧洲的弱小民族由于（通常是第一次）发现了自己是一个承担着特殊使命的民族而找到了一个奋斗的目标和身份认同。"[2] 或许可以概括说，在《十九世纪文学主流》所描述的文学时代，西欧民族主义呈现为两种形态，即法国式的"民主主义的民族主义"，和德国式的"文化民主主义"[3]，不过它们都大致具有进步性、语言（文化）性和世界主义倾向的特点。尽管《十九世纪文学主流》这本书只在有关"20世纪中国文学"的"三人谈"中出现过一次[4]，不过作为在80年代产生了广泛影响的文学书籍，认为它可能以某种自觉或不自觉的方式影响到"20世纪中国文学"的论述，或许并不算

---

[1]　参见［丹麦］勃兰兑斯：《十九世纪文学主流》第一分册《流亡文学》，"出版前言"，北京：人民文学出版社，1980年。

[2]　［美］罗兰·斯特龙伯格：《西方现代思想史》，刘北成、赵国新译，北京：中央编译出版社，2005年，第274页。

[3]　参见李宏图：《西欧近代民族主义思潮研究——从启蒙运动到拿破仑时代》，上海：上海社会科学院出版社，1997年。

[4]　在"三人谈"的"缘起"部分，陈平原提及文学史的材料累积和历史的总体轮廓间的关系时，如此引证道："你看勃兰兑斯的《十九世纪文学主流》谈的作家很少，但历史线索很清楚"（钱理群、黄子平、陈平原：《二十世纪中国文学三人谈·漫说文化》，第31页）。

离谱的讨论。更值得注意的是，"20世纪中国文学"论据以提出"世界眼光"和"民族意识"的辩证关系的明确理论依据，一是马克思在《共产党宣言》中提出的"世界市场"，一是德国文学大师歌德提出的"世界文学"，而这两者都产生于勃兰兑斯所描述的西欧19世纪上半叶前后。在那样的时代，"从地方观念、地域联系转向更大的共同体，这种变化乃是人类走向某种世界统一的未来乌托邦的一步"[1]。显然，这和"20世纪中国文学"所描述和想象的"世界文学"，及其论述诸多东方国家和民族进入这个"世界"的方式，是完全合拍的。民族主义正是某种国际主义的背面，或者说，"民族意识"乃是"世界眼光"的对应物。因此，或许可以说，"20世纪中国文学"论中使"20世纪"与"中国"叠加在一起的理论依据，乃是关于"中国"这一特定历史主体的一种19世纪西欧式民族主义的想象方式。

显然，指认出这种"中国"想象的可能的知识谱系，并不是为了做一种学术源流的清理，而是试图显示出这种特定知识脉络上的民族国家想象，在80年代中国文化中的实践所可能产生的意识形态效果。与《新民主主义论》通过不同阶级关系与政体形态间的冲突而将历史主体确立为阶级-国家不同，"20世纪中国文学"论是在一种"地球村"式的世界"系统"中来定位现代中国的，并把现代化进程中的历史主体确立为似乎无须论证其合法性的现代民族国家。显然，在这里，国民/民族（nation）[2]这一共同体想象方式的最大变化，便是"阶级"维度的消失。如果把这两种关于民族国家认同的话语方式，都放置于它们所产生的历史语境之中，或许能更清晰地显示出差别所在。

如果说《新民主主义论》所代表的"革命"范式建构其"想象的共同体"的方式，必须被置于二战后第三世界独立建国浪潮的历史语境中

---

[1] [美]罗兰·斯特龙伯格：《西方现代思想史》，刘北成、赵国新译，第274页。

[2] 有关民族国家作为"想象的共同体"这一理论阐述，参见[美]本尼迪克特·安德森，《想象的共同体——民族主义的起源与散布》，吴叡人译，上海：上海人民出版社，2003年。

加以考量的话，那么这种阶级－国家的主体形态，与发源于19世纪西欧民族主义思潮中的民族国家形态则并不相同。英国历史学家霍布斯鲍姆（Eric J. Hobsbawm）提出，"第三世界的民族解放运动，在理论上虽是套用西方民族主义的模式，可是它们实际想要塑造的国家，却与西方民族国家的标准背道而驰。"如果说主宰19世纪西欧民族主义思潮的，是一种"马志尼模式"，即"创造一种族群、语言与国家领土一致重合的民族国家（'所有的民族都是国家，一个民族只有一个国家'）"，那么在二战后非殖民化过程中出现的新国家，则是"反殖民化""革命"与"外力干预"这三种力量作用的结果；与民族主义有关的议题，都只是用来强调或干扰"革命与反革命的政治"这个主角的"陪衬角色"[1]。大致可以说，《新民主主义论》在反帝和反封建这两个层面上确立起现代主义与民族主义的关联，很大程度也正是强调了"反殖民化""革命"和"外力干扰"等非"文化"因素所确立的民族国家主体。它并不将民族国家主体的形成视为某种类似于"灵魂"那样的内在性格的塑造（如"20世纪中国文学"论提出的"改造民族的灵魂"），而认为中国的主体性正是在复杂的外部与内部的关系中形成。与此不同的是，"20世纪中国文学"论述中有关19世纪拉丁美洲、非洲和亚洲"各个民族的文学走向并汇入世界文学的路径"的描述，事实上近似于勃兰兑斯关于北欧边缘国家与西欧中心国家关系的民族主义想象方式。这种民族主义话语，自觉不自觉地延续了五四时期由国民性话语呈现的19世纪西欧式民族主义想象，而并不是由50—70年代接续过来的第三世界民族主义表述。

或许可以说，80年代这种新的民族主义话语的出现，正是以拒绝50—70年代主导的第三世界民族主义话语为前提。一个突出的改变是，中国的民族性再度被表述为"民族的灵魂""民族性格"等文化因

---

[1]　[英]埃里克·霍布斯鲍姆：《民族与民族主义》（原名 *Nations and Nationalism since 1780*，即1780年迄今的民族与民族主义），第五章"20世纪晚期的民族主义"，李金梅译，上海：上海人民出版社，2000年，第196—224页。

素，而似乎与"殖民主义""革命"等外部因素无关。有意味的是，钱理群提及他所理解的"20世纪"是从苏联革命导师列宁有关"亚洲的觉醒"的论述中得到启发的，并且特别提出"世界文学"不仅包括欧美文化，也包括"与中国近似"的非西方国家，"比如印度、日本、东南亚，还有非洲，最后拉美文学也进入了我们的视野"[1]。但是，在如何理解这些非西方的、后发现代化的并且大多显然是在殖民主义的情境中遭遇西方因而进入"现代"的国家主体形态时，恰恰是霍布斯鲍姆所谓的"反殖民化""革命"与"外力干预"这三种因素被排除在"20世纪中国文学"论的视野之外。这也正是日本学者木山英雄和伊藤虎丸批评其忽略了"文化主体的形成"和"西方的文化侵略"[2]的地方。

2. "世界"与"西方"

由于接纳的是西欧式民族主义而非第三世界（与后发现代化国家）民族主义话语，因此"20世纪中国文学"论中的"中国"，就成为自我决定的历史主体，其能否进入"世界"完全取决于它的自我意愿，以及它自我改造的程度。这一关于中国主体性的理解方式，在很大程度上也决定了"20世纪中国文学"论对于"世界"格局的想象。而在80年代的历史语境中，这一关于"世界"的叙事无疑指向的是经历70—80年代转型、国门打开后所面对的那个由"西方"国家所组成的世界，而不再是60年代那个由第三世界国家所组成的世界。可以说，70年代中国与美国国家关系的建立，对于冷战阵营的双方都产生了深远的影响。而有意味的地方在于，对于这一跨越曾经由冷战划定的国家间界限的历史行为，如果说美国社会科学界构造出有关"全球化"这种看似中性客观的理论描述的话，那么，作为冷战另一方的中国也相应地生产出了自

---

[1] 钱理群、黄子平、陈平原：《二十世纪中国文学三人谈·漫说文化》，第36—37页。

[2] 孙玉石等：《关于"二十世纪中国文学"的两次座谈》。

己的理论描述和想象方式。就这一角度而言，"20世纪中国文学"有关"中国"和"世界"的想象方式本身正是这一历史情境中的产物；并且因其在80年代产生的广泛社会影响，可将其中有关"中国"与"世界"的想象和表述视为一个突出的话语事件。这种叙事通过对自身历史（尤其是革命史）的批判和反省，同时也通过对"西方"在中国现代历史中位置的重构，描述了一种新的"世界"景观，或许可以称之为中国版的"全球化"叙述。

在《新民主主义论》中，"中国"这一共同体想象是在抵抗外来的帝国主义和批判内部的封建主义这两个辩证的方向（即所谓"反帝反封建"）上进行的。应当说，这里的民族主义和现代主义构成两个不可分割的面向。之所以如此，关键在于其确认"中国"的"民主主义因素"时，从不否认这一"现代"因素来自帝国主义的殖民与侵略。在这里，"西方"既是帝国主义的西方，也是带来民主主义因素的西方。与之相比，这或许便是"20世纪中国文学"论最有意味的地方了。它将"世界市场"和"世界文学"的形成时间确定于19世纪中后期，并将其视为一套由现代民族国家构成的关系体系。尽管主要讨论的是拉丁美洲、亚洲和非洲这些后发达区域如何进入现代民族国家体系，但"20世纪中国文学"几乎不讨论殖民主义产生的影响，以及这些后进的民族国家与侵略他们的现代西欧国家在文化上既要进入现代又要抵抗其侵略的暧昧的双重关系。因此，20世纪中国现代化的时间起点，被上移到1840年，这一"传统中国"屈辱性地遭遇"现代西方"的时刻。尽管在"新民主主义"论中，鸦片战争同样被视为现代历史的起点，不过那是在一种对于"老师打学生"的既反叛又臣服的悖论关系中展开的。与之相对，"20世纪中国文学"论则干脆略去了其中西方帝国的侵略历史，而将之视为"文明"对"落后"（野蛮）的启蒙。于是，"西方"便成为现代性规范的化身，它进入中国历史的方式完全被非历史化了。也正由于西方的启蒙／侵略被作为某种历史的最高规律即"现代"／"世界"的化身而被非历史化，"中国"主体的现代化进程，便成为参照已经进入"现代世界"的西欧国家而必须完成的极为艰难的"自我改造"过程。

将 50—70 年代"东风吹，战鼓擂，现在世界上究竟谁怕谁"的"世界"，转化为"人类大家庭内在归一"的"全球村"，这里想象世界的方法所发生的变化，正如同"20 世纪"意识形态时间表所发生的变化，关键是背后支撑其叙述结构的知识范式发生了改变。如果说，在《新民主主义论》的时间表中，主题词是"世界革命""帝国主义""民主主义"（资本主义）/ 社会主义、阶级 - 国家的话，那么，"20 世纪中国文学"论中的主题词则相应地变成"普遍人性"、现代 / 传统、"地球村"、民族国家。"世界"不再是"革命"范式中由地缘政治权力关系构成的"世界"，而某种意义上成为一个理想的乌托邦。于是，有关"世界市场"/"世界文学"的想象便剥离了现代世界内部的冲突，被描述为一个尚待实现的理想化的全球 / 世界秩序。不同的民族国家按照时间先后，或早或晚纷纷加入这一全球体系或世界秩序，并最终通过发达国家与后进国家同时进行的"自我改造"，达成"人类分享着一个共同的命运"的"全球村"。因此，便有这样的结论："沟通东西方文明，实现人类大家庭的'内在的归一'，这也许就是 20 世纪'世界文学'发展的总任务、总趋势"[1]；而"20 世纪中国文学"的核心内容便是"走向世界文学"历史进程与"改造民族灵魂"总主题的彼此同构。

这种关于"世界"的想象，在 80 年代的历史语境中，显然是有明确的现实针对的，即它所针对的乃是 70—80 年代转型后的中国打开国门所面对的"世界"。不过，"20 世纪中国文学"论的意识形态性就表现在，它试图建立一种关于"世界"的普遍叙事，而并不区分在不同的历史语境中这个"世界"本身所发生的变化。按照"改造民族的灵魂"的中国主体观，中国不进入"世界"无论在任何情形下都是"愚昧"之举，并且是否进入都是中国自身在"闭关自守"与"打开国门"之间的

---

[1] 钱理群、黄子平、陈平原：《二十世纪中国文学三人谈·漫说文化》，第 42 页。

自行选择。事实上，这也正是"现代化理论"范式的一个主要特点，即它始终是在单一的民族国家视野内部来观察和思考问题，而无法将更为广阔和复杂的历史因素，尤其是国家体系间的关系纳入思考的范围。在这一理解层面上，50—70年代社会主义中国被全球资本市场体系排斥和拒绝于其外的历史，就被描述为如同晚清帝国那样基于愚昧意识的"闭关锁国"或"夜郎自大"；相应地，"新时期"打开国门，则成为步入"文明"的明智之举。这里姑且不讨论世界体系理论的代表人物如贡德·弗兰克（Andre Gunder Frank）在《白银资本：重新重视经济全球化中的东方》[1]、乔万尼·阿瑞吉（阿里吉）等在《东亚的复兴：以500年、150年和50年为视角》[2]等论著中，对晚清中国在全球体系中的位置及其对外政策的重新阐释；也不去讨论50—70年代毛泽东时代的中国与资本主义全球市场的"脱钩"，是一种老大帝国意识的短见、第三世界国家发展的必要措施还是美国基于冷战意识对中国的封锁；即使就70—80年代中国"融入"西方资本市场这一转型本身，也是全球国家体系之间的和中国内部的多种政治、经济力量博弈的结果。"新时期"的中国是否选择"开放"，或许更多地源自中国外部由美国主导的全球资本市场对中国由"封锁""遏制"转向有限度的接纳，而非出于中国自身某种错误意识的导引。这一点在今天以一种历史回望的眼光看来，几乎成为某种不言自明的"常识"。正是在今天的这种历史眼光中，那种将"闭关锁国"或"打开国门"视为中国这一民族国家主体可以也应当完成的自我决定，尤其是因此而批判50—70年代中国的"夜郎自大"的思考方式本身，才表现出充分的意识形态特性。

---

[1]　[德] 贡德·弗兰克：《白银资本：重新重视经济全球化中的东方》，刘北成译，北京：中央编译出版社，2001年。

[2]　[美] 乔万尼·阿里吉、[日] 滨下武志（Takeshi Hamashita）、[美] 马克·塞尔登（Mark Selden）主编：《东亚的复兴：以500年、150年和50年为视角》，马援译，北京：社会科学文献出版社，2006年。

3. "全球化"想象的知识谱系

如果说"20世纪中国文学"论中的"全球化"想象,正是出于对50—70年代历史的一种"自我憎恨"式的批判和反省而对现代世界的理想化构想,那么相当有意味的是,在构造这样一种"全球化"想象时,作为经典革命理论资源的马克思"世界市场"理论却成了其重要思想依据。

粗略地看起来,"20世纪中国文学"论正如80年代的诸多重要文化文本,表现出了颇为突出的"庞杂性"。也就是,在那一历史语境中,可能被阅读被思考和被表述的诸多不同脉络上的知识资源,都被组合于某种特定的叙事脉络中。不过,就它一经提出便产生的广泛影响可以看出,这篇重要历史文本中所涉及的诸多知识,某种程度上正是当时语境中的人们所熟悉甚至"耳熟能详"的,只是它们被以一种独特的方式组合在了一起。或许最先被注意到的,是关于"改造民族的灵魂"总主题的概括和描述。它很容易让人联想到五四时期鲁迅提出的"国民性"问题的讨论。而且,"20世纪中国文学"论的提出者自己也是在继承鲁迅思想传统的意识之下提出这一命题的。正如刘禾在《国民性理论质疑》一文中提出的,应当在一种"翻译现代性"的特定话语实践过程中来探讨这一范畴在中国的运作方式,而不能将"国民性"论述作为一个给定的神话式叙事来接受,否则理论背后的权力关系就会被掩盖和忽视[1]。如果说刘禾所谓国民性话语的实践是在中国 / 西方的维度上展开分析的话,那么有意味的是,"改造民族的灵魂"论述也可以被视为五四国民性话语在80年代的一种重构。尽管鲁迅也提出过"出而参与世界的文艺之业"的说法,但五四时期的"世界"完全不同于80年代的"世界"。或许可以说,在鲁迅时代,并不存在一个代表着"世界历史"高度的关于"世界"的总体想象,"世界"始终是由具体的形象构成的,它或者是"西

---

[1] 刘禾:《国民性理论质疑》,收入《跨语际实践——文学,民族文化与被译介的现代性(中国,1900—1937)》,宋伟杰等译,北京:生活·读书·新知三联书店,2002年,第75—108页。

方"诸国，或者是"俄国、波兰、巴尔干诸小国"[1]。盈溢在"20世纪中国文学"论中的那种"地球村"式的世界想象，无疑是80年代"走向世界"意识的乐观投影。因此可以说，与其说"20世纪中国文学"论的醒目之处，在于它关于"改造民族的灵魂"的总主题，不如说关键在于它如何构造其关于"世界"的想象。

马克思在《共产党宣言》中提出的"世界市场"，被作为"世界"想象的基本理论前提。"由于世界市场的开拓，一切国家的生产和消费都成为世界性的；物质的生产是如此，精神的生产也是如此，各民族的精神产品成了公共的财产；民族的片面性和局限性日益成为不可能，于是由多种民族的和地方的文学形成了一种世界文学"[2]——这段名言的引述，构成了"20世纪中国文学"论展开阐释的基础。不过有意味的是，这个"世界市场"和它所谓"文明制度"的意识形态品性，却完全不被提及。"世界市场"和"现代文明"，是在抽象的和超越性的价值范畴的意义上被使用的。与此同时，它又格外强调"中国"的非西方特性，强调"'华夏中心主义'和'欧洲中心主义'的破除，是同时发生的历史过程"[3]。显然，这与其说是基于第三世界立场对世界市场席卷全球的描述，不如说是当代"全球化"想象在中国历史叙述上的实践。正如德里克提出，从80年代开始，"全球化""作为一种变化的范式——同时也是一种社会想象——已经取代了现代化。全球化话语主张以重要的方式与早先的现代化话语分道扬镳，最为明显的是体现在摈弃欧洲中心主义的变化目的论方面"。而这种看似"新鲜"的"全球化"范式，实际上早被马克思在1848年所预言。这不过是"全球资本主义"的彻底实现[4]。关于70—80年代之交的全球转折如何印证了马克思关于资本主义

[1] 鲁迅：《英译本短篇小说选集·序》。

[2] 钱理群、黄子平、陈平原：《二十世纪中国文学三人谈·漫说文化》，第13页。

[3] 同上书，第46页。

[4] [美]德里克：《全球性的形成与激进政见》，收入《后革命氛围》，第3—4页。另参见美国学者大卫·哈维尔在《希望的空间》（胡大平译，南京：南京大学出版社，2006年）中对"全球化"的论述。

全球化的预言，是被许多学者论及的话题，英国学者梅格纳德·德赛（Meghnad Desai）称之为"马克思的复仇"[1]。正是参照欧美学术界的这一动向，"20 世纪中国文学"论对马克思和"世界市场"理论的启用便别具意味。

显然，对于中国知识界而言，经典马克思主义思想资源早就是"耳熟能详"的对象。不过有意味的是，这种思想资源在 80 年代社会文化变革中所扮演的角色，却是与主流意识形态的政治姿态背道而驰的：马克思的理论成为支撑"告别革命"逻辑的理论依据。马克思在《共产党宣言》中对资本主义的赞美之辞，尤其是他的"世界市场"理论，在多种场合被挪用为中国式全球化想象的经典依据；而他的"市场规律"同时也成为"自由市场"的理论源头。不仅如此，他的"亚细亚生产方式"的论述，无疑也成为"停滞的古老中国"的"超稳定结构"论的重要证据。如果说 80 年代中国知识界是在某种"告别革命"的心理诉求下自觉不自觉地参与着现代化意识形态的构造的话，那么马克思却在这个过程中扮演着颇为复杂的角色。他成为从革命范式内部转换到现代化范式的某种桥梁和理论支撑。这正如恰是他的"世界市场"，在自觉不自觉间被"20 世纪中国文学"论用来构造其"世界"想象一样。而更有意味的是，这是经由列宁滑向马克思而完成的。在论及"20 世纪"的整体性时，列宁的《亚洲的觉醒》被作为主要理论依据。列宁在文中写道："亚洲的觉醒和欧洲先进无产阶级夺取政权的斗争的展开，标志着 20 世纪初所揭开的全世界历史的一个新的阶段。"[2] 列宁在这里论及"世界历史"的时候，由于俄国革命的成功和欧洲革命的失败而在俄罗斯建立"一国社会主义"的实践还没有展开，不过，20 世纪革命主要是发生于反对资本主义和帝国主义的第三世界

[1] [英]梅格纳德·德赛：《马克思的复仇——资本主义的复苏和苏联集权社会主义的灭亡》，汪澄清译，北京：中国人民大学出版社，2006 年。

[2] 列宁：《亚洲的觉醒》，收入《列宁选集》第二卷，北京：人民出版社，1972 年，第 448 页。

国家的革命，而不是马克思所预言的"世界革命"，这大概是熟悉中国革命的人们都能了解的20世纪历史的基本内容。也就是说，列宁所欢呼的"亚洲的觉醒"和马克思的"世界革命"所勾勒的世界景观，正是在两个不同的方向上展开的。如果说后者展示的是全球化前提下的世界革命的话，那么前者展示的是，正如著名历史学家、美国学者斯塔夫里阿诺斯（L. S. Stavrianos，也译斯塔夫里亚诺斯）的书名，则是"全球分裂"[1]。"20世纪中国文学"论则正是把列宁的"亚洲的觉醒"所预示的"全球分裂"，重新整合为了马克思的世界；并且这一整合是以抽离掉其中的地缘政治和意识形态冲突的方式而完成的。

由此来看，不是麦克卢汉的"地球村"，而是源自马克思的左翼知识脉络上的"全球化"想象，成了"20世纪中国文学"论在建构其"世界想象"的思想资源。这或许正证实了德里克关于"全球化"的当代起源的论述："全球化在当代的概念化的直接先驱者是现代化话语，它植根于被资产阶级（当时尤其是美国）称之为的'文明'中，这也是社会主义现代化提供给它的选择。这两种选择虽然混杂在殊死对立之中，但它们都具有讽刺意味地共同致力于发展主义的目标，而且每一种选择都试图把后殖民世界的民族拉入自己的势力范围。"[2]也就是说，在冷战格局中，资本主义阵营的"现代化理论"与社会主义阵营的"世界革命"理论，其实都以各自的方式构想着它们的"全球化"，只不过70—80年代的历史转折并不以后者为蓝本。但正是这种内在的"世界"想象，影响着"20世纪中国文学"论对于即将来临的全球格局的想象方式。这也正是那其中盈溢着并非源自五四"国民性话语"的乐观情绪和美好幻想的缘由，因为它事实上产生自一种"后革命氛围"。

---

[1] 中译本参见［美］斯塔夫里亚诺斯：《全球分裂——第三世界的历史进程》，迟越、王红生等译，北京：商务印书馆，1993年。

[2] ［美］德里克：《全球性的形成与激进政见》，收入《后革命氛围》，王宁译，第9页。

五、编史学上的现代化范式及其全球语境

显然，"20世纪中国文学"论中的"西方中心主义"使其忽略特定殖民主义意识形态内涵的启蒙文化崇拜，以及遮蔽第三世界民族国家认同的复杂维度的现代性想象，这些"缺陷"在今天看来都是明显的。这也正是80年代中期新启蒙主义思潮构造出的中国/世界、传统/现代同构的核心意识形态坐标的具体呈现。不过，论者做出这种学术"发现"，仅仅是时间距离赋予重读者的某种"后见之明"。简单地批判"20世纪中国文学"论中的西方中心主义（80年代在许多场合不加分辨地名之曰"世界主义"），并无助于问题的讨论，或许反而将陷于另一种中国/西方的二元对立框架中。因为真正值得关注的问题，并不在于抽离历史语境地去比较"20世纪中国文学"论中关于"现代化""全球化"的想象与西方的有关论述是否相同，而在于，这种想象方式在80年代中国的历史语境中扮演怎样的历史角色和具有怎样的历史功能，以及使得现代化叙事和"地球村"式的世界想象在80年代出现的历史契机到底是什么？

对这一问题的解答如果仅仅局限于中国这一单一民族国家的内部视野，是无法得到深入讨论的。或许可以说，正因为将70—80年代中国社会转型的全部历史压力，解释为中国内部的政治/文化实践的"错误"或"失误"，才是80年代那种将50—70年代的社会主义实践史等同于前现代史的新启蒙式历史想象和隐喻表述得以出现的关键。70—80年代之交中国社会转型中最大的变量，是中国的主体位置在全球格局中所发生的变化：它由曾经的社会主义阵营和"第三世界"的重要国家，自行"开放国门"，主动进入资本主义全球市场。这一主体位置的转移，导致的不仅是中国的民族国家想象方式的变化，更重要的是整合包括政府、知识界乃至普通民众在内的整个认知框架都发生了变化。这种主体位置及其认知框架的变化，才是现代性叙事、"世界"景

观和"中国"认同方式发生变化的关键原因。如果说，"20 世纪中国文学"论（现代化范式）与"现代文学"论（革命范式）中的两种知识范式与两种"世界"想象，恰是冷战时期两个冲突阵营所代表的各自的意识形态（也就是说革命范式中由资本主义与社会主义对垒所构成的现代世界内部的冲突叙事，是冷战时期社会主义国家的"世界"想象；而现代化范式中在传统／现代时间维度上被想象的"地球村"叙事，则正是冷战的另一方尤其是美国所创造的"世界"想象），那么，70—80 年代之交，中国在全球格局中位置的变化，则使得这种对峙的意识形态分野也相应地发生了错动，并产生了极为复杂的交融关系。对这一问题的讨论，不仅可以在宏观层面上分析在 80 年代的后（去）冷战的全球格局中，"现代化"实践中的民族国家建构、意识形态转换与知识生产体制间的复杂关联形态，同样也更具体地涉及新的知识范式与具体学科体制之间的关系。从这一历史视野来看，"20 世纪中国文学"论与其说是 70—80 年代历史转折中的代表性论述，毋宁说它仅仅是现代化这一新主流话语构成中的一个话语事件而已；但其特殊位置在于，它恰好可以勾连起后冷战情境中的中国在重建其"想象的共同体"时，现代化意识形态与人文学科知识生产体制间的历史运作轨迹的重要侧面。

可以说，与此前诸多有关"现代化"或"20 世纪中国文学"的讨论相比，这里尝试建立的论述路径或许是相当"冒险"的。如果说从一种文学史论述到一个学科研究范式的转变，这一"跳跃"尚可被理解的话，那么，从一种学科研究范式再转向对学科体制与民族国家意识形态机器的关系的考察，则是更为复杂也更为大胆的举措。不过，如若我们试图跳出 80 年代所确立的现代化意识形态，仅仅进行一种与之相抗的意识形态批判是不够的，更需要的，或许是对这种意识形态的知识构成和权力机制进行一种谱系学式的清理。只有在经历这样的清理工作之后，所谓现代化意识形态才能真正被指认为一种"意识形态"。

1. 现代化范式和革命范式

有关"20世纪中国文学"的文学史叙事和知识构成的讨论中，"现代化"成为至为关键的主题词，并构成与50—70年代主流论述不同的知识范式。这固然是为了凸显"20世纪中国文学"作为80年代历史语境中"新"的表述形态而进行的某种概括，但如果不对这一范式出现的历史语境和学科背景进行更为深入的讨论的话，问题的复杂性显然无法得到呈现。

正如本书绪论和"文化热"一章所讨论的那样，一方面是从冷战向后冷战格局转移的过程中，"现代化"已经成为一种全球性的意识形态；另一方面则是美国通过在二战后确立的霸权地位，而将其社会科学学科建制及其经典新学说"现代化理论"，普及于战后发展起来的新兴国家和地区。这两个层面宏观地提示出"现代化理论"与80年代中国的现代化意识形态之间可能发生的错综复杂关系。从这一宏观的观照层面来看，以"现代化"作为其主要叙事指向、发生于现代文学研究这一"显学"领域中的"20世纪中国文学"论，是80年代中国现代化意识形态中的一个典型的话语事件。称其为"话语事件"，则意味着一套新的语词的出现，带出的是一套新的意识形态；同时意味着这套新的叙述并不讨论它与旧话语的延续关系，而将自己表述为对"真理"的发现（此前的叙述相应地成为"谬误"）。在一种急切地"告别革命"的历史氛围和社会心理的驱动下，以"20世纪中国文学"论为代表的文学界、史学界乃至整个人文学界"重写历史"的思潮，正是以"真理"对抗"谬误"的方式，宣告此前统领中国现代史论述的主流话语形态的失效。这也就是说，人们并不会客观地讨论有关"现代化"的论述在何种意义上具有了相对于"革命"论述的合法性，而是将"新"论述的出现视为理所当然。但是，在80乃至90年代的中国语境中，那些被视为"当然"之"理"，也正是当时人们普遍分享的充满意识形态意味的社会共识。只是在90年代后期迄今中国的历史语境的变迁中，这些共识才逐渐被人们意识到其如何作为一种"建构"而存在。因而话语的转换，不再被视为"真理"与"谬误"间的更替，而是两种主流知识范式的"断裂"。

正是在这样的意义上，美国学者阿里夫·德里克在 90 年代中期发表的文章《革命之后的史学：中国近代史研究中的当代危机》[1] 中提出的观点，就格外值得重视。这篇文章首次把"现代化"和"革命"视为现代中国编史学上两种并立的"范式"，并将这两种范式的变迁置于当代中国乃至全球历史语境中加以分析。这也就为我们阐述"20 世纪中国文学"论以及与之类似的现代化叙事在中国出现的历史契机，提供了一个全球性的参照和思考语境。更值得关注的是，与一般有关"现代化理论"的社会科学研究不同，德里克这篇文章是在"编史学"这一人文学科领域内来讨论现代化范式的确立的。这也为我们理解"现代化理论"作为一种社会科学语言，如何在现代中国史研究和文学史研究这样的人文学科内播散和复制再生产，提供了一种思考的路径。

德里克在文章中讨论的对象，主要是美国中国学界有关中国革命和中国近现代史研究的成果。他认为这些研究从 80 年代中期，开始形成了一种新的研究范式。他将 60—70 年代主导美国中国学界的编史学模式称为"革命"范式，80 年代中期的变化则被他称为"现代化"范式对"革命"范式的取代。德里克论及的"现代化范式"的代表性著作，包括哈佛大学的麦克法夸尔（Roderick Macfarquar）[2]、普林斯顿大学的罗兹曼（Gilbert Rozman）[3] 的主要论著，尤其是弗里曼（Edward

[1] [美] 阿里夫·德里克：《革命之后的史学：中国近代史研究中的当代危机》，吴静研译，《中国社会科学季刊》（香港）春季卷，邓正来主编，1995 年 2 月，第 135—141 页。

[2] 麦克法夸尔的中文译著有《文化大革命的起源》第一卷《人民内部矛盾 1956—1957》（魏海生、艾平等译，北京：求实出版社，1989 年）和《文化大革命的起源》第二卷《大跃进 1958—1960》（魏海生、艾平等译，北京：求实出版社，1990 年）。另与费正清编有《剑桥中华人民共和国史》上卷《革命的中国的兴起（1949—1965 年）》（谢亮生等译，北京：中国社会科学出版社，1990 年）和下卷《中国革命内部的革命（1966—1982 年）》（俞金尧等译，北京：中国社会科学出版社，1992 年）。

[3] 罗兹曼的中文译著有《中国的现代化》（南京：江苏人民出版社，1995 年），收入"海外中国研究丛书"第一辑。

Fridman)、毕克伟（Paul Pickowic）和赛尔登合著的《中国乡村，社会主义国家》[1]，史景迁（Jonathan Spence）[2] 的《寻求现代中国》，安妮·瑟斯顿（Anne Thurston）的《人民公敌》，周锡瑞（Joseph W. Esherick）的《义和团运动的起源》[3]，杜赞奇的《文化、权力与国家——1900—1942年的华北农村》[4]，以及有关中国清末民初历史的"市民社会/公共领域"讨论的著作。这些著作与60—70年代的相关著作的最大不同是，"论者们或者否定革命是近代中国历史的中心事件，或者在仍肯定其中心地位的前提下，将其理解为至少是一场失败和中国发展的障碍"；革命"不仅未使中国现代化，反而强化了其前现代的状况"。与"革命"遭到否定相应，经典马克思主义理论的两个核心范畴"帝国主义"与"阶级"，也遭到或含蓄或明确的拒斥，"而在过去的近代中国史解释中它们却起着主导作用"。并且，这种新的"现代化"范式，是在批判旧的"革命"范式的意识形态特性的基础上来确认自身的合法性的，即认为相对前者，"现代化"范式似乎是非意识形态或不那么意识形态的（这恰如"20世纪中国文学"论关于"非政治""独立的文学史"的理解）。

德里克正是从此处入手，认为"现代化"范式对"革命"范式的取代，显示的是中国近代史研究的危机。他借用了美国科学史家托马斯·S. 库恩的《科学革命的结构》一书中的"范式"（paradigm）概念 [5]，认为这种危机乃是一种"范式危机"，即"现有的历史解释已不足以解释过去，而又没有更为紧凑连贯和/或更具综合性的解释取而代

---

[1] 《中国乡村，社会主义国家》的中文译本出版于2002年（陶鹤山译，社会科学文献出版社），收入"阅读中国系列"丛书。

[2] 史景迁的中文译著有《天安门：知识分子与中国革命》（尹庆军等译，北京：中央编译出版社，1998年）和"美国史学大师史景迁中国研究系列"，包括《追寻现代中国——1600—1912年的中国历史》《"天国之子"和他的世俗王朝》《"大汗之国"——西方人心目中的东方帝国》等八部著作（上海：上海远东出版社，2005年）。

[3] 中文版收入"海外中国研究丛书"第三辑，张俊义、王栋译，南京：江苏人民出版社，1994年。

[4] 中文版收入"海外中国研究丛书"第三辑，王福明译，南京：江苏人民出版社，1994年。

[5] 《科学革命的结构》有两个中文译本，一是由李宝恒、纪树立译，上海科学技术出版社1980年出版；另一则由金吾伦、胡新和译，北京大学出版社2003年出版。

之"。库恩的"范式"概念指的是某一时期科学家共同体从事科学研究的一种主导性解释模式。不同时期科学研究的发展，乃是"范式"之间的断裂性变迁。新范式要能取代旧范式必须符合两个条件：其一是"在放弃一个范式之前必得先证明其无效"，另一是"一个新范式要能被接受，就必须既能解释支持旧范式的论据，又能说明用旧范式无力解释的论据"。也就是说，新范式的成功之处在于它的解释比旧范式更具"包容性"。而就人文学科领域的编史学来说，德里克认为，编史学可以在一定程度上借用"范式"这一概念，不过与科学史领域的最大不同是，由于史料及其阐释的多样性，历史学家与其历史情境间关联方式的主观性，使史学界不可能出现一种"支配性或唯一的范式"，"更为妥切的说法是存在着各有其知识与意识形态的不同范式之间的竞争"。德里克在文章中提出的结论是，中国现代史研究中"现代化范式"取代"革命范式"作为一种"范式危机"的特性，正在于上述两个层面上。首先是"现代化范式"的著作完全无视或拒绝讨论"革命"范式处理的问题，"无论是论述土改、资产阶级还是市民社会，论者们都是撇开先前基于帝国主义、阶级等概念的解释，直接进行其与革命范式相悖的论述"。也就是说，作为"新"范式的现代化范式并不比革命范式更具包容性。其次，现代化范式完全无视自身作为一种解释模式与其历史语境之间的关联，它既不讨论自身如何被二战后的美国社会科学界生产出来，也不讨论从50年代到80年代当代资本主义形态发生的变迁。也就是说，现代化范式对自身的历史性采取的是一种与革命范式同样意识形态化的非历史态度，仿佛它是一个从来如此且具有恒久评判力的价值范畴。

2. 现代化范式及其全球语境

很明显的，德里克对美国中国学界现代化范式的诸多批判，都能够使人联想起"20世纪中国文学"论与《新民主主义论》之间的对比。德里克所指出的现代化范式没有也不能处理革命范式论及的历史主题，其实也正是木山英雄、丸山升、王瑶等学者对"20世纪中国文学"提出的质疑。而在很大程度上，本章揭示出"20世纪中国文学"如何叙述"文学""20世纪"与"中国"的知识构成及其与历史语境的互动，也正试图显示现代化范式自身的历史性。可以说，"20世纪中国文学"论对建基于《新民主主义论》之上的"现代文学"论述的取代，是发生于中国语境中的"现代化范式"对"革命范式"的胜利。

尽管德里克讨论的是美国中国学界的中国现代史研究，不过他认为这种范式危机实际上发生于全球语境之下，并且在欧洲与中国同样存在——"在最直接的意义上，我的讨论是针对美国当今的汉学界，在次要一些的程度上，它也与欧洲汉学界有关。我强烈地感觉到，中国学者自己的中国近代史研究也同样存在着这些问题。"在讨论美国中国学界80年代以来引起重要反响的代表性著作之外，德里克也特别提及法国学者白吉尔（Marie Claire Bergere）的《中国资产阶级的黄金时代（1911—1937)》[1]。白吉尔对中国资产阶级的新解释得益于三个方面的因素：其一是与法国马克思主义汉学的决裂，另一是70年代后期以来中国革命自身的变化，再一是"从研究法国革命的法国史学家那里得到了启发"，这些法国史学家认为，如果没有法国大革命，"法国会更快、更有效地实现现代化"。德里克概括道：正是从这些不同但相互关联的因素中，白吉尔对中国资产阶级的新解释，是"全球性的质疑近代革命的语境中的产物"。而在这些因素中，德里克认为导致中国现代史研究范式变迁的关键，是中国革命自身的变化。显然，这种变化和70—80年代之交中国社会的转型直接联系在一起。在西方左翼群体和中国学研究者眼中，作为60年代"世界革命的中心"和第三世界国家"另类"发展典范的中国，在70—80年代之交放弃"文化大革命"，并通过"改革开放"而主动加入全球资本市场，这意味着"革命"已不再能成为指导中国历史探究的问题群的核心表述。"首先是'文革'遭到质疑，随后

---

[1]　其中义版由上海人民出版社1994年出版，张富强、许世芬译。

整个中国革命史都成了问题"，于是，"先前一直被描述为解放史诗的革命史，现在却变成了衰落与失败的故事"。70—80年代之交全球资本主义市场的形成和新自由主义意识形态的兴起，这一历史情势与中国革命自身的变化相互影响，构成了德里克所说的"全球性的质疑近代革命的语境"。

德里克对中国现代史编史学的探讨，显然是从中国"外部"对"现代化"作为一种史学研究范式如何主导中国现代史阐释的情况所作出的描述和分析。这种对现代中国史研究的批判性分析，尤其是其对"现代化范式"的讨论，在中国史学界产生了较大影响，得到一些中国学者的呼应或质疑[1]。不过，本书在这里对"现代化范式"的讨论，与历史学界的阐述方式并不相同。这里并不是在如何理解中国现代化历史的角度，来讨论一般意义上的现代化，而是试图去分析作为一种特定叙事和知识的"现代化理论"形成与扩散的历史路径。德里克有关现代化范式的批判性分析对本书的启示性在于，他不仅清晰地指认出"现代化"和"革命"两种叙事知识体系的变迁，而且指认出这种变迁与当代中国乃至全球性的"后革命氛围"之间的关联。也就是说，编史学领域中的现代化范式的兴起，某种意义上正是70—80年代之交全球格局从冷战向后冷战或全球资本主义时代变迁的结果。在这一全球性的视野中，中国不仅不是其中的例外，相反正是其中具有典型性的征候性话语场域。中国社会自身的变迁以及有关这种变迁的阐释语言，构成了其中的核心内容。"20世纪中国文学"论的现代化范式对以《新民主主义论》为基调的现代文学论述的取代，必须置于这样的全球性语境中来加以解释，其意识形态意味才能充分地显示出来。"20世纪中国文学"论中的现代化叙事，不仅是中国内部对于70—80年代社会转型的呼应，同时也是一

---

[1]　参见罗荣渠：《走向现代化的中国道路——有关近百年中国大变革的一些理论问题》，《中国社会科学季刊》1996年冬季卷总第17期；冯钢：《关于中国近代史研究的"现代化范式"》，《天津社会科学》2000年第5期；周东华：《中国近现代史研究的"现代化范式"——对两种批评意见的反批评》，《学术界》2002年第5期等相关文章。

种全球叙事的中国版本。在某种程度上也许应该说，正因为 70—80 年代的全球性转型，当第三世界国家联盟因为资本市场的全球化而溃散，当社会主义阵营因为"危机二十年"[1]而陷入某种停滞状态时，全世界事实上就只剩下了"一个故事"。这也是在 10 年后由美国学者福山所表述的"历史的终结"[2]。从这一角度来看，80 年代中国知识界的"世界眼光"和"全球意识"并不是一种自作多情的虚构，而有着真切的历史内容。

而从另一层面，就海外（尤其是美国）中国学界对中国本土的近现代史研究的影响来说，德里克的讨论可能更具有针对性。一个相当重要的现象是，德里克文章中论及的那些中国近现代史研究著作，除却《人民公敌》一书之外，几乎全数都已陆续翻译成中文，并且产生了颇大的专业和社会影响。这种海外（美国）中国学研究与中国本土研究之间的互动，最明显地表现在由江苏人民出版社分四批陆续出版的"海外中国研究丛书"，其基本主题被界定为"从各自的不同角度、不同领域接触到中国现代化的问题"。可以说，德里克所指出的"现代化"范式的一统天下，事实上不仅存在于美国中国学界，同时以不同的方式影响到了中国本土学界的历史研究。在 80 年代开放的文化视野中，对于急切地将目光投向"西方"/"世界"的中国学者来说，海外中国学的这种影响几乎是毋庸置疑的。这里不单有东西方之间的文化权力的落差，更重要的是，正是借助于身处"另一世界"的海外学者的研究思路和思想观念，急切地尝试突破既有的僵化学术/思想体制的中国学者们找到了最为"顺手"的批判武器。"海外中国研究丛书"的主编刘东曾这样说道："近几年来，每当我又为《海外中国研究》丛书挑着了一本好书，就很可能又扰乱了一次学术界的惯常思路；我必须

---

[1] [英] 霍布斯鲍姆：《极端的年代：短暂的 20 世纪（1914—1991）》，郑明萱译，南京：江苏人民出版社，1999 年。

[2] [美] 弗兰西斯·福山：《历史的终结》，本书翻译组译，呼和浩特：远方出版社，1998 年。

承认，我是存心这样做，因为'汉学'这块领地，既然和国内的学问拥有共同的研究对象，就更容易为大家提供比较的天地，就足以为中、西学术研究的方法提供一个接通的榫眼。"[1] 这也可见当时学界对于海外中国学的一般心态。事实上，在历史研究领域，80年代产生较大影响的史学论述，比如李泽厚的"救亡压倒启蒙"论、金观涛与刘青峰的"中国封建社会的超稳定结构论"，都与美国学界的论著，如舒衡哲的《中国启蒙运动：知识分子与五四遗产》、林毓生的《中国意识的危机——"五四"时期激烈的反传统主义》、孙隆基的《中国文化的深层结构》等有着或显或隐的"互文"关联；而在文学史研究领域，从80年代初期的作家作品重读到80年代后期的"重写文学史"，美国学者夏志清的《中国现代小说史》、香港学者司马长风的《中国新文学史》、美国学者李欧梵的《铁屋中的呐喊》等都产生过很大影响。事实上可以说，对于80年代尝试从"革命范式"中"突围"，尝试走出国门借鉴"世界"学术的诸多研究者（尤其是年轻学者）来说，海外中国学成为首先借鉴、交流的对象。即使是90年代学术思想界最为活跃的重要学者，在观察他们的学术成长道路时都可以发现，同一领域海外中国学研究的激发与影响也构成了他们学术转型的重要契机，比如陈平原与日本中国学、汪晖与美国中国学、戴锦华与美国中国学及文化研究、孙歌与日本中国学及思想史等。

不过，这里提及海外（尤其是美国）中国学对中国学术的影响，并不是要做"影响研究"，也不是想简单地将这一现象视为社会/人文科学知识"在中心（西方国家）生产，在边缘（第三世界）消费"[2] 的另外版本，而是试图提示出"现代化范式"得以成型的话语氛围的不同

---

[1] 刘东：《不通家法》，《学人》第1辑，陈平原、王守常、汪晖主编，南京：江苏文艺出版社，1991年，第21页。

[2] 罗荣渠主编：《现代化：理论与历史经验的再探讨》，"编者的话"，上海：上海译文出版社，1993年，第3页。

历史维度。这也就是说，不仅需要在 80 年代中国这一特定话语场来讨论"现代化范式"，同时也需要意识到这一范式形成的全球性语境。对这种全球语境的关注，或许可以称为是对一种比萨义德（赛义德）所谓"理论旅行"[1]、或刘禾所谓"被译介的现代性"[2] 范围更大、含义也更模糊的"话语转移"或"意识形态扩散"过程的关注。区别于"理论旅行"的地方在于，这一"话语转移"或"意识形态扩散"很难清楚地确定"旅行"如何从"源头"到达"目的地"的方式和过程。不过正因为 70—80 年代中国社会与文化的转型同步于全球资本市场的转型，是在内部与外部两种压力同时作用下发生的，因此我们必须在"内部"与"外部"的双重维度上来考察"20 世纪中国文学"论述中的现代化叙事得以浮现的历史原因。指认出美国中国研究编史学上的"现代化范式"成型的历史语境及其向中国的扩散，并将这种讨论落实于对"20 世纪中国文学"论述的分析，并不必然需要去考据其在什么地方以什么方式接受了哪些海外中国学著作的影响，而只是在一个更"具体"的"外部"因素上来勾勒"20 世纪中国文学"论述成型的历史语境。从这一意义上，"20 世纪中国文学"论述的提出，按照福柯式的表述，不过是"现代化"话语的诸多"陈述"当中的一个事件，它并非"独一无二"的，而是"现代化范式"这一全球性的"散布系统"中的一个构成部分 [3]。

　　而从一个更"具体"的"内部"因素上来看，"20 世纪中国文学"论作为"现代化范式"诸多陈述群中的一个，而出现在现代文学学科领域内，这同样是值得分析的内容。

------

[1]　参见 [美] 爱德华·W. 赛义德：《世界·文本·批评家》，收入《赛义德自选集》，谢少波、韩刚译，北京：中国社会科学出版社，1999 年。

[2]　参见刘禾：《跨语际实践——文学，民族文化与被译介的现代性 (中国，1900—1937)》，宋伟杰等译，北京：生活·读书·新知三联书店，2002 年。

[3]　参见 [法] 米歇尔·福柯：《知识考古学》，第二章"话语的规律性"，谢强、马月译，北京：生活·读书·新知三联书店，1998 年，第 23—95 页。

六、现代文学学科：新体制、新学人、新范式

如果要从话语考察的角度，全面地分析"20世纪中国文学"这一文学史论述在80年代中国文化场中出现的历史语境，那么，不仅需要考察其主导叙事体系的知识构成的来龙去脉，可能更值得关注的是其作为一种知识被生产出来的制度性因素。与本书考察的"人性"/"主体论"、"现代派""寻根""文化""纯文学"等其他80年代关键词不同，"20世纪中国文学"主要并不是一个文化思潮概念，而应当说它主要是一个"学科"概念。正如前面已经分析过的，这是一个首先在"现代文学"这一学科领域内被广泛认可的概念，继而才在人文学界产生影响。事实上，这一范畴在80年代能够产生广泛的影响，主要不在于其关于"现代化"的叙事，而在于它将这种知识与叙事落实于现代文学这一主流学科体制之内。在一种后见之明的历史视野中，这一范畴真正引发笔者研究兴趣的，正在于它事实上相当清晰且极具征候性地凸显出了80年代学术生产体制的变迁，只不过这一"事实"在很长时间内不被人们看见。直到90年代初期，当人们在一种"80年代大幕落下"的心境中关注以强调"学术史研究"和"学术规范"为口号的《学人》杂志所聚集的人文学界新生代学者时，"20世纪中国文学"作为一个重要话语事件的全部丰富意味，尤其是其作为当代学术生产体制变迁的一个重要文化事件的历史意味，才得以部分显露出来。或许用福柯的理论语言来说，这就意味着，我们不仅需要关注"20世纪中国文学"这一文学史论述"说了什么"，而且更要关注"谁在说话"以及这一论说得以播散的制度性场所[1]。

1. "革命范式"及其学科建制

"20世纪中国文学"论的三位作者陈平原、钱理群、黄子平，正如前面已经提到的，分别隶属于三个不同的专业方向：近代文学、现代文

---

[1] 参见 [法] 米歇尔·福柯：《知识考古学》，第二章4"陈述方式的形成"，谢强、马月译，第61—67页。

学、当代文学。在 70—80 年代转型的过程中，这三个学科方向（尤其是现代文学与当代文学）之间位置的错动是值得关注的现象，可以说，这种错动本身便构成"转型"的重要内容。

正如已有的研究[1] 所显示的那样，尽管一般都用"现代文学"和"新文学"大致指涉五四新文学运动之后的文学，不过，作为学科概念，"现代文学"与"新文学"却大不相同。50 年代初期，在伴随着新中国建立而确立的新学科体制中，"新文学"作为一个隶属于"中国文学"的重要学科方向而得以确立。而到 50 年代后期，"现代文学"概念的出现，正是为了取代"新文学"概念，以将统称五四新文学革命以来的文学的"新文学"，切分为"现代文学"与"当代文学"两个文学史时段，同时也为后来的"新时期"更为细致的学科方向的设立做好了准备。用"现代文学"/"当代文学"（也包括"近代文学"）的概念取代"新文学"概念，并不简单是一个称谓的变化，更重要的是支撑这一新的学科建制的知识体系与合法性依据发生了变更。如果说，支撑着"新文学史"叙述的，乃是由五四新文化运动与文学革命的领袖如鲁迅、胡适、茅盾等阐述并建立、以"新文学大系"为主要叙述依据的"启蒙"范式的知识体系，那么，支撑着"现代文学"/"当代文学"叙述模式的，则是以毛泽东的《新民主主义论》为基石、并由 1942 年后诸多重要文艺官员和理论家如周扬、冯雪峰、邵荃麟等不断阐释所逐渐构建出来的"革命"范式的知识体系与文学史图景。区别于"新文学史"所笼统指涉的启蒙现代性，"现代文学史"通过"旧民主主义""新民主主义""社会主义"等范畴的确立，而将现代中国文学的发展过程，描述为不同性质的文学现代性因素不断自我超越并层层推进的历史进化过程。并且，正是这样

---

[1] 参见洪子诚《"当代文学"的概念》（《文学评论》1998 年第 6 期）、贺桂梅《现代·当代·五四——新文学史写作范式的变迁》（《现代中国》集刊第一辑，武汉：湖北教育出版社，2001 年）、贺桂梅《"现代文学"的确立与 50—60 年代的大学教育体制》（《教育学报》2005 年第 3 期）。

一套"现代文学史"的论述，才高度吻合中国共产党（尤其是毛泽东）所叙述的中国革命史图景，或者说，它本身就是革命史叙述的重要构成部分。从这一角度来看，"现代文学"论述与这一学科命名的确立，其实也就是"革命"范式的确立。正是在这一意义上，现代文学成为1949年后新中国确立的最重要学科方向之一。这不仅意味着在"中国文学"这一整体中它占据了过分突出的位置（以至50年代后期以"重写"资产阶级学术权威的"白色文学史"为口号的集体写作文学史热潮的原则之一，便是"厚今薄古"）；同时也意味着，与同样被"革命"范式支配的其他历史或哲学等学科相比，它也具有毋庸置疑的重要性，这正源自"文学"在建构作为现代民族国家的"中国"这一想象的共同体过程中，所居的核心位置和发挥的重要社会影响。

不过，同样有意味的是，在50—60年代，在大学与研究机构中从事现代文学史研究和教学的学者们，诸如王瑶、李何林、刘绶松、张毕来等，其社会地位和重要性却远不如那些仍旧在参与文学写作与文学批评的诸如老舍、茅盾、何其芳等作家们。这就正如在50—60年代的文学等级的阶序上，指称1949年以后文学的"当代文学"，具有比指称1919—1949年文学的"现代文学"更"进步"更"重要"的性质。因为按照毛泽东在《新民主主义论》等文章中所勾勒的革命史图景，旧民主主义文学（近代文学）、新民主主义文学（现代文学）与社会主义文学（当代文学）属于一个比一个更高的历史阶段，其历史属性也相应地处在不同的等级序列上；因此，"现代文学"逊于"当代文学"，相应地，参与"当代文学"建构的作家们优于仅仅研究"现代文学"的学者们。从这一意义上来说，50年代后期"现代文学"学科概念的提出，便是以对名为"新文学"的文学史及其叙述模式的批判为前提的，它事实上已经将"当代文学"置于一个更重要的位置，并预示了一个新的也更重要的学科方向的建立。

不过，"当代文学"作为一个学科方向建制而出现的时间，是在"文革"结束后的1978年；而70—80年代这一历史转型期的一个突出标志，正在于这种进化文学史图景的中断乃至颠倒。应当说，"文革"激进政治与文艺实践的困境，所显示的乃是"革命"范式无限地指向更远的未来的历史图景及其展开路径的中断和陷落；而"新时期"指认这种政治困境的方式，乃是从"政治"撤回"文学"。通过将"革命"范式指认为"政治教科书模式"，而倡导和召唤一种远离"政治"（实则是"革命"范式）而更符合"文学自身"的文学史叙述模式。这种文学史叙述方式的转型，带来的乃是"当代文学"和"当代史"叙述的危机，同时是"现代文学"学科位置的再度中心化以及对文学的"现代性"的重新讨论（不如说是"重新确认"）。

　　从以上描述来看，如果我们从学科史角度对"20世纪中国文学"论述尝试"打通"的近代、现代和当代这三个学科方向的起源进行一番历史考察的话，就会发现它们乃是"革命"范式确立的标志和制度性依据。在70—80年代的历史转型中，这一学科建制的基本格局并未改变，甚至在"重建"和完善学科体制的诉求下，"当代文学"与"近代文学"才得以作为独立的学科机构而确立起来，并扩大了现代文学的学科建制。而悖谬的是，这一学科体制完善的时期，也正是确立其合法性的理论依据遭到强烈质疑的时期。在这一充满张力的格局中，"当代文学"摆脱其窘境的方式，乃是通过潜在地更改"当代文学"这一范畴的特定内涵，即将50年代后期由"社会主义属性"来定性的"当代文学"，更改为一般意义上的"当代的文学"或"当前时代的文学"，从而将自身的合法性主要定位为对新时期文学的现状批评。这种对"当代文学"性质的改写，最为直接地表现在关于"当代文学能否写史"的争论[1]中。而"现代文学"则通过对被50年代后期以来的激进革命范式排除出去的作家、作品、流派和文学现象的重新评价和整理，来调整文学史叙述的范

---

[1]　1985年，由唐弢发端，晓谐、施蛰存等一批研究者在《文汇报》上展开"当代文学能否写史"的论争。代表文章有唐弢的《当代文学不宜写史》(1985年10月29日)、晓谐的《当代文学应该写史》(1985年11月12日)、施蛰存的《当代事，不成"史"》(1985年12月2日) 等。

围及现代文学的学科内涵。很大程度上来说，这种调整是研究者在质疑与批判 1953 年后逐渐激进化的文学评判标准的基础上，以重提现代文学作为"反帝反封建"与"新民主主义"性质的"新文学"为主要趋向的 [1]。但既然有关"新民主主义"及其"反帝反封建"性质的论述也仍旧隶属于"革命"范式，而由对"社会主义文学"的批判与质疑所引起的对"革命"范式本身的怀疑，也就并不会因此而停留于"当代文学"的范围之内，而必然会涉及如何重新理解现代文学的"现代性"问题。

2. "现代性"内涵的争辩和"革命范式"的危机

这种分歧明确地表现在由教育部统一组织编写的基础教材、三卷本《中国现代文学史》的两位主编唐弢和严家炎之间。《中国现代文学史》是 60 年代初"调整"时期由周扬主持组织编写的全国文科教材之一，当时的教材编写组主编是唐弢；编写组曾因"文革"而中断，70 年代后期又恢复并重组，由严家炎代行主编之职。1979 年，三卷本全部出齐。从学科发展史的角度来看，这套现代文学史无论就其写作内容还是其历经的历史时段，都可被视为"革命"范式的集大成之作。一方面，它针对 50 年代后期的激进文学标准做了调整和矫正，最大限度地将不同文学史现象包容进来；另一方面，它又并非如《中国新文学史稿》那样相对突出《新文学大系》的评判标准，而是依照《新民主主义论》的基本历史叙述，突出强调现代文学的"新民主主义"特性。并且，从 60 年代初期到 70 年代后期的文学规范的变迁，也使得研究者有可能将"新时期"的历史视野有限度地包容进来。或许正因为这套文学史具有这样

---

[1] 参见严家炎《现代文学的评价标准问题——中国现代文学史研究笔谈之二》（收入《求实集——中国现代文学论集》，北京：北京大学出版社，1983 年）、樊骏《关于中国现代文学研究的考察和思索》（《中国社会科学》1983 年第 1 期）、王瑶《中国现代文学研究的历史和现状》[《华中师范大学学报（哲学社会科学版）》1986 年第 3 期] 等。

的"典范性"和"包容性",它的两位主编之间发生的争论便格外具有
代表性。

80年代初期,严家炎发表了名为"中国现代文学史研究笔谈"的
系列文章,对现代文学研究的许多基本问题提出自己的看法。最尖锐
的质疑是对现代文学史写作内容"名不符实"的批评——"这些著作名
为'中国',却只讲汉族,不讲少数民族;名为'现代文学',实际上
只讲新文学,不讲这个阶段同时存在着的旧文学,不讲鸳鸯蝴蝶派文
学,也不讲国民党御用文学,即使在新文学中,资产阶级文学讲得也
很少。"[1]针对这种要求拓宽现代文学范围的观点,唐弢表示了不同的意
见。他认为对现代文学范围的开拓不是"漫无边际"的,而应当有一
个"界限"——"没有必要正面介绍旧文学和鸳鸯蝴蝶派文学,理由很简
单:它们不是现代文学,不属于现代文学史需要论述的范围。"这里所
争辩的,其实并不单是现代文学史的写作内容,而是如何定义现代文学
的"现代性"问题。唐弢认为,"现代文学应当是具有真正现代意义的
全新的文学","从内容到形式,这种文学都有不同于过去的一点新的意
义——现代意义"。从形式角度来看,旧文学因为并未使用"白话"这
一现代语言,因此不具有现代资格;而鸳鸯蝴蝶派则因其内容的"陈词
滥调,毫无新气息"也不应当被纳入现代文学。[2]而严家炎则提出,凡
隶属于五四新文化运动以来这一现代时间范围内的文学因素,都应当被
称作"现代文学"。这种"现代性"标准在唐弢看来,似乎"只剩下一
个简单的时间观念,谈不到什么新的意义了"。不过问题却并不这么简
单。显然,自五四运动提出"新文化""新文学"以来,突出的是在时
间维度上的"新的"就是"现代的";并且,"现代"是一个价值判断范
畴,而关于"现代性"的具体指认事实上是处在不断的变化和冲突当中

---

[1] 严家炎:《从历史实际出发,还事物本来面目——中国现代文学史研究笔谈之一》,收入《求
实集——中国现代文学论集》,第1页。

[2] 唐弢:《求实集·序》,见严家炎《求实集——中国现代文学论集》,第1—6页。

的。这其实也是启蒙现代性与革命现代性共享的逻辑。这种现代文学的冲突，是现代性内部的冲突。而严家炎把现代文学的现代性界定为"从'五四'时期起，我国开始有了真正现代意义上的文学，有了和世界各国取得共同的思想语言的新文学。而鲁迅，就是这种从内容到形式都崭新的文学的奠基人"[1]，提出的事实上是另外一种不同的现代性标准。他将现代性的内涵，从时间维度上界定的"新"，转移到"和世界各国取得共同的思想语言"这一空间性标准。与唐弢的最大不同在于，严家炎把现代性视为中国文学"进入世界"的结果，于是，现代性的内涵就并非中国文学自身所能创造的，而是"世界"所赋予的。

对于唐弢、严家炎两人争论的这种辨析，看起来很"咬文嚼字"，不过极具征候性的却正在于，这种似乎语焉不详的文字上的差异，事实上显示的却是截然不同的两种历史视野。唐弢在时间维度上强调"现代文学"之"新"，正是"革命"范式的特点，它始终处在一种不断地自我克服与自我批判、处在新与旧的对比之中，处在一种历史进化的推进过程中；而严家炎所强调的"世界"视野，却恰恰是80年代所理解的现代性的关键，它潜在地将新/旧的对比转换为自我与他者的对比，进而把走向"现代"的过程理解为进入"世界"的过程。这也正是严家炎在进一步解释他有关现代文学的现代性理解时，提出了"文学现代化"的观点[2]的历史原因。王瑶对这一提法也表示了他的认同，认为"文学现代化"是"把现代文学'反帝反封建'的思想特质包括在内，具有更大的包容性，揭示中国现代文学本质的一个概念"，它使得现代文学研究工作的着重点"由注重现代文学与新民主主义革命时期其他意识形态的共性转向了现代文学自身的个性"，并且"必然要提出现代文学与外

---

[1]　严家炎：《鲁迅小说的历史地位——论〈呐喊〉、〈彷徨〉对中国文学现代化的贡献》，收入《求实集——中国现代文学论集》，第77页。

[2]　参见严家炎：《鲁迅小说的历史地位——论〈呐喊〉、〈彷徨〉对中国文学现代化的贡献》《历史的脚印，现实的启示——"五四"以来文学现代化问题断想》，均收入《求实集——中国现代文学论集》。

国文学以及它与中国古典文学的关系问题"。[1]——在这些概括和描述当中，已经隐约可见"20世纪中国文学"论述的影子，因为后者正是通过将中国现代文学置于"世界文学"的整体格局中，并通过对"现代文学自身的个性"诸如美学风格、文体与语言特征等的概括，而完成对20世纪中国文学现代性阐述的。

也许可以说，有关现代文学"现代性"争辩的一个关键的变化，在于对现代文学现代性的界定，从"新的文学"转移为"现代世界的文学"。正是"世界"维度的出现，构成了80年代现代性想象的突出特点。甚至可以说，这也正是"开放"国门的现代化举措在思想文化上的历史投影；80年代文化的全部特点，或许正来自于这一洞开的世界空间感的冲击。不过，当严家炎、王瑶等现代文学研究界的成熟学者们在描述这种有关文学现代性的理解时，始终将其置于与五四新文学的历史类比中，一边为新时期的"文学现代化"提供历史的证明，而另一边却将现代性的起点毋庸置疑地置于五四历史这一节点之上。事实上，这也是现代文学学科得以确立的合法性基础。不过，既然文学"现代性"被转移到一个现代空间（包括作为历史空间的"全球化"和作为文学空间的"世界文学"）的指认上，而显然，在一种后冷战（或更准确地说是"后革命"）的视野中，所谓"世界"指涉的乃是"西方"即欧美诸国（也正因此，50—70年代由第三世界国家组成的世界不被认知为"世界"），那么，在"革命"范式中五四现代性作为一种批判现代性的现代含义必然被模糊，并且，它作为现代历史的"起点"的位置也将受到质疑。在很大程度上，这也正是严家炎在要求将"旧文学""鸳鸯蝴蝶派""国民党御用文学"等与"新文学"一起并列入现代文学时，必然会产生的问题。事实上，在"20世纪中国文学"论提出稍后，由当时几位年轻学者（温儒敏、钱理群、吴福辉、王超冰）共同完成的《中国现代文学三十年》即面临这样的问题。这本曾受到广泛赞誉、并一直被作为现代文学

---

[1] 王瑶：《中国现代文学研究的历史和现状》。

学科重要教材的文学史著作，尤其在它被重新修订，将鸳鸯蝴蝶派乃至全部现代通俗小说纳入现代文学范围后，它如何讲述现代文学的内在统一性则开始面临着质询[1]。

这也就是说，如果从"范式"的角度来看，尽管从"新时期"开始即将"现代文学"的范围不断拓展从而丰富"革命范式"所能包容的容量，但这种拓展本身不但没能补救"革命范式"的缺陷，反而正造就了"革命范式"的危机，即有越来越多无法被"革命范式"所阐释的内容被凸显出来。这也正是赵园在说"现代文学研究只有'破关而出'，才有可能真正'返回自身'——一种古怪然而真实的逻辑"时，所包含的历史内容。在当时的语境中，"革命范式"不再是一种能够拓展与包容那时的"人文学者共同体"（借用库恩的"科学家共同体"）历史视野的阐释模式，反而被视为一种"桎梏"，或一种无法再具有弹性和包容力的"旧范式"。按照库恩的描述，所谓"范式"的转移，从来就不是一个具有历史连续性的过程，而是一种"断裂"[2]。而有意味的地方正在于，"20 世纪中国文学"论作为一种"新范式"，它并不是在现代文学学科范围内对"革命范式"的"改良"，而是一种"断裂性"的新建构。如果说有关"文学现代化"的阐释，为"20 世纪中国文学"论述提供了学科基础的话，那也不过是供其跳跃的"基石"，因为真正构成"20 世纪中国文学"论述的核心骨架的，并不在于对"世界文学"语焉不详的"比较文学"式的论述，而是那种将整个"20 世纪中国"与"20 世纪文学"纳入"世界"范围并统一起来的叙事模式。从这样的角度来看，尽管"20 世纪中国文学"论被视为现代文学研究新阶段的拓展，但它本身却是这一学科领域的异类/新质。

就其论述内容来看，前面已经分析过其"现代化范式"与作为现代

---

[1] 钱理群、洪子诚、旷新年、吴晓东：《现代文学的观念与叙述——〈中国现代文学三十年〉笔谈》，旷新年"犹豫不决的文学史"部分，《文学评论》1999 年第 1 期。

[2] [美] 托马斯·库恩：《科学革命的结构》，金吾伦、胡新和译，北京：北京大学出版社，2003 年。

文学主流的"革命范式"之间的断裂与冲突。而当我们重新去追溯这一新范式得以产生的历史语境时，同样无法忽略的，还有它借以成型的制度性基础。如果说，现代文学学科重建过程中面临的内在矛盾和冲突性叙述，为"20世纪中国文学"论述的出场奠定了基础的话，那么，一种新的学院制度的确立，则为这一新的文学史叙事的成型，提供了制度性空间，并为其塑造了新的研究主体和可能的思想资源。

3."85学人"及其历史意识

在以往有关"20世纪中国文学"论的研究中，人们几乎很少去关注它的三位提出者作为"新一代"学者的意义。这一代研究者应被看作70—80年代转型时期高等教育体制改革的产物：他们都获益于1978年开始恢复、在1981年正式实施、1982年开始完善其制度化建制的研究生学位制度，并成为不同人文研究领域的首批硕士、博士学位的获得者。研究生学位制度在80年代初期的确立，对当代中国文化体制尤其是知识生产体制有着重要影响。这种新制度培养出来的研究者，既不同于50—60年代主导文艺方向的文化官员兼作家，事实上也不同于50—60年代教育体制培养出来的学院研究者。这一相对自足的学术制度所培养的，乃是当代中国首批职业化的学术人。而这一点，应当成为我们讨论当代中国知识生产制度与知识群体问题时的一个重要历史面向，因为此后参与知识生产的都是同一制度空间的学术人。

当我们去清理使得80年代文化变革真正呈现出"转型"面貌的85后文化格局时，一个越来越清晰的事实，便是这批不同程度有过知青经历、并于"文革"后通过学位考试进入学术体制的年轻人，在其中发挥着越来越重要的社会（同时也是专业）影响。从代群来看，这批新生代研究者或许可以被称为"85学人"。陈平原这样说道："回头看八十年代学术，1985以前和以后，是两回事。我估计，这与整个人文环境和人才培养有关系。……作家不念大学，也可以写出好小说。但学界不一样，有没有受过良好的学术训练，差别很大。几届研究生出来，整个学界风气大变，这点很明显。"[1] 他们在80年代中国文化场的集体"亮相"，便是由甘阳主持的"文化：中国与世界"编委会——"我们这帮主要是以第一批研究生为主的"，"也是在拉编委会班子的时候。因为我这个时候比较考虑学科大局，我是想弄一个人文方面最强的组合，所以人家说我是一网打尽天下豪杰嘛"。[2] "20世纪中国文学"论的三位作者，也是这个编委会的重要成员，尽管在陈平原看来，他们这些做"中国学问的"在当时充当的只是"配角"。[3] 而"20世纪中国文学"论的提出，无疑也构成了这批学人登场的标志性事件之一。

这一知识群体事实上与文学领域中的"知青作家""朦胧诗诗人"，与电影领域的"第五代"导演，以及音乐、美术界的新生代，属于同一个年龄群并具有相类的历史和文化经验；也大致相当于李泽厚所谓的"'红卫兵'一代"[4] 或刘小枫所谓"四五一代"[5]。不过，迄今为止，很少有研究对他们做一种文化分析和历史考察。可以将"85学人"类同于"知青作家""第五代"导演以及"四五一代"或"红卫兵一代"的主要依据，是当代中国的特定历史经验所造就的社会断层与群体意识。作为"一代人"，并不意味着他们在年龄上的相近——比如"20世纪中国文学"论的三位作者，钱理群就远不同于有过知青经历的黄子平、陈平原——而主要表现在其社会经验、社会位置与自我意识的相似。如果说"代"群成为描述与分析80年代文化的一个重要范畴有其特殊的有效性的话，那么正因为50—80年代的当代中国历史本身赋予了他们共同的历史经验与历史意识（很大程度上，这种代际分析到了90年代之后，

[1] 查建英主编：《八十年代：访谈录》，陈平原部分，第127页。

[2] 查建英主编：《八十年代：访谈录》，甘阳部分，第213、216页。

[3] 同上书，陈平原部分，第136页。

[4] 李泽厚：《中国近代思想史论》，"后记"，北京：人民出版社，1979年；《二十世纪中国（大陆）文艺一瞥》，收入《中国现代思想史论》，北京：东方出版社，1987年。

[5] 刘小枫：《"四五"一代的知识社会学思考札记》，收入《这一代人的怕和爱》，香港：卓越书楼，1993年。

就不过是一种"进化论"式的惯性推演，而缺乏相应的历史内涵）。这一年轻知识群体大多有过知青经历（少数当过"右派"，比如钱理群），他们的共同历史意识，或许用刘小枫的概括，可称为"四五一代"，即经历过理想的幻灭和对革命范式话语的普遍质询[1]；或用戴锦华的概括，他们可被称为"'文革'所造成的历史与文化断裂的精神继承人"，以其文化书写进行一种跨越历史断裂的"断桥"式自我表达的"子一代"[2]；也或许用朦胧诗人北岛的诗句《回答》所宣告的，这是"怀疑"的一代……总之，尽管这一社会代群存在着许多差异，不过，相对于其父兄辈（即50—60年代接受教育并进入体制的一代人，李泽厚称其为"解放的一代"），他们具有某种共同的历史意识，即对50—70年代社会主义历史实践和革命范式的话语体制的普遍质询，以及一种尝试突破这一话语体制而寻找"别样世界"的历史冲动。

这种历史意识表现在85学人这一学术群体，则是对一种脱离并超越既有"政治""意识形态"话语形态，并被视为"纯粹的""新异"的"学术"的追求。甘阳如此表述："……我觉得我们是在discourse上造成一个很大的变化，就是你开始不需要成天好像还要一半的时候和这个传统的discourse作斗争，你可以直接用新的discourse、新的语言谈问题，这个是编委会最大的贡献了。比如再复（指刘再复——笔者注）一半的时间在批判人家的discourse，我认为都是瞎耽误功夫，影响你的进步，影响你的思想，你来被他拖着走。"[3] 这种对"新的discourse、新的语言"的追求尽管也可以作为80年代文化变革的总体特征，不过对于学术新生代而言尤其适宜。这不仅表现为他们力图与既有话语体制相断裂的更明确的主观意识，也表现在他们的学术道路所透露的更为有迹可

[1] 刘小枫：《"四五"一代的知识社会学思考札记》《我们这一代人的怕和爱——重温〈金蔷薇〉》，收入《这一代人的怕和爱》。

[2] 戴锦华：《断桥：子一代的艺术》，收入《雾中风景：中国电影文化1978—1998》（第二版），北京：北京大学出版社，2006年。

[3] 查建英主编：《八十年代：访谈录》，甘阳部分，第225页。

循的话语资源和历史路径。是黄子平、钱理群、陈平原这三位当时的学术新锐，而并不是严家炎或王瑶等中老年学者提出了断然不同于"革命范式"的"20 世纪中国文学"，或许可以从这个层面找到一定的历史原因。而新的话语资源出现的可能性，则正蕴涵在新生代学者借以塑造自身的新的教育体制当中。

4. 新学人与新体制

探讨研究生学位制度之于现代文学研究与学科建制的影响，最值得思考却最少得到讨论的，或许是它如何塑造了现代文学研究新生代学人的主体意识。在 50—60 年代，苏联式高等教育体制将学院的专业设置、人员培训和知识管理，都纳入国家的直接控制范围[1]。参照于此，80年代学位制度的确立，某种程度上也意味着当代中国精英知识群体的知识生产活动获得了更具"自主性"的制度性空间，这一空间也在塑造着研究群体新的主体认同。从 1987 年甘阳等组织的"文化：中国与世界"编委会，到 1991 年《学人》集刊聚集的新生代学术群体，或许最能显示新体制塑造的研究者身份认同的变异。如果说，80 年代中期汇聚于甘阳主持的"文化：中国与世界"编委会尚属某种"意气相投"而历史意识并不那么清晰的文化行为的话，那么，90 年代初期，聚集在陈平原、王守常、汪晖主编的《学人》杂志周围，却是人文学界新生代学人一次相当自觉的自我定位和历史定位。《学人》杂志以"学术规范"和"学术史研究"为主要导向，如倡导者所言，这表现了他们对于"学界现状的不满以及重新选择学术传统的决心"[2]。不过，这份体制外刊物的创办能够成为 80—90 年代转型期的重要文化事件，在当时却主要不是因为他们具体的学术选择，而是因其在特定历史环境中表现出来的政治态度。

---

[1] 参见贺桂梅：《"现代文学"的确立与 1950—1960 年代的大学教育体制》，《教育学报》（北京）2005 年第 3 期。

[2] 陈平原：《关于〈学人〉》，收入《学者的人间情怀》，珠海：珠海出版社，1995 年，第 156 页。

对"80年代中国学术'失范'纠偏",从"思想史"向"学术史"的转移,强调"学术"与"政治"的区分以及反对"借学术谈政治"[1],这些往往被理解为80年代知识群体的一种政治姿态,被视为一代知识群体从"广场"退向"书斋",从"知识分子"变为"读书人",也是从"政治"转向"学术"的选择。而这种对学术的强调,在80—90年代之交的历史氛围中也正是一种明确的政治态度,一种拒绝与权力合作的抗议姿态。应该说,此时将"学术"作为一种别样的选择,乃是高度政治化的行为。

不过,如果以为《学人》群体对"学术"的选择仅仅在表达一种政治姿态,却并没有穷尽这一文化现象的历史内涵。如果说,学术与政治(也包括文学与政治)这一对偶结构,是整个20世纪不断地困扰着中国知识群体的核心问题之一的话,那么,经历80—90年代社会动荡后的这次关于"学人"身份的倡导,却不只是这一话语的重复。在这里,事实上存在着一种不同于以往论争的主体认同,而这种认同有着明确的制度依据。仔细阅读《学人》第一辑的"学术史研究笔谈"[2],会发现关于"学术史"和"学术规范",参与者的理解各不相同,甚至有较大争执,不过,他们却都愿意将之视为研究主体的一种自我规训——"在探讨前辈学人的学术足迹及功过得失时,其实也是在选择某种学术传统和学术规范,并确定自己的学术路向"(陈平原:《学术史研究随想》),"今日倡导学术史研究,我以为只是一种象征意义,那即是在学术研究上提倡一极旧的新学风:认认真真读书、老老实实做学问"(王守常:《学术史研究刍议》),"不研究学术史,就不知道自己的家底,昌明些什么无从着落,融会些什么,怎样融会自然也说不上"(钱文忠:《又

---

[1] 参见陈平原、王守常、汪晖主编《学人》第1辑(第3页,南京:江苏文艺出版社,1991年),以及陈平原《学者的人间情怀》中的诸多篇什。

[2] 陈平原曾写道:"不少朋友将《学人》第一辑上那组'学术史研究笔谈'作为'发刊词'读,实在是高招。当初并没有这种想法,可一经高人点破,顿觉妙不可言,以至非常乐于事后追认。"(《〈学人〉的情怀与愿望》,收入《学者的人间情怀》,第174页)

一代人的学术史研究》），"既是一种自我训练，也是一种示范，是更新传统的探索，亦是融汇新旧两种经验的创造"（梁治平：《学术史研究门外谈》）。在这些论述中，学术史研究几乎不言自明地成为研究者得以塑造为"学人"的途径与方式。问题在于，如果这种学术研究仅仅是一种对抗政治高压的不合作态度的话，那么，那种要求重建学术传统的动力、要求研究者的自我规约就显得并不那么必然。显然，这些论述中蕴涵着某种被参与者视为几乎不言自明的历史前提，而这种前提在当时却并未得到直接的讨论。直到90年代，汪晖在一篇回顾文章中将这一问题提了出来——"为什么是学术规范？即为什么我们用重建学术规范的方式而不是用别的方式来检讨八十年代以至一百年中国社会的失范？以建立学术规范为契机进入学术史的研究，进而赋予学术史的研究以如此沉重的历史负担，这种检讨的方式是正当的吗？"[1] 这一问题的提出，也就使人们必须去正面讨论80年代中期以来知识生产体制尤其是学院制度的成型这一基本历史事实。正是借助于这一制度性基础，"学人"作为"学术人"的主体含义才成为不言自明的历史前提。而这一点，恰恰是在90年代初期的历史氛围中，《学人》集刊的创办可以成为一个政治事件、"做学人"可以成为知识群体一种真切的"另类"选择的必不可少的条件。

"20世纪中国文学"论的倡导者、同时也是《学人》集刊主编之一的陈平原，或许是对这一问题有着最为持久关注和思考的研究者。不过，在90年代初期，他谈论这一问题的方式，是倡导学术的独立与自由，是"区分'学术'与'政治'，以及反对'借学术谈政治'"[2]。也就是说，他是从社会批判与文化倡导者的角度，来讨论由学位制度所确认的新的知识生产体制，并将其视为挣脱"政治"束缚的一个"自由而独立"的话语空间。而自90年代中后期以来，他越来越多地注目于学术体

---

[1]　汪晖：《必要的沉默》，收入《旧影与新知》，沈阳：辽宁教育出版社，1996年，第128页。

[2]　陈平原：《"事事不关心"？》，收入《学者的人间情怀》，第171页。

制与教育制度本身，并从社会学与文化分析的角度来考察这一新的知识生产制度扮演的历史角色[1]。2006年，查建英主编出版了一本收录80年代文化重要参与者的访谈文章的书籍《八十年代：访谈录》。访谈者中，陈平原最为自觉地意识到80年代文化与大学教育体制之间的密切关联，并明确提出学位制度的重要影响。他这样解释80—90年代学术风气的转变："比起个别天才的创造来，制度性建设更值得我们关注。比如大学里的课程设计、学科建设、论文评估、学位授予等，都不是小问题，都会影响到整个思想文化进程。……八十年代的学界，规矩没那么多，专业化程度不高，写论文时很容易跨越学科边界，甚至可以闲庭散步般地'谈文化'。九十年代不一样，撰写论文，有严格的形式方面的要求。这种专业化趋势，与学者们从广场退回书斋，大有关系。"[2] 这也就是说，与那种将学者"退回书斋"视为一种政治态度的看法相比，陈平原更突出的是这种"后撤"的制度性约束与可能性。某种程度上来说，这也呼应了汪晖提出的问题，即为什么是"学术规范"而不是别的？原因正在于新的知识生产体制和大学教育制度，不仅塑造了知识群体一种新的主体认同的途径，而且也打开了一种特定的文化空间。在80—90年代之交，"广场性"的社会批判空间遭到挫折的情形下，恰是这一文化空间突出地浮现出来，潜在地规约着当代知识生产的方向与内容。这也就使得我们需要去追溯新的知识生产体制尤其是学位制度，在80年代的文化场中到底扮演了何种历史角色，并在怎样的意义上影响到新生代研究者的历史视野与知识构成？

研究生学位制度在80年代初期的确立，对当代中国文化体制尤其是知识生产制度有着重要影响。从社会学的角度来说，因为"文革"时期的整个教育体制是以批判和抑制西方式高等教育和精英教育制度为主要内容，因而"文革"结束后被积压的大批人才通过高考制度与研究

---

[1]　参见陈平原：《大学何为》，北京：北京大学出版社，2006年；陈平原等：《教育：知识生产与文学传播》，合肥：安徽教育出版社，2007年。

[2]　查建英主编：《八十年代：访谈录》，陈平原部分，第145页。

生学位制度进入学院体制和社会中心，从而造成了一次人才的集中涌现。而且，这不仅仅是一代人的"集体登场"，而是两代人的汇集，即学生一代和老师一代。如果考试制度使得散布于各边缘区域的年轻人得以进入学院体制的话，那么，成为新恢复的大学制度与学位制度的指导者的，首先便是一批有着特殊历史际遇的老教授和老学者。这批老学者与老教授往往受教或教学于30—40年代的大学，并在50—60年代的教育体制中受到不同程度的批判。当代中国历史天翻地覆的变化，往往便表现于这样的颇具历史意味的对比中：如果说50年代后期，年轻学生与年轻老师批判这些老学者老教授，成为以"集体写作文学史"为主要行为的高等教育体制改革的主要内容的话，那么，70—80年代转型的一个重要指标，则恰是这一位置的颠倒，是老先生们复归于大学体制的中心位置，并传道授业于从"五湖四海"归于学院中心的年轻一代。也许可以说，80年代学术/文化的转型，尽管表面上是所谓"85学人"的登台献演，但真正完成这一知识格局转型的，却是两代人的合作成果。这一点，不仅表现为王瑶之于陈平原、钱理群，表现为唐弢及扬州师院的"新北门诸老"之于汪晖，表现为洪谦、熊伟之于甘阳及"文化：中国与世界"编委会，表现为宗白华之于刘小枫，也表现为冯友兰之于陈来，张广铭、张芝联之于阎步克、高毅，某种程度上同样也表现为谢冕之于黄子平、季红真，钱谷融之于王晓明、许子东等。当我们去阅读这些于80年代成名并成为90年代知识界中坚的重要学者们的学术随笔和回忆文章时，这一点都会得到明晰的印证。

直接将这一点作为一个话题提出的是陈平原。他将之称为"学术上的'隔代遗传'"——"理解80年代，应该把它与30年代的大学教育挂钩，这跟一批老先生的言传身教有关"，"学位制度的建立，使得我们中的好些人，有了跟这些老先生朝夕相处的机会"。更有意味的是，陈平原由此从知识构成与思想谱系的传承上，得出这样的结论："80年代的我们，借助于70—80岁的老先生，跳过了50—60年代，直接继承了30年代的学术传统"，"老先生晚年重新焕发青春，让弟子们得以赓续30

年代学术传统。而这些80年代的研究生，后来大都成为各个专业领域的顶梁柱。这你就能明白，为什么我们能较快地完成学术转型；还有，为什么进入90年代，学界有一种相当普遍的怀旧情绪，甚至连学术史成为时尚，也与这有关"[1]。如果这样的观察和分析成立的话，那么有意味的问题就在于：70—80年代转型期大学教育体制与学位制度的确立，并不仅仅是一种学科体制上的转变，更是知识构成、思想谱系的变化。而这种变化的最重要特点，正在于它使年轻一代于体制内便具有了获取"革命范式"之外的思想资源的途径。值得分析的是，如果说老先生们正是因其"没有真正融入50—60年代的学术思潮"[2]，因其"没有接受'思想改造'"[3]，因其"在这个要求'统一思想'的时代提出'散步'哲学"[4]，而得到年轻弟子们的尊崇的话，一定程度上我们不妨将这一形象视为年轻一代某种主观愿望的"投影"。在这里，老先生们作为超然于50—70年代历史之外的特立独行者的形象，与他们在当代历史中的复杂遭际与经验，或许应当区分开来。在那种强烈的"破关而出"的意识支配下，年轻一代或许放大并凸显了老先生们那些与"革命范式"相异相左甚或相抗的思想内容。比如王瑶对"20世纪中国文学"论的质询，便可一定程度地说明他并非要求截然地摆脱"革命范式"，毋宁说，那正是年轻一代的强烈诉求。不过，尽管如此，在当代学术体制内部，恰是这些老先生为年轻学人展示了"革命范式"之外的历史视野和别样的思想空间。表现在其影响"20世纪中国文学"论的关键，并不在于这一学术传统的确立如何决定了"20世纪中国文学"论述的具体内容，而在于使得一种站在"革命范式"之"外部"的学术意识和眼光成为可能。同

---

[1] 查建英主编：《八十年代：访谈录》，陈平原部分，第146—147页。

[2] 同上书，陈平原部分，第147页。

[3] 甘阳在《纪念洪谦与北大外哲所》（收入《将错就错》，北京：生活·读书·新知三联书店，2002年，第2页）一文中写道："在1949年以后的中国大陆思想学术重镇中，没有接受'思想改造'的，洪谦或许是唯一的一人。"

[4] 刘小枫：《湖畔漫步者的身影：忆念宗白华教授》，收入《我们这一代人的怕和爱》。

样从这个角度来看，90年代初期"学术史研究"的提出，不过将80年代这一两代人相遇的历史意义，以宣言的方式凸显出来了。

关于研究生学位制度，另一值得分析的地方在于，这是在批判和调整50—60年代苏联式教育体制，以及"文革"期间的激进平民化教育制度的基础上，"以美国为榜样"而形成的。陈平原曾相当准确地将之概括为"正规化、国际化和美国化"[1]。这也就意味着，不仅学位制度的设置方式，而且具体专业与学科方向的设计，尤其是指导整个学科体制的基本理念，以及知识生产的管制方式等，都是以美国式学院体制为范本。正如本书有关"文化热"一章分析到的，二战后，世界学术中心从欧洲向美国的转移，以及由于"现代化理论"的兴起而使社会科学的崛起，都成为"美国特色"的基本内容。这也不能不影响到当代中国的学院体制。留美热潮与社会科学在90年代的兴起，一定程度上都应该看作80年代高等教育制度美国化的必然结果。从这个角度来看，80年代的人文学科体制与学位制度的逐渐完善，正处在这一历史的转型过程中。也因此，是人文学界与人文学者，而非社会科学及其学者，成为领80年代"风骚"的弄潮儿。美国式的社会科学理念与语言恰恰是通过人文学科与人文学界而得到播散的，比如"文化：中国与世界"编委会的"现代化宣言"和"对现代性的诗意批判"，更不用说"20世纪中国文学"论中的现代化叙事了。这也就是说，当我们在讨论80年代学术生产体制的"转型"或"不规范"时，需要去具体分辨这是以怎样的方式在转型，或在怎样的规范之间的转移。另外值得一提的是，由于新的知识生产体制尚在完善过程中，学科的界限不清晰或处在重组过程中，使得另一文化传输管道——媒体——的运作范围，远远溢出了学院体制，或者说成为重组学院力量的一个重要媒介。这或许也正是《读书》杂志在"20世纪中国文学"论的传播过程中产生重要影响的原因。而伴随着90年代以来学院建制的扩张和学科体制的完善，媒体便逐渐成为学院体

---

[1]　查建英主编：《八十年代：访谈录》，陈平原部分，第145页。

制的一个构成部分，即便是一份批判性媒体，也仅仅成为学院知识群体的一个"内部"空间了。

特别地提及与"20世纪中国文学"论联系在一起的新一代学人及出现的知识生产制度空间，是因为这里存在着一种不同于以往的知识主体认同的制度性依据，使人们必须去正面讨论80年代中期以来知识生产体制尤其是学院制度的重构这一基本历史事实。正是借助于这一"制度性"的基础，研究者作为"学术人"的主体含义才成为不言自明的历史前提。显然，在"广场"/"书斋"、"知识分子"/"读书人"的二元结构中，《学人》群体出现的意义一直没有得到有效的讨论。这种二元思路总是假定学院是一个可有可无的、负面性的空间，并且将"启蒙"与"学术"完全对立起来，而没有看到，"学院"作为一个知识生产的空间同时也具有成为思想批判空间的可能性。认同"学人"这一身份，并不必然要做"两耳不闻窗外事"的书呆子，更积极的态度是应该讨论作为知识生产和社会参与的主体，知识群体如何更有效地创造性地"使用"这一空间。正是在这样的意义上，唯有《学人》群体第一次将当代中国知识生产的制度性根基正面地提了出来，尽管他们关于"学术规范"的讨论本身实则是在加固学院制度，而并不具有那种"既内且外"的批判意识。但正是《学人》群体的聚集成为当代知识实践方式的一个转折性标志，并提示人们当代知识生产在怎样的制度性空间里展开。

结语："80年代学术的一个象征"

这里对"20世纪中国文学"论的分析，并不是在单一学科史或学术史的内部视野中展开的，而力图将对特定文学史文本的分析，扩大到关于80年代学术与思想的话语实践层面的考察。如果从话语考察的角度去分析"20世纪中国文学"论得以形成的历史因素的话，一个简陋的"外部"轮廓描述，便是"现代化理论"在70—80年代全球转型过程的散布形态，及其作为"后革命氛围"中一种主流叙事的历史语境；作为这一全球叙事的中国版本，同时需要勾勒出的一个与之密切关联的"内部"素描，则是现代文学学科建制的变迁，以及借助新的学位体制而浮现在历史舞台之上的一代学术新人。尽管这样的分析并不能完全妥帖地落实于对"20世纪中国文学"论的具体分析和对三位作者的具体评述，不过，作为80年代文化场域中一个极具征候性的文化事件，"20世纪中国文学"论却突出地呈现出了这一"外部"与"内部"、知识体系与学术建制互动的话语轨迹。也正是在这一意义上，"20世纪中国文学"论作为"80年代学术的一个象征"，其全部丰富复杂的历史内涵，才能得到更准确的呈现。

结　语　重建批判知识与批判主体

如果不仅关注对 80 年代文化展开过程的历史书写及其相关研究，同时也关注书写者和研究者的主体位置及其历史语境的话，或许可以说，当下关于 80 年代的探讨重叠着三重历史视角，以及由这些历史视角所决定的三种批判性理论语言。

这三重历史视角事实上与当代中国的社会变迁直接相关。当人们用"转型"一词描述这种社会变迁时，其实也意味着一种历史视角及其知识范式的转移。如果说 70—80 年代之交的转型造就了"新时期"意识，那么这同时也意味着对 50—70 年代的历史视角和文化范式的转移，和一种新启蒙式的现代化理论范式的形成。80—90 年代之交的转型，则构成了另一种观察 80 年代的新视角，并且也正是这次转型，被当代中国批判知识分子看作为创造一种"全球资本主义时代的批判思想"提供了可能性 [1]。

而 21 世纪以来的诸多文化现象，比如近几年在专业研究和社会话题意义上兴起的"80 年代热"，比如 21 世纪以来的"大国崛起"现象以及大众心态与民族意识的转变等，也可以视为中国社会在 21 世纪发生了新转型的话，那么这也恰恰使我们同时观察和思考这三种历史视角成为可能。这种 21 世纪的新的视角并不意味着小规模的"通三统" [2]，取消

[1]　汪晖：《当代中国的思想状况与现代性问题》，收入《去政治化的政治：短 20 世纪的终结与 90 年代》，北京：生活·读书·新知三联书店，2008 年。

[2]　甘阳：《通三统》，北京：生活·读书·新知三联书店，2007 年。其中提出，"孔夫子的传统，毛泽东的传统，邓小平的传统，是同一个中国历史文明连续统"。

前三种历史视角和知识范式之间的差异而将其整合到更大的叙事中，而首先意味着将三种历史视角作为历史化的"特定视角"来加以观察，进而思考并探索一种新的批判思想的可能性。

一、对立与综合："新启蒙"范式与第三世界批评

第一重历史视角或可称为"新时期"意识，这是与70—80年代转型同步构造的一种历史意识。如果说中国知识界在80年代社会与文化变革过程中表现出少有的同一性历史意识与文化姿态，那么这种同一性正建立在"告别革命"的共识之上。"文革"（也包括整个50—70年代的社会主义实践史）被视为"封建主义复辟"或现代化的中断，而"新时期"则重归历史正轨并开启现代化的新阶段。在"新时期"的历史意识和新启蒙理论范式中，对80年代的自我定位和历史讨论始终是在与"五四"新文化运动的参照关系中展开的。人们常常有意无意地遗忘或遮蔽的，正是这个"新时期"与50—70年代历史的关系。而实际上，所谓"第二个五四时代"这样的历史定位，是在对50—70年代社会主义实践展开批判和反省的前提下形成的。"思想解放运动"、马克思主义人道主义和新启蒙话语等，直接针对的都是50—70年代形成的革命范式的理论语言。从这一角度而言，本书将"新时期"与50—70年代历史关联更直接地呈现出来，而将"第二个五四时代"视为一种历史隐喻，是为了完成一种意识形态的去蔽。正是这种"新时期"历史意识，决定了80年代的诸种文化实践如人道主义思潮、文化热、文学的现代主义实践、寻根思潮、重写文学史与持续的"纯文学"诉求的具体方向与样态。而其批判性理论的关键语汇，乃是现代化、文化、启蒙、人道主义、纯文学（学术）、世界、民族意识等。

这一历史视角及其批判语言的局限性，在90年代知识界的诸种思想论争，比如"人文精神"论争、"新保守主义"的崛起，特别是由汪

晖的《当代中国的思想状况与现代性问题》一文引发的"新左派"与"（新）自由派"论战之后，得到了学界越来越自觉和深入的讨论。可以说，90年代知识界的分化与论争，凸显的正是80年代的新启蒙思想事实上已经无法有效地回应全球化时代的中国问题这一基本历史情境。本书对80年代六个重要思潮的历史轮廓与知识谱系的清理，事实上也正是在反省"新时期"意识的前提下，揭示这种批判理论的知识谱系如何构成，及其在具体历史实践中所扮演的意识形态功能。这种站在"新时期"意识的"外面"展开历史批判工作之所以成为可能，正源自90年代以来中国社会的变化，使得"新时期"意识和新启蒙知识在社会主义中国内部展开的批判越来越深地暴露出其局限性。也就是说，对"新时期意识"展开批判的历史前提，乃是90年代中国市场化、全球化进程的展开，使得启蒙理论失去其批判效应。显然，这涉及80—90年代的中国社会转型带来的另一重历史视角和批判语言。

　　由此也留下了两个值得进一步深入的问题，一是用启蒙理论批判革命史是有效的吗？另一则是"全球资本主义时代的批判思想"具体指涉怎样的理论语言？这两个问题的核心是：如果说是90年代后的全球资本主义处境使得80年代中国的"新时期"启蒙意识及其批判语言失效的话，那么，反思革命史应当使用怎样的批判思想？批判全球资本主义应当具有怎样的批判思想？在一些研究者那里，这两个问题构成了一个问题，即用批判资本主义的革命理论取代批判革命的启蒙理论。正是在90年代以来知识界引发的"新左派"与"（新）自由派"论战中，50—70年代历史开始得到重新评价。这种评价显然是对80年代"新时期"意识支配下用现代化范式重写革命历史的文化实践的反拨。它拒绝将50—70年代历史置于现代之"外"的新启蒙式认知，而要求在讨论其作为"反现代的现代性"这一特性的前提下，重新思考80年代与50—70年代的历史关系。这种对50—70年代历史的重新评价，事实上是从更为宽泛的现代化范式出发，将革命视为第三世界现代化的主要方式，因而将50—70年代看作与80年代现代化方式不同的现代化初始阶段。在这种理论语言中，50—70年代的经济、政治成就得到了更为深入的评价。事实上，在海外中国研究的许多左翼学者如莫里斯·梅斯纳（Maurice Meisner，也译为迈斯纳）、阿里夫·德里克、马克·塞尔登（Mark Selden）等著作中，这种另类现代化的理论范式已经发展得颇为完善。而在90年代以来的中国学者那里，更多是经济学、政治学的学者如韩德强、温铁军、崔之元、王绍光等持有类似的立场和理论语言。这一理论语言的调整，首先源自对"中国"这一历史主体认知方式的转变，即不是在基于市民社会合法性的现代民族国家意义上，将中国定位为一个全球资本体系中的落后成员，而是在二战后非殖民化进程中的独立建国浪潮这一具体历史语境中，将中国定位为寻求发展的第三世界国家。由此，与"新时期"的启蒙主义理论语言完全不同，这一基于50—70年代第三世界国家的历史视角形成的理论语言的关键词，与冷战、政治、第三世界、后发现代化、革命、阶级、帝国主义、国家等核心范畴联系在一起。

显然，如果说"新时期"历史视角所支配的理论语言乃是启蒙文化和现代化范式的话，那么基于50—70年代历史视角确立的理论语言，乃是由另类现代化范式和社会革命理论为其主要构成的第三世界批判理论。事实上，从"新时期"意识看来，这是两种完全不能兼容的历史视角。因为"新时期"的合法性正是建立在"告别"50—70年代革命实践的前提上。这里的第一个问题是，用启蒙文化和现代化范式来反省和批判第三世界社会主义实践是可能的吗？

必须承认，在80年代，包括马克思主义人道主义在内的新启蒙理论，在反省和检讨50—70年代社会主义实践中的问题时，表现出了极为强烈的批判效应，并成为推进社会变革和整合民族认同的主要思想资源。不过，这一理论语言主要是在一种历史隐喻的前提下展开批判实践的，即通过将"新时期"界定为"第二个五四时代"，从而将50—70年代的历史类比于五四新文化运动之前的晚清帝国，因而人们理解"文革"与"新时期"这两个历史时期的分别，乃是"传统"（封建主义）

与"现代"这样的意识形态框架。50—70 年代的另类现代化实践和革命范式，恰恰是"新时期"的启蒙理论试图遮蔽的历史内容。但这种分析所揭示的仅仅是问题的一个层面。70—80 年代以"改革"与"开放"为口号的中国社会转型之所以发生，一方面是以"文革"后期的社会停滞为标志，社会主义另类现代化实践遭遇到深刻的困境，另一方面全球资本主义对中国造成的外部挤压和结构性推动，使得已经完成资本原始累积过程的中国，具有了进入全球市场的条件和可能性。如果从这样的层面看去，70—80 年代的转型并非历史断裂，而是某种延续性的历史展开过程，意识形态的断裂和社会发展之间的复杂关系必须从一种更广阔的视野中加以观察。新启蒙理论和现代化范式针对 50—70 年代的历史批判的问题在于，它仅仅从中国这一民族国家的内部视角出发来讨论问题，并将民族国家内部与外部、经济与文化、政治实践和社会革命等不同层面的问题，简单地纳入现代主义的批判模式当中。它首先预设了一种普泛的现代性规范，而这种规范在 80 年代语境中不言自明地指向"西方"，进而认为不同层面的问题都可以在这一现代性规范内整体性地得到解决。这种现代主义批判尽管在面对 50—70 年代历史时过分简单化，不过恰恰是它有效地整合起了 70—80 年代转型过程中的社会认同，使得社会变革以破竹之势迅速发生并展开。

因此，启蒙理论和现代化范式在反省和批判 50—70 年代的社会主义实践时，它的单一现代性视野和现代主义思维模式本身必须得到反省和批判。但从另一方面看，恰恰是通过启蒙理论，50—70 年代社会主义实践中的问题和困境也得到表露和讨论。本书批判"新时期"意识和新启蒙理论的方式之一，乃是重新纳入 50—70 年代的第三世界批判理论视角，将"（后）冷战""革命""后发现代化""第三世界""反现代的现代性"等理论语言纳入对 80 年代社会与文化问题的讨论。不过，这却并不意味着从 80 年代的批判理论"倒回"到 50—70 年代的批判理论。

一方面，80 年代的启蒙理论与 50—70 年代的第三世界批判理论之间，并不如"新时期"所理解的那样，是非此即彼、二必选一的关系，事实上，正是将第三世界批判理论视野纳入，才可以更准确地考察 80 年代启蒙理论所扮演的意识形态功能。因为"新时期"在宣称自己为一个新时代时，拒绝将造就自身的历史情境作为历史认知的对象。只有从第三世界批判理论角度，将 50—70 年代社会主义实践史与中国在全球体系中位置的变迁纳入分析范围，70—80 年代转型和新启蒙理论批判的历史意义，才能得到更准确的解释。另一方面，如果说"新时期"启蒙理论的问题是局限于单一民族国家的内部视野，并且"习惯于从'内部'，即由其体制的结构性弊端来解释社会主义的问题，而从'外部'，即以所谓'全球文化'交流和影响来解释任何'超越'历史条件的文化创造"[1]，那么第三世界批判理论的弊端，或许正好颠倒过来。它格外强调从"外部"即帝国主义的侵略和殖民主义的压榨的角度来解释中国社会的问题，而倾向于从"内部"即劳动阶级和民族国家主体的创造性角度来解释中国社会的成就。柯文在批评世界体系理论时概括到，如果说现代化范式的问题在于过分地从"内部"观察问题的话，那么世界体系理论和帝国主义理论则过分依赖从"外部"解释问题[2]。因此，80 年代的启蒙理论从内部对革命实践和社会主义文化体制中的问题的揭发，并不能因其特定的意识形态诉求而简单地被否定。事实上，一方面是中国社会在 80 年代变革焕发出的惊人活力和激情，另一方面是 50—70 年代历史亲历者对那段历史所保有的痛苦的身体记忆，使得对"新时期"批判理论的反省和再批判，不能以简单地回到 50—70 年代的第三世界批判理论为目标。而应当在"浮现"被"新时期"遮蔽的 50—70 年代历史视角的同时，在更为广阔的历史视野中对两种历史视角和批判理论同时进行历史化的考察。

---

[1] 张旭东：《从"朦胧诗"到"新小说"——新时期文学的阶段论与意识形态》，收入《批评的踪迹：文化理论与文化批评：1985—2002》，北京：生活·读书·新知三联书店，2003 年，第 243 页。

[2] [美] 柯文：《在中国发现历史——中国中心观在美国的兴起》，第三章"帝国主义：是现实还是神话？"，林同奇译，北京：中华书局，2002 年，第 106—165 页。

二、"全球化"时代的批判思想

如果说 50—70 年代的冷战格局和第三世界批判理论的浮现，构成了观察 80 年代的新时期意识和新启蒙理论的另一重有效的历史视角和理论视角的话，却并不意味着它可以取代在 90 年代以来的中国历史语境中形成的新的历史视野和批判理论。显然，第三世界批判理论是在批判资本主义现代性和对抗现代化理论范式的过程中形成的，但它并不能取代对当前全球资本主义的批判，甚至也不能认为 60 年代中国展开的文化革命实践可以与 60 年代西方兴起的文化理论互相替代。

1. "全球化"时代

首要的原因在于，今天的全球资本主义已经大不同于第三世界批判理论曾经面对的那个"资本主义"，即 50—60 年代在冷战格局与三个世界对峙中的资本主义。如果说当下的全球资本主义格局形成于 70—80 年代转型过程中的话，那么第三世界批判理论却正是终结于这一转型过程中。阿里夫·德里克因此而重新阐释了中国"文化大革命"的终结。他认为中国"文革"试图回应的问题，也正是 60 年代的第三世界国家普遍关注的问题，因此毛泽东思想及其实践构成了第三世界另类发展的典范。不过，他认为，在中国发动"文革"的同时，西方资本主义国家也发动了他们的"文化革命"，最终是后者创造了世界新格局："'文革'是针对帝国主义或抵抗第一世界宰制第三世界的革命的产物，它针对的是过去遗留下来的问题，但当资本主义的第一世界已在创造新的国际关系以及相应的社会和文化关系时，这些问题也就变得无关紧要了。"[1]

---

[1] [美] 德里克：《世界资本主义视野下的两个文化革命》，林立伟译，《二十一世纪》(香港) 总第 37 期，1996 年。收入《文化大革命：史实与研究》，刘青峰编，香港：香港中文大学出版社，1996 年，第 475 页。

第三世界革命的失败和全球资本主义的转型表现在批判理论上的变化，最突出的标志，或许莫过于后殖民理论对第三世界批评的取代了。伊格尔顿从西方文化理论发展的历史脉络中揭示出，后殖民理论在70 年代西方的兴起，正是以第三世界国家革命的失败为历史前提，这一点构成了整个文化理论转向的"失忆的政治"[1]。而德里克则在《后殖民氛围：全球资本主义时代的第三世界批评》一文中，对后殖民理论与第三世界批评之间的转换，做了更为深入而尖锐的历史批判。他认为后殖民理论的出现，源自一种深刻的危机，即资本主义的全球化转变而导致"旧的范畴已经不能解释世界"；不过他同时指出，后殖民理论也并非完美，它事实上构成了"全球化"的一部分而非针对"全球化"格局的批判理论，关键在于它在突出文化问题时回避了对全球资本主义这一基本历史情境的批判[2]。

如果将关于 80 年代中国批判性理论的思考，纳入这一全球左翼阵营的变局中加以考察的话，那么有两个层面的内容值得关注。首先，尽管"文革"代表的第三世界另类发展典范终结于 70—80 年代转型，但中国的经济发展和社会变革并没有止步。如果说全球资本主义对第三世界国家的最大打击是其以民族国家为单位的发展方略，那么中国的改革和开放却始终是在强有力的国家主导之下进行的。这也使得人们需要重新考虑"国家"在新自由主义主导的全球化时代的独特意义。21 世纪以来，有关"中国崛起"的讨论声音其实最先来自海外，并以中央电视台经济频道播出的电视专题片《大国崛起》[3] 为契机，转化为国内知识界和文化界的话题。正是在这一讨论过程中，为解释当代中国近六十年

---

[1] ［英］泰瑞·伊格尔顿：《理论之后：文化理论的当下与未来》，李尚远译，台北：商周出版社，2005 年。

[2] ［美］阿里夫·德里克：《后殖民氛围：全球资本主义时代的第三世界批评》，徐晓雯译，收入《后革命氛围》，北京：中国社会科学出版社，1999 年，第 110—152 页。

[3] 《大国崛起》是由中央电视台制作，于 2006 年出品的历史题材电视纪录片和专题片，在全球史视野中总结了葡萄牙、西班牙、荷兰、英国、法国、德国、俄罗斯、日本、美国等九个大国崛起的历史经验。在有意无意的解读中，许多人都将这种大国经验视为中国崛起的历史参照。

经济持续发展的深层原因，部分国内外学者提出"中国模式""中国道路""中国经验"等来探讨这一问题。教条式的左翼知识群体面对当代中国发展道路时的最大困惑或许在于，无论用资本主义或社会主义、左或右、新自由主义或专制国家、儒教资本主义或依附理论等，现有的发展模式和理论资源都不能有效地解释中国问题。

当代中国问题的这种特殊性事实上其来有自。50—70 年代的中国不仅是第三世界国家的重要一员，同时也是美苏冷战格局中一个独特而重要的社会主义国家。与印度、南斯拉夫等典型的第三世界国家不同，中国的第三世界主体性是在 50—60 年代万隆会议、中苏分裂、中苏论战等事件之后才逐渐地建构和发展出来。正是在这一意义上，中国在 60 年代提出的"自力更生"和"文化大革命"也被视为第三世界发展"另类道路"的探索 [1]。而如何界定"新时期"以来中国变革所产生的后果，也是一个被广泛讨论的问题。美国学者莫里斯·梅斯纳曾将之描述为一种既非资本主义也非经典社会主义的形态。不过，当 1999 年他的中华人民共和国史第三版出版时，他调整了这一说法 [2]。显然，梅斯纳关于资本主义的界定，更多的是从 90 年代以来的中国社会现实往回看时得出的结论。真正有意味的，正是他在社会主义与资本主义这种二元界定范畴之间的摇摆。事实上，这也是 90 年代以来诸多中国学者在重新定位中国社会现实时遇到的问题。

可以说，无论对于 50—70 年代历史，还是针对 80 年代的转型，第三世界国家、社会主义／资本主义、（后）殖民主义国家等，种种典型的西方批判理论，都不能完全准确地描述中国。因此，将 80 年代中国"新时期"的启蒙理论对 50—70 年代第三世界革命理论的批判，放在第

---

[1] ［美］阿里夫·德里克：《世界资本主义视野下的两个文化革命》。

[2] 参见［美］莫里斯·梅斯纳《毛泽东的中国及其发展——中华人民共和国史》英文第二版（1986 年），第六编"尾声：毛泽东逝世后时代的社会主义与现代化"（中译本由张瑛等译，北京：社会科学文献出版社，1992 年）。另见其 1999 年的第三版（中译本由杜蒲翻译，香港：香港中文大学出版社，2005 年）。

三世界批评在全球资本主义时代失效这样的国际视野中加以观察，一方面可以看到比单一中国视野更为广阔的历史语境，另一方面也需要意识到中国问题的特殊性。简单地认为50—70年代的社会主义实践和革命范式被80年代的社会变革与现代化范式所完全取代，无疑遗漏了中国社会自身所携带的诸多复杂因素。正是在这样的层面上，90年代中国知识界对全球资本主义的批判，使得50—70年代的历史显示出了"遗产"与"债务"的双重内涵。

从另一层面来看，仅仅在当代中国语境中讨论80年代，不仅遮蔽了造就50—70年代中国特殊历史处境的国内国际因素，而且将80年代社会与文化变革的发动完全视为对50—70年代社会主义实践的自我批判，不能应对的正是80年代变革导致的90年代中国的社会问题。90年代以来中国的历史处境，使得对资本主义现代性展开批判的理论重新受到关注。探询一种既延续50—70年代的第三世界批判传统，又超越它的经济决定论和单一民族国家视野的"全球资本主义时代的批判思想"，构成了90年代以来批判知识分子的基本诉求。

2. 两个脉络的批判理论

本书在采取这一批判立场展开文化研究实践时，大致引入了两个脉络的批判理论。一是西方当代批判性文化理论。引入这一理论脉络，既尝试超越正统马克思主义的经济决定论，也试图回应当下市场社会勃兴的大众文化现实。90年代中期以来，文化研究在全球和中国学界的兴起和发展，构成了值得关注的重要文化现象。尽管在80年代中期的"文化热"中，二战后的欧美现代思想就已开始大量引入中国知识界，不过有意味的是，80年代引入的重心乃是以法兰克福学派和韦伯思想为核心的德国思想，它的突出特征乃是对"现代性的诗意批判"[1]。这正是本书

---

[1] 查建英主编：《八十年代：访谈录》，甘阳部分，北京：生活·读书·新知三联书店，2006年，第199页。

在追索"文化热"的知识谱系时称其背后乃是"韦伯的幽灵"的原因。也许可以说，90年代的文化研究与80年代的"文化热"之大不相同，最重要的原因或许在其知识谱系的差异。正是在90年代以来的文化研究热潮中，以福柯、阿尔都塞、拉康、德里达等为核心的法国解构主义理论，和以威廉斯、伊格尔顿、詹明信等为核心的英美新马克思主义理论，才陆续引入中国知识界，并构成他们文化批判实践的思想资源。很大程度上，这也成为本书讨论80年代文化问题时借重的重要理论武器和分析工具。如绪论所说明的，本书借重的关键范畴，乃是福柯的知识谱系学考察和阿尔都塞的意识形态批判理论。

　　90年代以来中国知识界引入的另一脉络的批判知识，或可概括为以伊曼纽尔·沃勒斯坦、萨米尔·阿明、贡德·弗兰克、乔万尼·阿瑞吉为核心的世界体系理论，和与之"近亲"的费尔南·布罗代尔的年鉴学派史学理论。这一理论脉络的引入，显然是为回应和批判"全球化"的社会现实。它从历史资本主义角度，为观察"全球化"处境提供了更为广阔的历史与世界眼光，并为批判已泛滥为意识形态的现代化理论范式，提供了最为锐利的思想武器。对于本书的基本理论构架而言，尝试借重世界体系分析的广阔"视角"，重新定位80年代及其文化问题，构成了比借鉴福柯和阿尔都塞的文化理论更为有效也更为突出的诉求。

　　美国学者大卫·哈维提出，"全球化"和"身体"构成西方学术界自20世纪70年代发生话语转向以来"占统治地位的概念"。他写道："'全球化'是当前所有话语中最为宏观的，而从理解社会运作的观点来看，'身体'无疑是最为微观的……。这两种话语体制——全球化和身体——在同一光谱的两极上发挥作用，借助那种光谱，我们从量上理解社会和政治生活。"[1] 显然，90年代以来中国的主要批判思想，和本书提出"沃勒斯坦＋福柯"的研究思路，也大致对应着这样两个知识脉络。

---

[1]　［美］大卫·哈维：《希望的空间》，胡大平译，南京：南京大学出版社，2006年，第14页。

差别或许只在于关于文化理论的一极，本书关注的重心并不在"身体"而在福柯关于知识与权力关系之"微观政治"的解构技术。

如果说在当前的历史语境下对80年代的历史研究，重叠着三重历史视角与批判语言的话，那么应该说，90年代以来的文化理论和全球化批判理论的综合，构成了本书的基本分析框架。90年代以来这两种话语脉络上的批判思想，既构成了对80年代的启蒙理论和50—70年代的第三世界批判理论的超越，同时也是某种"综合"。它在克服80年代的精英主义文化观和单一民族国家视角的同时，重新纳入了政治经济学和地缘政治的批判维度；在激活第三世界批判理论的政治经济学批判传统的同时，也试图克服其经济决定论，并将更多微观层面的文化政治内涵（如性别、族群、地域、代际等）纳入批判视野。这也正是本书研究80年代中国文化的基本批判视角和理论诉求。力图在全球资本主义时代的理论批判的视野下，展开立足中国的具体历史研究，以期某种程度地刷新有关80年代文化研究的理论语言，这构成了本书努力的核心方向。

三、创造新的批判语言

显然，理论批判和历史研究应当在不同的层面上操作，对这两者的结合需要在具体的问题脉络上展开具体的辨析。也因此，在将文化理论与全球化批判的综合视角实践于80年代六个主要人文思潮的探讨时，本书将批判的基点定位于福柯式谱系学的历史考察和阿尔都塞式的意识形态批评。这种探讨的基本诉求，其一是在反省与解构进化论的线性历史观，批判"新时期"意识的历史描述的同时，展示80年代历史与文化实践的不同侧面及其复杂性。另一则是通过剖析核心文本基于特定视角的知识谱系与叙事形态，及其扮演的意识形态功能，而展开一种阿尔都塞意义上的意识形态批判。

1. 全球视野与中国问题

对于这两种分析方式来说，真正关键的地方，在于一种"外部"视角的存在。福柯在论及尼采的谱系学时提出，谱系学乃是"要将一切已经过去的事情都保持在它们特有的散布状态上"，它要发现，"真理或存在并不位于我们所知和我们所是的根源，而是位于诸多偶然事件的外部（exteriority）"[1]。阿尔都塞对此做了更为详细的阐述。他写道："意识形态的后果之一，就是在实践上运用意识形态对意识形态的意识形态特性加以否认。意识形态从不会说：'我是意识形态'。必须走出意识形态，进入科学知识，才有可能说：我就在意识形态内部（这是相当罕见的情况）；或者说：我曾经在意识形态内部（这是一般的情况）。谁都知道，关于身处意识形态内部的指责从来是对人不对己的（……）。这就等于说，意识形态没有（自身的）外部，但同时又恰恰是（科学和现实的）外部。"[2]对80年代文化展开一种谱系学研究和意识形态批判，需要追问的一个前提是：我们自认为是站在一个怎样"外"在于80年代的基点上展开批判？

90年代所谓"新左派"与"（新）自由派"论战的真正分歧，或许在于如何看待90年代，它到底是80年代的外部还是80年代的延续？汪晖认为80—90年代的转型已经形成了比70—80年代更深刻的历史断裂，"资本主义的全球化过程已经成为当代世界最为重要的世界性现象，中国的社会主义改革已经将中国的经济和文化生产过程纳入到全球市场中"，正是这一点决定了80年代的马克思主义人道主义和启蒙理论批判的失效，而使得探询一种全球资本主义时代的新的批判思想成为迫切的时代需要[3]。在《去政治化的政治：短20世纪的终结与90年代》一书

---

[1]　[法]米歇尔·福柯：《尼采·谱系学·历史学》，苏力译，收入《尼采的幽灵——西方后现代语境中的尼采》，汪民安、陈永国编，北京：社会科学文献出版社，2001年。

[2]　[法]路易·阿尔都塞：《意识形态和意识形态国家机器》，孟登迎译，收入《哲学与政治：阿尔都塞读本》，长春：吉林人民出版社，2003年，第365页。

[3]　汪晖：《当代中国的思想状况与现代性问题》，收入《去政治化的政治：短20世纪的终结与90年代》。

中，汪晖对90年代的断裂性做了更为全面的论述。他认为以"冷战的终结与革命的终结相互重叠"而开启的90年代，乃是"以资本主义的外部体系的终结为标志的"，即"不但是社会主义体系的瓦解，而且也是阶级斗争、民族斗争和政党政治等传统政治形式的大规模衰落"。而80年代，则是"以社会主义自我改革的形式展开的革命世纪的尾声"[1]。因此，从历史资本主义的视角来看，80—90年代的转型构成了中国在全球资本主义市场从"外部"跨入"内部"的分界线，同时也构成了对80年代展开思想批判的现实基础。正如赵刚在有关评论文章中分析的，这种批判思路中有一种深刻的现代主义新时代意识："新的时期来了，赶紧找新的语言掌握住新的现实。"[2] 在某种意义上，它和70—80年代转型过程中形成的"新时期"意识是"近亲"，因为它们都在某种历史本质主义的整体想象中界定自我。不过，这里的关键问题还不在于此。如果说正因为中国已经被收编入资本主义全球体系，从而使得80年代不再有作为批判基点的"外部"（即作为现代化规范的"西方"）的话，那么90年代中国知识界展开批判的基点又在哪里呢?

正是在这一关键问题上，无论是批判性文化理论还是世界体系分析理论，在当代中国历史研究的批评实践中都面临着尴尬之处。显然，文化理论和世界体系理论，都是20世纪70年代以来在西方文化语境中崛起的批判西方国家自身历史处境的新理论。一方面，这是在西方中心国自身的历史与文化脉络中展开的批判理论，另一方面，这也是资本主义地缘文化内部自我批判的产物。如果说它们构成资本主义体系"内部的他者"的话，但却并不意味着可以直接移用来批判中国这一"外部的他者"在90年代所面对的"全球化"处境。事实上，这种"理论的旅行"导致的一个直接后果，乃是中国知识界在与国际知识左翼的批判理论"接轨"时的尴尬和矛盾。显然，在这个全球化时代，中国无论从哪个

---

[1]　汪晖：《去政治化的政治：短20世纪的终结与90年代》，"序言"，第1—3页。

[2]　赵刚：《如今，批判还可能吗?——与汪晖商榷一个批判的现代主义计划及其问题》，收入《后发展国家的现代性问题》，贺照田主编，长春：吉林人民出版社，2002年，第19页。

层面来看，都不存在一个隔绝于西方世界之外的"纯粹的自我"，它的主体性始终是作为西方现代性话语"内部的他者"的主体性。诸如新儒家思想、毛泽东（主义）或"毛派"理论，都不能说是"纯粹中国的"，而是在对抗西方现代话语的过程形成的新的现代表述。因此，对任何一种现代理论而言，用"中国"与"西方"的对立框架来讨论中国的主体性，其所遮蔽的内容甚至比其呈现的内容还要多。

不过这里所讨论的关键问题是，如果说必须借用"全球资本主义时代的批判思想"才可能有效地批判 80 年代中国启蒙理论强烈的现代主义和西方中心主义倾向的话，那么这种批判理论对于中国知识群体而言，却是一种"外部"的思想资源。60 年代中国的社会革命实践曾给予过西方左翼知识群体以灵感和希望。伊格尔顿概括道："西方世界所了解的文化政治，绝大多数都是所谓第三世界思想家的产物"[1]，而詹明信则说"毛主义乃是 60 年代一切伟大新兴意识形态中最丰富的思想"[2]。70—80 年代中国社会和政治的转型则在双重意义上颠倒了国际左翼的这种关系模式。一方面是西方的文化政治发展出了比冷战时期的"他性政治"与第三世界批评更为有效的批判理论，另一方面则是中国向全球资本市场的转型，则使得中国社会的批判知识群体似乎在另一意义上又落入了"滞后"焦虑当中。显然，90 年代中国知识界展开的对 80 年代现代化意识形态的批判，相对于资本主义国家的知识左派而言，不过是他们从 60 年代就已经展开过的批判资本主义意识形态的"老生常谈"。因此，这种批判的主体性不能仅仅就中国处于"全球化"的"内部"与"外部"关系中展开，而需要在更为广阔的历史与世界眼光中，重新思考我们这个时代的批判思想。

---

[1] ［英］泰瑞·伊格尔顿：《理论之后：文化理论的当下与未来》，李尚远译，第 48—49 页。

[2] ［美］弗雷德里克·詹姆逊：《六十年代断代》，张振成译，收入《六十年代》，王逢振等编译，天津：天津社会科学院出版社，2000 年，第 19 页。

2. 批判的立足点

德国理论家彼得·比格尔在进一步发挥马克思于《〈政治经济学批判〉导言》中提出的批判理论时，这样写道："过去确实应被建构为现在的史前史，但这一构造仅仅把握了历史发展的矛盾过程的一个方面。要全面地掌握这一过程，有必要走出那曾经使知识成为可能的现在。"在这一意义上，追问在 90 年代以来的中国历史语境中展开 80 年代批判的历史前提，也就是要"走出"那使得 80 年代知识成为可能的"现在"即 90 年代。"马克思在走出这一步时，并没有通过引入未来的维度，而是引入对现在的自我批判的概念"。如果说那种把批判的前提建立在"新时期"这一前提之下的做法，是"通过引入未来的维度"而"走出现在"的话，那么，追问 90 年代批判思想的前提，乃是对这一批判思想展开的"自我批判"。

比格尔区分了"体系内批判"和"自我批判"的含义，并提出"自我批判是以批判所指向的社会构成或社会子系统的完全进化出它自身的、独特的特性为条件的。如果将这个一般性原理运用于历史领域，就会得出下列结果：为了实现资产阶级社会的自我批判，就必须首先存在着无产阶级。由于无产阶级的出现才使人们认识到，自由主义是一种意识形态"[1]。显然，按照比格尔的这一原则，真正的"自我批判"需要设想一种在"全球资本主义"之"外"的可能性，因此无论文化理论还是世界体系分析，事实上都只能算是资本主义体系内的批判理论，因为它们仅仅针对另一种资本主义（或其变异）形态。如果说左翼脉络上的文化理论主要是针对正统马克思主义的反动的话，那么沃勒斯坦则一再说明，世界体系分析"不是一种理论或推理方式"，而是一种"视界（perspective）和对其他视界的批评"[2]。在沃勒斯坦看来，在我们所身处

[1]　[德] 彼得·比格尔：《先锋派理论》，高建平译，北京：商务印书馆，2002 年，第 85—94 页。

[2]　[美] 伊曼纽尔·沃勒斯坦：《所知世界的终结——二十一世纪的社会科学》，冯炳昆译，北京：社会科学文献出版社，2002 年，第 215 页。

的这个现代世界体系完成"大转型"之前，我们无法预知那个未来的世界是怎样的，但我们却可以在体系内的批判中把握并推动那个新体系的到来。所有的创造力都存在于"不确定性"之中。与比格尔相比，沃勒斯坦可能代表着某种更为切实的批判活动的可能性。如果一种体系外的历史视野还无法显现的话，那么在体系内的"不确定性"中批判曾经的主体秩序（比如中心／边缘、西方／中国），并以新的方式确立自身的主体性，是另一种实践批判的可能。

　　或许正是在这里，需要重新提及曼海姆的知识社会学和米尔斯所说的"社会学的想象力"。尽管曼海姆的知识社会学建立在马克思的意识形态理论基础之上，不过，与其他意识形态理论家的最大不同在于，他区分了"乌托邦"与"意识形态"。"乌托邦"和"意识形态"一样，都具有"与其所处的现实状况不一致"这样的特点，但是"乌托邦"的独特性在于，它将打破现存秩序而使一种思想成为可实现的和可以付诸实践的，"它们通过相反行动把现在的历史状况改变为与它们自己的概念更一致"[1]。知识社会学的工作就在于区分"特定意识形态"与"总体意识形态"的不同层次，探询个体超越其意识形态限定而展开乌托邦实践的可能性。曼海姆这样写道："如果每个人都同意，我们便可能在明天改变整个社会。真正的障碍在于，每一个人都受制于一个既定的关系系统，它在很大程度上阻碍了他的意志。但是这些'既定的关系'说到底也还是取决于个体的不受控制的决定。所以，任务在于通过揭示掩藏在个体决定背后的动机，来消除困难的根源，从而使个体真正能够进行选择。那时，只有那时，个体才可能真正作出决定。"[2]

　　显然，在这里，曼海姆以一种独特的方式复述了马克思那个朴素的真理：人类"创造了他们自己的历史"，并且他们也可以通过理解自己与历史的关系而重新创造新社会。正是在这一意义上，个体与其身处的

---

[1]　［德］卡尔·曼海姆：《意识形态与乌托邦》，黎鸣、李书崇译，北京：商务印书馆，2000 年，第 196—200 页。

[2]　同上书，第 267—268 页。

社会结构与历史整体之间的关系，不是决定与被决定的关系，也不仅仅是"内部"与"外部"的关系；而是对整体社会结构和系统的把握，构成了个体"创造历史"的必需前提。这也正是米尔斯提出的"社会学的想象力"的基本内涵。赵刚如此阐释其意义："在现代社会，每一个人或每一个群体的社会存在都受来自生活立即经验之外的诸种结构性力量的制约，人们如果要创造历史，主导变迁，就必须探知最大范围的结构性知识（即对整体的知识）。因为力量的重要来源之一就是这种结构性知识，而由于它和宰制权力的关系，这种结构性知识的探知本身就是社会斗争的重要环节。激进民主因而必须邀请社会理论的介入，'科学'和'民主'之间的关系在此获得了一种新的确认。"[1]

纳入这样的思考视野，作为批判支点的所谓"外部"，其实便是那种帮助人们去理解"历史在人们的背后被做出来"的整体知识。如果说在80年代的中国知识语境中，资本主义的全球化运作构成了背后的不可见的历史结构的一部分，并在无形中左右着中国知识界活动的方向的话，那么在90年代以来的历史语境中，指认出这一历史结构并对80年代的知识活动进行批判性反思之后，真正的"社会学的想象力"则需要把全球视野与中国问题更深入也更具创造性地结合在一起。

90年代的中国语境，如汪晖所言，这是一个"革命的终结"与"冷战的终结"相重叠的"不确定性"的时代。一方面是"后革命氛围"——"社会主义是我们所熟悉的，革命也是我们所经历的，但这也许属于已经过去的某个历史阶段，因为它也许再也不可能产生出所包含的那种集体认同。而另一方面，它们的遗产则依然有着重要意义，因为它们所造成的氛围依然存在于我们周围，即使由于新的发展和新的问题已变得复杂起来"[2]；而另一方面则是中国经济在"全球资本主义"格局中的蒸蒸日上与持续发展。在这样的情境中，一方面是对资本主义批

---

[1]　赵刚：《知识之锚：当代社会理论的重建》，桂林：广西师范大学出版社，2005年，第47页。

[2]　[美] 阿里夫·德里克：《后革命氛围》，"作者序"，王宁译，北京：中国社会科学出版社，1999年，第3页。

判（社会主义实践）的批判，一方面是对全球资本主义自身的批判，多重历史视角和理论语言的重叠，或许显示的是一种新的批判主体确立的可能性。无论是福柯、阿尔都塞还是沃勒斯坦，这些在资本主义体系内部产生的批判思想，都必须首先在其自身的历史语境中被情境化和问题化，它们对于中国研究的参考意义才能够显现出来。也就是，它们不是作为问题的解答，而是作为提问的方式而被借鉴。从这个角度而言，在一种真正的全球视野中思考中国问题，需要借鉴全球性的批判理论，但又不能将这种理论作为解答问题的规范，而应首先对这种西方理论做出历史化理解，并将其还原到西方具体的语境中。而另一方面，中国研究者在借鉴一种全球性的批判理论的同时，从自身的历史与现实处境中，尤其是从中国反抗西方现代性的曲折历史中，概括、提升乃至创造出一种新的批判语言，或许是更为迫切的课题。从这个层面而言，则意味着对中国历史经验的理论化探索，即将那些在当代中国社会与文化实践中存在但尚未被理论化的历史经验，做出一种从特殊性中生发出来的普遍化的理论提升。基于这样的两个层面，即对西方理论的历史化和对中国经验的理论化，中国研究者对80年代中国文化的历史批判，既应当是立足现实语境对历史的清算与整理，也应当是超越西方批判理论所确立的"内部"与"外部"，而重新建构中国知识群体批判的主体性的一种尝试。

　　显然，上述问题，无论从哪个层面来看，批判理论的清理都首先是针对本书的基本研究思路所展开的自我清理，其中提出的问题都构成了本书关于80年代研究的自我批判。因此，这份结语并不是对本书研究的总结，毋宁说乃是在自我反省的基础上对新的批判语言和批判实践的可能性的一种展望和期待。

主要参考文献

白钢编：《中国封建社会长期延续问题论战的由来与发展》，北京：中国社会科学出版社，1984年。

蔡翔：《一个理想主义者的精神漫游》，杭州：浙江文艺出版社，1987年。

——《日常生活的诗情消解》，上海：学林出版社，1994年。

曹文轩：《中国八十年代文学现象研究》，北京：北京大学出版社，1988年。

陈平原：《学者的人间情怀》，珠海：珠海出版社，1995年。

——《中国现代学术之建立——以章太炎、胡适之为中心》，北京：北京大学出版社，1998年。

——《文学史的形成与建构》，南宁：广西教育出版社，1999年。

——《大学何为》，北京：北京大学出版社，2006年。

陈平原、夏晓虹主编：《触摸五四——五四人物与现代中国》，广州：广州出版社，1999年。

陈平原等著：《教育：知识生产与文学传播》，合肥：安徽教育出版社，2007年。

陈光兴：《去帝国——亚洲作为方法》，台北：行人出版社，2006年。

陈思和：《新文学整体观》，上海：上海文艺出版社，1987年。

——《犬耕集》，上海：上海远东出版社，1996年。

陈晓明：《无边的挑战：中国先锋文学的后现代性》，桂林：广西师范大学出版社，2004年。

程中原、夏杏珍：《历史转折的前奏：邓小平在1975》，北京：中国青年出版社，2003年。

戴锦华：《犹在镜中——戴锦华访谈录》，北京：知识出版社，1998年。

——《隐形书写——90年代中国文化研究》，南京：江苏人民出版社，1999年。

——《雾中风景：中国电影文化1978—1998》，北京：北京大学出版社，2000年。

——《涉渡之舟——新时期中国女性写作与女性文化》，北京：北京大学出版社，2007年。

杜卫：《走出审美城——新时期文学审美论的批判性解读》，北京：东方出版社，1999 年。

复旦大学哲学系现代西方哲学研究室编译：《西方学者论〈1844 年经济学哲学手稿〉》，上海：复旦大学出版社，1983 年。

甘阳主编：《中国当代文化意识》，香港：三联书店，1989 年。上海：上海人民出版社，2006 年更名为《八十年代文化意识》再版。

甘阳：《将错就错》，北京：生活·读书·新知三联书店，2002 年。

高尔泰：《美是自由的象征》，北京：人民文学出版社，1986 年。

高名潞等：《中国当代美术史：1985－1986》，上海：上海人民出版社，1991 年。

格非：《塞壬的歌声》，上海：上海文艺出版社，2001 年。

公羊编：《思潮：中国"新左派"及其影响》，北京：中国社会科学出版社，2003 年。

顾昕：《中国启蒙的历史图景：五四的反思与当代中国的意识形态之争》，香港：牛津大学出版社，1992 年。

何火任编：《当前文学主体性问题论争》，福州：海峡文艺出版社，1986 年。

何望贤编：《西方现代派文学问题论争集》（上下册），北京：人民文学出版社，1984 年。

贺桂梅：《80 年代文学与五四传统》，北京大学 2000 年度博士学位论文。

——《人文学的想象力——当代中国思想文化与文学问题》，开封：河南大学出版社，2005 年。

——《历史与现实之间》，济南：山东文艺出版社，2008 年。

黄修己：《中国新文学史编纂史》，北京：北京大学出版社，1995 年。

黄子平：《沉思的老树的精灵》，杭州：浙江文艺出版社，1986 年。

——《幸存者的文学》，台北：远流出版公司，1991 年。

黄子平、陈平原、钱理群：《二十世纪中国文学三人谈》，北京：人民文学出版社，1988 年。

洪子诚：《当代中国文学的艺术问题》，北京：北京大学出版社，1986 年。

——《作家姿态与自我意识》，西安：陕西人民教育出版社，1991 年。

——《当代文学概说》，南宁：广西教育出版社，2000 年。

——《问题与方法——中国当代文学史研究讲稿》，北京：生活·读书·新知三联书店，2002 年。

——《中国当代文学史》（修订版），北京：北京大学出版社，2007 年。

洪子诚、刘登翰：《中国当代新诗史》（修订版），北京：北京大学出版社，2005 年。

季红真：《文明与愚昧的冲突》，杭州：浙江文艺出版社，1986 年。

金观涛：《在历史的表象背后——对中国封建社会超稳定结构的探索》，成都：四川人民出版社，1984 年。

——《我的哲学探索》，上海：上海人民出版社，1988年。

金观涛、刘青峰：《兴盛与危机——中国封建社会的超稳定结构》，长沙：湖南人民出版社，1984年。

——《金观涛、刘青峰集——反思·探索·创造》，哈尔滨：黑龙江教育出版社，1988年。

旷新年：《写在当代文学边上》，上海：上海教育出版社，2005年。

李洁非、杨劼：《寻找的时代——新潮批评选萃》，北京：北京师范大学出版社，1992年。

李其庆主编：《全球化与新自由主义》，桂林：广西师范大学出版社，2003年。

李青宜：《阿尔都塞与"结构主义马克思主义"》，沈阳：辽宁人民出版社，1986年。

李庆西：《文学的当代性》，北京：人民文学出版社，1988年。

李世涛主编：《知识分子立场》（3卷），长春：时代文艺出版社，2000年。

李泽厚：《中国近代思想史论》，北京：人民出版社，1979年。

——《批判哲学的批判——康德述评》，北京：人民出版社，1979年。

——《美学论集》，上海：上海文艺出版社，1980年。

——《美的历程》，北京：文物出版社，1981年。

——《李泽厚哲学美学文选》，长沙：湖南人民出版社，1985年。

——《中国现代思想史论》，北京：东方出版社，1987年。合肥：安徽文艺出版社，1994年。

——《李泽厚十年集·走我自己的路》，合肥：安徽文艺出版社，1994年。

李泽厚、陈明：《浮生论学：李泽厚、陈明2001年对谈录》，北京：华夏出版社，2002年。

李振声：《季节的轮换》，上海：学林出版社，1996年。

廖亦武主编：《沉沦的圣殿——中国20世纪70年代地下诗歌遗照》，乌鲁木齐：新疆青少年出版社，1999年。

凌志军、马立诚：《呼喊——当今中国的5种声音》，广州：广州出版社，1999年。

刘北成：《福柯思想肖像》，北京：北京师范大学出版社，1995年。

刘禾：《跨语际实践——文学，民族文化与被译介的现代性（中国，1900—1937)》，宋伟杰等译，北京：生活·读书·新知三联书店，2002年。

刘禾编：《持灯的使者》，香港：牛津大学出版社，2001年。

刘健芝等编译：《学科·知识·权力》，北京：生活·读书·新知三联书店，1999年。

刘小枫：《诗化哲学——德国浪漫美学传统》，济南：山东文艺出版社，1986年。

——《拯救与逍遥——中西方诗人对世界的不同态度》，上海：上海人民出版社，1988年。

——《这一代人的怕和爱》，香港：卓越书楼，1993年。

刘再复：《性格组合论》，上海：上海文艺出版社，1986年。

——《文学的反思》，北京：人民文学出版社，1988年。

刘再复、林岗：《传统与中国人》，北京：生活·读书·新知三联书店，1988年。

罗岗、倪文尖编：《90年代思想文选》（3卷），南宁：广西人民出版社，2000年。

罗荣渠主编：《现代化：理论与历史经验的再探讨》，[美]塞缪尔·亨廷顿等，上海：上海译文出版社，1993年。

罗荣渠：《现代化新论——世界与中国的现代化进程》（增订版），北京：商务印书馆，2004年。

吕澎、易丹：《中国现代艺术史：1979—1989》，长沙：湖南美术出版社，1992年。

马原：《马原文集》卷四，北京：作家出版社，1997年。

茅盾：《茅盾评论文集》（上下卷），北京：人民文学出版社，1978年。

毛泽东：《毛泽东选集》（四卷），北京：人民出版社，1968年。

芒克：《瞧！这些人》，长春：时代文艺出版社，2003年。

孟悦：《历史与叙述》，西安：陕西人民教育出版社，1991年。

莫伟民：《主体的命运——福柯哲学思想研究》，上海：上海三联书店，1996年。

南帆：《冲突的文学》，上海：上海社会科学院出版社，1992年。

欧阳谦：《人的主体性和人的解放——西方马克思主义的文化哲学初探》，济南：山东文艺出版社，1986年。

钱谷融：《艺术·人·真诚——钱谷融论文自选集》，上海：华东师范大学出版社，1995年。

钱理群：《心灵的探询》，上海：上海文艺出版社，1987年。

——《丰富的痛苦——"堂吉诃德"与"哈姆雷特"的东移》，长春：时代文艺出版社，1993年。

——《精神的炼狱——中国现代文学从"五四"到抗战的历程》，南宁：广西教育出版社，1996年。

——《我的精神自传》，桂林：广西师范大学出版社，2007年。

钱理群、黄子平、陈平原：《二十世纪中国文学三人谈·漫说文化》，北京：北京大学出版社，2004年。

钱理群、吴福辉、温儒敏、王超冰：《中国现代文学三十年》，上海：上海文艺出版社，1987年。

邱石编：《解放文选：中国当代解放思想的历程》（上下卷），北京：经济日报出版社，1998年。

屈雅君主编：《新时期文学批评模式研究》，西安：陕西人民出版社，1997年。

全国高等院校美学研究会、北京师范大学哲学系编：《美学讲演集》，北京：北京师范
　　大学出版社，1981年。

人民出版社编辑部：《人是马克思主义的出发点——人性、人道主义问题论集》，北京：
　　人民出版社，1981年。

人民出版社编辑部：《关于人道主义和异化问题论文集》，北京：人民出版社，1984年。

商务印书馆编辑部：《人道主义、人性论研究资料》（第一至第五辑）（内部读物），北
　　京：商务印书馆，1963—1965年。

上海译文出版社编辑部：《作家谈译文》，上海：上海译文出版社，1997年。

司马长风：《中国新文学史稿》，香港：昭明出版社有限公司，1976年。

四川省社会科学院文学研究所编：《中国当代美学论文选》（1—3集），重庆：重庆出版
　　社，1984年。

苏国勋：《理性化及其限制——韦伯思想引论》，上海：上海人民出版社，1988年。

苏童：《寻找灯绳》，南京：江苏文艺出版社，1995年。

孙歌：《亚洲意味着什么：文化间的"日本"》，台北：巨流图书公司，2001年。

唐弢：《西方影响与民族风格》，北京：人民文学出版社，1989年。

唐小兵编：《再解读——大众文艺与意识形态》，香港：牛津大学出版社，1993年。

汪晖：《无地彷徨："五四"及其回声》，杭州：浙江文艺出版社，1994年。

——《旧影与新知》，沈阳：辽宁教育出版社，1996年。

——《汪晖自选集》，桂林：广西师范大学出版社，1997年。

——《死火重温》，北京：人民文学出版社，2000年。

——《现代中国思想的兴起》（四卷），北京：生活·读书·新知三联书店，2004年。

——《去政治的政治：短20世纪的终结与90年代》，北京：生活·读书·新知三联书
　　店，2008年。

王逢振主编：《先锋译丛3·六十年代》，天津：天津社会科学院出版社，2000年。

王德威：《想象中国的方法：历史·小说·叙事》，北京：生活·读书·新知三联书店，
　　1998年。

王蒙：《创作是一种燃烧》，北京：人民文学出版社，1985年。

王若水：《为人道主义辩护》，北京：生活·读书·新知三联书店，1986年。

王晓明：《刺丛里的求索》，上海：上海远东出版社，1995年。

——《人文精神寻思录》，上海：文汇出版社，1996年。

——《思想与文学之间》，北京：人民文学出版社，2004年。

王瑶：《中国新文学史稿》（修订版），上海：上海文艺出版社，1982年。

——《润华集》，北京：中国社会科学出版社，1992年。

王瑶、樊骏、赵园等著：《中国现代文学研究：历史与现状》，北京：中国社会科学出版社，1989年。

王一川：《中国形象诗学——1985至1995年文学新潮阐释》，上海：上海三联书店，1998年。

王元化：《传统与反传统》，上海：上海文艺出版社，1990年。

王正毅：《世界体系论与中国》，北京：商务印书馆，2000年。

温儒敏：《中国现代文学批评史》，北京：北京大学出版社，1993年。

温儒敏、李宪瑜、贺桂梅、姜涛等：《中国现当代文学学科概要》，北京：北京大学出版社，2005年。

温铁军：《我们到底要什么？》，北京：华夏出版社，2004年。

吴亮：《文学的选择》，杭州：浙江文艺出版社，1985年。

魏金声主编：《现代西方人学思潮的震荡》，北京：中国人民大学出版社，1996年。

夏志清：《中国现代小说史》，刘绍铭等译，香港：友联出版社有限公司，1979年。上海：复旦大学出版社，2005年简体字版。

夏中义：《新潮学案——新时期文论重估》，上海：上海三联书店，1996年。

谢冕：《谢冕文学评论选》，长沙：湖南文艺出版社，1986年。

谢冕、唐晓渡主编：《磁场与魔方——新潮诗论卷》，北京：北京师范大学出版社，1993年。

谢冕、张颐武：《大转型——后新时期文化研究》，哈尔滨：黑龙江教育出版社，1996年。

邢贲思：《欧洲哲学史上的人道主义》，上海：上海人民出版社，1979年。

徐晓：《半生为人》，北京：同心出版社，2005年。

许宝强：《资本主义不是什么》，上海：上海人民出版社，2007年。

许纪霖：《许纪霖自选集》，桂林：广西师范大学出版社，1999年。

——《20世纪中国知识分子史论》，北京：新星出版社，2005年。

许纪霖、罗岗等：《启蒙的自我瓦解：1990年代以来中国思想文化界重大论争研究》，长春：吉林出版集团有限公司，2007年。

许子东：《当代小说阅读笔记》，上海：华东师范大学出版社，1997年。

严家炎：《求实集——中国现代文学论集》，北京：北京大学出版社，1983年。

杨健：《文化大革命中的地下文学》，北京：朝华出版社，1993年。

衣俊卿：《人道主义批判理论——东欧新马克思主义述评》，北京：中国人民大学出版社，2005年。

尹昌龙：《1985：延伸与转折》，济南：山东教育出版社，1998年。

余华：《我能否相信自己——余华随笔选》，北京：人民日报出版社，1998年。

袁可嘉、董衡巽、郑克鲁选编：《外国现代派作品选》（共四册），上海：上海文艺出版社，1980—1985年。

曾小逸主编：《走向世界文学——中国现代作家与外国文学》，长沙：湖南人民出版社，1985年。

查建英主编：《八十年代：访谈录》，北京：生活·读书·新知三联书店，2006年。

张隆溪：《二十世纪西方文论述评》，北京：生活·读书·新知三联书店，1986年。

张旭东：《批评的踪迹：文化理论与文化批评（1985—2002）》，北京：生活·读书·新知三联书店，2003年。

——《全球化时代的文化认同：西方普遍主义话语的历史批判》，北京：北京大学出版社，2005年。

张颐武：《从现代性到后现代性》，南宁：广西教育出版社，1997年。

赵一凡：《美国文化批评集：哈佛读书札记》，北京：生活·读书·新知三联书店，1994年。

赵园：《艰难的选择》，上海：上海文艺出版社，1986年。

——《赵园自选集》，桂林：广西师范大学出版社，1999年。

周国平主编：《诗人哲学家》，上海：上海人民出版社，1987年。1998年重印。

周扬：《周扬文集》（第五卷），北京：人民文学出版社，1994年。

知原主编：《面向大地的求索——20世纪的中国考古学》，北京：文物出版社，1999年。

中共中央马克思恩格斯列宁斯大林著作编译局编译：《〈1844年经济学哲学手稿〉研究》（文集），长沙：湖南人民出版社，1983年。

中国版本图书馆编：《全国内部发行图书总目（1949—1986）》，北京：中华书局，1988年。

中国社会科学院考古研究所编：《新中国的考古发现和研究》，北京：文物出版社，1984年。

中国文化书院讲演录编委会编：《论中国传统文化》，北京：生活·读书·新知三联书店，1988年。

朱光潜：《朱光潜全集》（第五卷），合肥：安徽教育出版社，1989年。

朱学勤：《风声·雨声·读书声》，北京：生活·读书·新知三联书店，1994年。

——《书斋里的革命：朱学勤文选》，长春：长春出版社，1999年。

祝东力：《精神之旅——新时期以来的美学与知识分子》，北京：中国广播电视出版社，1998年。

[法] 阿尔都塞 (Louis Althusser)：《保卫马克思》，顾良译，北京：商务印书馆，1984年。2006 年重印。

——《哲学与政治：阿尔都塞读本》，陈越编译，长春：吉林人民出版社，2003 年。

[美] 艾恺 (Guy S. Alitto)：《世界范围内的反现代化思潮——论文化守成主义》，贵阳：贵州人民出版社，1991 年。

[美] 安德森 (Benedict Anderson)：《想象的共同体——民族主义的起源与散布》，吴叡人译，上海：上海人民出版社，2003 年。

[英] 安德森 (Perry Anderson)：《绝对主义国家的系谱》，刘北成、龚晓庄译，上海：上海人民出版社，2001 年。

[意] 阿锐基 (Giovanni Arrighi)：《漫长的 20 世纪——金钱、权力与我们社会的根源》，姚乃强等译，南京：江苏人民出版社，2001 年。

——《东亚的复兴：以 500 年、150 年和 50 年为视角》(与 [日] 滨下武志、[美] 马克·塞尔登联合主编)，马援译，北京：社会科学文献出版社，2006 年。

[韩] 白乐晴：《全球化时代的文学与人：分裂体制下韩国的视角》，金正浩、郑仁甲译，北京：中国文学出版社，1998 年。

[美] 伯曼 (Marshall Berman)：《一切坚固的东西都烟消云散了——现代性体验》，徐大建、张辑译，北京：商务印书馆，2003 年。

[比] 布洛克曼 (Jan. M. Broekman)：《结构主义：莫斯科—布拉格—巴黎》，李幼蒸译，北京：商务印书馆，1980 年。

[德] 比格尔 (Peter Bvrger)：《先锋派理论》，高建平译，北京：商务印书馆，2002 年。

[美] 卡林内斯库 (Matei Calinescu)：《现代性的五副面孔：现代主义、先锋派、颓废、媚俗艺术、后现代主义》，顾爱彬、李瑞华译，北京：商务印书馆，2002 年。

[德] 卡西尔 (Ernst Cassirer)：《人论》，甘阳译，上海：上海译文出版社，1985 年。

[印度] 查特吉 (Partha Chatterjee)：《民族主义思想与殖民地世界：一种衍生的话语？》，范慕尤、杨曦译，南京：译林出版社，2007 年。

[美] 柯文 (Paul A. Cohen)：《在中国发现历史——中国中心观在美国的兴起》，林同奇译，北京：中华书局，1989 年。2002 年再版。

[美] 柯林斯 (Randall Collins)、迈克尔·马科夫斯基 (Michael Makowsky)：《发现社会之旅——西方社会学思想述评》，李霞译，北京：中华书局，2006 年。

[澳] 丹纳赫 (Geoff Danaher)、斯奇拉托 (Tony Schirato)、韦伯 (Jen Webb)：《理解福柯》，刘瑾译，天津：百花文艺出版社，2002 年。

[法] 德勒兹 (Gilles Deleuze)：《德勒兹论福柯》，杨凯麟译，南京：江苏教育出版社，

2006 年。

[美] 德里克（Arif Dirlik）：《革命之后的史学：中国近代史研究中的当代危机》，吴静研译，《中国社会科学季刊》（香港）春季卷，邓正来主编，1995 年 2 月。

——《后革命氛围》，王宁等译，北京：中国社会科学出版社，1999 年。

[美] 杜赞奇（Prasenjit Duara）：《文化、权力与国家——1900—1942 年的华北农村》，王福明译，南京：江苏人民出版社，1994 年。

——《从民族国家拯救历史：民族主义话语与中国现代史研究》，王宪明等译，北京：社会科学文献出版社，2003 年。

[英] 伊格尔顿（Terry Eagleton）：《二十世纪西方文学理论》，伍晓明译，西安：陕西师范大学出版，1986 年。

——《文学原理引论》，刘峰等译，北京：文化艺术出版社，1987 年。

——《当代西方文学理论》，王逢振译，北京：中国社会科学出版社，1988 年。

——《审美意识形态》，王杰、傅德根、麦永雄译，桂林：广西师范大学出版社，2001 年。

[荷兰] 佛克马（D. W. Fokkema）、[荷兰] 易布思（E. Kunne-Ibsch）：《二十世纪文学理论》，林书武、陈圣生、施燕、王筱芸译，北京：生活·读书·新知三联书店，1988 年。

[法] 福柯（Michel Foucault）：《知识考古学》，谢强、马月译，北京：生活·读书·新知三联书店，1998 年。

——《福柯集》，杜小真编选，上海：上海远东出版社，1998 年。

——《规训与惩罚：监狱的诞生》，刘北成、杨远婴译，北京：生活·读书·新知三联书店，1999 年。

——《疯癫与文明：理性时代的疯癫史》，刘北成、杨远婴译，北京：生活·读书·新知三联书店，1999 年。

——《词与物——人文科学考古学》，莫伟民译，上海：上海三联书店，2001 年。

——《性经验史》，佘碧平译，上海：上海人民出版社，2005 年。

[法] 加罗蒂（Roger Garaudy）：《人的远景——存在主义，天主教思想，马克思主义》（内部读物），徐懋庸、陆达成译，北京：生活·读书·新知三联书店，1965 年。

[英] 盖尔纳（Ernest Gellner）：《民族与民族主义》（英文名《民族主义类型》），韩红译，北京：中央编译出版社，2002 年。

[德] 哈贝马斯（Jurgen Habermas）：《现代性的哲学话语》，曹卫东等译，南京：译林出版社，2004 年。

[美] 哈特（Michael Hardt）、[意] 安东尼奥·奈格里（Antonio Negri）：《帝国——全球

化的政治秩序》，杨建国、范一亭译，南京：江苏人民出版社，2003 年。

[美] 哈维（David Harvey）：《后现代的状况——对文化变迁之缘起的探究》，阎嘉译，北京：商务印书馆，2003 年。

[德] 黑格尔（G. W. F. Hegel）：《历史哲学》，王造时译，上海：上海书店出版社，2001 年。

[英] 霍布斯鲍姆（E. J. Hobsbawm）：《极端的年代：短暂的 20 世纪（1914—1991）》，郑明萱译，南京：江苏人民出版社，1999 年。

——《民族与民族主义》（英文名《1780 年迄今的民族与民族主义》），李金梅译，上海：上海人民出版社，2000 年。

[美] 詹明信（Fredric Jameson）：《晚期资本主义的文化逻辑——詹明信批评理论文选》，张旭东编，陈清侨等译，北京：生活·读书·新知三联书店，1997 年。

——《后现代主义与文化理论》（精校本），唐小兵译，北京：北京大学出版社，1997 年。

——《政治无意识——作为社会象征行为的叙事》，王逢振、陈永国译，北京：中国社会科学出版社，1999 年。

——《文化转向》，胡亚敏等译，北京：中国社会科学出版社，2000 年。

[日] 柄谷行人（Karatani Kojin）：《日本现代文学的起源》，赵京华译，北京：生活·读书·新知三联书店，2003 年。

[美] 拉蒙特（Corliss Lamont）：《作为哲学的人道主义》（内部读物），北京：商务印书馆，1964 年。

[美] 雷迅马（Michael E. Latham）：《作为意识形态的现代化——社会科学与美国对第三世界政策》，牛可译，北京：中央编译出版社，2003 年。

[德] 曼海姆（Karl Mannheim）：《意识形态与乌托邦》，黎鸣、李书崇译，北京：商务印书馆，2000 年。

——《卡尔·曼海姆精粹》，徐彬译，南京：南京大学出版社，2002 年。

[德] 马克思（Karl Marx）：《1844 年经济学哲学手稿》，中共中央马克思恩格斯列宁斯大林著作编译局编译，北京：人民出版社，2000 年。

[美] 迈斯纳（Maurice Meisner）：《毛泽东的中国及其后：中华人民共和国史》，杜蒲译，香港：香港中文大学出版社，2005 年。

[美] 麦克洛斯基（D. McCloskey）等著：《社会科学的措辞》，许宝强等编译，北京：生活·读书·新知三联书店，2000 年。

[美] 萨义德（Edward W. Said）：《东方学》，王宇根译，北京：生活·读书·新知三联书店，1999 年。

——《赛义德自选集》，谢少波、韩刚等译，北京：中国社会科学出版社，1999 年。

——《文化与帝国主义》，李琨译，北京：生活·读书·新知三联书店，2003 年。

[美] 舒衡哲（Vera Schwarcz）：《中国启蒙运动：知识分子与五四遗产》，刘京健译，台北：桂冠图书股份有限公司，2000 年。

[英] 索珀：《人道主义与反人道主义》，廖申白、杨清荣译，北京：华夏出版社，1998 年。

[美] 斯塔夫里亚诺斯（L. S. Stavrianos）：《全球分裂——第三世界的历史进程》（上下卷），迟越、王红生等译，北京：商务印书馆，1993 年。

[美] 斯特龙伯格（Roland N. Stromberg）：《西方现代思想史》，刘北成、赵国新译，北京：中央编译出版社，2005 年。

[日] 竹内好（Yoshimi Takeuchi）：《近代的超克》，孙歌编，李冬木、赵京华、孙歌译，北京：生活·读书·新知三联书店，2005 年。

[美] 沃勒斯坦（Immanuel Wallerstein）：《现代世界体系》第一、二卷，罗荣渠等译，北京：高等教育出版社，1998 年。

——《所知世界的终结：21 世纪的社会科学》，冯炳昆译，北京：社会科学文献出版社，2002 年。

——《转型时代——世界体系的发展轨迹 1945—2025》（与 [美] 特伦斯·K. 霍普金斯等合著），吴英译，北京：高等教育出版社，2002 年。

——《沃勒斯坦精粹》，黄光耀、洪霞译，南京：南京大学出版社，2003 年。

——《否思社会科学——19 世纪范式的局限》，刘琦岩、叶萌芽译，北京：生活·读书·新知三联书店，2008 年。

[美] 雷·韦勒克（Rene Wellek）、[美] 奥·沃伦（Austin Warren）：《文学理论》，刘象愚、邢培明、陈圣生、李哲明译，北京：生活·读书·新知三联书店，1984 年。

[日] 沟口雄三（Mizoguchi Yuzo）：《中国的思想》，赵士林译，北京：中国社会科学出版社，1995 年。

——《日本人视野中的中国学》（又译《作为方法的中国》），李甦平、龚颖、徐滔译，北京：中国人民大学出版社，1996 年。

——《中国前近代思想之曲折与展开》，陈耀文译，上海：上海人民出版社，1997 年。

初版后记

交出书稿，有一份轻松、一份惶惑，也忽然生出了些许的疲惫。轻松和惶惑是每当完成一项课题或一篇论文时常有的心态，疲惫感却是自己十余年学术研究生涯中第一次体验到。这或许因为完成这份书稿的时间是如此漫长的缘故。

关于自己怎么开始从事 80 年代文化研究，的确说来话长。十年前，我还是博士研究生的 1998 年，选定了 80 年代文学与文化作为自己博士论文研究的对象。那时，80 年代并不像现在这样是一个热点话题，倒正好是 50—70 年代文学研究热潮刚刚兴起的时间。而我则因为对思想史发生了兴趣，于是选定了一个自以为很能够把自己所学的文学专业与思想史研究结合在一起的题目：80 年代文学与五四传统。接下来我便一头扎进五四运动和五四接受史的文学、思想史料的阅读中。研究基础的薄弱和理论储备的不足，使我难以迅速准确地把握问题的关键所在。结果，一年多时间之后完成的博士论文，在我自己看来只能算是一篇"消化不良"的半成品。我基本上陷入了用五四来评价 80 年代新启蒙思潮的思路中，论文大致也就成了关于"80 年代为何与如何是第二个五四时代"的详细论证。尽管这篇论文也受到了师长们的一些好评，而且有过几次可以出版的机会，不过我自己一直认为我应该将它推翻重新做过。那时还没有完全领略学术研究甘苦的我，年轻气盛而且总想着来日方长，完全没想到这个课题的真正完成要在 | 年以后。

当然，在这十年的时间中，我也并没有完全专心于打磨这一课题。我掉开头去先写完了《转折的年代——40—50年代作家研究》这本书，同时也涉足当代文化批评、90年代思想史研究、当代文学学科史研究、女性文学研究等方面的题目。不过，80年代文化研究却一直是我的一块"心病"。我那些陆续完成的与80年代相关的会议论文和发表论文，多是预想中的博士论文完成版的构成章节（这些研究成果的一部分，成了我那本《人文学的想象力——当代中国思想文化与文学问题》的内容）。但常常是论文刚刚完成，我就开始意识到新问题的存在，并准备再次推翻重来了。到了后来，确实有点破罐子破摔的意思，意识到自己可能要有打持久战的思想准备了，如果我不打算放弃这个选题的话。最大的问题在于，我一直摇摆于到底是做五四接受史脉络上的80年代研究，还是把80年代处理为独立也独特的历史时段。后来我逐渐意识到，真正限制我的，恰恰是那个将80年代看作"第二个五四时代"的先入之见；同时，我所使用的理论语言也在限制着我所能看到的历史视野。因此，对"五四传统"的阐释并不是我观察80年代文学与文化的窗口，毋宁说乃是遮挡我进入80年代历史的一个意识形态迷魂阵。甩开这一障碍之后，我意识到自己开始找到了进入80年代的接榫点。这时，我觉得自己早就把那个"80年代文学与五四传统"的题目扔到九霄云外去了。不过等到今天这个课题完成之后，才发现那个潜在的轴心其实仍旧是"80年代文学与五四传统"；只不过以前是为了论证两者重叠与交错的关系，而现在则是在批判和解构80年代的"新启蒙"意识之后，将80年代与50—70年代的历史关系放入本书分析的前台，同时更新了自己讨论问题的理论语言和看待问题的历史视角，并把80年代历史研究与90年代以来当下现实之关联性的批判性认知，作为思考的出发点。

如果说这是一本过于板正的"学术书"的话，我希望这份后记能够多留下一些比较感性的记忆。除了我写作这本书的个人经历，我还想在这里感谢那些与这本书相关的人们：

首先要感谢的人是我的小儿子。从得知自己怀孕到他满两周岁的时间，也是这本书最后完成并定型的时间。可以说，他一直在陪伴着我阅读、思考和写作。只是从小胖子可以踩着学步车在屋子里四处奔走的时候开始，他有时会待在我的书房门前，眼巴巴地望着房门，因为他知道妈妈又在"上班"了：这个时间他不可以和妈妈玩。这个和我骨肉相连、休戚与共的小人儿，他一定也分享了我全部的烦扰与忍耐、快乐与满足。也因此要感谢孩子的伯妈，是她对孩子的悉心照料和对琐屑日常杂务的承担，使我能够很快恢复学术研究状态。更要感谢孩子的父亲，他对我所好之事的理解、支持与庇护，使我得以心无旁骛地悠游于文字世界。

要特别感谢我的导师洪子诚先生和我的"良师益友"戴锦华先生。在我由一个不知天高地厚的学生，成长为专业研究者的过程中，这两个人在思想和学术上给了我难以估量的影响。这本书就更是如此。这个选题一直得到洪老师的认可、鼓励和帮助。是他的宽容，纵容我信马由缰地在不同学科领域之间穿越；也是他的严谨，使我反复思考越界行为自身的"疆界"，以及如何将论点建立在对史料的细致梳理与慎重解读基础上。并且在书稿的最后完成阶段，正是他的反复敦促，才使我终于不再磨蹭而把书稿交了出去。在我打磨这本书的过程中，直接的切磋和讨论对象常常是戴老师，甚至书中的一些观点就是在和她交流的过程中产生的。没有她，这本书一定是另外的模样。她关于80—90年代中国电影与文化研究的成果与思路，更给过我"覆盖性"的影响，这在书中的很多地方都可以看出痕迹。常常觉得，我人生中最大的幸运之一，便是能够得到这两位先生的言传身教。他们不仅教会我如何从事学术研究，更重要的是，他们教会我如何思考和思想。他们使我深切地体会到学术与思想的快乐与魅力，感受到那个或许带着些许不足为外人道的心酸体验的精神世界的广阔与迷人。我也因此要感谢所有在我学术成长过程中给予过深厚影响和无私帮助的师长们。感谢我在其中做了十年学生又做了十年老师的北京大学中文系和这里的老师们，尤其是钱理群、陈平原、温儒敏、谢冕、曹文轩、赵祖谟、方锡德、张颐武等先生，他们使我领略到北大学术传统的魅力；感谢赵园、蔡翔、王德威、尾崎文昭先生，他们的鼓励和提携成为我学术道路上温暖而珍贵的记忆。

因着教师身份，我有了把自己不成熟的想法和观点在学院讲台上表达出来的特权。我因此要特别感谢2003、2005、2008年度，那些坐在我讲台下听课的北京大学中文系的博士与硕士生们。这三次课，虽然都名为"80年代文学专题"，不过第一回我讲成了五四接受史与80年代，第二回我讲成了80年代文学思潮，直到第三回才边讲边定型为书稿现在的模样。如果不是他们的耐心倾听和热情参与，我的许多观点大致也不能成型。

这部书稿的许多部分已陆续发表在刊物上。这使我获得了许多机会，发表那些还不甚成熟的观点。那也正是我督促自己推进思考的重要环节。这些刊物是《文艺争鸣》《上海文学》《当代作家评论》《文艺研究》《山东社会科学》《励耘学刊》《现代中国》《中国现代文学论丛》等，它们和这些师友的名字连在一起：朱竞、杨斌华、林建法、程光炜、吴义勤、杨联芬、李杨、吴晓东、陈泳超、王风、胡星亮等。这里谨表谢意。

感谢高秀芹为这本书的出版付出的许多心力。感谢本书的责编黄敏劼，她细致而认真的工作态度，督促我不断地修订书稿中的缺陷和错误，从而使书稿能以相对完善的形态出现在读者面前。

第 2 版后记

这本书的出版，似乎与"十年"结下了不解之缘。从开始写作到完成是十年，从初版到修订版又是十年。在当代学术史上，十年几乎可以是划分两代学人的时间了，而这本书仍旧有修订再版的机会，这自然是十分幸运的。为此要再次感谢培文的负责人高秀芹和本书的责编黄敏劼，是她们的耐心督促，使这本书能够以相对新颖的面貌重新出现在读者面前。

本次修订的重点是对文字表述做了比较集中的润色。复杂长句、意思缠绕、文风晦涩，是读过这本书初版的学生、朋友和老师的一种较普遍反映。我自己回头读，确实有许多觉得脸红的地方。有些地方晦涩是因为表意不清楚，我在这次修订过程中做了全力补救。但许多地方是因为要表达的意思相对复杂，不使用较长的复合句难以在多层关系的对照中把内涵精确地传递出来，因此，这次修订仍旧保留了这种思辨性的表述风格。

就全书内容来说，这次重点调整和改写的章节，是绪论、第一章、第三章、结语。许多重要段落基本上是重写。2018 年，我为北大中文系和相关专业的研究生重新开设了一轮"80 年代文学专题"这门课，以本书为基本教材，一边授课一边重新修订。在将书面化的学术思路和观点转化为口语化表达的过程中，更需要明确观点之间的层次感以及论述过程的清晰度。特别是在讨论六个思潮中的主要史料文本和文学文本时，需要停下来做具体的细读和阐释，以使对思潮的总体性判断和对文本的深度解读结合起来，因此对这些部分的修订花费了较多时间。在章节结构关系的编排上，也调换了初版本中第五章和第六章的顺序，使全书的总体结构更吻合80年代的历史展开轨迹。

本书的基本研究思路是采取知识社会学的方法，考察80年代六个主要思潮的总体轮廓、内在展开逻辑和代表性文本的话语构成，并以知识谱系学的方法结合历史语境，对这种话语表述的意识形态内涵做出分析。宽泛来看，这可以称为一种文化唯物主义的研究方法，即在思想与社会、知识与语境、文化与历史之间建立一种阐释关系，从文化空间的地缘关系和物质性构成中探询精神性的文化表述得以成立的基本条件、内在逻辑和意识形态策略。因而，从总体思路上，本书包含了两个层面的勘测，其一是从全球视野的宏观层面，考察80年代中国文化空间的形成，这也是对每一思潮得以塑形的谱系学分析；其二是从话语表述的微观层面，考察六个思潮的内在意义结构，这可以说是对核心话语方式所做的考古学分析。

这就决定了本书的基本风貌是在一种跨专业、跨学科的理论化、总体性格局中展开分析。这种分析是反思性与批判性的，因而强调的是考察价值的知识表述、分析情感的理论性内涵、探讨叙事的结构层面。十年前，在做这种考察时，我考虑的是如何从80年代的文化意识中跳脱出来，以求在21世纪的当代性视野里将80年代历史化，使其成为新语境中的有效思想资源。十年后的今天，我仍然认为这种研究思路和考察方式没有过时。只不过在80年代确已成为"历史"的今天，我们还需要在把握其基本话语构造的基础上，再度深入那种"文化意识"的内在历史逻辑，才能对80年代这个充满着精神能量的文化变革时期做出更全面的阐释。核心问题是我们到底如何看待80年代，是将其视为一段逝去的历史而做手术刀式的解剖，还是将其看作一段始终有着无尽阐释可能的活的历史对象。我相信，决定这种阐释成功与否的关键，是我们作为一个当代研究者的胸襟、视野、格局，正是后者在极大地考验着我们将中国经验理论化的能力。

思想无涯，我们通过文字留下思考的轨迹，但还有许多未曾被照亮的世界期待着新的探索。从这个意义上来说，每一本已经完成的书都是有限的，是需要被超越的。它在凝聚某些共同思考的同时，更大的价值是为未来的思考者提供探索新思想的火种、舟筏、跳板或其他。期待这本书也能有这样的殊荣。

2020 年 8 月 6 日

附 录 | 重返 80 年代，打开中国视野
—— 贺桂梅访谈录

徐志伟（哈尔滨师范大学文学院教授）：让我们从您近年来的主要研究对象"80 年代"谈起吧，目前谈论 80 年代似乎已经很流行，您觉得学界现在热衷于谈论"80 年代"的原因何在？

贺桂梅："80 年代"确实是我这些年关注的一个核心话题。我去年出版的《"新启蒙"知识档案——80 年代中国文化研究》，是花了比较多时间完成的一本讨论 80 年代思想、文化和文学思潮的书。

关于这本书，与现在的 80 年代研究热，我想还是应该做一些区分。这本书并不是我最近几年才开始做的，而是从 1998 年前后准备博士论文写作时就开始了。当时选定的论文题目是"80 年代文学与五四传统"。这篇博士论文在 2000 年的时候写完了，但我自己一直很不满意，于是就推翻原来的思路重新做了一遍。这是我这些年一直关注 80 年代研究的个人原因。

我感到不满意的地方，是我在讨论 80 年代文学与五四传统时，一直有一个潜在的思考框架，认为 80 年代文学的核心话题都是从五四传统中衍生出来的。在后来的研究与思考中，我觉得首先需要对 80 年代与五四的关系作历史化的处理，讨论两者的同一关系怎么被历史地建构出来，80 年代的文化实践为什么需要借重五四传统的合法性。另一方面，我也发现，80 年代有其自身的复杂性和丰富性，并不能完全用

五四传统加以统摄。即便是"文学性""人性""现代""传统"这些看起来很五四的话题，在80年代的具体内涵已经发生了变化，是由"80年代中国"这个特定的时间和空间场域中，不同的思想与文化资源构造出来的。更重要的是，我发现，80年代谈论的"五四传统"以及"现代化""民主""自由""人性"等范畴，与五四时期中国语境中对这些范畴的理解并不相同，实际上是一种由60年代美国社会科学界塑造出来，并在70—80年代发展为某种全球意识形态的"现代化理论"。80年代的新启蒙思潮，不管有意或无意，都与这种新的知识范式／意识形态关系更密切。五四传统只不过在这个认识论"装置"中得到了重新阐释而已。如果不去关注这个"装置"，而只关心在这个装置里面的五四表述，大概就只能说是舍本逐末，还是在"新启蒙"的历史意识内部谈问题。

意识到这些问题后，我把研究重心放在了80年代，侧重在新启蒙思潮对"人性""现代性""传统""文学性"等表述方式本身的历史分析上，考察其特定的知识谱系与意识形态。这看起来是远离了最初"80年代文学与五四传统"那个题目，但其实问题意识还是一样的，就是想知道80年代表述"人性""现代""传统""文学性"的那些知识、那些思想资源，是从哪里来的，在80年代特定语境中做了怎样的改写和重构，并构造出了怎样的意识形态叙事。

这大致是我自己从事80年代研究的过程和思路的变化。

关于"80年代"如何成为学界热衷谈论的一个话题，在我的理解中，有许多社会与文化心理以及历史语境方面的原因。

其实，80年代并不是新世纪这些年才成为核心话题的。80—90年代之交后，知识界的历次论争和重要话题，都与如何理解80年代及其启蒙意识密切相关。比如《学人》集刊关于"学术规范"的讨论、比如"国学热"及"激进"与"保守"的讨论，比如"后新时期""后现代"论述，特别是关于"人文精神"的大讨论，以及迄今仍在展开中的"新左派"与"新自由派"的论争等，如何理解"80年代"都是其中的核心问题。不过，这些讨论常常是以"论战"或"论辩"的方式展开的，在肯定或否定、有意义或无意义等价值判断层面有基本的分歧。在这种情形下，我觉得格外需要首先去厘清"80年代"展开的具体历史过程以及它通过怎样的知识表述建构自身的合法性。

90年代关于80年代的论辩，主要是在知识界内部展开的，而当前的80年代热，却是一个扩散到不同社会层面的话题。比如在社会心理层面上，现在对于80年代的想象和关注的热情，带有很强的"怀旧"色彩。当80年代可以成为"怀旧"对象时，就说明人们意识到"80年代已经过去了"，因此可以站在一种新的关于现实的感知和对历史的重新确认的位置上"回过头"来看80年代。这种社会心态的形成，当然与当下中国经济"崛起"，以及90年代以来中国社会的巨大变化密切联系在一起。可以说，今天的"80年代热"，是带有距离感的、对80年代的重新认知。如何认知80年代，也与如何判断、叙述中国社会的现实紧密相关。比如，如何看待中国的经济崛起，有人认为这是"告别革命"的结果，有人则认为正因为有了毛泽东时代的"革命"，80年代的改革才能有今天的成果。又比如，怎么看待今天中国社会中存在的阶层、阶级分化，有人认为这是因为80年代的"民主"诉求没有被实践，而有人则认为需要在批判80年代西方式民主实践的基础上重新思考"民主"的真正含义，等等。

可以说，在今天，"80年代"一方面成为一段可以被称为"已经过去"的历史，同时如何评价它，又是人们理解当下现实的一个关键。在这种意义上，我认为目前出现"80年代热"是特别值得关注的。

徐志伟：您如何评价已有的关于80年代的研究成果？

贺桂梅：目前关于80年代的研究还在展开过程中，而且涉及不同领域，我只能就我个人的有限观察谈一点看法。

在思想史研究或知识分子研究的意义上，有两本书引起了颇为广泛的关注：一本是2006年出版、由查建英主编的《八十年代：访谈录》，一本是 2009 年出版、由北岛、李陀主编的《七十年代》。这两本书通过访谈或回忆录的形式，记载下了 80 年代文化变革的参与者们的一些回顾、回忆和历史思考。这些作者和受访者其实是一个特定的群体，也就是 80 年代的"新生代"文艺家与知识群体，80 年代（尤其是中后期）文化变革的主力。他们以历史"当事人"的口吻，讲述了自己在特定历史情境下的经历与思想状态，以及参与重要文化事件的过程。这些为今天重新理解 80 年代，并借此去感知当时的历史氛围乃至情感结构，提供了特别重要的史料。另外，叙述者在 80 年代所处的不同位置、采取的不同态度，以及今天反思历史的不同立场，也为人们理解 80 年代思想和精神气质的复杂性，提供了弥足珍贵的观察视角。我感兴趣的是，他们的一些叙述还带有比较浓的属于 80 年代的历史意识，有对于一个"辉煌时代"的怀旧感。作为个人的历史记忆，这无可厚非，但对于历史研究而言，恰恰是这种"意识"本身，成为需要探究的对象。

在文学研究领域，我对王尧所做的口述史，蔡翔、罗岗、倪文尖等人的 80 年代研究印象很深。特别是程光炜老师，带领他的学生们进行了多年的 80 年代文学史研究，并联合其他的老师（如李杨、李陀老师等）在刊物上组织研究专栏、出版相关的研究丛书，非常引人注目。他们对"80 年代文学"重新成为文学研究界的重要话题，都起了很大的推动和引导作用。这些研究工作带有重新审视 80 年代文学与历史的意味。作为 80 年代"现状"的新时期文学批评，曾经是当代文学研究的中心。90 年代中期以后，当代文学史研究主要集中于对 50—70 年代文学史的讨论，同时，对当代文学现状的关注，转向了 90 年代以来的文学实践，80 年代文学研究逐渐"冷落"。新世纪再度将研究的焦点集中于 80 年代文学，一方面是将其明确地指认为"历史"，是文学史的一个构成部分；另一方面，正因为之前关于 80 年代文学的研究与批评构成了当代文学学科的体制性力量，因此，"重新开始"，也需要有一个自反性地审视这个体制自身的问题。新的研究不仅仅集中在重新解读文学作品，对研究者的研究语言和文学史叙述的反思，对文学体制的历史性呈现，也变成了这个时期研究的重点。另外，由于对当下文学现状采取的不同态度，如何重新评价80年代文学的历史意义，比如如何看待文学与政治的关系，如何看待80年代的"现代派"迷恋，如何重新评价现实主义文学传统等，也得到了较多讨论。

还值得一提的是，目前进行80年代文学研究的人，不仅有程光炜、蔡翔、李杨等80年代文学的亲历者，也有在90年代以来的学院训练中成长起来的新一代研究者，他们几乎是"天然"地带着距离感来看待80年代的。因此，历史的复杂性、个人经验的倾向性和学术研究的客观性之间，形成了颇为有趣的对话关系。不过，文学研究的丰富性也正因此而显现出来。

徐志伟：您研究80年代的基本出发点或问题意识是什么？

贺桂梅：我的研究集中关注的是80年代中期（大约1983—1987年间）形成的"新启蒙"思潮。从六个文学与文化思潮着手，基本上是在跨学科的视野中展开的某种宏观性知识清理。80年代知识界如何想象与叙述"人性""现代性""传统""文化""中国""文学性"，构成了我讨论的重心。我认为，正是基于对这些核心范畴的理解，形成了某种我们可以称为"80年代历史意识"的共同倾向。如果缺乏对这些总体性的知识结构和历史意识的清理，很难突破80年代研究的既有框架。

我研究的一个基本出发点，可以说是想将80年代"历史化"。"历史化"的意思，不是简单地宣判"80年代过去了"，而是在一种更大的历史视野和新的现实问题意识中，来重新定位和理解80年代。

80年代在当代中国历史中占据了极其重要的位置，也可以说这个时期塑造了当下中国知识界的基本话语方式。在很多时候，我们谈"20世纪"，谈50—70年代的社会主义历史，甚至我们怎么谈90年代以来的当下中国社会，其实都是在80年代塑造出来的"话语装置"里面来谈的。有越来越多的历史与现实经验，使人们意识到20世纪、革命与当下中国，并不像80年代理解的那样，而有其自身的复杂性。因此，如何跳脱 80 年代历史意识、批判性地反思 80 年代的知识体制，就成了一个值得探究的学术与思想问题。我想做的，是一种批判性的自反工作，即那些我们今天视为常识、真理或价值观的东西，是怎么被构造出来的，它回应的是怎样具体的历史语境。这可以说是我的基本问题意识。这后面包含着我对 80 年代的基本历史判断和对当下知识状况的现实判断。

徐志伟：在您的一篇文章中，有"重返 80 年代"这样的表述，在您看来"重返 80 年代"是如何可能的？

贺桂梅：关于"重返"，首先要考虑的是重返"到哪里"去？人们常用"回到""历史现场"这样的说法，强调一种带有质感的历史氛围与情境，要求呈现出那个原初场景的复杂性，以及某种"客观性"：你不能随心所欲地"乱写"历史。但是"现场"这样的词，只能说具有一种关于何谓"历史"的理解导向上的"规范"性，而不能说存在着一种像客体那样自明的"事实"。因为即便在那个"现场"中，由于所处位置的不同，各人看到的东西、理解到的东西是不一样的。更重要的是，这个"现场"需要被"说"/叙述出来，它的意义才能为人理解，而怎么说、由谁说、什么时候说、在怎样的情境下说、纳入怎样的意义系统里面说，这些都将导致"现场"的面貌很不一样。因此，要充分地意识到所谓"历史现场"的叙事性和建构性。

其次是"从哪里"重返？"重返"的"重"字揭示出的是研究者的当代立场：无论如何"客观"，研究者总是在他/她置身的当代语境和意义系统里面来看待过去那段历史的。有的研究者把自己的研究视野普泛化，认为自己讲的就是"事实"与"正确的历史"，这就缺乏对自身书写立场与书写语言的有限性的反省；还有的研究者则认为，反正像胡适说的那样，"历史是任人打扮的小姑娘"，我想怎么说就怎么说，这就取消了关于"历史现场"的某种在约定俗成中逐渐形成的规定性理解。

我自己理解的"重返"，是在"当代性"与"历史性"的对话关系中展开的。一方面需要充分理解生活在那段历史之中的人们的"内在视野"，也就是那个时期形成的主导叙述和意义系统，另一方面研究者要对自身的当代立场和当代视野具有理论自觉；"重返"的过程，就是当代立场与历史的内在视野不断地对话、协调、再阐释的过程。一种可取的"重返"，真正需要形成的是在当代视野中能够被人们接受的历史阐释，当代性赋予其"新"意，但却不是随心所欲的。如何协调不同层面的意义系统间的对话关系，构成了"重返"的不同方式和路径，也是研究者发挥"主体性"和创造性的地方。

我采取的基本研究方法，我称之为"知识社会学"。我不能说已经很好地解决了在"重返"的过程中面临的各种问题，但希望把当代视野、历史的规约性与我个人的阐释力这三个方面比较好地结合在一起。

关于"知识社会学"的方法，我在书中也做了一些说明。我特别关心的是它关于"视角"的论述。曼海姆把知识社会学界定为"一种关于思想的社会存在或存在条件的理论"。意识到"思想"与其"社会条件"之间关系的存在，是以一种"超然的视角为预设前提"的。这也就是说，你需要站在某个历史结构的"外面"，才能看清一种知识或思想如何确立其与"社会存在"的关系，不然，你可能会觉得那些知识和思想都是"从来如此""天经地义"的。但是要把一种思想与其社会语境的关系尽可能客观地揭示出来，还需要理解其"内部"的视野。这可以通过深入地理解不同性质的历史文本，特别是它们具有的意义表述方式与内在逻辑而达到。曼海姆所谈的"总体意识形态"与"特殊意识形态"，启发我去对历史研究的当代性、历史性及其对话关系进行理论性思考。

关于"知识社会学"，我并不认为存在一种本体论式的研究路径，我关心的只是它提示的一种研究思路。我想用这个说法，和一些研究思路区分开来。比如"思想史研究"。思想史研究一般探讨的是某些基本观念、核心范畴的演变，研究者常常站在某种价值主体的立场上看问题，但却不能对使用这套知识的主体本身进行历史化的自反性思考。这基本上是一种在确认了何谓"知识分子"这个主体意识的前提下展开的批判实践。而知识社会学的独到之处，在于它能够在一种总体性的社会结构视野中来观察知识主体的特殊位置，并对知识主体的"特殊"视角与这种"总体性"之间的关系，做出有效的自反性的理论说明。我强调"知识社会学"与"思想史"研究的差别，是想突出一种"社会"视野，强调作为一个社会群体的"知识分子"的有限性，并在承认这种有限性的前提下，讨论知识与思想实践的力量。说到"知识社会学"，我也想将我在书中使用的这个概念，与中文语境中人们一般对它的理解区别开来。我们一般说的"知识社会学"，主要集中在知识分子群体的研究，比较偏向于社会学方面，关注一个知识群体的社会行动方式。但我的分析重点，放在知识与权力体制的关系上。一方面，我想说，那些在80 年代被称为"真理""价值""信念"的东西，都必然借助一定的知识形态才能被表述出来；另一方面，这些"知识"虽然在当时的人们看来是那么"自然而然"、那么"充满血肉感"，但它总是在一定的历史语境中被建构出来的，而如何建构、如何被人们自然地接受，则是一个时期的知识体制与权力结构塑造的结果。

徐志伟：在对 80 年代知识谱系的清理、反思过程中，您个人站在怎样的位置上？

贺桂梅：我采取的这种研究方式，可能会遇到一些质疑。比如我遇到一些 80 年代的亲历者，他们说我的书对 80 年代采取的分析方式，理性的味道太浓，太"知识""考古"了。我明白他们的意思，大约指的是对 80 年代缺少感性的体认和历史认同。这就涉及你问的"我个人"站在怎样的位置上来做 80 年代研究？

就个人经验来说，80 年代正是我读中学的时间，我还能以不同方式切身地感受到那个时代的总体氛围。比起那些亲身参与 80 年代变革的年长者，我们这些"70 后"可能像是 80 年代的"局外人"；但是比照"80后"或"90 后"，我又深深地意识到自己怎样浸淫在 80 年代主流文化里面。我在一篇文章中也说过，我 1989 年来到北大读书，正赶上一个特殊的时间，那时北大校园的氛围已经和 80 年代很不相同，当时常有一种"没赶上好时候"的遗憾。不过，我的知识结构与思想气质，更多的还是被90年代的北大塑造出来的。就阅读经验和思想体验来说，我很快就"越过"了80年代流行、我个人也曾经十分热衷的萨特、加缪的存在主义哲学，"越过"了当时流行的刘小枫等人的"诗化哲学"，也在"人文精神"论争中仔细琢磨"反思启蒙"的含义。可以说，90年代的北大校园让我吸纳了许多80年代主流知识之外的批判理论，比如"女性主义""后殖民主义""后现代主义""解构"理论、西方马克思主义理论等。而且，可能因为身在北京和北大的缘故，我对90年代知识界的论争会有更多切身的感性体认。比如现在我还能想起，当年我们一些博士生，常常在饭桌上为了知之不多的"新左派""自由派"争得面红耳赤，甚至不欢而散。这种知识结构和思想氛围，可能使我能更多地接触到"新启蒙"之外的东西。

我有一个关于"新启蒙"思潮的基本历史判断：我认为"新启蒙"并不能全部地涵盖80年代文化，从70年代后到80年代中期，有一个从"思想解放运动"到"新启蒙"的变化过程。"新启蒙"大致描述的是80年代中期形成的颇为松散的主导性知识表述，它基本上被"现代化范式"所统摄。这种思潮在80年代后期的时候，其实已经有内在瓦解的趋向。但80—90年代之交的社会与政治变动，赋予了这一思潮以"悲情"的合法性，并使其在90年代逐渐成为一种主流知识。这种主流化，指的是成为"常识"层面的意识形态，和在知识生产体制层面上的中心化。相对来说，我在90年代的北大校园接受的批判理论，则是边缘性的和特异性的。当我说90年代的批判理论会帮助我从"新启蒙"主流知识体制中摆脱出来，采取一种批判的距离来看待它，指的是这样一种情形。

"新启蒙"知识在80年代是具有很强的批判力的，但正是在90年代以后的历史语境中，在它丧失了现实批判性的时候，却成为一种普遍的"常识"。对这套知识的学术分析，常会被视为对一种普遍价值观的质疑：你说"人性"是被历史地建构出来的，难道你要"反人性"吗？

你说 80 年代的"现代化"想象与一种全球性的后冷战情境相关，难道你认为"落后"的"传统社会"就好吗？这些质疑方式本身，表明人们内在地接受了 80 年代塑造的这套新知识，认为它是天经地义的真理、信念与价值，而没意识到在 50—70 年代，或许人们并不是这么理解"人性""现代化"的，但那并不意味着他们就是"非人的"或"不现代的"。因此，需要历史地理解一个时期的知识 / 权力体制如何将特定的"知识"塑造为"真理"。这不是在提倡一种相对主义价值观，更不是文化 / 价值虚无主义，而是在理论和精神气质的层面上对于"启蒙"的重新认知和实践。

"启蒙"是 80 年代的主题词。但是，从康德那里引申出来的这个"启蒙"，它与"批判"之间的关系并没有得到很深入的理论性探讨。康德把"启蒙"界定为"人类脱离自己所加之于自己的不成熟状态"，但福柯说，康德对批判的理解本质上是"从知识的角度提出来的"，因此启蒙的问题总是滑向知识的"真"与"假"的问题。福柯认为"批判"应当描述"一种知识－权力关系"，"启蒙"则相应地被界定为"一种我们自身的批判的本体论"，一种"精神气质"和"极限体验"。这是对我们为什么是这样的人、我们为什么这样思考或说话，我们为什么这样行事而展开的自我批判。它首先意味着去反思我们如何被历史地塑造出来，在这个前提下，才能恰当地思考"自由"的可能性路径是什么。

很大程度上，这也是我尝试去实践的一种新的批判方式。对 80 年代知识体制的批判性分析，并不是把自己从历史中"摘"出来，"远距离"地进行一种学院式的知识操作。相反，我把这种历史清理视为一种理解我们从哪里来、如何被塑造，并思考我们"可能"到哪里去的批判方式。因此，不能把"个人"在研究工作中的位置，仅仅理解为感性的个人体验和个人风格，福柯意义上的"启蒙"提出的是更高的要求。我的做法是，不是简单地认同 80 年代提出的"人性""现代性""文学性"等价值观，而是去分析这些价值观如何以知识的方式取得合法性，并关注在这个历史建构过程中那些被粗暴地遮蔽、排斥因而丧失了合法性的偶然因素。也正是在后种意义上，历史地思考改变今天状况的路径才具备可能性。我认为，这种分析方式，在"精神气质"上，并没有远离 80 年代，甚至只有以这种方式重新实践"启蒙"，才能真正继承与发展 80 年代的思想遗产。

徐志伟：对"80 年代"的拆解过程也是对"50—70 年代"的解放过程，对吧？那在你看来，我们今天该如何重建理解"50—70 年代"的理论视野？

贺桂梅：这涉及如何理解"80 年代"与"50—70 年代"的历史关系。我想这个问题需要区分出三个层次：第一是，80 年代知识界的"主观"历史意识如何看待 50—70 年代；第二是，80 年代的变革过程与 50—70 年代的革命历史之间"实际上"是一种怎样的关系；第三是，如何在跳出 80 年代的意识框架之后，在今天的历史语境下，来重新讨论 50—70 年代的历史意义。

我们现在经常说，80 年代是在批判、反思和拒绝 50—70 年代革命的基础上展开的文化变革。这是就第一个层次而言的。也就是，在人们"意识到"的层面上，80 年代的"思想解放""新启蒙""重写历史"等，都是针对 50—70 年代的革命实践而言的。这种"断裂"的历史观背后存在着一种二元对立的价值判断：50—70 年代是"前现代的""封闭的"、暴力的乃至专制的历史，而 80 年代则是追求现代化的、开放的、民主的新时代。由此，对"人性"的呼吁、对"文学性"的倡导、对"现代性"的召唤等，才成为可能。显然，这种看待 80 年代变革与 50—70 年代历史的方式，在今天的中国知识界仍旧影响深远。

不过，如果我们去关注 80 年代文化变革的具体过程和方式，就会发现，"断裂"的历史意识仍旧是在"延续"的历史关系中展开的。比如说人道主义思潮讨论"人性""异化""主体性"等问题的方式，其实是 50—70 年代已经建构出来的，是内部的思想资源在"边缘"与"中心"位置上的反转。又比如，80 年代现代主义文学思潮与 20 世纪西方现代派文艺的关系，揭示出的是文学界如何通过将社会主义文化体制指认出的"他者"转化为"自我"的方式，来完成其创新实践。即便是"文学"与"政治"的二元框架，也是 50—70 年代反复争论的核心话题。

从这样的角度来看 80 年代与 50—70 年代的关系，可能会发现"断裂"的主观诉求，常常是借助延续性的历史结构来完成的。但是，这当然也不是说"80 年代"与 50—70 年代之间实际上不存在"断裂"的关系。一方面，对"现代化"的强烈诉求，以及 80 年代中国总体地力求"融入"西方市场体系的社会变革，导致的是对"现代"的全新理解。我在书中不同的章节，特别着力地分析了 80 年代的"现代化"想象与叙述与"现代化理论"的关系。现代化理论范式如何理解第三世界国家的现代化进程，如何理解"传统"与"现代"的关系，如何理解"落后国家"与"发达国家"及"世界"想象，如何理解"人"的现代化标准等，都潜在地制约着 80 年代知识界想象和叙述"新时期"的方式与视野。这套历史叙述与世界想象，与 50—70 年代主导的"革命"范式是很不一样的，真正的认识论上的"断裂"发生在这里。也就是说，基于不同于 50—70 年代的基本历史情境（与西方世界"对峙"还是"融入"），在历史意识与思想资源等不同层面上，塑造出了 80 年代的新的"主导"或"统合性"文化。

考虑到这些不同层面的因素，在今天重新理解 50—70 年代历史，一方面要打破 80 年代塑造出来的那种二元对立的意识形态框架，另一方面，也要打破那种在谈论 80 年代与 50—70 年代这两个历史时期的关系时，总是自觉不自觉地采取的非此即彼的思路。反思 80 年代就是要回到 50—70 年代甚或"回到'文革'"，肯定 80 年代就是要"告别革命"，这种非左即右的思路，就是其表现。我认为需要在更大的历史与理论视野中，来探讨这两个历史时期实际上达到的历史效应和各自的主导文化，以及它们之间既非简单断裂也非简单延续的复杂关系。

在今天如何重建理解 50—70 年代的理论视野，也是一个全面地反思当代中国历史的契机。这涉及如何反省 80 年代式的现代化理念，如何更为历史化地理解 50—70 年代的社会主义实践，更重要的是，如何在全球资本主义历史中理解第三世界国家的"社会主义"与现代化道路的关系，如何理解社会主义理念在今天的意义。

徐志伟：在"80 年代"，除了"新启蒙"知识以外，还有没有另外的知识脉络？如果有的话，您如何看待它们的价值？

贺桂梅：当然，除了"新启蒙"知识之外，在 80 年代还存在别样的思想脉络，我所谈的主要是 80 年代的"主导文化"。

关于这一点，我想也需要做一些解释，就是如何理解"主导"这个词。我在一定程度上借用了詹明信的概念，他在谈论西方 60 年代的时候说，"只有在某种程度上先搞清历史上所谓主导或统识（hegemonic）为何物的前提下，特异的全部价值才能得以评估"，这个"主导"指的是"就那基本情境（不同的层次在其间按各自的规律而发展）的节奏和推动力提出一个假设"。80 年代中国的基本情境，大致就是要"融入"西方主导的全球市场体系，并改革 50—70 年代形成的国家体制。"断裂"意识、"创新"诉求，都是对这个基本情境的回应。但是，强调"主导"，并不是说 80 年代思想文化的不同方面就是"有机统一"的。一方面，这种"主导"是一种基本的社会"情势"，共通的历史意识；但另一方面，这种"势能"和"意识"的展开，总是在各自的文化传统、知识脉络、社会关系结构中展开的，这种实践并不是"同质"的。

具体来说，"80 年代"首先就存在着阶段性的文化特征。比如 70—80 年代之交这个时段的"思想解放运动"，和 80 年代中期的新启蒙主潮，以及 80 年代后期"新启蒙"的内在分化等。就知识形态来说，除"新启蒙"知识之外，社会主义文化在 80 年代也自有其复杂性。我们一般谈论的是所谓"正统"的、以国家话语出现的社会主义文化，但其实在 70 年代后期，以及后来所称的"地下"民主运动中，也存在别样的社会主义文化实践；即便是以国家主流话语出现的社会主义文化，在与"思想解放""新启蒙"的对峙中，它们的形象和理论意义某种程度上也被漫画化了，其复杂性需要更为细致的辨析。

另外，在"新启蒙"知识内部，其与现代化范式的关系也是复杂的。比如"文化热"中甘阳等人"对现代性的诗意批判"，他们主要借重的是批判资本主义现代性的现代主义哲学与思想资源，并开始对"现代"抱持一种既认同又犹豫的态度。我读到一种观点，提出甘阳他们这个脉络的思想其实是"反现代"或"批判现代"的，不能用"现代化范式"概括。我觉得，重要的并不是他们用了什么样的思想资源，而是他们怎么翻译、阐释和"调用"这些思想资源。如果把他们对西方现代哲学所做的翻译与研究工作，和他们对"现代化"的理解，尤其是他们所秉持的现代想象对照起来，可以看出他们当时并没有真正逾越现代化范式的视野。历史研究需要关注的，恰恰是这种错位、悖谬及其发明出来的创造性整合形态，关注它们与现代化范式之间那种看似游离实则更为内在化的独具意味的历史形式，而不是简单地做一种是或否的价值判断。

徐志伟：经由对"80 年代"的清理和反思，您对"中国道路""中国模式"等问题有什么新的看法吗？

贺桂梅：如何理解"中国道路""中国模式"等是现在思想界争论的大问题。这和新世纪以来中国经济的"崛起"密切相关，一方面是"中国"在全球格局中的位置变了，另一方面，所谓全球化从来不是中国的"外部"，它也带动了中国内部的社会组织方式，包括社会阶层分化、族群认同与边疆关系、中央与地方的权力格局、城市与乡村及东部与西部等区域关系的变化。在这种全新的历史语境下，重新思考何谓"中国"，如何评价中国的现代化道路，都是至关重要的现实问题。

我所做的研究只是非常粗浅层面的工作，这大致是一个"跳出来"和"打开"的过程。我觉得很多人是在 80 年代形成的这套知识体制"里面"谈问题，背后有一系列同构的二元对立，如传统与现代、中国与西方、国家与市场、专制与民主等。用这一套知识来谈中国问题，大概就只能在一种启蒙主义的思路上，把西方式现代、市场和抽象的民主概念作为讨论问题的规范，并以此指责中国"不现代""不民主""不人性"，而不能在反思这些范畴的前提下，结合中国社会和历史的实际情况，来针对性地提出创造性的解决思路。

"打开"80年代的知识体制，可能获得更为开放、更复杂的历史眼光来理解80年代、理解当代中国的历史，乃至整个近现代以来中国的现代化道路。比如，如果我们并不把今天中国的经济成就理解为仅仅是80年代"改革、开放"的结果，而认为它与50—70年代的社会主义实践构成同一现代化过程的不同侧面，可能看待当下中国社会问题的方式就会发生变化。在今天，中国的主体性（包括政治合法性、历史道路、文明形态、文化系统等不同层面）变成了一个广受瞩目的问题。讨论这种独特性，并不是要说明中国如何永远是世界史的一个"例外"，而是要讨论中国如何可以作为一个文化与政治的主体，创造性地回应当下中国社会面临的现实问题。国家主权与全球政治经济结构、社会公正与真正的民主实践、文化自觉以及新的价值认同，都需要在这样一种问题意识下展开。这种思路，在80年代新启蒙知识体制里面，是无法被问题化的；而一旦80年代的知识体制与思想实践被放置在这种新的历史视野中加以思考，它在当时的历史与全球格局中如何创造性地确立中国主体性的方式，无疑也可以成为我们今天思考"中国道路"问题时的重要参照。

徐志伟：您如何理解人文学术在今天社会的价值？

贺桂梅：相对于文学在80年代的中心位置与人文学者的活跃程度，90年代以来，人文学术总体来说是趋于"边缘化"的。也可以说，在90年代以来的知识界，社会科学逐渐占据了主导位置。这可以从许多具体的原因上去解释，比如学术"与国际接轨"的影响，比如专业化的学科知识体制的完善等，但我认为最重要的原因在于，80年代通过文学、艺术与人文学术所表达的核心理念和价值观，其实背后有其社会科学的依据，大致可以称为一种现代化范式。但在当时，人们并不认为他们对人性、现代化、民主、传统等的理解，是一种理论形态，更不认为那只是一种特定的知识，而认为那是一种普适的价值观。到了 90 年代之后，一方面，中国主流社会的发展，就是按照那套看起来很客观的社会科学理论展开的。如果说 80 年代文学、艺术以及人文学术是在宣扬、扩散和传播这套理念的话，那么 90 年代之后却是实打实的社会实践了。文艺与人文学术本身就构成这个社会进程的一部分，它可以支持或反对、肯定或否定，但要跳出来批判性地介入社会发展，却需要对整个知识体制进行反省。另一方面，90 年代后社会现实的展开却与人们曾经预期的"现代化蓝图"有很大的不同。因此，当人们对这些共享的价值观和信念发生分化和怀疑的时候，追根溯源地讨论那些价值观背后的理论预设和知识脉络，就成为需要面对的问题。90 年代中国知识界的多次争论，以及人们常常说的"分化"，其实是基于何谓"社会""国家""市场""民主"等这些社会科学的基本范畴展开的。

这意味着首先要意识到社会科学知识本身的叙事性和意识形态特性。这种常常被人们认为是"客观的""科学的"知识，其形成历史与组织方式也是有其意识形态导向的。比如如何理解"现代化"，社会科学家们提出了一系列的"指标"，用以衡量一个第三世界国家是"发达的"还是"不发达的"。但是，如果去深究，就会发现这些所谓"标准"，其实是依照西方国家（更确切地说，是二战之后的美国）的历史与现实提炼出来的。我并不想把问题简单化，认为社会科学都是一些意识形态虚构，而是想指出，一是今天我们所谓的"社会科学"确实是伴随资本主义全球化过程而发展起来的，它本身就是现代民族国家体制的一部分，另一是社会科学知识都包含关于何谓"好社会"、何谓"国家"等的特定理论预设和认知前提，其叙事性就隐含在这些前提之中。

意识到这些特点，可以帮助我们重新理解人文学术的意义。不能说社会科学是客观的科学的知识，而人文学术是主观的价值观的知识，不如说这种区分本身就是现代知识体制内部的分工。最重要的可能是如何反省和变革整个现代知识体制。90 年代其实已经发展出了一些这样的研究思路，比如文化研究、思想史研究、社会人类学、历史社会学、政治哲学等，大都强调一种跨越学科边界的整体性视野，强调理论性的自反能力和社会介入的问题意识。文艺、人文学术的"特长"，如果是想象力、对叙事媒介的自觉和对主观世界的关注的话，那么需要在重新思考何谓"世界""社会""中国"等这些看起来很"不"人文的问题的前提下，来重新确认世界观、价值观与认识论前提，并以此激活自身的力量。我想，这也是人文学术的价值所在。

徐志伟： 最后再谈谈您现在的工作吧，您现在对现代文学研究有没有新的设想？目前有哪些新的研究计划？

贺桂梅： 我现在比较集中地做的一个研究课题，是讨论当代文学"民族形式"的建构。这也是从我的 80 年代研究中发展出来的一个题目。我在做"寻根"思潮这一章时，觉得最难处理。一是 50—70 年代的"民族形式"与 80 年代的"寻根"这个过程是怎么转换的，另一是如何理解在文学创作、美学史、民族史、考古学、大众文化等不同层面存在的重新想象 / 叙述中国的动力和方向。这使我意识到，当我们谈论"中国当代文学"时，其实常常只关注"文学"与"当代"，而以为对"中国"的理解是自然而然的。但实际上，如何理解"中国"，才真正决定着"当代性"与"文学性"的建构方式。所以，我会把研究的重心一段时间都放在"中国"叙述上。这好像是一个在目前的现当代文学界比较时髦的题目吧。我希望能提出一些有意思的思路。比如我不想掉在"民族国家"叙事里，用一套民族主义知识来解释这个问题，也不想完全把民族主义叙事与社会主义叙事对立起来，而想在某种全球结构和比较长的历史视野中，考察不同层面的力量如何将特定时空关系中的"中国"塑造为一个文化与政治主体。

我现在还比较关注的一点，是希望将分析的重心，更多地放在文学上。我这里所说的"文学"，理解得比较宽泛，它固然主要指以前我们所说的文学创作，但也想涵盖电影、戏剧以至大众文化等诸种文艺表述形态。熟悉当代文学历史的人都会知道，在 40—70 年代，当代文学不叫"文学"而叫"文艺"，它涵盖的范围比我们今天所理解的"文学"要宽泛得多。我们今天把"文学"缩小到对文学创作的理解，其实是 80 年代的"纯文学"实践的结果。我关注的"文学"比较接近"文艺"这种说法。

另外，也是考虑到我的 80 年代研究，主要讨论思潮、理论与核心范畴，想的是打破不同学科和研究领域之间的界限，从"知识体制"这样的角度相对宏观地研究 80 年代，而对文学文本的分析部分比较薄弱。如果能够在一些章节深入到文学文本内部，我觉得这样的讨论可能会深厚一些。这也使我反复思考文学的"位置"到底在哪里。我不认为文学是"个人的""感性的""形象思维"的，也更不认为是"纯审美的""非政治的"。拆解纯文学的知识体制，反思当下的学科体制建构等，就是要不断地揭示出文学的历史性与政治性。但是"文学"独特的地方，也正在于它是作用于人的感性和想象力的，并以整体性的方式叙述"客观性"的世界结构与人的"主观世界"之间的关系。某种程度上可以说，重新瞩目于"文学"，也就是瞩目于人创造世界的能力。我们需要在具备某种世界史和社会结构的整体视野之后，来重新思考和探寻"撬动"世界的支点。因此，在文学扮演了如此重要角色的 20 世纪中国，如何从一种新的整合性视野中来重新理解文学的位置与意义，我想是特别值得思考的问题。我以前用"走出去"和"再回来"表述这个过程，我想不太准确。这个"再回来"，不是重新"回到文学"，而是关注整个的社会结构、文化体制和意义表述过程，其中，文学／文艺如何发挥历史作用。

（原载《现代中文学刊》2012 年第 3 期）